# JUSTE AVANT LE CRÉPUSCULE

STEPHEN KING

# JUSTE AVANT LE CRÉPUSCULE

NOUVELLES

*Traduit de l'anglais (États-Unis)*
*par William Olivier Desmond*

Albin Michel

*Édition originale :*
JUST AFTER SUNSET

*À Heidi Pitlor*

« Je peux imaginer ce que tu as vu. Oui ; c'est bien assez horrible ; mais après tout, c'est une vieille histoire, un vieux mystère déjà joué... On ne peut nommer de telles forces, on ne peut en parler, on ne peut les imaginer que sous un voile ou comme un symbole, un symbole paraissant fantaisiste, bizarre et poétique aux yeux de la plupart d'entre nous, et une histoire démente à quelques autres. Toujours est-il que toi et moi avons appris quelque chose de la terreur qui peut hanter les lieux secrets de la vie, se manifester dans la chair humaine ; ce qui est sans forme prenant une forme. Oh, Austin, comment est-ce possible ? Comment se fait-il que la lumière du soleil ne devienne pas noire devant une telle chose ; que la terre, aussi dure qu'elle soit, ne fonde pas et ne se mette pas à bouillir sous le poids d'un tel fardeau ? »

Arthur Machen
*Le Grand Dieu Pan*

# Introduction

Un beau jour de 1972, rentrant à la maison après le travail, je trouvai ma femme assise à la table de la cuisine devant un sécateur. Elle souriait, ce qui me laissa supposer que les ennuis qui m'attendaient n'étaient pas trop graves ; par ailleurs, elle me demanda mon portefeuille. Ce qui me plaisait moins.

Je le lui tendis tout de même. Elle en sortit ma carte de crédit Texaco – à l'époque, les jeunes mariés en recevaient une sans même l'avoir demandée – et entreprit de la couper en trois morceaux. Comme je protestais, lui faisant remarquer que la carte était bien pratique, et que nous arrivions même à boucler nos fins de mois (avec des fois quelques sous en plus), elle secoua la tête et me déclara que les intérêts représentaient plus que ce que pouvait supporter notre budget dont l'équilibre était précaire.

« Autant ne pas nous soumettre à la tentation, dit-elle. J'ai déjà coupé la mienne. »

Et la question fut réglée. Nous n'eûmes de carte de crédit ni l'un ni l'autre pendant les deux années suivantes.

Elle avait eu raison de le faire et le geste avait été intelligent car, à l'époque, nous avions à peine plus de vingt ans et deux enfants en bas âge ; financièrement, nous arrivions tout juste à nous tenir la tête hors de l'eau. J'enseignais l'anglais au lycée et travaillais, pendant les congés d'été, dans une blanchisserie industrielle ; je lavais les draps des motels et livrais de temps en temps le linge, en camion, dans ces mêmes motels. Tabby s'occupait des enfants dans la journée, profitant de leur sieste pour écrire des poèmes, et partait bosser huit heures au Dunkin' Donuts lorsque je revenais du lycée. Nos revenus combinés permettaient de payer le loyer, d'acheter l'épicerie et les couches de notre petit dernier, mais pas d'avoir le téléphone ; le téléphone avait subi le même sort que la carte Texaco. La tentation était trop forte d'appeler quelqu'un habitant à l'autre bout du pays. Il nous restait cependant assez d'argent pour acheter un livre de temps en temps – ni elle ni moi ne pouvions vivre sans livres – et assouvir mes mauvaises habitudes (cigarettes et bière) mais sinon, pas grand-chose. En tout cas, pas assez pour se payer le luxe d'avoir sur soi ce rectangle de plastique si pratique et en fin de compte si dangereux.

Ce qui restait allait en général en frais de réparation de la voiture, en honoraires de médecin, ou servait à acheter ce que Tabby appelait « les conneries pour les gosses » : des jouets, un parc pour bébé d'occasion et quelques-uns des livres terrifiants de Richard Scarry. Ce petit plus provenait en général des nouvelles que j'arrivais à placer dans des revues masculines comme *Cavalier*, *Dude* et *Adam*. À cette époque, il n'était pas question de littérature et toute discussion sur la pérennité de mes œuvres aurait été un luxe aussi superflu que la carte Texaco. Mes histoires, quand je les vendais (c'est-à-dire pas toujours), étaient un petit apport d'argent frais bienvenu, c'est tout. Des *piñatas* que je réussissais à atteindre avec mon imagination et non avec un bâton, comme le font les enfants mexicains. Quand j'arrivais à en caser une, au lieu de friandises, c'était quelques centaines de dollars qui pleuvaient sur nous. D'autres fois, rien.

Heureusement pour moi – et croyez-moi si je vous dis que j'ai eu une vie extrêmement heureuse, à plus d'un titre –, mon travail était aussi mon plaisir. Je m'éclatais comme un fou à écrire ces histoires, je prenais mon pied. Elles débarquaient les unes après les autres, comme les morceaux de la station radio de rock toujours branchée dans le bureau-lingerie où je les écrivais.

Je les rédigeais à toute allure, y revenant rarement après les avoir relues, et il ne m'est jamais venu à l'esprit de me demander d'où je les sortais, ni en quoi la structure d'une nouvelle diffère de celle d'un roman, ni comment on gère la question du développement d'un personnage, du contexte, du cadre temporel. Je fonçais dans l'air, assis sur le seul fond de mon pantalon, carburant à l'intuition et à la confiance en soi – une confiance en soi de gosse. Seul m'intéressait le fait qu'elles venaient. Et c'était tout ce qui importait. Il ne m'est en tout cas jamais venu à l'esprit qu'écrire des nouvelles était un art délicat, un art que l'on risque d'oublier si on ne le pratique pas en permanence ou presque. Il ne me paraissait pas délicat. La plupart des histoires me faisaient l'effet de bulldozers.

Rares sont les auteurs américains de best-sellers qui s'adonnent à la nouvelle. Je doute que ce soit une question d'argent ; les écrivains qui réussissent financièrement n'ont pas à s'en soucier. Il est possible que lorsque l'univers du romancier à plein temps tombe en dessous d'une centaine de pages, s'installe une sorte de claustrophobie créative. Ou peut-être est-ce simplement le coup de main pour la miniaturisation qui se perd en route. Bien des choses, dans la vie, sont comme rouler à bicyclette, mais l'écriture de nouvelles n'en fait pas partie. On peut *oublier* comment il faut s'y prendre.

Au cours de la fin des années quatre-vingt et de la décennie suivante, j'ai produit de moins en moins d'histoires ; mais celles que j'écrivais étaient de plus en plus longues (deux ou trois le sont plus que ce recueil). Pas de problème. Mais j'avais des idées de nouvelles qui restaient en plan parce que j'étais plongé dans un roman à terminer et ça, c'était un problème. J'entendais ces idées me trottant au fond la tête, gémissant qu'elle voulaient être écrites. Certaines le furent, en fin de compte ; d'autres, j'ai la tristesse de le dire, moururent et se dispersèrent comme poussière dans le vent.

Le pire est qu'il y avait des histoires que je ne savais pas comment écrire. Déprimant. Certes, j'aurais pu les écrire dans l'ambiance de mon bureau-lingerie, sur la petite Olivetti portable de Tabby ; mais maintenant que j'étais beaucoup plus âgé, avec un savoir-faire bien supérieur et des outils – le McIntosh sur lequel j'écris ceci, par exemple – bien plus perfectionnés, ces histoires m'échappaient. Je me rappelle en avoir ainsi gâché une et avoir pensé à un fabricant d'épées vieillissant devant une fine lame de Tolède se disant : « J'ai su autrefois comment fabriquer ces trucs-là. »

Puis un jour, il y a trois ou quatre ans, j'ai reçu une lettre de Katrina Kenison, éditrice de la série annuelle *Best American Short*

*Stories*[1]. Ms Kenison me demandait si je n'aimerais pas assurer la direction littéraire du volume de l'année 2006. Je n'ai pas eu besoin de dormir sur sa proposition, ni même d'y réfléchir pendant une petite marche. J'ai répondu oui sur-le-champ. Pour toutes sortes de raisons, dont quelques-unes altruistes, mais ce serait un mensonge éhonté d'affirmer que mon intérêt personnel n'était pas en jeu. Je me disais qu'en lisant beaucoup de nouvelles, en m'immergeant dans ce qu'avaient à offrir, dans ce domaine, les meilleures revues littéraires américaines, je retrouverais peut-être la facilité qui m'avait fui. Non pas que j'eusse besoin des chèques – modestes, mais fort appréciés des débutants – pour acheter un nouveau pot d'échappement à ma voiture d'occase ou un cadeau d'anniversaire à ma femme, mais parce qu'échanger ma capacité d'écrire des nouvelles contre un plein portefeuille de cartes de crédit me paraissait un marché de dupes.

J'ai lu des centaines de nouvelles pendant mon année d'éditeur invité, mais je ne parlerai pas de cela. Si la chose vous intéresse, offrez-vous le bouquin et lisez l'introduction – et vous aurez droit en plus à vingt histoires aux petits oignons, ce qui n'est pas un supplice trop pénible. L'important, relativement aux nouvelles de ce recueil-ci, est que j'avais retrouvé mon excitation d'antan et que je me suis remis à écrire des histoires dans mon ancienne manière. C'était ce que j'avais espéré, n'osant cependant pas trop y croire. La première de ces nouvelles nouvelles est *Willa*, par laquelle commence le recueil.

Sont-elles bonnes ? Je l'espère. Vous aideront-elles à supporter la monotonie d'un voyage en avion ou en voiture (si vous les écoutez en version audio) ? Je l'espère vivement car, quand ça marche, c'est comme si on était sous le coup d'un charme magique.

J'ai adoré les écrire, c'est une certitude. Et j'espère que vous aurez plaisir à les lire, bien entendu. J'espère qu'elles vous transporteront. Et tant que je saurai comment m'y prendre, je continuerai.

Maintenant, il est temps pour moi de dégager la piste. Mais avant, je tiens à vous remercier d'être venu faire un tour. Conti-

1. *Les Meilleures Nouvelles américaines* (*Toutes les notes sont du traducteur*).

nuerai-je à faire ce que je fais, dans le cas contraire ? Oui, certainement. Parce que cela me rend heureux de voir les mots se mettre en place, les images naître, les personnages inventés faire des choses qui me ravissent. Mais c'est encore mieux avec toi, Fidèle Lecteur.

Toujours mieux.

Sarasota, Floride
25 février 2008

# Willa

Tu ne vois pas ce que tu as sous le nez, disait-elle, mais parfois, si, il le voyait. Sans doute ces manifestations de mépris n'étaient-elles pas totalement injustifiées, mais il n'était pas complètement aveugle, non plus. Et tandis que ce qui restait du coucher de soleil tournait à un orangé plein d'amertume sur la chaîne de Wind River, David parcourut la gare des yeux et se rendit compte que Willa était partie. Il se dit qu'il n'en était pas sûr, mais c'était seulement sa tête : son estomac noué le savait, lui.

Il alla trouver Lander, qui l'aimait bien. Qui disait de Willa qu'elle était gonflée quand elle râlait que l'Amtrak n'était qu'un tas de merde de les laisser en rade comme ça. Mais la plupart des autres ne souciaient pas d'elle, laissés en rade ou non par la société de chemin de fer.

« Ça pue le biscuit mouillé ici ! » lui cria Helen Palmer lorsque David passa à côté d'elle. Elle avait fini par reconquérir le banc du coin, comme elle finissait toujours par le faire. La mère Rhinehart s'occupait d'elle pour le moment - son mari pouvait respirer un peu – et elle sourit à David.

« Vous avez vu Willa ? » demanda-t-il.

La mère Rhinehart secoua la tête sans cesser de sourire.

« On aura du poisson au dîner ! » clama Mrs Palmer d'un ton furieux. Un nœud de veines bleues battait au creux de sa tempe. Quelques personnes tournèrent la tête. « Ça commence par un truc et ça continue par un autre !

– Assez, Helen », dit la mère Rhinehart.

Son prénom était peut-être bien Sally, mais David avait l'impression qu'il s'en serait souvenu ; les Sally étaient rares, de nos jours. Aujourd'hui, le monde appartenait aux Amber, Ashley, Tiffany. Willa était aussi une espèce en voie d'extinction et, rien que d'y penser, son estomac se noua encore plus.

« Comme des biscuits ! cracha Helen. Ces saletés de vieux biscuits dans les camps ! »

Henry Lander était assis sur le banc situé sous l'horloge. Un bras passé autour des épaules de sa femme. Il leva les yeux et secoua la tête avant même que David ait eu le temps de poser la question. « Elle n'est pas là. Désolé. Partie en ville, si t'as un peu de chance. Partie pour de bon, sinon. » Il leva un pouce à la manière d'un auto-stoppeur.

David ne croyait pas sa fiancée capable de partir toute seule en stop vers l'Ouest – l'idée était trop dingue – mais il croyait par contre qu'elle n'était pas là. Il l'avait su même avant de compter les têtes, en fait, et un bout de phrase sorti d'un vieux bouquin ou d'un poème sur l'hiver lui revint à l'esprit : « Un cri d'absence, l'absence dans le cœur[1] ».

La gare était un étroit goulet en bois. Sur toute sa longueur, les gens erraient sans but ou restaient simplement assis sur les bancs, dans l'éclairage des néons. Ceux qui étaient assis se tenaient les épaules voûtées de cette manière particulière qu'on ne voit que dans de tels lieux, des lieux où les gens attendent, quand quelque chose est allé de travers, que le voyage puisse reprendre. Peu de personnes venaient exprès dans des bleds comme Crowheart Spring, Wyoming.

« Va pas lui courir après, David, lui dit Ruth Lander. Il commence à faire noir et y'a plein de bêtes, là-dehors. Et pas que des coyotes. Le boiteux qui vend des livres dit qu'il a vu deux loups de l'autre côté des voies, vers le dépôt des trains de marchandises.

– Biggers, dit David. Il s'appelle Biggers.

– Qu'il s'appelle comme ça ou Jack l'Étrangleur, je m'en fiche. Le fait est que tu n'es plus au Kansas, David.

– Mais si elle est allée…

1. John Crowe Ransom, « Winter remembered ».

– Elle y est allée pendant qu'il faisait encore jour », intervint Henry Lander, comme si la lumière du jour pouvait empêcher un loup (ou un ours) d'attaquer une femme seule.

Pour ce qu'en savait David, c'était possible. Il travaillait dans les investissements bancaires et n'était pas spécialiste en faune sauvage. Et il débutait en matière d'investissements bancaires, de toute façon.

« Si le train de remplacement arrive et qu'elle n'est pas là, elle va le manquer. » Il ne paraissait pas capable de leur mettre une idée aussi simple dans la tête. *Ça ne percutait pas*, pour reprendre l'expression à la mode dans son bureau de Chicago.

Henry souleva un sourcil. « Et tu crois que ça va arranger les choses, que vous le manquiez tous les deux ? »

S'ils le manquaient tous les deux, soit ils prendraient le car, soit ils attendraient ensemble le train suivant. Ruth et Henry Lander devaient pouvoir comprendre ça, non ? Ou peut-être pas. Ce que David voyait avant tout quand il regardait le couple – ce qui était juste sous son nez – était cette fatigue particulière des gens coincés temporairement dans l'Ouest sauvage. Et qui d'autre se souciait de Willa ? Si elle disparaissait derrière l'horizon, qui d'autre que David Sanderson y penserait, ne serait-ce qu'une seconde ? Il y en avait même que la détestaient ouvertement. Cette salope d'Ursula Davis lui avait dit que la mère de Willa aurait mieux fait de baptiser sa fille Chipie.

« Je vais aller la chercher en ville », dit David.

Henry soupira : « C'est de la folie, fiston.

– On ne pourra pas se marier à San Francisco si elle reste à Crowheart Springs », répondit David, s'efforçant d'avoir l'air de plaisanter.

Dudley passait à côté. David ignorait si *Dudley* était son prénom ou son nom de famille ; il savait seulement que l'homme était cadre supérieur dans le bureau des fournitures de Staples et qu'il s'était rendu à Missoula pour une réunion des agents régionaux. D'ordinaire silencieux, l'éclat de rire, style braiment d'âne, qu'il lança aux ombres grandissantes fut plus qu'une surprise – un choc. « Si jamais un train vient et que vous le manquiez, dit-il, vous avez toujours la solution de vous dégotter un juge de paix quelque part et de vous marier sur place. Quand vous retournerez dans l'Est, vous pourrez raconter à vos amis que vous avez eu un mariage dans le plus pur style Far West. Ya-hoo, collègue !

– Ne faites pas ça, dit Henry. Nous n'allons pas rester ici bien longtemps.

– Vous voudriez que je la laisse ? C'est du délire. »

Il s'éloigna sans attendre la réponse des Lander. Georgia Andreeson était assise sur un autre banc, non loin, et regardait sa fille gambader et virevolter sur le sol aux carreaux sales dans sa robe rouge de voyage. La petite Pammy ne paraissait jamais fatiguée. David essaya de se rappeler s'il l'avait vue dormir depuis que le train avait déraillé, à l'aiguillage de Wind River, et qu'ils avaient atterri ici comme autant de paquets au bureau des objets trouvés. Une fois, peut-être, la tête posée sur les genoux de sa mère. Mais il pouvait s'agir d'un faux souvenir, fabriqué à partir de l'idée qu'une gamine de cinq ans est supposée dormir beaucoup.

Pammy sautillait d'un carreau à l'autre, l'espièglerie incarnée, utilisant apparemment le motif du dallage comme une marelle géante. Sa robe rouge dansait autour de ses genoux rondouillards. « Je connais un garçon, il s'appelle Manu », chantait-elle sur une seule note monotone, à pleins poumons. David en avait mal dans ses plombages. « Il s'est pris les pieds, il est tombé sur son tutu. Je connais un garçon, il s'appelle David, il s'est pris les pieds, il est tombé sur son bavid. » Elle pouffa et montra David.

« Arrête, Pammy », dit Georgia Andreeson.

Elle sourit à David et repoussa les cheveux qui retombaient sur son visage. Il trouva le geste épuisé au-delà de tout et se dit que la route allait être fichtrement longue pour elle avec Pammy la survoltée, d'autant qu'il n'y avait pas trace d'un Mr Andreeson.

« Avez-vous vu Willa ? demanda-t-il.

– Partie », répondit Mrs Andreeson avec un geste vers la porte au-dessus de laquelle on lisait : NAVETTES, TAXIS – APPEL GRATUIT POUR RÉSERVER VOTRE CHAMBRE.

Et voici que Biggers arrivait vers lui en traînant la patte. « J'éviterais d'aller trop loin, sauf si j'étais équipé d'un gros calibre. Il y a des loups. Je les ai vus.

– Je connais une fille, elle s'appelle Willa, chantonna Pammy. Elle avait mal à la tête, elle a pris une pilula. »

Sur quoi elle se laissa tomber par terre, riant à gorge déployée.

Biggers, le VRP, n'avait pas attendu de réponse et était reparti parcourir, de son pas traînant, toute la longueur de la gare. Son ombre s'allongea et se raccourcit dans la lumière des néons du plafond, puis s'allongea à nouveau.

Phil Palmer était adossé de la porte au-dessus de laquelle il y avait le panneau pour la navette et les taxis. Agent d'assurances à la retraite, lui et sa femme étaient en route pour Portland. Ils avaient prévu de séjourner chez leur fils aîné et l'épouse de celui-ci pendant un certain temps, mais Palmer avait confié à David et Willa que sa femme, Helen, ne reviendrait probablement jamais dans l'Est. Elle était atteinte d'Alzheimer et avait un cancer. Un beau doublé, avait commenté Willa. Quand David lui avait fait remarquer que c'était un peu cruel, Willa l'avait regardé, avait failli dire quelque chose, mais s'était contentée de secouer la tête.

Palmer, comme toujours, lui demanda : « Hé, ma biche, t'aurais pas une cibiche ? »

À quoi David répondit, comme il le faisait lui aussi toujours : « Je ne fume pas, Mr Palmer.

– Juste pour te tester, gamin. »

David passa sur le quai en béton, là où les passagers descendus du train attendaient la navette pour Crowheart Springs et Palmer fronça les sourcils. « C'est pas une bonne idée, mon jeune ami. »

Il y eut – il s'agissait peut-être d'un gros chien, mais probablement pas – un hurlement en provenance de l'autre côté de la gare, là où les buissons s'aventuraient presque jusqu'aux voies. Une seconde voix se mêla à la première, dans une sorte d'harmonie. Elles allèrent ensemble en diminuant.

« Tu vois ce que je veux dire, mon coco ? » Et Palmer sourit comme si c'était lui qui avait provoqué ces hurlements, juste pour prouver ce qu'il avait dit.

David se tourna, son léger veston flottant autour de lui dans la forte brise, et descendit les marches. Il avança vite pour ne pas changer d'avis, mais seul le premier pas fut vraiment difficile. Après cela, il ne pensa plus qu'à Willa.

« David ! » lança alors Palmer. Mais il ne rigolait plus, ne plaisantait plus. « N'y va pas.

– Et pourquoi pas ? Elle y est bien allée, elle. Sans compter que les loups sont par-là, dit-il en tendant le pouce au-dessus de son épaule. Si ce sont bien des loups.

– Évidemment, que ce sont des loups. Et d'accord, ils ne vont probablement pas t'attaquer – ça m'étonnerait qu'ils aient faim à cette époque de l'année. Mais rien ne vous oblige à passer encore je ne sais combien de temps dans ce trou perdu juste parce que la ville et ses lumières lui manquent.

– Tu parais ne pas comprendre. C'est ma nana.

– Je vais te dire la vérité, mon ami, et elle ne sera pas agréable : si elle se considérait comme ta nana, elle n'aurait pas fait ce qu'elle a fait. Qu'est-ce que tu crois ? »

David resta tout d'abord sans réagir, car il ne savait trop que penser. Peut-être parce qu'il était incapable de voir ce qu'il avait sous le nez. C'était ce que lui avait dit Willa. Finalement, il se tourna et regarda Phil Palmer, adossé au chambranle au-dessus de lui. « Je crois qu'on ne laisse pas sa fiancée en rade au milieu de nulle part. Voilà ce que je crois. »

Palmer soupira. « J'espère presque qu'un de ces cons de loups aura l'idée de mordre tes fesses citadines. Ça te rendrait un peu plus intelligent. La petite Willa Stuart se fiche de tout le monde sauf d'elle-même, ce que tout le monde voit sauf toi.

– Si je trouve un magasin ouvert, tu veux que je te rapporte des cigarettes ?

– Et pourquoi pas, bordel ? »

Puis, alors que David traversait le secteur où était peint, sur cette portion déserte et sans trottoir de la rue, STATIONNEMENT INTERDIT. RÉSERVÉ AUX TAXIS, Palmer l'appela encore.

David se détourna.

« La navette ne reviendra pas avant demain et la ville est à cinq kilomètres. C'est ce qu'ils disent, sur le mur derrière le guichet d'information. Dix kilomètres, aller-retour. À pied. Au moins deux heures, sans compter le temps qu'il te faudra pour la retrouver. »

David leva une main pour montrer qu'il avait compris, mais continua de marcher. Le vent qui arrivait des montagnes était froid, mais il aimait la manière dont il faisait onduler ses vêtements et coiffait ses cheveux en arrière. Au début, il regardait à droite et à gauche de la route, cherchant des loups ; n'en voyant aucun, ses pensées retournèrent à Willa. Et en vérité, il n'avait pas pensé à grand-chose d'autre depuis la deuxième ou troisième fois qu'il avait été avec elle.

La ville et les lumières avaient commencé à lui manquer, Palmer avait très probablement raison sur ce point, mais David ne croyait pas qu'elle ne se souciait de personne d'autre qu'elle-même. La vérité était qu'elle en avait sa claque d'attendre en compagnie d'un tas de vieux machins qui n'arrêtaient pas de geindre qu'ils allaient être en retard pour ceci ou cela. Le mirifique patelin, là-bas, devait être un vrai trou mais, dans l'esprit de Willa, il avait dû être synonyme de divertissement et cela avait eu plus de poids que la vague perspective que l'Amtrak envoie un train spécial pour les récupérer pendant qu'elle n'était pas là.

Et où, exactement, irait-elle chercher la distraction ?

Sûr et certain qu'il ne devait rien y avoir qui ressemble de près ou de loin à une boîte de nuit à Crowheart Springs, où la gare n'était qu'une espèce de hangar tout en longueur avec WYOMING – L'ÉTAT DE L'ÉGALITÉ peint en rouge, blanc et bleu sur le côté. Pas de boîte de nuit, pas de boîte disco, mais il devait forcément y avoir des bars et elle avait dû se rabattre sur l'un d'eux, se disait-il. Faute de grives, on mange des merles.

La nuit tomba et les constellations se déroulèrent d'est en ouest comme un tapis étoilé. Une moitié de lune s'éleva entre deux pics et parut y demeurer, jetant une lumière de chambre d'hôpital sur le bout de route et les terres vides qui le bordaient. Le vent sifflait dans les chéneaux de la gare, mais ici, il produisait un étrange bourdonnement ouvert qui n'était pas tout à fait une vibration. Il lui faisait penser à la manière dont Pammy Andreeson chantonnait en sautillant sur le carrelage.

Il avança, guettant le bruit d'un train arrivant derrière lui. Mais ce n'est pas ce qu'il n'entendit ; ce qu'il entendit, pendant les quelques instants où le vent tomba fut des *clic-clic-clic* parfaitement clairs. Il se tourna et vit un loup à une vingtaine de pas derrière lui, sur la bande blanche intermittente au milieu de la Route 26. Il faisait presque la taille d'un veau et sa fourrure, aussi hirsute qu'une chapka de trappeur, avait un éclat noir sous la lumière des étoiles ; ses yeux étaient d'un jaune de vieille pisse Il vit que David le regardait et s'arrêta. Sa gueule s'ouvrit, souriante, et il se mit à haleter comme un petit moteur.

Il n'eut pas le temps d'avoir peur. Il fit un pas vers l'animal, frappa dans ses mains et cria : « Fiche le camp d'ici ! Va-t'en tout de suite ! »

Le loup fit un brusque tête-à-queue et s'enfuit, laissant un tas de crottes fumantes sur la Route 26. David sourit mais évita de rire ; il valait mieux, songea-t-il, ne pas tenter les dieux. Il se sentait à la fois effrayé et aussi parfaitement et qu'absurdement décontracté. Il s'imagina changer son nom de David Sanderson en David Paniqueur. Un sacré nom, pour un banquier spécialiste en investissements.

Puis il rit tout de même un peu – impossible de s'en empêcher – et se tourna de nouveau vers Crowheart Springs. Cette fois, il marcha en regardant de temps en temps par-dessus son épaule et sur les bas-côtés, mais le loup ne réapparut pas. Ce qui l'envahit, en revanche, fut la certitude qu'il allait entendre siffler le train spécial venu chercher les autres ; les éléments de leur train qui étaient encore sur les rails allaient être rangés sur une voie de garage et bientôt tous ceux qui attendaient à la gare auraient repris leur route – les Palmer, les Lander, Biggers le boiteux, la sautillante petite Pammy et les autres.

Oui, et alors ? Amtrak mettrait leurs bagages de côté à San Francisco ; on pouvait au moins être tranquille là-dessus. Willa et lui trouveraient la gare routière locale ; la Greyhound devait bien avoir découvert le Wyoming, non ?

Il tomba sur une cannette de bière et la chassa un temps à coups de pied devant lui. Elle finit par se déformer et alla atterrir dans les buissons. Il se demandait s'il allait la récupérer lorsqu'il entendit, faiblement, de la musique ; une ligne de basse et les sanglots de la pédale oua-oua d'une guitare électrique, son qui lui avait toujours fait l'effet de larmes de chrome. Même dans les airs joyeux.

Elle était là, écoutant la musique. Non pas parce que c'était l'endroit le plus proche où il y avait de la musique, mais parce que c'était le bon endroit. Il le savait. Il abandonna donc la cannette de Budweiser et repartit en direction de la pédale oua-oua, ses chaussures de marche soulevant des petits nuages de poussière qu'emportait le vent. Puis arriva le martèlement de la percussion, et il vit une flèche de néon rouge sous un panneau indiquant « 26 ». Et pourquoi pas ? C'était la Route 26, après tout. Un nom parfaitement logique pour ce genre de boui-boui.

Il y avait deux parkings ; le premier, en dur, devant le bar, était rempli de voitures et de pick-up, la plupart américains et ayant au moins cinq ans. Le parking de gauche était en gravier. Là s'alignaient des rangées de poids lourds et de semi-remorques sous l'éclat blanc-bleu des lampes à arc de sodium. David entendait maintenant la ligne mélodique des guitares et il put lire sur la marquise : LES DÉRAILLEURS POUR UN SOIR SEULEMENT $5 L'ENTRÉE.

*Les Dérailleurs*, pensa-t-il. Aucun doute, elle avait trouvé le bon groupe.

David avait un billet de cinq dans son portefeuille, mais l'entrée du 26 était déserte. En revanche, les couples de danseurs se bousculaient sur le parquet de danse, la plupart en jeans et bottes de cow-boy et se tenant par les fesses tandis que l'orchestre dévidait « Wasted Days and Wasted Nights ». C'était bruyant, lacrymal, et – pour autant que pouvait le dire David Sanderson – juste à la note près. Les odeurs de bière, de sueur et d'eau de toilette à quatre sous l'agressèrent comme un coup de poing sur le nez. Les rires, les conversations – y compris un hennissement animal venu de l'autre bout de la salle – étaient comme les sons qui reviennent dans ces rêves récurrents que l'on fait à certains moments critiques de sa vie : ne pas être prêt pour un examen, se trouver nu en public, tomber, se précipiter vers un quartier d'une ville étrange, certain que notre destin s'y jouera.

David envisagea de remettre le billet de cinq dans son portefeuille mais, se penchant, il le laissa finalement tomber sur le comptoir que personne n'occupait, sinon un paquet de cigarettes posé sur un roman de Danielle Steele en poche. Puis il passa dans la partie encombrée de la salle.

Les Dérailleurs continuèrent par quelque chose qui swinguait et les danseurs les plus jeunes se mirent à bondir comme des gamins faisant les idiots sur leurs échasses à ressort. À la gauche de David, deux douzaines de danseurs plus âgés se mirent en ligne jusqu'au moment où il se rendit compte qu'ils devaient être moitié moins : le mur du fond était un miroir qui faisait paraître le parquet de danse deux fois plus grand.

Un verre se brisa. « Hé, c'est ta tournée, collègue ! » cria le chanteur du groupe tandis que les Dérailleurs attaquaient la partie instrumentale ; les danseurs applaudirent le trait d'esprit qui devait paraître particulièrement brillant, pensa David, après quelques tequilas pour s'échauffer.

Une Wind River Range en néon était suspendue au-dessus du bar en forme de fer à cheval. La chaîne de montagnes était en rouge, blanc et bleu ; au Wyoming, on aimait apparemment beaucoup le rouge, le blanc et le bleu. En néon dans les mêmes couleurs, un texte proclamait : VOUS ÊTES DANS LE PAYS PARTENAIRE DE DIEU, flanqué du logo de Budweiser à gauche et de celui de Coors à droite. Les gens attendaient sur quatre rangées pour être servis. Un trio de barmen en chemise blanche et gilet rouge manipulaient leur shaker argenté comme des six-coups.

L'endroit était vaste comme une grange – il devait bien y avoir cinq cents personnes qui y chahutaient – mais David n'avait aucune inquiétude pour ce qui était de retrouver Willa. J'ai la baraka, pensa-t-il en coupant par un coin du parquet de danse, dansant presque lui-même pour éviter les cow-boys et les cow-girls qui tourbillonnaient sur eux-mêmes.

Il y avait, au-delà du bar et du parquet de danse, un petit salon de plusieurs box à hauts dossiers plongé dans la pénombre. La plupart des box étaient occupés par un quatuor, en général autour d'un pichet de bière pour se soutenir, et transformé en octuor par le reflet dans le miroir. Un seul des box n'affichait pas complet. Willa était assise toute seule, sa robe ras du cou à motifs floraux paraissant déplacée au milieu de tous ces jeans et de ces chemises en toile de jean et à boutons de nacre. Elle ne s'était rien acheté, ni boisson, ni quelque chose à manger – la table était vide.

Sur le moment elle ne le vit pas. Elle regardait les danseurs. Elle avait les joues rouges et deux fossettes se creusaient au coin de ses lèvres. Elle avait l'air aussi déplacé qu'il était possible, mais il ne l'avait jamais autant aimée. Willa, sur le point de sourire.

« Salut, David, dit-elle quand il se glissa à côté d'elle. J'espérais que tu viendrais. J'étais sûre que tu viendrais. Il est pas bon, ce groupe ? Qu'est-ce qu'ils jouent fort ! » Elle devait presque crier pour se faire entendre, mais cela lui plaisait aussi, visiblement. Et après lui avoir jeté son coup d'œil, elle retourna aux danseurs.

« Ils sont bons, c'est vrai », convint David. Et bons, ils l'étaient. Il sentait qu'il réagissait à la musique, en dépit de son anxiété qui était revenue. Car maintenant qu'il l'avait retrouvée, l'idée de manquer le foutu train de secours le travaillait à nouveau. « Le chanteur me rappelle un peu Buck Owens.

– Tu trouves ? demanda-t-elle, le regardant avec un sourire. Et qui est Buck Owens ?

– Peu importe. Il faut retourner à la gare. Sauf si tu veux rester coincée ici encore un jour.

– Ça ne serait pas une catastrophe. J'aime assez ce pate… houlà, regarde ! »

Un verre décrivit un arc au-dessus du parquet de danse, jetant de brefs reflets colorés dans les lumières de scène, et alla exploser dans un coin invisible pour eux. Il y eut des acclamations et des applaudissements – Willa elle-même applaudit – mais David vit deux gros-bras, les mots SÉCURITÉ et SÉRENITÉ imprimés sur leur t-shirt, se diriger vers l'endroit approximatif du pas de tir du missile.

« C'est le genre d'endroit où on peut compter au moins quatre bagarres dans le parking avant onze heures et souvent une bataille générale au moment de la fermeture. »

Elle éclata de rire et pointa son index sur lui comme un pistolet. « Super ! Je tiens à voir ça !

– Et moi, je veux qu'on reparte, dit-il. Si tu veux qu'on aille en boîte à San Francisco, je t'emmènerai, promis. »

Elle avança sa lèvre inférieure et secoua sa chevelure blond cendré. « Ce ne serait pas pareil. Pas pareil du tout, et tu le sais bien. À San Francisco, je te parie qu'ils boivent… je ne sais pas… de la bière macrobiotique. »

Cela le fit rire. Tout comme l'idée d'un banquier d'investissement s'appelant David Paniqueur, celle de la bière macrobiotique était trop marrante. Mais son angoisse était bien présente, sous le rire ; en fait, n'était-ce pas elle qui le poussait à rire ?

« On fait une petite pause et on reprend, dit le chanteur du groupe, s'essuyant le front. Vous allez pouvoir boire un coup – et n'oubliez pas, je m'appelle Tony Villanueva, et nous sommes les Dérailleurs !

– C'est le signal pour chausser nos bottes de sept lieues et prendre la tangente », dit David en saisissant la main de Willa.

Il se glissa hors du box, mais elle ne le suivit pas. Elle ne lâcha pas sa main, non plus, et il se rassit, pris d'une petite bouffée de panique. Avec l'impression de savoir maintenant ce qu'éprouvait un poisson quand il comprenait qu'il ne pouvait recracher l'hameçon, que ce bon vieil hameçon était solidement accroché et que dame Truite était bonne pour se retrouver sur la berge, où elle gigoterait sa gigue finale. Elle le regardait avec ses mêmes yeux bleus, ses mêmes profondes fossettes : Willa sur le point de sourire, Willa sa future moitié, qui lisait des romans le matin et de la poésie le soir et pour qui les infos à la télé étaient… – quel mot avait-elle employé ? – … éphémères.

« Regarde-nous », dit-elle en détournant la tête.

Il regarda la paroi en miroir, à leur gauche. Il y vit un gentil couple de la côte Est en rade dans le Wyoming. Elle avait meilleure allure que lui, dans sa robe imprimée, mais sans doute était-ce toujours le cas, songea-t-il. Il alla du reflet de Willa à la réalité de Willa, sourcils arqués.

« Non, regarde encore », dit-elle. Les fossettes étaient toujours là mais elle affichait à présent une expression sérieuse – aussi sérieuse qu'il était possible dans cette ambiance de kermesse. « Et pense à ce que je t'ai dit. »

Il fut sur le point de lui répondre qu'elle lui avait dit des tas de choses et qu'il pensait à toutes, mais c'était une réponse d'amoureux, une réponse certes jolie, mais fondamentalement dépourvue de sens. Et comme il savait à quoi elle faisait allusion, il regarda à nouveau sans rien dire. Regarda bien, cette fois, et ne vit personne dans le miroir. Il n'y avait que le box vide du 26. Il se tourna vers Willa, sidéré… mais pas vraiment surpris.

« Tu ne t'es pas demandé comment une jeune femme pas trop mal de sa personne pouvait rester assise ici toute seule, dans un endroit aussi bondé et agité que celui-ci ? »

Il secoua la tête. Non, il ne se l'était pas demandé. Il y avait un certain nombre de choses qu'il ne s'était pas demandées, jusqu'à maintenant, du moins. Quand il avait bu ou mangé quelque chose pour la dernière fois, par exemple. Ou l'heure qu'il était, ou depuis combien de temps il n'avait pas vu la lumière du jour. Il ne savait pas exactement ce qui leur était arrivé. Sinon que le Northern Flyer avait quitté les rails et que, par il ne savait quelle coïncidence, ils écoutaient un groupe de country-western qui s'appelait…

« J'ai donné un coup de pied dans une cannette. En venant ici.

– Oui, et tu nous a vus dans le miroir la première fois que tu as regardé, pas vrai ? Percevoir n'est pas tout, mais quand *s'attendre à percevoir* s'ajoute à percevoir ? » Elle lui adressa un clin d'œil et se pencha vers lui. Son sein se pressa contre le bras de David tandis qu'elle l'embrassait sur la joue, et la sensation fut délicieuse – c'était sans aucun doute la sensation de la chair vivante. « Pauvre David. Je suis désolée. Mais tu as été courageux de venir. Pour tout te dire, je ne pensais pas que tu le ferais.

– Nous devons retourner le dire aux autres. »

Elle serra les lèvres. « Pourquoi ?

– Parce que… »

Deux hommes portant des chapeaux de cow-boy entraînaient leurs compagnes rieuses, en jeans, chemises western et queue-de-cheval vers leur box. En s'approchant, une expression intriguée identique – pas tout à fait de la peur – se peignit sur leur visage et ils repartirent en direction du bar. Ils nous sentent, pensa David. Comme un souffle d'air froid. Voilà ce que nous sommes pour eux, maintenant.

« Parce c'est ce qu'il est juste de faire. »

Willa se mit à rire. Mais d'un rire fatigué. « Tu me rappelles ce vieux qui faisait la pub des céréales, à la télé.

– Mais chérie, ils attendent qu'un train vienne les chercher !

– Il y en aura peut-être un ! rétorqua-t-elle d'un ton dont la férocité soudaine lui fit presque peur. Peut-être celui dont ils parlent toujours dans leurs hymnes, le train biblique, le train pour la gloire céleste, celui dans lequel il n'y a pas de joueurs ni de fêtards…

– Je ne crois pas que l'Amtrak ait une gare au paradis », dit David. Il avait espéré la faire rire, mais elle se mit à contempler ses mains, presque boudeuse, et il eut une soudaine intuition. « Il y a quelque chose que tu sais ? Quelque chose qu'on devrait leur dire ? C'est bien ça, hein ?

– Je ne vois pas pourquoi on devrait s'en soucier, du moment qu'on peut rester ici », dit-elle. N'y avait-il pas une pointe de méchanceté dans sa voix ? Il lui semblait que si. C'était une Willa dont il n'avait encore jamais soupçonné l'existence. « Tu es peut-être un peu myope, David, mais au moins tu es venu. Je t'aime pour ça. »

Et elle l'embrassa de nouveau.

« Il y avait aussi un loup, reprit-il. J'ai frappé dans les mains et je lui ai fait peur. J'envisage de changer mon nom pour Loup Paniqueur. »

Elle le regarda un instant, bouche ouverte, et David eut le temps de penser : Il a fallu que j'attende que nous soyons morts pour vraiment surprendre cette femme que j'aime. Puis elle se laissa aller contre le dossier rembourré du box, hurlant de rire. Une serveuse qui passait à côté renversa le plateau de bières qu'elle portait et poussa quelques jurons bien sentis.

« Loup Paniqueur ! Je t'appellerai comme ça au plumard ! Oh, oh ! – ou plutôt, Loup Vrai-niqueur, t'es si gros, t'es si poilu, mon loup ! »

La serveuse contemplait le gâchis mousseux tout en continuant à jurer comme un marin en goguette. Non sans rester pendant tout ce temps bien au large du box vide.

« Tu crois qu'on pourra encore ? demanda David. Faire l'amour ? »

Willa essuya les larmes qui lui coulaient des yeux. « Percevoir et s'attendre à… tu te souviens ? Ensemble, ça peut déplacer des montagnes. » Elle lui reprit la main. « Je t'aime toujours et tu m'aimes aussi toujours. N'est-ce pas ?

– Ne suis-je pas Loup Paniqueur ? »

Il arrivait à plaisanter, parce qu'au fond de lui il ne se croyait pas mort. Il regarda de nouveau dans le miroir ; il la vit et se vit. Puis seulement lui, sa main ne tenant que le vide. Puis plus rien. Et cependant… il respirait, il sentait l'odeur de la bière, du whisky, des parfums bon marché.

Un petit grouillot sorti d'on ne sait où aidait la serveuse à nettoyer. « J'ai eu l'impression de rater une marche », expliqua-t-elle. Était-ce le genre de choses qu'on entendait dans la vie après la mort ? se demanda David.

« Je pense que je vais y retourner avec toi, dit Wilma, mais je ne resterai pas à mourir d'ennui dans cette gare alors qu'il existe un endroit comme celui-ci.

– D'accord.

– Qui est Buck Owens ?

– Je t'en parlerai. Et de Roy Clark, aussi. Mais dis-moi d'abord ce que tu sais d'autre.

– Ils sont sans intérêt, pour la plupart. Mais Henry Lander est sympathique. Comme sa femme.

– Phil Palmer est pas mal, non ?

– Phil et ses pilules.

– Qu'est-ce que tu sais, Willa ?
– Tu verras par toi-même, si tu regardes vraiment.
– Est-ce que ce ne serait pas plus simple si tu… »
Apparemment, non. Elle se leva jusqu'à ce que ses cuisses s'appuient contre le rebord de la table. « Regarde ! Les musiciens reviennent ! »

La lune était haute dans le ciel lorsque David et Willa reprirent la route en se tenant par la main. David ne comprenait pas comment cela était possible – ils n'étaient restés que pour les deux premières chansons de la deuxième séquence – mais elle était là, flottant au plus haut du noir piqué d'étoiles. C'était troublant, mais quelque chose d'autre le troublait encore davantage.
« Willa ? En quelle année sommes-nous ? »
Elle réfléchit. Le vent faisait virevolter sa robe comme sur n'importe quelle femme vivante. « Je ne m'en souviens pas exactement, répondit-elle enfin. Ce n'est pas bizarre, ça ?
– Pas tellement, si tu penses que je n'arrive pas à me souvenir de la dernière fois où j'ai fait un repas ou bu un verre d'eau. Au jugé, qu'est-ce que tu dirais ?
– Mille neuf cent… quatre-vingt-huit ? »
Il hocha la tête. Lui-même aurait dit 1987. « Il y avait une fille, dans le bar, qui portait un t-shirt où on lisait CROWHEART SPRINGS HIGHSCHOOL, ANNÉE 03. Et si elle a l'âge d'aller en boîte…
– Alors 03 remonte à au moins trois ans.
– C'était ce que je me disais. » Il s'interrompit un instant. « On ne peut pas être en 2006, Willa, si ? On n'est pas au XXIe siècle, tout de même ! »
Avant qu'elle ait pu répondre, il entendit le *clic-clic-clic* des griffes sur l'asphalte. Cette fois-ci, pas un unique jeu de griffes ; cette fois-ci, ils étaient quatre à bondir derrière eux sur la route. Le plus gros, qui se tenait devant les autres, était celui qui l'avait suivi à l'aller. Il aurait reconnu n'importe où cette fourrure hirsute. Ses yeux étaient maintenant plus brillants. Une demi-lune flottait dans chacun d'eux comme une lampe noyée.
« Ils nous ont vus ! s'exclama une Willa presque extatique. David, ils nous ont vus ! » Elle mit un genou sur un fragment de

la bande blanche qui pointillait la route et tendit la main droite. Elle émit alors un petit claquement de langue et dit : « Hé, mon garçon, viens un peu par ici !

– Je ne suis pas sûr que ce soit une bonne idée, Willa. »

Elle ne fit pas attention à lui, dans le plus pur style Willa. Willa avait ses idées personnelles sur les choses. C'était elle qui avait tenu à aller de Chicago à San Francisco en train – parce que, avait-elle dit, elle avait envie de savoir ce que cela faisait de baiser dans un train. En particulier un train qui allait vite et oscillait d'autant.

« Amène-toi, mon gros, viens voir maman ! »

Le grand loup s'avança, avec sa compagne en remorque et leurs deux… louveteaux ? Oui, louveteaux. Au moment où il approchait son museau (exhibant toutes ses dents brillantes) vers la petite main tendue, la lune remplit si parfaitement ses yeux que pendant un instant, on aurait dit deux pièces d'argent. Puis, juste avant que son long nez puisse toucher la peau de Willa, le loup émit une série de jappements aigus et partit si brusquement à reculons qu'il se retrouva un moment debout sur les pattes postérieures, battant l'air des antérieures et exposant son ventre blanc et pelucheux. Les autres se dispersèrent. Le grand loup exécuta une volte-face aérienne et courut se réfugier dans les buissons sur la droite de la route, jappant toujours, la queue entre les pattes. Les autres le rejoignirent.

Willa se releva et regarda David avec une telle expression de chagrin que c'en était insupportable. Il baissa les yeux et étudia ses pieds. « C'est pour ça que tu m'as emmenée dans la nuit alors qu'on aurait pu rester écouter la musique ? demanda-t-elle. Pour me montrer ce que je suis maintenant ? Comme si je ne le savais pas !

– Je suis désolé, Willa.

– Pas encore, mais ça va venir. » Elle reprit sa main. « Allez viens, David. »

Il risqua un coup d'œil. « T'es fâchée contre moi ?

– Oh, un peu, mais tu es tout ce que j'ai, je ne vais pas te laisser partir. »

Peu après l'épisode des loups, David aperçut une cannette de Budweiser sur le bas-côté. Il était pratiquement sûr que c'était celle dans laquelle il avait donné des coups de pied jusqu'à ce qu'elle se défonce et vole au milieu des sauges. Elle était de nouveau à sa place d'origine… parce qu'il n'avait jamais donné ces coups de pied, bien sûr. La perception n'est pas tout, avait dit Willa, mais percevoir et s'attendre à ? Mettez les deux ensemble et vous avez votre content de bonbons psychiques.

Il donna de nouveau dans la boîte un coup de pied qui l'expédia dans les buissons ; il se retourna, une fois qu'ils eurent dépassé l'endroit, et la cannette avait retrouvé son emplacement initial, là où elle était restée depuis qu'un cow-boy – peut-être en route pour le 26 – l'avait balancée par la fenêtre de son pick-up. Il se rappela que dans *Hee Haw* – l'ancienne émission avec Buck Owens et Roy Clark – on appelait les pick-up les Cadillac des cow-boys.

« Qu'est-ce qui te fait sourire ? lui demanda Willa.

– Je te dirai plus tard. J'ai l'impression qu'on va avoir tout le temps qu'on veut. »

Ils se retrouvèrent devant la gare de chemin de fer de Crowheart Springs, se tenant par la main comme Hänsel et Gretel devant la maison en pain d'épice. La peinture verte du bâtiment tout en longueur paraissait d'un gris cendré dans le clair de lune et il avait beau savoir que WYOMING – L'ÉTAT DE L'ÉGALITÉ était écrit en lettres rouges, blanches et bleues, elles auraient pu être de n'importe quelle couleur. Il remarqua une feuille de papier, protégée des éléments par du plastique, agrafée à l'un des poteaux qui flanquaient le large escalier donnant accès aux doubles portes. Phil Palmer y était toujours adossé.

« Hé, mon pote, t'as pas une clope ? lança-t-il.

– Désolé, Mr Palmer répondit David.

– Je croyais que tu devais m'en rapporter un paquet.

– Je n'ai pas vu de boutique.

– On ne vendait pas de cigarettes là où t'étais, poupée ? » demanda Palmer.

C'était le genre d'homme qui appelait toutes les femmes plus jeunes « poupées » ; on le savait rien qu'à le voir, comme on savait aussi que par une lourde après-midi d'août, il repousserait son chapeau sur l'arrière de son crâne et vous dirait que ce n'était pas la chaleur, mais l'humidité.

« Si, certainement, mais on aurait eu du mal à en acheter, répondit Willa.

– Tu peux me dire pourquoi, mon petit chou ?

– Qu'est-ce que vous en pensez ? »

Palmer se contenta de croiser les bras sur sa poitrine étroite, sans répondre. De quelque part à l'intérieur, sa femme cria : « On va avoir du poisson pour dîner ! Du poisson, toujours du poisson ! Ça pue, ici ! Bon Dieu ! »

« Nous sommes morts, Phil, dit David, voilà pourquoi. Les fantômes ne peuvent pas acheter de cigarettes. »

Palmer le regarda pendant plusieurs secondes et avant qu'il ne se mette à rire, David comprit que Palmer faisait plus que le croire : Palmer l'avait compris depuis le début. « On m'a déjà sorti des tas de raisons pour s'excuser de n'avoir pas fait une commission, dit-il, mais celle-là remporte le pompon.

– Phil… »

La voix venue de l'intérieur l'interrompit : « Du poisson pour dîner ! Oh, bon Dieu ! »

« Excusez-moi, les enfants. Le devoir m'appelle », soupira Palmer, et il s'en alla.

David se tourna vers Willa, pensant qu'elle allait lui demander à quoi il s'était attendu, mais elle étudiait l'avis agrafé à côté des marches.

« Regarde ça et dis-moi ce que tu vois. »

Sur le coup, il ne remarqua rien, parce que la lune se reflétait sur le plastique de protection. Il se rapprocha d'un pas, puis en fit un autre sur la gauche, obligeant Willa à se déplacer.

« En haut, on peut lire MENDICITÉ INTERDITE PAR ORDRE DU SHÉRIF DU COMTÉ DE SUBLETTE, ensuite des trucs écrits en petit, bla-bla-bla, et en bas… »

Elle lui donna un coup de coude. Assez bien senti, en plus. « Arrête de déconner et regarde bien, David. On ne va pas y passer la nuit. »

*Tu ne vois pas ce que tu as juste sous le nez.*

Il se tourna vers la voie ferrée. Les rails brillaient au clair de lune. Au-delà, s'élevait une courte falaise de pierre au sommet plat – c'est ce qu'on appelle une *mesa*, mon vieux, tout comme dans les vieux westerns de John Ford.

Il retourna à l'avis placardé et se demanda comment il avait pu lire MENDICITÉ INTERDITE, lui, Loup Paniqueur, un banquier d'investissement patenté s'il en était.

– PASSAGE INTERDIT PAR ORDRE DU SHÉRIF DE SUBLETTE, dit-il.

– Bien. Et sous le bla-bla-bla, qu'est-ce qu'il y a ? »

Sur le moment, il ne put rien lire du tout ; à première vue, ces deux lignes n'étaient faites que de symboles incompréhensibles, peut-être parce que son esprit, qui se refusait à croire ce qui leur arrivait, ne parvenait pas à en trouver une traduction inoffensive. Si bien qu'il regarda une fois de plus en direction des voie ferrées et qu'une fois de plus, il ne fut pas surpris de constater que les rails ne brillaient plus sous le clair de lune ; l'acier était maintenant rouillé et des mauvaises herbes poussaient entre les traverses. Lorsqu'il tourna de nouveau la tête, la gare n'était plus qu'une ruine délabrée, aux fenêtres clouées de planches, ayant perdu les trois quarts des bardeaux de son toit. STATIONNEMENT INTERDIT RÉSERVÉ AUX TAXIS avait disparu du macadam, lui-même émietté et grêlé de nids-de-poule. On arrivait encore à lire WYOMING – L'ÉTAT DE L'ÉGALITÉ sur le flanc du bâtiment, mais les lettres étaient réduites à des fantômes. Comme nous, pensa-t-il.

« Vas-y », lui dit Willa, Willa qui avait son idée bien à elle sur les choses, Willa qui voyait ce qu'elle avait sous le nez et tenait à ce que vous le voyiez aussi, aussi cruel que cela fût. « C'est ton dernier exam. Lis ces deux lignes et on pourra peut-être passer à autre chose. »

Il soupira. « PAR ARRÊTÉ DE L'ÉTAT DU WYOMING, DÉMOLITION PRÉVUE EN JUIN 2007.

– Dix sur dix. Et à présent, allons voir si quelqu'un d'autre veut venir avec nous en ville pour écouter les Dérailleurs. Je dirai à Palmer de voir le bon côté des choses : nous ne pouvons pas acheter de cigarettes, mais pour des gens comme nous, l'entrée est gratuite. »

Sauf que personne ne voulait aller en ville.

« Qu'est-ce qu'elle raconte, qu'on est morts ? Comment peut-on dire quelque chose d'aussi horrible ? » demanda Ruth Lander à David – et ce qui le tua (si l'on peut dire) ne fut pas le ton de reproche de sa voix, mais l'expression de ses yeux avant qu'elle n'enfouisse son visage dans le revers en velours du veston de son mari. Parce qu'elle savait, elle aussi.

« Je ne vous dis pas ça pour vous tourmenter, Ruth…

– Alors taisez-vous ! » cria-t-elle, la voix étouffée par le tissu.

David se rendit compte que tout le monde, hormis Helen Palmer, les regardait avec colère et hostilité. Helen hochait la tête, lancée dans un aparté à voix basse avec son mari et la mère Rhinehart – dont le prénom devait être Sally. Ils se tenaient en groupe sous les néons… sauf que lorsque David cligna des yeux, les néons disparurent. Les passagers se réduisirent alors à des silhouettes sombres debout dans les rayons fragmentés de lumière que la lune faisait passer entre les planches aveuglant les fenêtres. Les Lander n'étaient pas assis sur un banc, mais sur le sol poussiéreux, non loin d'un tas de petites fioles vides et cassées – oui, le crack avait réussi, semblait-il, à se frayer un chemin jusque dans le pays de John Ford – et il y avait un cercle plus pâle sur un mur, non loin de l'endroit où Helen Palmer murmurait, accroupie. Puis David cligna de nouveau des yeux et les néons revinrent. Comme la grosse horloge, cachant le cercle plus pâle.

« Je crois que vous feriez mieux d'y aller, maintenant, conseilla Henry Lander.

– Écoutez une minute, Henry », dit Willa.

Henry se tourna vers elle, et David n'eut aucun mal à lire du dégoût dans les yeux de l'homme. Toute la sympathie qu'il avait pu éprouver jusqu'ici pour Willa Stuart s'était évaporée.

« Je ne veux rien écouter, répondit Henry. Vous avez bouleversé ma femme.

– Ouais », intervint une grosse jeune femme portant une casquette des Seattles Mariners. David croyait se souvenir qu'elle s'appelait O'Casey. En tout cas, un de ces noms irlandais avec une apostrophe. « Ferme-la un peu, ma cocotte ! »

Willa se pencha vers Henry, et Henry eut un léger mouvement de recul, comme si elle avait eu mauvaise haleine. « Si j'ai laissé David me ramener ici, c'est pour l'unique raison qu'ils vont démolir la gare ! Le terme de bulldozer vous dit quelque chose, Henry ? Vous êtes sûrement assez intelligent pour comprendre ça, non ?

– Fais-la taire ! » cria Ruth, la voix toujours étouffée.

Willa se pencha encore un peu plus ; ses yeux brillaient dans son joli visage étroit. « Et quand le bulldozer sera parti et que les camions à benne auront emporté tous les gravats de ce qui a été autrefois une gare – une vieille gare – où allez-vous vous retrouver ?

– Laissez-nous tranquilles, je vous en prie, dit Henry.

– Voyons, Henry ! Comme l'a dit la choriste à l'évêque, le Déni n'est pas une rivière en Égypte. »

Ursula Davis, qui d'emblée avait détesté Willa, s'avança à son tour, menton en avant. « Va te faire foutre, salope qui fous le bordel ! »

Willa fit volte-face. « Pas un seul de vous qui arrive à piger ? Vous êtes morts, nous sommes tous morts, et plus vous traînerez quelque part, plus ce sera dur d'aller ailleurs !

– Elle a raison, dit David.

– Ouais, et si elle disait que la lune est du fromage, tu répondrais du gorgonzola ! répliqua Ursula. C'était une femme d'une quarantaine d'années, grande, belle mais rébarbative. « Désolé de te le dire, mais elle te mène à la baguette comme un toutou, que c'en n'est même pas drôle. »

Dudley laissa échapper une fois de plus son braiment d'âne et la mère Rhinehart se mit à renifler.

« Vous ne faites que bouleverser les passagers, tous les deux. » C'était Rattner, le petit contrôleur qui avait toujours l'air de s'excuser. Il prenait rarement la parole. David cligna des yeux ; la gare redevint sombre sous le clair de lune, pendant un instant, et il vit que la moitié de la tête de Rattner était partie. Ce qu'il en restait était calciné et noir.

« Ils vont démolir cette gare et vous n'aurez nulle part où aller, s'écria Willa. Pas le moindre putain de coin où aller ! » Elle chassa des poings les larmes de colère qui roulaient sur ses joues. « Pourquoi ne pas venir en ville avec nous ? On vous montrera le chemin. Au moins il y a des gens… des lumières… et de la musique.

– Je veux aller écouter la musique, maman, dit Pammy Andreeson.

– Tais-toi, lui souffla sa mère.

– Si nous étions morts, nous le saurions, objecta Biggers.

– Là, il vous a eu, dit Dudley en adressant un clin d'œil à David. Qu'est-ce qui nous est arrivé ? Comment serions-nous morts ?

– Je… je ne sais pas », avoua David.

Il regarda Willa. Willa haussa les épaules et secoua la tête.

« Vous voyez ? reprit Rattner. Nous avons déraillé. C'est des trucs qui arrivent… j'allais dire tout le temps, mais c'est faux, même pas ici où les voies ferrées auraient bien besoin de réparations, mais de temps en temps, en particulier aux bifurcations…

– On est tombés, dit Pammy Andreeson. David la regarda, la regarda vraiment et, un instant, vit un petit cadavre brûlé jusqu'à l'os dans les haillons rouges d'une robe. « Tombés, tombés, tombés. Et alors… »

Elle émit un bruit de gorge bas et écarta brusquement les bras – le signe universel pour *exploser* chez les enfants.

Elle paraissait sur le point d'ajouter quelque chose, mais sa mère lui donna une telle gifle que la fillette eut un bref ricanement qui découvrit ses dents, tandis qu'un peu de salive coulait au coin de ses lèvres. Elle regarda sa mère pendant quelques secondes, choquée et incrédule, puis se mit à gémir sur une seule note aiguë et stridente, encore plus pénible que son chant monotone quand elle jouait à la marelle.

« Qu'est-ce que je t'ai dit, Pamela, sur le mensonge ? » hurla Georgia Andreeson en attrapant la fillette par le haut du bras. Ses doigts s'y enfoncèrent jusqu'à y disparaître ou presque.

« Elle ne ment pas ! s'écria Willa. Le train a quitté les rails et nous avons plongé dans la gorge ! Je m'en souviens, à présent, et vous aussi, vous vous en souvenez ! Pas vrai ? Pas vrai ? On le lit sur vos gueules ! On le lit sur vos foutues gueules ! »

Sans la regarder, Georgia Andreeson tendit son majeur dressé vers Willa. Elle secouait Pammy de son autre main. David vit une fillette osciller dans une direction, un corps carbonisé dans l'autre. Qu'est-ce qui avait pris feu ? Il se souvenait de la chute, maintenant, mais qu'est-ce qui avait pris feu ? Il ne se le rappelait pas, peut-être parce qu'il ne voulait pas se le rappeler.

« Qu'est-ce que je t'ai dit sur le mensonge ? cria à nouveau Georgia Andreeson.

– Que c'est mal, maman », balbutia Pammy.

La femme l'entraîna dans l'obscurité, la fillette continuant à gémir sur la même note monotone.

Il y eut un moment de silence – tout le monde écoutant Pammy pendant qu'on la conduisait en exil –, puis Willa se tourna vers David. « Ça te suffit pas ?

– Si. Allons-y.

– Et n'oubliez pas de refermer la porte derrière vous à cause des courants d'air ! » leur lança Biggers – son ton d'exubérance démente fit hurler Dudley de rire.

David laissa Willa l'entraîner vers les doubles portes ; Phil était adossé à l'intérieur, maintenant, les bras toujours croisés. David lâcha alors la main de Willa et se dirigea vers Helen Palmer qui, assise dans un coin, se balançait d'avant en arrière. Elle leva sur lui des yeux sombres et affolés. « On a du poisson pour dîner, dit-elle dans un souffle à peine plus fort qu'un murmure.

– Ça, je ne sais pas, mais pour l'odeur de la gare, vous avez raison. Ça pue le vieux cracker pourri. » Il regarda derrière lui et les vit tous qui les observaient, Willa et lui, dans la pénombre du clair de lune qui pouvait se transformer en néons si on le voulait très fort. « C'est l'odeur des endroits restés trop longtemps fermés, je crois.

– Feriez mieux de décamper, l'ami, dit Phil Palmer. Y'a pas un client pour vos salades.

– Comme si je le savais pas », répondit David, suivant Wilma dans le clair de lune.

Derrière lui, tel un lugubre murmure du vent, il entendit Helen Palmer dire : « D'abord un truc, et puis un autre… »

Cinq kilomètres plus dix, cela faisait quinze pour la soirée, mais David ne ressentait pas la moindre fatigue. Il se dit que les fantômes ne devaient jamais être fatigués, de même qu'ils n'avaient jamais faim ou soif. En outre, c'était une nuit différente. La lune était pleine et brillait telle un dollar d'argent haut dans le ciel ; mais le parking était vide devant le 26. Il y avait quelques camions dans le parking de gravier, sur le côté, dont l'un somnolait au ralenti, tous feux allumés. Sur la marquise, on pouvait lire : CE WEEK-END LES OISEAUX DE NUIT AMENEZ VOTRE NANA FAITES LA NOUBA.

« C'est mignon tout plein, dit Willa. Tu vas m'amener, Loup Paniqueur ? Je suis pas ta nana ?

– Si, et je t'emmènerai, répondit David. La question est de savoir ce qu'on fait maintenant. Parce que la boîte est fermée.

– On entre tout de même, évidemment.

– Ce sera fermé *à clef*.

– Pas si on veut pas. La perception, tu te rappelles ? Percevoir et s'attendre à. »

Oh, il s'en souvenait et, quand il essaya la poignée, la porte s'ouvrit. Les odeurs de bar étaient toujours présentes, mélangées à celle, agréable, d'un produit nettoyant parfumé au pin. La scène était vide et les tabourets à l'envers sur le bar, pieds en l'air, mais la chaîne de montagnes en néon, la réplique de la Wind River Range, était restée allumée, soit qu'elle ait été laissée ainsi après la fermeture, soit que Willa l'ait voulu – ce qui paraissait plus probable. Le parquet de danse paraissait plus vaste à présent qu'il était déserté, en particulier avec le miroir qui en doublait la taille. Les montagnes de néon brillaient, inversées, dans ses profondeurs lustrées.

Willa inspira profondément. « Je sens des odeurs de bière et de parfum. Et aussi d'huile à moteur surchauffée. C'est délicieux

– Tu es délicieuse, dit-il.

– Alors embrasse-moi, cow-boy », répondit-elle en se tournant vers lui.

Et il l'embrassa là, au bord de la piste de danse et, à en juger par ce qu'il ressentit, faire l'amour n'était pas hors de question. Pas du tout.

Elle l'embrassa sur le coin des lèvres et recula d'un pas. « Mets une pièce dans le juke-box, tu veux bien ? J'ai envie de danser. »

David se dirigea vers l'appareil, à l'autre bout du bar, y laissa tomber un *quarter* et commanda le D19, « Wasted Days and Wasted Nights », dans la version de Freddy Fender. Dans le parking, Chester Dawson, qui avait décidé de se reposer quelques heures avant de reprendre la route de Seattle avec son chargement de pièces d'électronique, leva la tête avec l'impression d'entendre de la musique. Puis il se dit que cela devait faire partie du rêve qu'il faisait et il se rendormit.

David et Willa tournaient lentement sur la piste de danse vide, leur reflet parfois visible dans le miroir, parfois non.

« Willa…

– Tais-toi un peu, David. Ta nana a envie de danser. »

David se tut donc. Il enfouit sa figure dans les cheveux de Willa et se laissa porter par la musique. Il pensa qu'ils allaient rester ici, à partir de maintenant, et des gens les verraient sans doute, de temps en temps. Le 26 y gagnerait peut-être la réputation d'être hanté, mais probablement pas ; les gens ne pensent pas tellement aux fantômes quand ils picolent, sauf s'ils picolent seuls. Ou bien, à la fermeture, le barman et la dernière serveuse (la plus ancienne, celle qui est responsable du partage des pourboires) auraient l'impression désagréable d'être surveillés. D'autres fois, ils entendraient de la musique même lorsque la musique se serait arrêtée, ou croiraient voir un mouvement dans le miroir, près de la piste de danse ou dans l'un des box. Seulement du coin de l'œil, en règle générale. David se dit qu'ils auraient pu échouer dans de meilleurs endroits mais que, dans l'ensemble, le 26 n'était pas si mal. Il y avait du monde jusqu'à la fermeture. Et il y aurait toujours de la musique.

Il se demanda ce qu'il allait advenir des autres lorsque la boule d'acier, au bout de sa chaîne, aurait mis en miettes leur illusion – car ça n'allait pas manquer. Bientôt. Il imagina Phil Palmer s'efforçant de protéger sa femme terrifiée et hurlante de la chute de débris ne pouvant lui faire de mal parce que, à proprement parler, elle n'était pas là. Il imagina Pammy Andreeson se réfugiant dans les bras de sa mère, hurlant elle aussi. Et Rattner, le contrôleur timide, disant aux gens de rester calmes d'une voix qu'on ne pouvait entendre dans le tapage des grosses machines jaunes. Il pensa aussi à Biggers, le représentant en livres, tentant de fuir avec sa patte folle, oscillant et finissant par s'effondrer pendant que la boule virevoltante et les bulldozers s'activaient et rugissaient et que le monde s'effondrait.

Il lui plaisait de penser que leur train arriverait avant – que leurs espérances combinées le feraient venir – mais il n'y croyait pas trop. Il envisagea même l'idée que le choc puisse les souffler comme une rafale de vent éteint des chandelles, mais cela aussi lui paraissait peu probable. Il ne se les imaginait que trop clairement, après le départ des bulldozers, des camions à benne et des chargeurs, debout au milieu des rails à l'abandon et rouillés, sous le clair de lune, tandis que le vent soufflait des collines, gémissant dans les creux de la *mesa* et fouettant les herbes sèches. Il se les représentait serrés les uns contre les autres, sous un milliard d'étoiles comme on n'en voit que dans le désert, attendant toujours leur train.

« Tu as froid ? lui demanda Willa.

– Non. Pourquoi ?

– Tu frissonnes.

– Sans doute une oie qui a marché sur ma tombe[1] », répondit-il. Il ferma les yeux et ils continuèrent à tournoyer sur la piste de danse vide. Parfois, ils apparaissaient dans le miroir et, quand leur image s'évanouissait, il n'y avait plus qu'un air de musique country dans une salle vide qu'éclairait une chaîne de montagne en néons.

1 Formule proverbiale qu'on emploie dans ce genre de situation.

# La fille pain d'épice

## – 1 –

### Une seule solution, courir vite

Après la mort du bébé, Emily s'était mise à courir. Jusqu'au bout de l'allée, pour commencer, où elle se tenait haletante, les mains sur les genoux, puis jusqu'au coin de la rue, puis jusqu'au Kozy Qwik-Pik, au bas de la colline. Là, elle achetait du pain ou de la margarine, et peut-être un Ho Ho ou un Ring Ding, à défaut d'autre chose. Au début, elle revenait en marchant, mais bientôt, elle courut aussi pendant tout le chemin du retour. Et finalement, elle laissa tomber les petites douceurs. Ce fut beaucoup plus difficile qu'elle l'aurait cru. Elle ne s'était pas rendu compte que les sucreries soulageaient son chagrin. Ou alors les friandises étaient devenues un gri-gri. D'une manière ou d'une autre, elle décida que ce serait la fin des Ho Ho. Et c'en fut la fin. Courir suffisait. Henry traita la chose de « gri-gri », et elle pensa qu'il avait sans doute raison.

« Qu'est-ce qu'en pense le Dr Steiner ? demanda-t-il.

– Le Dr Steiner en pense que je dois courir comme une dératée, histoire de me shooter aux endorphines. »

En fait, elle n'en avait pas parlé à Susan Steiner, qu'elle n'avait d'ailleurs pas vue à l'enterrement d'Amy. « Elle m'a dit qu'elle pouvait même me l'écrire sur une ordonnance, si tu y tiens. »

Emily avait toujours été capable de rouler Henry dans la farine. Même après la mort d'Amy. *Nous pourrons en avoir un autre*, avait-elle affirmé, assise à côté de lui sur le lit où il se tenait en tailleur, les joues inondées de larmes.

Cela l'avait soulagé, ce qui était bien, mais il n'y aurait jamais de second enfant, avec le risque concomitant de trouver le bébé gris et immobile dans son berceau. Plus jamais, les vains efforts de réanimation, plus jamais, hurler dans le téléphone avec l'opérateur des urgences disant : *Parlez moins fort, madame, je ne comprends pas ce que vous dites.* Mais Henry n'avait pas besoin de le savoir, du moins au début. Elle considérait le bien-être, et non le pain, comme l'ingrédient de base de la vie. Elle finirait peut-être par trouver un jour un certain réconfort pour elle-même. Toujours est-il qu'elle avait donné naissance à un bébé défectueux. Voilà ce qui comptait. Elle ne reprendrait pas ce risque.

Puis elle avait commencé à avoir des maux de tête. De vrais assommoirs. Elle avait bien été voir un médecin, mais c'était le Dr Mendez, leur généraliste, pas Susan Steiner. Mendez lui fit une ordonnance pour un truc appelé Zomig. Après s'être rendue en bus jusqu'au cabinet du Dr Mendez, elle avait couru jusqu'à la pharmacie. Puis elle était retournée à la maison en courant – trois kilomètres – et le temps qu'elle arrive, elle avait l'impression qu'on lui avait planté une fourchette en acier dans le flanc, entre le haut des côtes et l'aisselle. Elle ne s'en inquiéta pas. C'était une douleur qui partirait. Sans compter qu'elle était épuisée et avait l'impression qu'elle pourrait dormir un peu.

Et elle dormit – tout l'après-midi. Sur ce même lit où Amy avait été conçue et où Henry avait pleuré. À son réveil, elle vit des cercles fantomatiques flotter dans l'air, signe avant-coureur certain de ce qu'elle s'amusait à appeler les super-migraines d'Emily. Elle prit une des nouvelles pilules et, à sa surprise – à sa stupéfaction, même – son mal à la tête tourna casaque et prit la tangente. Se réfugiant tout d'abord à l'arrière du crâne, puis plus rien. Elle regretta que ce genre de pilule n'existe pas contre la mort d'un enfant.

Convaincue qu'il lui fallait explorer les limites de son endurance, elle soupçonnait que cette exploration lui prendrait du temps. Il y avait un stade avec une cendrée pas très loin de leur maison. Elle commença à s'y rendre en voiture le matin, tout de suite après le départ d'Henry pour le bureau. Henry ne comprenait pas ce besoin de courir. Faire un peu de jogging, oui, bien sûr, des tas de femmes pratiquaient le jogging. Pour faire disparaître les deux ou trois kilos venus tapisser ces bonnes vieilles fesses et pouvoir continuer à porter ce bon vieux 38. Mais Emily n'avait pas un gramme à perdre sur l'arrière-train et de plus, trottiner n'était plus suffisant. Il lui fallait *courir*, et courir vite. Une seule solution, courir vite.

Une fois garée, elle courait jusqu'à n'en plus pouvoir, jusqu'à ce que son débardeur avec FLORIDA STATE UNIVERSITY écrit dessus soit noir de transpiration devant et derrière, jusqu'à ce qu'elle ne tienne plus debout, jusqu'à ce qu'elle soit sur le point de vomir d'épuisement.

Henry finit par l'apprendre. Une personne qui les connaissait la vit courant toute seule dès huit heures du matin et le lui dit. Ils eurent une discussion. La discussion dégénéra en une querelle à provoquer un divorce.

« C'est juste un passe-temps, dit-elle.

– D'après Jodi Anderson, tu as couru jusqu'à en tomber par terre. Elle a eu peur que tu aies une crise cardiaque. Ce n'est pas un passe-temps, Emily. Même pas un gri-gri. C'est une obsession. »

Sur quoi, il lui jeta un regard plein de reproche. Ce n'est que plus tard qu'elle lui lança un livre à la figure, mais ce fut ce premier incident qui déclencha tout. Le regard plein de reproche. Elle ne le supportait plus. Comme il avait le visage plutôt long, elle avait l'impression d'avoir un mouton à la maison. *J'ai épousé un mérinos*, pensa-t-elle, *et maintenant c'est rien que bê-bê-bê toute la journée.*

Elle essaya cependant, une fois de plus, de se montrer raisonnable à propos de quelque chose qui – comme elle le savait au fond de son cœur – ne l'était fondamentalement pas. C'était de la pensée magique ; tout comme il y avait des actes magiques – courir, par exemple.

« Les marathoniens courent jusqu'à ce qu'ils s'écroulent, objecta-t-elle.

– Tu as l'intention de courir le marathon ?

– Peut-être. »

Mais elle détourna les yeux. Vers la fenêtre, vers l'allée. L'allée l'appelait. L'allée conduisait au trottoir et le trottoir conduisait au monde.

« Non, dit-il, tu ne courras pas le marathon. Tu n'as jamais envisagé de courir le marathon. »

Elle eut cet éclair de compréhension que l'on a lors de la brusque révélation d'une évidence : elle venait de toucher l'essence d'Henry, putain, c'était *l'apothéose* d'Henry. Depuis six ans qu'ils étaient mariés, il avait toujours parfaitement su ce qu'elle pensait, ce qu'elle sentait, ce qu'elle projetait.

*Je t'ai réconforté*, pensa-t-elle, pas encore furieuse, non, mais commençant à l'être. *Tu étais là, à chialer sur le lit, et je t'ai réconforté.*

« Courir est une réaction psychologique classique à la souffrance que tu ressens, disait-il, toujours du même ton sérieux. On appelle ça une stratégie d'évitement. Sauf que, ma chérie, si tu ne ressens pas ta souffrance, tu ne seras jamais capable de… »

C'est à cet instant qu'elle saisit le premier objet à portée de main, objet qui se trouvait être un exemplaire en livre de poche de *The Memory Keeper's Daughter*[1]. Elle avait tenté de lire cette histoire de secrets de famille et avait rapidement laissé tomber, mais Henry l'avait repris et en était aux trois quarts, à voir l'emplacement du signet. *Il a même les goûts littéraires d'un mérinos*, pensa-t-elle en le lui balançant dessus. Le livre l'atteignit à l'épaule. Il la regarda, les yeux écarquillés, sous le choc, et tenta de l'attraper. Probablement pour la serrer dans ses bras, rien de plus, mais comment savoir ? Comment être certaine de ce genre de choses ?

S'il avait tendu la main une seconde plus tôt, il aurait pu la saisir par le bras, ou par le poignet, ou même par le dos de son t-shirt. Mais le choc l'avait retardé. Il la manqua, et elle partit en courant, ne ralentissant que pour s'emparer au passage de son sac-ceinture, posé sur la table de l'entrée. L'allée, le trottoir. Puis la rue qui descendait la colline où, pendant une courte période, elle avait poussé un landau en compagnie d'autres mamans qui l'évitaient à présent. Cette fois, elle n'avait l'intention ni de s'arrêter ni même de ralentir. Ne portant que ses chaussures de sport, un short et un t-shirt (avec SAVE THE CHEERLEADERS écrit dessus), Emily courut dans le monde. Elle passa le sac-ceinture autour de

1. Livre de Kim Edwards, non traduit à ce jour : « La fille du gardien du souvenir ».

sa taille et bloqua le fermoir en attaquant la descente. Ce qu'elle ressentait ?

De la jubilation. De la puissance pure.

Elle courut jusqu'au centre (trois kilomètres, vingt minutes), sans même s'arrêter quand les feux étaient rouges ; dans ces cas-là, elle sautillait sur place. Deux jeunes gens en Ford Mustang décapotée – le temps commençait tout juste à le permettre – passèrent à un coin de rue et l'un d'eux la siffla. Emily lui tendit son majeur. Le jeune homme rit et applaudit, et la Mustang s'éloigna.

Elle n'avait pas beaucoup d'argent liquide sur elle, mais elle avait ses deux cartes de crédit. Celle d'American Express était la plus importante, puisqu'elle pouvait se procurer des chèques de voyage avec.

Elle comprit qu'elle n'allait pas rentrer chez elle, au moins pour un moment. Et au soulagement – et peut-être même à la pointe d'excitation – qu'elle ressentit au lieu de chagrin à cette idée, elle soupçonna que ce ne serait pas temporaire.

Elle entra au Morris Hotel pour téléphoner, puis, sur une impulsion, décida d'y prendre une chambre. Avaient-ils quelque chose juste pour une nuit ? La réponse était oui. Elle tendit sa carte American Express à l'employé.

« Apparemment, vous n'avez pas besoin qu'on vous accompagne, dit l'homme après un coup d'œil à sa tenue.

– Je suis partie très vite.

– Je vois », répondit-il sur un ton de voix qui disait exactement le contraire.

Elle prit la clef qu'il poussait vers elle et traversa rapidement le hall jusqu'aux ascenseurs, se retenant pour ne pas courir.

– 2 –

## On dirait que tu es en train de pleurer

Il lui fallait acheter des vêtements – deux jupes, deux chemisiers, deux jeans, un autre short – mais avant d'aller faire ses courses, elle avait deux coups de fil à passer : un à Henry et un à son père. Son père habitait Tallahassee. Elle décida de commencer par lui. Elle ne se souvenait pas du numéro de téléphone de l'atelier, mais elle avait son numéro de portable mémorisé. Il décrocha à la première sonnerie. Elle entendit des bruits de moteur en fond sonore.

« Emily ! Comment vas-tu ? »

La réponse aurait dû être compliquée, mais elle ne le fut pas. « Je vais bien, papa. Mais je me trouve au Morris Hotel. Je crois que je viens de quitter Henry.

– C'est permanent, ou juste un ballon d'essai ? »

Il ne paraissait pas surpris – il avait l'art de prendre les choses comme elles venaient, trait de caractère qu'elle adorait chez lui – mais le bruit des moteurs s'estompa, puis disparut. Elle se le représenta qui retournait dans son bureau, refermait la porte derrière lui et prenait peut-être la photo qu'il avait d'elle au milieu du bazar qui régnait sur la table.

« Peux pas dire encore. Pour l'instant, ça paraît compromis.

– C'était à propos de quoi ?

– Le fait que je cours.

– Que *tu cours* ? »

Elle soupira. « Enfin, pas vraiment. Tu sais bien comment des fois, une chose est là, à la place d'une autre. Ou d'un tas d'autres…

– Le bébé. »

Son père ne l'avait plus jamais appelée Amy depuis qu'elle avait été victime de la mort subite du nourrisson. Maintenant, ce n'était plus que « le bébé ».

« Oui, et la façon dont j'y fais face. Qui n'est pas celle qu'Henry voudrait. J'ai fini par me dire que j'aimerais bien le faire à ma façon.

– Henry est un type bien, mais il a sa manière de voir les choses. Pas de doute. »

Elle attendit.

« Qu'est-ce que je peux faire ? »

Elle le lui dit. Il accepta. Elle savait qu'il le ferait, mais il attendit qu'elle ait tout déballé. Écouter était la chose importante, et Rusty Jackson savait écouter. Il n'était pas passé par hasard de simple mécanicien dans les ateliers de l'université (eau courante, eau chaude, chauffage, centrale électrique) à une situation où il était l'une des trois ou quatre personnes les plus importantes du campus de Tallahassee en ne faisant pas attention à ce qu'on lui disait (et ce n'était pas lui qui le lui avait dit ; jamais il ne lui en aurait parlé, pas plus qu'à quelqu'un d'autre).

« J'enverrai Mariette pour tout nettoyer.

– Ce n'est pas la peine, papa. Je le ferai.

– Non, j'y tiens. Ça fait un moment qu'il faut y faire le ménage à fond. Cette foutue baraque est restée fermée depuis presque un an. Je ne suis pas beaucoup retourné à Vermillion depuis la mort de ta mère. C'est comme si j'avais toujours un truc plus important à faire ici. »

La mère d'Emily n'était plus Debra pour lui, elle non plus. Depuis son enterrement (cancer des ovaires), elle n'était plus que « ta mère ».

Emily faillit lui demander : *est-ce que ça ne t'embête pas ?* mais c'était le genre de formule qu'on employait avec un étranger qui proposait de vous faire une faveur. Ou avec un père différent.

« Tu veux aller là-bas pour courir ? » demanda-t-il. Elle entendait le sourire dans sa voix. « Ce ne sont pas les plages qui manquent, sans compter la grande ligne droite de la route, comme tu le sais bien. Et tu n'auras pas besoin de jouer des coudes. Jusqu'au mois d'octobre, Vermillion est parfaitement tranquille.

– J'y vais pour réfléchir. Et aussi – je crois – pour finir de faire mon deuil.

– C'est bien, dans ce cas. Tu veux que je te réserve un vol ?

– Je peux m'en occuper, merci.

– Je n'en doute pas. Tu vas bien, Emmy ?

– Oui.

– On dirait que tu es en train de pleurer.

– Un peu, dit-elle, en s'essuyant le visage. Tout cela est arrivé très vite. »

*Comme la mort d'Amy*, aurait-elle pu ajouter. Amy s'était conduite en vraie petite dame ; pas le moindre bip du moniteur. *Pars sans faire de bruit, sans claquer la porte*, aimait à dire la mère d'Emily quand Emily était adolescente.

« Tu ne penses pas qu'Henry risque venir à l'hôtel et t'ennuyer, si ? »

Elle avait décelé une légère hésitation avant qu'il ne prononce « t'ennuyer » et elle sourit, en dépit de ses larmes, qui commençaient d'ailleurs à s'assécher. « Si tu veux savoir s'il va venir ici et me battre… ce n'est pas son style.

– Il arrive parfois qu'un homme change de style quand sa femme le laisse tomber – qu'elle fiche le camp en courant.

– Pas Henry. Il n'est pas du genre à me faire des ennuis.

– Tu es sûre que tu ne veux pas passer d'abord par Tallahassee ? »

Elle hésita. Elle en avait envie, certes, mais…

« J'ai besoin de me retrouver toute seule pendant un certain temps. Avant toute chose. Tout cela est arrivé très vite », répéta-t-elle. Elle soupçonnait, cependant, que le processus était en route depuis un moment. Il était déjà peut-être en germe dans leur mariage.

« Très bien. Je t'aime, Emily.

– Moi aussi, papa, je t'aime. Merci… (elle déglutit) … beaucoup. »

Henry ne lui fit pas d'ennuis. Henry ne lui demanda même pas d'où elle l'appelait. Henry lui dit : « Tu n'es peut-être pas la seule à avoir besoin de se retrouver quelque temps toute seule. C'est peut-être mieux comme ça. »

Elle résista à l'envie – qui lui parut à la fois normale et absurde – de le remercier. Ne rien répondre lui parut la meilleure solution. Ce qu'il dit ensuite la rendit contente de l'avoir adoptée :

« Qui as-tu appelé au secours ? Le roi de la mécanique ? »

Cette fois, ce fut à l'envie de lui demander s'il n'avait pas encore appelé sa mère qu'elle dut résister. Mais ce genre de rendu pour un prêté ne résout jamais rien.

C'est sur un ton qu'elle espéra dégagé qu'elle lui répondit : « Je vais à Vermillion Key. Dans le cabanon de mon père.

– Le *conch shack*. »

Tout juste si elle ne l'entendit pas renifler de mépris. Tout comme les Ho Ho et les Twinkies, les maisons n'ayant que trois pièces et aucun garage ne faisaient pas partie du système de croyances d'Henry.

« Je t'appellerai à mon arrivée là-bas », dit Emily.

Un long silence. Elle l'imagina dans la cuisine, la tête appuyée contre le mur, les articulations blanchies tant il étreignait le combiné pour ne pas laisser éclater sa colère. À cause des six bonnes années, dans l'ensemble, qu'ils avaient vécues en couple. Si c'était effectivement ainsi que les choses allaient tourner.

Quand il reprit la parole, ce fut d'un ton apparemment calme, mais fatigué : « Tu as tes cartes de crédit ?

– Oui. Et je n'ai pas l'intention d'en abuser. Mais je veux ma part du… »

Elle s'interrompit, se mordant la lèvre. Elle avait presque failli appeler l'enfant mort « le bébé », et ce n'était pas bien. C'était peut-être bon pour son père, mais pas pour elle. Elle recommença :

« La moitié de l'argent mis de côté pour Amy – pour ses études. Je suppose que ça ne représente pas grand-chose, mais…

– Il y en a plus que tu ne crois », dit-il.

Il paraissait de nouveau remonté. Ils avaient commencé à mettre de l'argent de côté dans ce but, non pas lorsque Amy était née, non pas quand Emily était tombée enceinte, mais du jour où ils avaient essayé d'avoir un enfant. Or cette période laborieuse avait duré quatre ans et, au moment où Emily était enfin tombée enceinte, ils commençaient à parler de traitements contre l'infertilité. Ou d'adoption. « Ces investissements ont été plus que bons, ils ont été bénis du ciel – en particulier les actions dans la haute technologie. Gordon nous en a fait acheter au meilleur moment et revendre pile-poil quand il fallait. Me dis pas que tu veux sortir ces œufs du panier, Emmy. »

Voilà qu'il recommençait à lui dire ce qu'elle devait vouloir.

« Je te communiquerai une adresse dès que j'en aurais une. Fais ce que tu veux de ta part, mais je veux un chèque de banque pour la mienne.

– Toujours à courir », dit-il.

Et, bien que ce ton professoral et froid lui ait fait regretter de ne pas pouvoir lui lancer un autre livre à la figure – un gros, à couverture rigide, cette fois –, elle garda le silence.

Finalement, il soupira. « Écoute, Emily… je vais partir d'ici pendant quelques heures. Viens prendre tes affaires et tout ce que tu veux. Et je laisserai un peu de liquide pour toi sur la commode. »

Un moment, elle fut tentée. Puis il lui vint à l'esprit que laisser du fric sur un meuble était ce que faisaient les hommes avec les putes.

« Non, dit-elle, je repars de zéro.

– Emmy… » Il y eut un long silence. Sans doute devait-il lutter avec ses émotions et elle sentit ses yeux s'embuer à cette idée. « C'est fini tous les deux, ma puce ?

– Je ne sais pas, répondit-elle, ayant du mal à empêcher sa voix de chevroter. C'est trop tôt pour le dire.

– Si je devais parier là-dessus, je dirais que oui. Ce qui s'est passé aujourd'hui prouve deux choses. Un, qu'une femme en bonne santé peut courir loin…

– Je t'appellerai.

– Deux, que les enfants vivants sont la colle qui fait tenir les couples. Les enfants morts sont de l'acide. »

La remarque lui fit plus mal que tout ce qu'il aurait pu dire car elle réduisait Amy à une métaphore hideuse. Emily n'aurait jamais pu faire ça. Jamais, elle en était sûre. « Je te rappellerai », dit-elle avant de raccrocher.

– 3 –

## Vermillion Key s'étendait, engourdie et déserte

Ainsi donc Emily Owensby courut jusqu'au bout de l'allée, courut jusqu'au Kozy's Qwik-Pik au bas de la colline, courut sur la cendrée du Cleveland South Junior College. Elle courut jusqu'au Morris Hotel. Elle partit en courant de son couple telle une femme capable d'abandonner ses talons hauts quand elle a décidé de tout laisser tomber et de vraiment filer. Puis elle courut (avec un petit coup de main de Southwest Airlines) jusqu'à Fort Myers, en Floride, où elle loua une voiture pour rouler vers le sud et Naples. Vermillion Key s'étendait, engourdie et déserte sous le brûlant soleil de juin. Il y avait trois kilomètres entre le pont mobile et l'entrée de l'allée de son père, la route longeant la plage de Vermillion. Au bout de l'allée, au milieu de conques éparpillées dans le sable, s'élevait un cabanon passablement délabré ; les planches des murs avaient perdu leur peinture, seul le toit était bleu et ce même bleu s'écaillait sur les volets ; mais l'endroit avait la clim et l'intérieur était confortable.

Quand elle coupa le moteur de sa Nissan de location, les seuls bruits qu'elle entendit furent celui du ressac sur la plage déserte et le cri d'alarme d'un oiseau répétant inlassablement son *Uh-oh ! Uh-oh !*

La tête appuyée sur le volant, Emily pleura pendant cinq minutes, laissant s'évacuer toute la tension et l'horreur de ces derniers six mois. En dehors de l'oiseau et de ses *Uh-oh*, il n'y avait personne à portée de voix. Quand elle se fut enfin calmée, elle enleva son t-shirt et essuya tout : la sueur, la morve, les larmes. Elle s'essuya ainsi jusqu'à son soutien-gorge de sport gris uni. Puis elle alla jusqu'à la maison, les coquillages et les débris de corail crissant sous ses chaussures. Lorsqu'elle se pencha pour retirer la clef de la petite boîte de sucrettes cachée sous le nain de jardin mignon tout plein, avec son bonnet rouge délavé, il lui vint à l'esprit que cela faisait plus d'une semaine qu'elle n'avait pas eu l'une de ses migraines. Ce qui n'était pas plus mal, vu que son Zomig était à plus de quinze cents kilomètres.

Un quart d'heure plus tard, en short, une des vieilles chemises de son père sur le dos, elle courait sur la plage.

Au cours des trois semaines suivantes, elle mena une vie d'une simplicité absolue. Elle prenait du café et un jus d'orange en guise de petit déjeuner, dévorait d'énormes salades à midi et engloutissait des plats préparés pour dîner, en général des macaronis au fromage ou du sauté de bœuf sur toast – ce que son père appelait de la merde en tartine. Question hydrates de carbone, elle était parée. Le matin, quand il faisait encore frais, elle courait pieds nus sur la plage, tout près de l'eau, là où le sable est ferme et humide et presque dépourvu de coquillages. Dans l'après-midi, lorsqu'il faisait chaud et que les averses étaient fréquentes, elle courait sur la route, ombragée sur presque toute sa longueur. Il lui arrivait de se faire tremper. Elle courait alors sous la pluie, souriant souvent, riant même, parfois et, quand elle revenait, elle se déshabillait et jetait ses vêtements dans la machine à laver, laquelle, fort commodément, n'était qu'à trois pas de la douche.

Au début, elle parcourait trois kilomètres sur la plage et un peu moins de deux sur la route. Au bout de trois semaines, elle en était à cinq sur la plage et trois sur la route. Rusty Jackson aimait bien appeler son cabanon le *Little Grass Shack*, la Petite Hutte en herbe, sans doute d'après une ancienne chanson quelconque. Il se trouvait à l'extrémité nord de l'île et était bien le seul de son genre sur Vermillion ; tous les autres emplacements avaient été confisqués par les riches, les super-riches et, à la pointe sud, là où s'élevaient trois castels disneyiens, par les ridiculement riches. Des camions pleins de matériel d'entretien croisaient parfois Emily pendant qu'elle courait, mais rarement une voiture. Les maisons devant lesquelles elle passait étaient toutes barricadées, leur allée fermée d'une chaîne, et allaient rester ainsi jusqu'au mois d'octobre, au moins, quand leurs propriétaires arriveraient les uns après les autres. Elle se mit à leur inventer des noms dans sa tête : celle avec les colonnes devint ainsi *Tara* (la maison d'*Autant en emporte le vent*), celle derrière la haute palissade métallique *Club Fed*, la grosse qui se dissimulait derrière un affreux mur gris, la *Caisse à Outils*. La seule autre de petite taille, que cachaient des arbres d'essences diverses – dont l'éventail du palmier du voyageur –, était la *Troll House* dont les habitants, imaginait-elle, se nourrissaient de cookies Troll House.

Sur la plage, elle voyait parfois des volontaires de Turtle Watch venus compter les tortues et elle ne tarda pas à les saluer par leur nom. Ils lui répondaient un « Yo, Emmy ! » tandis qu'elle passait en courant. En dehors d'eux, elle ne voyait pratiquement personne ; une fois, un hélicoptère vola juste au-dessus d'elle. Le passager – un jeune homme – se pencha par la porte ouverte et la salua de la main. Emmy lui rendit son salut, le visage protégé par sa casquette des Séminoles de l'université de Floride.

Elle faisait ses courses au Publix, à sept ou huit kilomètres au nord de la route US 41. En revenant à la maison, elle s'arrêtait souvent chez un bouquiniste dont le magasin était aussi dans le style *conch shack*, mais en beaucoup plus grand que la petite retraite de son père. Là, elle achetait de vieux polars en poche de Raymond Chandler ou Ed McBain, dont les pages brunes sur les bords et jaunâtres à l'intérieur dégageaient une odeur douceâtre et aussi nostalgique que le vieux break Ford aux flancs de bois qu'elle vit un jour rouler sur la 41, avec deux chaises longues de jardin ficelées sur le toit et une planche de surf esquintée dépassant de l'arrière. Inutile d'acheter le moindre John D. MacDonald ; son père les avait tous, rangés dans une bibliothèque faite de caisses à oranges empilées.

Fin juillet, elle parcourait parfois plus de dix kilomètres par jour, ses nénés réduits à deux œufs au plat et ses fesses à presque rien du tout ; elle avait rempli deux des étagères vides de son père de bouquins avec des titres comme *La Ville morte* et *Six sales affaires*. Elle n'allumait jamais la télé, même pas pour regarder la météo, et l'écran du vieux PC de son père restait noir. Elle n'achetait jamais le journal.

Son père l'appelait tous les deux jours, mais il arrêta de lui demander si elle voulait qu'il « se libère » et vienne la voir, après qu'elle lui avait dit qu'elle l'avertirait quand elle se sentirait prête pour sa visite. En attendant, elle n'était pas suicidaire (vrai), pas même déprimée (faux) et mangeait correctement (ni vrai ni faux). Cela suffisait à Rusty. Ils avaient toujours été sans détour l'un vis-à-vis de l'autre. Elle savait aussi que l'été était la saison la plus chargée pour lui : tout ce qui ne pouvait être fait quand les étudiants grouillaient sur le campus (qu'il appelait toujours « l'usine ») devait l'être entre les 15 juin et 15 septembre, lorsque l'activité était réduite à quelques cours d'été et aux conférences qu'organisait l'administration.

De plus, il avait une petite amie. Melody – c'était son nom. Emily n'aimait pas aborder la question – cela la mettait mal à l'aise – mais Melody rendait son père heureux et elle demandait toujours de ses nouvelles. *Elle va très bien*, répondait invariablement Rusty. *Elle se porte comme un charme.*

Emily appela Henry une fois, et Henry l'appela une fois. Le soir où c'est Henry qui appela, Emily eut l'impression très nette qu'il était ivre. Il demanda, une fois de plus, si c'était fini entre eux et, une fois de plus, elle lui répondit qu'elle ne le savait pas, mais c'était un mensonge. *Probablement* un mensonge.

Le soir, elle sombrait quasiment dans le coma. Elle eut au début un certain nombre de cauchemars – dans lesquels elle revivait, encore et encore, le matin où ils avaient trouvé Amy morte. Dans certains de ces rêves, le bébé avait pris la couleur noirâtre d'une fraise pourrie. Dans d'autres – les pires –, elle trouvait Amy se débattant pour respirer et elle la sauvait en lui faisant du bouche-à-bouche. Les pires, parce qu'à son réveil, elle prenait conscience qu'Amy était toujours aussi morte. Elle eut un de ces derniers rêves pendant un orage et elle se laissa glisser nue sur le plancher, coudes sur les genoux, repoussant ses joues de la paume de ses mains, ce qui lui faisait grimacer un sourire, pendant que les éclairs zébraient le golfe et dessinaient de brefs motifs bleuâtres sur les murs.

Au fur et à mesure qu'elle allait plus loin – explorant les mythiques limites de l'endurance –, ces rêves cessèrent, ou alors allèrent donner leur représentation loin au-delà de l'œil de la mémoire. Elle commença à se réveiller en se sentant non pas tant ragaillardie que détendue jusqu'au plus profond d'elle-même. Et si, fondamentalement, les jours se suivaient et se ressemblaient, chacun se mit à lui faire l'effet d'être nouveau, nouveau en soi, et non pas la répétition du même. Un matin, elle ouvrit les yeux en se rendant compte que la mort d'Amy commençait à être un événement qui *s'était produit* et non pas un événement qui *se produisait.*

Elle décida de demander à son père de venir – et d'amener Melody avec lui s'il le voulait. Elle leur préparerait un bon petit repas. Ils pourraient rester (que diable, il était chez lui, non ?). Elle commença alors à penser à ce qu'elle voulait faire de sa vraie vie, celle qu'elle n'allait pas tarder à reprendre de l'autre côté du pont mobile : ce qu'elle voulait en garder, ce qu'elle voulait jeter.

Elle passerait le coup de téléphone bientôt, pensa-t-elle. Dans une semaine. Deux, tout au plus. Le moment n'était pas encore tout à fait venu. Pas tout à fait.

– 4 –

## Quelqu'un de pas très sympathique

Juillet venait de laisser la place à août et Deke Hollis, un après-midi, lui dit qu'elle avait de la compagnie sur l'île. Il disait toujours « l'*île* », jamais la *key*.

Deke était un quinquagénaire buriné, ou peut-être un septuagénaire buriné. Il était grand, noueux, et portait un chapeau de paille défoncé qui faisait penser à un bol mis à l'envers. De sept heures à dix-neuf heures, il assurait la manœuvre du pont mobile entre Vermillion et la terre ferme. Cela, du lundi au vendredi. Les week-ends, il était remplacé par « le gosse » (le gosse en question ayant la trentaine). Certains jours, lorsque Emily arrivait au pont et voyait le gosse au lieu de Deke sur la vieille chaise cannée, devant la maison du gardien, en train de lire *Maxim* ou *Popular Mechanics* plutôt que le *New York Times*, elle comprenait brusquement qu'on était de nouveau samedi.

Cet après-midi, cependant, c'était Deke. Le chenal qui séparait Vermillion du continent – que Deke appelait le goulet – était désert et sombre sous un ciel sombre. Un héron s'était perché sur la rambarde du pont côté golfe, en méditation ou à la recherche de poisson.

« De la compagnie ? s'étonna Emmy. Je n'ai pas la moindre compagnie.

– Ce n'est pas ce que j'ai voulu dire. Pickering est de retour. Au 366. Avec l'une de ses *nièces*. »

Deke souligna « nièce » en roulant des yeux, des yeux d'un bleu si délavé qu'ils en étaient presque sans couleur.

« Je n'ai vu personne, dit Emily.

– Bien sûr, admit Deke. Il est passé dans sa grosse Mercedes rouge il y a environ une demi-heure, sans doute au moment où vous mettiez vos tennis. » Il se pencha sur son journal qui bruissa contre son ventre plat. Elle vit qu'il avait rempli la moitié, à peu près, de la grille de mots croisés. « Une nièce différente tous les étés. Toujours jeunes... et des fois *deux* nièces, une en août, une en septembre.

– Je ne le connais pas, dit Emmy. Et je n'ai pas remarqué de Mercedes rouge. »

Elle ne savait pas non plus à quelle maison correspondait le 366. Elle regardait les maisons, mais faisait rarement attention aux boîtes à lettres – sauf, bien sûr, à celle du 219. Une boîte aux lettres avec des oiseaux en bois découpés sur le dessus (et la maison derrière s'appelait bien entendu *Birdland*).

« C'est pas plus mal », dit Deke. Cette fois-ci, au lieu de rouler des yeux, il fit tressaillir le coin de ses lèvres, comme s'il y détectait un goût désagréable. « Il les amène dans sa Mercedes et les ramène à St.-Petersburg dans son yacht. Un grand yacht blanc. Le *Playpen*. Il est passé ce matin. » Ses commissures tressaillirent à nouveau. Au loin, le tonnerre marmonna. « Les nièces ont droit à un tour de la maison, puis à une chouette petite croisière le long de la côte, et on ne revoit plus Pickering avant janvier, quand on commence à se geler à Chicago. »

Emily crut se souvenir d'avoir vu un bateau de plaisance blanc au mouillage, pendant sa course du matin sur la plage, mais n'en était pas certaine.

« Dans deux ou trois jours, une semaine tout au plus, il fera venir un type qui ramènera la Mercedes dans le garage où il la garde. Près de l'aéroport privé de Naples, je suppose.

– Il doit être très riche », commenta Emmy.

C'était la conversation la plus longue qu'elle ait jamais eue avec Deke et elle était intéressante, mais elle ne s'en remit pas moins à courir sur place. En partie parce qu'elle ne voulait pas laisser refroidir ses muscles, en partie parce que son corps réclamait de bouger.

« Riche ? Autant que l'oncle Scrooge, mais quelque chose me dit que Pickering *dépense* son fric. Probablement d'une manière que tonton Scrooge n'aurait jamais imaginée. Il l'a ramassé dans une entreprise d'ordinateurs, paraît-il (ses yeux roulèrent). Comme tout le monde, non ?

– Sans doute », dit-elle sautillant toujours sur place.

Le tonnerre s'éclaircit la gorge d'un ton un peu plus autoritaire, cette fois.

« Je sais qu'il vous tarde de repartir, mais j'ai une bonne raison de vous raconter tout ça, reprit Deke. Il plia son journal, le posa à côté de la vieille chaise cannée et le cala avec sa tasse de café. « D'habitude, je ne colporte rien sur les gens de l'île – beaucoup sont riches et je ne tiendrais pas longtemps ici, sinon – mais je vous aime bien, Emmy. Vous êtes réservée, c'est vrai, mais pas bêcheuse pour deux sous. Et j'aime bien votre père, aussi. On prend une bière ensemble, de temps en temps.

– Merci », dit-elle, touchée. Il lui vint une idée et elle lui sourit. « Il ne vous aurait pas demandé de me surveiller un peu, par hasard ? »

Deke secoua la tête. « Pas du tout. Il n'aurait jamais fait un truc pareil. C'est pas son style. Mais votre papa vous dirait la même chose que moi : Jim Pickering n'est pas quelqu'un de très sympathique. Vaut mieux passer au large. Si jamais il vous invite à prendre un café avec lui et l'une de ses nouvelles nièces, moi je dirais non. Et s'il vous invite à aller faire un tour sur son yacht, je dirais *carrément* non.

– Je n'ai aucune envie d'aller faire un tour en bateau », répondit-elle. Ce qui l'intéressait, c'était de terminer le boulot entrepris sur Vermillion Key. Elle avait l'impression qu'elle en voyait la fin. « Et je ferais mieux de rentrer avant qu'il se mette à pleuvoir.

– À mon avis, ça ne va pas commencer avant cinq heures, tout au plus. Et même si je me trompe, je pense que vous vous en tirerez très bien. »

Elle lui sourit de nouveau. « Moi aussi. Contrairement à l'opinion populaire, les femmes ne fondent pas sous la pluie. Je dirai à mon père que vous lui envoyez le bonjour.

– Oui, faites donc ça. » Il se pencha pour reprendre son journal, mais arrêta son mouvement, la regardant d'en dessous son ridicule chapeau. « Et au fait, comment ça va, vous ?

– Mieux, répondit-elle. Chaque jour un peu mieux. »

Elle fit demi-tour et repartit en courant vers le *Little Grass Shack*. Elle salua Deke d'un geste de la main et le héron qu'elle avait vu perché sur la rambarde passa à côté d'elle dans de grands battements d'ailes, un poisson dans son long bec.

La 366 était la Caisse à Outils et, pour la première fois depuis qu'Emily était arrivée à Vermillion, elle vit le portail entrouvert. Ou peut-être l'était-il déjà à l'aller, quand elle courait en direction du pont ? Elle ne s'en souvenait plus. Mais comme elle avait pris l'habitude de porter une montre, un gros machin avec affichage numérique, peut-être avait-elle contrôlé son temps à ce moment-là.

Elle faillit passer sans ralentir – l'orage s'était encore rapproché – mais elle ne portait pas exactement une robe chic à mille dollars, seulement un ensemble short et t-shirt orné de la virgule Nike. Sans compter que, comme elle l'avait dit à Deke, les femmes ne fondaient pas sous la pluie. Elle ralentit donc, obliqua et jeta un coup d'œil. Simple curiosité.

La Mercedes garée dans la cour devait être une 450 SL, jugeat-elle, son père ayant la même, sauf qu'elle commençait à être ancienne alors que celle-ci était flambant neuve. Elle était d'un rouge pomme d'api et la carrosserie brillait sous le ciel pourtant assombri. Le coffre était ouvert. Une luxuriante chevelure blonde en retombait. Tachée de sang.

Deke n'avait-il pas dit que la fille qui était avec Pickering était blonde ? Ce fut la première chose qui lui vint à l'esprit, et elle était tellement sous le choc, tellement stupéfaite qu'il n'y avait pas de surprise dans sa question. Question qui semblait parfaitement raisonnable, et la réponse était que Deke ne l'avait pas dit. Seulement qu'elle était jeune. Une nièce. En roulant des yeux.

Il y eut un coup de tonnerre. Directement au-dessus de sa tête, à présent. La cour était vide, la voiture exceptée (et la blonde dans le coffre, il y avait la blonde dans le coffre). La maison aussi donnait l'impression d'être déserte ; fermée comme une huître, plus que jamais l'air d'une caisse à outils. Même les palmiers qui se balançaient à côté n'y changeaient rien. Elle était trop grosse, trop carrée, trop grise. Hideuse.

Emily crut entendre gémir. Sans même réfléchir, elle franchit le portail en courant et s'approcha du coffre ouvert. Elle regarda dedans. La fille n'avait pas gémi. Ses yeux étaient ouverts, mais elle avait reçu ce qui paraissait être plusieurs douzaines de coups de poignard et elle avait la gorge ouverte d'une oreille à l'autre.

Emmy écarquilla les yeux, paralysée sur place, trop choquée pour seulement respirer. Puis elle se dit que ce n'était pas une vraie fille, juste un mannequin de film gore. Même si son côté rationnel lui rétorquait que c'étaient des conneries, l'autre côté, celui spécialisé dans la rationalisation de ce qui ne l'est pas, acquiesçait frénétiquement à cette idée. Inventait même un scénario pour la justifier. Deke n'aimait ni Pickering, ni la manière dont Pickering choisissait ses compagnes ? Eh bien, devinez quoi, Pickering n'aimait pas Deke, non plus ! Ce n'était rien qu'une supercherie un peu compliquée. Pickering se proposait de repasser le pont en laissant le coffre ouvert, les faux cheveux blonds flottant au vent et...

Mais des odeurs montaient du coffre. Des odeurs de merde et de sang. Emily tendit un doigt et toucha la joue, sous l'un des yeux qui regardaient fixement. Elle était froide, mais c'était de la peau. Oh, mon Dieu, de la peau humaine.

Il y eut un bruit derrière elle. Un bruit de pas. Elle commença à se retourner, mais quelque chose lui tomba sur la tête. Il n'y eut pas de douleur, seulement une blancheur éclatante qui se mit à tout envahir. Puis le monde devint noir.

– 5 –

## L'impression d'Emily était qu'il jouait au chat et à la souris avec elle

À son réveil, elle se retrouva clouée sur un fauteuil par du ruban adhésif, dans une grande cuisine remplie d'objets rébarbatifs, tous en Inox : l'évier, le frigo, le lave-vaisselle et une gazinière qui faisait penser à un piano de restaurant. Sa nuque envoyait de longues et lentes vagues de douleur vers le devant de son crâne, chacune paraissant lui dire : *Arrange ça ! Arrange ça !*

Debout devant l'évier se tenait un homme mince, de haute taille, habillé d'un short kaki et d'un vieux polo de golf. Les néons de la pièce jetaient une lumière impitoyable sur la scène et Emily distinguait parfaitement les profondes pattes-d'oie au coin de ses yeux, et le chaume gris laissé sur ses tempes – il avait les cheveux ultra-courts. Elle lui donnait une cinquantaine d'années. Il se lavait les bras dans l'évier. L'un d'eux présentait une petite plaie, crut-elle voir, juste en dessous du coude.

Il tourna brusquement la tête, avec une vivacité animale qui valut une bouffée d'angoisse à Emily. Il avait des yeux d'un bleu beaucoup plus soutenu que ceux de Deke Hollis. Elle n'y lut que de la folie et sentit son estomac se nouer encore un peu plus. Sur le carrelage – du même gris horrible que les murs extérieurs de la maison –, il y avait une longue trace sombre d'environ une vingtaine de centimètres de large. Emmy pensa qu'il s'agissait sans doute de sang. Très facile d'imaginer que c'étaient les cheveux de la fille qui l'avaient laissée lorsque Pickering l'avait traînée à travers la pièce par les pieds pour la conduire vers quelque destination inconnue.

« T'es réveillée, dit-il. Bon plan. Génial. Tu crois que j'ai voulu la tuer ? J'ai jamais voulu la tuer. Elle avait un couteau planqué dans ses putains de chaussettes ! Je l'avais pincée au bras, c'est tout. » Il parut réfléchir à ce qu'il venait de dire et, pendant ce temps, appuya une boule de papier absorbant contre la plaie sombre et ensanglantée de son bras. « Et aussi le bout du sein, reprit-il. Mais toutes les filles s'attendent à ça, non ? Ou elles devraient. C'est ce qu'on appelle les PRÉ-liminaires. Ou dans son cas, les PUTEliminaires. » Les deux fois, il avait ouvert les guillemets d'un mouvement des deux index et majeurs. L'impression d'Emily était qu'il jouait au chat et à la souris avec elle. Il avait aussi l'air cinglé. En fait, il n'y avait même pas le moindre doute sur son état d'esprit. Le tonnerre explosa au-dessus de leurs têtes, aussi bruyant qu'un gros meuble qui serait tombé. Emily sursauta – autant qu'elle put le faire, attachée qu'elle était au fauteuil. Mais l'homme debout devant l'évier en Inox ne leva même pas les yeux. Comme s'il n'avait pas entendu. Sa lèvre inférieure était crispée.

« Alors, je le lui ai pris. Et là, j'ai perdu la tête. Je le reconnais. Les gens croient que je suis Mister Cool lui-même, et j'essaie d'être à la hauteur de ma réputation. Mais n'importe qui peut perdre la tête. C'est ce qu'ils ne comprennent pas. N'importe qui. Pourvu que les circonstances soient réunies. »

La pluie se mit à tomber comme si Dieu venait de tirer la chasse dans ses toilettes personnelles.

« Qui pourrait se douter que t'es ici ?

– Des tas de gens », répondit-elle sans hésiter.

Il traversa la pièce en un éclair. *En un éclair* était le mot. Elle n'eut pas le temps de le voir arriver qu'il la giflait avec une telle violence qu'elle vit des petits points lumineux exploser devant ses yeux. Ils s'éparpillèrent dans la pièce avec des queues brillantes de comète. Sa tête partit de côté. Ses cheveux retombèrent devant son visage et elle sentit du sang couler dans sa bouche. Sa lèvre inférieure avait éclaté. La muqueuse avait été profondément entaillée par ses dents. Presque complètement fendue en deux, avait-elle l'impression. Dehors, c'était la cataracte. *Je vais mourir pendant l'averse*, se dit-elle. Sans parvenir à y croire. Peut-être que personne n'y croyait quand cela arrivait.

« Qui est au courant ? » Il était penché sur elle, lui beuglant en pleine face.

« Des tas de gens », répéta-t-elle, même si la phrase ressemblait plutôt à *é tas eu gens*, à cause de sa lèvre inférieure enflée. Elle sentit qu'à présent, un filet de sang lui coulait sur le menton. Son esprit, lui, *n'enflait* pas, en dépit de la douleur et de la peur. Elle savait que la seule chance qu'il lui restait était de faire croire à cet homme qu'il serait pris s'il la tuait. Bien entendu, il le serait aussi s'il la relâchait, mais elle s'occuperait de ce détail plus tard. Un cauchemar à la fois.

« É tas eu gens ! » dit-elle une fois de plus, du défi dans la voix.

Il fonça (toujours comme l'éclair) vers l'évier et, quand il en revint, il tenait un couteau à la main. Un petit. Très vraisemblablement celui que la fille avait planqué dans sa chaussette. Il appuya la pointe sur la paupière inférieure d'Emily et abaissa la lame. C'est à cet instant que sa vessie la trahit.

Une expression pincée de dégoût tendit brièvement le visage de Pickering ; cependant il semblait aussi ravi. Emily se demanda vaguement comment une même personne pouvait manifester deux émotions aussi contradictoires en même temps. Il recula d'un demi-pas, mais la pointe de la lame ne bougea pas de place. Elle creusait toujours une petite fossette dans la paupière, abaissant celle-ci tout en faisant remonter délicatement le globe oculaire dans son orbite.

« Super, dit-il. Encore une saloperie à nettoyer. On pouvait s'y attendre, évidemment. Et comme disait l'autre, y'a plus de place dehors que dedans. Voilà ce qu'il disait. » Sur quoi il partit d'un petit rire, un bref jappement, et se pencha vers elle, ses yeux d'un bleu intense plongeant dans ceux, noisette, d'Emmy. « Dis-moi donc le nom d'une seule personne qui sait que tu es ici. Une seule. N'hésite pas. Si tu hésites, je comprendrai que t'es train de manigancer quelque chose et je te ferai sauter l'œil jusque dans l'évier. J'en suis capable. Alors parle. Tout de suite.

– Deke Hollis », répondit-elle.

C'était cafter, salement cafter, mais en même temps rien de plus qu'un réflexe. Elle ne voulait pas perdre son œil.

« Qui d'autre ? »

Aucun nom ne lui vint à l'esprit – son esprit qui n'était plus qu'un désert hurlant. Elle l'avait cru quand il avait dit qu'il n'hésiterait pas à lui faire sauter l'œil gauche. « Personne, d'accord ? » s'écria-t-elle. Et certainement Deke suffirait. Une personne suffirait certainement, à moins que ce type soit tellement cinglé que...

Il retira son couteau et, même si elle ne le distinguait pas bien, elle eut l'impression qu'une minuscule goutte de sang y perlait.

« Très bien, dit Pickering. Très bien, parfait, très bien. » Il retourna à l'évier et y jeta le petit couteau. Elle commença à se sentir soulagée. Puis il ouvrit l'un des tiroirs, sous l'évier, et en retira une lame plus grande ; un long coutelas pointu de boucher.

« Très bien. » Il revint vers elle. Elle ne vit aucune trace de sang sur lui. Pas la moindre goutte. Comment était-ce possible ? Pendant combien de temps était-elle restée évanouie ?

« Très bien, très bien. » Il fit courir la main dans son brushing ridiculement coûteux pour des cheveux de cette longueur. Ils se redressèrent aussitôt. « Et qui est Deke Hollis ?

– Le gardien du pont », répondit-elle d'une voix qui chevrotait un peu. « Nous avons parlé de vous. C'est pour ça que je me suis arrêtée. Pour jeter un coup d'œil. » Elle fut soudain prise d'une inspiration. « Il a vu la fille, il a dit que c'était l'une de vos nièces.

– Ouais, ouais, les filles repartent toujours en bateau, c'est tout ce qu'il sait. Les gens sont-y pas fouineurs, hein ? Et où est ta voiture ? Réponds tout de suite, ou je te fais ma petite spécialité, ablation d'un sein. Rapide, mais douloureux.

« Au Grass Shack ! fut tout ce qu'elle trouva à dire.

– Où ça ?

– Le petit cabanon à l'autre bout de l'île. Il est à mon père. » Elle eut une nouvelle bouffée d'inspiration. « Lui aussi sait que je suis là !

– Ouais, ouais. » Cela ne parut pas intéresser Pickering. « Ouais, bon, d'accord. Ouais, la belle affaire. Et tu habites là ?

– Oui… »

Il regarda son short, à présent d'un bleu plus foncé. « Une joggeuse, c'est ça ? » Elle ne répondit pas, mais Pickering ne parut pas s'en formaliser. « Ouais, une joggeuse et comment ! Regardez-moi ces jambes. » Elle le vit, incrédule, se plier en deux – comme pour une révérence royale – et venir déposer un baiser bruyant sur sa cuisse, juste en dessous de l'ourlet du short. Quand il se redressa, elle se rendit compte d'une tension, à la hauteur de sa braguette, qui provoqua une onde d'angoisse en elle. Ce n'était pas bon signe.

« Tu traverses l'île dans un sens et tu reviens. » Il fit décrire un arc à son couteau de boucher. Comme un chef d'orchestre avec sa baguette. C'était hypnotisant. Dehors, la pluie continuait à tomber dru. L'averse allait durer ainsi pendant quarante minutes, une heure tout au plus, puis le soleil reviendrait. Emily se demanda si elle serait encore là pour le voir. Elle avait bien peur que non. N'empêche, elle avait encore du mal à le croire. Ça paraissait impossible.

« Tu traverses l'île dans un sens et tu reviens. Aller-retour. Tu passes de temps en temps un moment avec le vieux au chapeau de paille, mais sinon, tu ne parles jamais à personne. » Elle était terrifiée, trop terrifiée pour se rendre compte qu'il ne s'adressait pas à elle. « Exact, jamais avec personne. Parce qu'il n'y a personne d'autre, ici. Si l'un de ces crétins de Latinos qui plantent les arbres et tondent l'herbe t'a vue courir cet après-midi, tu crois qu'il se souviendra de toi ? Tu crois ? »

La lame allait et venait. Il regarda la pointe comme s'il allait y trouver la réponse.

« Non, reprit-il, Non. Et je vais te dire pourquoi. Parce que t'es rien qu'une *gringa* pleine aux as de plus qui court comme une dératée. Il y en a partout. Ils en voient tous les jours. Des fondues de la santé. Faut carrément les virer à coups de latte du chemin. Si elles ne courent pas, elles sont à bicyclette. Avec ces crétins de casques ridicules. D'accord ? D'accord. Récite tes prières, Jane Seymour[1], mais fais vite. Je suis pressé. Très, très pressé. »

Il brandit le couteau. Elle vit ses lèvres se serrer pendant qu'il préparait le coup mortel. Pour Emily, le monde devint tout d'un coup limpide ; tout ressortait avec un éclat extraordinaire. Elle se dit : *J'arrive, Amy*. Puis stupidement, une réplique qu'elle avait dû entendre dans un feuilleton : *Bouge pas, mon chou.*

C'est alors qu'il interrompit son geste. Il regarda autour de lui, exactement comme si quelqu'un venait de parler. « Ouais, dit-il, puis : Ouais ?... Ouais. » Il y avait un plan de travail en Formica au milieu de la cuisine. Au lieu d'enfoncer le couteau dans Emily, il le laissa bruyamment tomber dessus.

« Ne bouge pas. Je ne vais pas te tuer. J'ai changé d'avis. On a le droit de changer d'avis, non ? Nicole ne m'a pas fait bien mal. Juste une éraflure au bras. »

Il restait un rouleau d'adhésif presque vide sur le plan de travail. Il le prit. L'instant suivant, il se retrouva agenouillé devant elle, la nuque exposée et vulnérable. Dans un monde meilleur – un monde plus juste –, elle aurait entrelacé ses doigts et abattu ce double poing sur ce cou exposé, mais elle avait les mains retenues par les poignets aux lourds accoudoirs en érable de son siège. Son

1. Troisième épouse d'Henri VIII, décapitée sur son ordre.

buste était attaché au dossier, corseté de dessous les seins jusqu'à la taille par l'adhésif. Ses jambes étaient collées au fauteuil à hauteur des genoux, du haut des mollets et des chevilles. Il s'était montré très minutieux.

Les pieds du fauteuil étaient scotchés au sol, et il ajouta de nouvelles couches d'adhésif, tout d'abord devant elle, puis derrière. Quand il eut terminé, il n'en restait plus un centimètre. Il se releva et posa le cylindre de carton dénudé sur le plan de travail. « Voilà, dit-il. Pas mal. OK. C'est parfait. T'attends ici. » Il avait dû trouver quelque chose d'amusant dans ce qu'il venait de dire, parce qu'il redressa la tête et laissa échapper un de ses brefs jappements. « Ne va pas t'ennuyer et prendre la poudre d'escampette, hein ? Il faut que j'aille m'occuper de ton petit copain fouineur et je préfère le faire pendant qu'il pleut encore. »

Cette fois-ci, il courut à une porte qui était celle d'un placard. Il en tira un ciré jaune. « Je savais bien que c'était quelque part par là. Tout le monde fait confiance à un type en imper. J'sais pas pourquoi. L'un de ces petits mystères de la vie. OK, ma chatte, ne bouge pas. » Il émit encore un de ses rires brefs qui ressemblaient à l'aboiement irrité d'un caniche et disparut.

– 6 –

## Toujours 9.15

Lorsque la porte de devant claqua et qu'Emily eut compris qu'il était vraiment parti, l'éclat anormal dont s'était paré le monde commença à tourner au gris ; elle comprit qu'elle était sur le point de s'évanouir. Elle ne pouvait se le permettre. S'il y avait une vie après la mort et si jamais elle y rencontrait son père un jour, comment lui expliquer qu'elle avait gaspillé les dernières minutes lui restant à vivre sur terre plongée dans l'inconscience ? Il serait déçu. Même s'ils se retrouvaient au ciel, debout les pieds dans les nuages, tandis que les anges leur joueraient la musique des sphères (arrangée pour harpe), il serait déçu qu'elle ait gâché son ultime chance dans un évanouissement victorien.

Délibérément, elle fit rouler sa lèvre inférieure lacérée contre ses dents… puis mordit, se faisant de nouveau saigner. Le monde retrouva d'un seul coup son éclat. Les bruits du vent et de la violente averse gonflèrent comme une étrange musique.

De combien de temps disposait-elle ? Il n'y avait que quatre cents mètres, environ, entre le pont mobile et la Caisse à Outils. À cause du ciré et comme elle n'avait pas entendu démarrer la Mercedes, il devait être parti à pied. Elle savait bien que la pluie et l'orage avaient pu l'empêcher d'entendre le moteur, mais elle était sûre qu'il n'avait pas pris sa voiture. Deke Hollis connaissait la Mercedes rouge et n'aimait pas l'homme qui la conduisait. La Mercedes rouge risquait de mettre Deke sur ses gardes. Emily croyait Pickering capable d'y avoir pensé. L'homme était cinglé – une partie du temps, il avait parlé tout seul, mais pendant au moins une autre partie, il s'était adressé à quelqu'un que lui seul pouvait voir, un associé, invisible, dans ses crimes – mais il n'était pas idiot. Deke non plus, bien sûr, mais Deke serait tout seul dans sa petite maison de gardien. Pas de voiture sur le pont, pas de bateau attendant dans le chenal. Pas avec ce temps.

Sans compter qu'il était vieux.

« J'ai peut-être un quart d'heure », déclara-t-elle à la pièce vide – ou peut-être était-ce à la trace ensanglantée sur le sol qu'elle avait parlé. Au moins ne l'avait-il pas bâillonnée ; pourquoi s'en donner la peine ? Il n'y avait personne pour entendre ses cris, dans cette hideuse forteresse, ce sinistre cube de béton. Se serait-elle tenue au milieu de la route, hurlant à pleins poumons, que *personne* ne l'aurait entendue. Les jardiniers mexicains eux-mêmes devaient s'être mis à l'abri dans la cabine de leur camion pour boire un café et fumer.

« Un quart d'heure maximum. »

Oui. Probablement. Puis Pickering reviendrait et la violerait, comme il avait prévu de violer Nicole. Après quoi, il la tuerait, comme il avait tué Nicole. Elle, et combien d'autres « nièces » ? Emmy n'en avait aucune idée, mais elle avait la certitude que ce n'était pas – comme l'aurait dit Rusty Jackson – son premier rodéo.

Un quart d'heure. Ou peut-être seulement dix minutes.

Elle regarda ses pieds. Ils n'étaient pas scotchés au sol, mais ceux du fauteuil, si. Cependant...

Tu es une coureuse de fond. Et comment. Regarde ces jambes.

C'étaient de bonnes jambes, d'accord, et pas besoin de l'hommage d'un baiser pour le savoir. Surtout le baiser d'un cinglé comme Pickering. Elle ignorait si c'étaient de belles jambes, des jambes sexy, mais en termes purement utilitaires, c'étaient de très bonnes jambes. Elles lui avaient fait faire du chemin, depuis le matin où, avec Harry, elle avait trouvé Amy morte dans son berceau. Pickering avait apparemment une grande confiance dans le ruban adhésif ; il avait dû le voir employé des douzaines de fois par des tueurs fous dans des douzaines de films. Aucune de ses « nièces » ne lui avait jamais donné l'occasion de douter de son efficacité. Peut-être parce qu'il ne leur en avait pas laissé le temps, peut-être parce qu'elles avaient été trop terrifiées. Cependant… en particulier par un temps aussi humide, dans une maison mal aérée et tellement humide elle-même qu'elle sentait le moisi…

Emily se pencha en avant autant que le lui permettait le corset d'adhésif et commença à faire jouer progressivement les muscles de ses cuisses et de ses mollets : cette nouvelle musculature de coureuse que le cinglé avait tellement admirée. Une petite contraction, pour commencer, puis une plus forte. Elle approchait du maximum de son effort et commençait à perdre espoir lorsqu'elle entendit un bruit de succion. Bas, tout d'abord, à peine plus fort qu'un souhait, puis il devint plus net. Pickering avait multiplié les couches d'adhésif et les avait entrecroisées ; le résultat était sacrément solide, mais il ne s'en décollait pas moins. Lentement. Dieu du ciel, tellement lentement.

Elle souffla un moment, respirant fort, la sueur perlant à son front, sous ses aisselles, entre ses seins. Elle avait envie de recommencer tout de suite ; cependant, l'expérience acquise sur la cendrée de Cleveland South lui disait qu'elle devait attendre que son cœur, qui pompait follement, l'ait débarrassée de l'acide lactique qui durcissait ses muscles. Sans quoi son prochain effort serait moindre et sans effet. Mais c'était dur. Attendre était dur. Depuis combien de temps était-il parti ? Aucune idée. Il y avait bien une horloge murale – un motif de soleil rayonnant en inox, comme à peu près tout dans cette pièce horrible et sans âme, mis à part la chaise rouge en érable sur laquelle elle était ficelée – mais ses aiguilles étaient immobilisées sur 9.15. L'horloge était sans doute sur piles et celles-ci n'avaient pas été remplacées.

Elle essaya de rester calme pendant qu'elle comptait jusqu'à trente (ponctuant chaque chiffre d'un « *delightful Maisie* »), mais ne put tenir que jusqu'à dix-sept. Puis elle se contracta de nouveau, poussant de toutes ses forces avec ses pieds. Le bruit de succion fut immédiat et fort, cette fois. Elle sentit que le fauteuil commençait à se soulever. Juste un peu, mais incontestablement.

Elle se tendit encore plus, tête renversée en arrière, exhibant ses dents, du sang coulant à nouveau de sa lèvre enflée sur son menton. Les tendons de son cou ressortaient. Le bruit de succion devint encore plus fort ; elle crut même détecter un déchirement près du sol.

Une douleur brûlante cisailla soudain son mollet droit – une contracture. Un instant, Emmy continua à se tendre – les enjeux étaient élevés, les enjeux étaient sa vie –, puis elle se détendit, toujours prisonnière de ses liens, haletante. Elle se remit à compter.

« Un, *delightful Maisie*, deux, *delightful Maisie*, trois… »

Car elle aurait probablement pu réussir à décoller le fauteuil du sol, en dépit de l'avertissement de la contracture. Elle en était presque certaine. Mais si, ce faisant, elle se retrouvait avec une crampe dans le mollet (cela lui était déjà arrivé et par deux fois si brutalement que ses muscles avaient paru aussi durs que de la pierre), elle perdrait plus de temps qu'elle n'en gagnerait. D'autant qu'elle était toujours saucissonnée à cette connerie de fauteuil. *Collée* à lui.

Elle avait beau savoir que l'horloge murale était arrêtée, elle ne put s'empêcher d'y jeter un coup d'œil. Un réflexe. Toujours 9.15. Avait-il déjà atteint le pont mobile ? Elle fut soudain prise d'un espoir fou : Deke allait faire retentir la sirène et effrayer le type. Et pourquoi pas, au fond ? se dit-elle. Pickering était une hyène, et les hyènes ne sont dangereuses que lorsqu'elles pensent avoir le dessus. Et probablement, aussi comme une hyène, il n'était pas capable d'imaginer ne pas l'avoir.

Elle tendit l'oreille. Elle entendit le tonnerre et le martèlement régulier de la pluie, mais pas le hurlement de la sirène installée au-dessus de la maison du gardien.

Elle essaya de nouveau de décoller le fauteuil du sol et faillit se catapulter tête la première contre la cuisinière, quand les pieds se libérèrent d'un seul coup. Elle vacilla, oscilla, pensa tomber et recula contre le plan de travail en Formica, au milieu de la cuisine, pour se stabiliser. Son cœur cognait tellement vite qu'elle n'arrivait plus à détecter chacun de ses battements ; on aurait dit un bourdonnement dur et régulier qui montait de sa poitrine jusque haut dans son cou, juste sous les attaches de la mâchoire. Si elle était tombée, elle aurait été comme une tortue renversée sur le dos. Elle n'aurait pas eu la moindre chance de se relever.

Ça va, pensa-t-elle. Ce n'est pas arrivé.

Non. Mais elle ne s'en imaginait pas moins par terre avec une clarté diabolique. Allongée là, avec pour seule compagnie la trace de sang laissée par les cheveux de Nicole. Allongée là, à attendre que Pickering revienne et s'amuse avec elle avant de mettre fin à sa vie. Et dans combien de temps allait-il revenir ? Dans sept minutes ? Cinq ? Ou seulement trois ?

Elle regarda l'horloge. 9.15.

Elle s'appuya au plan de travail, haletante, hors d'haleine. Une femme avec un fauteuil qui lui aurait poussé dans le dos. Le couteau de boucher était tout proche, mais impossible de l'atteindre avec les bras saucissonnés aux accoudoirs du fauteuil. Et même si elle avait pu s'en emparer, qu'aurait-elle pu faire ? Juste rester là, penchée dessus, sans pouvoir l'utiliser. Rien qu'elle aurait pu atteindre avec, rien qu'elle aurait pu couper.

Elle regarda la gazinière et se demanda si elle ne pourrait pas allumer l'un des brûleurs. Dans ce cas, peut-être que…

Une autre vision infernale lui vint à l'esprit : en essayant de faire brûler l'adhésif, elle mettait le feu à ses vêtements. Elle ne prendrait pas ce risque. Si on lui avait tendu des pilules (voire même proposé une balle dans la tête) pour échapper à la perspective du viol, de la torture et de la mort – une mort lente, très probablement, précédée d'abominables mutilations –, elle aurait fait taire la voix discordante de son père (« *n'abandonne jamais, Emmy, les bonnes choses finissent toujours par arriver* »), elle aurait accepté. Mais risquer la possibilité de brûlures au troisième degré sur toute la partie supérieure de son corps ? Se retrouver à moitié cuite par terre à attendre que Pickering revienne, *priant* pour qu'il revienne et mette un terme à ses souffrances ?

Non. Pas question. Qu'est-ce qui lui restait, alors ? Elle sentait le temps qui passait, qui fuyait. L'horloge murale indiquait toujours 9.15, mais elle avait l'impression que le martèlement de la pluie avait légèrement diminué. Cette idée la remplit d'horreur. Elle la repoussa. La panique signerait son arrêt de mort.

Le couteau, impossible, la gazinière, pas question. Restait quoi ?

La réponse était évidente. Le fauteuil. Il n'y en avait pas d'autre dans la cuisine ; seulement trois hauts tabourets de bar. Sans doute avait-il dû prendre celui-ci dans une salle à manger qu'elle espérait bien ne jamais voir. Avait-il attaché les autres femmes – ses « nièces » – aux lourds fauteuil en érable qui entouraient la table de la salle à manger ? Précisément à celui-ci peut-être ? Au fond d'elle-même, elle était sûre que oui. Et Pickering avait confiance en ce fauteuil qui était en bois, et non en métal. Ce qui avait fonctionné une fois devait fonctionner à nouveau ; elle était sûre que, là aussi, il pensait comme une hyène.

Il lui fallait démolir la prison qui la retenait. C'était la seule manière et elle ne disposait que de quelques minutes pour le faire.

– 7 –

## Ça va probablement faire mal

Elle était proche du plan de travail, mais le plateau en débordait légèrement, formant un rebord qui ne lui inspirait pas confiance. Elle n'avait aucune envie de se déplacer – ne voulant pas risquer de tomber sur le dos et de devenir une tortue –, mais elle avait besoin d'une surface plus large que ce rebord contre laquelle se projeter. Et c'est ainsi qu'elle se dirigea vers le réfrigérateur qui était aussi en acier… et énorme. Toute la surface de frappe qu'elle pouvait désirer.

Elle se traîna jusqu'au frigo, le fauteuil attaché au dos, aux fesses, aux jambes. Elle avançait avec une lenteur exaspérante. Elle avait l'impression de porter un cercueil en marchant. Et ce serait son cercueil, si elle tombait. Ou si elle en était encore à le cogner sans résultat contre le frigo quand le maître des lieux reviendrait.

Elle faillit tomber la tête la première, une fois, et parvint à retrouver l'équilibre, apparemment, par la seule force de sa volonté. La douleur revint dans son mollet droit, menaçant une fois de plus de se transformer en crampe et de la priver de l'usage de sa jambe. Elle repoussa aussi la crampe à force de volonté, fermant les yeux pour cela. La transpiration lui coulait sur la figure, emportant au passage les larmes séchées qu'elle ne se rappelait pas avoir versées.

Combien de temps s'était-il écoulé ? Combien ? La pluie avait encore diminué. Emily n'allait pas tarder à entendre le bruit des dernières gouttes tombant une à une du toit. Deke s'était peut-être défendu. Peut-être avait-il un pistolet au milieu du bazar qui encombrait les tiroirs de son bureau et avait-il abattu Pickering comme on abat un chien enragé. Aurait-elle entendu la détonation, d'ici ? Sans doute pas ; le vent soufflait encore de manière soutenue. Plus vraisemblablement, Pickering – qui avait vingt ans de moins que Deke et était manifestement en forme – arracherait toute arme que pourrait exhiber Deke et le descendrait avec.

Elle s'efforça de balayer toutes ces pensées, mais c'était dur. Dur, même si elles étaient inutiles. Elle se tira en avant les yeux fermés, le visage blême, tendu, grimaçant d'effort. Un pas minuscule, un autre pas minuscule. *Vais-je pouvoir faire encore six pas minuscules ?* Oui, tu le pourras. Mais au quatrième, ses genoux – presque aussi pliés que si elle était accroupie – heurtèrent la porte du frigo.

Emily ouvrit les yeux, incrédule à l'idée qu'elle avait accompli ce terrible safari – une distance qu'on franchissait normalement en trois pas, mais un safari pour elle. Un foutu *trekking*, oui.

Pas de temps à perdre à se féliciter, et pas seulement parce qu'elle risquait à tout moment d'entendre s'ouvrir la porte d'entrée de la Caisse à Outils. Elle avait d'autres problèmes. Ses muscles tremblaient, presque tétanisés, tant avait été violent l'effort de se déplacer dans cette position ; elle se sentait comme un amateur peu entraîné tentant quelque position acrobatique de yoga tantrique. Si elle ne le faisait pas tout de suite, elle ne pourrait jamais le faire. Et si la chaise était aussi solide qu'elle en avait l'air…

Elle repoussa néanmoins cette pensée.

« Ça va probablement faire mal, dit-elle, haletante. Tu le sais, pas vrai ? » Oui, elle le savait, mais savait aussi que Pickering lui réservait de toute façon des choses encore plus terribles.

« Je t'en prie », dit-elle, se tournant pour se mettre de profil par rapport au frigo. Si c'était une prière, quelque chose lui disait qu'elle l'adressait à sa fille morte. « Je t'en prie », répéta-t-elle, en balançant ses hanches de côté, heurtant contre le frigo le parasite qui lui colonisait le dos.

Elle ne fut pas aussi surprise que lorsque le fauteuil se décolla brusquement du sol (manquant l'expédier tête la première contre la gazinière), mais presque. Il y eut un craquement bruyant en provenance du dossier, et la partie siège glissa de côté sous ses fesses. Seules ses jambes restaient fermement maintenues.

« Il est pourri ! » s'écria-t-elle dans la cuisine vide. « Ce foutu fauteuil est pourri ! » Peut-être pas vraiment, mais – Dieu bénisse le climat de Floride – il n'était certainement pas aussi solide qu'il en avait l'air. Finalement, un petit coup de chance… et si Pickering entrait maintenant, juste au moment où elle reprenait espoir, elle deviendrait folle.

Depuis combien de temps, à présent ? Depuis combien de temps était-il parti ? Elle avait toujours été capable de calculer assez bien le passage du temps, mais cette faculté ne fonctionnait pas plus dans sa tête, maintenant, que l'horloge sur le mur. Il y avait quelque chose d'horrible à avoir perdu à ce point la notion du temps. Elle se souvint qu'elle portait une grosse montre au poignet, mais quand elle baissa les yeux, la montre avait disparu. Ne restait qu'une trace pâle à la place. Il la lui avait sans doute prise.

Elle faillit recommencer à balancer le fauteuil de côté contre le frigo, puis eut une meilleure idée. Ses fesses étaient en partie dégagées, ce qui lui donnait un meilleur effet de levier. Elle tendit son dos comme elle avait tendu ses cuisses et ses mollets pour se libérer du sol et, cette fois-ci, lorsqu'elle sentit l'avertissement de la douleur dans les reins, à hauteur de la dernière vertèbre, elle ne relâcha pas son effort, ne prit pas le temps de souffler. Elle ne pouvait plus se payer ce luxe. Elle l'imaginait qui revenait, courant au milieu de la route déserte, ses pieds faisant jaillir des gerbes d'eau, le ciré jaune flottant au vent. Avec, à la main, un outil, n'importe lequel. Un démonte-pneu, par exemple, pris en hâte dans le coffre plein de sang de la Mercedes.

Emily redoubla d'efforts. La douleur s'accentua dans ses reins, prit une intensité vitreuse. Mais elle entendit de nouveau le bruit de déchirement tandis que l'adhésif se détachait – non pas du fauteuil, mais d'elle-même. Des couches superposées qui l'entouraient. L'adhésif qui se détendait. Se détendre, ce n'était pas aussi bien que se détacher, mais c'était déjà pas mal. Ça l'aiderait à faire levier.

Elle balança une fois de plus ses hanches contre le frigo, l'effort lui faisant pousser un petit cri. Le choc lui cisailla le corps. Cette fois, le fauteuil ne bougea pas. Il s'agrippait à elle comme une sangsue. Elle donna un nouveau coup de hanche, plus puissant, criant plus fort : entre yoga tantrique et disco sadomaso. Il y eut un nouveau *crac*, et enfin le fauteuil glissa vers la droite dans son dos, à hauteur de ses hanches.

Et elle recommença... recommença... pivotant sur des hanches de plus en plus brûlées de fatigue et *frappant*. Elle perdit le compte. Elle s'était remise à pleurer. Son short s'était déchiré de haut en bas. Il avait glissé partiellement sur l'une de ses hanches et la hanche saignait. Une écharde, sans doute.

Elle prit une profonde inspiration, essayant de ralentir la course folle de son cœur (guère de chances), et se jeta de nouveau contre le réfrigérateur, elle et sa prison, aussi brutalement qu'elle le put. Elle toucha finalement le levier qui ouvrait le distributeur de glaçons et un jackpot de cubes gelés dégringola sur le carrelage. Il y eut encore un craquement, quelque chose se mit à pendre. Son bras gauche était libre. Elle le regarda, une expression stupide et stupéfaite sur le visage. L'accoudoir était toujours attaché à son avant-bras, et la structure du fauteuil ballottait du même côté, retenu par de longues bandes grises de ruban adhésif. Comme si elle était prise dans une toile d'araignée. Et c'était exactement cela, bien sûr ; ce salopard, ce cinglé en short kaki et t-shirt Izod était l'araignée. Elle n'était pas encore libre, mais elle pouvait se servir du couteau. Tout ce qui lui restait à faire était de se traîner jusqu'au plan de travail pour le récupérer.

« Fais attention à ne pas marcher sur les glaçons », s'admonesta-t-elle d'une voix qui chevrotait – une voix qui lui rappelait l'état proche de la dépression nerveuse dans lequel certains étudiants se mettaient à force de bosser à la veille des examens. « Ce serait le pire moment pour aller patiner. »

Elle évita la glace, mais lorsqu'elle se pencha pour prendre le couteau, son dos trop sollicité émit un craquement inquiétant. Le fauteuil, même s'il lui permettait plus de mouvement, toujours retenu à sa taille par le corset de ruban adhésif ainsi qu'à ses jambes, alla heurter le plan de travail. Elle n'y fit pas attention. Elle parvint à attraper le couteau de sa main libre et s'attaqua aussitôt à l'adhésif qui paralysait son bras droit, mi-sanglotante, mi-haletante, sans cesser de lancer de petits coups d'œil vers la porte battante qui conduisait elle ne savait où – la salle à manger et le vestibule, supposa-t-elle ; c'était par là qu'il était parti et sans doute par là qu'il reviendrait. Une fois son bras droit libéré, elle arracha l'accoudoir toujours collé à son bras gauche et le jeta sur le plan de travail.

« Arrête de regarder s'il arrive », dit-elle dans la cuisine grise et mal éclairée. « Fais juste ton boulot. » Le conseil était bon, mais difficile à suivre, sachant que c'était la mort qui allait arriver par cette porte, et très bientôt.

Elle entailla l'adhésif juste sous ses seins. Elle aurait dû procéder lentement, avec soin, mais elle ne pouvait se permettre de prendre tout son temps, si bien qu'elle ne cessait de s'écorcher avec la pointe du couteau. Elle sentait le sang couler sur sa peau.

La lame était bien aiguisée. L'inconvénient, c'étaient les écorchures qui se multipliaient, juste en dessous de son sternum. L'avantage était que l'adhésif cédait sans discuter, couche après couche. Finalement tout fut coupé, de haut en bas, et le fauteuil pendit un peu plus dans son dos. Elle s'attaqua alors à la large bande qui lui entourait la taille. Elle pouvait mieux se pencher, à présent, et elle travaillait plus vite, se faisait moins mal. Quand tout fut coupé, le fauteuil tomba. Mais les pieds étaient toujours attachés à ses jambes et le changement de position fit s'enfoncer les montants dans ses mollets, à l'endroit où les tendons d'Achille affleurent sous la peau, comme des câbles. Elle avait affreusement mal et elle laissa échapper un pitoyable gémissement.

De son bras gauche, elle remonta le fauteuil contre son dos pour soulager l'horrible et insupportable pression. L'angle sous lequel elle le retenait lui tordait le bras, mais elle continua à le maintenir ainsi tout en se traînant jusqu'à ce qu'elle soit de nouveau face à la gazinière. Elle s'adossa alors au plan de travail, coinça le fauteuil et put soulager son dos et ses mollets. Pantelante, pleurant de nouveau sans en avoir conscience, elle se pencha et commença à entailler les rubans qui lui retenaient les chevilles. Ses efforts les avaient déjà beaucoup détendus dans toute la partie inférieure de son corps ; du coup, elle put travailler beaucoup plus vite et moins se blesser, même si elle s'entailla sérieusement le mollet droit – comme si quelque chose en elle essayait de le punir de l'avoir menacée d'une crampe quand elle essayait de décoller la foutue chaise du carrelage.

Elle en était à l'adhésif entourant ses genoux – les derniers rubans – lorsqu'elle entendit la porte de l'entrée s'ouvrir et se refermer. « Je rentre à la maison, ma chérie ! s'écria Pickering d'une voix joyeuse. Je ne t'ai pas manqué ? »

Emily se pétrifia, penchée en avant, les cheveux lui retombant devant les yeux, et il lui fallut toute la force de sa volonté pour reprendre sa tâche. Plus le temps de faire dans la dentelle, maintenant : elle enfonça la lame de toutes ses forces sous la bande grise d'adhésif qui lui retenait le genou droit, évitant par miracle d'enfoncer la pointe sous sa rotule et tira vers le haut en y jetant, là aussi, toutes ses forces.

Du hall d'entrée lui parvint un claquement sourd et elle comprit qu'il venait de tourner la clef dans la serrure – une grosse serrure, au bruit. Pickering ne voulait pas être dérangé, Pickering jugeait probablement qu'il l'avait déjà suffisamment été aujourd'hui. Il traversa le vestibule. Sans doute portait-il des chaussures de sport (elle n'y avait pas fait attention auparavant) car elle les entendit couiner de manière caractéristique.

Il sifflotait « *Ô Suzanna* ».

L'adhésif qui retenait son genou droit se fendit entièrement en deux et le fauteuil retomba bruyamment contre le plan de travail, n'étant plus retenu que par son genou gauche. Un instant, les pas s'arrêtèrent derrière la porte battante – tout à fait fermée, pour le moment – puis se transformèrent en course précipitée. Ensuite, tout se déroula très, très vite.

Pickering se jeta sur la porte les deux mains en avant ; le battant s'écarta en allant taper avec fracas contre le mur ; il avait les mains toujours tendues lorsqu'il entra en courant dans la cuisine, mais elles étaient vides : il ne tenait pas le démonte-pneu qu'elle avait imaginé. Les manches du ciré étaient à moitié remontées sur ses bras et Emily eut le temps de penser : *Il est trop petit pour toi, trou-du-cul, si t'avais eu une épouse, elle te l'aurait dit, mais une épouse, tu n'en as pas, hein ?*

Il avait repoussé le capuchon du ciré. Ses cheveux hérissés étaient finalement en désordre – *légèrement* en désordre, vu leur longueur – et de l'eau de pluie lui coulait sur les joues et dans les yeux. Il comprit la situation en un seul coup d'œil – parut comprendre *toute* la situation.

« Ah, sale garce ! » gronda-t-il en faisant le tour du plan de travail pour l'attraper.

Elle projeta le couteau de boucher en avant. La lame l'atteignit entre l'index et le majeur de sa main droite et s'enfonça profondément dans la chair, au fond du V formé par les doigts. Du sang jaillit. Pickering hurla de douleur et de surprise – mais surtout de surprise, pensa-t-elle. Les hyènes ne s'attendent pas à ce que leurs victimes se retournent contre…

Il tendit alors la main gauche, l'attrapa par le poignet et tordit Quelque chose craqua. Ou cassa. L'un ou l'autre, une douleur remonta son bras en un éclair, éblouissante comme de la lumière. Elle essaya de retenir le couteau, mais c'était impossible. Il alla valser à l'autre bout de la pièce et, lorsque Pickering lâcha son poignet, la main d'Emily retomba, doigts ouverts, inerte.

Il se jeta sur elle, mais Emmy le repoussa à deux mains, ignorant le cri de douleur tout neuf qui montait de son poignet droit foulé. Ce fut purement instinctif. Si elle avait eu le temps de réfléchir elle se serait dit qu'une simple bourrade n'allait pas arrêter ce type, mais ce qui lui restait de rationalité se tenait à présent recroquevillé dans un coin de sa tête, incapable de rien faire, sinon d'espérer un miracle.

Pickering était plus lourd qu'elle, mais elle était adossée au rebord écaillé du plan de travail. Il partit à reculons et se mit à vaciller, arborant une expression de stupéfaction qui aurait été comique en d'autres circonstances ; puis son pied se posa sur un ou plusieurs glaçons. Un instant, il se transforma en personnage de dessin animé – Road Runner, par exemple –, pédalant sur place dans l'effort qu'il fit pour rester debout. Mais il ne réussit qu'à marcher sur d'autres glaçons (elle les voyait filer et tournoyer sur le carrelage) et il tomba lourdement, sa tête allant heurter la porte maintenant toute bosselée du frigo.

Il leva sa main blessé et la regarda. Puis il regarda Emily. « Tu m'as coupé, dit-il. Espèce de salope, de connasse, regarde ça, tu m'as coupé ! Pourquoi tu m'as coupé ? »

Il essaya de se remettre debout, mais les glaçons sur lesquels il était assis le trahirent et il retomba. Il pivota alors sur un genou, ayant l'intention de se relever ainsi, si bien qu'il lui tourna un instant le dos. Emily s'empara de l'accoudoir du fauteuil qu'elle avait laissé sur le plan de travail. Des bouts de ruban adhésif y adhéraient encore. Pickering se leva et se tourna vers elle. Emily l'avait attendu. Tenant l'accoudoir à deux mains (même si la droite avait du mal à se refermer dessus, elle y parvint), elle l'abattit sur le front de l'homme. Inspirée par quelque ancien instinct atavique de survie, elle avait pris le morceau d'érable par l'extrémité la moins lourde, de manière à maximiser la force, et un maximum de force était indispensable ici. Ce n'était qu'un accoudoir, après tout, pas une batte de base-ball.

Il y eut un bruit sourd. Pas aussi fort que celui de la porte battante quand il était entré, mais d'autant plus audible, peut-être, que la pluie avait presque cessé. Pendant un instant il ne se passa rien, puis le sang se mit à couler au milieu de sa coupe en hérisson gominé et sur son front. Emily le regardait droit dans les yeux ; lui la fixait aussi, l'air sonné d'incompréhension.

« Non, dit-il d'une voix faible, tendant la main pour lui prendre l'accoudoir.

– Si », répliqua-t-elle, balançant de nouveau le morceau de bois, cette fois de côté : un vrai coup de batte de base-ball, porté à deux mains, la droite lâchant prise au dernier moment.

Mais la gauche tint bon. L'extrémité de l'accoudoir, hérissé d'échardes à l'endroit où il s'était rompu, frappa Pickering à la tempe droite. Cette fois-ci, le sang jaillit tout de suite, tandis que sa tête basculait complètement sur son épaule gauche. Des gouttes brillantes coulèrent sur sa joue avant d'aller consteller le carrelage gris.

« Arrête ! » cria-t-il d'une voix enrouée, battant l'air d'une main. On aurait dit qu'il se noyait et implorait de l'aide.

« Non ! » dit-elle, abattant l'accoudoir une fois de plus sur sa tête.

Avec un hurlement, Pickering partit en vacillant, la tête rentrée dans les épaules, pour tenter de mettre le plan de travail entre Emily et lui. Il marcha une fois de plus sur les glaçons, glissa, mais réussit à conserver l'équilibre. Purement par hasard, fallait-il croire, car il avait besoin de toute son énergie pour rester debout.

Un instant, elle faillit le laisser, ayant cru qu'il allait s'échapper par la porte battante. Ce qu'elle aurait fait elle-même. Puis la voix de son père, très calme, s'éleva dans sa tête: *Il est après le couteau, ma chatte.*

« Non ! cria-t-elle, lui montrant les dents, tu ne l'auras pas ! »

Elle essaya de contourner le plan de travail, mais elle ne pouvait pas courir, pas en trimballant ce qui restait du fauteuil comme un boulet de forçat au bout de sa putain de chaîne, car il était toujours relié à son genou gauche par une dernière bande d'adhésif. Les débris heurtèrent le plan de travail, la frappèrent sur les fesses, essayant de se glisser entre ses jambes comme pour la faire tomber. Le salaud de fauteuil semblait être de son côté à lui, et elle était contente de l'avoir démoli.

Pickering atteignit le couteau – posé au pied de la porte battante – et tomba dessus comme un joueur de rugby à l'essai. Un son guttural, sibilant, montait du fond de sa gorge. Emily le rejoignit à l'instant où il se retournait. Elle le frappa avec l'accoudoir, une fois, deux fois, dix fois, hurlant à chaque coup, consciente tout au fond d'elle-même que le morceau de bois n'était pas assez lourd et qu'elle n'arrivait pas à lui conférer toute l'énergie, loin de là, qu'elle aurait voulu y mettre. Elle voyait son poignet droit déjà enflé qui paraissait subir son sort comme s'il espérait seulement survivre à cette journée.

Pickering s'effondra sur le couteau et ne bougea plus. Elle recula un peu, haletante, hors d'haleine, les petites comètes blanches sillonnant une fois de plus son champ de vision.

Des voix d'hommes s'élevèrent dans sa tête. Cela lui arrivait souvent, et ce n'était pas forcément désagréable. Parfois, mais pas toujours :

Henry : *Prends ce foutu couteau et plante-le-lui entre les épaules.*

Rusty : *Non, ma chérie. Ne t'approche pas de lui. C'est ce qu'il attend. Il fait le mort.*

Henry : *Ou dans la nuque. C'est un bon coin, aussi. Sa conne de nuque.*

Rusty : *Passer la main sous lui, ce serait comme chercher une aiguille dans une botte de foin, Emily. Tu as le choix. Ou tu le frappes à mort...*

Henry, apparemment à contrecœur, mais convaincu : ... *ou tu fiche le camp.*

Oui, bon, peut-être. Ou peut-être pas.

Il y avait un tiroir de ce côté-ci du plan de travail. Elle l'ouvrit brutalement, avec l'espoir d'y trouver un autre couteau – des tas de couteaux, même : couteaux à découper, hachoirs, couteaux à pain dentelés... elle se serait même arrangée d'un foutu couteau à beurre. Mais elle ne trouva qu'un arsenal d'ustensiles de cuisine design en plastique noir : des spatules, une louche et une écumoire creuse. Dans le reste du bric-à-brac, le bidule le plus dangereux qu'elle vit était un épluche-légumes.

« Écoute-moi, dit-elle d'une voix rauque, presque gutturale, tant elle avait la gorge sèche. Je n'ai aucune envie de te tuer, mais je le ferai si tu m'y obliges. J'ai trouvé une fourchette à gigot. Si jamais tu essaies de te tourner, je te la plante dans la nuque et je pousse jusqu'à ce qu'elle ressorte de l'autre côté. »

La crut-il ? Bonne question. Emily était certaine qu'il avait volontairement retiré tous les couteaux, sauf celui qu'il tenait sous lui, mais était-il sûr d'avoir enlevé tous les autres objets pointus ? La plupart des hommes n'ont aucune idée de ce qu'il y a dans un tiroir de cuisine – elle avait connu cela avec Henry, et avant ça, avec son père – mais Pickering n'était pas un homme comme les autres et cette cuisine n'était pas une cuisine ordinaire. Elle lui faisait plutôt l'effet d'un théâtre d'opérations. Cependant, dans l'état d'étourdissement où il était (dans quelle mesure, au fait, était-il étourdi ?) et comme il devait certainement craindre qu'un trou de mémoire ne lui soit fatal, elle pensait que son coup de bluff pouvait marcher. Sauf qu'il y avait une autre question : l'entendait-il ? Comprenait-il ce qu'elle disait ? On ne pouvait bluffer une personne qui ne comprenait pas quels étaient les enjeux.

Elle n'allait pourtant pas rester plantée là, à peser le pour et le contre. Ce serait la pire solution. Elle se pencha, sans quitter un instant Pickering des yeux, et glissa l'index derrière la dernière bande d'adhésif qui la retenait à la chaise. Les doigts de sa main droite avaient moins que jamais envie de travailler, mais elle les y obligea. Sa peau mouillée de sueur l'aida. Elle poussa sur le ruban et il commença à se détacher avec de nouveau un bruit hargneux de déchirement. Mal. Cela devait faire mal. Elle se retrouva avec une bande d'un rouge vif en travers du genou (et pour une raison quelconque le mot *Jupiter* lui vint à l'esprit), mais elle n'en était plus à sentir ce genre de chose. Puis le ruban lâcha d'un seul coup et glissa jusqu'à sa cheville, plissé, tordu, se collant lui-même. Elle s'en débarrassa d'une secousse de la jambe et recula de côté, libre. Des élancements lui martelaient la tête, soit d'épuisement, soit à cause du coup qu'il lui avait porté pendant qu'elle regardait la fille morte dans le coffre de la Mercedes.

« Nicole, dit-il. Elle s'appelait Nicole. »

Entendre nommer la morte parut ramener un peu Emily à elle-même. L'idée d'essayer de retirer le couteau de boucher de sous le corps de ce type lui parut à présent être de la folie. La partie d'elle-même qui parlait parfois avec la voix de son père avait raison : le seul fait de rester dans la même pièce que Pickering lui faisait courir un risque. Elle devait partir. Voilà tout.

« Je m'en vais, maintenant. Vous m'entendez ? »

Il ne bougea pas.

« Je garde la fourchette. Si vous me poursuivez, je vous frapperai avec. Je vous crèverai les yeux. Restez où vous êtes, ne bougez pas. Vous m'avez comprise ? »

Il ne bougea pas.

Elle partit à reculons, puis fit demi-tour et franchit la porte, de l'autre côté de la pièce. Elle tenait toujours l'accoudoir ensanglanté à la main.

– 8 –

**Il y avait une photo au mur, à côté du lit**

C'était la salle à manger, de l'autre côté. Il y avait une longue table à plateau de verre. Avec, autour, sept fauteuils en érable. L'emplacement du huitième était vide. Évidemment. Tandis qu'elle étudiait « la place de la maman » – la plus proche de la cuisine –, un souvenir lui revint : la minuscule goutte de sang qui avait perlé sous son œil tandis que Pickering disait : *Très bien, parfait, très bien.* Il l'avait crue, lorsqu'elle lui avait dit que seul Deke pouvait savoir qu'elle se trouvait dans les murs de la Caisse à Outils, et il avait jeté le petit couteau – le petit couteau de Nicole, avait-elle alors pensé – dans l'évier.

Il y avait donc un couteau avec lequel elle aurait pu le menacer, pendant tout ce temps. Il y était encore. Dans l'évier. Mais elle n'y retournerait pas. Pas question.

Elle traversa la pièce et se retrouva dans un couloir comprenant cinq portes, deux sur les côtés et la dernière à l'autre bout. Les deux premières devant lesquelles elle passa étaient ouvertes – une salle de bains à sa gauche et une lingerie à sa droite. Une machine à laver à chargement par le haut dont le couvercle était relevé. Une boîte de Tide sur une étagère, à côté. Un vêtement taché de sang était à moitié enfoui dans la machine. Le t-shirt de Nicole, Emily en était presque sûre, sans pouvoir l'affirmer, cependant. Mais si c'était bien cela, pourquoi Pickering avait-il voulu le laver ? Cela n'allait pas faire disparaître les trous. Emily se souvenait d'en avoir vu des douzaines – mais ce n'était certainement pas possible.

Quoique…

Si, c'était possible au fond : Pickering pris de frénésie.

Elle ouvrit la porte suivante et tomba sur une chambre d'amis. Rien qu'une boîte sombre et stérile au milieu de laquelle trônait un lit d'un aspect tellement rigide et net qu'on aurait pu faire rebondir une pièce sur le couvre-lit. Une femme de chambre avait-elle fait ce lit ? *Notre examen des lieux répond que non*, pensa Emily. *Notre examen des lieux nous dit que jamais une femme de chambre n'a mis le pied dans cette maison. Seulement des « nièces »*.

Il y avait un bureau en face de la chambre d'amis. Tout aussi stérile que celle-ci. Il comprenait deux classeurs dans un coin et un gros bureau sans rien dessus, sinon un PC Dell sous un couvercle transparent. Le plancher était en lattes de chêne brut. L'unique grande fenêtre était fermée par des volets, et seuls quelques rais de lumière moroses parvenaient à filtrer. Comme la chambre d'amis, le bureau avait un aspect sombre et abandonné.

*Il n'a jamais travaillé là-dedans*, pensa-t-elle, certaine que c'était vrai. Ce n'était qu'un décor. Toute la maison n'était qu'un décor, y compris la pièce d'où elle s'était échappée – celle qui avait l'air d'une cuisine mais qui n'était qu'une salle d'opération avec des plans de travail et un sol faciles à nettoyer.

La porte au bout du couloir était fermée et, tandis qu'elle s'en approchait, Emily sut qu'elle devait être verrouillée. Elle allait se retrouver prisonnière du couloir, s'il entrait par la porte donnant dans la salle à manger. Piégée sans nulle part où courir se réfugier et, ces temps-ci, courir était la seule chose à laquelle elle était bonne, la seule chose *pour* laquelle elle était bonne.

Elle remonta son short – il lui donnait l'impression de flotter sur elle, avec sa couture déchirée – et saisit la poignée. Elle était tellement convaincue par son pressentiment que, pendant un instant, elle ne crut pas ce qui arrivait : le bouton tournait dans sa main. Elle poussa le battant et entra dans ce qui devait être la chambre de Pickering. Stérile dans son genre, mais pas tout à fait autant que la chambre d'amis. Pour commencer, il y avait deux oreillers et non pas un, et le couvre-lit (apparemment le jumeau de celui de l'autre chambre) avait été rabattu en un triangle impeccable, prêt à accueillir son propriétaire dans le confort de draps frais après une dure journée de labeur. De plus, une moquette couvrait le sol. Du bas de gamme. Henry n'aurait pas manqué de dire qu'elle aurait fait très bien dans une grange, mais elle était assortie à la couleur bleue des murs et faisait paraître cette chambre un peu moins minable que l'autre. Il y avait également un petit bureau – on aurait dit un ancien bureau d'écolier – et une chaise en bois. Et si ce n'était qu'un détail, comparé à la mise en scène du bureau avec sa grande fenêtre (hélas fermée par des volets) et son coûteux ordinateur, elle avait l'impression que ce petit bureau avait servi. Que Pickering s'y était assis pour écrire… à la main, penché sur sa feuille comme un petit garçon en classe. Pour écrire elle préférait ne pas savoir quoi.

La fenêtre de cette deuxième chambre était également grande. Et, contrairement à celles des autres pièces, elle n'avait pas de volets. Avant qu'Emily ait pu jeter un coup d'œil pour voir où elle donnait, son attention fut attirée par une photo sur le mur, à côté du lit. Non pas accrochée et encore moins encadrée, mais seulement maintenue par une punaise. On voyait d'autres minuscules trous tout autour, comme si de nombreuses photos avaient été accrochées là au cours du temps puis enlevées. Celle-ci était un cliché en couleur avec la date 19-04-07 imprimée dans le coin supérieur droit. Prise par un appareil photo classique et non numérique, à voir l'aspect du papier, et par quelqu'un n'étant pas spécialement doué. Par ailleurs, le photographe avait peut-être été excité. À la manière dont les hyènes sont excitées, supposait-elle, lorsque le crépuscule tombe et que des proies sont en vue. Elle était floue, comme si elle avait été prise au téléobjectif, et mal centrée. Le sujet en était une jeune femme aux longues jambes portant un short en toile de jean et un débardeur exhibant son estomac sur lequel on lisait BEER O'CLOCK BAR. Elle portait un plateau en équilibre sur le bout des doigts de sa main gauche, telle une serveuse dans une de ces bonnes vieilles peintures de Norman

Rockwell. Elle riait. Elle était blonde. Emily ne pouvait être sûre qu'il s'agissait de Nicole, pas à partir de cette photo floue et des quelques instants où, sous le choc, elle avait regardé la fille morte dans le coffre de la Mercedes… mais elle en était tout de même sûre. Son cœur était sûr.

Rusty : *Peu importe, mon chou. Tu dois ficher le camp d'ici. Tu dois mettre un maximum de distance entre toi et lui.*

Comme pour le prouver, la porte séparant la cuisine de la salle à manger alla claquer violemment contre le mur – à se demander si elle n'avait pas sauté hors de ses gonds, au bruit.

*Non*, pensa-t-elle. Impression de sentir toutes ses sensations fuir par le milieu de son corps. Elle ignora si elle s'était fait pipi dessus et aurait été incapable de le dire si tel avait été le cas. *Non, ce n'est pas possible.*

« Ah, tu préfères la manière forte ! » lança Pickering. Il y avait un mélange de stupéfaction et de gaieté dans sa voix. « D'accord, je peux employer la manière forte. Et comment ! Pas de problème. C'est ça que tu veux ? T'as gagné. Papa vient faire joujou. »

Il arrivait. Traversait la salle à manger. Elle entendit un coup sourd suivi d'un claquement sec ; il avait dû heurter une chaise (peut-être celle du bout « papa ») et la repousser de côté. Le monde se liquéfiait autour d'elle, devenait gris alors que la pièce était relativement mieux éclairée avec le beau temps qui revenait.

Elle mordit sa lèvre fendue. Un filet de sang lui coula aussitôt sur le menton, mais en même le temps, le monde retrouva ses couleurs et sa réalité. Elle claqua la porte et voulut la verrouiller. Mais elle n'avait pas de verrou. Elle regarda autour d'elle et aperçut la modeste chaise de bois devant le modeste bureau de bois. Tandis que Pickering accélérait le pas en passant devant la lingerie et le bureau (et sa main n'étreignait-elle pas le couteau de boucher ? Bien sûr que si), elle s'empara de la chaise et la coinça sous le bouton de porte, inclinée. À peine un instant plus tard, il heurtait le battant à deux mains.

Elle se dit que si, ici aussi, il y avait eu un parquet de chêne, la chaise aurait glissé dessus comme un palet de shuffleboard. Elle l'aurait peut-être prise pour la brandir et tenir Pickering à distance : Emily l'intrépide dresseuse de lions. Mais elle n'y croyait pas. Toujours est-il qu'il y avait une moquette en synthétique. Une moquette de qualité médiocre, d'accord, mais épaisse – elle avait au moins ça pour elle. Les pieds de la chaise s'y enfonçaient de biais et tenaient, même si elle vit la moquette plisser.

Pickering poussa un rugissement et commença à marteler la porte à coups de poing. Elle espéra qu'il tenait le couteau en même temps ; peut-être, par inadvertance, allait-il se trancher la gorge. « Ouvre cette porte ! hurla-t-il. Ouvre-la ! Tu ne fais que rendre les choses encore pires pour toi ! »

*Comme si c'était possible*, pensa Emily, reculant de quelques pas. Elle regarda autour d'elle. Et maintenant ? La fenêtre ? Quoi d'autre ? Puisqu'il n'y avait que cette unique porte, il fallait bien que ce soit la fenêtre.

« Tu vas me rendre furieux, lady Jane ! »

*Non tu l'étais déjà – fou furieux, même.*

Elle se rendit alors compte que la fenêtre était du type floridien, c'est-à-dire conçue pour regarder dehors, par pour être ouverte. À cause de la climatisation. Alors, la suite des opérations ? Se jeter à travers, comme Clint Eastwood dans un western spaghetti de la grande époque ? Paraissait possible. C'était le genre de chose qui l'aurait séduite, gamine, mais elle soupçonnait qu'elle se retrouverait découpée en rubans si elle s'y essayait. Clint Eastwood et Steven Seagal étaient doublés par des cascadeurs quand ils faisaient la classique sortie-à-travers-la-fenêtre-du-saloon. De plus, les cascadeurs utilisaient un verre spécial.

Elle entendit un bruit de pas rapides, de l'autre côté de la porte, tandis qu'il reculait de quelques pas puis se précipitait de tout son poids sur le battant. La porte était solide, mais Pickering n'y était pas allé de main morte et elle trembla dans son chambranle. La chaise recula brusquement de trois ou quatre centimètres avant de se remettre en place. Pire encore, le plissement se propagea dans la moquette et elle entendit un bruit de déchirement qui n'était pas sans rappeler celui du ruban adhésif en train de lâcher. Pickering était remarquablement énergique, pour un homme qui avait reçu une grêle de coups sur la tête et les épaules avec un solide morceau d'érable ; mais bien entendu, il était à la fois cinglé et suffisamment lucide pour savoir que, si elle s'en tirait, lui ne s'en sortirait pas. Voilà qui devait fortement le motiver, songea-t-elle.

C'est avec la foutue chaise elle-même que j'aurais dû lui taper dessus.

« Tu veux faire joujou ? dit-il, haletant. On va faire joujou. Et comment. Tu vas voir tes fesses. Mais t'es sur mon terrain de jeu, d'accord ? Et bouge pas… j'arrive ! » Il se jeta de nouveau sur la porte. Elle s'incurva dans le chambranle, les gonds ayant pris du jeu, et la chaise bondit à nouveau de quelques centimètres. On voyait des traits sombres en forme de goutte d'eau entre les pieds inclinés de la chaise et la porte ; la moquette se déchirait.

Par la fenêtre, donc. Si elle devait mourir de Dieu seul savait combien de blessures, autant qu'elle se les inflige elle-même. À moins que… si elle s'enroulait dans le couvre-pieds…

Puis ses yeux tombèrent sur le bureau.

« Mr Pickering ! » cria-t-elle, saisissant le petit meuble à deux mains. Attendez ! Je voudrais conclure un marché avec vous !

– On ne conclut pas de marché avec des salopes ! t'entends ? » répliqua-t-il, hargneux. Mais il s'était arrêté un instant – peut-être pour reprendre sa respiration –, ce qui faisait gagner du temps à Emily. Le temps était ce qu'elle voulait. Le temps était tout ce qu'elle pourrait jamais tirer de lui ; il n'avait aucun besoin de lui expliquer qu'il n'était pas homme à conclure un marché avec une salope. « Et c'est quoi, ta grande idée ? Raconte à Papa Jim. »

Le bureau, voilà quelle était sa grande idée, pour le moment. Elle le souleva, redoutant que son dos, déjà mis à mal, n'éclate comme un vulgaire ballon. Mais le meuble était léger et le devint plus encore quand des piles de livres bleus (sans doute des manuels de cours) en dégringolèrent.

« Qu'est-ce que tu fabriques ? » demanda-t-il sèchement. Puis : « Ne fais pas ça ! »

Elle courut vers la fenêtre, s'arrêta brusquement et lança le bureau. Le bruit du verre brisé fut monstrueux. Sans prendre un instant pour réfléchir ou regarder – au stade où elle en était, réfléchir ne lui servirait à rien et regarder ne ferait que lui coller la frousse si la chute était trop haute –, elle arracha le couvre-pieds du lit.

Pickering se jeta une fois de plus sur la porte et si la chaise tint bon (évident : sans quoi il aurait bondi dans la pièce pour l'attraper), il y eut un fort craquement de bois de mauvais augure.

Emily s'enveloppa dans la couverture du menton aux pieds, faisant un instant penser à une Indienne s'apprêtant à affronter une tempête de neige comme en peignait N.C. Wyeth. Puis elle bondit par le trou hérissé d'éclats de la fenêtre à l'instant où la porte explosait derrière elle. Plusieurs flèches de verre entaillèrent la couverture mais aucune n'atteignit Emily.

« Oh, putain de salope de merde ! » hurla Pickering dans son dos – très près dans son dos –, mais elle avait pris son envol.

– 9 –

## La loi de la gravité est la même pour tout le monde

Ex-garçon manqué, Emily avait préféré aller jouer dans les bois avec les garçons, derrière leur maison de la banlieue de Chicago, que de faire l'idiote avec Barbie et Ken sur le porche. Toujours en jeans et baskets, coiffée en queue-de-cheval, elle regardait (avec sa copine Becka) les vieux films d'Eastwood et de Schwarzenegger à la télé au lieu du feuilleton des jumelles Olsen et, quand elles suivaient un *Scooby-Doo*, les deux gamines s'identifiaient au chien plutôt qu'à Velma ou Daphne. Pendant deux ans, au bahut, elles déjeunèrent de Scooby Snacks.

Et elles montaient aux arbres, bien entendu. Emmy avait l'impression, dans son souvenir, qu'elle et Becka avaient passé tout un été dans les arbres, dans leurs jardins respectifs. Elles pouvaient avoir alors neuf ans. En dehors de la leçon que lui avait donnée son père sur la meilleure façon de tomber sans se faire mal, Emily ne se souvenait clairement que d'une chose : sa mère lui mettant sur le nez une sorte de crème blanche et lui disant, *Et ne va pas l'essuyer, Emmy !* d'un ton sans réplique.

Un jour, Becka avait perdu l'équilibre et manqué de peu de faire une chute de cinq mètres sur la pelouse des Jackson (peut-être seulement de trois, mais à l'époque, les filles auraient plutôt parlé de six mètres… voire de douze). Elle s'en était tirée en restant accrochée à une branche, sans pouvoir rien faire, sinon appeler pitoyablement à l'aide.

Rusty tondait la pelouse. Il s'était avancé d'un pas tranquille – oui, d'un pas tranquille ; il avait même pris le temps d'arrêter la tondeuse – et tendu les bras. « Laisse-toi tomber », avait-il dit. Et Becka, qui croyait encore au Père Noël deux ans avant et était sublimement confiante, s'était laissée tomber. Rusty l'avait rattrapée sans mal, puis il avait demandé à Emily de descendre. Il avait fait asseoir les deux filles au pied de l'arbre. Becka pleurait un peu et Emily avait peur – peur, surtout, que grimper aux arbres ne soit inscrit dans la liste des choses interdites, comme se rendre à l'épicerie du coin après sept heures du soir.

Rusty ne le leur avait pas interdit (mais sa mère l'aurait peut-être fait, si elle avait vu la scène depuis la fenêtre de la cuisine). Il avait préféré leur apprendre à tomber. Et elles s'étaient entraînées pendant presque une heure.

La journée géniale qu'elle avait vécue…

En franchissant la fenêtre, Emily se rendit compte que le dallage du patio était à une sacrée distance. À peut-être seulement trois-quatre mètres, mais ces trois-quatre mètres lui faisaient l'effet d'être le double tandis qu'elle dégringolait – la couverture battant au vent –, peut-être même le quadruple.

*Laisse tes genoux se plier complètement*, lui avait dit Rusty seize ou dix-sept ans auparavant, pendant l'été passé à grimper aux arbres – été aussi connu sous le nom de Nez-blanc. *Ne leur demande pas d'absorber le choc. Ils le peuvent – dans dix cas sur dix, ils l'absorbent, si tu ne tombes pas de trop haut – mais tu te retrouveras avec une fracture, la hanche, la jambe ou la cheville cassée. La cheville, en général. N'oublie pas que la loi de la gravité est la même pour tout le monde. Ne lutte pas contre elle. Abandonne-toi. Laisse tes genoux se plier, mets-toi en boule et roule.*

Emily heurta les dalles de pierre de style espagnol et laissa ses genoux se plier. En même temps, elle fit pivoter ses épaules, jetant tout son poids vers la gauche, rentra la tête et roula. Elle ne ressentit aucune douleur – pas sur le coup – mais elle fut traversée par une violente secousse, comme si son corps était devenu un conduit vide au milieu duquel on aurait laissé tomber un gros meuble. Cependant, elle réussit à protéger son crâne. Elle ne pensait pas s'être cassé une jambe, non plus, mais elle n'en serait sûre qu'en se relevant.

Elle heurta une table de jardin en métal, assez fort pour la renverser. Puis elle se releva, pas entièrement convaincue que son corps était en état de le faire avant de l'avoir fait. Elle leva les yeux et vit Pickering qui la regardait par la fenêtre brisée. Une grimace lui déformait les traits et il brandissait le couteau.

« *Ne bouge pas !* hurla-t-il. *Arrête de courir et tiens-toi tranquille !* »

*Cause toujours*, pensa Emmy. La pluie avait fini par laisser la place au brouillard et des gouttelettes constellaient de rosée son visage levé. La sensation était divine. Elle lui tendit le majeur dressé, le secouant pour bien insister.

« Je t'interdis de me faire ça, connasse ! » hurla-t-il, lançant le couteau dans sa direction. Il ne la frôla même pas. Il tomba avec bruit sur les dalles et glissa en direction du barbecue à gaz en deux morceaux, lame et poignée. Quand elle leva de nouveau les yeux, il n'y avait personne à la fenêtre.

La voix de son père lui dit que Pickering allait rappliquer, mais Emily n'avait aucun besoin qu'on lui rafraîchisse la mémoire. Elle alla jusqu'au bord du patio – marchant avec facilité, sans boiter, même si elle soupçonna que cela pouvait être dû à l'adrénaline – et regarda en contrebas. Même pas un mètre jusqu'au sable et aux touffes d'avoine de mer. Rien du tout, comparé au saut dont elle venait de sortir indemne. Car, au-delà du patio, s'étendait la plage sur laquelle elle avait si souvent couru le matin.

Elle se tourna dans l'autre direction, vers la route, mais c'était un mauvaise idée. L'affreux mur de béton était trop haut. Et Pickering allait arriver. Bien sûr.

S'appuyant d'une main sur le décor de brique, elle se laissa tomber sur le sable. Les herbes lui chatouillèrent les cuisses. Elle escalada vivement la dune qui séparait la Caisse à Outils de la plage, remontant son short déchiré qui ne cessait de glisser et non sans jeter des coups d'œil par-dessus son épaule. Rien… toujours rien… Puis Pickering bondit par la porte arrière de la maison, lui hurlant de rester où elle était. Il s'était débarrassé du ciré jaune et tenait un autre objet pointu. Il l'agitait dans sa main gauche tout en courant sur l'allée conduisant au patio. Elle ne distinguait pas ce que c'était et n'en avait aucune envie. Aucune envie d'être assez près pour cela.

Elle était capable de le distancer. Quelque chose, dans sa foulée, disait que s'il était capable d'une pointe de vitesse, il serait rapidement hors d'haleine, aussi aiguillonné qu'il soit par sa folie et sa peur d'être démasqué.

Elle pensa : *Comme si je m'étais tout le temps entraînée pour cela.*

Elle faillit commettre une erreur cruciale en arrivant sur la plage : tourner vers le sud. L'extrémité de Vermillion, de ce côté-là, n'était qu'à environ quatre cents mètres. Certes, elle pouvait appeler en arrivant à la maison du pont mobile (hurler à pleins poumons pour réclamer de l'aide, en réalité) ; toutefois, si jamais Pickering avait fait quelque chose à Deke Hollis – et elle en avait bien peur –, elle serait fichue. Restait la possibilité qu'un bateau soit en train de passer mais elle pensait que plus rien n'arrêterait Pickering ; à ce stade, il l'aurait probablement volontiers poignardée à mort sur la scène du Radio City Music Hall sous les yeux des danseuses.

Si bien qu'elle prit la direction du nord, car il y avait presque trois kilomètres de plage jusqu'au Grass Shack.

Elle se débarrassa de ses chaussures et commença à courir.

## – 10 –

## Ce qu'elle n'avait pas prévu, c'était la beauté

Ce n'était pas la première fois qu'elle courait sur la plage après l'une de ces brèves mais violentes averses de l'après-midi et la sensation de l'humidité qui s'accumulait sur son visage et ses bras lui était familière. De même que le grondement du ressac (la marée montait et la plage n'était plus qu'une bande étroite) et les effluves exacerbés qui lui parvenaient : iode, odeur de curry des herbes sèches et même bois mouillé. Elle s'était attendue à avoir peur, de la même manière qu'un combattant a peur en faisant un boulot dangereux dont on sort en général (mais pas toujours) indemne. Ce qu'elle n'avait pas prévu, c'était la beauté.

Le brouillard était monté du golfe. L'eau d'un vert éteint, fantomatique, se soulevait en direction de la plage à travers toute cette blancheur. Le poisson devait être abondant car les pélicans s'en donnaient à cœur joie un peu plus loin. Elle les voyait pour la plupart comme des projectiles d'ombre, lorsque, ailes repliés, ils plongeaient dans l'eau. Quelques-uns oscillaient sur les vagues, plus près de la plage, l'air aussi inertes que des appeaux, mais ils la surveillaient. Au loin, sur sa gauche, le soleil se réduisait à une petite pièce jaune orangé perçant péniblement.

Elle redoutait une nouvelle crampe au mollet – si cela lui arrivait, elle était cuite, finie. Mais c'était un travail auquel le muscle était habitué et il restait souple, même s'il était un peu en surchauffe. Ses reins l'inquiétaient davantage ; ils propulsaient un léger élancement toutes les trois ou quatre enjambées et un autre beaucoup plus violent et douloureux environ toutes les douze. Elle s'adressait à ses reins dans sa tête, les cajolait, leur promettait un bain bien chaud et des massages japonais quand tout cela serait terminé et que la créature bestiale qui la talonnait serait sous les verrous, à la prison du comté de Collier. Apparemment, ça marchait. Ou bien la course elle-même était une sorte de massage. Elle avait des raisons de le penser.

Pickering lui hurla par deux fois de s'arrêter, puis il se tut pour économiser son souffle. Elle regarda une fois par-dessus son épaule et estima qu'il devait se trouver à environ soixante-dix mètres, la seule chose ressortant dans le brouillard de la fin de l'après-midi étant le rouge de son polo Izod. Elle jeta un nouveau coup d'œil et le distingua mieux ; elle voyait son short kaki taché de sang. À cinquante mètres. Mais il haletait. Bien. Que le souffle lui manquât, c'était bien.

D'un bond, Emily franchit un amas de bois flotté ; son short commença à glisser, risquant de l'entraver, sinon de la faire tomber. Elle n'avait pas le temps de s'arrêter pour l'enlever et elle tira sauvagement dessus, regrettant l'absence d'une ceinture en ficelle qu'elle puisse soit nouer, soit tenir entre les dents.

Elle entendit un cri dans son dos, un cri dans lequel elle crut détecter non seulement de la fureur, mais de la peur. Comme si Pickering avait finalement compris que les choses n'allaient pas se passer comme il le voulait. Elle risqua un nouveau coup d'œil, pleine d'espoir – et vit qu'elle n'avait pas espéré en vain. Il avait trébuché sur les bois flottés et était tombé à genoux. Sa nouvelle arme était posée devant lui sur le sable, formant un X. Des ciseaux. Des ciseaux de cuisine. Le grand modèle, celui dont les chefs se servent pour briser os et cartilages. Il les récupéra et se remit debout.

Emily reprit sa course, augmentant progressivement sa vitesse. Elle n'avait pas prévu de le faire, mais elle ne pensait pas non plus que son corps était passé en pilotage automatique. Cela venait de quelque chose entre le corps et l'esprit, d'un interface. De la part d'elle-même qui souhaitait prendre maintenant la direction des opérations, et Emmy la laissa faire. Cette part-là voulait qu'elle n'accélère que progressivement, en douceur, en somme, pour que l'animal, derrière elle, ne se rende pas compte de ce qu'elle faisait. Cette part-là voulait pousser Pickering à augmenter aussi sa vitesse, quitte, même, à le laisser se rapprocher. Cette part-là voulait le fatiguer jusqu'à ce qu'il soit au bout du rouleau. Cette part-là voulait l'entendre haleter comme un soufflet de forge. Peut-être aussi tousser, s'il était fumeur (même si c'était trop demander). Après quoi, elle passerait la surmultipliée qu'elle avait en réserve et n'utilisait que rarement ; tactique qui paraissait un peu tenter le sort – comme voler avec des ailes en cire par grand soleil. Mais elle n'avait pas le choix. Et si elle avait tenté le sort, c'était avant tout au moment où elle avait fait un détour pour aller jeter un coup d'œil dans la cour de la Caisse à Outils.

*Et quel choix me restait-il, à partir du moment où j'avais vu les cheveux de la fille ? C'était peut-être le sort qui me tentait.*

Elle fonça donc, ses pieds laissant l'empreinte de son passage dans le sable. Quand elle se retourna, la fois suivante, elle vit que Pickering n'était qu'à une quarantaine de mètres d'elle, mais quarante mètres, c'était parfait. À voir son visage empourpré et grimaçant, absolument parfait.

À l'ouest et directement au-dessus de sa tête, les nuages se déchirèrent avec une soudaineté toute tropicale, illuminant le brouillard qui passa en un instant d'un gris morose à un blanc aveuglant. Des taches ensoleillées se mirent à fleurir sur le sable, comme autant de coups de projecteur. Emmy les franchissait en une enjambée, sentant la température et l'humidité monter sur-le-champ et sur-le-champ redescendre quand elle plongeait à nouveau dans le brouillard – comme si elle passait devant la porte ouverte d'une laverie automatique par temps froid. Au-dessus d'elle, se dégagea une zone d'un bleu brumeux en forme d'œil de chat. Un arc-en ciel double s'incurva d'un bond, haut dans le ciel, chaque couleur brillant séparément. À l'ouest, il s'enfonçait dans la brume en train de se dissiper et plongeait dans l'eau. Côté terre, il disparaissait au milieu des palmiers et des bois guitares aux feuilles cireuses.

Son pied droit heurta sa cheville gauche et elle trébucha. Elle fut sur le point de tomber, puis réussit à retrouver l'équilibre. À présent, la bête n'était qu'à trente mètres d'elle et trente mètres, c'était trop près. Plus question d'admirer les arcs-en-ciel. Si elle ne prenait pas les choses en main, celui-ci serait le dernier de sa vie.

Elle se tourna ; un homme se tenait un peu plus loin, la mousse du ressac autour des chevilles, et les regardait. Il ne portait qu'un short fait d'un jean coupé et un foulard rouge mouillé autour du cou. Il avait la peau brune, les yeux et les cheveux sombres. Petit, il avait cependant un corps athlétique. Il sortit de l'eau et elle lut de l'inquiétude sur son visage. Oh, merci mon Dieu, elle y lisait de l'inquiétude.

« À l'aide ! cria-t-elle, aidez-moi ! »

L'expression d'inquiétude devint plus marquée. « *Señora ? Qué ha pasado ? Qué es lo que va mal ?* »

Elle connaissait quelques mots d'espagnol – glanés ici et là – mais en l'entendant le parler, elle les oublia complètement. Peu importait. Il s'agissait certainement du jardinier de l'une des grandes maisons. Il avait profité de l'orage pour aller se baigner dans le golfe. Il ne possédait peut-être pas de carte de séjour, mais il n'en avait pas besoin pour lui sauver la vie. C'était un homme, manifestement costaud, et il était inquiet. Elle se jeta dans ses bras et sentit l'eau dont il dégoulinait mouiller sa peau et son t-shirt.

« Il est fou ! » lui hurla-t-elle en pleine face. Elle pouvait d'autant mieux le faire qu'ils étaient pratiquement de la même taille. Et finalement un mot d'espagnol lui revint. Un mot précieux, se dit-elle, dans sa situation. « *Loco ! Loco ! Loco !* »

L'homme se tourna, la tenant fermement par l'épaule. Emily regarda dans la même direction et vit Pickering. Pickering souriait. Un sourire agréable, l'air de s'excuser. En dépit des éclaboussures de sang et de son visage enflé, ce sourire gardait quelque chose de convaincant. Et il n'y avait pas trace des ciseaux, c'était le pire. Ses mains – la droite entaillée entre l'index et le majeur et couverte de sang séché – étaient vides.

« *Es mi esposa* », dit-il. Son ton d'excuse était aussi convaincant que son sourire. Même le fait qu'il soit essoufflé paraissait normal.

« *No te preocupes. Ella tiene...* » Son espagnol lui faisait défaut, ou paraissait lui faire défaut. Il tendit les mains, souriant toujours. « Elle a des problèmes... Problèmes ? »

Les yeux du Latino se remplirent de compréhension et de soulagement. « *Problemas ?*

– *Sí* », dit Pickering.

Il porta une main à sa bouche et fit le geste de renverser une bouteille.

« Ah, dit le Latino, boire !

– Non ! » cria Emmy, sentant que le type était sur le point de la pousser dans les bras de Pickering, préférant être débarrassé de ce *problema* inattendu, de cette *señora* inattendue.

Elle souffla dans son visage pour lui montrer que son haleine n'avait aucun relent d'alcool. Puis, prise d'une soudaine inspiration, elle lui montra sa bouche enflée. « *Loco !* Il a fait ça !

– Mais non, elle se l'est fait toute seule, vieux, protesta Pickering. D'accord ?

– D'accord », dit le Latino, hochant la tête.

Mais il ne poussa pas Emily dans les bras de Pickering, cependant. Il paraissait incertain, à présent. C'est alors qu'un autre mot revint à Emily, un mot qui remontait d'elle ne savait quel spectacle éducatif vu au cours de son enfance, probablement en compagnie de la fidèle Becka, quand elles ne regardaient pas *Scooby-Do*.

« *Peligro* », dit-elle en s'efforçant de ne pas crier. Crier, c'était ce que faisaient les *esposas* cinglées. Elle regarda le Latino droit dans les yeux. « *Peligro*. Lui ! *Señor peligro !* »

Pickering se mit à rire et tendit la main vers elle. Paniquée de le voir si près – une armoire à glace à qui auraient brusquement poussé des mains –, elle le repoussa. Il ne s'y était pas attendu et était encore hors d'haleine. Il ne tomba pas, mais trébucha et recula d'un pas, les yeux écarquillés. Et les ciseaux tombèrent. Il les avait glissés entre la ceinture de son short et ses reins. Un instant, les trois protagonistes de la scène regardèrent le X de métal dans le sable tandis que montait le grondement monotone des vagues. Des oiseaux poussaient des cris au milieu du brouillard en train de se dissiper.

## – 11 –

### Puis elle fut de nouveau debout et lancée au pas de course

Le sympathique sourire de Pickering – celui avec lequel il avait dû faire fondre tant de « nièces » – réapparut. « Je pourrais t'expliquer, mais il me manque les mots. Très bonne explication, OK ? » Il se frappa la poitrine à la Tarzan. « *No señor loco, no señor peligro,* OK ? » Ça aurait pu marcher. C'est alors que, montrant Emily, il ajouta : « *Ella es bobo perra.* »

Elle n'avait aucune idée de ce qu'était une « *bobo perra* », mais elle vit la manière dont Pickering changea d'expression quand il le dit. Cela concernait particulièrement sa lèvre supérieure, qui se plissa et se souleva comme la partie supérieure du museau d'un chien qui montre les dents. Le Latino repoussa Emily derrière lui d'un mouvement du bras. Pas complètement derrière lui, mais la signification du geste était claire : je la protège. Puis il se pencha pour prendre l'X de métal dans le sable.

S'il l'avait fait avant de pousser Emily derrière lui, les choses auraient pu bien tourner. Mais Pickering s'était rendu compte que la situation lui échappait et plongea aussi pour attraper les ciseaux. Il y parvint le premier, tomba à genoux, et enfonça les pointes dans le pied gauche couvert de sable du Latino. L'homme hurla, les yeux écarquillés.

Il voulut saisir Pickering, mais celui-ci se laissa tomber de côté, se releva (*toujours aussi rapide*, se dit Emily) et s'écarta d'un pas dansant. Puis il revint à la charge. Il passa un bras autour des épaules athlétiques du Latino, comme on étreint un pote, et lui enfonça les ciseaux dans la poitrine. Le Latino tenta bien de s'écarter, mais Pickering le maintenait solidement, frappant et frappant. Aucun des coups ne s'enfonçait profondément – Pickering allait trop vite – mais du sang volait en tous sens.

« Non ! hurla Emily, non, arrêtez ça ! »

Pickering se tourna vers elle, un bref instant, un éclair innommable brillant dans ses yeux, et frappa le Latino dans la bouche, enfonçant si loin les pointes que les anneaux des ciseaux heurtèrent les dents. « OK ? demanda-t-il, OK ? C'est OK comme ça ? Ça te va, foutu bouffeur de haricots ? »

Emily regarda autour d'elle, à la recherche de quelque chose, n'importe quoi, un bout de bois flotté avec lequel frapper, mais il n'y avait rien. Quand elle revint à la scène, les ciseaux dépassaient de l'un des yeux du Latino. L'homme s'effondra lentement, ayant presque l'air de faire une révérence, Pickering accompagnant le mouvement pour retirer les ciseaux.

Emily se jeta sur lui en hurlant. Elle rentra la tête dans les épaules et le heurta en plein ventre, prenant vaguement conscience que ce ventre était mou – nombre d'excellents repas y avaient été emmagasinés.

Pickering tomba à la renverse, haletant, la fusillant du regard. Lorsqu'elle voulut s'écarter, il la saisit par la jambe gauche et ses ongles s'enfoncèrent dans sa chair. À côté d'elle, le Latino gisait sur le sable, le corps agité de tressaillements, couvert de sang. Le seul trait qu'elle arrivait à reconnaître sur son visage, si beau quelques secondes auparavant, était son nez.

« Amène-toi par ici, lady Jane, dit Pickering en l'attirant à lui. Viens t'amuser un peu, d'accord ? Ça devrait t'aller de t'amuser un peu, espèce de salope, non ? » Il était fort, et elle avait beau s'agripper dans le sable, il gagnait sur elle. Elle sentit une haleine brûlante sur son pied, puis des dents qui s'enfonçaient jusqu'aux gencives dans son talon gauche.

Elle n'avait jamais eu aussi mal ; les grains de sable de la plage en devinrent brusquement tous parfaitement distincts les uns des autres. Elle hurla et porta un coup de son talon droit. C'est par un pur hasard – elle était bien au-delà du stade où elle aurait pu viser – qu'elle l'atteignit, et sèchement. Il hurla (un son étouffé) et les aiguilles atroces enfoncées dans son talon gauche disparurent aussi brusquement qu'elles s'étaient plantées, ne laissant qu'une sensation douloureuse de brûlure. Elle lui avait cassé quelque chose. Elle l'avait senti et entendu. Sans doute une pommette. Ou le nez.

Elle roula et se retrouva à quatre pattes, son poignet enflé hurlant d'une douleur qui rivalisait presque avec celle de son pied. Un instant, elle ressembla (en dépit du short déchiré qui pendait une fois de plus sur sa hanche) à un coureur sur la ligne de départ, attendant le signal. Puis elle fut de nouveau debout et lancée au pas de course – un pas de course qui boitillait, cependant. Un tumulte incohérent grondait sous son crâne (elle se dit, par exemple, qu'elle avait l'air du vieil adjoint éclopé du shérif dans un western d'autrefois, les pensées fusaient dans sa tête et disparaissaient), mais ce qui lui restait de lucidité lui rappela qu'il valait mieux courir sur la partie humide et compactée du sable. Elle remonta frénétiquement son short et vit qu'elle avait les mains couvertes de sang et de sable. Avec un sanglot, elle les frotta l'une après l'autre à son t-shirt. Elle jeta un coup d'œil par-dessus son épaule, espérant contre tout espoir, mais l'homme était de nouveau en chasse.

Elle essaya de toutes ses forces, courut de toutes ses forces, et le sable, froid et mouillé, calma un peu la brûlure violente de son talon, mais elle était bien loin d'avoir retrouvé sa foulée habituelle. Elle se tourna et vit qu'il gagnait du terrain, jetant tout ce qui lui restait d'énergie dans un ultime sprint. Devant elle, l'arc-en-ciel s'estompait alors que la lumière devenait de plus en plus impitoyable, la journée plus chaude.

Elle essaya de toutes ses forces et comprit que cela ne suffirait pas. Elle aurait pu distancer une vieille dame, distancer un vieux monsieur, même distancer son pauvre et mélancolique époux, mais elle ne pourrait jamais distancer le salopard qui la talonnait. Il allait la rattraper. Elle chercha des yeux une arme avec laquelle le frapper, le moment venu, mais il n'y avait rien. Elle aperçut les restes charbonneux d'un feu de camp abandonné sur la plage, mais il était trop loin et trop vers l'intérieur des terres, à la limite du cordon de dunes et des premières touffes d'herbe. Il la rattraperait encore plus vite si elle obliquait par-là – où le sable était mou et traître. Les choses se passaient déjà suffisamment mal ici, près de l'eau. Elle l'entendait qui se rapprochait ; il haletait avec force et chassait le sang qui coulait de son nez cassé à coups de reniflements. Elle entendait même le bruit de ses foulées rapides dans le sable humide. Elle désirait tellement voir apparaître quelqu'un sur la plage qu'elle eut une brève hallucination, croyant apercevoir un grand type aux cheveux blancs, au nez fort en bec d'aigle et à la peau tannée et sombre. Puis elle comprit que son esprit désemparé venait d'évoquer l'image de son père – un ultime espoir – et l'illusion se dissipa.

Il l'approcha même d'assez près pour tendre une main vers elle. Ses doigts lui effleurèrent le dos, faillirent saisir le tissu du t-shirt, retombèrent. La fois suivante, il y arriverait. Elle fit un brusque virage vers la mer, de l'eau jusqu'aux chevilles, puis bientôt jusqu'aux mollets. C'était la seule chose qui lui était venue à l'esprit, son dernier recours. Son idée – vague, informe – était soit de le distancer à la nage, soit au moins de l'affronter dans l'eau, où ils seraient un peu plus à égalité ; l'eau aurait au moins l'avantage d'enlever de la puissance aux coups de ses affreux ciseaux. Si elle parvenait à gagner une zone assez profonde.

Avant qu'elle ait pu plonger et commencer à nager – avant même qu'elle ait de l'eau jusqu'à hauteur des cuisses –, il l'empoigna par l'encolure du t-shirt et tira, l'entraînant de nouveau vers la plage.

Emily vit apparaître les ciseaux au-dessus de son épaule gauche et s'en empara. Elle voulut leur imprimer un mouvement de torsion, mais en vain. Pickering se tenait jambes écartées, les pieds solidement plantés dans le sable qu'entraînait la houle d'un violent reflux. Une des vagues lui fit perdre l'équilibre et elle tomba contre lui. Ils s'effondrèrent tous les deux dans l'eau.

La réaction de Pickering fut instantanée et évidente, même dans la confusion qui régnait : il se mit à pousser, à se cambrer et à se débattre de manière convulsive. La vérité se fit jour dans la tête d'Emily comme un feu d'artifice par nuit noire. Il ne savait pas nager. Pickering ne savait pas nager. Il avait une maison au bord du golfe du Mexique, mais il ne savait pas nager. Ce qui n'avait rien d'étonnant au fond : ses séjours à Vermillion étaient consacrés à des sports d'intérieur.

Elle roula loin de lui et il n'essaya pas de la rattraper. De l'eau jusqu'à la poitrine, il était assis dans l'agitation encore forte du ressac – reste de la tempête – et il consacrait tous ses efforts à essayer de se relever et à écarter ses précieuses voies respiratoires d'un milieu qu'il n'avait jamais appris à maîtriser.

Emmy lui aurait parlé, si elle n'avait pas été elle-même hors d'haleine. Elle lui aurait dit : *Si j'avais su, on aurait pu en terminer beaucoup plus rapidement. Et ce malheureux serait encore en vie.*

Au lieu de cela, elle s'avança vers lui, tendit une main et l'agrippa.

« Non ! » hurla-t-il. Il chercha à la frapper à deux mains. Elles étaient vides – il avait dû perdre les ciseaux en tombant – et il était trop terrorisé et désorienté pour penser à donner des coups de poing. « Non ! Pas ça ! Lâche-moi, salope ! »

Emily ne le lâcha pas. Elle l'entraîna en eau plus profonde. Il aurait pu se débarrasser d'elle, et facilement, s'il avait été capable de contrôler sa panique. Elle se rendit alors compte qu'il y avait plus, chez Pickering, que son incapacité à nager ; il s'agissait d'une réaction de type phobique.

*Quelle idée d'acheter une maison au bord de la mer quand on a la phobie de l'eau... il faut être vraiment cinglé.*

Cette idée la fit rire, alors même qu'il essayait toujours de la frapper et qu'il l'atteignait tout d'abord à la joue droite puis, plus sèchement, sur le côté gauche de la tête. Une vague verte remplit d'eau la bouche d'Emmy, qui recracha. Elle l'entraîna encore plus loin, vit arriver une grosse vague – lisse, à l'éclat de verre, avec à peine un début de moutonnement sur sa crête – et elle le poussa dedans, la tête la première. Ses hurlements devinrent des gargouillis étouffés qui cessèrent quand il fut sous l'eau. Il se tortillait, se cambrait et se débattait sans qu'elle lâche prise. La grande vague la balaya et elle retint sa respiration. Un instant, ils furent tous les deux sous l'eau, et elle le vit, le visage déformé en un masque blême de peur et d'horreur qui le rendait inhumain et le transformait en ce qu'il était réellement. Une galaxie de particules roula paresseusement entre eux. Un poisson minuscule et indistinct fila et disparut. Pickering avait les yeux exorbités. Sa coupe de cheveux avait perdu sa raideur et ondulait ; c'était ce qu'elle regardait. Elle la regardait toujours attentivement lorsqu'une série de bulles argentées montèrent le long du nez de Pickering Et lorsque ses cheveux prirent la direction du Texas plutôt que celle de la Floride, c'est-à-dire du large, Emily le repoussa de toutes ses forces et le lâcha. Puis elle planta ses pieds sur le sable et se propulsa vers le haut.

Elle fit irruption, haletante, dans l'air éclatant. Elle se mit à l'aspirer, bouffée après bouffée, puis repartit vers la grève, une enjambée après l'autre. Elle avançait difficilement, même à si courte distance de la plage. Le reflux qui tirait sur ses hanches et passait entre ses jambes était assez puissant pour être qualifié de courant de fond. Un peu plus loin, c'en aurait été un vrai. Et encore un peu plus loin, même un excellent nageur n'aurait pu lutter contre, sauf à se laisser porter en s'efforçant de rejoindre la terre ferme par un angle oblique.

Elle trébucha, perdit l'équilibre, s'assit et une autre vague la submergea. La sensation était merveilleuse. Froide et merveilleuse. Pour la première fois depuis la mort d'Amy, elle vécut un moment de bien-être. Mieux que de bien-être, en fait ; elle avait mal partout, elle se rendait compte qu'elle s'était remise à pleurer, mais elle se sentait divinement bien.

Elle se remit debout, son t-shirt mouillé lui collant au corps. Elle vit un truc couleur bleu délavé qui flottait un peu plus loin, baissa les yeux et constata qu'elle avait perdu son short.

« Ça fait rien, il était déjà foutu », dit-elle, prenant le chemin de la plage, l'eau tourbillonnant autour de ses genoux, puis de ses mollets, puis juste en dessous de ses chevilles. Sa fraîcheur calmait presque complètement la douleur de son talon brûlant et elle était sûre que le sel était bon pour la plaie ; une bouche n'était-elle pas, paraît-il, la chose vivante la plus envahie de microbes sur terre ?

« Oui, dit-elle à voix haute et en riant toujours. Mais qui diable a pu dire… »

C'est alors que Pickering refit surface, hurlant. Il était à présent à un peu moins d'une dizaine de mètres. Il moulinait désespérément des bras. « À l'aide, hurla-t-il. Je ne sais pas nager !

– J'avais compris », dit Emily. Elle leva la main et agita les doigts. *Bon voyage.* « Et avec un peu de chance, vous rencontrerez peut-être un requin. La semaine dernière, Deke Hollis m'a dit qu'il y en avait dans les parages.

– Au sec… ! » Une vague l'engloutit. Elle pensa qu'il ne referait pas surface, mais sa tête réapparut. Un ou deux mètres plus loin. « …ours ! Je vous en prie ! »

Ses ressources étaient absolument stupéfiantes, surtout si l'on songe que ce qu'il faisait – il agitait violemment les bras dans l'eau, à croire qu'il espérait pouvoir s'envoler comme une mouette – était contre-productif. Mais il s'éloignait peu à peu du rivage et il n'y avait personne sur la plage pour venir à son secours.

Sauf elle.

Il n'avait pas la moindre chance de revenir, elle en était certaine, mais elle alla néanmoins en boitillant jusqu'à l'emplacement du feu de camp et s'empara du morceau de bois à demi calciné le plus gros qu'elle put trouver. On ne sait jamais. Puis elle resta là, son ombre s'allongeant derrière elle, et se contenta de regarder.

– 12 –

**Je suppose que je préférerais**

Il tint un bon moment. Combien de temps, elle n'aurait su le dire exactement – il lui avait enlevé sa montre. Au bout d'un moment, il s'arrêta de crier. Puis il n'y eut plus qu'un cercle blanc écumeux au-dessus de son polo rouge Izod, et ses bras blancs qui essayaient de voler. Et soudain, plus rien. Elle s'attendait un peu à voir s'agiter un bras, comme un périscope, mais non. Il avait disparu. *Glob*. Elle était déçue. Plus tard, elle redeviendrait elle-même – une version meilleure d'elle-même, en tout cas –, mais, pour le moment, elle voulait qu'il continue à souffrir. Elle voulait qu'il meure en proie à la terreur, et à petite vitesse. Pour Nicole et pour toutes les autres « nièces » qui avaient pu précéder Nicole.

Suis-je une « nièce », maintenant ?

Sans doute, supposa-t-elle, d'une certaine manière. La dernière « nièce ». Celle qui avait couru aussi vite qu'elle avait pu. Celle qui avait survécu. Elle s'assit à côté des restes du feu de camp et jeta au loin la branche à demi calcinée. Elle n'aurait pas été une arme bien efficace, de toute façon ; elle se serait probablement rompue au premier coup, comme le fusain d'un dessinateur. Le soleil, devenu d'un orangé plus profond, embrasait l'horizon occidental. Bientôt, celui-ci allait prendre feu.

Elle pensa à Henry. Elle pensa à Amy. Il n'y avait plus rien de tout ça, mais il y avait eu quelque chose, un temps – quelque chose d'aussi beau que l'arc-en-ciel double sur la plage – et c'était agréable de le savoir, agréable de s'en souvenir. Elle pensa à son père. Elle n'allait pas tarder à se lever, à retourner d'un pas pesant au Grass Shack et à l'appeler. Mais pas encore. Pas tout de suite. Pour l'instant, il convenait de rester assise, les pieds plantés dans le sable, les genoux entourés de ses bras douloureux.

Les vagues se brisaient. Aucun signe de son short bleu déchiré ni du polo rouge de Pickering. Le golfe les avait engloutis. S'était-il noyé ? C'était le plus vraisemblable, songea-t-elle ; mais à la manière dont il avait brusquement disparu, sans une dernière agitation de la main…

« J'ai l'impression que quelque chose l'a attrapé, dit-elle à l'air qui fraîchissait. Je suppose que je préférerais. Dieu sait pourquoi. »

*Parce que tu es humaine, mon cœur,* lui dit son père. *Seulement pour ça.* L'explication était sans doute vraie et aussi élémentaire.

Dans un film d'horreur, Pickering aurait fait une ultime apparition : soit en jaillissant du ressac, rugissant, soit en l'attendant, dégoulinant mais toujours bien vivant, dans le placard de sa chambre. Il ne s'agissait cependant pas d'un film d'horreur, mais de sa vie. Sa propre petite vie. Elle allait vivre et commencerait par la longue et laborieuse marche qui la conduirait jusqu'à la maison où une clef était cachée dans une boîte à sucrettes, sous l'affreux nain de jardin au bonnet rouge délavé. Elle s'en servirait, elle se servirait du téléphone, aussi. Elle appellerait son père. Puis elle appellerait la police. Plus tard, sans doute, appellerait-elle également Henry. Henry avait tout de même le droit de savoir qu'elle allait bien, même s'il ne l'aurait pas tout le temps. Et peut-être qu'il n'en voudrait pas.

Sur le golfe, trois pélicans planaient bas, effleurant la mer. Puis ils s'élevèrent, surveillant l'eau. Elle les suivit des yeux, retenant sa respiration, jusqu'à l'instant où ils atteignirent un point d'équilibre parfait dans la lumière orange. Son visage – heureusement, elle l'ignorait – était celui d'une enfant qui aurait pu grimper aux arbres.

Les trois oiseaux replièrent leurs ailes et plongèrent, en formation.

Emily applaudit, même si ça faisait mal à son poignet droit enflé, et cria : « Ouais, les pélicans ! »

Puis elle s'essuya les yeux de l'avant-bras, repoussa ses cheveux, se mit debout et prit le chemin du retour.

## Le rêve d'Harvey

Janet se détourne de l'évier et *bam!* tout d'un coup, son conjoint depuis presque trente ans est là, assis à la table de la cuisine en t-shirt blanc et boxer-short Big Dog, qui la regarde.

De plus en plus souvent, elle trouve ce ponte de Wall Street (les jours de semaine) installé exactement là, habillé de cette façon, quand arrive le samedi matin : les épaules voûtées, l'œil morne, un chaume blanc hérissant ses joues, ses nénés de mec pointant flasques sous le t-shirt, un épi de cheveux dressé sur l'arrière du crâne comme Alfalfa – ou *Les Chenapans* s'ils avaient eu le temps de devenir vieux et stupides. Janet et sa copine Hannah se sont amusées à se faire peur, ces derniers temps (comme deux gamines se racontant des apparitions de fantômes quand l'une vient coucher chez l'autre) en s'échangeant des histoires d'Alzheimer : ce type qui ne reconnaît plus sa femme, qui ne se souvient plus du nom de ses enfants.

Mais elle ne croit pas sérieusement que ces apparitions silencieuses du samedi matin aient la moindre chose à voir avec les prémices de la maladie d'Alzheimer ; tous les jours ouvrables, Harvey Stevens est dans les starting-blocks et piaffe déjà d'impatience à six heures quarante-cinq, lui, le sexagénaire qui a l'air d'avoir cinquante ans (cinquante-quatre, d'accord) dans n'importe lequel de ses super-costards et qui est toujours capable de négocier un marché, d'acheter avec une bonne marge ou de vendre quand il faut et de tenir la dragée haute aux meilleurs.

Non, pense-t-elle, c'est juste qu'il s'entraîne à être vieux – et elle a ça en horreur. Elle a peur que, du jour où il prendra sa retraite, il en soit ainsi tous les matins, au moins jusqu'à ce qu'elle lui ait donné un verre de jus d'orange et demandé (avec une impatience croissante qu'elle ne sera pas capable d'endiguer) s'il veut des céréales ou juste un toast. Elle redoute, si elle se retourne, de le voir assis là, dans un rayon trop éclatant du soleil matinal : Harvey le matin, Harvey en t-shirt et boxer-short, jambes écartées pour qu'elle puisse admirer le misérable renflement de son paquet (pour peu qu'elle s'en soucie) et voir les callosités jaunâtres sur ses grands orteils qui lui font penser au poète Wallace Stevens ratiocinant sur l'*Empereur des crèmes glacées*. Assis là, silencieux, plongé dans une contemplation hébétée au lieu de piaffer et de se motiver à fond pour attaquer sa journée. Seigneur, comme elle espère se tromper ! La vie en paraît du coup tellement ténue, tellement stupide. Elle ne peut s'empêcher de se demander si c'est pour cela qu'ils se sont bagarrés, pour cela qu'ils ont élevé et marié trois filles, pour cela qu'ils ont surmonté l'inévitable liaison du démon de midi, pour cela qu'ils ont travaillé, pour cela – n'ayons pas peur des mots – qu'ils n'ont pas toujours fait dans le détail. Si c'est pour en arriver là qu'on sort des profondes ténèbres des bois, se dit Janet, pour ce… cette voie de garage… dans ce cas, pourquoi se donne-t-on tant de mal ?

La réponse est simple : parce qu'on ne s'en doutait pas. Vous avez beau avoir jeté par-dessus bord tous les mensonges en chemin, vous vous êtes accroché à celui qui veut que la vie soit *importante*. Vous avez conservé un album consacré aux filles, un album dans lequel elles sont jeunes et riches d'intéressantes possibilités : Trisha, l'aînée, affublée d'un haut-de-forme et agitant une baguette magique en papier d'alu au-dessus de Tim, le cocker épagneul ; Jenna, arrêtée en plein saut au-dessus de l'arrosage automatique de la pelouse, son goût pour la dope, les cartes de crédit et les hommes d'un certain âge encore loin à l'horizon ; Stephanie, la plus jeune, au concours d'orthographe du comté, connaissant son Waterloo avec le mot *cantaloupe*. Sur la plupart de ces clichés (au second plan, en général), on voyait Janet et l'homme qu'elle avait épousé, toujours souriant, comme s'il avait été illégal de faire autrement.

Puis un jour, vous avez commis l'erreur de regarder par-dessus votre épaule et de découvrir que les filles avaient grandi et que l'homme à qui il vous en avait tant coûté de rester mariée était assis là, jambes écartées, ses jambes d'un blanc de ventre de poisson, le regard perdu dans un rayon de soleil et par Dieu, il avait beau avoir l'air d'un quinqua fringant dans ses costards, vautré ainsi devant la table, il paraissait soixante-dix ans. Soixante-quinze, même. L'air d'être ce que les abrutis des *Soprano* appellent un vieux chnoque.

Elle se tourna de nouveau vers l'évier et éternua délicatement, une fois, deux fois, trois fois.

« Comment c'est, ce matin ? » demanda-t-il, faisant allusion aux sinus de Janet, à son allergie. La réponse serait *pas terrible*, mais, comme un certain nombre de mauvaises choses, un nombre étonnant, même, son allergie estivale a ses bons côtés. Elle n'est plus obligée de partager son lit ni de se bagarrer pour les couvertures au milieu de la nuit ; elle n'a plus à supporter le pet assourdi occasionnel tandis qu'Harvey s'enfonce plus profondément dans le sommeil. La plupart des nuits d'été, elle arrive à dormir six heures, voire sept, et c'est plus que suffisant. Quand arrivera l'automne et qu'il quittera la chambre d'amis, elle n'en aura plus que quatre, et quatre heures pas tranquilles.

Un de ces jours, elle le sait, il ne reviendra pas dans leur chambre. Et, même si elle ne lui dira pas – cela le blesserait, et elle se refuse encore à le blesser ; c'est ce qui passe maintenant pour de l'amour entre eux, en tout cas pour ce qui la concerne, elle –, elle sera soulagée.

Elle soupire et plonge la main dans la casserole d'eau chaude, dans l'évier. Elle tâtonne. « Pas si mal », répond-elle.

C'est alors, juste à l'instant où elle se dit (et pas pour la première fois) que sa vie ne lui réserve plus la moindre surprise, plus la moindre profondeur conjugale inexplorée, qu'il lance, d'un ton étrangement banal : « Heureusement que tu ne dormais pas avec moi la nuit dernière, Jax. J'ai fait un mauvais rêve. En fait, ce sont même mes propres cris qui m'ont réveillé. »

Elle n'en revient pas. À quand remonte la dernière fois où il l'a appelée Jax au lieu de Janet ou Jan ? Jan est un diminutif qu'elle déteste secrètement. Il lui fait penser à l'actrice confite en mièvreries de *Lassie*, quand elle était petite, et au petit garçon (Timmy, il s'appelait Timmy) qui tombait toujours dans un puits ou se faisait mordre par un serpent ou coincer sous un rocher, et faut-il que des parents soient tarés pour confier la vie de leur enfant à un con de colley ?

Elle se tourne de nouveau vers lui, oubliant la casserole sortie depuis assez longtemps du feu pour que l'eau ne soit plus que tiède et dans laquelle se trouve un dernier œuf. Il a fait un mauvais rêve ? Harvey ? Elle essaie de se souvenir de la dernière fois où Harvey lui a dit en avoir fait un, en vain. Tout ce qui lui revient est un vague souvenir de l'époque où il la courtisait, Harvey lui disant : « J'ai rêvé de toi », elle-même étant alors encore assez jeune pour trouver ça touchant et non pas lamentable.

« Tes quoi ?

– Mes propres cris qui m'ont réveillé. Tu ne m'as pas entendu ?

– Non. »

Le regardant toujours. Se demandant s'il ne se fiche pas d'elle. S'il ne s'agit pas de quelque bizarre blague matinale. Mais Harvey n'est pas du genre blagueur. Sa conception de l'humour se résume à raconter, à la fin des repas, des anecdotes remontant à son service militaire. Elle les a toutes entendues au moins cent fois chacune.

« Je criais des mots, mais je n'arrivais pas vraiment à les articuler. C'était comme… je ne sais pas… si je ne pouvais pas refermer ma bouche dessus. On aurait dit que j'avais une attaque. Et j'avais la voix plus grave. Pas du tout ma voix normale. » Il s'interrompit un instant. « Je me suis entendu et je me suis obligé à m'arrêter. Mais je tremblais de tout mon corps et j'ai dû garder la lumière pendant un petit moment. J'ai aussi essayé de pisser, mais j'ai pas pu. En ce moment, on dirait pourtant que je peux toujours pisser, au moins un peu, mais pas ce matin à deux heures quarante-cinq. »

Il se tait, toujours assis dans son rayon de soleil. Elle voit les grains de poussière qui dansent autour de lui. Ils lui font comme un halo.

« C'était quoi, ce rêve ? » demande-t-elle. Et là, il se passe un truc bizarre : pour la première fois depuis peut-être cinq ans, depuis le soir où ils étaient restés debout jusqu'à minuit, discutant pour savoir s'ils devaient garder ou vendre leur paquet d'actions de Motorola (ils avaient vendu), elle s'intéresse à quelque chose qu'il veut lui dire.

« Je ne sais pas si j'ai envie de te le raconter », répond-il d'un ton intimidé qui ne lui ressemble pas. Il se tourne, prend le moulin à poivre et commence à le lancer entre ses mains.

« Il paraît que si on raconte ses rêves, ils ne se réaliseront pas », lui dit-elle. Truc bizarre numéro deux : soudain Harvey la regarde et il a une expression qu'elle ne lui a pas vue depuis des années. Jusqu'à son ombre, projetée au-dessus du grille-pain, qui paraît plus présente. Elle se dit, il a l'air de parler sérieusement, mais pourquoi donc ? Pourquoi, juste au moment où je me disais que la vie est ténue, me paraît-elle dense, tout d'un coup ? Nous sommes un samedi matin de la fin juin. Nous sommes dans le Connecticut. En juin, nous sommes toujours dans le Connecticut. Bientôt, l'un de nous deux ira chercher le journal, lequel sera divisé en trois parties, comme la Gaule.

« On dit ça ? » Il étudie l'idée, sourcils relevés (il faudra qu'elle les lui épile à nouveau, ils lui donnent un air féroce, et tout seul il n'y arrive pas), en faisant passer le poivrier d'une main à l'autre. Elle a envie de lui dire d'arrêter, ça la rend nerveuse (comme la noirceur intempestive de son ombre sur le mur, comme ses propres battements de cœur, lequel s'est soudain mis à accélérer sans la moindre raison), mais elle ne veut pas le distraire de ce qui peut se passer dans sa tête, sa tête du samedi matin. C'est alors qu'il repose le poivrier, ce qu'elle devrait trouver bien, mais qu'elle ne trouve pas bien parce qu'il projette lui aussi son ombre, – elle s'étire sur la table comme celle d'une pièce d'échec géante, jusqu'aux miettes de pain grillé qui projettent une ombre et elle ignore complètement pourquoi cela l'effraie, mais le fait est là. Elle pense au chat du Cheshire disant à Alice : « Nous sommes tous fous ici », et voici que, tout d'un coup, elle n'a plus aucune envie d'entendre Harvey raconter son rêve stupide, ce rêve dont il est sorti en criant avec l'impression d'avoir une attaque. Soudain, elle n'a plus qu'une envie, que la vie soit ténue. La ténuité, c'est parfait, la ténuité, c'est bien, si vous en doutez, regardez les actrices dans les films.

Rien ne devrait s'annoncer, pense-t-elle fiévreusement. Oui, fiévreusement ; c'est comme si elle avait une bouffée de chaleur, alors qu'elle aurait pourtant juré qu'elle en avait terminé avec ces saloperies depuis deux ou trois ans. Rien ne doit s'annoncer, on est samedi matin, et rien ne doit s'annoncer.

Elle ouvre la bouche pour lui dire que c'est le contraire, que ce qu'on prétend, en fait, c'est que les rêves se réalisent quand on les raconte, mais c'est trop tard, il parle déjà, et elle se dit que c'est sa punition pour avoir traité la vie par le mépris en pensant qu'elle était ténue. La vie est en fait comme un morceau de Jethro Thul, dense comme une brique, comment a-t-elle pu imaginer le contraire ?

« J'ai rêvé qu'on était le matin et que je descendais à la cuisine, dit-il. Un samedi matin, comme aujourd'hui, sauf que tu n'étais pas encore levée.

– Je suis toujours levée avant toi, le samedi matin.

– Je sais, mais c'était un rêve », répond-il patiemment, et elle voit les poils blancs à l'intérieur de ses cuisses, là où les muscles ont fondu, sont réduits à rien du tout.

Autrefois il jouait au tennis, mais cette époque est révolue. Elle pense, avec une méchanceté qui ne lui ressemble en rien : Tu vas avoir une crise cardiaque, homme blanc, c'est ça qui va t'avoir, et peut-être envisageront-ils de mettre une nécro dans le *Times*, mais si jamais une actrice de série B des années cinquante meurt le même jour que toi, ou une ballerine ayant connu son heure de gloire dans les années quarante, tu n'y auras même pas droit.

« Mais c'était comme ça, reprend-il. Je veux dire, le soleil entrait par la fenêtre. » Il lève la main, les grains de poussière prennent vie autour de sa tête et elle a envie de lui hurler de ne pas le faire.

« Je voyais mon ombre sur le plancher, et jamais elle n'avait paru aussi épaisse et aussi brillante. » Il se tait, sourit, et elle voit à quel point ses lèvres sont craquelées. « Brillante, c'est une façon de parler plutôt marrante pour une ombre, non ? Épaisse aussi.

– Harvey…

– Je me suis approché de la fenêtre, et j'ai regardé dehors, et j'ai vu que la Volvo des Friedman avait un côté enfoncé et j'ai su – je ne sais pas comment – que Frank était sorti et avait picolé et qu'il avait eu un accrochage en rentrant. »

Elle a soudain l'impression qu'elle va s'évanouir. Elle-même a vu que la Volvo de Frank Friedman était cabossée, quand elle est allée vérifier si le journal était arrivé (il ne l'était pas) et elle avait pensé la même chose, que Frank était allé traîner au Gourd et avait heurté quelque chose dans le parking. De quoi avait l'air la voiture de l'autre ? s'était-elle demandé, mot pour mot.

L'idée que Harvey l'avait vue, lui aussi, lui vint à l'esprit ; qu'il se payait sa tête pour quelque raison bizarre. De la chambre d'amis, où il dort pendant l'été, on peut apercevoir la rue, sur le côté. Sauf que ce n'est pas le genre d'Harvey. Se payer la tête des gens n'est pas le truc d'Harvey Stevens.

Elle a les joues en sueur, le front et le cou aussi, elle la sent couler, et son cœur bat de plus en plus vite. Elle a le sentiment de plus en plus fort qu'une menace se profile, mais pourquoi maintenant ? En ce moment où le monde est tranquille, où les perspectives sont tranquilles ? Dire que c'est moi qui lui ai demandé... j'en suis bien désolée... C'est ce qu'elle pense, à moins qu'elle ne prie, en fait. Garde ça pour toi, je t'en prie, garde ça pour toi.

« Je suis allé au réfrigérateur, continue Harvey, j'ai regardé dedans et j'ai vu qu'il y avait un plat d'œufs mimosa sous du film plastique. J'étais ravi – j'avais envie d'un repas à sept heures du matin ! »

Il rit. Janet – Jax, aujourd'hui – regarde dans la casserole posée dans l'évier. L'œuf bouilli restant. Les autres sont déjà écalés et proprement coupés en deux, les jaunes enlevés. Dans un bol, derrière l'égouttoir à vaisselle. À côté du bol est posé le pot de mayonnaise. Elle a prévu de faire des œufs mimosa pour le déjeuner, accompagnés d'une salade verte.

« Je ne veux pas entendre la suite », dit-elle, mais d'une voix tellement basse qu'elle s'entend à peine elle-même. Dire qu'elle a appartenu autrefois au Club de Théâtre amateur et qu'elle n'est même plus capable de projeter sa voix d'un bout à l'autre de la cuisine. Les muscles de sa poitrine lui font l'effet d'être sans force, comme ceux des jambes d'Harvey s'il voulait jouer au tennis.

« J'ai pensé que je n'allais en prendre qu'un, enchaîne-t-il, puis je me suis dit, non, si je fais ça, elle va me crier après. Et alors le téléphone a sonné. Je me suis précipité parce que je ne voulais pas qu'il te réveille et c'est là que ça devient angoissant. Tu veux que je te raconte la partie angoissante ? »

Non, pense-t-elle, toujours debout près de l'évier. Je n'ai pas envie d'écouter la partie angoissante. Mais, en même temps, elle a envie d'écouter la partie angoissante, tout le monde veut écouter la partie angoissante, nous sommes tous aussi fous en la matière, et ce que sa mère disait, en réalité, c'est que si l'on racontait ses rêves, ils ne se réaliseraient pas, ce qui signifie qu'on est supposé raconter ses cauchemars et garder les rêves agréables pour soi, les cacher sous son oreiller comme une dent de lait. Ils ont trois filles. L'une d'elles habite juste en bas de la rue, Jenna, la divorcée gay, même nom que l'une des jumelles de Bush et c'est rien de dire que Jenna a ce prénom en horreur ; elle exige aujourd'hui que tout le monde l'appelle Jen. Trois filles, ce qui voulait dire beaucoup de dents de lait sous beaucoup d'oreillers, beaucoup d'inquiétudes sur des inconnus en voiture offrant des balades et des bonbons, ce qui voulait dire beaucoup de précautions et oh, comme elle espère que sa mère avait raison, qu'il est vrai que raconter un mauvais rêve est comme planter un pieu dans le cœur d'un vampire.

« J'ai décroché le téléphone, dit Harvey, et c'était Trisha. » Trisha est leur fille aînée, celle qui idolâtrait Houdini et David Copperfield avant de découvrir les garçons. « Au début, elle n'a dit qu'un mot, juste *Papa*, mais je savais que c'était Trish. Tu sais, comment on le sait toujours ? »

Oui. Elle sait comment on sait toujours. Comment on reconnaît toujours les siens, dès le premier mot, au moins jusqu'à ce qu'ils aient grandi et deviennent ceux de quelqu'un d'autre.

« J'ai dit : *Salut, Trish, pourquoi appelles-tu aussi de bonne heure, ma chérie ? Ta mère est toujours dans les toiles*. Et elle n'a pas répondu, sur le coup. J'ai pensé qu'on avait été coupés, et c'est là que j'ai entendu des murmures, des sanglots. Pas des mots, des moitiés de mots. Comme si elle essayait de parler mais que presque rien n'arrivait à sortir parce qu'elle n'avait pas la moindre force pour trouver sa respiration. Et c'est là que j'ai commencé à angoisser. »

Eh bien, il est plutôt lent, non ? Parce que Janet – qui était Jax quand elle étudiait à Sarah Lawrence, Jax quand elle était au Club de Théâtre, Jax la grande spécialiste du *french kiss*, Jax qui fumait des Gitanes et affectait d'adorer les cul-sec à la tequila – Janet, elle, angoisse déjà depuis un bon moment, a commencé à angoisser avant même que Harvey ait parlé de la Volvo cabossée de Frank Friedman. Et d'y penser lui rappelle la conversation téléphonique qu'elle a eue avec Hannah il n'y a même pas une semaine, celle qui a fini par aboutir aux histoires de fantômes version Alzheimer. Hannah, chez elle, en ville, Janet, jambes repliées sous elle dans le fauteuil près de la fenêtre du séjour, regardant leur portion de Westport, quatre mille mètres carrés, et toute les belles plantes qui poussaient et la faisaient éternuer et larmoyer, et avant que la conversation n'en vienne à Alzheimer, elles avaient tout d'abord parlé de Lucy Friedman, puis de Frank, et laquelle des deux l'avait dit ? Laquelle avait dit : *S'il n'arrête pas de boire comme ça et de conduire, il va finir par écraser quelqu'un* ?

« Et c'est alors que Trish a dit quelque chose comme *lisse*, ou *liste*, mais dans mon rêve je savais qu'elle... élidait ?... c'est bien le mot ? Qu'elle élidait la première syllabe et que ce qu'elle voulait vraiment dire était *police*. Je lui ai demandé quoi, la police ? Qu'est-ce qu'elle voulait me dire avec la police, et je me suis assis. Ici même. » Il montre le fauteuil dans ce qu'ils appellent le coin téléphone. « Il y a eu encore un peu de silence, puis quelques-uns de ces demi-mots, ces demi-mots murmurés. Elle me rendait furieux à faire ça, je me suis dit qu'elle me faisait son cirque, comme toujours, c'est alors qu'elle a dit *numéro*, clair comme une clochette. Et j'ai su – comme je savais qu'elle essayait de dire *police* – qu'elle essayait de me dire que la police l'avait appelée, parce que les flics n'avaient pas notre numéro. »

Janet hoche la tête, léthargique. Ils avaient décidé de se faire mettre sur liste rouge deux ans auparavant, car les journalistes n'arrêtaient pas d'appeler Harvey à propos du scandale Enron. En général à l'heure des repas. Non pas qu'il ait eu lui-même quelque chose à voir avec Enron, mais parce qu'il était le spécialiste des grandes sociétés d'énergie comme celle-ci. Il avait même siégé à une commission présidentielle quelques années auparavant, à l'époque où Clinton était le Grand Manitou et le monde (au moins à son humble avis) un endroit légèrement plus agréable, légèrement plus sûr. Et s'il y avait beaucoup de choses chez Harvey qu'elle n'aimait plus, il y en avait une qu'elle connaissait très bien : il y avait plus d'intégrité dans son petit doigt que dans tous ces escrocs d'Enron pris ensemble. L'intégrité pouvait la barber, parfois, mais elle savait ce que c'était.

La police n'avait-elle pas, cependant, le moyen de se procurer les numéros sur liste rouge ? Eh bien, peut-être pas, s'ils avaient besoin de savoir quelque chose rapidement, de contacter quelqu'un d'urgence. Sans compter que les rêves n'ont pas à être logiques, n'est-ce pas ? Les rêves sont des poèmes écrits par le subconscient.

Et à présent, parce qu'elle ne supporte plus de rester plantée devant l'évier, elle va jusqu'à la porte de la cuisine et regarde dehors, dans l'éclatante lumière de juin, regarde Sewing Lane, qui est la version réduite à leur taille du rêve américain. Quel calme, ce matin, avec ces milliards de gouttelettes de rosée qui brillent encore dans l'herbe ! N'empêche, son cœur cogne dans sa poitrine, la sueur dégouline sur son visage et elle veut lui dire qu'il doit arrêter, qu'il ne doit pas raconter ce rêve, ce terrible rêve. Il faut qu'elle lui rappelle que Jenna habite juste en bas de la rue – Jen, au fait, Jen qui travaille au Vidéo Stop du patelin et qui passe trop souvent les soirées du week-end à picoler au Gourd en compagnie d'individus dans le genre de Frank Friedman, lequel, à son âge, pourrait être son père. Ce qui fait sans aucun doute partie de sa séduction.

« Tous ces petits demi-mots murmurés, continue Harvey, et elle ne peut pas parler plus fort. Puis j'entends *tuée* et je sais que l'une des filles est morte. Je le sais. Pas Trisha, puisque c'est Trisha qui est au téléphone, mais Jenna ou Stephanie. Et je suis fou d'angoisse. Je reste assis, à me demander laquelle je veux que ce soit, comme dans le putain de *Choix de Sophie*. Je me mets à lui crier après. Dis-moi laquelle c'est ! Dis-moi laquelle c'est ! Pour l'amour de Dieu, Trish, dis-moi laquelle c'est ! Sauf qu'à ce moment-là, le monde réel a commencé à saigner au travers… en supposant qu'il existe une telle chose… »

Harvey laisse échapper un petit rire et, dans la brillante lumière de juin, Janet aperçoit une tache rouge au milieu de la partie cabossée du flanc de la Volvo de Frank et, au milieu de la tache, un magma plus sombre qui pourrait être de la boue ou peut-être même des cheveux. Elle voit Frank s'arrêtant en travers le long du trottoir à deux heures du matin, trop ivre pour essayer seulement de s'engager dans l'allée – sans parler du garage – *étroit est le passage* et tout le bazar. Elle le voit qui titube vers sa maison, tête baissée, respirant fort par le nez. *Viva ze toro.*

« À ce moment-là, je savais que j'étais au lit, mais j'entendais pourtant cette voix basse qui ne ressemblait pas du tout à la mienne, on aurait dit la voix d'un étranger, et elle n'arrivait pas à mettre des consonnes à ce qu'elle disait. *I-moi-a-elle-sé ! i-moi a-elle-sé !* Ça ressemblait à ça. *I-moi-a-elle-sé, ish !* »

Dis-moi laquelle c'est. Dis-moi laquelle c'est, Trish.

Harvey se tait. Il réfléchit. Les grains de poussière dansent autour de sa figure. Le soleil rend son t-shirt presque impossible à regarder tant il est éblouissant ; un t-shirt sorti tout droit d'une pub pour détergent.

« Je restais allongé là, à attendre que tu arrives en courant pour voir ce qui se passait, reprend-il. J'avais la chair de poule et je tremblais, je me disais que c'était juste un rêve, comme on fait toujours, bien sûr, mais je pensais aussi à quel point il avait été réel. Et à quel point merveilleux, d'une manière horrible. »

Il s'arrête à nouveau, se demandant comment dire ce qui suivait, sans se rendre compte que sa femme ne l'écoute plus. La Jax d'autrefois emploie maintenant toute son énergie, toute la considérable puissance de son esprit, à s'obliger à croire que ce qu'elle voit n'est pas du sang, mais juste la sous-couche de la Volvo, là où la peinture a été éraflée. La sous-couche, voilà un mot que son inconscient n'a été que trop heureux de déterrer pour elle.

« C'est fabuleux, non, jusqu'où peut aller l'imagination ? dit-il finalement. Un rêve comme ça, c'est de cette manière qu'un poète – un très grand poète – doit voir son poème. Clair et brillant jusque dans les moindres détails. »

Il retombe dans le silence et la cuisine n'appartient plus qu'au soleil et aux grains de poussière ; dehors, le monde retient sa respiration. Janet regarde la Volvo, de l'autre côté de la rue ; elle semble pulser jusque dans ses yeux, dense comme une brique. Lorsque le téléphone sonne, elle ne crie pas parce qu'elle est incapable d'inspirer et elle se couvrirait les oreilles si elle pouvait lever les mains. Elle entend Harvey se lever et aller dans le coin du téléphone tandis que retentit la deuxième sonnerie, puis la troisième.

C'est un mauvais numéro, pense-t-elle. Forcément, puisque quand on raconte ses rêves, ils ne se réalisent pas.

Harvey dit : « Allô ? »

# Aire de repos

Sans doute avait-il exécuté une variante littéraire du coup de Clark Kent devenant Superman dans la cabine téléphonique, entre Jacksonville et Sarasota, supposa-t-il, mais où et comment, il n'en était pas trop sûr. Ce qui laissait à penser que ce n'était pas vraiment dramatique. La chose avait-elle la moindre importance ?

Il se répondait parfois que non, se disant que tout le cirque Rick Hardin/John Dykstra n'était qu'une construction purement artificielle, du bricolage d'agence de presse, un truc en rien différent d'un Archibald Bloggert (si tel était bien son nom) mimant Cary Grant ou d'un Evan Hunter (né Salvatore quelque chose) écrivant sous le nom d'Ed McBain. Types qui avaient été ses sources d'inspiration… avec aussi Donald Westlake, qui pondait des *capers*[1] purs et durs sous le nom de Richard Stark et K.C. Constantine, qui était en fait… personne n'en savait rien, en réalité, pas vrai ? Tel était aussi le cas du mystérieux B. Traven, auteur du *Trésor de la Sierra Madre.* Personne ne savait vraiment qui était qui et cela contribuait à notre plaisir.

Un nom, un nom, c'est quoi, un nom ?

Qui était-il, par exemple, lors de ses trajets bi-hebdomadaires entre Jax et Sarasota ? Hardin, quand il quittait le Pot o'Gold de Jacksonville, sûr et certain. Et Dykstra, tout aussi certainement, quand il pénétrait dans la maison du bord du canal, sur Macintosh Road. Mais qui était-il sur la Route 75, tandis qu'il roulait d'une ville à l'autre sous les lumières brillantes de l'autoroute ? Hardin ?

1. *Caper* : roman ou film racontant le déroulement d'une affaire criminelle de l'intérieur (par exemple, *Le Cercle rouge* de Melville).

Dykstra ? Personne ? N'y aurait-il pas un moment magique où le loup-garou littéraire se faisant du fric à la pelle redevenait l'inoffensif prof d'anglais dont la spécialité était les poètes et romanciers américains du XX^e siècle ? Et quelle importance, pourvu qu'il soit correct vis-à-vis de Dieu, du fisc et de temps à autre, du joueur de football qui s'était étourdiment inscrit à l'un de ses cours ?

Rien de tout cela n'avait d'importance au sud d'Ocala. Ce qui en avait, pour le moment, était son urgent besoin de pisser comme un canasson. Il avait dépassé de deux bières (sinon de trois) sa consommation habituelle au Pot o'Gold et avait calé le régulateur de vitesse de la Jaguar à soixante-cinq miles à l'heure, n'ayant aucune envie de voir des lumières rouges stroboscopiques l'aveugler dans son rétroviseur, ce soir. Il avait beau avoir payé la Jag avec les livres écrits sous le nom de Hardin, c'était sous celui de Dykstra qu'il passait l'essentiel de son temps, et c'était ce nom que lirait le policier à la lumière de sa torche, quand il lui tendrait son permis de conduire. Et si c'était Hardin qui avait descendu trop de bières au Pot o'Gold, lorsque le flic de Floride sortirait le si redouté ballon de son petit sachet bleu, ce seraient les molécules alcoolisées de Dykstra qui iraient éveiller les entrailles vigilantes du gadget. Et par un jeudi soir de juin, rien ne serait plus facile que de le coincer, vu que tous les vacanciers venus du froid avaient regagné le Michigan et qu'il avait la Route 75 pour lui tout seul ou à peu près.

Mais voilà, la bière posait un problème essentiel que n'importe quel demeuré pouvait comprendre : on ne pouvait pas l'acheter, seulement la louer. Heureusement, il y avait une aire de repos à six ou sept miles au sud d'Ocala et il pourrait s'y soulager.

En attendant, cependant, qui était-il ?

Certes, il avait débarqué seize ans auparavant à Sarasota sous le nom de John Dykstra, et c'était sous ce nom qu'il avait enseigné l'anglais, à partir de 1990, à l'antenne de l'université de Floride de la ville. Puis, en 1994, il avait décidé de laisse tomber les cours d'été pour faire une tentative dans le domaine des romans à suspense. L'idée n'était pas de lui. Il avait un agent à New York, pas l'un des plus cotés, non, mais un type honnête dans l'ensemble, ayant connu d'honnêtes réussites et qui avait vendu, pour quelques centaines de dollars chacune, quatre des nouvelles de son nouveau client (sous le nom de Dykstra) à différents magazines littéraires. L'agent s'appelait Jack Golden, et s'il chantait les louanges des nouvelles, il ne voyait dans ce qu'elles rapportaient que « de l'argent de poche ». C'est Jack qui avait fait observer que toutes les histoires publiées par Dykstra « présentaient une ligne narrative forte » (autrement dit une bonne intrigue, dans le jargon des agents, si Johnny avait bien compris) et laissé entendre que son nouveau poulain pourrait gagner entre 40 000 et 50 000 dollars pour chaque récit de cent mille mots.

« Vous pourriez boucler ça en un été, pourvu que vous trouviez à quoi accrocher votre chapeau et vous y tenir », avait-il écrit à Dykstra dans une lettre (ils n'en étaient pas encore à utiliser téléphone et fax, à ce stade). « Et ce serait le double de ce que vous vous faites en donnant vos cours d'été dans votre fac pour alligators. Si vous voulez tenter votre chance, mon ami, c'est le moment ou jamais – avant que vous vous retrouviez avec une épouse et deux enfants et demi à charge. »

Il n'y avait alors aucune Mme Hardin potentielle en vue (il n'y en avait toujours pas), mais Dykstra avait pigé ce qu'avait voulu dire Jack ; faire rouler les dés ne devenait pas plus facile avec l'âge. Et une femme et des enfants n'étaient pas les seules responsabilités qu'on prenait au fur et à mesure qu'en douce passait le temps. Il y avait toujours l'attrait des cartes de crédit, par exemple. Les cartes de crédit vous collaient des bernacles sur la coque et vous ralentissaient. Les cartes de crédit étaient les agents de la norme et travaillaient pour le compte des gens sérieux.

Lorsqu'il avait reçu son contrat pour les cours d'été, en janvier 1994, il l'avait renvoyé non signé à son chef de département, accompagné d'une courte note : *Je crois que cet été je vais plutôt essayer d'écrire un roman.*

La réponse d'Eddie Wasserman avait été amicale mais ferme : *C'est très bien, Johnny, mais je ne peux pas vous garantir l'offre pour l'année prochaine. Celui qui vous remplacera aura la priorité.*

Dykstra avait réfléchi, mais pas très longtemps ; il tenait déjà une idée. Mieux encore, il tenait un personnage. Le Chien, père littéraire des Jaguar et des maisons sur Macintosh Road, n'attendait que de naître, et que Dieu bénisse les pulsions homicides du Chien.

Dans les phares, devant lui, il vit briller la flèche blanche sur le panneau bleu et aperçut la voie d'accès à l'aire de repos qui s'incurvait vers la gauche, les lampes à arc de sodium illuminant le macadam avec une telle intensité qu'il eut l'impression qu'il allait s'engager sur une scène. Il mit son clignotant, ralentit à quarante miles à l'heure et quitta l'autoroute.

À mi-chemin, la rampe bifurquait : les camions et les caravanes sur la droite, les types en Jaguar droit devant. Cent cinquante pieds plus loin, se dressait l'édifice de service, bâtiment bas en parpaings beiges qui donnait aussi l'impression d'être une scène illuminé par de brillants projecteurs. De quoi s'agirait-il, dans un film ? D'un centre de commandement de missiles, peut-être ? Oui, pourquoi pas. Un centre de commandement pour missiles dans un trou perdu, et le type qui en est responsable souffre d'une forme ou d'une autre (soigneusement cachée mais progressive) de maladie mentale. Le type voit des Russes partout, des Russes qui débarquent au milieu des foutus bois… ou plutôt, des terroristes d'Al-Qaida, c'était sans doute plus d'actualité. Les Russes n'étaient plus tellement à la mode en tant que méchants potentiels, ces temps-ci, sauf s'ils étaient trafiquants de drogue ou de filles mineures. Et peu importait le méchant, de toute façon, c'était de la pure fiction, mais cela démangeait de plus en plus le type d'appuyer sur le bouton rouge et…

Et il avait besoin de pisser, alors il allait mettre son imagination à feu doux sur le petit brûleur pendant un moment, merci beaucoup. Sans compter qu'il n'y avait pas de place pour le Chien dans une histoire comme ça. Le Chien était plus proche d'un guerrier urbain, comme il l'avait déclaré au Pot o'Gold en début de soirée (chouette phrase, aussi). Cependant, l'idée de ce commandant de silo à missiles fou n'était pas sans attrait, hein ? Un bel officier… aimé de ses hommes… l'air parfaitement normal…

À cette heure, il n'y avait qu'un seul autre véhicule dans le vaste parking, un de ces PT Cruiser rétro de Chrysler qui ne manquaient jamais de l'amuser – on aurait dit une voiture de gangster des années trente revue et corrigée en jouet pour enfants.

Il se gara à quatre ou cinq emplacements du PT, coupa le moteur et prit le temps de parcourir rapidement le parking des yeux avant de descendre. Ce n'était pas la première fois qu'il s'arrêtait sur cette aire de repos après être sorti du Pot, et à une de ces occasions, il avait été en même temps amusé et horrifié de voir un alligator se traîner pesamment au milieu du parking déserté en direction du bois de pins, au-delà – l'air d'un vieil homme d'affaires obèse en route pour une réunion. Pas de gator ce soir, et il descendit, jeta son sac à dos sur son épaule et appuya sur la télécommande fermant les portières. Ce soir, il n'y avait que lui et Mister PT Cruiser. La Jag répondit par un *cui-cui* servile et, un instant, il vit son ombre dans le bref éclair des phares… mais à qui appartenait cette ombre ? À Dykstra ou à Hardin ?

À Johnny Dykstra, décida-t-il. Hardin s'était évanoui, laissé trente ou quarante miles en arrière. Mais il lui était revenu, ce soir-là, de faire un bref mais avant tout humoristique laïus de présentation devant les Florida Thieves, et il estimait que Mr Hardin avait plutôt fait du bon boulot, terminant par la promesse d'envoyer le Chien aux trousses de tous ceux qui ne contribueraient pas généreusement à l'œuvre charitable soutenue cette année, à savoir les Sunshine Readers, une association qui fournissait des textes et des articles audio aux professeurs aveugles.

Il traversa le parking en direction du bâtiment, dans le claquement de ses bottes de cow-boy. Jamais John Dykstra n'aurait porté des jeans décolorés et des bottes de cow-boy lors d'une réunion publique, en particulier s'il l'avait présidée, mais Hardin était taillé dans une autre étoffe. Contrairement à Dykstra (qui pouvait faire des manières), Hardin ne se souciait guère de ce que les gens pensaient de son apparence.

Le bâtiment de service était divisé en trois parties : les toilettes des dames sur la gauche, celle des hommes sur la droite et au milieu un grand abri faisant portique et dans lequel on trouvait de la documentation sur les diverses attractions de la Floride Centre et Sud. Il y avait également des distributeurs d'aliments et de boissons non-alcoolisées, et un autre de cartes routières dont le monnayeur dévorait un nombre ridicule de *quarters* avant d'en lâcher une. Les deux côtés de l'entrée de ce grand porche étaient constellés d'affichettes « enfants disparus » qui donnaient toujours le frisson à Dykstra. Combien, de ces gosses dont il voyait la photo, étaient enterrés dans le sol humide et sableux ou bien avaient servi de casse-croûte aux alligators des marais ? Combien d'entre eux grandissaient en croyant que les marginaux qui les avaient enlevés (et parfois sexuellement abusés ou loués) étaient leur père ou leur mère ? Dykstra n'aimait pas regarder ces visages ouverts et innocents, ni s'attarder sur le désespoir qui se cachait sous les promesses absurdes de récompense – 10 000 dollars, 20 000, 50 000, et une fois 100 000 (pour une blondinette souriante de Fort Myers qui avait disparu en 1980 et qui devait avoir maintenant la quarantaine, si elle était encore en vie… ce qui n'était sans doute pas le cas). Il y avait aussi une notice informant les usagers qu'il était interdit de faire les poubelles et une autre qu'on n'avait pas le droit de rester plus d'une heure dans l'aire de repos – LA POLICE VEILLE.

*Qui pourrait avoir envie de traîner ici plus d'une heure ?* se demanda Dykstra, tout en écoutant le bruissement du vent dans les feuilles de palmier. Un cinglé, voilà qui. Un individu de plus en plus fasciné par un bouton rouge au fur et à mesure que passaient les mois et les années comateux dans le ronflement des semi-remorques circulant sur l'autoroute à une heure du matin.

Il prit la direction des toilettes messieurs mais s'immobilisa soudain, arrêté par une voix de femme légèrement déformée par l'écho, mais affreusement proche, qui s'éleva dans son dos :

« Non, Lee, disait-elle. Non, chéri, ne fais pas ça. »

Il y eut le bruit d'une claque puis un coup plus sourd, un coup charnu. Et Dykstra comprit qu'il entendait la bande sonore banale d'une correction. Il se représentait sans peine la trace rouge laissée par la main sur la figure de la femme, et sa tête rebondissant sur le carrelage beige, le coup à peine amorti par ses cheveux (était-elle blonde, brune ?). Elle se mit à pleurer. La lumière diffusée par les lampes à arc de sodium éclairait assez pour que Dykstra puisse voir la chair de poule hérisser ses bras. Il se mit à mordiller sa lèvre inférieure.

« Sale putain. »

La voix de Lee était dépourvue de timbre, déclamatoire. Difficile de dire à quel détail on se rendait tout de suite compte qu'il était ivre, car il avait parfaitement articulé. Mais Dykstra le savait, car il avait déjà eu l'occasion d'entendre des hommes parler de cette façon : dans des bals de campagne, dans des fêtes foraines, parfois à travers la mince paroi d'un motel (ou à travers le plafond), tard dans la nuit, après que la lune s'était couchée et que les bars avaient fermé. La moitié féminine de la conversation – mais s'agissait-il d'une conversation ? – était peut-être ivre, elle aussi, mais elle paraissait surtout effrayée.

Dykstra se tenait là, dans le petit espace tenant lieu d'entrée, face aux toilettes messieurs, tournant le dos au couple dans les toilettes dames. Dans l'ombre, entouré des deux côtés par les photos d'enfants disparus qui frissonnaient légèrement dans la brise nocturne, comme les frondes des palmiers. Il se tenait là et attendait, espérant que les choses n'iraient pas plus loin. Mais elles y allèrent, bien entendu. Les paroles d'une chanson country lui vinrent à l'esprit, à la fois absurdes et menaçantes : « Le temps de réaliser que je n'étais pas bon, j'étais trop riche pour laisser tomber. »

Il y eut une autre claque charnue, un autre cri de la femme. Puis une mesure de silence et la voix de l'homme s'éleva de nouveau, une voix grossière en plus d'être avinée ; c'était la manière dont il prononçait putain – presque *putaïn.* On savait déjà toutes sortes de choses sur lui, d'ailleurs : qu'il était resté au fond de la salle de cours d'anglais au bahut, qu'il buvait le lait directement dans le carton quand il rentrait chez lui du lycée, qu'il avait laissé tomber les études en troisième ou en seconde, qu'il faisait le genre de boulot qui vous oblige à porter des gants de protection et à avoir un cutter rétractable dans la poche-revolver. On n'est pas supposé faire de telles généralisations – c'est comme dire que tous les Afro-Américains ont le rythme dans la peau ou que tous les Italiens pleurent à l'opéra – mais ici, dans l'obscurité, à vingt et une heures, entouré d'affichettes d'enfants disparus, des affichettes toujours imprimées sur papier rose, allez savoir pourquoi, comme si c'était la couleur des disparus, ici, on savait que c'était vrai.

« Sale petite putaïn. »

*Il a des taches de rousseur,* pensa Dykstra. *Et il prend facilement des coups de soleil. Les coups de soleil lui donnent l'air d'être constamment en colère, mais il est de toute façon presque toujours en colère. Il boit de la liqueur de café quand il est en fonds, comme on dit, mais la plupart du temps il boit...*

« Non, Lee, arrête », fit la voix de la femme. Elle pleurait, à présent, suppliait, et Dykstra pensa : *Ne faites pas ça, ma petite dame. Ne savez-vous pas que ça va être encore pire ? Ne savez-vous pas que lorsqu'il verra une chandelle de morve couler de votre nez, cela le rendra encore plus furieux ?* « Ne me tape plus, je suis... »

*Wap !*

Bruit suivi d'un autre coup sourd et d'un cri aigu, presque un jappement de chien, un cri de douleur. Ce bon vieux Mister PT Cruiser avait une fois de plus cogné assez fort pour que l'arrière du crâne de la femme aille heurter le carrelage, et c'était quoi, la bonne vieille blague, déjà ? Pourquoi y a-t-il trois cent mille cas recensés de maltraitance conjugale tous les ans aux États-Unis, hein ? *Parce qu'elles ne veulent pas... écouter... ces connes !*

« Sale *putaïn.* » C'était l'Évangile selon Lee, ce soir, tout droit sorti de la deuxième épître aux Corinthimbibés, et ce qui faisait peur dans cette voix – ce que Dykstra trouvait absolument terrifiant – était son manque total d'émotion. La colère aurait été mieux. La colère aurait été moins dangereuse pour la femme. La colère était comme une vapeur inflammable – une étincelle pouvait la déclencher et la faire s'embraser en un unique et bref flamboiement en Technicolor –, mais ce type était... comment dire ? Mortellement sérieux. Il n'allait pas la gifler une dernière fois puis s'excuser, voire se mettre à pleurer, en prime. C'était peut-être arrivé, lors d'autres soirs semblables, mais pas ce soir-ci. Ce soir, on était parti pour la version longue. Salut Marie pleine de grâces, aide-moi à gagner cette course de stock-cars.

*Bon, qu'est-ce que je fais ? Quelle est ma place dans cette affaire ? En ai-je seulement une ?*

Il n'allait certainement pas entrer dans les toilettes messieurs et se lancer dans le long et tranquille pipi qu'il avait escompté faire ; il avait les noix remontées et dures comme des cailloux et la pression de sa vessie était passée dans son dos et dans ses jambes. Son cœur cognait dans sa poitrine, parti pour un jogging rapide qui se transformerait probablement en sprint au bruit de la prochaine claque. Il faudrait une heure, au bas mot, avant qu'il puisse à nouveau pisser, quelle que soit son envie et encore, ce ne seraient que de petits jets frustrants. Et Seigneur, comme il aurait aimé que l'heure en question soit déjà écoulée, aimé se trouver à cinquante ou soixante miles d'ici !

*Qu'est-ce que tu vas faire s'il la frappe encore ?*

Une autre question lui vint à l'esprit : Qu'est-ce que je ferai, si la femme prend ses jambes à son cou et si Mister PT Cruiser la poursuit ? Il n'y avait qu'un itinéraire pour sortir des toilettes dames, et John Dykstra se tenait au milieu. John avec les bottes et le chapeau de cow-boy que Rick Hardin avait portés à Jacksonville où, une fois tous les quinze jours, un groupe d'écrivains de polars – comprenant pas mal de femmes en costumes-pantalon de couleurs pastel – se réunissait pour discuter technique, agents et droits d'auteur et échanger des ragots entre eux et sur eux.

« Ne me fais pas mal, Lee-Lee, d'accord ? Je t'en prie, ne me fais pas mal. Je t'en prie, ne fais pas mal au bébé. »

Lee-Lee. Doux Jésus.

Oh, mais ce n'était donc pas tout ; y'avait encore autre chose. *Le bébé. Je t'en prie, ne fais pas mal au bébé.* Bienvenue sur la putain de chaîne Canal Enfoirés.

Le cœur affolé de Dykstra lui fit l'effet de s'enfoncer d'un pouce de plus dans sa poitrine. Il avait l'impression qu'il se tenait là, dans le petit espace entre les toilettes dames et messieurs, depuis au moins vingt minutes, mais lorsqu'il regarda sa montre il eut la surprise de constater qu'à peine quarante secondes s'étaient écoulées depuis la première gifle. Cela tenait à la nature subjective du temps et à la phénoménale rapidité de la pensée quand l'esprit était soudainement mis sous pression. Il avait écrit sur ce sujet à de nombreuses reprises. Il supposait que tous les écrivains de suspense, connus ou pas, en avaient fait autant. C'était pain bénit. La prochaine fois que ce serait son tour de s'adresser aux Florida Thieves, il en ferait peut-être son thème, en commençant par parler de l'incident. Comment il avait eu le temps de penser *deuxième épître aux Corinthimbibés*. Il se dit que c'était cependant peut-être un peu trop lourd pour leur petit raout, un peu trop…

Une impeccable grêle de gifles vint interrompre ce train de pensées. Lee-Lee venait de péter les plombs. Dykstra écouta le timbre particulier de ces coups avec la détresse d'un homme qui comprend que c'est quelque chose qu'il n'oubliera jamais, pas la bande-son trafiquée d'un film, mais le bruit d'un poing frappant un oreiller, bruit étonnamment léger, presque délicat, pour tout dire. La femme cria une fois de surprise, puis une fois de douleur. Après quoi, elle en fut réduite à émettre de petits gémissements de douleur et de peur. Dehors, dans le noir, Dykstra pensa à tous les spots publicitaires des services publics qu'il avait vus sur la prévention des violences domestiques. Ils ne l'avaient pas préparé à cela, à entendre d'une oreille le vent dans les palmiers (et le bruissement des affichettes d'enfants disparus, ne pas les oublier) et, de l'autre, ces petits grognements de douleur et de peur.

Il entendit des pieds qui se déplaçaient sur le carrelage et comprit que Lee (Lee-Lee, tel que l'avait appelé la femme, comme si l'emploi d'un petit nom avait pu calmer sa rage) se rapprochait d'elle. Semblable en ceci à Rick Hardin, Lee était un mec à bottes.

Les Lee-Lee de ce bas monde tendent à se prendre pour des joueurs de football. Ce sont des dingues. La femme portait des chaussures de sport, blanches, genre tennis. Il le savait.

« Salope, putain de salope, j'tai vue lui parler à ce mec, lui mettre tes nichons sous le nez, espèce de putasse de merde…

– Non Lee-Lee, je n'ai jamais… »

Nouveau bruit de baffe puis d'une expectoration qui n'était ni masculine ni féminine. Elle dégueulait. Demain, le ou la préposé(e) au nettoyage trouverait du vomi séchant sur le sol et l'une des parois carrelées des toilettes dames, mais Lee et sa femme (ou petite amie) seraient partis depuis longtemps, si bien que pour le ou la préposé(e) ce ne serait qu'un peu de merde de plus à nettoyer, un dégueulis incompréhensible et sans intérêt pour lui ou elle, et qu'est-ce que Dykstra aurait dû faire ? Bon Dieu, avait-il les couilles d'aller y voir de plus près ? S'il ne faisait rien, Lee arrêterait peut-être de la battre en s'estimant satisfait, mais si un étranger s'en mêlait…

*Il pourrait nous tuer tous les deux.*

Mais…

*Le bébé Je t'en prie, ne fais pas de mal au bébé.*

Dykstra serra les poings et pensa : *Conne de téléréalité !*

La femme dégueulait toujours.

« Arrête ça, Ellen.

– J'peux pas !

– Ah non ? Très bien, parfait. Je vais te faire arrêter, moi. Salope… *putaïn !* »

Un nouveau *wap !* ponctua le *putaïn*. Le cœur de Dykstra descendit encore d'un cran. Il n'allait pas tarder à battre à hauteur de son ventre. Si seulement il avait pu faire entrer le Chien dans la danse ! Dans un roman, ça marcherait… il s'était même attardé sur cette notion d'identité avant de commettre la grande erreur de la soirée en bifurquant vers cette aire de repos, et s'il ne s'agissait pas ce que les manuels de cours d'écriture appelaient un pressentiment, qu'est-ce que c'était ?

Oui, il allait se transformer en cogneur, entrer à grands pas dans les toilettes dames et foutre la branlée de sa vie à Lee, puis il poursuivrait son chemin. Comme Shane dans le vieux film avec Alan Ladd[1].

---

1. *L'Homme des vallées perdues.*

La femme vomit à nouveau avec un bruit de machine transformant des pierres en gravier, et Dykstra comprit qu'il n'allait pas faire entrer le Chien dans la danse. Le Chien, c'était pour de faux. Ça, c'était la réalité, déboulant droit sur lui avec des grimaces d'ivrogne.

« Recommence, maintenant que tu sais ce que ça te coûte », lui lança Lee, et il y avait à présent quelque chose de mortel dans sa voix. Il était prêt à aller jusqu'au bout. Dykstra en était sûr.

*Je témoignerai au procès. Et quand on me demandera ce que j'ai fait pour arrêter ça, je répondrai : rien. Je dirai que j'ai écouté. Que je me souviens. Que j'ai été un témoin. Et je leur expliquerai que c'est ce que font les écrivains quand ils n'écrivent pas.*

Dykstra envisagea de retourner en courant – sans bruit ! – jusqu'à sa Jag et, de là, d'appeler la police d'État sur son portable. Faire *99, et c'était tout. Il y avait des panneaux pratiquement tous les dix mille qui disaient : EN CAS D'ACCIDENT COMPOSEZ LE *99 SUR VOTRE PORTABLE. Sauf qu'il n'y avait jamais de flics dans le secteur quand on avait besoin d'eux. Ce soir, la patrouille la plus proche se trouverait du côté de Bradenton, sinon d'Ybor City, et le temps qu'elle débarque ici, le petit rodéo sanglant serait terminé.

Des toilettes dames lui parvinrent alors une série de hoquets rauques, entrecoupés de faibles râles étouffés. Une porte claqua. La femme avait compris tout aussi bien que Dykstra où Lee voulait en venir. Le seul fait de vomir à nouveau suffirait à le provoquer. Il serait fou furieux contre elle et finirait le boulot. Et s'il était pris ? Homicide, pas de préméditation. Avec un peu de chance, il sortirait dans quinze mois et pourrait commencer à draguer la petite sœur d'Ellen.

*Retourne à ta voiture, John. Retourne à ta voiture, mets toi au volant et fiche le camp. Commence à travailler sur l'idée que tout ça n'est jamais arrivé. Et arrange-toi pour ne pas lire les journaux ni regarder les infos à la télé pendant les deux ou trois jours qui viennent. Cela vaudra mieux. Fais-le. Fais-le tout de suite. Tu es un écrivain, pas un bagarreur. Tu mesures un mètre soixante-quinze et pèses soixante-dix kilos, tu as une épaule en mauvais état et le seul résultat que tu obtiendras sera de rendre les choses encore pires. Donc tu retournes à ta voiture et tu adresses une petite prière au dieu qui protège les femmes comme Ellen, s'il existe.*

Et il fit vraiment demi-tour lorsqu'une idée lui vint à l'esprit.
– le Chien n'était pas réel, mais Rick Hardin, si.

Ellen Whitlow, native de Lokomis, avait dégringolé dans l'une des cabines et atterri sur le siège relevable, jambes écartées et jupe relevée, exactement comme la pute qu'elle était, et Lee se jeta sur elle avec l'intention de la prendre par les oreilles et de se mettre à cogner sa tête de gourde contre les carreaux. Il en avait ras le bol. Il allait lui donner une petite leçon qu'elle n'oublierait jamais.

Non pas que ces pensées aient traversé son cerveau sur un mode cohérent. Dans son cerveau, en ce moment, c'était le rouge qui dominait. Dessous, ou au-dessus, s'infiltrant au milieu, chantonnait une voix qui rappelait celle de Steven Tyler, du groupe Aerosmith : *C'est ma nana tout de même, ma nana, ma nana, tu vas pas me faire ce coup-là, sale putaïn.*

Il avança de trois pas et c'est alors qu'un avertisseur de voiture partit de son tintamarre rythmique, non loin de là, gâchant son propre rythme, gâchant sa concentration, le faisant sortir de sa propre tête, le faisant regarder autour de lui : *Bamp ! Bamp ! Bamp ! Bamp !*

*Alarme de voiture*, pensa-t-il, et son regard alla de la porte de l'entrée des toilettes dames à la femme assise dans la cabine. De la porte à la pute. Ses poings se serrèrent, trahissant son indécision. Il pointa soudain sur elle un index à l'ongle long et en deuil.

« Si tu bouges d'ici, t'es crevée, salope », dit-il. Puis il prit la direction de la porte.

Les chiottes étaient brillamment éclairées et le parking presque autant, mais le recoin entre les deux ailes était sombre. Un instant, il fut comme aveugle, et c'est à ce moment-là que quelque chose frappa le haut de son dos, l'obligeant à partir d'une course vacillante ; mais il ne put faire que deux pas, car il trébucha sur quelque chose d'autre – une jambe – et alla s'étaler sur le béton.

Il n'y eut pas de temps mort, pas d'hésitation. Une botte lui porta un coup à la cuisse, paralysant le gros muscle, puis un autre plus haut sur les fesses, presque dans les reins. Il voulut commencer à se relever…

Mais une voix s'éleva au-dessus de lui : « Ne bouge pas, Lee. J'ai un démonte-pneu à la main. Reste à plat ventre ou je te pète la tronche avec. »

Lee resta où il était, bras tendus devant lui, mains presque jointes.

« Sortez de là, Ellen, lança l'homme qui l'avait frappé. On n'a pas le temps de faire les idiots. Sortez tout de suite. »

Il y eut un silence. Puis la voix de la pute s'éleva, tremblante, étranglée : « Vous lui avez fait mal ? Ne lui faites pas de mal !

– Il va très bien mais si vous ne sortez pas tout de suite, je vais lui faire très mal. J'ai pas le choix… et ce sera votre faute. »

Pendant ce temps l'avertisseur de voiture pulsait dans la nuit, monotone. *Bamp ! Bamp ! Bamp ! Bamp !*

Lee commença à tourner la tête de côté. Il avait mal. Avec quoi ce connard l'avait-il frappé ? Il n'avait pas parlé de démonte-pneu ? Il n'arrivait pas à se rappeler.

Lee reçut un nouveau coup de botte dans les fesses. Il poussa un cri et remit le nez contre le béton.

« Sortez, ma petite dame, où je lui casse la tête ! J'ai pas le choix ! »

Quand elle répondit, elle était plus près. D'une voix mal assurée, mais dans laquelle s'était glissée une note outragée : « Pourquoi avez-vous fait ça ? Vous n'aviez pas à faire ça !

– J'ai appelé la police sur mon portable, dit l'homme qui se tenait au-dessus de Lee. Il y avait une voiture de patrouille au mile 140. On a donc dix minutes à attendre, peut-être un peu moins. Mister Lee-Lee, c'est vous qui avez les clefs de la voiture, ou c'est elle ? »

Lee dut réfléchir avant de répondre.

« Elle, dit-il finalement. Elle a dit que j'étais trop saoul pour conduire.

– Très bien. Ellen, rejoignez votre PT Cruiser, mettez-vous au volant et fichez le camp. Continuez jusqu'à ce que vous arriviez à Lake City et, si vous avez un cerveau, fût-il de la taille de celui que Dieu donne à un canard, vous ne ferez pas demi-tour une fois là-bas, non plus.

– Je veux pas le laisser avec vous ! » Elle paraissait à présent très en colère. « Pas tant que vous tiendrez ce truc !

– Si, vous allez le faire. Et tout de suite, où je vous l'esquinte royalement.

– Espèce de brute ! »

L'homme se mit à rire, et ce rire effraya Lee bien plus que ce qu'il avait dit jusqu'ici. « Je vais compter jusqu'à trente. Si vous n'êtes pas en route vers le sud quand j'ai fini, je lui fais sauter la tête des épaules. Je vais la taper comme une balle de golf.

– Vous ne pouvez pas…

– Vas-y, Ellie. Vas-y, ma chatte.

– Vous avez entendu ? demanda l'homme. Votre bon vieux gros nounours veut que vous partiez. Si vous tenez tant que ça à ce qu'il achève de vous massacrer demain soir, vous et le bébé, ça vous regarde. Demain soir, je ne serai plus là. Mais, pour l'instant, je commence à en avoir ras les bonbons de vous ; *alors bougez-le, votre con de cul !* »

C'était un ordre qu'elle comprenait, donné dans un langage qui lui était familier et Lee vit ses jambes nues et ses sandales passer dans son étroit champ de vision. L'homme qui l'avait matraqué commença à compter à voix haute : « *Un… deux… trois… quatre…* »

« Grouille-toi, bordel ! » hurla Lee – et il eut droit à un autre coup de pied au cul, mais moins violent, cette fois, qui le fit osciller plus qu'il ne l'aplatit. N'empêche, ça faisait mal. Pendant ce temps *Bamp ! Bamp ! Bamp ! Bamp !* dans la nuit. « *Bouge-toi le cul !* »

Les sandales d'Ellen se mirent à courir. Son ombre passa à côté d'eux. L'homme en était à vingt quand le moteur de machine à coudre de merde du PT Cruiser démarra et à trente quand Lee vit les feux de position faire marche arrière dans le parking. Lee attendit que l'homme le frappe et fut soulagé quand celui-ci n'en fit rien.

Le PT Cruiser s'engagea dans la rampe d'accès à l'autoroute et le bruit du moteur commença à diminuer. Il y avait de la perplexité dans la voix de l'homme qui se tenait au-dessus de lui, quand il reprit la parole :

« Et maintenant, qu'est-ce que je vais bien pouvoir faire de vous ?

– Me faites pas de mal, dit Lee, me faites pas de mal, monsieur. »

Une fois les feux de position du PT Cruiser disparus, Hardin fit passer le démonte-pneu de sa main droite à sa main gauche. Il avait les paumes moites de sueur et il faillit le lâcher. Voilà qui n'aurait pas été malin. L'outil aurait tinté bruyamment sur le béton et Lee se serait mis debout le temps de le dire. Il n'était pas aussi costaud que Dykstra se l'était imaginé, mais il était dangereux. Il venait de le prouver.

*Tu parles, dangereux pour les femmes enceintes.*

Mais ce n'était la bonne façon de penser. S'il laissait ce bon vieux Lee-Lee se relever, la donne changerait complètement. Il sentit que Dykstra essayait de revenir, voulant discuter de ça et peut-être d'autres choses. Hardin le repoussa. Ce n'était ni le moment ni le lieu pour laisser discourir un prof d'anglais.

« Bon, qu'est-ce que je vais faire de vous ? demanda-t-il, sincère dans sa perplexité.

– Ne me faites pas de mal », répéta l'homme allongé par terre. Il portait des lunettes. Voilà qui avait été une sacrée surprise. Ni Hardin ni Dykstra n'avaient imaginé une seconde que cet homme portait des lunettes. « Me faites pas mal, monsieur.

– J'ai une idée. » Dykstra, lui, aurait peut-être dit : *Une idée me vient à l'esprit.* « Enlevez vos lunettes et posez-les à côté de vous.

– Pourquoi…

– Épargnez votre salive, faites-le. »

Lee, qui portait des jeans délavés et une chemise de style Western (dont un pan lui retombait à présent sur les fesses) voulut enlever ses lunettes avec la main droite.

« Non, avec l'autre main.

– Pourquoi ?

– Posez pas de questions. Faites-le. Enlevez-les avec la main gauche. »

Lee retira ses lunette bizarrement délicates et les posa sur le sol en béton. Hardin marcha aussitôt dessus et les écrasa du talon de sa botte. Il y eut un bruit d'éclatement et le broyage délicieux du verre.

« Pourquoi vous faites ça ? s'écria Lee.

– D'après vous ? Vous avez une arme à feu quelconque sur vous ?

– Non ! Bon Dieu non ! »

Et Hardin le crut. Si Lee en avait possédé une, il se serait sans doute agi d'un fusil à gators. Et le fusil se serait trouvé dans le coffre du PT Cruiser. Mais même cela, il n'y croyait pas. Quand il était cloué sur place devant la porte des toilettes dames, Dykstra avait imaginé un grand baraqué, genre ouvrier du bâtiment. Ce type avait plutôt l'air d'un aide-comptable travaillant à mi-temps au Gold's Gym.

« Je vais retourner maintenant à ma voiture, dit Hardin. Je couperai l'alarme et je partirai.

– Ouais-ouais, vous n'avez qu'à f... »

Hardin lui porta un coup de pied à la hanche presque aussi fort qu'il put, ne retenant le coup que très peu, à la dernière seconde. Vraiment très peu. Lee poussa un cri de douleur et de peur. Hardin était atterré par ce qu'il venait de faire et par la manière dont il l'avait fait, sans même y penser. Et ce qui l'atterrait encore plus était qu'il avait envie de recommencer, et plus fort. Il avait aimé ce cri de douleur et de peur, il aurait très bien supporté de l'entendre encore.

Du coup, dans quelle mesure était-il si différent que ça du Lee des Chiottes, allongé là, avec l'ombre du porche projetant une diagonale noire impeccable sur son dos ? Pas si différent que ça, apparemment. Et alors ? C'était une question barbante, une question de merde. Une autre, bien plus intéressante, lui vint à l'esprit. Quelle force devait-il donner au coup de pied qu'il allait porter à l'oreille gauche de Lee-Lee sans sacrifier la précision ? En plein dans l'oreille, *pam*. Il se demanda aussi quel genre de bruit cela ferait. Un bruit satisfaisant, sans doute. D'accord, il risquait de le tuer, par la même occasion, mais serait-ce une grande perte pour l'humanité ? Et qui le saurait ? Ellen ? Qu'elle aille se faire foutre, Ellen.

« Tu ferais mieux de la fermer, mon vieux, dit Hardin. C'est ce que tu as de mieux à faire pour le moment. Tu la fermes, point barre. Et quand les flics arriveront ici, tu pourras leur dire tout ce que tu voudras.

– Pourquoi vous vous tirez pas ? Tirez-vous et fichez-moi la paix. Vous avez cassé mes lunettes, ça vous suffit pas ?

– Non », répondit Hardin, sincère. Il réfléchit une seconde. « Tu sais quoi ? »

Lee se garda de répondre que non.

« Je vais rejoindre tranquillement ma voiture. Tu peux me courir après si tu veux. On réglera ça à la loyale.

– Ouais, tiens, pardi ! s'exclama Lee, pleurant presque de rire. Je vois que dalle sans mes lunettes ! »

Hardin remonta les siennes sur son nez Il n'avait plus envie de pisser. Quel truc bizarre ! « Regarde-toi un peu, dit-il. Regarde-toi donc. »

Lee avait dû détecter quelque chose dans la voix de Hardin, parce que celui-ci le vit qui commençait à trembler sous la lumière crue des lampes à arc de sodium. L'homme ne dit rien, cependant, ce qui était sans doute plus sage, étant donné les circonstances. Et le type qui se tenait au-dessus de lui, le type qui ne s'était jamais bagarré de sa vie, ni au lycée, ni même au collège, comprit que c'était vraiment terminé. Si Lee avait eu un pistolet, il aurait peut-être essayé de lui tirer dans le dos lorsqu'il se serait éloigné. Mais sinon, non. Lee était… comment disait-on, déjà ?

Maté.

Ce bon vieux Lee-Lee était maté.

Hardin fut pris d'une inspiration. « J'ai ton numéro de bagnole, dit-il. Et je connais ton nom. Le tien et celui de ta femme. Je lirai la presse, trouduc. »

Rien de la part de Lee. Il ne bougea pas, allongé sur le sol à côté des éclats de verre de ses lunettes qui scintillaient sous les lumières.

« Bonne nuit, trouduc », dit Hardin. Il marcha vers sa voiture et partit.

Shane en Jaguar.

Il se sentit très bien pendant dix minutes, peut-être un quart d'heure. Assez longtemps pour chercher une station à la radio et finir par mettre un CD de Lucinda Williams à la place. Puis, tout d'un coup, il eut l'estomac dans la gorge, son estomac encore plein du poulet et des pommes de terre qu'il avait mangés au Pot o'Gold.

Il se rangea sur la voie d'arrêt d'urgence, mit le levier de vitesse sur PARK et voulut descendre, mais il comprit qu'il n'en aurait pas le temps. Si bien qu'il se contenta de se pencher par la portière, ceinture encore attachée, et de vomir sur la chaussée. Il tremblait de tout son corps. Ses dents claquaient.

Des phares apparurent et l'éclairèrent. Ils ralentirent. Dykstra pensa tout d'abord que c'était la police, enfin la police. Ils débarquent toujours quand on n'a pas besoin d'eux, qu'on n'a pas envie de les voir. Puis il eut la certitude – une certitude froide – que c'était le PT Cruiser, Ellen au volant, Lee-Lee dans le siège du passager, un démonte-pneu bien à lui sur les genoux.

Mais il s'agissait seulement d'une vieille Dodge pleine de jeunes. L'un d'eux – un garçon à l'air crétin, probablement rouquin – passa sa bouille lunaire grêlée d'acné par la fenêtre et cria : « Ah, la belle gerbe ! » Suivit un rire, et la voiture s'éloigna en accélérant.

Dykstra referma la portière, appuya son crâne contre l'appui-tête, ferma les yeux et attendit que ses tremblements s'atténuent. Ce qu'ils firent au bout d'un moment et son estomac finit par retrouver en même temps sa place. Il se rendit compte qu'il éprouvait de nouveau le besoin de pisser et il prit cela pour un bon signe.

Il repensa à son envie de donner un coup de pied dans l'oreille de Lee-Lee – avec quelle force ? Quel bruit ? – et tenta de penser à autre chose. La seule idée qu'il avait voulu faire ça le rendait de nouveau malade.

Ce sur quoi son esprit (son esprit dans l'ensemble obéissant) se dirigea vers le commandant du site de lancement de missiles en poste à Corbeau-Solitaire (ou à Loup-Crevé, Montana). Celui qui devenait tout doucement cinglé. Qui voyait des terroristes planqués sous le moindre buisson. Entassant des diatribes mal écrites dans son casier, restant tard la nuit devant son ordinateur à explorer les arrière-cours paranos sur Internet.

*Et peut-être le Chien est-il en route pour la Californie où un boulot l'attend… en voiture plutôt qu'en avion à cause de deux armes particulières qui sont dans le coffre de sa Plymouth Road Runner… et il a des ennuis avec sa voiture…*

Ouais. Ouais, c'était bon. Ou pourrait l'être, en se donnant un peu de mal. Comment avait-il pu imaginer qu'il n'y avait pas de place pour le Chien dans le grand cœur désert de l'Amérique ? C'était de l'étroitesse d'esprit, non ? Parce que, selon les circonstances, n'importe qui pouvait se retrouver n'importe où, à faire n'importe quoi.

Ses tremblements avaient cessé. Dykstra mit la Jag sur DRIVE et commença à rouler. À Lake City, il trouva une station d'essence ouverte toute la nuit et s'arrêta pour aller vider sa vessie et remplir son réservoir d'essence (après avoir étudié le parking et les quatre pompes, mais le PT Cruiser n'y était pas). Puis il parcourut le reste du chemin jusque chez lui, absorbé dans ses pensées Rick Hardin, et entra dans sa maison John Dykstra près du canal. Il n'oubliait jamais de brancher l'alarme avant de partir – prudence élémentaire – et il la débrancha avant de la remettre pour le reste de la nuit.

# Vélo d'appart

## I. Ouvriers métaboliseurs

Une semaine après l'examen médical qu'il repoussait depuis un an (qu'il repoussait depuis trois ans, en fait, comme sa femme le lui aurait fait remarquer si elle avait encore été en vie), Richard Sifkitz fut invité par le Dr Brady à venir le voir pour discuter des résultats. Le patient n'ayant rien détecté de vraiment menaçant dans la voix du médecin, il se rendit sans hésiter à son cabinet.

Les résultats se présentaient sous la forme de valeurs numériques alignées sur une feuille de papier avec comme en-tête « METROPOLITAN HOSPITAL New York City ». Les noms des tests et les chiffres correspondants étaient tous en noir, sauf sur une ligne. Cette unique ligne apparaissait en rouge et Sifkitz ne fut pas très surpris de voir qu'elle portait la mention CHOLESTÉROL. Le chiffre, qui ne ressortait que trop, en rouge (tel était sans aucun doute le but), indiquait 226.

Sifkitz fut sur le point de s'enquérir de ce que ce chiffre signifiait, puis se demanda s'il tenait à commencer l'entretien par une question stupide. Il n'aurait pas été en rouge s'il avait été bon, se dit-il. Les autres étaient incontestablement de bons chiffres, ou du moins des chiffres acceptables, raison pour laquelle ils étaient en noir. Mais il n'était pas ici pour en discuter. Les médecins sont des gens occupés, peu enclins à perdre leur temps à vous caresser dans le sens du poil. Si bien qu'au lieu de poser une question stupide, il demanda dans quelle mesure deux cent vingt-six était un mauvais chiffre.

Le Dr Brady s'enfonça dans son fauteuil, mains croisées sur sa poitrine fichtrement maigrelette. « Pour vous dire la vérité, commença-t-il, ce chiffre n'est pas mauvais du tout (il leva un doigt). Si l'on prend en compte votre régime alimentaire.

– Je sais que j'ai pris trop de poids, répondit humblement Sifkitz. J'avais l'intention de m'en occuper. »

En réalité, il n'avait eu aucune intention de ce genre.

« Pour vous dire un peu plus la vérité, continua le Dr Brady, votre poids n'est pas si terrible, non plus. Toujours en tenant compte de votre régime alimentaire. Et maintenant, je veux que vous m'écoutiez attentivement, parce que cette conversation, je ne l'ai qu'une seule fois avec mes patients. Mes patients masculins, en tout cas ; quand il est question de poids, mes patientes m'arracheraient l'oreille, si je les laissais faire. Vous êtes prêt ?

– Oui », répondit Sifkitz en essayant lui aussi de croiser les mains sur sa poitrine pour découvrir qu'il n'y parvenait pas.

Ce qu'il découvrit aussi – ou redécouvrit, plus exactement – fut qu'il avait une belle paire de seins. De tels seins, pour ce qu'il en savait, ne faisaient pas partie de l'équipement standard des hommes approchant la quarantaine. Il renonça à croiser les mains sur sa poitrine et se contenta de les joindre. Sur ses genoux. Plus tôt commencerait le savon, plus tôt il serait terminé.

« Vous mesurez 1,80 m et êtes âgé de trente-huit ans. Votre poids devrait tourner autour de cent quatre-vingt-dix livres, et votre taux de cholestérol devrait avoir un chiffre avoisinant. Il fut un temps, dans les années soixante-dix, où on tolérait des taux de deux cent quarante, mais évidemment, dans les années soixante-dix, on était encore autorisé à fumer dans les salles d'attente des hôpitaux (il secoua la tête). Mais la corrélation entre un taux de cholestérol élevé et les maladies cardiaques n'était que trop claire. Par conséquent, le chiffre de deux cent quarante fut sérieusement revu à la baisse.

« Vous êtes de ce genre d'hommes, enchaîna le médecin, qui ont le bonheur d'avoir un bon métabolisme. Pas un métabolisme hors normes, non, mais un bon et honnête métabolisme. Oui. Combien de fois par semaine mangez-vous dans un McDonald's, ou un Wendy's, ou un Richard ? Deux fois ?

– Une fois, peut-être », répondit Sifkitz.

Il calcula qu'en réalité, sa moyenne hebdomadaire devait plutôt tourner autour de quatre ou cinq repas de ce genre. Sans parler de ses descentes occasionnelles dans un Arby's, le week-end.

Le Dr Brady leva la main, l'air de dire : *comme vous voudrez...* ce qui était, comme cela vint à l'esprit de Sifkitz, la devise de Burger King.

« Vous mangez forcément quelque part, comme nous l'apprend la balance. Vous avez accusé, le jour de vos examens, un poids de deux cent vingt-trois livres... encore une fois – et ce n'est pas une coïncidence –, chiffre très proche de votre taux de cholestérol. »

Il eut un léger sourire en voyant la grimace de Sifkitz, mais au moins ce fut un sourire qui n'était pas dénué de sympathie.

« Voici ce qui s'est produit jusqu'ici au cours de votre vie d'adulte, reprit Brady. Vous avez continué à manger comme vous le faisiez quand vous étiez adolescent et, jusqu'à maintenant, votre corps – grâce à ce métabolisme, bon mais pas extraordinaire – a plutôt bien tenu le coup. À ce stade, il peut être utile d'envisager le processus du métabolisme comme le travail d'une équipe d'ouvriers. Des types en bleu de travail et en Doc Martens. »

Utile pour vous, pensa Sifkitz, mais nullement pour moi. Ses yeux ne cessaient de revenir sur le chiffre en rouge, ce 226.

« Leur boulot est de s'emparer de tout ce que vous balancez dans le conduit et d'en disposer. Une partie est envoyée aux divers départements de production. Le reste, ils le brûlent. Si vous leur en envoyez plus qu'ils ne peuvent traiter, vous prenez du poids. Ce que vous avez fait, mais à un rythme relativement lent. Bientôt, cependant, si vous ne procédez pas à quelques modifications, vous allez constater une accélération de ce rythme. Deux raisons à cela. La première est que les usines de production de votre corps ont besoin de moins d'énergie qu'auparavant. La seconde, que votre équipe de métaboliciens – ces types en bleu de travail avec des tatouages sur les biceps – ne rajeunissent pas. Ils ne sont plus aussi efficaces qu'ils l'étaient. Ils sont plus lents, quand il s'agit de séparer ce qu'ils doivent répartir de ce qu'ils doivent brûler. Et parfois, ils râlent.

– Ils râlent ? » s'étonna Sifkitz.

Le Dr Brady, mains toujours croisées sur son étroite poitrine (une poitrine de phtisique, décida Sifkitz, certainement dépourvue de seins), hocha la tête, une tête elle aussi étroite. Des traits aigus, l'œil vif, presque une tête de belette, songea Sifkitz. « Oui, exactement. Ils disent des trucs du genre : *Est-ce qu'un jour ça va ralentir ?* et : *Pour qui il nous prend, pour des super-héros de BD ?* et : *Merde, il souffle donc jamais ?* Et l'un d'eux, le petit malingre, il y en a toujours un dans une équipe, dit probablement : *Qu'est-ce qu'il en a à foutre de nous, de toute façon ? C'est lui le patron, non ?*

« Et, tôt ou tard, ils finiront par faire ce que font toutes les équipes de travailleurs quand on les oblige à en faire trop et pendant trop longtemps, sans même un seul jour de repos, et sans même parler de vacances : tomber dans le laisser-aller. Commencer à traîner, à ne rien foutre. Un jour, l'un d'eux ne se présentera même pas au boulot, et il y en aura un autre – si vous vivez assez longtemps pour cela – qui ne viendra pas non plus parce qu'il sera raide mort chez lui d'une hémorragie cérébrale ou d'une crise cardiaque.

– Amusant. Vous devriez peut-être faire une tournée. Le circuit des conférences. L'émission d'Oprah, même. »

Le Dr Brady décroisa les mains et se pencha sur son bureau. Il étudia Richard Sifkitz, sans sourire. « Vous avez un choix à faire, et mon boulot consiste à vous en rendre pleinement conscient, c'est tout. Soit vous changez de mode de vie, soit vous vous retrouverez ici dans quelques années avec de sérieux problèmes – un poids frôlant les trois cents livres, peut-être, du diabète, des varices, un ulcère à l'estomac et un taux de cholestérol identique à votre poids. Au stade où vous en êtes, vous pouvez encore faire machine arrière sans régime sévère ni liposuccion, sans quoi une crise cardiaque risque de vous réveiller. Plus tard, ça deviendra plus difficile. Passé quarante ans, cela devient plus difficile chaque année. Passé quarante ans, Richard, la graisse vous colle aux fesses comme de la merde de bébé au mur de la chambre.

– Élégant », commenta Sifkitz, éclatant de rire – il ne put s'en empêcher.

Le Dr Brady ne rit pas, mais au moins souriait-il, et il s'enfonça de nouveau dans son fauteuil. « Il n'y a rien d'élégant dans ce qui vous attend. Les médecins, en général, n'en parlent pas davantage que la police de la route ne parle de la tête coupée qu'ils ont récupérée dans un fossé ou de l'enfant calciné qu'ils ont retrouvé dans un placard, le 25 décembre, après que l'arbre de Noël a mis le feu à la maison – mais nous en savons long comme le bras sur le monde merveilleux de l'obésité, entre les femmes qui se retrouvent avec des moisissures dans des replis de graisse qui n'ont pas été lavés depuis des années et les hommes qui se déplacent au milieu d'un nuage de puanteur parce que cela fait dix ans, sinon plus, qu'ils ne sont plus capables de se torcher convenablement. »

Sifkitz fit la grimace et eut un geste de la main pour chasser cette idée.

« Je ne dis pas que c'est à ça que vous êtes condamné, Richard – la plupart des gens n'en arrivent pas là, ils possèdent une sorte de limiteur intégré, semble-t-il –, mais il y a quelque vérité dans le vieux proverbe disant qu'on creuse sa tombe avec ses dents. Ne l'oubliez pas.

– Je ne l'oublierai pas.

– Bien. Mon laïus est terminé. Ou mon sermon. Ou ce que vous voudrez. Je ne vais pas vous dire d'aller en paix et de ne plus pécher, mais simplement, à vous de voir. »

Bien qu'il ait inscrit ARTISTE INDÉPENDANT sur la ligne *profession* de sa déclaration de revenus depuis au moins douze ans, Sifkitz ne se considérait pas comme particulièrement imaginatif et il n'avait pas peint un seul tableau (ni même exécuté un dessin, en fait) pour son propre compte depuis le jour où il avait décroché son diplôme à l'université DePaul. Il dessinait des jaquettes de livre, des affiches de cinéma, beaucoup d'illustrations pour des revues et, à l'occasion, la couverture d'une brochure de foire commerciale. Il avait fait la jaquette d'un CD (pour Slobberbone, un groupe qu'il aimait particulièrement), mais n'en ferait jamais d'autres, disait-il, parce qu'on ne pouvait voir les détails sans une loupe dans le produit fini. Voilà à quoi se résumait chez lui ce qu'on appelle « un tempérament artistique ».

Si on lui avait demandé de désigner ce qu'il considérait comme son meilleur travail, il aurait sans doute pris un air perplexe. En insistant, il aurait peut-être répondu *la jeune blonde courant dans l'herbe* qu'il avait dessinée pour une marque d'adoucissant, mais même cette réponse aurait été un mensonge, simplement destinée à se débarrasser de la question. En réalité, il n'était pas le genre d'artiste ayant (ou ayant besoin d'avoir) des œuvres préférées. Il y avait beau temps qu'il n'avait pas pris ses pinceaux pour peindre autre chose qu'une commande, commande en général assortie d'un mémo détaillé de l'agence de pub, quand ce n'était pas d'une photo (comme dans la publicité de la blonde courant dans l'herbe, de toute évidence ravie d'avoir pu enfin débarrasser ses vêtements de leur électricité statique).

Mais, aussi sûrement que les meilleurs d'entre nous – les Picasso, les Van Gogh, les Dalí – sont frappés par l'inspiration, elle peut finir par toucher chacun de nous, ne serait-ce qu'une fois dans notre vie. Sifkitz prit le bus (il n'avait plus eu de voiture depuis l'époque où il était étudiant) qui traversait la ville pour rentrer chez lui et, tandis qu'il regardait par la fenêtre (le compte rendu médical avec la ligne en rouge plié dans sa poche-revolver), il se prit à étudier les différentes équipes d'ouvriers dès qu'il en voyait depuis le véhicule : des types avec un casque, arpentant des chantiers de construction, certains portant des seaux, d'autres des planches en équilibre sur l'épaule ; des éboueurs dont le buste dépassait de trous d'hommes entourés de ruban jaune sur lequel était écrit CHANTIER INTERDIT AU PUBLIC ; trois types édifiant un échafaudage devant la vitrine d'un grand magasin pendant qu'un quatrième parlait au téléphone.

Progressivement, il se rendit compte qu'une image se formait dans son esprit, une image qui exigeait de passer dans le monde réel. Quand il fut de retour dans son loft de SoHo, qui faisait office à la fois d'appartement et d'atelier, il traversa le petit vestibule sous l'imposte sans prendre la peine de ramasser son courrier. Il laissa même tomber son veston dessus.

Il s'arrêta le temps d'examiner un lot de toiles qu'il avait dans un coin, mais il les rejeta. Il prit à la place un grand rectangle de papier à dessin et se mit au travail avec un fusain. Le téléphone sonna deux fois au cours de l'heure suivante. Il laissa le répondeur se charger de prendre les messages.

Il travailla à son tableau en s'arrêtant de temps en temps – mais de moins en moins souvent, au fur et à mesure qu'il se rendait compte à quel point il était bon – au cours des dix jours suivants, passant du carton à une toile de 1,20 m × 0,90 quand cela lui parut naturel. C'était la plus grande surface sur laquelle il avait travaillé depuis plus de dix ans.

Le tableau représentait quatre hommes – des ouvriers en jean, veste de popeline et grosses bottes de chantier avachies – debout sur le bas-côté d'une route de campagne qui sortait tout juste d'un bois épais (rendu en nuances d'un vert sombre strié de gris à grands coups de brosse rapides, baveux et exubérants). Deux des hommes tenaient des pelles ; un autre portait un seau dans chaque main ; le quatrième repoussait sa casquette en arrière, d'un geste qui traduisait parfaitement sa fatigue de fin de journée et sa prise de conscience grandissante que le boulot ne serait jamais fini ; qu'il y avait encore plus de boulot à faire à l'issue de chaque journée qu'au début. Ce quatrième type, portant une vieille casquette publicitaire avec le mot LIPIDES écrit au-dessus de la visière, était le contremaître. Il parlait à sa femme au téléphone. *Je rentre à la maison, ma chatte, non, j'ai pas envie de sortir, pas ce soir, trop crevé, faut qu'on démarre tôt demain matin. Les gars ont râlé mais je les ai calmés.* Sifkitz ignorait comment il savait tout cela, mais il le savait. Tout comme il savait que l'homme aux seaux s'appelait Freddy et était le propriétaire du bahut avec lequel ils étaient venus. Il était garé à l'extrême limite du tableau, à droite : on devinait une partie de son ombre. L'un des types équipés d'une pelle, Carlos, avait mal au dos et consultait un chiropracteur.

Il n'y avait aucun indice du travail accompli par les hommes du tableau, cela se trouvait un peu au-delà du cadre gauche, mais on voyait à quel point ils étaient épuisés. Sifkitz avait toujours eu le souci du détail (les empâtements exubérants vert et gris pour la forêt étaient inhabituels chez lui) et on devinait à quel point ces hommes étaient fatigués dans tous les traits de leur visage. Jusque dans les taches de sueur de leur col et de leur chemise.

Au-dessus d'eux, le ciel était d'un étrange rouge organique.

Bien entendu, il savait ce que le tableau représentait et comprenait parfaitement la raison de ce ciel étrange. Il s'agissait des ouvriers dont lui avait parlé le médecin, à la fin de leur journée. Dans le monde réel, au-delà de ce ciel d'un rouge organique, Richard Sifkitz, leur employeur, venait juste de descendre son casse-croûte d'avant-coucher (un reste de gâteau, peut-être, ou un beignet Krispy Kreme soigneusement mis de côté) et de poser la tête sur l'oreiller. Ce qui signifiait qu'ils avaient enfin le droit de rentrer chez eux. Et allaient-ils manger ? Oui, mais pas autant que lui. Ils seraient trop fatigués pour beaucoup manger, on le lisait sur leur visage. Au lieu de faire un bon repas, ils mettraient les pieds sur la table basse, ces types qui travaillaient pour la Société Lipides, et regarderaient un peu la télé. Ils s'endormiraient peut-être devant, pour se réveiller une ou deux heures plus tard, l'émission de début de soirée terminée et Ron Popeil[1] en train d'exhiber sa dernière trouvaille devant un public en adoration. Sur quoi, ils arrêteraient ce cirque avec la télécommande et se traîneraient jusqu'à leur lit, laissant tomber leurs vêtements au fur et à mesure n'importe où.

Tout cela se trouvait dans le tableau, alors que rien n'y figurait. Sifkitz n'en était pas obsédé, le tableau n'était pas devenu toute sa vie, mais il se rendait compte qu'il s'agissait de quelque chose de *nouveau* dans sa vie, quelque chose de bien. Il n'avait aucune idée de ce qu'il en ferait une fois qu'il l'aurait terminé et ne s'en souciait pas vraiment. Pour le moment, ce qui lui plaisait était de se lever le matin et de le regarder d'un œil tandis qu'il extrayait la couture de son boxer-short de la raie de ses fesses. Il supposait qu'une fois achevé, il devrait lui donner un titre. Jusqu'ici, il avait envisagé et rejeté « Débauchage », « Fin de quart », et « Berkowitz sonne la récré ». Berkowitz étant le patron, le contremaître, l'homme au portable Motorola, le type à la casquette LIPIDES. Aucun de ces titres ne convenait tout à fait, mais ce n'était pas un problème. Il reconnaîtrait le bon quand il lui viendrait à l'esprit. Ça déclencherait un *cling !* dans sa tête. En attendant, rien ne pressait. Il n'était même pas certain que l'important, c'était le tableau. Pendant qu'il l'avait peint, il avait perdu quinze livres. C'était peut-être cela, l'important.

Ou peut-être pas.

## II. Vélo d'appart

Quelque part – peut-être au bout de la ficelle d'une dose de thé Salada – il avait lu que le meilleur exercice, pour qui voulait perdre du poids, consistait à se lever de table. Sifkitz n'en doutait pas, mais plus le temps passait, plus il devenait convaincu que perdre du poids n'était pas son but. Pas plus que faire de la muscu n'était son but, même si l'un et l'autre pouvaient être des effets secondaires. Il n'arrêtait pas de penser aux turbineurs métaboliques du Dr Brady, des travailleurs ordinaires qui faisaient vraiment de leur mieux leur boulot, mais n'avaient droit à aucune aide de sa part.

1. Inventeur style « concours Lépine » devenu le symbole de la *success story* à l'américaine, producteur d'une émission de télévision médicale.

Il avait le plus grand mal à ne pas penser à eux alors qu'il passait une heure ou deux tous les jours à les peindre, eux et leur univers de boulot quotidien.

Ils le faisaient beaucoup fantasmer. Il y avait Berkowitz, le contremaître, qui rêvait de créer un jour sa propre entreprise de travaux publics. Freddy, le propriétaire du camion (un Dodge Ram), qui se voyait bien en charpentier haut de gamme. Carlos, celui qui avait un dos en mauvais état. Et Whelan, le tire-au-flanc de la bande. Tels étaient les types dont le boulot consistait à l'empêcher d'avoir une crise cardiaque ou une attaque. Ils devaient nettoyer la merde qui n'arrêtait pas de les bombarder depuis cet étrange ciel rouge avant qu'elle bloque la route allant dans les bois.

Une semaine après avoir commencé la peinture (et une semaine avant de décider qu'en fin de compte elle était terminée), Sifkitz se rendit dans un magasin spécialisé de la 29e Rue et, après avoir envisagé l'achat d'un tapis roulant et d'un Stair Master (séduisant mais trop cher), il se rabattit sur un vélo d'appartement. Il lui en coûta quarante dollars de plus pour le faire monter et livrer.

« Grimpez là dessus tous les jours pendant six mois et votre taux de cholestérol baissera de trente points, lui dit le vendeur, un jeune gaillard qui faisait rouler ses muscles sous un t-shirt collant. C'est pratiquement garanti. »

Le sous-sol du bâtiment qu'habitait Sifkitz était une espèce de labyrinthe désordonné, sombre et plein d'ombres, où rugissait la chaudière et qu'encombraient les affaires des locataires dans des cagibis portant les numéros des différents appartements. À son extrémité, il y avait cependant une sorte d'alcôve magiquement vide ou presque. Comme si le lieu l'avait toujours attendu. Sifkitz fit installer son nouvel engin d'exercice par les livreurs sur le sol en béton, face à un mur nu de couleur beige. « Vous allez vous installer une télé ? demanda l'un d'eux.

– Je n'ai encore rien décidé », répondit Sifkitz, qui avait en fait déjà décidé.

Il pédala sur son vélo d'appartement, devant le mur nu, pendant environ un quart d'heure chaque jour, jusqu'à ce que la peinture soit terminée, sachant qu'un quart d'heure n'était probablement pas assez (même si c'était sans aucun doute mieux que rien), mais sachant aussi que c'était tout ce dont il était capable pour le moment. Non pas parce qu'il était fatigué ; quinze minutes ne suffisaient pas à l'épuiser. C'était juste ennuyeux, dans le sous-sol. Le gémissement des roues combiné au grondement régulier de la chaudière l'énervait rapidement. Il n'avait aussi que trop conscience de ce qu'il faisait, soit, fondamentalement, n'aller nulle part sous deux ampoules au bout de leur fil qui projetaient son ombre double sur le mur, devant lui. Il savait enfin que les choses s'amélioreraient une fois le tableau achevé, dans le loft, lorsqu'il pourrait commencer à peindre ici.

C'était le même tableau, mais il l'exécuta beaucoup plus rapidement. Ce fut possible parce qu'il n'y avait aucun besoin de mettre Berkowitz, Carlos, Freddy et Whelan le tire-au-flanc dans celui-ci. Dans celui-ci, ils avaient fini leur journée et il ne peignit que la route de campagne, sur le mur beige, exagérant l'effet de perspective de telle façon que lorsqu'il montait sur le vélo d'appartement, la voie paraissait s'éloigner de lui, sinueuse, et s'enfoncer dans le barbouillage vert foncé et gris de la forêt. Pédaler sur le vélo devint sur-le-champ moins barbant, même si, après deux ou trois séances, il se rendit compte qu'il n'en avait pas terminé, parce que ce qu'il faisait se réduisait encore à un simple exercice. Il lui fallait peindre le ciel rouge, déjà, mais c'était facile, un boulot de débutant. Il voulait ajouter d'autres détails à la fois sur les bas-côtés, au premier plan, et quelques débris, mais tout cela était aussi facile (et marrant). Le vrai problème n'avait rien à voir avec le tableau. Avec aucun des deux tableaux. Le problème était qu'il n'avait aucun but, chose qui l'avait toujours agacé dans ces exercices d'entraînement n'ayant d'autre fin qu'eux-mêmes. Certes, ils pouvaient vous remettre en forme et améliorer votre santé, mais ils étaient fondamentalement dépourvus de sens pendant qu'on s'y livrait. De vrais passages à vide. Ce genre d'exercices n'avaient de finalité qu'extérieure, pour que, par exemple, une jeune femme charmante appartenant à la section Arts d'un magazine quelconque vienne vous voir dans une soirée et vous demande si vous n'aviez pas perdu de poids. Voilà qui n'était même pas l'ombre d'une véritable motivation. Il n'était ni assez vaniteux, ni assez lascif, pour qu'une telle perspective puisse le motiver à long terme. Il finirait par sombrer dans l'ennui et par retomber dans son régime de beignets Krispy Kreme. Non, il lui fallait décider ce qu'était cette route et où elle allait. Il pourrait alors se faire croire qu'il roulait dessus. L'idée l'excitait. C'était peut-être idiot – voire même délirant –, mais, aux yeux de Sifkitz, cette excitation, quoique légère, lui paraissait être ce qu'il cherchait. De plus, pas besoin d'aller raconter à tout le monde ce qu'il fabriquait dans le sous-sol, pas vrai ? Aucun besoin. Il pouvait même se procurer l'atlas routier Rand-McNally et noter sa progression quotidienne sur l'une des cartes.

Alors qu'il n'était pas d'une nature introspective, lorsqu'il revint à pied de chez Barnes & Noble avec son atlas routier tout neuf sous le bras, il se prit à se demander ce qui, exactement, avait pu le galvaniser à ce point. Un taux de cholestérol un peu trop élevé ? Il en doutait. La solennelle déclaration du Dr Brady, selon qui il trouverait la bataille beaucoup plus difficile à livrer une fois qu'il aurait passé quarante ans ? Ce n'était peut-être pas sans rapport, mais il n'y avait pas que cela. Était-il tout simplement prêt à changer de vie ? Il sentit qu'il commençait à brûler.

Trudy était morte des suites d'un cancer du sang particulièrement vorace, et Sifkitz était avec elle, dans la chambre l'hôpital, lorsqu'elle avait passé. Il se rappelait à quel point son dernier soupir avait été profond, comment sa triste poitrine ravagée s'était soulevée quand elle avait inspiré. Comme si elle avait su que c'en était fait. Définitivement. Il se rappelait comment elle avait laissé échapper l'air, le bruit produit – *chaaaaah !* – et comment, après, sa poitrine était simplement restée où elle était. D'une certaine manière, il avait vécu les quatre dernières années dans cette sorte d'hiatus sans souffle. Sauf qu'aujourd'hui, le vent se levait à nouveau, gonflant ses voiles.

Il y avait cependant autre chose, une chose encore plus centrale : l'équipe d'ouvriers évoquée par Brady et auxquels Sifkitz lui-même avait attribué des noms. Il y avait Berkowitz, Whelan, Carlos et Freddy. Le Dr Brady ne s'en était pas soucié ; pour Brady, l'équipe des métaboliciens était simplement une métaphore. Son boulot consistait à pousser Sifkitz à faire un peu plus attention à ce qui se passait dans son corps, c'était tout, en utilisant cette métaphore, guère différente de celle d'une maman disant à son bambin que de « petits hommes » travaillaient à réparer la peau de son genou écorché.

Ce qui intéressait Sifkitz, cependant…

Pas du tout moi, pensa-t-il, dégageant de son trousseau la clef qui ouvrait la porte de l'entrée. Ça ne l'a jamais été. Je ne suis pas indifférent à ces types, coincés à faire un boulot de nettoyage sans fin. Ni à la route. Pourquoi devaient-ils autant travailler à la laisser dégagée ? Où menait-elle ?

Il décida que c'était à Herkimer, petite ville non loin de la frontière canadienne. Il trouva une ligne bleue maigrichonne, sans signe distinctif, qui courait jusqu'à Poughkeepsie (au sud de la capitale, Albany) sur la carte routière de l'État de New York. Deux, peut-être trois cents miles. Il se procura une carte à une plus grande échelle du nord de l'État et punaisa la partie comprenant cet itinéraire sur le mur, juste à côté de sa… comment allait-il l'appeler ? Pas sa fresque, ce barbouillage fait à la hâte. Ça ne convenait pas. Il se rabattit sur « projection ».

Et ce jour-là, quand il enfourcha le vélo d'appartement, il imagina que Poughkeepsie se trouvait derrière lui, et non pas la télévision en panne du 2-G, ni la pile de valises du 3-F, ni la bicyclette tout-terrain bâchée du 4-A, mais bien Poug-machin. Devant lui s'étirait la route de campagne, rien qu'un mince tortillon bleu pour Mister Rand McNally, mais l'*Ancienne Route Rhinebeck* d'après la carte à plus grande échelle. Il mit le compteur à zéro sur le vélo, fixa intensément les yeux sur la terre qui commençait là où le sol en béton rejoignait le mur et pensa : Voilà vraiment la route de la santé. Si tu gardes cela bien présent quelque part au fond de ta tête, tu n'auras pas à te demander si, par hasard, tu n'aurais pas perdu quelques boulons depuis la mort de Trudy.

Mais son cœur battait un peu trop vite (à croire qu'il avait déjà commencé à pédaler) et il se sentait, supposait-il, comme la plupart de ceux qui partent pour une destination nouvelle, où l'on ne peut que rencontrer des gens nouveaux et même de nouvelles aventures. Il avait placé, dans le porte-bouteille au-dessus du tableau de bord rudimentaire du vélo, une boîte de Red Bull, la boisson prétendument énergisante. Il avait enfilé un vieux polo par-dessus son short, car il était doté d'une poche. Et dans la poche, il avait disposé deux cookies aux flocons d'avoine et aux raisins de Corinthe. Les flocons et les raisins passaient tous les deux pour des bouffeurs de lipides.

Et, puisqu'on en parlait, la Société Lipides avait fini sa journée. Oh, ils étaient encore de service sur la peinture, là-haut – sur la peinture inutile, non commercialisable, qui lui ressemblait si peu – mais ici en bas, ils s'étaient entassés dans le Dodge de Freddy et étaient repartis pour… pour…

« Pour Poughkeepsie, dit-il. Ils écoutent Kateem sur WPDH et boivent des bières planquées dans un sac en papier. Aujourd'hui, ils ont... qu'est-ce que vous avez fait aujourd'hui, les gars ? »

On a posé deux ou trois conduites d'évacuation, murmura une voix. Les pluies de printemps ont bien failli emporter la route près de Priceville. Après quoi, on a débauché de bonne heure.

Bien. C'était bien. Il n'aurait pas besoin de descendre de bicyclette pour contourner les zones inondées.

Richard Sifkitz fixa le mur des yeux et commença à pédaler.

## III. Sur la route d'Herkimer

On était à l'automne 2002, un an après que les tours jumelles s'étaient effondrées dans le quartier de la finance, et la vie, à New York, avait repris selon une version légèrement parano de la normale... sauf qu'à New York, « légèrement parano » *était* parfaitement normal.

Jamais Richard Sifkitz ne s'était senti plus en forme ou heureux. Sa vie se divisait harmonieusement en quatre parties. Le matin, il travaillait à la commande qu'il avait en cours et qui payait son loyer et tous ses frais, et il semblait que les commandes pleuvaient de plus en plus. L'économie sentait mauvais, tous les journaux étaient d'accord là-dessus, mais pour Richard Sifkitz, dessinateur commercial indépendant, l'économie marchait très bien.

Il déjeunait toujours au Dugan's, au coin de la rue suivante, mais prenait maintenant plutôt une salade à la place du double cheeseburger dégoulinant de graisse et l'après-midi, il peignait pour lui : pour commencer, il s'était lancé dans une version plus détaillée de la projection, sur le mur au fond du sous-sol. Le tableau avec Berkowitz et ses hommes avait été mis de côté et recouvert d'un vieux drap. Il en avait terminé avec lui. Ce qu'il voulait à présent, c'était une meilleure représentation de ce qui lui servait si bien en bas, à savoir la route d'Herkimer sans les ouvriers. Et pourquoi n'étaient-ils pas là ? N'était-ce pas lui qui maintenait la route en état, en ce moment ? C'était bien lui, et il faisait un sacré bon boulot. Il était allé revoir Brady, fin octobre, pour faire mesurer à nouveau son taux de cholestérol, et le chiffre avait été écrit en noir, cette fois, et non plus en rouge : 179. Brady avait été plus que respectueux – un peu jaloux.

« Votre taux est meilleur que le mien, dit-il. Vous avez vraiment pris ça à cœur, n'est-ce pas ?

– J'en ai bien l'impression, convint Sifkitz.

– Et votre bedaine a presque complètement disparu. Vous faites de l'exercice ?

– Autant que je peux », répondit Sifkitz, sans s'étendre davantage.

Sa manière de faire de l'exercice était devenue bizarre, depuis quelque temps. Certains l'auraient considérée comme bizarre, en tout cas.

« Eh bien, dit Brady, il faut répandre la bonne nouvelle, c'est mon conseil. »

Conseil qui fit sourire Sifkitz, mais qu'il ne suivrait pas vraiment.

Ses soirées – quatrième partie d'un jour ordinaire chez Richard Sifkitz –, il les passait soit à regarder la télé, soit à lire, en sirotant en général un jus de tomate ou du V-8 plutôt qu'une bière, se sentant fatigué mais satisfait. Il allait se coucher une heure plus tôt, aussi, et ce repos supplémentaire lui faisait du bien.

Le cœur de ses journées était la troisième partie, entre seize et dix-huit heures. Les deux heures qu'il passait sur son vélo d'appartement, à pédaler sur le tortillon bleu entre Poughkeepsie et Herkimer. Sur la carte détaillée, l'ancienne route Rhinebeck devenait la route des Cascades puis la route des Bois ; un temps, au nord de Penniston, elle devint même la route de la Décharge. Il se rappelait comment, au début, un quart d'heure sur le vélo lui paraissait durer une éternité. Il devait maintenant parfois se forcer pour arrêter au bout de deux heures. Il finit par prendre un réveil avec lui en le réglant sur six heures. Le braiment agressif de l'objet suffisait tout juste à… eh bien…

Tout juste à le réveiller.

Sifkitz trouva difficile de croire qu'il s'endormait dans l'alcôve du sous-sol alors qu'il pédalait sur son vélo à un rythme régulier de quinze miles à l'heure, mais il aimait encore moins l'autre explication, qui revenait à se dire qu'il perdait des boulons sur la route d'Herkimer. Ou dans son sous-sol de SoHo, si vous préférez. Qu'il avait des hallucinations.

Un soir qu'il zappait d'une chaîne à l'autre, il tomba sur une émission sur l'hypnose. Le type interviewé, un hypnotiseur qui avait relooké son nom en Joe Saturn, expliqua que tout le monde, tous les jours, pratiquait l'hypnose. Nous nous en servions pour entrer dans un état d'esprit propice au travail le matin ; nous nous en servions pour « entrer dans l'histoire » lorsque nous lisions un roman ou regardions un film ; nous nous en servions pour nous endormir, le soir. Ce dernier exemple était le préféré de Saturn et il parla longuement des protocoles suivis chaque soir par les « bons dormeurs » : vérifier que les portes et les fenêtres étaient bien fermées, se préparer un verre d'eau, dire peut-être une petite prière ou s'adonner à quelques instants de méditation. Il apparentait ces techniques aux passes que font les hypnotiseurs devant un sujet et à leur façon de décompter – à rebours, de dix à zéro, par exemple –, ou encore d'assurer au sujet qu'il « tombe de sommeil ». Sifkitz l'écouta avec gratitude, décidant sur-le-champ que c'était dans un état d'hypnose, oscillant de légère à moyenne, qu'il passait quotidiennement ses deux heures sur le vélo d'appartement.

Parce que, dès la troisième semaine à pédaler devant la projection murale, ce n'était plus dans l'alcôve du sous-sol qu'il passait les deux heures. Dès la troisième semaine, c'était en réalité sur la route d'Herkimer qu'il se retrouvait.

Il pédalait avec le plus grand bonheur sur la chaussée de terre qui serpentait dans la forêt, sentant les odeurs de résine, entendant le croassement des corbeaux et le craquement des feuilles sèches quand il franchissait un amas accumulé par le vent. Le vélo d'appartement devenait alors la Raleigh à trois vitesses avec laquelle il avait sillonné les rues de Manchester, New Hampshire, quand il avait douze ans. Nullement la seule bicyclette qu'il ait possédée avant de décrocher son permis de conduire, à dix-sept ans, mais sans conteste la meilleure. Le porte-bouteille en plastique devint l'anneau de métal grossièrement fabriqué et soudé au guidon qui surmontait le panier, sur la roue avant, et au lieu de Red Bull, il contenait une boîte de thé glacé Lipton. Sans sucre.

Sur la route d'Herkimer, il était toujours fin octobre et une heure avant le coucher du soleil. En dépit des deux heures pendant lesquelles il roulait (confirmées chaque fois par le réveil comme par le compteur du vélo), le soleil ne changeait jamais de position ; tandis qu'il roulait, il étirait toujours les mêmes longues ombres sur la route de terre et envoyait ses rais de lumière intermittents entre les ramures toujours depuis le même endroit du ciel ; et le vent créé par la vitesse repoussait les cheveux de son front.

Il y avait parfois des panneaux cloués aux arbres, aux croisements avec d'autres routes. ROUTE DE LA CASCADE, disait l'un. HERKIMER, 120 M, disait l'autre, celui-ci grêlé de plombs anciens. Les panneaux correspondaient toujours aux cartes de randonnée qu'il punaisait sur le mur de l'alcôve. Il avait déjà décidé qu'une fois qu'il aurait atteint Herkimer, il continuerait jusqu'à la frontière canadienne et s'enfoncerait jusque dans les étendues sauvages du Grand Nord, sans même s'arrêter pour acheter un souvenir. La route s'arrêtait là, mais ce n'était pas un problème ; il s'était déjà procuré les *Cartes de randonnées de l'Est canadien*. Il tracerait simplement son itinéraire sur ces cartes à l'aide d'un crayon bleu fin et ajouterait des tas de tortillons. Les tortillons, c'était autant de miles en plus.

Il pouvait même pousser ainsi jusqu'au Cercle polaire arctique, si ça lui chantait.

Un soir, alors que la sonnerie venait de l'arracher à sa transe, il s'approcha de la projection et l'étudia pendant de longs moments, la tête inclinée de côté. Toute autre personne n'y aurait rien vu de particulier ; à cette distance, l'effet exagéré de perspective cessait d'agir et, pour un œil peu exercé, le paysage forestier se diluait dans une sorte de magma coloré – le brun clair de la surface de la route, le brun plus foncé d'un tas de feuilles poussées par le vent, le vert strié de bleu et de gris des sapins, le jaune-blanc éclatant du soleil couchant, quelque part sur la gauche du tableau, dangereusement proche de la porte donnant sur la salle de la chaudière. En revanche, Sifkitz, lui, voyait parfaitement bien ce qu'il avait peint. C'était imprimé dans son esprit et n'avait pas changé. Sauf quand il pédalait, bien sûr, mais même là il avait conscience d'une permanence sous-jacente. Ce qui était bien. Cette permanence fondamentale était une sorte de pierre de touche, une manière de s'assurer qu'il ne s'agissait toujours que d'un jeu de l'esprit sophistiqué, quelque chose qui se branchait sur son inconscient et qu'il pouvait débrancher à sa guise.

Il avait pris avec lui une boîte de couleurs dans l'éventualité de faire des retouches et ce soir-là, sans tellement y réfléchir, il ajouta plusieurs taches brunâtres sur la route, les mélangeant à du noir pour les rendre plus sombres que les feuilles mortes. Il prit du recul, regarda l'addition et hocha la tête. Le changement était modeste mais, d'une certaine manière, parfait.

Le lendemain, tandis qu'il pédalait sur la Raleigh à trois vitesses au milieu des bois (il se trouvait à moins de soixante miles de Herkimer et à seulement quatre-vingts de la frontière canadienne), il tomba, en sortant d'un virage, sur un cerf de belle taille, au milieu de la route, qui, surpris, le regarda de ses grands yeux de velours. Il agita le drapeau blanc de sa queue, laissa échapper un petit tas d'excréments, et après avoir de nouveau agité sa queue, s'évanouit dans la forêt. Sifkitz continua, évitant les déjections pour ne pas qu'elles s'incrustent dans les sillons de ses pneus.

Ce soir-là, après avoir arrêté la sonnerie du réveil, il s'approcha de la peinture murale tout en essuyant la sueur de son front avec le bandana qu'il gardait dans sa poche-revolver. Il regarda la projection d'un œil critique, mains sur les hanches. Puis, comme toujours sans hésiter, à gestes rapides – presque vingt ans qu'il faisait ce genre de chose, après tout –, il fit disparaître les fumées et les remplaça par un tas de boîtes de bière rouillées, sans aucun doute laissées par quelque chasseur du coin à la recherche d'une dinde sauvage ou d'un faisan.

« Tu les as oubliées, Berkowitz, dit-il ce soir-là alors qu'il s'était autorisé une bière au lieu de son habituel V-8. Je les ramasserai demain, mais ne recommence pas. »

Sauf que lorsqu'il descendit le lendemain, il n'eut pas besoin d'effacer les boîtes de bière de la peinture ; elles avaient déjà disparu. Pendant quelques instants, il sentit une véritable frayeur lui picoter l'estomac comme le bout appointé d'un bâton – qu'avait-il fait ? Une crise de somnambulisme au milieu de la nuit, au cours de laquelle il serait descendu avec sa fidèle bouteille de térébenthine et un pinceau ? Puis il chassa l'affaire de son esprit. Il enfourcha le vélo d'appartement et ne tarda pas à pédaler sur sa vieille Raleigh, au milieu des odeurs saines de la forêt, jouissant de la manière dont le vent repoussait les cheveux de son front.

N'était-ce pourtant pas le jour où tout avait commencé à basculer ? Le jour où il avait senti qu'il n'était peut-être pas tout seul sur la route pour Herkimer ? Une chose ne faisait aucun doute : ce fut bien au cours de la nuit qui suivit la disparition des cannettes de bière du tableau qu'il eut ce rêve vraiment terrible et qu'il exécuta le tableau du garage de Carlos.

## IV. L'homme au fusil

Ce fut le rêve qui lui laissa le souvenir le plus vif de tous ceux qu'il avait eus depuis l'âge de quatorze ans, lorsque trois ou quatre songes mouillés avaient illuminé son passage vers les aspects physiques de l'âge adulte. Mais ce fut aussi le cauchemar le plus horrible qu'il ait jamais eu, sans conteste ; il n'avait jamais rien approché de tel. Ce qui le rendait horrible était l'impression d'une catastrophe imminente qui le parcourait comme un fil rouge. Et cela en dépit de son étrange manque de densité : il savait qu'il rêvait, sans pouvoir s'évader du rêve. Il avait l'impression d'être emberlificoté dans une affreuse draperie de gaze. Il savait que son lit était tout près et qu'il était dedans – en train de se débattre – sans parvenir à rejoindre le Richard Sifkitz qui gisait là, tremblant et en sueur dans son boxer-short Big Dog.

Il vit un oreiller et un téléphone beige dont le boîtier était fêlé. Puis il y eut un couloir rempli de photos, celles (il le savait) de sa femme et de leurs trois filles. Puis une cuisine, l'horloge du four à micro-ondes clignotant sur 04.16. Puis une coupe avec des bananes (leur vue le remplit de chagrin et d'horreur) sur le comptoir en Formica. Et un passage couvert. Pepe le chien gisait là, museau sur les pattes, sauf que Pepe ne leva pas la tête pour le regarder quand il passa, mais roula des yeux, révélant un croissant hideux de blanc injecté de sang, et c'est à cet instant que Sifkitz se mit à pleurer dans son rêve, comprenant que tout était perdu.

Il était maintenant dans le garage. Il sentait l'odeur d'huile. Il sentait l'odeur douce de l'herbe desséchée depuis longtemps. La tondeuse était remisée dans un coin, telle une divinité de banlieue. Il remarqua l'étau de l'établi, vieux, noir, couvert de minuscules éclats de bois. À côté, un placard. Les patins à glace, avec leurs lacets couleur de crème à la vanille, de ses filles étaient empilés sur le sol. Ses outils étaient accrochés à des chevilles sur les murs, bien rangés, surtout des outils de jardin, un engin pour retourner la terre était

(Carlos, je suis Carlos.)

Sur l'étagère du haut, hors de portée des filles, il y avait un fusil de chasse calibre .410, qui n'avait pas servi depuis des années, presque oublié, et une boîte de cartouches si noire que c'était à peine si on distinguait WINCHESTER écrit sur le côté, mais on arrivait cependant à le lire, tout juste, et c'est à ce moment-là que Sifkitz finit par comprendre qu'il se trouvait transporté dans le cerveau d'un suicidaire. Il se débattit furieusement, soit pour arrêter Carlos, soit pour lui échapper, sans pouvoir faire ni l'un ni l'autre, alors même qu'il sentait son lit si proche, juste au-delà de la gaze qui l'enveloppait de la tête aux pieds.

Il était à présent à côté de l'étau, le fusil coincé dans l'étau, la boîte de cartouches sur l'établi à côté de l'étau et, avec une scie à métaux, il sciait le canon du fusil car ce serait plus facile de faire ce qu'il avait à faire et, quand il ouvrit la boîte de cartouches, il y en avait deux douzaines, de grosses saloperies vertes avec un cul en laiton et le bruit que cela fit, lorsque Carlos le referma, non pas cling ! mais CLAC ! et le goût dans sa bouche était d'huile et de poussière, huileux sur sa langue, poussiéreux à l'intérieur de ses joues et sur ses dents, et son dos lui faisait mal, cela lui faisait mal comme une CDB c'était comme ça qu'ils taguaient les immeubles abandonnés (et parfois aussi ceux qui ne l'étaient pas) quand il était ado, avec ses copains de la bande des Deacons, à Poughmachin-truc, CDB voulait dire Conne de Branlée, et c'était comme ça que son dos lui faisait mal, mais à présent qu'il était au chômage, fini les assurances, si bien que Carlos Martinez ne pouvait plus se payer les médicaments qui atténuaient un peu la douleur, ne pouvait plus se payer le chiropracteur qui le soulageait aussi un peu, et les traites pour la maison, *aïe caramba !* comme ils disaient en plaisantant, mais sûr et certain qu'il ne plaisantait plus, maintenant, *aïe caramba !* ils allaient perdre la maison, alors qu'ils n'avaient plus que cinq ans de remboursement, *si-si señor*, et tout ça était la faute de ce con de Sifkitz, lui et son con de passe-temps d'entretenir la route et la courbe de la détente sous son doigt formait comme un croissant, comme l'innommable croissant dans l'œil scrutateur de son chien.

C'est à cet instant que Sifkitz s'était réveillé, sanglotant, pris de tremblements, le bas du corps toujours dans le lit, le buste à l'extérieur, la tête touchant presque le plancher, ses cheveux lui retombant devant les yeux. Il sortit à quatre pattes de la chambre et commença à ramper dans le séjour, jusqu'à son chevalet sous la lucarne du toit. À mi-chemin, il fut capable de se remettre debout.

Le tableau représentant la route vide était toujours sur le chevalet – dans sa version plus élaborée et complète que celle du sous-sol, sur le mur de l'alcôve. Il le balança sans même le regarder, et mit à la place une feuille de papier à dessin carrée de 0,90 × 0,90. Il s'empara de la première chose qui pourrait y laisser une trace (un stylo UniBall Vision Elite, en l'occurrence) et commença à dessiner. Il travailla pendant des heures. À un moment donné (il n'en garda qu'un vague souvenir), il eut envie de pisser et sentit un liquide chaud couler sur sa jambe. Ses larmes ne cessèrent qu'une fois le tableau terminé. Puis, les yeux enfin secs, il recula et regarda ce qu'il avait fait.

C'était le garage de Carlos par un après-midi d'octobre. Le chien, Pepe, se tenait devant, oreilles dressées. Le chien avait été attiré par la détonation. Aucune trace de Carlos sur le tableau, mais Sifkitz savait parfaitement où gisait le corps, sur la gauche, derrière l'établi avec l'étau fixé sur un côté. Si sa femme avait été à la maison, elle aurait aussi entendu la détonation. Si elle était dehors – pour faire des courses, peut-être, ou plus probablement pour travailler –, il s'écoulerait encore une ou deux heures avant qu'elle ne rentre à la maison et ne le découvre.

Sous cette représentation, il avait griffonné les mots L'HOMME AU FUSIL. Il ne se souvenait pas de l'avoir fait, mais c'était son écriture et un titre qui convenait. On ne voyait aucun homme, ni aucun fusil, mais c'était le bon titre.

Sifkitz alla s'asseoir sur son canapé où il se tint la tête dans les mains. Sa main droite lui faisait très mal, à force d'avoir étreint l'instrument trop fin et inhabituel. Il essaya de se dire qu'il avait simplement fait un cauchemar, que le tableau était le résultat de ce cauchemar. Qu'il n'y avait jamais eu aucun Carlos, ni de Société des Lipides, que l'un comme l'autre étaient le produit de son imagination, nés sous l'influence de la métaphore insouciante du Dr Brady.

Mais les cauchemars s'estompent alors que ces images – le téléphone au boîtier beige fissuré, le micro-ondes, la coupe aux bananes, l'œil du chien – ne perdaient rien de leur précision. Devenaient même plus précises.

Une chose était sûre, se dit-il. Terminé, le vélo d'appartement. Il frôlait la folie d'un peu trop près. S'il continuait ainsi, il finirait par se couper l'oreille et par l'envoyer non pas à sa petite amie (il n'en avait pas), mais au Dr Brady, l'incontestable responsable de tout cela.

« Ouais, la bécane, c'est terminé, dit-il, la tête toujours dans les mains. J'irai peut-être m'inscrire à la salle de fitness, un truc comme ça, mais ce foutu vélo d'appartement, je veux plus le voir. »

Sauf qu'il n'alla pas s'inscrire à la salle de fitness et, au bout d'une semaine sans véritable exercice (il marchait, mais ce n'était pas pareil, trop de gens encombraient les trottoirs et il avait la nostalgie de la route d'Herkimer), il n'y tint plus. Il était en retard dans la réalisation de sa dernière commande, à savoir une illustration à la Norman Rockwell pour les Fritos Corn Chips, et il avait déjà eu un coup de fil de son agent et d'un autre du type en charge du compte Fritos à l'agence de pub. Cela ne lui était jamais arrivé.

Pire, il ne dormait pas.

L'urgence du rêve s'était un peu estompée et il tâcha de se convaincre que c'était seulement la peinture représentant le garage de Carlos qui, le foudroyant depuis un coin de la pièce, ne cessait de faire revenir et rafraîchir son rêve à la manière dont un monsieur peut rafraîchir une plante assoiffée en se soulageant. Il ne se décidait pas à détruire le tableau (il était trop fichtrement bon), mais il le tourna face au mur.

Cet après-midi-là, il prit l'ascenseur pour le sous-sol où il remonta sur le vélo d'appartement. Le vélo se transforma en Raleigh trois vitesses presque dès l'instant où ses yeux se portèrent sur la projection murale et il reprit sa pédalée vers le nord. Il essayait de se dire que son impression d'être suivi était fausse, rien qu'une séquelle de son cauchemar et des heures frénétiques passées ensuite devant son chevalet. Pendant un certain temps, il en fut presque convaincu, même si quelque chose en lui n'y croyait pas vraiment. Il avait de bonnes raisons d'y croire, pourtant. Les principales étaient qu'il avait retrouvé le sommeil, la nuit, et retravaillé sur sa dernière commande.

Il acheva la peinture qui représentait des garçons se partageant des Fritos sur le terrain de base-ball d'une banlieue idyllique, la fit porter par coursier, et un chèque d'un montant de dix mille deux cents dollars arriva le lendemain, accompagné d'un mot de son agent, Barry Casselman. « Tu m'as fait un peu peur, mon lapin », disait-il, et Sifkitz pensa : Tu n'es pas le seul. Mon lapin.

De temps en temps, pendant la semaine qui suivit, il se disait qu'il devrait peut-être parler à quelqu'un de ses aventures sous le ciel rouge, mais chaque fois, il renonçait à cette idée. Il aurait pu en parler à Trudy, sauf que, pour commencer, si Trudy avait été là, il ne serait jamais retrouvé dans cette situation. L'idée d'en parler à Barry était risible ; et celle de s'en ouvrir au Dr Brady un peu effrayante, à la vérité. Le Dr Brady lui donnerait l'adresse d'un bon psychiatre le temps de dire *Minnesota Multiphasic*.

Le soir où il reçut le chèque pour les Fritos, Sifkitz remarqua un changement dans la fresque du sous-sol. Il interrompit le réglage de son réveil et s'approcha de la projection (une cannette de Diet Coke dans une main, la solide petite horloge de table de nuit Brookstone dans l'autre, les cookies aux raisins bien rangés dans sa poche de poitrine). Il se mijotait quelque chose par là, aucun doute, quelque chose de différent, mais sur le coup, il aurait été bien incapable de dire quoi. Il ferma les yeux, compta jusqu'à cinq (s'éclaircissant l'esprit par cette méthode qu'il pratiquait depuis longtemps), puis les ouvrit brusquement à nouveau, tellement écarquillés qu'il avait l'air d'un comique dans un numéro de frayeur burlesque. Cette fois-ci, il saisit tout de suite le changement. L'espèce de marquise d'un jaune éclatant, du côté de la porte de la chaufferie, avait disparu, de même que la pile de boîtes de bière. Et la couleur du ciel, au-dessus des arbres, était d'un rouge plus profond, plus sombre. Le soleil était couché ou sur le point de se coucher. Sur la route d'Herkimer, la nuit tombait.

Faut que t'arrêtes ça, pensa Sifkitz, puis il ajouta : Demain. Demain, peut-être.

Là-dessus, il enfourcha le vélo et commença à pédaler. Dans les bois, autour de lui, il entendit les oiseaux qui s'installaient pour la nuit.

## V. Le tournevis fera l'affaire pour commencer

Au cours des cinq ou six jours suivants, le temps que Sifkitz passa sur son vélo d'appartement (et la trois-vitesses de son enfance) fut à la fois merveilleux et terrible. Merveilleux, parce qu'il ne s'était jamais senti mieux ; son corps fonctionnait au maximum de ses performances possibles, pour un homme de son âge, et il le savait. Il se disait qu'il devait y avoir des athlètes professionnels en meilleure forme que lui, mais qu'à trente-huit ans ils approchaient de la fin de leur carrière et que, quelles que soient les joies qu'ils pouvaient éprouver à disposer d'un corps en parfaite condition, celles-ci étaient forcément ternies par le fait qu'ils le savaient. Sifkitz, en revanche, pouvait continuer à produire de l'art commercial pendant encore quarante ans, s'il le décidait. Et même peut-être cinquante, bon sang. Autrement dit, cinq générations de joueurs de football et quatre de joueurs de baseball se succéderaient tandis qu'installé à son chevalet, il continuerait paisiblement à peindre des couvertures de livres, des produits de l'industrie automobile et de nouveaux logos pour Coca-Cola.

Sauf que…

Sauf que ce n'était pas le genre de fin à laquelle s'attendent les habitués de ce genre d'histoires, pas vrai ? Ni le genre de fin à laquelle il s'attendait lui-même.

Le sentiment d'être suivi devenait plus fort à chaque coup de pédales, en particulier quand il eut commencé à remplacer les dernières cartes de randonnée de l'État de New York par les premières du Canada. Utilisant un stylo bleu (le même qui lui avait servi pour *l'homme au fusil*), il dessina le prolongement de la route Herkimer dans les vides de la carte de randonnée, y ajoutant de multiples détours. Il pédalait plus vite, maintenant, regardant souvent par-dessus son épaule, et finissait ses trajets couvert de sueur, trop essoufflé, au début, pour descendre du vélo et aller arrêter la sonnerie stridente du réveil.

Ce truc de regarder par-dessus son épaule, cependant, voilà qui était intéressant. Les premières fois, il ne voyait que l'alcôve et la porte conduisant dans le reste du sous-sol, avec son labyrinthe de cagibis. Il apercevait la caisse d'oranges Pomona, près de la porte, avec le réveil Brookstone posé dessus décomptant les minutes entre quatre et six. Puis une sorte de brume rouge se mit à tout envahir et, lorsqu'elle s'évacuait, c'était la route qu'il voyait derrière lui, les arbres aux couleurs éclatantes de l'automne des deux côtés (si ce n'est qu'ils n'étaient plus aussi brillants, à présent, avec le crépuscule de plus en plus dense), et le ciel rouge qui s'assombrissait au-dessus. Plus tard, il ne vit même plus le sous-sol lorsqu'il regardait derrière lui, pas même un bref instant. Rien que la route qui retournait vers Herkimer et finalement jusqu'à Poughkeepsie.

Il savait parfaitement bien pour quelle raison il regardait pardessus son épaule : les phares.

Les phares du Dodge Ram de Freddy, si l'on tient à être précis. Parce que pour Berkowitz et son équipe, le ressentiment stupéfait avait laissé place à la colère. Le suicide de Carlos était ce qui les avait fait basculer. Ils l'accusaient d'en être responsable et ils le poursuivaient. Et quand ils l'auraient rattrapé, ils..

Ils quoi ? Ils feraient quoi ?

Ils me tueront, pensa-t-il, pédalant avec une détermination farouche dans le crépuscule. Inutile de se voiler la face. Ils me rattrapent, ils me tuent. Je suis on ne peut plus dans la cambrousse, maintenant, pas le moindre patelin sur toute la foutue carte de randonnée, pas même un hameau. Je pourrais hurler à m'en fendre la tête que personne ne m'entendrait, sauf Barry l'Ours, Debby la Biche et Rudy le Raton Laveur. Si bien que si je vois ces foutus phares (ou si j'entends le moteur, des fois que Freddy roulerait tous feux éteints), je serais bien inspiré de revenir en quatrième vitesse à SoHo, sans attendre la sonnerie. C'est déjà un truc de fou d'être ici.

Cependant, il avait du mal à revenir, maintenant. Quand la sonnerie retentissait, la Raleigh restait la Raleigh pendant encore trente secondes, sinon plus, la route devant lui restait la route au lieu de redevenir des taches de couleur sur le béton, et la sonnerie elle-même lui paraissait distante et étrangement suave. Il se disait qu'il allait finir par n'entendre qu'un bourdonnement comme celui d'un jet volant haut dans le ciel, un 767 d'American Airlines partant de Kennedy, peut-être, en route pour l'autre côté du monde en passant par le pôle Nord.

Il s'arrêtait, serrait fortement les yeux, puis les ouvrait brusquement en grand. Ça marchait ; mais peut-être, se disait-il, cela n'allait pas marcher longtemps. Et alors, quoi ? Une nuit à passer dans les bois, affamé, à regarder une pleine lune ressemblant à un œil ensanglanté ?

Non, ils l'auraient rattrapé avant ça, devait-il admettre. La question était de savoir s'il voulait laisser cette éventualité se produire. L'incroyable était qu'une partie de lui-même, justement, le voulait. Une partie de lui-même était en colère contre eux. Une partie de lui-même voulait se confronter à Berkowitz et aux membres restants de son équipe et leur demander, Mais qu'est-ce que vous attendez de moi, à la fin ? Que je continue comme avant, à me goinfrer de beignets Krispi Kreme, à ne me préoccuper de rien quand les égouts seront bouchés et déborderont ? C'est ça que vous voulez ?

Une autre partie de lui-même, pourtant, savait qu'une telle confrontation serait de la folie furieuse. Il pétait la forme, certes mais, dans l'affaire, ils seraient trois contre un et qui pouvait dire si Mme veuve Carlos n'avait prêté le fusil de chasse de son mari aux gars, ne leur avait pas dit, ouais, descendez-moi ce salopard, et n'oubliez pas de lui dire que la première est de ma part et de celle de mes filles ?

Sifkitz avait eu un ami qui avait réussi à se sortir de la cocaïne dans les années quatre-vingt, et il se rappelait comment il lui avait dit que la première chose à faire était de la virer de la maison. On pouvait toujours aller en racheter, bien sûr, on en trouvait partout, à l'heure actuelle, à chaque coin de rue, mais ce n'était pas une excuse pour en avoir sous la main au risque de se jeter dessus dès qu'on faiblissait. Si bien qu'il avait rassemblé tout son stock et l'avait balancé dans les toilettes. Ensuite, il avait jeté tous les accessoires à la poubelle. Cela n'avait pas été la fin de ses problèmes, mais le commencement de la fin.

Un soir, Sifkitz arriva dans l'alcôve équipé d'un tournevis. Il avait la ferme intention de démonter le vélo d'appartement, et peu importait qu'il ait réglé la sonnerie du réveil sur six heures – c'était simplement l'habitude. Le réveil (de même que les cookies aux raisins de Corinthe) faisait partie des accessoires, supposait-il ; l'équivalent de passes hypnotiques, la machinerie de son rêve. Une fois qu'il aurait mis le vélo en pièces, qu'il l'aurait rendu inutilisable, il balancerait aussi le réveil dans la poubelle, tout comme son ami avait fait avec sa pipe à crack. Cela lui ferait un sale effet, bien sûr – le solide petit Brookstone n'était nullement responsable de la situation délirante dans laquelle il s'était fourré –, mais néanmoins il le ferait. Comme un cow-boy, se disaient-ils entre eux quand ils étaient gosses ; arrête de chialer et sois comme un cow-boy.

Il se rendit compte que le vélo était constitué de quatre parties principales, et qu'il avait également besoin d'une clef anglaise s'il tenait à le démonter entièrement. Mais ce n'était pas grave ; le tournevis suffirait, pour commencer. Il lui permettrait déjà d'enlever les pédales. Cela fait, il irait emprunter la clef anglaise du gardien de l'immeuble.

Il mit un genou à terre, glissa l'extrémité du tournevis dans la première encoche et hésita. Il se demanda si son ami n'avait pas fumé un dernier pétard avant de balancer tout le reste dans les toilettes, un dernier pétard en souvenir du bon vieux temps. Il était prêt à parier qu'il l'avait fait. Être un peu stone avait probablement calmé son envie, rendu un peu plus facile de tout ficher en l'air. Et s'il faisait une dernière pédalée, puis s'agenouillait tout de suite pour enlever les pédales pendant que les endorphines le shootaient encore, est-ce qu'il ne se sentirait pas un peu moins déprimé ? Un petit peu moins enclin à imaginer Berkowitz, Freddy et Whelan allant fêter ça dans le bar le plus proche, commander un pichet de Rolling Rock, puis un deuxième, se portant mutuellement des toasts, en portant à la mémoire de Carlos, se félicitant les uns les autres d'avoir eu ce salopard ?

« T'es cinglé », marmonna-t-il, en glissant à nouveau l'extrémité du tournevis dans la rainure de la vis. « Fais-le et qu'on n'en parle plus. »

Il donna un tour (il n'eut pas de mal : le type qui avait monté le vélo, à l'arrière du magasin Fitness Boys, ne s'était pas tué au travail), mais son geste fit bouger les cookies dans sa poche de poitrine et il pensa à quel point il les trouvait toujours délicieux quand il roulait sur sa bicyclette. Il suffisait de garder la main gauche sur le guidon et, avec la droite, de plonger dans la poche ; deux bouchées, qu'il faisait descendre avec une gorgée de thé glacé. Le parfait remontant. C'était tellement agréable de rouler à vive allure et d'avoir un petit casse-graine en même temps – et dire que ces fils de pute voulaient lui enlever ça !

Douze tours de tournevis, peut-être même moins, et la pédale dégringolerait sur le sol de béton – *clunk*. Après quoi, il démonterait la seconde et il pourrait reprendre sa vie.

C'est pas juste, pensa-t-il.

Encore une pédalée en mémoire du bon vieux temps, pensa-t-il encore.

Sur quoi, enjambant le cadre et posant ses fesses (plus fermes et dures, et de loin, que le jour où il avait lu le chiffre de son taux de cholestérol en rouge) sur la selle, il se dit : C'est toujours comme ça que se passent les histoires dans ce genre, pas vrai ? La façon dont elles se terminent toujours, le pauvre crétin se disant, ouais, c'est la dernière fois, je ne recommencerai plus jamais.

Tout à fait vrai, se dit-il, mais je parie que, dans la vraie vie, les gens s'en tirent. Je parie qu'ils s'en tirent tout le temps.

Quelque chose en lui murmurait que jamais la vraie vie n'avait ressemblé à ça, que ce qu'il faisait (et qu'il vivait) n'avait pas la moindre ressemblance avec la vraie vie, quelle qu'elle soit et telle qu'il la comprenait. Il repoussa de nouveau la voix, y ferma les oreilles.

La soirée était splendide pour une course dans les bois.

## VI. Pas exactement la fin que tout le monde attendait

Et, cependant, il eut une dernière chance.

Ce fut la nuit où il entendit nettement tourner le moteur, derrière lui, et juste avant que la sonnerie du réveil ne retentisse : la Raleigh sur laquelle il pédalait se prolongea soudain d'une ombre étirée sur la route, devant lui – le genre d'ombre rasante que seuls des phares avaient pu créer.

Puis la sonnerie se déclencha, non pas stridente, mais un ronronnement lointain, presque mélodieux.

Le camion se rapprochait. Il n'eut pas besoin de tourner la tête pour le voir (pas plus qu'on n'a envie de la tourner et de voir le monstre effrayant qui se rapproche à grands pas de soi, supposa Sifkitz plus tard, cette nuit-là, bien réveillé dans son lit et toujours sous l'emprise de la sensation glacée-brûlante du désastre évité à quelques secondes près). Il vit l'ombre s'allonger et s'obscurcir.

Grouillez-vous, messieurs, c'est le moment, pensa-t-il, et il ferma très fort les yeux. Il entendait encore la sonnerie, mais elle était réduite à rien de plus qu'un ronronnement presque apaisant, certainement rien de plus bruyant ; ce qui était bruyant, en revanche, c'était le moteur, le moteur du camion de Freddy. Il était presque sur lui et, si jamais les gars ne voulaient pas perdre, ne serait-ce qu'une minute, de conversation à la new-yorkaise avec lui ? Si jamais le type derrière le volant se contentait d'écraser l'accélérateur et de lui passer dessus ? De le transformer en carpette de macadam ?

Il ne prit pas la peine d'ouvrir les yeux, il ne prit pas le temps de s'assurer qu'il était toujours sur une route déserte et non pas dans l'alcôve du sous-sol. Au contraire, il les ferma encore plus fort, concentrant toute son attention sur la sonnerie du réveil et, cette fois-ci, la voix courtoise du barman devint un beuglement impatient :

DÉPÊCHEZ-VOUS S'IL VOUS PLAÎT MESSIEURS, C'EST L'HEURE !

Et soudain, heureusement, ce fut le bruit du moteur qui s'éloigna et le bruit de la sonnerie du Brookstone qui augmenta, reprenant son habituel braiment strident *lève-toi-lève-toi-lève-toi*. Et ce coup-ci, quand il ouvrit les yeux, il vit la projection de la route et non pas la route elle-même.

Mais le ciel était noir, à présent, son rouge organique dissimulé par la tombée de la nuit. La route était brillamment éclairée et l'ombre de la bicyclette – l'ombre d'une Raleigh – d'un noir léger sur la terre compacte, jonchée de feuilles mortes. Il pouvait toujours se raconter qu'il était descendu du vélo et avait peint ces changements pendant qu'il était dans sa transe nocturne, mais il ne se faisait pas d'illusions, et pas seulement parce qu'il n'avait pas de peinture sur les mains.

C'est ma dernière chance, pensa-t-il. Ma dernière chance d'éviter de terminer comme tout le monde s'attend à ce qu'on termine dans ce genre d'histoires.

Mais il était simplement trop fatigué, trop secoué pour mettre en pièces, ce soir, le vélo d'appartement. Il s'en occuperait demain. Demain matin, même, avant toute chose. Pour l'instant, il n'avait qu'une envie, ficher le camp de cet endroit affreux où la réalité était devenue si ténue. Et, avec cette idée fermement ancrée dans l'esprit, Sifkitz se rendit d'un pas chancelant jusqu'à la caisse de

Pomona, à côté de la porte (les jambes en coton, couvert d'une fine pellicule de transpiration – celle qui sent fort parce qu'elle est davantage due à la peur qu'à l'exercice) et arrêta la sonnerie. Puis il monta chez lui et s'allongea sur son lit. Il mit très longtemps à trouver le sommeil.

Le lendemain matin, il descendit à la cave par l'escalier, dédaignant l'ascenseur et marchant d'un pas ferme, tête haute, lèvres serrées, à croire qu'il était chargé d'une mission sacrée. Il alla directement au vélo, ignorant le réveille-matin sur sa caisse, mit un genou à terre et s'empara du tournevis. Il le glissa une fois de plus dans la rainure d'une des quatre vis qui assujettissaient la pédale de gauche…

… et lorsqu'il se réveilla, il fonçait de nouveau, en transe, sur la route de terre, l'éclat des phares plus puissant que jamais autour de lui, jusqu'au moment où il se sentit comme un acteur sur une scène, éclairé par un unique projecteur. Le moteur était trop bruyant (sans doute le pot d'échappement) et ne tournait d'ailleurs pas rond non plus. Peu de chances que ce bon vieux Freddy ait fait faire la dernière révision. Non, pas avec les traites pour la maison, les frais d'épicerie, les gosses et leurs appareils dentaires, et aucun chèque en vue à la fin de la semaine.

Il pensa : J'ai eu ma chance. Je l'ai eue hier au soir et je ne l'ai pas saisie.

Il pensa : Pourquoi est-ce que je fais ça ? Pourquoi, alors que je sais ?

Il pensa : Parce qu'ils m'y ont obligé. Je ne sais pas comment, ils m'y ont obligé.

Il pensa : Ils vont m'écraser et je vais mourir au fond des bois.

Mais le camion ne l'écrasa pas. Il le doubla vivement par la droite, ses roues de gauche roulant avec bruit dans le fossé débordant de feuilles, puis il braqua devant lui et se mit en travers de la chaussée, lui barrant le passage.

Pris de panique, Sifkitz oublia la première règle que lui avait apprise son père lorsqu'il avait ramené le trois-vitesses à la maison : Quand tu veux t'arrêter, Richie, commence par rétropédaler. Freine sur la roue arrière en même temps que tu freines sur la roue avant. Sinon…

Ça ne se passa pas ainsi. Dans sa panique, il serra les poings, écrasant le frein côté gauche et bloquant la roue avant. La bicyclette le désarçonna et l'envoya valser vers le camion avec SOCIÉTÉ DES LIPIDES écrit sur la portière du conducteur. Il tendit les mains et elles heurtèrent la partie supérieure de plateau, assez fort pour qu'elles restent engourdies. Puis il s'effondra par terre en se demandant combien d'os il avait de cassés.

Des portières s'ouvrirent et il entendit le craquement des feuilles sous les bottes des hommes qui descendaient. Il ne leva pas les yeux. Il attendit qu'ils l'attrapent et l'obligent à se relever, mais rien ne vint. L'odeur des feuilles lui rappelait celle de vieilles écorces de cannelle desséchées. Les pas passèrent de part et d'autre de lui puis les craquements s'arrêtèrent tout d'un coup.

Sifkitz s'assit et examina ses mains. La paume de la droite saignait et le poignet de la gauche commençait déjà à enfler, mais il n'avait pas l'impression qu'il était cassé. Il regarda autour de lui et vit – rouge dans la lumière des feux arrière du Dodge – sa vieille Raleigh. Elle était superbe, lorsque son père l'avait ramenée neuve à la maison, mais elle ne l'était plus. La roue avant était voilée et le pneu arrière avait partiellement sauté de la jante. Pour la première fois, il éprouva autre chose que de la peur. Cette nouvelle émotion était de la colère.

Il se mit debout, vacillant. Au-delà de la Raleigh, dans la direction d'où il était arrivé, il y avait un trou dans la réalité. Un trou étrangement organique, comme s'il regardait par l'extrémité d'un des tuyaux qu'il avait dans le corps. Les bords ondulaient, gonflaient, fléchissaient. Au-delà, trois hommes se tenaient devant le vélo d'appartement, au fond de l'alcôve, dans les postures classiques qu'il avait toujours vu prendre à des ouvriers dans ce genre de situation. Des types qui avaient quelque chose à faire. Et qui décidaient comment s'y prendre.

Et soudain, il comprit pourquoi il les avait nommés comme il l'avait fait. C'était d'une simplicité proche de la bêtise. Celui à la casquette LIPIDES, Berkowitz, était David Berkowitz, surnommé « le Fils de Sam », le tueur en série qui avait été le pain bénit du *New York Post* l'année où Sifkitz était venu habiter Manhattan. Freddy était Freddy Albemarle, un de ses camarades de lycée avec qui il jouait dans la fanfare, devenu son ami pour une raison élémentaire : tous deux détestaient le lycée. Et Whelan ? Un artiste qu'il avait rencontré lors d'une conférence, il ne savait plus où. Michael Whelan ? Mitchell Whelan ? Sifkitz n'arrivait pas à s'en souvenir, mais il se rappelait que le type était spécialisé dans le domaine du fantastique et dessinait des dragons et des trucs dans ce genre. Ils avaient passé une nuit au bar de l'hôtel à échanger des histoires sur le monde comico-horrible des affiches de cinéma.

Restait Carlos, l'homme qui s'était suicidé dans son garage. Eh bien, Carlos était une version de Carlos Delgado, connu aussi sous le surnom de Big Cat. Pendant des années, Sifkitz avait suivi les aléas de l'équipe des Blue Jays de Toronto, simplement pour se distinguer de tous les fans de baseball de New York et ne pas se ranger sous la bannière des Yankees. Carlos Delgado avait été l'une des très rares vedettes des Blue Jays.

« C'est moi qui vous ai inventés, dit-il d'une voix qui s'étranglait. Je vous ai créés à partir de souvenirs et de pièces détachées. » Bien entendu. Et cela n'avait pas été la première fois. Les garçons dans le style de Norman Rockwell qu'il avait exécutés pour la pub des Fritos, par exemple – l'agence de pub, à sa demande, lui avait fourni les photos de quatre gamins du bon âge, et Sifkitz s'était contenté de les peindre. Leur maman avait dûment signé les autorisations – boulot normal.

L'entendirent-ils parler ? Berkowitz, Freddy et Whelan n'en donnèrent pas l'impression. Ils échangèrent entre eux quelques mots que Sifkitz entendit sans les discerner ; ils semblaient lui parvenir de très loin. Toujours est-il qu'ensuite, Whelan entra en action ; il quitta l'alcôve, tandis que Berkowitz s'agenouillait près du vélo d'appartement, tout comme Sifkitz l'avait fait. Berkowitz ramassa le tournevis et en un rien de temps, la pédale gauche tombait sur le sol en béton – *clunk*. Sifkitz, toujours sur la route déserte, vit Berkowitz, à travers le bizarre orifice organique, tendre le tournevis à Freddy Albemarle – Freddy qui avait été nul à la trompette, tout comme Richard Sifkitz, dans une fanfare de lycée tout aussi nulle. Ils jouaient fichtrement mieux quand ils faisaient du rock. Quelque part dans la forêt canadienne, une chouette hulula, son d'une inexprimable solitude. Freddy entreprit de démonter l'autre pédale. Pendant ce temps, Whelan revenait, une clef anglaise à la main. Sifkitz sentit son cœur se serrer quand il la vit.

En les observant, une pensée lui vint à l'esprit : si tu veux qu'un boulot soit bien fait, engage un pro. Aucun doute, Berkowitz et ses gars ne perdaient pas de temps. En moins de quatre minutes, le vélo d'appartement se trouva réduit à deux roues et trois éléments détachés du cadre posés sur le béton, disposés si rigoureusement qu'on aurait dit ce que les dessinateurs industriels appellent un « éclaté ».

Berkowitz rangea boulons et écrous dans la poche de son bleu, où ils firent une bosse comme des pièces de monnaie, tout en adressant un regard entendu à Sifkitz, regard qui mit Sifkitz à nouveau en colère. Le temps que la petite équipe repasse par le bizarre orifice semblable à un bout de tuyau (baissant la tête pour ce faire, comme s'ils passaient sous une porte trop basse), Sifkitz avait derechef serré les poings, même si le geste déclenchait de douloureux élancements dans sa paume gauche.

« Tu sais quoi ? dit-il à l'intention de Berkowitz. Je ne pense pas que tu puisses me faire le moindre mal. Je ne le pense pas car dans ce cas-là, qu'adviendrait-il de vous tous ? Vous n'êtes rien, sinon des… des sous-traitants ! »

Berkowitz le regarda sans ciller de dessous la visière de sa casquette LIPIDES.

« C'est moi qui vous ai inventés ! » continua Sifkitz, tendant tour à tour vers chacun d'eux un index accusateur. « Toi, t'es le Fils de Sam ! Toi, rien d'autre que la version adulte du gosse avec qui je jouais de la trompette au lycée ! T'étais pas fichu de sortir un *mi* majeur, ta vie en aurait-elle dépendu ! Et toi, un artiste spécialisé dans les dragons et les pucelles enchantées ! »

Ce qui restait des membres de la Société des Lipides parut singulièrement peu impressionné.

« Et qu'est-ce que ça fait de toi, tout ça ? rétorqua Berkowitz. Y as-tu jamais pensé ? Voudrais-tu me raconter qu'il n'existe pas une univers plus vaste, ailleurs ? Pour ce que t'en sais, tu n'es peut-être rien de plus qu'une pensée aléatoire dans la tête d'un comptable au chômage, assis sur les chiottes et en train de lire le journal tout en coulant son bronze matinal. »

Sifkitz ouvrait la bouche pour répondre que c'était ridicule, mais quelque chose, dans le regard de Berkowitz, fit qu'il la referma. *Vas-y,* disait ce regard. *Pose-moi une question. Je t'en dirai davantage que ce que tu préférerais savoir.*

Sifkitz se contenta de demander : « Et qui êtes-vous, pour me dire que je ne dois pas être en forme ? Vous voulez que je claque à cinquante ans ? Bon dieu de dieu, vous déraillez !

– Je ne suis pas un philosophe, intervint Freddy. Tout ce que je sais, c'est que mon bahut a besoin d'une bonne révision et que je peux pas me la payer.

– Et moi, j'ai un gosse qui a besoin de chaussures orthopédiques et un autre d'aller chez une orthophoniste, ajouta Whelan.

– Les types qui travaillent au Big Dig[1] de Boston, enchaîna Berkowitz, ont un proverbe qui dit, *Ne tue pas le boulot, laisse-le mourir tout seul.* C'est tout ce qu'on demande, Sifkitz. Laisse-nous de quoi becter. Laisse-nous gagner notre vie.

– C'est délirant, marmonna Sifkitz. Totalement...

– J'en ai rien à foutre de ce que tu penses, espèce d'enfoiré ! » cria Freddy. Sifkitz se rendit compte que l'homme avait les larmes aux yeux. La confrontation était aussi stressante pour eux qu'elle l'était pour lui. Et le pire était de s'en rendre compte. « J'en ai rien à foutre de toi, t'es rien du tout, tu branles rien, tu fais juste tes petits Mickey, mais ne viens pas enlever le pain de la bouche de mes enfants, t'entends ? Fais pas ça ! »

Sur quoi il s'avança, les poings serrés à la hauteur de sa figure, dans une pose ridicule à la John S. Sullivan. Berkowitz posa une main sur le bras de Freddy et le repoussa.

« Va pas faire ta tête de mule, dit Whelan. Vivre et laisser vivre, d'accord ?

– Laisse-nous de quoi becter », répéta Berkowitz. Et bien entendu, Sifkitz reconnut la formule ; il l'avait lue dans *Le Parrain* et entendue dans tous les films. Ces types pouvaient-ils utiliser un terme ou une expression argotique qui n'appartienne pas à son propre vocabulaire ? Il en doutait. « Laisse-nous garder notre dignité, mec. Tu crois qu'on pourrait gagner notre vie en faisant des petits dessins, comme toi ? » Il se mit à rire. « Ouais, c'est ça. Si je dessine un chat, il faut que j'écrive CHAT en dessous pour que les gens comprennent.

– Tu as tué Carlos », ajouta Whelan, et s'il y avait eu quelque chose d'accusateur dans sa voix, Sifkitz se disait qu'il se serait remis en colère. Mais il n'y entendit que du chagrin. « On lui a dit, tiens bon, mec, ça va s'arranger, mais il n'était pas costaud. Il

1. Travaux pharaoniques d'aménagement, en cours à l'heure actuelle à Boston.

n'était pas capable, pas du tout, de voir un peu loin devant lui. Il a perdu tout espoir. » Whelan se tut, se tourna vers le ciel sombre. À une courte distance, le moteur du Dodge de Freddy tournait en cognant. « Il n'était pas très doué au départ, faut dire. Y'a des gens comme ça. »

Sifkitz se tourna vers Berkowitz. « Dites-moi si j'ai bien compris. Ce que vous voulez…

– C'est que tu nous laisses du boulot, le coupa Berkowitz. C'est tout. Laisse le boulot mourir tout seul de sa belle mort. »

Sifkitz comprit qu'il pouvait probablement faire ce que lui demandait Berkowitz. Que ça pouvait même être facile. Si certaines personnes mangent un seul Krispy Kreme, il faut qu'elles terminent toute la boîte. S'il avait été ce genre de personne, ils auraient eu un sérieux problème, là en bas… mais ce n'était pas son cas.

« D'accord, dit-il. On peut toujours essayer. » Puis une idée le frappa. « Vous croyez que je pourrais avoir une casquette de la boîte ? » demanda-t-il en montrant celle de Berkowitz.

Berkowitz sourit. Un sourire bref, mais plus authentique que le rire qu'il avait eu en disant qu'il ne pourrait dessiner un chat sans écrire CHAT en dessous. « Ça peut s'arranger. »

Sifkitz s'attendait à ce que l'homme lui tende la main, mais il n'en fit rien. Il eut simplement un dernier regard évaluateur vers Sifkitz, d'en dessous sa casquette, et se dirigea vers la cabine du camion. Les deux autres le suivirent.

« Combien de temps avant que j'arrive à me convaincre que rien de tout cela ne s'est vraiment produit ? demanda Sifkitz. Que c'est moi qui ai démonté le vélo d'appart parce que… je ne sais pas, moi… parce que j'en avais simplement marre ? »

Berkowitz s'arrêta, la main sur la poignée, et se tourna. « Quel délai aimerais-tu avoir ?

– Je ne sais pas. Hé, c'est superbe par ici, pas vrai ?

– Ça l'a toujours été. Nous l'entretenons comme il faut », répondit Berkowitz.

Il avait parlé un peu sur la défensive, mais Sifkitz choisit de l'ignorer. Il se dit que même un pur produit de notre imagination peut avoir son petit orgueil.

Pendant un moment, ils restèrent sur la route que Sifkitz avait rebaptisée depuis quelques temps, *Le grand chemin de randonnée transcanadien perdu*, nom imposant pour un chemin de terre inconnu serpentant dans les bois, mais nom sympathique, aussi. Aucun d'eux ne dit rien. Quelque part, la chouette hulula de nouveau.

« Dehors, dedans, c'est du pareil au même pour nous », dit Berkowitz. Puis il ouvrit la portière et s'installa derrière le volant.

« Fais attention à toi, lui dit Freddy.

– Mais pas trop », ajouta Whelan.

Sifkitz ne bougea pas pendant que le camion exécutait un demi-tour en trois manœuvres élégantes sur l'étroite chaussée, avant de repartir dans la direction par laquelle il était arrivé. L'orifice en bout de tuyau avait disparu mais Sifkitz ne s'en souciait pas. Il ne pensait pas avoir de difficulté à rentrer quand le moment serait venu. Berkowitz ne fit aucun effort pour éviter la Raleigh : il roula directement dessus, achevant un travail pourtant déjà terminé. Il y eut des *sproïnk* et des *goïnk*, lorsque les rayons des roues cassèrent. Les feux arrière s'estompèrent puis disparurent à la sortie d'un virage. Sifkitz entendit les halètements du moteur pendant encore un bon moment, mais ils finirent aussi par mourir.

Il s'assit sur la route, puis s'allongea sur le dos, posant son poignet douloureux contre sa poitrine. Il n'y avait pas d'étoiles dans le ciel. Il se sentait très fatigué. Il valait mieux ne pas dormir, estima-t-il, on ne savait jamais ce qui pouvait sortir des bois – un ours, peut-être – et venir vous croquer. Néanmoins, il s'endormit.

Il s'éveilla sur le sol en béton de l'alcôve. Les pièces démontées du vélo d'appartement, privées de boulons et d'écrous, gisaient tout autour de lui. Le réveille-matin Brookstone, toujours sur sa caisse, indiquait 08.43. L'un d'eux avait manifestement coupé la sonnerie.

C'est moi qui ai tout démonté, pensa-t-il. C'est ma version, et si je m'y accroche, je finirai par la croire bien assez vite.

Il monta dans le hall de l'immeuble par l'escalier et là, décida qu'il avait faim. Il se dit qu'il allait peut-être se payer une part de tarte aux pommes chez Dungan's. La tarte aux pommes n'était pas le dessert le plus calorique au monde, tout de même. Et quand il fut sur place, il demanda avec une boule de glace en plus.

« Au diable, dit-il à la serveuse. On ne vit qu'une fois, pas vrai ?

– Eh bien, ce n'est pas ce que disent les Hindous, répondit-elle, mais si c'est ça qui fait flotter votre bateau... »

Deux mois plus tard, Sifkitz reçut un colis.

Celui-ci l'attendait dans le hall de l'immeuble, un soir qu'il revenait de dîner avec son agent (Sifkitz avait pris du poisson avec des légumes à la vapeur, mais s'était laissé tenter ensuite par une crème brûlée). Le colis n'avait ni timbre, ni logo de Federal Express, Airborne Express, ou UPS et pas le moindre coup de tampon. Juste son nom, écrit en lettres bâtons mal assurées. RICHARD SIFKITZ. De la main d'un homme qui aurait dû écrire CHAT sous le dessin d'un chat, songea-t-il, sans savoir d'où lui venait une telle idée. Il monta le colis chez lui et prit l'un des cutters qui traînaient sur sa table de travail pour l'ouvrir. Dedans, au milieu de plusieurs couches de papier de soie, il y avait une casquette publicitaire flambant neuve, de celles qui ont un réglage en plastique à l'arrière. Une étiquette, à l'intérieur, portait la mention : *Made in Bangladesh.* Et écrit au-dessus de la visière, on lisait un seul mot, qui lui fit penser à du sang artériel : LIPIDES.

« Qu'est-ce que c'est que ce truc ? demanda-t-il à son atelier vide, retournant la casquette dans ses mains. Un composant du sang, non ? »

Il essaya le couvre-chef. Comme il était un peu petit, il ajusta la bande, à l'arrière, et il lui alla très bien. Il se regarda dans le miroir de la chambre, mais il ne lui plaisait toujours pas vraiment. Il l'enleva, plia la visière pour l'incurver, l'essaya à nouveau. C'était presque ça, à présent. Elle lui irait encore mieux lorsqu'il échangerait ses vêtements pour-aller-dîner-en-ville contre un jean taché de peinture. Il aurait alors vraiment l'air d'un ouvrier… ce qu'il était, en dépit de ce que pouvaient penser certains.

Porter la casquette LIPIDES pendant qu'il peignait devint finalement une habitude, comme de reprendre une deuxième portion les deux derniers jours de la semaine et de se payer une tarte aux pommes avec une boule de crème glacée chez Dugan, le jeudi soir. En dépit de ce que pouvait raconter la philosophie hindoue, Sifkitz croyait qu'on ne faisait qu'un seul tour dans le secteur. Si tel était le cas, on pouvait peut-être s'offrir quelques petits plaisirs, non ?

# Laissés-pour-compte

Les objets dont je souhaite vous parler – des objets laissés pour compte – ont fait leur apparition dans mon appartement en août 2002. Je suis sûr de la date, car j'en ai retrouvé la plupart peu de temps après avoir aidé Paula Robeson qui avait des problèmes avec son climatiseur. Les souvenirs ont besoin de repères, et celui-ci est le mien. Illustratrice de livres pour enfants, jolie femme (très jolie femme, même), elle avait un mari dans l'import-export. Les hommes oublient rarement les occasions qu'ils ont de voler au secours d'une jolie femme en détresse (même si elles tiennent à vous faire savoir qu'elles sont « on ne peut plus mariées »), car de telles occasions sont trop rares. De nos jours, les chevaliers errants putatifs ne font en général que semer un peu plus la pagaille.

J'étais allé faire une balade et la trouvai dans le hall de l'immeuble, la mine fâchée. Je lui jetai en passant un *Salut, comment ça va ?* comme on fait avec ses voisins, et elle me répondit en me demandant, d'un ton exaspéré qui frisait la récrimination, pourquoi il fallait que le concierge prenne justement ses vacances en ce moment. Je lui fis remarquer que même les cow-girls ont du vague à l'âme et que même les concierges ont droit à des vacances et que, de surcroît, août était un mois tout à fait désigné pour cela. Août à New York (comme à Paris, *mon ami*[1]) était synonyme de désert pour qui cherchait un psychanalyste, un artiste à la mode ou le concierge de son immeuble.

1. En français dans le texte.

Elle ne sourit pas. Je ne suis même pas sûr qu'elle saisit l'allusion à Tom Robbins[1] (l'allusion obscure est la malédiction de la classe bouquinière). Elle me répondit que d'accord, août était peut-être le mois idéal pour aller se réfugier à Cape Cod ou à Fire Island, mais qu'il faisait une chaleur à crever dans son maudit appartement et que son maudit climatiseur était en rideau. Je lui demandai si elle me permettait d'y jeter un coup d'œil et n'ai pas oublié celui qu'elle me jeta alors, évaluateur et froid, de ses yeux gris. Je m'étais dit sur le moment que ces yeux avaient dû en voir beaucoup. Et je me souviens d'avoir souri à sa question : *Êtes-vous sûr ?* Elle me rappela ce film, non pas *Lolita* (penser à *Lolita* se produisit plus tard, parfois à deux heures du matin), mais celui dans lequel Laurence Olivier s'improvise dentiste pour le compte de Dustin Hoffman et lui demande à tout bout de champ : *Est-ce que c'est sûr ?*

*Oui, je suis sûr,* répondis-je. *Cela fait plus d'un an que je n'ai pas attaqué de femme. Avant, c'était deux par semaine mais les séances m'ont aidé.*

Réponse bien désinvolte, mais j'étais dans un état d'esprit plutôt insouciant, un état d'esprit estival. Elle m'adressa un autre coup d'œil, puis sourit. Tendit la main. *Paula Robeson,* dit-elle. Mais c'était la gauche qu'elle m'avait tendue – pas très normal, sauf que c'était celle où l'on voyait l'alliance. Un simple anneau d'or. Elle l'avait fait exprès, vous ne croyez pas ? Ce n'est cependant que plus tard qu'elle me parla de son mari dans l'import-export. Le jour où ce fut mon tour de lui demander son aide.

Dans l'ascenseur, je lui dis de ne pas s'attendre à un miracle. En revanche, si elle cherchait quelqu'un pour lui expliquer les dessous des émeutes dans la conscription de New York ou lui fournir quelques anecdotes amusantes sur l'invention du vaccin contre la petite vérole, voire même pour aller pêcher pour elle des citations sur les aspect sociologiques de la télécommande télé (la plus grande invention de ces cinquante dernières années, à mon humble avis), j'étais son homme.

*Vous faites des recherches, Mr Staley ?* me demanda-t-elle, tandis que l'ascenseur s'élevait, pachydermique, avec des claquements.

1. Auteur du roman *Même les cow-girls ont du vague à l'âme.*

Je répondis que oui, sans ajouter que c'était passablement récent. Je ne lui dis pas non plus de m'appeler par mon prénom – c'était la meilleure manière de la rendre à nouveau méfiante. Et encore moins que j'essayais d'oublier tout ce que j'avais su en matière d'assurances en milieu rural. Que je m'efforçais d'oublier pas mal de choses, en somme, y compris environ deux douzaines de visages.

Mais voilà, j'ai beau essayer d'oublier, je me rappelle encore beaucoup de choses. Comme tout le monde, quand on y réfléchit (et parfois, de manière bien plus désagréable, quand on n'y réfléchit pas). Je me souviens même de la remarque d'un de ces romanciers sud-américains – vous savez, ceux du réalisme magique ? Pas du nom du type, ce n'est pas important, mais de ce qu'il a dit et que je cite de mémoire : *Enfant, notre première victoire est lorsque nous attrapons un bout du monde, en général les doigts de notre mère. Nous découvrons plus tard que le monde, et les choses du monde, nous attrapent, nous, et l'ont fait tout le temps.* Borgès ? Oui, ça pourrait être de Borgès. Ou bien de García Márquez. Ça, je l'ai oublié. Je me rappelle simplement que j'ai remis son climatiseur en marche et que lorsque l'air frais a commencé à sortir du convecteur, tout son visage s'est éclairé. Et je sais aussi que c'est vrai, cette idée d'un renversement de notre perception qui nous fait prendre conscience que les choses que nous pensions tenir, en réalité, nous tiennent. Nous gardent prisonnier, peut-être – Thoreau le croyait certainement – mais nous tiennent aussi debout. C'est le compromis. Et Thoreau peut bien penser ce qu'il veut, je crois que c'est un compromis pour l'essentiel honnête. Du moins, je le croyais alors ; aujourd'hui, je n'en suis plus aussi sûr.

Je sais aussi que ces événement se sont passés fin août 2002, pas tout à fait un an après la chute d'un morceau de ciel qui avait tout changé pour nous.

Environ une semaine après ce jour où le chevalier Scott Staley avait endossé son armure de Bon Samaritain et vaincu le redoutable climatiseur, j'allai dans l'après-midi, à pied, au Staples de la 83e Rue pour y acheter une boîte de disquettes et une ramette de papier. J'avais promis à un copain quarante pages sur le contexte dans lequel s'était développé l'appareil photo instantané (l'histoire du Polaroïd est plus intéressante que ce qu'on pourrait croire). De retour dans l'appartement, je découvris une paire de lunettes de soleil à monture rouge et à la forme bien particulière, posée sur la table basse du coin salon, là où s'entassent les factures à régler, les chèques contestés, les réclamations de livres à retourner à la bibliothèque et les trucs dans ce genre. Je reconnus les lunettes sur-le-champ et me sentis vidé de toutes mes forces. Je ne m'effondrai pas, mais laissai tomber mes paquets au sol et dus m'appuyer au chambranle de la porte, essayant de reprendre ma respiration sans quitter ces lunettes des yeux. S'il n'y avait eu le chambranle, je crois que je me serais évanoui comme une demoiselle dans un roman victorien – du genre de ceux où les vampires apparaissent sur le coup de minuit.

Je fus submergé par deux émotions distinctes mais non sans rapport. La première était cette honte horrifiée que l'on éprouve lorsqu'on sait qu'on va être surpris à faire quelque chose qu'on ne pourra jamais expliquer. Le souvenir qui me vient à l'esprit, à ce propos, est un événement qui m'est arrivé – ou plutôt, qui a failli m'arriver – quand j'avais seize ans.

Ma mère et ma sœur étaient allées faire des courses à Portland et je disposais en principe de la maison pour moi tout seul jusqu'au début de la soirée. J'étais allongé sur mon lit, nu, l'une des petites culottes de ma sœur enroulée autour de la queue. Des photos traînaient partout sur le lit ; je les avais découpées dans des revues trouvée au fond du garage – la pile des *Penthouse* et des *Gallery* oubliée par l'ancien propriétaire, selon toute vraisemblance. C'est alors que j'entendis les gravillons de l'allée crisser sous des pneus. Le bruit du moteur était caractéristique ; ma mère et ma sœur rentraient. Peg, victime de quelque microbe, avait commencé à vomir par la fenêtre. Elles avaient fait demi-tour à hauteur de Poland Springs.

Je regardai les photos éparpillées sur le lit, mes vêtements éparpillés sur le plancher et le bout de tissu vaporeux, rose, que je tenais à la main. Je me rappelle comment je me sentis vidé de toute ma force et la terrible impression de lassitude qui la remplaça. Ma mère m'appelait : « Scott ? Scott ! Descends donc m'aider, ta sœur est malade ! » Et je me rappelle m'être dit, *À quoi bon ? Je vais être pris. Autant l'accepter, je suis coincé, et c'est la pre-*

*mière chose qui leur viendra à l'esprit jusqu'à la fin de leur vie lorsqu'elles penseront à moi : Scott, le champion de la branlette.*

La plupart du temps, toutefois, l'instinct de survie déclenche en de tels moments un mécanisme de surrégime. C'est ce qui m'arriva. Quant à tomber, autant le faire avec les honneurs, en s'efforçant de sauvegarder ma dignité. Je jetai photos cochonnes et petite culotte sous le lit. Puis je bondis dans mes vêtements dans un état second, mais en faisant preuve d'une dextérité et d'une rapidité exceptionnelles, sans cesser de penser un instant à ce stupide jeu télévisé d'autrefois, *Deux minutes chrono.*

Je me souviens encore de ma mère touchant ma joue empourprée quand elle me vit arriver au bas de l'escalier et de l'inquiétude qui s'alluma dans son regard. « Tu nous couves peut-être quelque chose, toi aussi, dit-elle.

– C'est possible », avais-je répondu avec soulagement.

Il se passerait une demi-heure avant que je me rende compte que j'avais oublié de remonter la fermeture Éclair de ma braguette. Heureusement, ni Peg ni ma mère ne le remarquèrent – elles qui, en toute autre occasion, n'auraient pas manqué, l'une comme l'autre, de me demander si j'avais mon permis de vente de hot dogs (échantillon de ce qui passait pour de l'humour dans la maison où j'ai grandi). Ce jour-là, l'une était trop malade et l'autre trop inquiète pour faire de l'esprit. Je m'en tirai donc indemne.

Coup de bol.

Ce qui suivit la première vague d'émotion, ce jour d'août, fut beaucoup plus simple : j'eus l'impression de perdre la raison. Car ces lunettes ne pouvaient pas être ici. Absolument pas. Impossible.

Puis je levai les yeux et vis autre chose qui ne se trouvait certainement pas dans mon appartement lorsque j'étais parti pour le Staples, une demi-heure auparavant (refermant la porte à clef derrière moi, comme je le faisais toujours). Dans l'angle entre la kitchenette et le séjour était appuyée une batte de base-ball. Une Hillerich & Bradsby, d'après l'étiquette. Et même si je ne pouvais voir l'autre côté, je savais ce que j'y lirais : RATATINEUR DE SINISTRES, les mots gravés dans le hêtre avec un fer à souder puis colorés en bleu foncé.

Une autre sensation me submergea, une troisième vague. Une variété d'épouvante surréaliste. Je ne crois pas aux fantômes, mais je suis sûr qu'à ce moment-là, j'avais la tête du mec qui vient d'en voir un.

Et c'était aussi ainsi que je me sentais. Tout à fait. Parce que ces lunettes de soleil avaient disparu depuis longtemps. Elles n'existaient plus. Il en était de même du Ratatineur de Sinistres de Cleve Farrello. (« Le baise-balle a été très très bon pour ma pomme, disait parfois Cleve depuis son bureau, prenant l'accent français et agitant la batte au-dessus de sa tête. La sueur-rance, très très mauvais. »)

Je fis la seule chose qui me vint à l'esprit : prendre les lunettes noires de Sonja D'Amico, courir jusqu'à l'ascenseur en les tenant à bout de bras comme quelque saleté découverte dans l'appartement en revenant d'une semaine de vacances – de la nourriture avariée, par exemple, ou le cadavre d'une souris empoisonnée. Cela me fit penser à une conversation que j'avais eue à propos de Sonja, avec un collègue du nom de Warren Anderson. *Elle devait avoir l'air de croire qu'elle allait s'en sortir indemne et pourrait demander un Coca-Cola*, m'étais-je dit en l'écoutant me raconter ce qu'il avait vu. Autour d'un verre dans le Blarney Stone Pub de la Troisième Avenue, ça se passait, environ six semaines après que le ciel nous était tombé dessus. Après avoir levé notre verre pour nous féliciter mutuellement de ne pas être morts.

Ce genre de trucs a une façon de vous rester dans le crâne, que vous le vouliez ou non. Comme une rengaine ou le refrain stupide d'une chanson qu'on n'arrive pas à se sortir de la tête. On se réveille à trois heures du matin avec l'envie de pisser, et pendant qu'on est debout devant les toilettes, la queue à la main et réveillé à dix pour cent, ça vous revient : ... *qu'elle allait s'en sortir indemne et pourrait commander un Coca-Cola.* À un moment de cette conversation, Warren m'avait demandé si je me souvenais de ses lunettes de soleil marrantes, et j'avais répondu que oui. Que bien sûr, je m'en souvenais.

Quatre étages plus bas, Pedro, le portier, se tenait dans l'ombre de la marquise et parlait avec Rafe, le livreur de la FedEx. Pedro n'était pas du genre commode, quand il s'agissait de laisser un livreur stationner devant l'immeuble : il avait décrété une règle de sept minutes, chrono en main, et tous les flics qui écumaient le coin étaient ses potes. Mais il s'entendait bien avec Rafe, et les deux hommes restaient parfois jusqu'à vingt minutes debout sur le trottoir, leurs têtes penchées l'une vers l'autre – lancés dans les bons vieux cancans new-yorkais. La politique ? Le base-ball ? L'évangile selon Henry David Thoreau ? Aucune idée, et je ne m'en étais jamais aussi peu soucié que ce jour-là. Je les avais vus en revenant de faire mes courses, et ils étaient encore sur place quand un Scott Staley nettement moins insouciant redescendit. Un Scott Staley qui avait détecté un trou, petit mais parfaitement visible, dans la colonne de la réalité. Leur seule présence me suffisait. Je m'approchai d'eux et tendis la main droite, celle qui tenait les lunettes, vers Pedro.

« Comment appelleriez-vous ça ? » demandai-je bille en tête, sans prendre le temps de m'excuser ni rien.

L'homme me jaugea un instant du regard. « Je suis surpris de votre grossièreté, Mr Staley, vraiment surpris. » Puis il étudia ma main. Il resta un long moment sans rien dire et une idée horrible m'envahit : il ne voyait rien parce qu'il n'y avait rien à voir. Sinon ma main tendue, comme si c'était la période des étrennes et que je m'attendais à ce que ce soit *lui* qui m'en donne. Ma main était vide. Évidemment. Elle ne pouvait que l'être car les lunettes de Sonja D'Amico n'existaient plus. Les lunettes pour rire de Sonja n'étaient même plus poussière.

« J'appellerais ça des lunettes de soleil, Mr Staley, dit finalement Pedro. Vous les appelleriez comment, vous ? Ou alors c'est une question-piège ? »

Rafe, le type de la FedEx, manifestement plus intéressé, me les prit des mains. Le soulagement de les voir dans les siennes et de le voir les regarder, presque comme s'il les étudiait, était comme se faire gratter à l'endroit exact, entre les omoplates, où le dos vous démange. Il quitta l'ombre de la marquise pour les examiner à la lumière et les verres en forme de cœur renvoyèrent des éclats du soleil.

« Elles me font penser à celles que la petite portait dans le film porno avec Jeremy Irons », finit-il par dire.

Je ne pus que sourire, en dépit de l'état de détresse où j'étais. À New York, même les livreurs sont critiques de cinéma. Ça fait partie des choses qu'on aime, ici.

« C'est exact, dis-je en les lui reprenant, *Lolita*. Sauf que les lunettes en forme de cœur, c'était dans la version de Kubrick. À l'époque où Jeremy Irons n'était encore qu'un morveux. » Ajouter ce détail n'avait aucun sens (même à mes yeux), mais je n'en avais rien à cirer. Je me sentais de nouveau étourdi... mais pas agréablement. Pas cette fois.

« Qui jouait le pervers, dans celui-là ? » demanda Rafe.

Je secouai négativement la tête. « Je n'arrive pas à m'en souvenir, pour l'instant.

– Si vous me permettez de le dire, intervint Pedro, vous êtes bien pâle, Mr Staley. Vous n'auriez pas attrapé quelque chose, par hasard ? La grippe, peut-être ? »

*Non, ça, c'était ma sœur,* eus-je envie de dire. *Le jour où, à vingt secondes près, j'ai failli me faire prendre en train de me masturber dans une de ses petites culottes tout en admirant la photo de Miss Avril.* Mais je ne me suis pas fait prendre. Ni ce jour-là, ni le 11 septembre, non plus. Bingo. Encore gagné contre la montre... Pour Warren Anderson, je ne pourrais dire – Anderson, qui m'avait raconté au Blarney Stone qu'il s'était arrêté ce matin-là au troisième étage pour parler du match des Yankees avec un ami – mais ne pas me faire choper était devenu une de mes spécialités.

« Non, je vais bien », répondis-je à Pedro. Même si c'était faux, savoir que je n'étais pas le seul à voir les lunettes pour rire de Sonja comme un objet qui existait bel et bien me fit me sentir un peu mieux. Si ces lunettes de soleil faisaient partie du monde, la Hillerich & Bradsby de Farrell en faisait aussi probablement partie.

« Est-ce que ce sont *les* lunettes ? demanda soudain Rafe du ton respectueux de celui qui est prêt à s'émerveiller. Celles de la première *Lolita ?*

« Eh non », répondis-je, repliant les branches derrière les verres en forme de cœur. À ce moment-là, le nom de la fille qui jouait dans la version de Kubrick me revint : Sue Lyon. Mais pas celui du pervers. « Juste une copie.

– Est-ce qu'elles ont quelque chose de spécial ? voulut savoir Rafe. C'est pour ça que vous êtes arrivé en courant ?

– Je ne sais pas. Quelqu'un les a oubliées dans mon appartement. »

Je remontai chez moi avant qu'ils ne puissent me poser d'autres questions et fis le tour du propriétaire, espérant ne rien trouver d'autre. Pas de chance. En plus des lunettes de soleil en cœur et de la batte de base-ball avec RATATINEUR DE SINISTRES gravé dessus, je découvris le coussin péteur, une conque, une pièce d'un cent incluse dans un cube de résine et un champignon en céramique, rouge avec des points blancs, sur lequel était assise une petite Alice également en céramique. Le coussin péteur avait été la propriété de Jimmy Eagleton et était l'une des attractions, tous les ans, du pot de Noël. L'Alice en céramique trônait sur le bureau de Maureen Hannon – cadeau de sa petite-fille, m'avait-elle confié un jour. Maureen avait les plus beaux cheveux blancs qui soient et les portait longs – ils descendaient jusqu'à sa taille. Spectacle rarissime dans le contexte d'une entreprise, mais elle était salariée de Light & Bell Assurances, depuis presque quarante ans et estimait qu'elle pouvait se coiffer à sa guise. Je me souvenais aussi de la conque et de la pièce – un penny – mais pas sur quel bureau (ou *dans* quel bureau) elles se trouvaient. Ça me reviendrait peut-être ; ou peut-être pas. Light & Bell comptait beaucoup de bureaux – je parle des pièces, pas seulement des meubles.

Le coquillage, le champignon et le cube de résine se trouvaient sur la table basse du séjour, soigneusement empilés. De manière on ne peut plus appropriée, le coussin péteur m'attendait sur le réservoir des toilettes, à côté du dernier numéro de la lettre d'information de Spenck's Rural Insurance. Les assurances rurales étaient ma spécialité, comme je crois vous l'avoir déjà dit. J'en connaissais toutes les ficelles.

Mais quelles étaient les ficelles, sur ce coup-là ?

Quand quelque chose tourne mal dans votre vie et que vous éprouvez le besoin d'en parler, je suppose que, pour la plupart des gens, la première impulsion est d'appeler quelqu'un de sa famille. Je n'en avais guère la possibilité. Mon père avait pris la poudre d'escampette quand j'avais deux ans et ma sœur quatre. Ma mère, qui n'était pas du genre à nous laisser tomber, se releva avant même d'avoir touché terre et nous éleva tous les deux tout en gérant un service de contentieux par correspondance depuis la maison. Je crois que cela ne s'était jamais fait avant elle et cette activité lui permit de gagner correctement sa vie (sauf que la première année avait été terrifiante, me confia-t-elle plus tard). Cependant, comme elle fumait comme une cheminée, elle mourut d'un cancer du poumon à l'âge de quarante-huit ans, six ou huit ans avant qu'Internet ait pu faire d'elle une millionnaire point-com.

Ma sœur, Peg, habitait à Cleveland, où elle vivait sa passion pour Mary Kay Cosmetics, les Indiens et le christianisme fondamentaliste – je ne sais pas dans quel ordre. Si je l'avais appelée pour lui parler des choses que je venais de trouver dans l'appartement, elle m'aurait intimé de me mettre à genoux et de demander à Jésus d'entrer dans ma vie. À tort ou à raison, je ne voyais pas Jésus m'aidant à résoudre le problème que j'avais sur les bras.

Je disposais du nombre habituel de tantes, oncles et cousins, mais la plupart d'entre eux vivaient à l'ouest du Mississippi et cela faisait des années que je ne les avais pas vus. Les Killian (le côté de ma mère) n'ont pas la manie des réunions de famille. Une carte d'anniversaire ou pour Noël suffisait pour remplir convenablement les obligations familiales. Une carte pour la Saint-Valentin ou pour Pâques, c'était fromage *et* dessert. J'appelais ma sœur à Noël, ou bien elle m'appelait, nous marmonnions les considérations habituelles sur le fait qu'il faudrait « se revoir bientôt », et raccrochions avec ce qui devait, j'imagine, être un soulagement pour l'un comme pour l'autre.

À défaut d'un parent, en cas d'ennuis, on pouvait aussi inviter un vieil ami à prendre un verre pour lui expliquer la situation et lui demander conseil. Enfant timide, j'avais grandi pour devenir un adulte timide et, dans mon boulot actuel de chercheur, je travaille seul (par choix) et n'ai donc pas de collègues qui auraient pu devenir des amis. Je m'en étais fait quelques-uns dans mon précédent emploi – Sonja et Cleve Farrell, pour en nommer deux – mais, bien entendu, ils étaient morts.

Je me dis que lorsqu'on n'avait pas d'ami à qui parler, la solution de rechange était d'en louer un. Une petite thérapie ne m'aurait sans doute pas fait de mal et quelques séances sur le canapé d'un psy (quatre me paraissait un bon chiffre) auraient dû suffire à expliquer ce qui m'était arrivé et à mettre en perspective ce que je ressentais. Combien me coûteraient quatre séances ? Six cents dollars ? Huit cents, peut-être ? Voilà qui semblait un prix honnête pour un peu de soulagement. Sans compter qu'il pouvait y avoir un bonus. Une personne extérieure désintéressée trouverait peut-être l'explication simple et logique qui m'échappait. Dans mon esprit, l'existence d'une porte fermée à clef entre mon appartement et le reste du monde me paraissait réduire à néant toutes celles qui me venaient à l'esprit, mais c'était *mon* esprit qui était peut-être en cause, sinon le problème, non ?

J'avais déjà prévu comment se dérouleraient les choses au cours de la première séance, j'expliquerais ce qui s'était passé. Au cours de la deuxième, j'apporterais les objets en question : lunettes de soleil, cube de résine, coquillage, batte de base-ball, champignon de céramique et le toujours populaire coussin péteur. Une petite démonstration, genre travaux pratiques scolaires. Cela me laisserait deux séances de plus pendant lesquelles ce pote en location et moi pourrions analyser les raisons de cette inclinaison dérangeante de l'axe de ma vie et tout remettre en place.

Un après-midi passé à feuilleter les Pages Jaunes et à composer des numéros de téléphone suffit à prouver qu'aussi bonne qu'ait été cette idée en théorie, sa mise en pratique était impossible. Ce que je décrochai de mieux en guise de rendez-vous fut une secrétaire qui me dit que le Dr Jauss pourrait me recevoir au mois de janvier prochain. Elle me fit même comprendre que cela ne pourrait se réaliser sans quelques acrobaties calendrières. Quant aux autres, ils ne me laissèrent pas le moindre espoir. J'appelai une demi-douzaine de thérapeutes à Newark, quatre à White Plains et même un hypnotiseur de Queens, avec le même résultat. Mohammed Atta et son bataillon suicide avaient peut-être été « très très môvais pour la ville de Nouillorque » (sans même parler de l'industrie de la sueur-rance), mais il était clair pour moi, après cette après-midi infructueuse passée au téléphone, qu'ils avaient engendré une ruée sur la profession psychiatrique, au grand dam des psychiatre eux-mêmes, qui n'en pouvaient mais. Pour aller s'allonger sur le canapé d'un psy, en cet été 2002, il fallait prendre un numéro d'ordre et faire la queue.

J'arrivais à dormir en compagnie de ces objets, mais pas très bien. Je restais allongé sur mon lit, parfois jusqu'à deux heures du matin, pensant à Maureen Hannon, convaincue d'avoir atteint un âge (sans parler d'un niveau d'irremplaçabilité) auquel elle pouvait porter ses cheveux d'une longueur invraisemblable, coiffés comme elle en avait envie. Ou bien j'évoquais les différentes personnes que j'avais vues faire les idiotes pour la soirée de Noël, agitant le célèbre coussin péteur de Jimmy Eagleton. Au bout de deux ou trois verres, c'était, comme je l'ai peut-être déjà dit, l'un des grands succès de la Saint-Sylvestre. Je me rappelais Bruce Mason me demandant si le coussin n'avait pas tout du clystère pour lutins (ou elfes) et, par association, me souvins que la conque lui avait appartenu. Bien sûr. Bruce Mason, Seigneur des Mouches. Et une étape de plus dans la chaîne alimentaire souvenir-souvenir-que-me-veux-tu ? Je retrouvai encore le nom et le visage de James Mason, lequel avait joué les Humbert Humbert à l'époque où Jeremy Irons allait à la crèche. L'esprit est plus malin qu'un vieux singe ; parfois lui prendre banane, parfois lui prendre pas. Raison pour laquelle sur le moment, j'étais descendu avec les lunettes de soleil, sans avoir à l'esprit le moindre processus déductif : je ne cherchais qu'une confirmation. Un poème de George Seferis demande : *Sont-ce là les voix de nos amis défunts, ou est-ce juste le gramophone ?* Il arrive que ce soit une bonne question, une question qu'il nous faut poser à quelqu'un d'autre. Ou bien… mais écoutez ça.

Un jour (c'était à la fin des années quatre-vingt), pendant les derniers soubresauts d'une liaison amère avec l'alcool qui avait duré deux ans, je me réveillai dans mon bureau où j'avais somnolé jusqu'au milieu de la nuit. Je me rendis en titubant dans ma chambre et tendais déjà la main vers l'interrupteur lorsque je vis quelqu'un se déplacer. Je flashai sur l'idée – j'en étais quasi certain – que j'avais affaire à un voleur drogué, tenant un pétard acheté d'occase dans sa main tremblante, et crus que mon cœur allait jaillir de ma poitrine. J'allumai d'une main et cherchai de l'autre quelque chose de lourd sur la commode – n'importe quoi, au besoin le cadre en argent contenant la photo de ma mère – lorsque je me rendis compte que mon rôdeur, c'était moi. Que c'était mon reflet que je contemplais dans le miroir, de l'autre côté de la chambre, l'œil fou, un pan de chemise retombant du pantalon, les cheveux hérissés à l'arrière du crâne. Je fus dégoûté par le spectacle que je présentais, mais aussi soulagé.

J'aurais voulu qu'il en soit de même aujourd'hui. J'aurais voulu que ce soit le miroir, le gramophone, voire même quelqu'un ayant monté cette sinistre mystification (quelqu'un qui, peut-être, aurait su pour quelle raison je n'avais pas été au bureau ce 11 septembrelà). Cependant, je savais qu'il ne s'agissait de rien de tout cela. Le coussin péteur était là, invité bien présent dans mon appartement. Je pouvais faire glisser mon pouce sur les boucles des chaussures en céramique d'Alice ou le long de la raie au milieu de ses cheveux blonds. Je pouvais lire la date sur le penny pris dans le bloc de matière transparente.

Bruce Mason, alias l'Homme à la Conque, alias le Seigneur des Mouches, avait apporté son gros coquillage rose au raout de la société à la plage (Jones Beach) en juillet, et avait soufflé dedans, battant le rappel des invités pour un pique-nique de hot dogs et de hamburgers. Puis il avait essayé de montrer à Freddy Lounds comment s'y prendre. Freddy n'avait réussi qu'à émettre une série de bruits faiblards qui n'étaient pas sans faire penser... eh bien, au coussin péteur de Jimmy Eagleton, pardi. Et la ronde continuait, continuait. En fin de compte, toutes ces associations se transformaient en un vrai collier.

Fin septembre, je fus victime d'une sorte de remue-méninges qui accoucha d'une de ces idées tellement simples qu'on se demande pourquoi elles ne nous sont pas venues plus tôt. Pourquoi garder toutes ces cochonneries chez moi, au fait ? Pourquoi ne pas m'en débarrasser, tout simplement ? Je n'en étais pas le dépositaire ; ceux à qui ils avaient appartenu ne rappliqueraient pas un beau jour pour me demander de les leur restituer. La dernière fois que j'avais vu le visage de Cleve Farrell, c'était sur une affichette, et la dernière de celles que l'on avait apposées un peu partout avait été arrachée à la fin novembre 2001. Le sentiment général (mais non avoué) était que ce genre d'hommage fabriqué maison défrisait les touristes, lesquels avaient recommencé à investir la ville où l'on vient pour se marrer. Ce qui était arrivé était horrible, reconnaissaient la plupart des New-Yorkais, mais l'Amérique était toujours debout et le feuilleton continuait.

Je devais manger chinois, ce soir-là, ayant pris des plats à emporter dans un restaurant que j'aime bien, à deux rues de chez moi. J'avais pour projet de faire comme d'habitude, c'est-à-dire de déguster mon repas en regardant Chuck Scarborough m'expliquer le monde. Je venais d'appuyer sur la télécommande lorsque l'épiphanie s'était produite. Je n'en avais pas la garde, de ces foutus souvenirs du dernier jour vécu en sûreté, ils n'étaient pas des pièces à conviction. Il y avait eu un crime, certes, tout le monde était d'accord là-dessus, mais ses auteurs étaient morts, et ceux qui les avaient envoyés au casse-pipe en cavale. Des procès allaient peut-être avoir lieu dans un avenir plus ou moins proche, mais jamais on n'appellerait Scott Staley à la barre des témoins, jamais le coussin péteur d'Eagleton ne serait étiqueté pièce à conviction numéro un.

J'abandonnai mon poulet Général Tso sur le comptoir, sous son couvercle d'alu, pris un sac à linge sale sur l'étagère au-dessus de ma machine à laver encore pratiquement neuve, empilai les objets dedans (je n'arrivais pas à croire qu'ils étaient aussi légers, ni que j'avais attendu aussi longtemps pour faire quelque chose d'aussi simple) et pris l'ascenseur, le sac entre les pieds. Puis je me rendis à l'angle de la 75e Rue et de Park, regardai autour de moi pour vérifier qu'on ne m'observait pas (Dieu seul sait pourquoi je me montrais aussi furtif) et déposai mon chargement dans une poubelle. Je jetai un coup d'œil par-dessus mon épaule en m'éloignant. Le manche de la batte de base-ball dépassait de la poubelle, tentante. Le premier qui la verrait la prendrait, je n'en doutais pas. Probablement avant que Chuck Scarborough ne laisse sa place à John Seigenthaler ou au journaliste qui prendrait celle de Tom Brokaw ce soir.

En retournant à l'appartement, Je m'arrêtai au Fun Choy pour commander une autre portion de Général Tso. « L'autre pas bon ? » me demanda Rose Ming, à la caisse. Elle avait l'air un peu inquiet. « Vous dire pourquoi.

– Non-non, il était très bon. Mais ce soir, j'ai envie d'en reprendre un autre. »

Elle éclata de rire comme si c'était la blague la plus drôle qu'elle ait jamais entendue, et je ris avec elle, très fort. Le genre de rire qui fait beaucoup plus que vous tourner la tête. Je ne me souvenais pas de la dernière fois où j'avais ri comme ça, aussi fort et aussi naturellement. Certainement pas depuis que Light & Bells Assurances avaient dégringolé dans West Street.

Je repris l'ascenseur jusqu'à mon étage et parcourus la distance – douze enjambées – jusqu'au 4-B. Je me sentais comme on doit se sentir quand on est sérieusement malade et qu'on se réveille un beau matin pour découvrir à la saine lumière du jour que sa fièvre est tombée. Je glissai le sac de linge sale sous mon bras gauche (manœuvre aléatoire qui valait pour quelques secondes) et tournai la clef de la droite. Ouvris la lumière. Et là, sur la table basse où s'empilaient factures, chèques refusés et réclamations de livres de la bibliothèque, trônaient les lunettes de soleil pour la blague de Sonja D'Amico, celles avec la monture rouge et les verres en forme de cœur. Les Lolita de Sonja D'Amico, laquelle, d'après Warren Anderson (qui était pour autant que je sache, le seul autre employé survivant du siège de Light & Bell), avait sauté du cent dixième étage de l'immeuble.

Il prétendait avoir vu une photo d'elle pendant sa chute : Sonja retenant d'un geste élégant les pans de sa jupe pour l'empêcher de remonter le long de ses cuisses, la pointe de ses chaussures tournées vers le sol, ses cheveux ondoyant au-dessus de sa tête sur le fond de fumée et de ciel bleu. Cette description m'avait fait penser à « Falling », le poème que James Dickey avait écrit sur l'hôtesse de l'air qui avait tenté de diriger la pierre en chute libre qu'était son corps vers l'eau, comme si elle avait dû en rejaillir en secouant les gouttes de ses cheveux, toute souriante, et commander un Coca-Cola.

« J'ai vomi, m'avait dit Warren ce jour-là, au Blarney Stone. Pas question que je revoie une photo comme ça, Scott, mais je sais que je ne l'oublierai jamais. On distinguait ses traits, et j'ai l'impression qu'elle croyait que… que, d'une certaine manière, elle allait s'en sortir. »

Je n'ai jamais hurlé, vraiment hurlé, depuis que je suis adulte, mais c'est bien ce que j'ai failli faire lorsqu'après avoir vu les lunettes de soleil de Sonja, mes yeux tombèrent sur le RATATINEUR DE SINISTRES de Cleve Farrell, une fois de plus appuyé nonchalamment dans l'angle, à l'entrée du séjour. Un coin de mon esprit devait se rappeler que la porte donnant sur le couloir était restée ouverte et que mes voisins d'étage allaient m'entendre si je hurlais ; dans ce cas, j'allais avoir du mal à m'expliquer, comme on dit.

J'abattis une main sur ma bouche et appuyai. Le sac contenant la deuxième portion de Général Tso tomba sur le plancher de l'entrée et explosa. Je n'osai même pas regarder le résultat. Ces morceaux de viande cuite de couleur sombre auraient pu être n'importe quoi.

Je me laissai tomber sur la seule chaise de l'entrée et me cachai le visage dans les mains. Je ne hurlai pas, je ne pleurai pas et, au bout d'un moment, je fus en état de nettoyer les dégâts. Mon esprit ne cessait de vouloir revenir aux objets qui avaient rappliqué plus vite que moi du coin de la 75e Rue, mais je repoussai toutes ses tentatives. Je l'attrapais chaque fois par la peau du cou et l'obligeais à rester tranquille.

Cette nuit-là, allongé dans mon lit, j'écoutai les conversations. Ce furent tout d'abord les objets qui prirent la parole (à voix basse), puis leurs propriétaires répondirent (un ton au-dessus). Tout ce petit monde parlait parfois du pique-nique sur la plage – l'odeur de noix de coco des lotions solaires, Lou Bega chantant en boucle le *Mambo Numéro 5*, grâce à la stéréo portable de Misha Bryzinski. Ou bien des Frisbee volant dans le ciel, poursuivis par des chiens. Ou bien des enfants pataugeant dans les flaques et le sable mouillé, le fond de leur maillot ou de leur short pendant sous leurs fesses. Des mamans en maillots de bain commandés par correspondance les surveillaient, le bout du nez barbouillé de blanc. Combien de gosses, ce jour-là, avaient perdu leur maman ange gardien ou leur papa lanceur de Frisbee ? Bon Dieu, voilà un problème de maths que je n'avais pas envie de résoudre. Mais les voix que j'entendais dans l'appartement, si. Recommençant sans fin leurs calculs.

Je me rappelais Bruce Mason soufflant dans sa conque et s'autoproclamant Seigneur des Mouches. Je me rappelais Maureen Hannon me disant une fois (pas à Jones Beach, pas dans cette conversation) qu'*Alice au pays des merveilles* était le premier roman psychédélique. Jimmy Eagleton me confiant un après-midi que son fils, en plus de bégayer, avait de grosses difficultés scolaires, deux pour le prix d'un, et que le gamin allait avoir besoin de cours particulier en maths et en français s'il voulait aller au lycée dans un avenir pas trop lointain. « Avant d'avoir droit à la carte senior », comme l'avait dit Jimmy. Un Jimmy aux joues pâles et à la barbe naissante, dans la lumière aux ombres allongées de la fin d'après-midi, comme si, le matin, il avait utilisé une lame de rasoir émoussée.

J'avais commencé à sombrer dans un début de sommeil lorsque je me réveillai en sursaut : je venais de me rendre compte que cette conversation avait eu lieu peu avant le 11 Septembre. Voire même quelques jours avant, peut-être, sinon le vendredi précédent, autrement dit le dernier jour où j'avais vu Jimmy vivant. Et le gamin bègue et ralenti du bulbe, ne s'appelait-il pas Jeremy, comme Jeremy Irons ? Non, sûrement pas, c'était sans aucun doute mon esprit qui me jouait un tour (qui prenait la banane, pour une fois), mais c'était presque ça, pourtant. Jason, peut-être. Ou Justin. Aux petites heures du matin, tout prend des proportions fantastiques et je me souviens de m'être dit que si jamais le nom du gosse s'avérait être Jeremy, j'allais probablement devenir dingue – la goutte d'eau qui fait déborder le vase, mon chou.

Vers trois heures du matin, le nom du propriétaire du cube de résine contenant le penny me revint à l'esprit : Roland Abelson, du contentieux. Il l'appelait son plan retraite. C'était Roland qui avait l'habitude de toujours dire : *Lucy, tu vas avoir du mal à t'expliquer*. Un soir, pendant l'automne de 2001, j'avais vu sa veuve aux informations de dix-huit heures. Je lui avais parlé une fois, lors de l'un des pique-niques de la compagnie (vraisemblablement celui de Jones Beach) et l'avais alors trouvée très jolie, mais le veuvage avait affiné, filtré cette joliesse pour lui donner une beauté sévère. Elle disait de son mari qu'il avait « disparu », jamais qu'il était « mort ». Et s'il était vivant, il allait avoir du mal à s'expliquer... Tu parles. Mais évidemment, elle aussi. Une femme passée de mignonne à ravissante comme conséquence d'un assassinat de masse aurait sans aucun doute du mal à s'expliquer.

Repenser à tous ces trucs allongé dans mon lit – évoquant le grondement des vagues se brisant sur Jones Beach, les Frisbee volant sur le fond du ciel – me remplit d'une profonde tristesse qui s'évacua dans ces larmes. Ce fut cette nuit-là que j'en vins à comprendre que les objets – y compris les petits, comme un penny dans un cube de résine – prennent parfois du poids avec le passage du temps. Mais c'est un poids de l'esprit, il n'en existe pas de formule mathématique comme celles que l'on trouve dans les codes des compagnies d'assurances, où le prix de votre assurance vie grimpe en abscisse si vous fumez et celui de votre assurance récoltes grimpe en ordonnée si votre ferme est dans une zone de tornades. Vous voyez ce que je veux dire ?

C'est un poids de l'esprit.

Le lendemain matin, je rassemblai de nouveau tous les objets et en trouvai même un septième, sous le canapé. Le type dans le compartiment voisin du mien à Light & Bell, Misha Bryzinski, avait deux poupées Punch et Judy sur son bureau. Impossible de trouver Judy, mais Punch me suffisait largement. Ses yeux noirs, ouverts au milieu des moutons de poussière, me donnèrent un terrible sentiment d'affliction proche du désespoir. Je récupérai la poupée, ayant en horreur de voir la trace qu'elle laissait dans la poussière. Un objet qui laisse une telle trace existe, c'est un objet qui a un poids. C'est indiscutable.

Je plaçai Punch et tous les autres trucs dans le grand placard, à côté de la kitchenette et ils y restèrent. Bien qu'au départ, je n'aie pas été sûr.

Ma mère m'a dit un jour que si un homme se torche le derrière et voit du sang sur le papier-toilette, sa réaction sera de chier dans le noir pendant les trente jours suivants, en espérant que tout s'arrangera tout seul. Elle se servait de cet exemple pour illustrer sa conviction que la pierre de touche de la philosophie masculine était : « Ignore le problème, il disparaîtra peut-être. »

J'ignorai donc les objets que j'avais trouvés dans mon appartement en espérant qu'ils disparaîtraient « comme ça », et les choses allèrent un peu mieux. J'entendais rarement les voix qui murmuraient dans le placard (sauf tard dans la nuit), mais je tendais de plus en plus à effectuer mes travaux de recherche hors de chez moi. Vers le milieu de novembre, je passais l'essentiel de mes journées à la bibliothèque publique de New York. Je suis sûr que les lions de pierre, à l'entrée, s'étaient habitués à me voir passer avec mon PowerBook.

Puis, juste avant Thanksgiving, un jour que je sortais de mon immeuble, je tombai par hasard sur Paula Robeson, la belle éplorée que j'avais sauvée de la canicule en appuyant sur le bouton RESET de son climatiseur.

Sans la moindre préméditation – aurais-je eu le temps d'y penser, je suis certain que je n'aurais pas dit un mot – je lui demandai si je pouvais l'inviter à déjeuner et lui parler de quelque chose.

« Le fait est, lui dis-je, que j'ai un problème et que vous pourriez peut-être appuyer sur mon bouton RESET. »

Nous étions dans le hall. Pedro, le portier, était assis dans un coin et lisait le *Post* (n'en perdant pas une miette, ça ne faisait aucun doute : ses locataires étaient pour lui, pendant la journée, le spectacle le plus intéressant au monde). Elle m'adressa un sourire à la fois charmant et nerveux. « Ce serait à moi de vous inviter, plutôt, mais... vous savez que je suis mariée, n'est-ce pas ?

– Oui », répondis-je, sans ajouter qu'elle m'avait tendu la main gauche, la fois précédente, et que la chose n'avait pas pu m'échapper.

Elle hocha la tête. « Évidemment, vous avez dû nous voir ensemble au moins deux ou trois fois, mais il était en Europe quand j'ai eu mes ennuis de climatiseur et il est encore en Europe en ce moment. Il s'appelle Edward. Depuis deux ans, il est plus souvent en Europe qu'ici et même si ça ne me plaît pas, je suis tout de même on ne peut plus mariée. » Puis, comme pour compléter le tableau, elle ajouta : « Il est dans l'import-export. »

*Moi, j'étais dans les assurances mais un jour, la compagnie a explosé*, eus-je envie de lui rétorquer. Je fus même à deux doigts de le faire. Je finis par trouver quelque chose qui convenait mieux.

« Je ne cherche pas à vous draguer, Ms Robeson. » Pas plus que je n'avais envie que nous nous appelions par nos prénoms – mais n'avais-je pas aperçu une petite lueur déçue dans son œil ? Seigneur, je crois bien que oui. Mais au moins l'avais-je convaincue : j'étais toujours *sûr*.

Elle mit les mains sur ses hanches et me regarda en faisant semblant d'être exaspérée. « Mais alors, qu'est-ce que vous voulez ?

– Simplement pouvoir parler à quelqu'un. J'ai essayé plusieurs psys, mais ils sont... très pris.

– Tous ?

– Il semble bien.

– Si votre vie sexuelle pose problème ou si vous vous sentez pris d'un besoin soudain de courir à travers la ville pour tuer tous les types en turban, je préfère ne pas le savoir.

– Oh, non, rien de tel. Je ne dirai rien qui pourrait vous faire rougir, promis. » Ce qui n'était pas tout à fait pareil que de lui dire : *Je vous promets de ne pas vous choquer*, ou bien : *N'allez pas penser que je suis cinglé.* « Rien qu'un déjeuner et votre opinion, c'est tout ce que je vous demande. Qu'en dites-vous ? »

Je fus surpris – pour ne pas dire estomaqué – par ma force de persuasion. Si j'avais préparé cette conversation à l'avance, j'aurais sans doute tout fichu en l'air. Je suppose qu'elle était curieuse, et je suis sûr qu'elle m'avait trouvé très sincère. Elle s'était peut-être également dit que, si j'avais vraiment été un dragueur, j'aurais tenté ma chance au mois d'août, quand j'avais été seul avec elle dans son appartement, alors que le mystérieux Edward se trouvait en France ou en Allemagne. Et dans quelle mesure, également, n'avait-elle pas lu un réel désespoir sur mon visage ?

Toujours est-il qu'elle accepta de déjeuner avec moi au Donald's Gril de notre rue, le vendredi suivant. C'est peut-être le restaurant le moins romantique de Manhattan ; si la carte est bonne, l'éclairage est au néon et les serveurs vous font comprendre que vous n'êtes pas là pour traîner. Elle accepta, d'accord, mais avec l'air de rembourser une dette qui avait traîné et qu'elle avait presque oubliée. Ce qui n'était pas vraiment flatteur, mais peu m'importait. Midi lui conviendrait bien, dit-elle. Nous nous retrouverions dans le hall de l'immeuble et nous nous y rendrions ensemble à pied. Je lui répondis que c'était parfait comme ça.

La nuit qui suivit fut meilleure. Je m'endormis presque tout de suite et je ne rêvai pas de Sonja D'Amico en chute libre le long du gratte-ciel en feu, les mains sur les cuisses, l'air d'une hôtesse qui cherche l'eau.

Pendant que nous parcourions la 86e Rue, le lendemain, je demandai à Paula où elle se trouvait quand elle avait appris la nouvelle.

« À San Francisco. Je dormais profondément dans ma chambre d'hôtel, une suite au Wradling, Edward à côté de moi très certainement en train de ronfler, comme d'habitude. Je devais revenir ici le lendemain, le 12, et Edward continuer sur Los Angeles où il avait des rendez-vous d'affaires. Le directeur de l'hôtel a déclenché l'alarme incendie, en fait.

– Voilà qui a de quoi vous ficher une frousse de tous les diables !

– Exactement, même si ma première idée a été qu'il y avait un tremblement de terre et pas le feu. Puis une voix désincarnée est sortie des haut-parleurs, nous disant qu'il ne s'agissait pas d'un incendie dans l'hôtel, mais qu'il y en avait un monstrueux à New York.

– Bon sang…

– L'entendre annoncer comme ça, dans une chambre d'hôtel anonyme… l'entendre tomber du plafond comme la voix de Dieu… » Elle secoua la tête. Elle pinçait tellement les lèvres que son rouge à lèvres disparaissait presque. « C'était extrêmement effrayant. Je peux comprendre qu'on ressente le besoin de faire connaître ce genre de nouvelle, de la faire connaître tout de suite, mais j'en veux encore à la direction du Wradling de s'y être prise de cette façon. Je ne crois pas que j'y redescendrai.

– Votre mari est-il allé à ses rendez-vous ?

– Ils ont été annulés. J'imagine qu'il y en a eu beaucoup d'annulés, ce jour-là. Nous sommes restés au lit jusqu'au lever du jour, essayant de nous mettre dans la tête que ce qu'on voyait à la télé était réel. Vous voyez ce que je veux dire ?

– Oui.

– Nous avons commencé à nous demander qui, des personnes que nous connaissions, aurait pu être sur place. Je suppose que ça aussi, nous n'avons pas été les seuls à le faire.

– Et… y avait-il quelqu'un ?

– Un agent de change de Shearson & Lehman et le directeur adjoint de la librairie Broders, dans le centre commercial. L'un d'eux s'en est sorti. L'autre… l'autre, non. Et vous ? »

Finalement, je n'avais pas été obligé d'introduire le sujet en douce. Nous n'étions même pas arrivés au restaurant que déjà nous l'abordions.

« J'aurais *dû* m'y trouver, dis-je. Normalement, j'aurais dû être sur place. C'était là que je travaillais. Dans une compagnie d'assurances, au cent dixième étage. »

Elle s'immobilisa sur le trottoir, pétrifiée sur place, et me regarda en écarquillant les yeux. Je suppose que les passants qui étaient obligés de nous contourner nous prenaient pour deux amoureux. « C'est pas vrai, Scott !

– Scott, si. »

Et, enfin, je racontai à quelqu'un comment je m'étais réveillé au matin du 11 septembre en m'attendant à faire tout ce que j'étais supposé faire un jour de semaine, de la tasse de café que j'éclusais tout en me rasant jusqu'à celle de cacao que je prenais en regardant le résumé des informations sur Canal Treize. Un jour comme un autre, voilà ce à quoi je me préparais. Ce que les Américains en étaient venus à considérer comme leur droit, si l'on veut. Hé, devine quoi ? Un avion ! Qui plonge sur l'un des côtés d'un gratte-ciel ! Ha-ha, trouduc, j't'ai bien eu, et la moitié de la planète se marre !

Je continuai en lui disant comment j'avais regardé par la fenêtre de l'appartement, vu le ciel de sept heures parfaitement dégagé, d'un bleu si profond qu'on avait presque l'impression que le regard portait jusqu'aux étoiles, au-delà. Puis je lui parlai de la voix. Je pense que nous avons tous plusieurs voix dans notre tête et que nous y sommes habitués. Quand j'avais seize ans, l'une d'elles s'était élevée pour suggérer que ce serait peut-être le pied de se masturber dans l'une des petites culottes de ma sœur. *Elle en a bien plus de mille et elle ne se rendra pas compte qu'il lui en manque une*, avait susurré la voix. (Je me gardai de parler à Paula Robeson de cette petite aventure de mon adolescence.) J'avais donné un surnom familier à cette voix de la totale irresponsabilité : Mister Waou-t'en-as-rien-à-foutre.

« Mister Waou-t'en-as-rien-à-foutre ? demanda Paula, dubitative.

– En l'honneur de James Brown, roi de la soul.

– Si vous le dites. »

Mister Waou-t'en-as-rien-à-foutre avait beaucoup espacé ses interventions, en particulier depuis que j'avais pratiquement arrêté de boire ; mais ce jour-là, il sortit de son sommeil juste le temps de prononcer une douzaine de mots – des mots qui changèrent ma vie. Qui me *sauvèrent* la vie.

Les premiers (moi, assis au bord du lit) : *Fais-toi donc porter pâle !* les suivants (toujours moi, me traînant jusqu'à la douche en me grattant la fesse gauche) : *Va donc passer la journée à Central Park !* Aucune prémonition là-dedans. Il s'agissait très clairement de Mister Waou-t'en-as-rien-à-foutre, et non de la voix de Dieu. Rien qu'une version de ma propre voix (comme elles le sont toutes), en d'autres termes, qui me disait de faire l'école buissonnière. *Fais-toi un peu plaisir pour une fois, nom d'un p'tit bonhomme !* La dernière fois qu'elle s'était élevée sous cette forme remontait à un concours de karaoké, dans un bar d'Amsterdam Avenue : *Waou, chante avec Neil Diamond, crétin – monte sur la scène et va faire le clown !*

« Je crois que je vois ce que vous voulez dire, répondit-elle en esquissant un sourire.

– Vraiment ?

– Eh bien... une fois, j'ai enlevé mon t-shirt dans un bar de Key West et j'ai gagné dix dollars en dansant sur *Honky-Tonk Women*... Edward ne le sait pas, reprit-elle après une courte pause, et si jamais vous allez le lui raconter, je serai obligée de vous enfoncer l'une de ses épingles de cravate dans l'œil.

– *Waou*, vous n'y allez de main morte, vous », répliquai-je – et son sourire devint quelque peu nostalgique.

Elle en paraissait plus jeune. Je me dis que ç'avait une chance de marcher.

Nous entrâmes dans le restaurant. Il avait une dinde en carton sur la porte, les pèlerins du *Mayflower* en carton sur le carrelage vert, au-dessus du piano-vapeur.

« J'ai écouté la voix de Mister Waou-t'en-as-rien-à-foutre, et je suis ici, repris-je, mais d'autres choses sont aussi ici et Mister Waou-t'en-as-rien-à-foutre ne peut pas m'aider. Des choses, dirait-on, dont je n'arrive pas à me débarrasser. C'est de celles-ci que je souhaite vous parler.

– Permettez-moi de vous répéter que je ne suis pas psy-quelque-chose », répondit-elle, manifestement mal à l'aise. Son sourire avait disparu. « Mes matières principales étaient l'allemand et l'histoire européenne. »

*Vous devez avoir beaucoup de choses à vous raconter, vous et votre mari*, pensai-je. À voix haute, je lui répondis que l'important pour moi était de parler à quelqu'un, pas nécessairement à elle.

« Très bien. Dans la mesure où vous ne l'oubliez pas. »

Un serveur vint prendre notre commande de boissons, un décaféiné pour elle, un café pour moi. Dès qu'il fut parti, elle me demanda de quelles choses il s'agissait.

« En voilà une », dis-je. Je sortis de ma poche le petit cube de résine contenant un penny et le posai sur la table. Puis je lui parlai des autres objets et des personnes auxquelles ils avaient appartenu. Cleve Farrell (*Le baise-balle a été très très bon pour ma pomme*). Maureen Hannon, la femme aux cheveux blancs qui descendaient jusqu'à sa taille pour signifier qu'elle était indispensable dans la boîte. Jimmy Eagleton, qui avait un nez d'enfer pour subodorer les déclarations de sinistres bidon, un fils qui ramait en classe et un coussin péteur rangé au fond du tiroir en attendant la soirée de Noël suivante. Sonja D'Amico, la meilleure comptable de Light & Bell, qui tenait ses lunettes de Lolita de son mari, cadeau après un divorce pas facile. Bruce Mason, « Seigneur des Mouches », qui resterait toujours, dans mon souvenir, l'homme torse nu qui soufflait dans la conque sur Jones Beach, pendant que les vagues venaient expirer autour de ses pieds. Et en dernier, Misha Bryzinski, avec qui j'avais assisté à une bonne douzaine de parties des Mets. Je lui racontai comment j'avais flanqué tout ce bazar dans une poubelle au coin de Park et de la 75$^{e}$, sauf la poupée Punch de Misha, et comment ils étaient revenus avant moi à l'appartement, peut-être parce que je m'étais arrêté pour reprendre du poulet Général Tso au chinois. Pendant tout ce temps, le cube de résine resta posé sur la table entre nous. Nous réussîmes à faire honneur à notre repas en dépit de sa présence austère.

Quand j'eus fini de parler, je me sentis mieux que ce que j'avais osé espérer. Mais le silence, de l'autre côté de la table, paraissait terriblement lourd.

« Bon, dis-je, qu'est-ce que vous en pensez ? »

Elle prit un certain temps avant de répondre à cette question, et je ne peux pas lui en vouloir. « Je pense, dit-elle finalement, que nous ne sommes plus l'un pour l'autre les étrangers que nous étions jusqu'ici, et que se faire un nouvel ami n'est jamais une mauvaise chose. Je pense que je suis contente d'avoir entendu parler de Mister Waou-t'en-as-rien-à-foutre et de vous avoir raconté ce que je vous ai raconté.

– Moi aussi. »

Et c'était vrai.

« J'aimerais cependant vous poser deux questions.

– Bien entendu.

– À quel point ressentez-vous ce qu'on appelle *la culpabilité du survivant* ?

– Je croyais que vous n'étiez pas psy…

– En effet, mais je lis les magazines et je ne cache pas qu'il m'est arrivé de regarder certaines émissions comme celle d'Oprah Winfrey. Mon mari lui-même sait au moins cela, même si je préfère qu'il ne se mêle pas de mes choix en la matière. Alors... à quel point, Scott ? »

Je réfléchis. La question était bonne. Bien évidemment, je me l'étais déjà posée plus d'une fois, au cours de mes nuits d'insomnie.

« J'en ressens beaucoup, dis-je. Mais aussi beaucoup de soulagement, je ne peux pas le nier. Si Mister Waou-t'en-as-rien-à-foutre existait vraiment, il n'aurait pas eu besoin de vous emmener au restaurant. Pas tant que j'étais en sa compagnie, au moins... Je vous choque ? »

Elle tendit la main par-dessus la table et toucha brièvement la mienne. « Pas le moins du monde. »

L'entendre prononcer ces paroles me fit sentir encore mieux que je ne l'aurais cru. Je lui serrai légèrement la main et la lâchai. « Et quelle est l'autre question ?

– Dans quelle mesure est-il important pour vous que je croie cette histoire d'objets qui reviennent ? »

Question excellente, dus-je aussi m'avouer, même si le cube de résine était posé juste à côté du sucrier. Les objets de ce genre sont loin d'être rares, après tout. Et je me dis que si elle avait pris la psycho comme matière principale au lieu de l'allemand, elle aurait probablement eu aussi son diplôme.

« Pas aussi important qu'il y a une heure, répondis-je. Le seul fait d'en parler m'a aidé. »

Elle acquiesça d'un signe de tête et sourit. « Bien. Voici maintenant l'hypothèse qui me paraît le plus plausible : il y a manifestement quelqu'un qui vous fait une blague. De très mauvais goût.

– Un mystificateur... »

Je m'efforçai de ne pas le montrer, mais j'avais rarement été aussi déçu. Il est possible que, dans certaines circonstances, les gens élèvent une barrière d'incrédulité pour se protéger. Ou peut-être – probablement, même – ne lui avais-je pas fait toucher du doigt le sentiment que la chose, comme je le sentais moi-même, se... produisait. Était même *en train* de se produire. Comme une avalanche.

« Oui, un mystificateur, acquiesça-t-elle, avant d'ajouter : Mais vous n'y croyez pas. »

Encore un bon point pour elle. Je hochai la tête. « J'ai fermé la porte à clef en sortant, et elle était fermée à clef à mon retour du magasin. J'ai entendu le claquement du verrou. Il est bruyant, et on ne peut pas s'y tromper.

– N'empêche… la culpabilité du survivant est une chose curieuse. Et puissante, au moins d'après les articles que j'ai lus.

– Il ne s'agit pas… » *de la culpabilité du survivant*, avais-je eu l'intention d'ajouter, mais ce n'était pas la chose à dire.

J'avais une petite chance de me faire une nouvelle amie, aujourd'hui, et avoir une nouvelle amie ne pouvait être qu'un bien, indépendamment de la manière dont tout cela tournerait. Je modifiai donc la fin de ma phrase. « … de la nier, dis-je en montrant du doigt le cube de résine. Mais il est bien là, non ? Comme les lunettes de Sonja. Vous le voyez. Je le vois. Évidemment, j'aurais pu me le procurer, mais… » Je haussai les épaules pour faire sentir ce que nous savions tous les deux : que *n'importe quoi* était possible.

« Je ne crois pas que ça se soit passé de cette façon. Mais je ne peux pas non plus accepter l'idée qu'une trappe se serait ouverte dans un univers parallèle et que ces objets en seraient tombés. »

Oui, c'était bien le problème. Pour Paula, l'idée que le cube et les autres bidules qui avaient fait leur apparition dans mon appartement puissent avoir une origine surnaturelle était automatiquement exclue, en dépit de tous les faits qui disaient le contraire. Ce qu'il me fallait décider, en cet instant, se résumait à ceci : éprouvais-je davantage le besoin de soutenir ma thèse ou de me faire une amie ?

De me faire une amie, décidai-je.

« Très bien, dis-je, mimant le geste de signer un chèque dans l'air après avoir capté le regard du serveur. Je peux accepter votre incapacité à accepter ça.

– Vraiment ? demanda-t-elle en m'étudiant avec attention.

– Oui. » Je crois que j'étais sincère. « Si, du moins, nous pouvons prendre un café ensemble, de temps en temps. Ou juste continuer à nous dire bonjour dans le hall.

– D'accord. »

Mais elle paraissait absente, plus vraiment dans la conversation. Elle contemplait le cube de résine et son penny. Puis son regard revint sur moi. C'est tout juste si je ne vis pas une ampoule s'allumer au-dessus de sa tête, comme dans un dessin animé. Elle tendit la main et prit le cube. Je ne saurais décrire l'effet que me fit son geste – une sorte d'effroi qui me glaça – mais que pouvais-je lui dire ? Nous étions deux New-Yorkais devisant dans un endroit propre et bien éclairé. Pour sa part, elle avait déjà établi les règles du jeu, et celles-ci excluaient fermement le surnaturel. Le surnaturel était proscrit. Tout ce qui y faisait appel était sifflé par l'arbitre.

Il y avait cependant cette petite lumière dans l'œil de Paula. Qui suggérait que Ms Waou-t'en-as-rien-à-foutre venait de débarquer ; et je savais d'expérience que c'est une voix à laquelle il est difficile de résister.

« Donnez-le-moi », proposa-t-elle en me flashant son sourire directement dans les yeux.

Je me rendis compte alors – pour la première fois vraiment – que non seulement elle était jolie, mais sexy.

« Pourquoi ? demandai-je, comme si je ne le savais pas.

– Disons que ce sont mes honoraires pour vous avoir écouté.

– Je ne suis pas sûr que ce soit une si bonne…

– Mais si. » Elle trouvait de plus en plus d'attrait à son inspiration et, ce n'était pas un simple *non* qui allait l'arrêter. « C'est une idée géniale ! Je vais faire en sorte que cet objet-souvenir ne revienne pas chez vous. Nous avons un coffre dans l'appartement. »

Elle mima de manière charmante le geste de fermer une porte de coffre, de mélanger la combinaison puis de jeter la clef par-dessus son épaule.

« Très bien, dis-je, dans ce cas, je vous l'offre. »

Je ressentis alors quelque chose qui ressemblait à une joie perverse. Appelez ça la voix de Mr Waou Vous-allez-bien-voir. Apparemment, se contenter de m'en débarrasser ainsi ne suffisait pas. Elle ne m'avait pas cru, et une partie de moi au moins désirait être crue et en voulait à Paula de ne pas lui avoir donné ce qu'elle voulait. Cette partie savait que la laisser prendre le cube de résine était une idée terrible, redoutable, mais n'en était pas moins contente de la voir le mettre dans son sac à main.

« Voilà, dit-elle vivement. Maman dit au revoir, maman l'a fait disparaître. Peut-être que dans une semaine – ou deux, tout dépend sans doute de l'entêtement de votre inconscient – quand vous verrez qu'il n'est pas revenu, vous pourrez commencer à distribuer les autres. » Et cette remarque fut le vrai cadeau qu'elle me fit ce jour-là, même si je ne le compris pas sur le moment.

« C'est toujours possible », dis-je, et je lui souris. Un grand sourire pour cette nouvelle amie. Un grand sourire pour la jolie maman. Sans cesser un instant de penser : *Vous allez bien voir.*

Waou.

Elle vit.

Trois jours plus tard, alors que je regardais Chuck Scarborough nous expliquer les dernières calamités en matière de circulation de la ville aux informations de dix-huit heures, on sonna à ma porte. Je n'attendais personne et supposai donc que c'était un colis, ou Rafe avec un paquet de FedEx. J'ouvris la porte et me trouvai nez à nez avec Paula Robeson.

Mais pas la Paula Robeson avec qui j'avais déjeuné. Une version qu'on aurait pu appeler Woaou, Saloperie-de-chimio. Elle avait mis un peu de rouge à lèvres, mais rien d'autre en matière de maquillage, et sa peau avait pris une nuance jaunâtre maladive. Des cernes violacés entouraient ses yeux. Peut-être avait-elle donné un vague coup de brosse à ses cheveux avant de descendre du cinquième, mais sans résultat appréciable. On aurait dit que de la paille lui avait poussé de deux côtés de la tête et, dans d'autres circonstances, l'effet aurait été d'un comique de bande dessinée. Elle tenait le cube de résine devant sa poitrine, ce qui me permit de remarquer que ses ongles si bien tenus avaient disparu. Elle les avait rongés jusqu'aux lunules. Et ma première pensée, Dieu me pardonne, fut : *ouais, elle a vu.*

Elle me tendit l'objet. « Je vous le rends. »

Je le pris sans dire un mot.

« Il s'appelait Roland Abelson, n'est-ce pas ?

– Exact.

– Il était rouquin.

– Exact.

– Pas marié, mais payant une pension alimentaire pour une femme avec un enfant à Rahway. »

Cela, je l'ignorais – je crois même que tout le monde l'ignorait, à Light & Bell – mais j'acquiesçai de nouveau et pas uniquement pour l'encourager à poursuivre. J'étais certain qu'elle disait vrai. « Quel est le nom de cette femme, Paula ? » demandai-je, sans savoir encore pourquoi je posais la question, sachant seulement que je devais la poser.

« Tonya Gregson. » On aurait dit qu'elle était en transe. Il y avait quelque chose dans ses yeux, quelque chose de si effrayant que j'avais le plus grand mal à la regarder. Néanmoins, je mis ces noms de côté : *Tonya Gregson, Rahway*. À quoi j'ajoutai, comme quand on fait l'inventaire des stocks : *Un cube de résine avec un penny dedans.*

« Il a essayé de se planquer sous son bureau, le saviez-vous ? Non, je vois que vous ne le saviez pas. Ses cheveux brûlaient et il pleurait. Parce qu'à ce moment-là, il avait compris qu'il ne posséderait jamais de catamaran, qu'il ne tondrait plus jamais sa pelouse. » Elle tendit la main et vint la poser sur ma joue, un geste d'une telle intimité qu'il aurait été choquant si cette main n'avait pas été aussi froide. « À la fin, il aurait donné jusqu'à son dernier cent, jusqu'à sa dernière stock-option rien que pour pouvoir tondre à nouveau sa pelouse. Vous me croyez ?

– Oui.

– Ça hurlait de partout, ça empestait le kérosène, et *il a compris que sa dernière heure était venue.* Vous comprenez ça ? Vous comprenez l'énormité d'une chose pareille ? »

Je hochai affirmativement la tête. J'étais incapable de parler. On aurait pu me coller un revolver sur la tempe que je n'aurais toujours pas pu articuler un mot.

« Les politiciens vous parlent d'édifier un mémorial, de courage, de guerre pour mettre fin au terrorisme, mais avoir les cheveux en feu est apolitique. » Elle découvrit ses dents sur un sourire abominable. Mais un instant seulement. « Il essayait de se mettre à l'abri sous son bureau avec ses cheveux en feu. Il y avait un truc en plastique sous son bureau… comment appelle-t-on ça déjà ?

– Un tapis de sol ?

– Oui, un tapis de sol en plastique et il avait les mains dessus et ses doigts sentaient les stries et son nez sentait l'odeur de ses cheveux en feu. Vous comprenez ça ? »

Je hochai de nouveau la tête. Je me mis à pleurer. C'était de Roland Abelson que nous parlions, le type avec qui je travaillais. Il était au service du contentieux et, en réalité, je ne le connaissais pas très bien. On se disait bonjour, c'était à peu près tout ; comment aurais-je pu savoir qu'il avait un gosse à Rahway ? Et si je n'avais pas fait l'école buissonnière ce jour-là, mes cheveux auraient probablement brûlé, eux aussi. Je n'avais pas vraiment compris cela avant.

« Je ne veux plus jamais vous revoir », reprit-elle, m'adressant de nouveau ce sourire abominable ; mais elle pleurait aussi, maintenant. « Je me fous de vos problèmes. Je me fous de toutes les conneries que vous avez pu trouver. Nous sommes quittes. À partir d'aujourd'hui, fichez-moi la paix. » Elle commença à faire demi-tour, puis interrompit son mouvement. « Ils l'ont fait au nom de Dieu, mais il n'y a pas de dieu. S'il y avait un dieu, Mr Staley, il aurait foudroyé ces dix-huit salopards à l'aéroport, quand ils avaient encore leur carte d'embarquement à la main, mais aucun dieu n'est intervenu. On a appelé les passagers et ces enfoirés sont montés à bord avec les autres. »

Je la suivis des yeux pendant qu'elle retournait vers l'ascenseur, le dos raide, ses cheveux hirsutes la faisant ressembler à une nana de dessin animé. Elle ne voulait plus me revoir, et c'était bien compréhensible. Je refermai la porte et regardai la tête de Lincoln frappée sur le penny de métal, au milieu du cube de résine. La regardai pendant un bon bout de temps. Je me demandais quelle odeur se serait dégagée de sa barbe si le général Grant y avait mis le feu avec l'un de ses éternels cigares. Cette désagréable odeur de cramé. À la télé, on annonçait une vente exceptionnelle de matelas chez Sleepy's. Puis Len Berman vint nous parler de la saison sportive et des Jets.

Je m'éveillai à deux heures du matin, cette nuit-là, tendant l'oreille au murmure des voix. Je n'avais eu aucune vision, aucun rêve des personnes à qui avaient appartenu ces objets, je n'avais vu personne les cheveux en feu ou sauter par la fenêtre pour échapper au kérosène enflammé, mais ça n'avait pas été nécessaire : je les connaissais tous et les objets qu'ils avaient abandonnés derrière eux l'avaient été pour moi. J'avais eu tort de laisser Paula Robeson prendre le cube de résine, mais seulement parce qu'elle n'était pas la bonne personne.

Et puisque je parle de Paula, l'une des voix était la sienne : *Vous pourrez commencer à distribuer les autres,* disait-elle. Et aussi : *Tout dépend sans doute de l'entêtement de votre inconscient.*

Je restai dans mon lit et, au bout d'un moment, arrivai à me rendormir. Je rêvais que j'étais à Central Park et donnais à manger aux canards lorsque tout d'un coup, il y avait eu un bruit très fort, comme un avion qui franchit le mur du son, et de la fumée s'était mise à remplir l'air. Dans mon rêve, cette fumée sentait comme des cheveux en feu.

Je pensais à Tonya Gregson de Rahway – à Tonya et à l'enfant qui avait ou n'avait pas les yeux de Roland Abelson – et me dis que j'allais devoir faire quelque chose. Je décidai cependant de commencer par la veuve de Bruce Mason.

Je pris le train pour me rendre à Dobbs Ferry et appelai un taxi depuis la gare. Il me conduisit jusqu'à une maison de style Cape Cod, dans un quartier résidentiel. Je lui donnai de l'argent, lui demandai d'attendre – je n'en aurais pas pour longtemps – et sonnai à la porte. J'avais une boîte sous le bras. Du genre de celles qui contiennent un gâteau.

Je n'eus à sonner qu'une fois, car j'avais appelé avant de venir et Janice Mason m'attendait. J'avais soigneusement préparé mon histoire et la lui présentai avec confiance, sachant que le taxi qui attendait au bout de l'allée, compteur en marche, empêcherait toute tentative de contre-interrogatoire un peu serré.

Le 7 septembre, dis-je – soit le vendredi précédent –, j'avais essayé de tirer un son de la conque que Bruce avait sur son bureau, comme j'avais entendu Bruce le faire lors du pique-nique sur Jones Beach (Janice, Mrs Seigneur des Mouches, acquiesça : elle était là). Bref, j'avais convaincu Bruce de me prêter sa conque pendant la fin de semaine pour m'entraîner. Puis, le lundi matin, je m'étais réveillé avec une infection des sinus carabinée assortie d'une migraine qui l'était tout autant (c'était l'histoire que j'avais déjà servie à plusieurs personnes). Je prenais un peu de thé quand j'avais entendu l'explosion et vu la fumée monter. Je n'avais pas repensé un instant à la conque, jusqu'à cette semaine. J'avais voulu ranger mon placard à balais, et fichtre, elle s'y trouvait. Et je me suis dit… évidemment, en guise de souvenir, ce n'est pas grand-chose, mais j'ai pensé que cela vous ferait peut-être plaisir…

Ses yeux se remplirent de larmes exactement comme moi lorsque Paula Robeson m'avait rapporté le « plan de retraite » de Roland Abelson, sauf que je n'y vis pas l'expression de terreur qui devait être dans les miens, j'en étais certain, quand Paula s'était tenue devant moi, ses cheveux hirsutes pointant de chaque côté de sa tête. Janice me répondit que n'importe quel souvenir de Bruce ne pouvait que lui faire plaisir.

« Je m'arrive pas à me remettre de la façon dont nous nous sommes dit au revoir, dit-elle, serrant la boîte dans ses bras. Il partait toujours très tôt à cause du train. Il m'a embrassée sur la joue et j'ai ouvert un œil pour lui demander s'il ne pourrait pas rapporter un demi-litre de crème liquide. Il m'a répondu : *Oui, d'accord.* C'est la dernière chose qu'il m'a dite. Quand il m'avait demandée en mariage, je m'étais sentie comme Hélène de Troie – c'est idiot, mais c'est la vérité – et j'aurais bien aimé lui dire autre chose que : *Rapporte un demi-litre de crème liquide à la maison.* Mais nous étions mariés depuis longtemps, et c'était apparemment une journée comme les autres qui commençait et… on ne sait jamais, pas vrai ?

– Non, jamais.

– C'est vrai. Chaque fois qu'on se sépare, c'est peut-être pour toujours et on ne le sait pas. Merci, Mr Staley. Merci d'être venu me l'apporter. C'était très gentil de votre part. » Elle eut un petit sourire. « Vous vous souvenez comment il était sur la plage, torse nu et soufflant dedans ?

– Oui », répondis-je, en regardant comment elle tenait la boîte. Dans un moment, elle allait s'asseoir, sortir la conque et la tenir sur ses genoux. Et pleurer. Je savais que le coquillage, au moins, ne reviendrait jamais chez moi. Il était chez lui.

Je retournai à la gare et repris le train pour New York. Les voitures étaient presque vides, en ce début d'après-midi, et je m'assis à côté d'une fenêtre souillée de traînées de pluie et de boue, regardant la rivière et les gratte-ciel qui se rapprochaient. Par les journées nuageuses et pluvieuses, c'est à peine si leurs contours se détachent contre la grisaille du ciel ; c'est comme si votre imagination les créait, les uns après les autres.

Demain, j'irais à Rahway avec le cube de résine et son penny. L'enfant, garçon ou fille, le prendrait peut-être dans sa petite main potelée pour l'examiner avec curiosité. De toute façon, il disparaîtrait de ma vie. Je me disais que le plus difficile serait de me débarrasser du coussin péteur de Jimmy Eagleton : je me voyais mal en train de raconter à Mrs Eagleton que je l'avais rapporté à la maison pour le week-end afin de m'entraîner... Mais nécessité est mère d'invention et j'étais sûr que je finirais par trouver une explication à peu près plausible.

L'idée me traversa aussi que d'autres objets pourraient faire leur apparition, avec le temps. Et ce serait mentir que de dire que je trouvais cette éventualité parfaitement déplaisante. Rendre des choses à des gens qui les croyaient perdues à tout jamais, des choses qui ont du poids, offre des compensations. Même si ce ne sont que des choses modestes, comme des lunettes de soleil pour rire ou un penny dans un cube de résine... ouais. Je dois l'avouer, il y a des compensations.

# Fête de diplôme

Janice n'avait jamais pu trouver le mot exact pour qualifier le domicile de Buddy. C'était trop grand pour en parler comme d'une maison, pas assez pour en parler comme d'un manoir, et le nom sur le poteau, au début de l'allée – HARBORLIGHTS – lui restait dans la gorge. On aurait dit celui d'un restaurant de New London, de ceux dont la spécialité est toujours le poisson. Elle finissait systématiquement en disant « chez toi » – comme dans : « Allons chez toi jouer au tennis », ou bien : « Allons nous baigner chez toi. »

Il en allait pratiquement de même avec Buddy lui-même, se disait-elle en le voyant traverser la pelouse en direction des cris provenant de l'autre côté de la maison, là où se trouve la piscine. Qui pourrait avoir envie d'appeler son petit copain Buddy[1] ? Sans compter que lorsqu'on se rabattait sur son vrai prénom, Bruce, on ne savait plus à quel saint se vouer.

Ni comment exprimer ses sentiments, surtout. Elle savait qu'il aurait voulu l'entendre dire qu'elle l'aimait, en particulier en ce jour où on fêtait l'obtention de son diplôme de fin d'études – ce qui serait sans aucun doute un cadeau bien supérieur au médaillon en argent qu'elle lui avait offert, même si le médaillon avait sévèrement amputé ses fonds – mais elle ne pouvait s'y résoudre. Elle ne pouvait se contraindre à prononcer les mots : « Je t'aime, Bruce. » Le mieux qu'elle parvenait à dire était : « Tu me plais vraiment

1. « Copain », en langage familier.

beaucoup, Buddy », et encore, là aussi avec un serrement de cœur. Et même, cette phrase lui paraissait tout droit sortie d'une comédie musicale anglaise.

« Tu n'es pas trop fâchée de ce qu'elle a dit, n'est-ce pas ? » Telle était la question qu'il lui avait lancée avant d'aller se changer pour se baigner. « Ce n'est pas pour ça que restes à l'écart, au moins ?

– Non, je veux juste faire encore quelques services. Et admirer la vue. »

La maison avait ça pour elle, et Janice ne s'en lassait jamais. Parce que, depuis cette façade, on voyait tout New York s'étaler à vos pieds, les immeubles réduits à des jouets bleus, le soleil faisant miroiter les fenêtres les plus hautes. Janice pensait qu'en ce qui concernait New York, on ne pouvait vivre cette sensation exquise de calme que de loin. C'était un mensonge qu'elle aimait bien.

« Parce qu'elle n'est que ma grand-mère, continua-t-il. Tu commences à la connaître. Si ça lui rentre dans la tête, ça ressort par sa bouche.

– Je sais », dit Janice.

Et dans le fond, elle aimait bien la grand-mère de Buddy, parce qu'elle ne faisait aucun effort pour dissimuler son snobisme. Il s'étalait au grand jour, au rythme de la musique. On était chez les Hope, arrivés dans le Connecticut avec toute la bande céleste du *Mayflower*, merci beaucoup. Et elle-même était Janice Gandolewski qui fêterait également son diplôme de fin d'études (mais obtenu dans un établissement public, Fairhaven High) dans deux semaines, après que Buddy l'aurait laissée pour aller faire une randonnée dans les Appalaches avec trois de ses meilleurs copains.

Elle se tourne vers le panier de balles, grande, mince, en débardeur, short en toile de jean et tennis. Ses jambes fléchissent avant qu'elle ne se mette sur la pointe des pieds pour servir. Elle est très bien faite et elle le sait – mais elle le sait parce que c'est comme ça, sans faire de manières pour autant. Elle est intelligente et le sait aussi. Très rares sont les filles de Fairhaven qui réussissent à sortir avec des garçons de l'Academy – en dehors du cadre tout-le-monde-sait-quelle-est-sa-place, et des coups tirés en douce pendant le carnaval d'hiver ou les week-ends de printemps –, mais elle y est parvenue, et cela en dépit du *ski* qu'elle trimballe partout avec elle, comme une boîte de conserve attachée au pare-chocs d'une familiale. Elle a réussi ce tour de force social avec Bruce Hope, connu aussi sous le diminutif de Buddy.

Et lorsqu'ils étaient remontés du sous-sol, où ils avaient joué à des jeux vidéo sur ordinateur – la plupart des autres encore en bas, la toque carrée repoussée en arrière sur la tête –, ils avaient entendu grand-mère Hope, dans le grand salon avec les autres adultes (car cette fête était en réalité la leur ; celle des enfants aurait lieu ce soir, tout d'abord au Holy Now ! sur la Route 219, réservé pour l'occasion par les parents de Jimmy Frederick, en imposant la règle *celui qui conduit ne boit pas*, puis plus tard sur la plage, sous une pleine lune de juin – de juin la pleine lune, ah ! l'heureuse fortune, à chacun sa chacune…).

« Il s'agit de Janice Truc-machin imprononçable, disait grand-mère de sa voix bizarrement perçante de sourde, bizarrement dépourvue de ton. Elle est très jolie, n'est-ce pas ? Elle sort de sa banlieue. C'est la petite amie de Bruce, en ce moment. » Elle ne traita pas Janice de galop d'essai pour Bruce, mais évidemment, c'était tout comme.

Elle hausse les épaules et tape encore quelque services, les jambes souples, la raquette haute. Les balles volent au-dessus du filet, sèches et rapides, chacune atterrissant loin dans le carré de réception, de l'autre côté.

En réalité, ils ont appris l'un de l'autre et elle soupçonne que c'était le but de la manœuvre. Ce qu'elle visait. Et Buddy, en vérité, n'avait pas été un élève difficile. Il l'avait d'emblée respectée, peut-être même un peu trop. Elle avait dû lui apprendre à surmonter cela – du moins la partie adoration d'une déesse sur son piédestal. Et elle pense qu'il n'a pas été si mal comme amant, si l'on tient compte du fait que les jeunes ne bénéficient pas de leurs aises ni du luxe d'avoir le temps, quand il s'agit de donner à leurs corps la nourriture que ceux-ci en viennent à exiger.

« Nous avons fait du mieux que nous pouvions », dit-elle, décidant d'aller se baigner avec les autres pour qu'il puisse exhiber sa conquête une dernière fois. Elle pense qu'ils auront tout un été avant qu'il parte pour Princeton tandis qu'elle-même ira à l'université d'État, puis elle se dit que non ; se dit que le but de cette randonnée dans les Appalaches, au moins en partie, est de les séparer de manière aussi indolore et définitive que possible. Dans cette affaire, Janice ne voit pas la main du père – genre solide gaillard, aimable et familier avec tout le monde – ni celle de la grand-mère, snobinarde attendrissante – *Elle sort de sa banlieue. C'est la petite amie de Bruce, en ce moment* – mais celle de la souriante et subtilement pragmatique mère de Bruce dont la grande peur (elle pourrait l'avoir aussi bien inscrite sur son front ravissant dépourvu de rides) est que la banlieusarde avec la boîte de conserve au bout de son nom ne tombe enceinte et n'oblige son fils à faire un mariage en dessous de sa condition.

« Ce ne serait pas bien, de toute façon », murmure-t-elle tout en traînant le panier de balles dans l'abri qu'elle referme derrière elle. Son amie Marcy n'arrête pas de lui demander ce qu'elle lui trouve – *Buddy*, dit-elle d'un ton méprisant en plissant le nez. *Qu'est-ce que vous fichez pendant tout le week-end ? Vous allez à des garden-parties ? Assister à des matchs de polo ?*

Et de fait, ils ont été voir deux matchs de polo, parce que Tom Hope monte encore – même si, comme le lui a confié Buddy, il y a des chances pour que ce soit la dernière année, s'il n'arrête pas de prendre du poids. Mais ils ont aussi fait l'amour, parfois de manière intense, à finir couverts de sueur. Parfois, aussi, il la fait rire. Moins souvent, maintenant – quelque chose lui dit que sa capacité à la surprendre et à l'amuser est loin d'être infinie – mais oui, cela lui arrive encore. Mince, la tête étroite, il rompt avec le moule *gosse de riches* de manière intéressante et parfois tout à fait inattendue. De plus, il est béat d'admiration devant elle, ce qui n'est pas entièrement désagréable pour l'image qu'une fille se fait d'elle-même.

N'empêche, elle ne pense pas qu'il résistera éternellement à l'appel de sa nature profonde. Quand il atteindra trente-cinq, trente-six ans, elle se dit qu'il aura perdu l'essentiel de son enthousiasme pour brouter les chattes et préférera de beaucoup collectionner les pièces anciennes. Ou retaper de vieux rocking-chairs, comme celui que son père est en train de remettre à neuf dans la – houla ! – remise des calèches.

Elle remonte lentement le demi-hectare de gazon bien vert, regardant les jouets bleus de la ville endormie sur ses rêves, au loin. Plus proches sont les bruits d'éclaboussures et les cris qui montent de la piscine. À l'intérieur, les parents de Bruce et leurs amis proches doivent fêter le diplôme du fiston à leur façon, autour d'une cérémonieuse tasse de thé. Ce soir, les enfants seront de sortie et fêteront cela d'une manière plus normale. Il y aura ingestion d'alcool et de quelques pilules de X. Les gros haut-parleurs de la sono diffuseront de la musique rythmique de club. Personne ne fera passer la musique country que Janice a entendue toute sa vie, mais ça ne fait rien ; elle sait encore où la trouver.

Sa propre fête sera beaucoup plus modeste ; elle se déroulera probablement dans un restaurant genre Aunt Kay's et elle est bien entendu destinée à poursuivre ses études dans des institutions beaucoup moins prestigieuses ou historiques, mais elle envisage d'aller bien plus loin que Buddy, pense-t-elle, même dans ses rêves. Elle sera journaliste. Elle commencera par travailler au journal du campus et verra où cela la mènera. Un barreau à la fois, c'est la seule manière de procéder. Une échelle comporte de nombreux barreaux. Elle a ce qu'il faut pour monter très haut : du talent, un physique avenant et une confiance en soi discrète. Et il y a la chance. Oui, ça aussi. Elle sait très bien qu'il ne faut pas compter dessus, mais sait aussi qu'elle a tendance à se mettre du côté des jeunes.

Elle atteint le patio dallé de pierre et parcourt des yeux l'étendue de gazon qui la sépare des deux courts de tennis. Spectacle qui fait très opulent, très riche, très hors du commun, mais elle est assez fine pour ne pas oublier qu'elle n'a que dix-huit ans. Un jour arrivera peut-être où tout cela lui paraîtra très ordinaire, même à travers le prisme de la mémoire. Médiocre. C'est cette capacité de mettre les choses en perspective qui fait que ce n'est pas un problème pour elle d'être Janice Machin-truc-imprononçable, une banlieusarde, et la petite amie temporaire de Bruce. Buddy avec sa tête étroite et sa capacité précaire à la faire rire à des moments inattendus. Lui, au moins, ne l'a jamais fait se sentir médiocre et n'ignore probablement pas qu'elle le quitterait la première fois qu'il s'y risquerait.

Elle n'a qu'à traverser la maison pour se rendre directement à la piscine et aux cabines, mais auparavant, elle se tourne un peu sur sa gauche pour regarder encore la ville, au-delà de ces miles d'air bleuâtre de fin d'après-midi. Elle a le temps de penser : *New York pourrait être ma ville, un jour… un jour, je pourrais peut-être me dire new-yorkaise,* avant qu'une énorme torche de lumière ne monte de là, comme si quelque dieu, au cœur de la machine, venait d'allumer soudain son briquet Bic.

L'éclat la fait grimacer, l'éclat qui n'est tout d'abord qu'un gros éclair isolé. Tout le ciel, au sud, s'embrase ensuite d'un rouge livide et silencieux. Éblouissant, sans forme, cramoisi, il fait disparaître les immeubles. Puis, un instant, les immeubles réapparaissent, mais fantomatiques, comme si on les voyait à travers des verres teintés. Une seconde ou un dixième de seconde après, ils disparaissent pour l'éternité et le rouge commence à prendre la forme d'un millier d'images d'actualité, s'élevant et bouillonnant.

C'est silencieux, silencieux.

La mère de Bruce sort et vient à côté d'elle sur le patio, s'abritant les yeux de la main. Elle porte une autre robe, bleue celle-ci. Une robe pour le thé. Son épaule frôle celle de Janice et elles regardent, au sud, le champignon écarlate qui s'élève, dévorant le bleu, au milieu d'un puits de fumée violacée et sombre, elle aussi dévorée au fur et à mesure par le brasier. Le rouge éclatant de la boule de feu est trop intense pour être regardé, il va l'aveugler, mais Janice est incapable de détourner les yeux. De l'eau s'écoule en jets tièdes et continus sur ses joues, mais elle ne peut détourner les yeux.

« Qu'est-ce que c'est ? demande la mère de Bruce. Si c'est pour une publicité, c'est de très mauvais goût !

– C'est une bombe », répond Janice.

Sa voix lui paraît venir d'elle ne sait où. On dirait celle d'un correspondant lointain retransmis en direct. À présent, d'énormes cratères noirs s'ouvrent au milieu du champignon rouge, lui donnant des traits hideux qui ne cessent de changer – un chien, puis un chat, puis Bobo le Méchant Clown – et grimacent à des miles au-dessus de ce qui était New York et qui n'est plus maintenant qu'une fournaise en fusion. « Une bombe nucléaire. Et une fichtrement gigantesque. Pas le modèle de poche, ou… »

*Clac !* La chaleur s'étend sur sa joue et l'eau vole de ses deux yeux tandis que sa tête oscille. La maman de Bruce vient juste de la frapper. Et sèchement.

« Ne plaisante jamais avec ça ! lui ordonne-t-elle. Ça n'a rien de drôle ! »

D'autres personnes les rejoignent dans le patio, mais elles sont pratiquement réduites à des ombres ; ou bien l'éclat de la boule de feu l'a privée de la vue, ou bien le nuage cache le soleil. Les deux, peut-être.

« C'est de très… mauvais… GOÛT ! » Chaque mot prononcé plus fort que le précédent. *Goût* a été hurlé.

Une voix s'élève : « Il doit s'agir d'effets spéciaux, forcément, sinon, nous devrions enten... »

C'est alors que le bruit les atteint. On dirait un énorme rocher dégringolant le long d'une canalisation en pierre qui n'aurait pas de fin. Il fait trembler les vitres côté sud de la maison et chasse les oiseaux des arbres en escadrons tourbillonnants. Il remplit tout. Et ne s'interrompt pas. Comme des *bang* supersoniques qui ne s'arrêteraient jamais. Janice aperçoit la grand-mère de Bruce qui avance d'un pas lent sur l'allée conduisant au grand garage, les mains sur les oreilles. Elle marche tête baissée, dos ployé, le derrière proéminent, telle la rescapée d'une guerre dans laquelle elle aurait tout perdu, se joignant à la longue file des réfugiés. Quelque chose pend sur le dos de sa robe, se balançant au rythme de ses pas, et Janice n'est pas étonnée de remarquer (avec ce qui lui reste de vision) qu'il s'agit de son appareil auditif.

« Je voudrais bien me réveiller », dit un homme derrière Janice. Il a parlé d'un ton querelleur, plein de reproche. « Je voudrais bien me réveiller. Quand c'est assez, c'est assez. »

Le nuage rouge a maintenant atteint son altitude maximale et bouillonne, triomphant, au-dessus de l'emplacement où se trouvait New York, quatre-vingt-dix secondes auparavant, champignon vénéneux rouge foncé et violacé qui vient d'ouvrir un trou de feu dans cet après-midi comme dans tous les après-midi qui suivront.

Une brise commence à se lever. Une brise très chaude. Elle soulève ses cheveux, sur les côtés, dégageant ses oreilles pour qu'elle puisse encore mieux entendre ce tonnerre râpeux qui n'en finit pas. Janice est là, fascinée, et pense aux balles de tennis qu'elle frappait l'une après l'autre et qui toutes atterrissaient dans un mouchoir de poche. C'est tout à fait de cette façon qu'elle écrit. C'est son talent. Ou l'était.

Elle pense à la randonnée que Bruce et ses amis ne feront pas. Elle pense à la soirée au Holy Now ! où ils n'iront pas ce soir. Elle pense aux CD de Jay-Z, de Beyoncé et de The Fray qu'elle n'écoutera pas – pas énorme, cette perte-là. Et elle pense à la musique country que son papa fait passer dans son pick-up quand il part travailler. C'est mieux, au fond. Elle va penser à Patsy Cline ou à Skeeter Davis et, dans un petit moment, elle pourra peut-être obliger ce qui reste de ses yeux à ne pas regarder.

# N.

## 1. La lettre

Le 28 mai 2008

Cher Charlie,

Je trouve à la fois bizarre et parfaitement naturel de t'appeler comme ça, même si la dernière fois que je t'ai vu j'avais presque la moitié de l'âge que j'ai maintenant – seize ans, et j'étais folle de toi (le savais-tu ? Oui, bien sûr). Je suis devenue depuis une épouse comblée, maman d'un petit garçon, et je te vois tout le temps sur CNN dans ton émission médicale. Tu es aussi beau (ou presque !) aujourd'hui que tu l'étais à la grande époque, quand nous allions tous les trois pêcher ou voir des films au Railroad, à Freeport.

Ces étés me font l'impression d'être bien loin. Toi et Johnny étiez inséparables et je m'accrochais à vos basques quand vous vouliez bien de moi. Sans doute plus souvent que je ne le méritais ! Tes condoléances ont réveillé tout cela, et qu'est-ce que j'ai pleuré… Pas seulement sur Johnny, mais sur nous trois. Et, j'imagine, sur le fait que la vie nous paraissait si simple, si peu compliquée. Notre âge d'or !

Tu as vu sa notice nécrologique, évidemment. « Mort accidentelle », voilà qui peut couvrir bien des péchés, non ? Les journaux ont écrit que la mort de Johnny avait été le résultat d'une chute et c'est vrai qu'il est tombé – à un endroit que nous connaissions tous très bien, un endroit dont il m'avait même encore parlé à Noël –, mais ce n'était pas un accident. Il y avait une dose importante de sédatif dans son sang. Pas assez pour le tuer, mais suffisante, d'après le médecin légiste, pour le désorienter, en particulier s'il travaillait de l'autre côté de la rambarde. D'où le « mort accidentelle ».

Pourtant je sais, moi, que c'est un suicide.

Il n'a laissé aucun mot, ni sur lui ni à la maison, mais c'était peut-être la conception qu'il se faisait de la miséricorde. Et toi, qui es aussi médecin, tu sais que les psychiatres connaissent un taux de suicide extrêmement élevé. Comme si les malheurs de leurs patients avaient l'effet d'un acide et rongeaient leurs défenses psychiques. Dans la majorité des cas, ces défenses sont assez solides pour rester intactes. Dans celui de Johnny ? Je ne crois pas... Et cela, à cause d'un patient inhabituel. Il n'a pas beaucoup dormi non plus, au cours des deux ou trois derniers mois de sa vie ; les terribles cernes noirs qu'il avait sous les yeux ! Et il annulait constamment des rendez-vous. Il partait faire de longues balades en voiture. Il ne voulait pas dire où il allait, mais j'ai ma petite idée.

Ce qui m'amène au document que j'ai joint et que j'espère que tu liras quand tu auras fini cette lettre. Je sais que tu es occupé, mais – si ça peut t'aider ! – pense à moi comme à la gamine transie d'amour que j'étais, avec sa queue-de-cheval qui n'arrêtait pas de se défaire, constamment accrochée à vos basques !

Johnny avait une pratique indépendante, mais il avait créé une association informelle, avec deux autres psys, au cours des quatre dernières années de sa vie. Les dossiers des patients qu'il traitait ont été confiés à l'un d'eux après sa mort. Ces dossiers se trouvaient dans son cabinet. Mais quand j'ai fait le ménage de son bureau, chez lui, je suis tombée sur le petit manuscrit que j'ai joint ici. Ce sont les notes prises pour un patient qu'il appelle N. ; mais j'avais eu l'occasion de voir comment il prenait ce genre de notes, d'habitude, (simplement parce qu'il avait laissé des dossiers ouverts sur son bureau) et celles-ci n'avaient pas la présentation habituelle. Pour commencer, elles n'ont pas été rédigées dans son cabinet car elles n'ont pas d'en-tête, comme toutes les autres que j'ai pu voir, et elles ne comportent pas le tampon CONFIDENTIEL au bas de chaque page. Tu remarqueras aussi la fine ligne verticale sur les pages. Elle est caractéristique de l'imprimante de son domicile.

Mais il y a quelque chose d'autre, comme tu le constateras quand tu ouvriras le colis. Il a écrit deux mots sur la couverture avec un gros marqueur noir : À BRÛLER. J'ai failli le faire, sans regarder ce que c'était. Je me suis dit, Dieu me pardonne, que c'était peut-être sa réserve personnelle de drogue ou des tirages d'un site porno un peu spécial sur Internet. Mais finalement, en bonne fille de Pandore que je suis, ma curiosité l'a emporté. Je le regrette bien.

J'ai l'impression, Charlie, que mon frère envisageait d'écrire un livre, quelque chose de grand public dans le genre de celui d'Oliver Sacks. À en juger par ce manuscrit, son intérêt se portait surtout sur les comportements obsessionnels compulsifs, au début ; et quand j'y ajoute son suicide (s'il s'agit bien d'un suicide !), je me demande si son intérêt n'était pas lié au vieil adage voulant qu'un thérapeute se soigne d'abord lui-même.

Toujours est-il que j'ai trouvé inquiétants le compte rendu de N. et les notes de plus en plus fragmentaires de mon frère. À quel point inquiétants ? Assez, en tout cas, pour faire parvenir ce manuscrit – dont je n'ai tiré aucune copie, au fait – à un ami qu'il n'avait pas vu depuis dix ans et que je n'avais pas vu, moi, depuis quatorze. Sur le coup, je m'étais dit que cela pourrait être publié pour garder vivante la mémoire de mon frère.

Mais je ne le pense plus. Il y a quelque chose de presque *vivant* dans ce manuscrit, et pas dans un sens agréable. Je connais les endroits qui y sont mentionnés, vois-tu (et je parie que tu en connais certains, toi aussi, le champ dont parle N., comme le note Johnny, ne doit pas être bien loin de l'école où nous allions enfants) et, depuis que j'ai lu ces pages, j'éprouve le désir puissant de voir si je peux le trouver. Non pas en dépit de la nature inquiétante du manuscrit, mais à cause d'elle – et si ce n'est pas obsessionnel, ça, qu'est-ce qui l'est ?

Je ne pense pas que le trouver serait une bonne idée.

Mais la mort de Johnny me hante et pas seulement parce qu'il était mon frère. Le manuscrit aussi me hante. Acceptes-tu de le lire ? De le lire et de me dire ce que tu en penses ? Merci, Charlie. J'espère que tu ne vis pas cela comme une intrusion exagérée.

Enfin, si jamais tu décidais d'honorer le vœu de Johnny et de le brûler, tu ne m'entendrais pas élever la moindre protestation.

Avec tendresse,
De la part de « la petite frangine » de Johnny Bonsaint

Sheila Bonsaint LeClaire
964 Lisbon Street
Lewiston, Maine 04240

P-S : Ah, le béguin que j'avais pour toi !

## 2. Le dossier de N.

1er juin 2007

N. a quarante-huit ans, il est membre associé d'un gros cabinet d'experts-comptables à Portland, divorcé, père de deux filles. L'une est thésarde en Californie et l'autre encore au lycée dans le Maine. Il décrit ses relations actuelles avec son ex-femme comme « distantes mais cordiales ».

Il dit : « Je sais que j'ai l'air d'avoir plus de quarante-huit ans. C'est parce que je ne dors plus. J'ai essayé l'Ambien et toutes les autres pilules, y compris la vert pâle, avec pour seul résultat de me sentir dans le coaltar. »

Quand je lui demande depuis combien de temps il souffre d'insomnie, il n'a pas besoin de réfléchir.

« Dix mois », répond-il aussitôt.

Je lui demande si c'est à cause de ses insomnies qu'il est venu me consulter. Il sourit au plafond. La plupart des patients s'assoient dans le fauteuil, au moins pour leur première visite – une femme m'a expliqué un jour que s'allonger sur le divan lui aurait donné l'impression d'être la névrosée d'un dessin humoristique du *New Yorker* – mais N. est allé s'installer directement sur le divan. Il se tient les mains croisées très serrées sur sa poitrine.

« Je pense que vous et moi le savons très bien, Dr Bonsaint », dit-il.

Je lui demande ce qu'il veut dire.

« Si je voulais simplement me débarrasser des poches que j'ai sous les yeux, soit j'aurais recours à la chirurgie esthétique, soit j'irais voir mon médecin de famille – au fait, c'est lui qui vous a recommandé, il affirme que vous êtes très bon – pour lui demander un truc un peu plus fort que l'Ambien ou les pilules vertes. Il doit y avoir des trucs plus forts, non ? »

Je ne réponds rien à cela.

« Si j'ai bien compris, l'insomnie est toujours le symptôme de quelque chose d'autre. »

Je lui réponds que non, pas toujours, mais que c'est le cas la plupart du temps. Et j'ajoute que s'il y a un autre problème, l'insomnie est rarement le seul symptôme.

« Oh, j'en ai d'autres. Des tonnes. Regardez mes chaussures, par exemple. »

Je regarde ses chaussures. Ce sont des bottillons entièrement lacés. Le gauche est noué en haut, le droit en bas, sur l'empeigne. Je lui dis que c'est très intéressant.

« Oui, quand j'étais au lycée, les filles nouaient leurs lacets dans le bas si elles étaient la régulière de quelqu'un. Ou s'il y avait un garçon dont elles auraient voulu être la régulière. »

Je lui demande si lui voudrait se trouver une régulière, espérant rompre la tension que je vois dans sa posture – les articulations de ses doigts croisés sont blanches, comme s'il redoutait que ses mains ne s'envolent s'il arrêtait d'exercer une certaine pression dessus – mais il ne rit pas. Il ne sourit même pas.

« J'ai dépassé l'âge ou l'on cherche une régulière, dit-il, mais il y a quelque chose que je veux, en effet. »

Il réfléchit.

« J'ai essayé de nouer mes deux lacets en bas. Ça n'a pas marché. Mais les uns en haut et les autres en bas, on dirait que cela améliore les choses. » Il libère sa main droite de la prise mortelle dans laquelle la tient la gauche, et laisse un petit intervalle entre son pouce et son index. « De ça, à peu près. »

Je lui demande ce qu'il souhaite.

« Que ma tête aille bien de nouveau. Essayer de se guérir l'esprit en nouant ses lacets selon un code de communication d'adolescentes… en l'ajustant légèrement pour cadrer avec la situation… C'est délirant, non ? Et les gens délirants doivent chercher de l'aide. S'il leur reste la moindre lucidité – ce dont je me flatte –, ils le savent. Voilà pourquoi je suis ici. »

Il noue de nouveau ses mains et me regarde avec un mélange de peur et de défi. Et avec aussi, me semble-t-il, un certain soulagement. Il a passé des heures allongé, éveillé, à s'imaginer ce qu'il adviendrait s'il racontait à un psychiatre les craintes que lui inspire sa santé mentale ; il le fait, et je ne bondis pas en hurlant sortez de mon cabinet, je n'appelle pas non plus les types en blouse blanche. Certains patients s'imaginent que j'en ai une escouade planqués dans la pièce voisine, équipés de filets à papillons et de camisoles de force.

Je lui demande de me donner des exemples de ce qui ne tourne pas rond chez lui, et il hausse les épaules.

« Les conneries habituelles – des TOC. Vous avez entendu ça des centaines de fois. C'est de la cause sous-jacente que je suis venu m'occuper. Ce qui est arrivé en août de l'an dernier. J'ai pensé que vous pourriez peut-être m'hypnotiser et me le faire oublier. » Il me regarde, plein d'espoir.

Je lui réponds que, si rien n'est impossible, l'hypnotisme fonctionne mieux en tant qu'aide à la mémoire que comme mécanisme de blocage de celle-ci.

« Ah, dit-il, je ne savais pas. Merde. » Il contemple de nouveau le plafond. Les muscles travaillent le long de sa mâchoire et je pense qu'il a autre chose à me dire. « Ça pourrait être dangereux, voyez-vous. » Il s'interrompt, mais ce n'est qu'une pause ; les muscles de la mâchoire continuent à jouer. « Ce qui cloche chez moi pourrait être très dangereux. » Nouvelle pause. « Pour moi. » Nouvelle pause. « Et peut-être pour d'autres. »

Une séance de thérapie est une succession de choix, de carrefours sans poteaux indicateurs. À ce stade, on peut demander au patient de quoi il s'agit – quelle est cette chose dangereuse – mais je choisis de ne pas le faire. Je lui demande à la place de quel genre de TOC il parle. En dehors du coup des lacets noués un en haut, l'autre en bas, ce qui est un sacré bon exemple (ce que je ne lui dis pas).

« Vous savez bien », répondit-il en m'adressant un regard en biais qui me met un peu mal à l'aise. Je ne le montre pas ; ce n'est pas la première fois qu'un patient me met mal à l'aise. Les psychiatres sont des spéléos, en fait, et tout bon spéléo sait très bien que les grottes sont pleines de chauves-souris et de bestioles diverses.

Pas très agréable, mais la plupart sont fondamentalement inoffensives.

Je lui demande de me faire plaisir. Et de ne pas oublier que nous commençons tout juste à faire connaissance.

« Nous ne sommes pas encore en phase, tous les deux, c'est ça ? »

Non, lui dis-je, pas tout à fait.

« Vaudrait mieux qu'on le soit rapidement, dit-il, parce que j'en suis au Niveau Orange, Dr Bonsaint. Sur le point de virer au Rouge. »

Je lui demande s'il compte les choses.

« Bien sûr, que je les compte. Le nombre de mots à deviner dans les mots croisés du *New York Times*... et le dimanche je les compte deux fois, parce que les grilles sont plus grandes et que je trouve plus sûr de vérifier. Nécessaire, à vrai dire. Mes pas. Le nombre de sonneries du téléphone quand j'appelle quelqu'un. Je mange au Colonial Diner la plupart des jours ouvrables ; c'est à trois coins de rues de mon bureau, et je compte les paires de chaussures noires en chemin. Au retour, je compte les paires de marron. J'ai essayé les rouges, une fois, mais c'était ridicule. Seules les femmes portent des chaussures rouges et elles ne sont pas très nombreuses, en plus. Pas dans la journée. Je n'en ai compté que trois paires, alors je suis revenu au Colonial et j'ai recommencé en comptant les chaussures marron, cette fois. »

Je lui demande s'il faut qu'il compte un minimum de chaussures pour se sentir satisfait.

« Trente, c'est bien. Quinze paires. La plupart du temps, j'y arrive. »

Et pourquoi est-il nécessaire d'atteindre un certain nombre ?

Il réfléchit, puis me regarde. « Si je vous réponds que vous le savez bien, allez-vous me demander d'expliquer ce que vous êtes supposé savoir ? Vous vous occupez de TOC depuis bien avant que j'aie commencé à m'intéresser à eux – sérieusement – dans ma tête et sur Internet. On pourrait pas zapper tout ça ? »

Je lui réponds que la plupart des « compteurs » ont l'impression qu'atteindre un certain nombre, « le nombre cible », est nécessaire pour le maintien de l'ordre. Pour que le monde puisse continuer à tourner sur son axe, si l'on peut dire.

Il acquiesce, satisfait, et la digue se rompt.

« Un jour, alors que je comptais en revenant au bureau, j'ai croisé un unijambiste. Sa jambe s'arrêtait au genou. Il avait des béquilles et une chaussette sur le moignon. S'il avait porté une chaussure noire, il n'y aurait eu aucun problème. Parce que je le croisais sur le chemin du retour, vous comprenez. Mais sa chaussure était marron. Ça m'a fichu le reste de la journée en l'air et, la nuit suivante, je n'ai pas pu dormir. Parce que les numéros impairs sont mauvais (il se tapota la tempe). Ici, au moins. Il y a la partie rationnelle de mon esprit qui me dit que ce ne sont que des conneries, mais une autre est persuadée que non, pas du tout, et c'est celle-ci qui a le dessus. On pourrait penser que lorsqu'il n'arrive rien de mauvais – et en fait quelque chose de bien nous est arrivé ce jour-là, un audit du fisc a été annulé sans raison –, le sortilège est rompu, mais non. J'ai compté trente-sept chaussures marron au lieu de trente-huit, et la fin du monde n'étant pas arrivée, cette partie irrationnelle de mon esprit en a conclu que c'était parce que j'avais non seulement atteint trente, mais que je l'avais largement dépassé.

« Quand je charge le lave-vaisselle, je compte les assiettes. Si j'en trouve un nombre pair supérieur à dix, tout va bien. Pareil avec les fourchettes et les cuillères. Il faut qu'il y en ait au moins douze dans le petit panier en plastique, sur le devant. Vu que ce n'est pas souvent le cas, puisque je vis seul, cela signifie que la plupart du temps il faut en ajouter des propres. »

Et les couteaux ? demandé-je. Il secoue aussitôt la tête.

« Jamais les couteaux. Pas dans le lave-vaisselle. »

Quand je lui demande pourquoi, il répond qu'il ne sait pas. Puis marque une pause et me regarde de côté. « Je lave toujours les couteaux dans l'évier. »

Les couteaux dans le panier des couverts dérangeraient l'ordre du monde, c'est ça ?

« Non ! s'exclame-t-il. Vous comprenez, Dr Bonsaint, mais pas entièrement. »

Alors vous devez m'aider.

« L'ordre du monde est déjà perturbé. Je l'ai perturbé l'été dernier, lorsque je me suis rendu au Champ d'Ackerman. Sauf que je ne l'ai pas compris. Pas à l'époque. »

Mais maintenant, vous l'avez compris ?

« Oui. Pas tout, mais suffisamment. »

Je lui demande s'il essaie d'arranger les choses ou se contente simplement d'empêcher la situation d'empirer.

Un soulagement inexprimable se peint sur son visage, dont tous les muscles se détendent. Quelque chose qui cherchait à prendre forme venait finalement d'être mis en mots. Ce sont les instants pour lesquels je vis. Ce n'est pas la guérison, on en est même loin, mais N. connaissait un certain soulagement. Il ne s'y était probablement pas attendu. Rares sont les patients qui s'y attendent.

« Je ne peux pas arranger les choses, murmure-t-il. Mais je peux les empêcher d'empirer. Oui, c'est ce que je fais. »

De nouveau, voici que je me retrouve à l'un de ces carrefours dont j'ai déjà parlé. Je pourrais lui demander ce qui s'est passé l'été précédent – en août, je suppose – dans le Champ d'Ackerman, mais c'est probablement prématuré. Il me paraît plus prudent de continuer à travailler sur les racines de cette dent pourrie, pour le moment. D'autant que je doute fort que l'origine de l'infection puisse être aussi récente. Il est plus vraisemblable que l'événement de l'été dernier a fait office de détonateur.

Je lui demande de me parler de ses autres symptômes.

Il rit. « Cela me prendrait toute la journée et nous n'avons plus que… (il consulte sa montre-bracelet)… vingt-deux minutes. Vingt-deux est un bon nombre, au fait. »

Parce qu'il est pair ?

À sa manière d'acquiescer, il est clair que je perds mon temps avec une évidence.

« Mes… mes symptômes, comme vous dites… se présentent groupés (il contemple de nouveau le plafond). Il y a trois groupes. Ils dépassent de moi… de la partie saine d'esprit en moi… comme des rochers… vous savez, des rochers… oh, mon Dieu, mon Dieu… comme les putains de rochers dans ce putain de champ… »

Des larmes coulent sur ses joues. Tout d'abord, il semble ne pas s'en rendre compte ; il reste allongé les mains croisées, tourné vers le plafond. Puis il tend une main vers la tablette, à côté de lui, sur laquelle est posée ce que ma secrétaire, Sandy, appelle mon « éternelle boîte de Kleenex ». Il en prend deux, s'essuie les joues, puis roule les Kleenex en boule. Ils disparaissent dans ses mains à nouveau serrées.

« Il y a trois groupes, reprend-il, d'une voix moins assurée. Le premier, ce sont les comptages. C'est important, mais pas aussi important que toucher. Il y a certaines choses que je dois toucher. Les brûleurs de la gazinière, par exemple. Avant de quitter la maison, le matin, ou le soir avant d'aller me coucher. Je vois très bien qu'ils sont coupés – toutes les manettes sont sur zéro et les brûleurs sont noirs – mais j'ai tout de même besoin de les toucher pour être absolument sûr. Et celui sur le devant du four aussi, bien sûr. Puis je me suis mis à toucher les interrupteurs avant de quitter la maison ou le bureau. Juste deux petits coups rapides. Avant de monter dans ma voiture, je tape quatre fois sur le toit. Et six fois quand j'arrive à destination. Quatre est un bon chiffre et six un chiffre correct, mais dix... dix est comme... »

Je vois une coulée de larmes, qu'il n'a pas essuyée, courir en zigzag du coin de son œil au lobe de son oreille.

« Trouver une régulière qui soit la fille de vos rêves ? » lui suggéré-je.

Il sourit. Il a un sourire charmant et fatigué – le sourire de quelqu'un qui trouve de plus en plus dur de se lever chaque matin.

« Tout juste, dit-il. Et elle a les lacets de ses tennis noués à l'envers, pour que tout le monde le sache. »

Y a-t-il d'autres choses que vous touchiez ? demandai-je, connaissant déjà la réponse. J'ai vu de nombreux cas similaires à celui de N. depuis cinq ans que j'exerce. Je me représente souvent ces malheureux, hommes ou femmes, comme victimes de rapaces les picorant jusqu'à ce que mort s'ensuive. Les oiseaux sont invisibles – du moins jusqu'à ce qu'un psychiatre (un bon psychiatre, ou un psychiatre chanceux, ou les deux) les asperge de sa solution personnelle de révélateur et les place sous le bon éclairage – mais ils n'en sont pas moins réels. Le plus stupéfiant est que tant de personnes atteintes de TOC réussissent malgré cela à mener des vies productives. Elles travaillent, elles mangent (souvent pas assez ou trop, c'est vrai), elles vont au cinéma, elles font l'amour... et tout le temps ces oiseaux sont là, agrippés à elles leur arrachant de minuscules becquées de chair.

« Je touche beaucoup de choses, répond-il, et il adresse de nouveau au plafond son sourire charmant et fatigué. Vous pouvez le dire, j'en touche, des choses. »

Bon, compter est important, mais toucher plus important encore. Et qu'y a-t-il au-dessus de toucher ?

« Placer, répond-il en tremblant soudain de tout son corps, comme un chien abandonné sous une pluie glacée. Oh, Seigneur… »

Il se met brusquement sur son séant et se tourne pour poser les pieds sur le sol. Sur la tablette, outre l'éternelle boîte de Kleenex, il y a un vase de fleurs. À gestes rapides, il déplace la boîte de Kleenex et le vase de manière à ce qu'ils soient en diagonale. Puis il sort deux des tulipes du vase et les dispose tige contre tige, de façon qu'une des fleurs touche le vase et l'autre la boîte de Kleenex.

« Comme ça, c'est en sécurité », dit-il. Il hésite, puis acquiesce comme si quelque chose en lui confirmait qu'il a vu juste. « Ça protège le monde (il hésite un instant). Pour le moment. »

Je consulte ma montre. Le temps est écoulé, et nous avons pas mal avancé pour une première séance.

« La semaine prochaine, lui dis-je. Même lieu, même heure, même punition. » Parfois, je lance cette petite plaisanterie sur un mode interrogatif, mais pas avec N. Il a besoin de revenir, et il le sait.

« Pas de guérison magique, hein ? » demande-t-il. Son sourire est tellement triste que j'en détournerais presque les yeux.

Je lui dis qu'il est possible qu'il se sente mieux (ce genre de suggestion positive ne peut pas faire de mal, comme le savent tous les psys). Puis je lui conseille de jeter son Ambien et ses petites pilules vertes (sans doute du Lunesta). S'il n'arrive pas à dormir en les prenant, tout ce qu'elles peuvent faire, c'est l'abrutir pendant son temps de veille. S'endormir au volant sur l'échangeur 295 ne résoudra aucun de ses problèmes.

« C'est vrai, admet-il. Nous n'avons pas abordé les causes profondes, Doc. Je sais que… »

Je l'interromps. Nous aborderons peut-être cela la semaine prochaine. En attendant, je lui demande de tenir un journal divisé en trois sections : compter, toucher, placer. Peut-il faire ça ?

« Oui. »

Je lui demande, presque négligemment, s'il ne se sent pas suicidaire.

« Cette idée m'a traversé l'esprit, mais j'ai beaucoup de choses à faire. »

Réaction intéressante et assez troublante.

Je lui tends ma carte et lui dis de m'appeler – de jour comme de nuit – si l'idée du suicide commence à lui paraître plus intéressante. Il me dit qu'il le fera. Mais voilà, ils le promettent tous.

« En attendant, lui dis-je à la porte, mettant la main sur son épaule, continuez à mener une vie régulière. »

Il me regarde, pâle et cet homme que d'invisibles oiseaux picorent à mort ne sourie plus. « Avez-vous jamais lu *Le Grand Dieu Pan*, d'Arthur Machen ? »

Je secoue la tête.

« C'est le roman le plus terrifiant jamais écrit. À un moment donné, l'un des personnages dit : *La convoitise l'emporte toujours.* Mais la convoitise, ce n'est pas ce qu'il veut dire. Ce dont il parle, c'est de la pulsion. »

Du Paxil ? Ou peut-être du Prozac. Mais ni l'un ni l'autre tant que je n'en sais pas davantage sur cet intéressant patient.

7 juin 2007
14 juin 2007
28 juin 2007

N. apporte ses « devoirs » à la séance suivante, comme je m'attendais tout à fait à ce qu'il le fasse. Il y a beaucoup de choses, dans ce monde, dont on ne peut être assuré, et beaucoup de gens en qui on ne peut avoir confiance, mais les victimes de TOC, sauf s'ils sont mourants, achèvent toujours leur tâche.

D'une certaine manière, ses relevés sont comiques ; d'une autre, tristes ; d'une autre encore, franchement horribles. Il est comptable, après tout, et je suppose qu'il s'est servi d'un de ses programmes de comptabilité pour créer le contenu de la chemise qu'il me tend avant d'aller s'allonger sur le canapé. Ce sont des tableaux d'ordinateur. Si ce n'est qu'en lieu et place d'investissements et de rentrées d'argent, ils détaillent le terrain complexe des obsessions de N. Les deux premières feuilles ont **COMPTER** pour en-tête ; les deux suivantes, **TOUCHER** ; les six dernières, **PLACER**. En les feuilletant, je reste perplexe : comment a-t-il encore le temps de se livrer à d'autres activités ? Mais comme toutes les victimes de TOC, il se débrouille. L'idée des oiseaux invisibles me revient à l'esprit ; je les vois grouillant au-dessus de N. et lui becquetant des lambeaux sanguinolents de chair.

Quand je relève la tête, il est allongé sur le canapé, les mains une fois de plus serrées fermement sur sa poitrine. Il a redisposé le vase et la boîte de mouchoirs en les reliant en diagonale. Les fleurs sont des lys blancs, aujourd'hui. À les voir ainsi, posées sur la table, je pense à des funérailles.

« Je vous en prie, ne me demandez pas de les remettre dans le vase, me dit-il, d'un ton qui s'excuse mais reste ferme. Je préférerais partir que de le faire. »

Je lui réponds que je n'ai pas l'intention de le lui demander. Je soulève les feuilles de son compte rendu et le complimente pour leur aspect professionnel. Il hausse les épaules. Je lui demande si elles représentent un compte rendu général ou si elles ne concernent que la dernière semaine.

« Seulement la dernière semaine. » Il a répondu comme si le sujet ne l'intéressait pas. Sans doute est-ce le cas. Un homme picoré à mort par des oiseaux a bien le droit de ne pas beaucoup s'intéresser aux insultes et aux blessures de l'année passée, ou même de la semaine dernière ; c'est aujourd'hui qu'il a en tête. Et, Dieu lui vienne en aide, demain.

« On doit compter entre deux et trois mille entrées, là-dedans, dis-je.

– Ce sont des *évènements*. C'est ainsi que je les appelle. Il y a six cent quatre évènements de comptage, huit cent soixante-dix-huit évènements de contact, deux cent quarante-six évènements de placement. Tous des nombres pairs, vous l'aurez remarqué. Ce qui fait un total de trois mille sept cent vingt-huit évènements, encore un nombre pair. Si vous additionnez les chiffres qui composent le total – 3 728 –, vous obtenez vingt, toujours un nombre pair. Un bon nombre (il acquiesce, comme pour se le confirmer à lui-même). Divisez 3 728 par deux et vous obtenez mille huit cent soixante-quatre. Les chiffres de 1 864 totalisent dix-neuf, un nombre impair et puissant. Puissant et mauvais. » Il a un petit frisson en disant cela.

« Vous devez être très fatigué. »

Il ne fait aucune réponse à cela ; il ne hoche même pas la tête, mais néanmoins il répond. Des larmes coulent sur ses pommettes en direction de ses oreilles. Je répugne à ajouter à son fardeau, mais un fait me paraît évident : si je ne m'y attelle pas rapidement – « sans tourner autour du pot », comme dit la sagesse populaire –, il ne sera même pas capable de faire le travail. Je constate déjà une détérioration de son aspect (chemise froissée, menton mal rasé, cheveux en désordre) et si jamais je demandais à ses collègues de me parler de lui, j'aurais certainement droit à ces rapides échanges de regards qui trahissent tant de choses. Les relevés sont stupéfiants à leur manière, mais N. est manifestement à bout de forces. Il me semble que je n'ai pas d'autre choix que de m'attaquer au cœur du problème, et tant que ce cœur n'aura pas été atteint, pas question de Prozac, de Paxil ou de quoi que ce soit.

Je lui demande s'il est prêt à me parler de ce qui est arrivé en août dernier.

« Oui. C'est ce que je suis venu faire. » Il prend quelques mouchoirs dans la boîte éternelle et s'essuie les joues. Le geste est fatigué. « Mais… vous êtes bien sûr, Doc ? »

C'est la première fois qu'un patient me pose cette question, ou adopte, comme à contrecœur, ce ton de sympathie. Je lui réponds que oui, j'en suis sûr. Mon boulot consiste à l'aider mais, pour que je puisse le faire, il faut qu'il veuille s'aider lui-même.

« Y compris si cela vous fait courir le risque de vous retrouver comme je suis maintenant ? Parce que cela pourrait arriver. Je suis perdu, mais je crois – j'espère – que je n'en suis pas au stade de l'homme qui se noie, tellement paniqué que je serais prêt à entraîner quiconque essaierait de me sauver. »

Je lui avoue ne pas très bien comprendre.

« Je suis ici parce que tout cela se passe peut-être dans ma tête », dit-il en se donnant des petits coups contre la tempe avec ses articulations, comme s'il voulait que je sache bien où est sa tête. « Mais peut-être pas seulement. Je ne peux pas vraiment en décider. Mais c'est ce que je veux dire, lorsque je dis que je suis perdu. Et si ce n'est pas uniquement mental – si ce que j'ai vu et ressenti dans le Champ d'Ackerman est réel – alors je suis porteur d'une sorte d'infection. Je pourrais vous contaminer. »

*Le Champ d'Ackerman.* J'en prends note, même si tout se trouve sur les enregistrements. Ma sœur et moi, quand nous étions enfants, allions à l'école Ackerman, dans la petite ville de Harlow, sur les rives de l'Androscoggin. Harlow, qui n'est pas très loin d'ici ; moins de cinquante kilomètres.

Je lui réponds que je suis prêt à courir ce risque et que je suis certain qu'en fin de compte (toujours le renforcement positif), nous nous en sortirons très bien tous les deux.

Il émet un rire bref et creux. « On peut toujours rêver.

– Parlez-moi du Champ d'Ackerman. »

Il pousse un soupir. « C'est à Motton, sur la rive est de l'Androscoggin. »

Motton. La ville juste après Chester's Mill. Notre mère achetait son lait et ses œufs à la Boy Hill Farm, à Motton. N. fait allusion à un endroit qui ne peut pas être à plus de dix kilomètres de la ferme où j'ai grandi. Tout juste si je ne lui dis pas : *je connais !*

Je n'en fais rien, mais il a un regard aigu sur moi, presque comme s'il avait surpris mes pensées. C'est possible. Je ne crois pas à la transmission de pensées, sans pour autant en rejeter complètement la possibilité.

« N'allez jamais là-bas, Doc, dit-il. Ne cherchez même pas où c'est. Promettez-le-moi. »

Je le lui promets. En fait, cela fait plus de quinze ans que je ne suis pas retourné dans cette partie sinistrée du Maine. C'est proche géographiquement, loin en termes de désir. Thomas Wolfe a fait un constat fondamental en disant qu'*on ne peut pas retourner à la maison.* Ce n'est pas vrai pour tout le monde (ma sœur Sheila retourne souvent chez elle ; elle est encore très proche de plusieurs de ses amis d'enfance), mais c'est vrai pour moi. Même si je dirais plutôt : *Je ne retournerai jamais à la maison.* Ce dont je me souviens, c'est de grosses brutes dotées de becs-de-lièvre faisant régner la terreur dans la cour de récré, de maisons vides aux fenêtres sans vitrages et à l'aspect malveillant, de voitures à l'état d'épaves, et de ciels qui paraissaient tout le temps blancs et froids, pleins de vols de corbeaux.

« Très bien », dit N. Il découvre un moment ses dents, tourné vers le plafond. Ce n'est pas une attitude agressive ; il s'agit, j'en suis sûr, de l'expression d'un homme se préparant à soulever un poids énorme qui le laissera moulu de courbatures le lendemain. « Je ne sais pas si je vais pouvoir bien m'exprimer, mais je ferai de mon mieux. L'important est de se rappeler que jusqu'à cette journée d'août, ce qui se rapprochait le plus d'un TOC, chez moi, était ma manie de retourner dans la salle de bains avant de partir au travail pour m'assurer que j'avais fait disparaître les poils qui me dépassent du nez. »

C'est peut-être vrai ; plus vraisemblablement faux. Je n'insiste pas. Je me contente de lui demander ce qui s'est passé ce jour-là. Il me le dit.

Il me le détaille au cours des trois séances suivantes. Lors de la deuxième – le 15 juin –, il m'apporte un calendrier. Que j'appellerai, comme il se doit, *Pièce à conviction A.*

## 3. L'histoire de N.

« Je suis comptable pour gagner ma vie, mais ma passion est la photographie. Après mon divorce (et les enfants ayant grandi, ce qui est un divorce d'un autre genre, presque aussi douloureux), j'ai passé la plupart de mes week-ends à parcourir la région et à prendre des paysages en photo avec mon Nikon. C'est un appareil à films argentiques, pas un numérique. À la fin de chaque année, je choisis les douze meilleurs clichés pour composer un calendrier. Je les fais tirer dans une petite imprimerie de Freeport, The Windhover Press. C'est cher, mais ils font du bon travail. J'offre mes calendriers à mes amis et à mes associés d'affaires pour Noël. À quelques clients aussi, mais plus rarement. Les clients auxquels on envoie des facture à cinq ou six chiffres apprécient en général plutôt un objet au moins plaqué argent. Pour ma part, je préfère de beaucoup une belle photo de paysage. Je n'ai aucune photo du Champ d'Ackerman. J'en ai pris quelques-unes, mais elles n'ont rien donné. Plus tard, j'ai emprunté un appareil numérique. Non seulement cela n'a rien donné, mais l'intérieur de l'appareil a été cuit. J'ai dû en acheter un neuf au type qui me l'avait prêté. Normal. À ce moment-là, de toute façon, j'aurais détruit toute photo que j'aurais pu avoir de cet endroit. S'il me l'avait permis, évidemment. »

[*Je lui demande qui est ce « il », mais N. ignore la question comme s'il ne l'avait pas entendue.*]

« J'ai pris des photos dans tout le Maine et le New Hampshire, mais j'ai tendance à m'en tenir à mon territoire. J'habite à Castle Rock – là-haut sur la View –, après avoir grandi à Harlow, comme vous. Et ne prenez pas cet air étonné, Doc, j'ai fait une recherche par Google sur vous après que mon généraliste vous avait recommandé – tout le monde googuelise tout le monde de nos jours, pas vrai ?

« Bref, ce secteur, au centre du Maine, est celui où j'ai fait mes meilleures photos : Harlow, Motton, Chester Mill, St.-Ives, Castle-St.-Ives, Canton, Lisbon Falls. En d'autres termes, tout le long de la puissante Androscoggin. Ces photos ont quelque chose de plus… *réel.* Le calendrier 2005 est un bon exemple. Je vous en apporterai un et vous verrez par vous-même. Celles de janvier à avril et de septembre à décembre ont été prises près de chez moi. Celles de mai à août sont… voyons… la plage d'Old Orchard… la pointe de Pemnaquid, le phare, bien sûr… le parc naturel Harrison… et le Thunder Hole à Bar Harbor. Je croyais avoir fait quelque chose de sensationnel au Thunder Hole, j'étais tout excité, mais quand j'ai vu les épreuves, ça m'a remis les pieds sur terre. Rien que des clichés de touriste. Bonne composition, et alors, hein ? Vous trouverez de bonnes compositions dans n'importe quel calendrier à la noix fait par un amateur.

« Vous voulez que je vous dise, en tant que simple amateur ? Je pense que la photographie est un art bien plus artistique que ce que croient la plupart des gens. C'est logique de penser, pour peu qu'on ait le sens de la composition – plus un peu de savoir-faire technique, ce qui s'apprend dans n'importe quel cours de photo – qu'un beau site est tout aussi photogénique qu'un autre, en particulier si vous vous êtes spécialisé dans les paysages. Harlow dans le Maine, ou Sarasota, en Floride, assurez-vous d'avoir le bon filtre, cadrez, appuyez sur le déclencheur. Sauf que ce n'est pas comme ça. Le lieu a de l'importance en photo, tout comme il en a en peinture, dans les romans ou la poésie. Je ne sais pas pourquoi, mais… »

[*Il y a un long silence.*]

« En fait si, je sais. Parce qu'un artiste, même un amateur comme moi, met son âme dans les choses qu'il crée. Certains – ceux qui ont l'imagination vagabonde, je suppose – ont une âme transportable. Dans mon cas, elle semble incapable d'aller ne serait-ce qu'à Bar Harbor. Mais les clichés que j'ai pris le long de l'Androscoggin… voilà qui me parle. Et ils parlent aux autres, aussi. L'imprimeur de Windhover prétend que je pourrais signer pour un livre à New York et finir par être payé au lieu d'en être de ma poche, mais ça ne m'a jamais intéressé. Cela me paraît un peu trop… je ne sais pas… public ? Prétentieux ? quelque chose comme ça, en tout cas. Les calendriers sont des objets insignifiants, juste un truc entre amis. Sans compter que j'ai un travail. J'adore manipuler des chiffres. Mais ma vie aurait été plus morose sans la photo, aucun doute. J'étais heureux, simplement de savoir que quelques-uns de mes amis avaient mon calendrier accroché dans leur cuisine ou leur séjour. Ou même dans le foutu cagibi aux bottes. L'ironie est que je n'ai pas pris beaucoup de photos depuis celles que j'ai voulu faire du Champ d'Ackerman. Je crois que cette période de ma vie est terminée, et ça fait un vide. Un vide dans lequel j'entends siffler au milieu de la nuit, comme si un vent soufflait tout au fond. Un vent essayant de remplir ce qui n'est plus là. Parfois, je me dis que la vie est une bien triste et mauvaise affaire, Doc. Vraiment.

« Un jour, au cours d'une de mes balades en août dernier, je suis tombé sur une route blanche, du côté de Motton, dont je n'avais aucun souvenir. Je roulais au hasard, écoutant des airs à la radio, et j'avais perdu la rivière de vue ; mais je savais qu'elle ne pouvait pas être loin, à cause de l'odeur. Une odeur faite d'un mélange d'humidité et de fraîcheur. Vous savez ce que je veux dire, j'en suis sûr. Bref, j'ai emprunté cette route.

« Elle était pleine de nids-de-poule et presque complètement emportée par endroits. Il commençait à se faire tard. Il devait être autour de sept heures du soir et je ne m'étais pas encore arrêté pour dîner. J'avais faim. J'étais sur le point de faire demi-tour, mais la route s'est mise à monter au lieu de descendre. L'odeur était aussi plus forte. Quand je coupai la radio, j'entendis la rivière tout autant que je la sentais – pas fort, mais proche. Elle était bien là.

Puis je suis tombé sur un arbre en travers de la route et j'ai failli faire demi-tour. J'aurais pu, même s'il n'y avait aucune place pour manœuvrer. J'étais à moins de deux kilomètres de la Route 117, et il ne m'aurait pas fallu plus de cinq minutes pour la regagner en marche arrière. Aujourd'hui, je pense que quelque chose, une force qui existe du bon côté de notre vie, m'offrait cette possibilité. Je crois que l'année qui vient de s'écouler aurait été très différente si j'avais simplement passé la marche arrière. Mais je ne l'ai pas fait. À cause de l'odeur… elle m'a toujours rappelé mon enfance.

Et aussi on devait voir un ciel plus vaste depuis la crête de la colline. Les arbres – des pins, mais surtout des bouleaux minables – montaient jusque là-haut et je me suis dit, *il y a un champ.* L'idée m'est venue à l'esprit qu'il dominait sans doute la rivière et qu'il y aurait peut-être un espace dégagé où faire demi-tour, mais c'était très secondaire par rapport à la perspective de pouvoir prendre l'Androscoggin en photo au moment du coucher de soleil. Je ne sais pas si vous vous en souvenez, mais nous avons eu des couchers de soleil spectaculaires, en août dernier.

« Je suis donc descendu et j'ai déplacé l'arbre. C'était l'un de ces bouleaux minables, tellement pourri qu'il s'est presque détaché entre mes mains. Quand je suis remonté dans ma voiture, j'ai encore failli faire demi-tour au lieu de continuer. Il y a vraiment une force du bon côté des choses ; je le crois sincèrement. Mais j'avais l'impression que le bruit de la rivière était plus distinct depuis que j'avais dégagé l'arbre – je sais, c'est idiot mais c'était vraiment l'impression que j'avais –, si bien que j'ai passé la première, sur ma petite Toyota quatre-quatre, et que j'ai continué jusqu'en haut.

« Je suis passé devant un petit panneau cloué à un arbre. CHAMP D'ACKERMAN, CHASSE ET PASSAGE INTERDITS, lisait-on. Puis les arbres s'écartèrent, tout d'abord sur la gauche, puis sur la droite, et le champ fut là. J'en ai eu le souffle coupé. C'est à peine si je me souviens d'avoir arrêté le moteur et d'être descendu de voiture, et je ne me rappelle pas du tout avoir pris mon appareil photo, mais il fallait bien, vu que je le tenais à la main en arrivant aux limites du champ, et que sa bandoulière et l'étui des objectifs de rechange se balançaient contre ma jambe. J'étais frappé en plein cœur, traversé, soudain arraché à ma vie ordinaire.

« La réalité est un mystère, Dr Bonsaint, et la texture quotidienne des choses est le rideau dont nous la drapons pour masquer son éclat et ses ténèbres. Je pense que nous recouvrons le visage des morts pour la même raison. Nous voyons dans le visage des morts une sorte de portail. Il est fermé sur nous… mais nous savons qu'il ne le sera pas toujours. Qu'un jour il s'ouvrira pour chacun de nous, et que chacun de nous le franchira.

« Mais il y a des endroits où ce rideau est usé jusqu'à la trame, où la réalité est ténue. Un visage regarde depuis l'autre côté… mais ce n'est pas le visage d'un mort. Ce serait presque mieux, si c'était un mort. Le Champ d'Ackerman est l'un de ces endroits, et pas de quoi s'étonner que son propriétaire ait mis un panneau d'interdiction d'entrer.

« Le crépuscule tombait. Le soleil était une boule de gaz rouge aplatie au sommet et dont la base était posée sur l'horizon occidental. La rivière déroulait ses méandres ensanglantés par ses reflets, à douze ou quinze kilomètres, mais sa rumeur me parvenait dans le silence du soir. Au-delà, les bois bleu-gris s'élevaient en une série de crêtes jusqu'à l'autre horizon. On ne voyait pas une seule route, pas une seule maison. Pas un oiseau ne chantait. Comme si on était revenus quatre cents ans en arrière. Ou quatre millions. Les premières volutes de brume montaient du pré où l'herbe était très haute. Personne n'était venu faire les foins, ici, alors qu'il s'agissait d'un champ vaste, d'un fourrage de qualité. La brume surgissait du vert de plus en plus sombre comme souffle une haleine. À croire que la terre elle-même était vivante.

« Il me semble que j'ai un peu vacillé. Pas à cause de la beauté, même si c'était superbe ; mais parce que tout ce qui s'étendait devant moi paraissait *ténu*, dans un état voisin de l'hallucination. Et c'est alors que j'ai vu ces foutus rochers dépasser du foin non coupé.

« Ils étaient sept – c'est du moins ce que j'ai cru –, le plus haut mesurant environ un mètre cinquante, le plus petit un peu moins d'un mètre, les autres se situant entre les deux. Je me rappelle m'être approché du premier, mais c'est comme se rappeler un rêve alors qu'il a commencé à se dissiper avec la lumière du matin – vous savez comment c'est ? Oui, bien sûr, les rêves font forcément partie de votre quotidien. Sauf que ce n'était pas un rêve. J'entendais le foin frotter contre mon pantalon, je sentais l'humidité gagner le tissu et commencer à coller à ma peau en dessous des genoux. De temps en temps un buisson – du sumac poussait en bouquets ici et là – retenait la sacoche de mes objectifs de rechange qui tapaient ensuite plus fort contre ma cuisse.

« J'arrivai près du rocher le plus proche et m'arrêtai. C'était l'un des plus hauts. J'ai tout d'abord cru que des visages y étaient sculptés – pas des visages humains, mais des têtes de bêtes et de monstres –, puis j'ai légèrement changé de position et je me suis rendu compte que c'était seulement un effet de la lumière rasante, qui épaissit les ombres et les fait paraître comme… comme n'importe quoi. En fait, après être resté quelque temps dans ma nouvelle position, j'ai vu de nouvelles figures. Certaines paraissaient humaines, mais elles étaient tout aussi horribles. Plus, en réalité, parce que leur humanité les rend encore plus horribles, n'est-ce pas ? Parce que nous connaissons ce qui est *humain*, nous comprenons ce qui est *humain*. Ou du moins, nous le croyons. Et on aurait dit que ces têtes hurlaient ou riaient. Ou peut-être les deux en même temps.

« J'ai cru que j'étais insidieusement victime de mon imagination, que c'était l'effet de l'isolement, de l'énormité de tout cela – cette immense partie du monde qui s'étendait devant moi. Et de cette impression que le temps retenait son souffle. Comme si tout devait rester ainsi pour l'éternité, le coucher du soleil à moins de quarante minutes, le soleil lui-même posé sur l'horizon, écarlate, la clarté affaiblie de l'air… J'ai pensé que c'était tout cela qui me faisait voir des visages alors qu'il ne s'agissait que de coïncidences. Ce n'est plus ce que je pense aujourd'hui, mais aujourd'hui, c'est trop tard.

« J'ai pris quelques clichés. Cinq, je crois. Un mauvais chiffre, mais je ne le savais pas à ce moment-là. Puis j'ai un peu reculé pour avoir les sept rochers sur la même photo et lorsque je les ai cadrés, je me suis rendu compte qu'ils étaient huit, en réalité, disposés en une sorte de cercle approximatif. On se rendait compte – à condition de regarder attentivement – qu'ils devaient faire partie d'une formation géologique sous-jacente surgie du sol il y avait des millénaires ou, au contraire, dénudée plus récemment par l'érosion (le champ avait une pente sensible et cela paraissait donc possible), mais ils donnaient aussi l'impression d'avoir été *volontairement* disposés ainsi, comme un cercle de druides. Ils ne comportaient aucune sculpture, cependant. Si ce n'est celles des éléments. Je le sais, parce que j'y suis retourné en plein jour pour en être certain. Rien que des creux et des saillies dans la pierre. C'est tout.

« J'ai encore pris quatre clichés – ce qui faisait un total de neuf, encore un mauvais chiffre, même s'il l'est légèrement moins que cinq –, et lorsque j'ai abaissé l'appareil et regardé avec mes seuls yeux, j'ai vu les visages qui grimaçaient, souriaient, grognaient. Certains humains, certains animaux. Et j'ai compté sept rochers.

« Je regardai à nouveau à travers l'objectif, et ils étaient huit.

« J'ai commencé à en avoir la tête qui tournait ; la peur me gagnait. Je n'avais qu'une envie, ficher le camp de là avant la tombée de la nuit – me retrouver loin de ce champ et de nouveau sur la Route 117, du rock and roll à plein tube à la radio. Sauf que je n'arrivais pas à partir. Quelque chose, tout au fond de moi – quelque chose d'aussi profond que l'instinct qui vous fait inspirer et expirer de l'air – s'y refusait. J'avais l'impression que si je partais, un évènement terrible allait se produire et peut-être pas seulement pour moi. L'impression de *ténuité* me submergea à nouveau, comme si le monde était fragile à cet endroit précis et qu'une personne suffirait à provoquer un cataclysme inimaginable. Sauf si elle faisait très, très attention.

« C'est à partir de là qu'ont commencé ces conneries de TOC. J'allais d'un rocher à l'autre, les touchant, les comptant, repérant la place de chacun. Je voulais foutre le camp – je voulais désespérément foutre le camp –, mais je continuais, je ne sabotais pas ce travail. Parce que je devais le faire. Je le savais de la même façon que je savais que je devais respirer pour continuer à vivre. Le temps de retourner à mon point de départ, je tremblais de tout mon corps et j'étais trempé de sueur tout autant que de brume et de rosée. Parce que toucher ces rochers… ce n'était pas agréable. Cela engendrait… des idées. Engendrait… des images. Des images hideuses. Dans l'une d'elles, je découpais ma femme en morceaux à coups de hache et je riais pendant qu'elle hurlait et levait ses mains pleines de sang pour se protéger.

« Il y en avait huit, cependant. Huit rochers dans le Champ d'Ackerman. Un bon chiffre. Un chiffre sûr. Je le savais. Et cela n'avait plus d'importance que je les voie à travers l'objectif de mon appareil ou à l'œil nu ; une fois touchés, ils étaient *fixés*. Il faisait de plus en plus sombre, l'horizon coupait le soleil en deux (je devais avoir passé une vingtaine de minutes à parcourir le cercle, qui faisait une quarantaine de mètres de diamètre) mais je voyais encore très bien ; l'air était d'une limpidité étrange. J'avais encore peur, car il y avait quelque chose qui n'allait pas du tout ici, tout le proclamait, jusqu'au silence des oiseaux qui le proclamait, mais je me sentais également soulagé. J'avais au moins en partie rétabli l'ordre des choses en touchant les rochers… et en les *regardant* à nouveau. En inscrivant leur emplacement dans mon esprit. C'était aussi important que de les toucher. »

[*Il garde le silence pour réfléchir.*]

« Non, plus important. Parce que c'est la manière dont nous voyons le monde qui tient en respect les ténèbres d'au-delà du monde. Qui les empêche de s'y déverser et de nous noyer. Je pense que nous savons sans doute tous cela, au plus profond de nous. Je me suis donc tourné pour partir et j'étais presque à ma voiture – je touchais peut-être même déjà la poignée de la portière – lorsque quelque chose m'a fait à nouveau me retourner. Et c'est alors que j'ai *vu.* »

[*Il garde le silence longtemps. Il tremble. Il transpire. Son front brille comme s'il était couvert de rosée.*]

« Il y avait quelque chose *au milieu* des rochers. Au milieu du cercle qu'ils formaient, soit par hasard, soit par l'effet d'une volonté. C'était noir, noir comme le ciel à l'est, et vert, vert comme le foin. Cela tournait très lentement, mais sans jamais détacher ses yeux de moi. Car *ça* avait des yeux. Des yeux d'un rose maladif. Je savais – la partie rationnelle de mon esprit savait – que c'était juste un effet de la lumière, mais je savais en même temps qu'il y avait plus que cela. Que quelque chose utilisait cette lumière ; que quelque chose se servait du coucher de soleil pour regarder et que ce que voyait ce quelque chose, c'était *moi.* »

[*Il pleure à nouveau. Je ne lui tends pas de Kleenex, car je ne veux pas le sortir de sa transe. Cela dit, je ne sais même pas si j'aurais pu lui en donner un, car moi aussi je suis en transe. Ce qu'il vient de décrire est une hallucination, comme le sait une partie de lui-même – « des ombres qui ressemblent à des visages », etc. – mais une hallucination très puissante et les hallucinations de cette puissance se propagent comme le virus de la grippe quand on éternue.*]

« Sans doute ai-je continué à reculer. Je ne me rappelle pas l'avoir fait ; je me souviens seulement d'avoir pensé que ce que je voyais était la tête d'un monstre grotesque venu des ténèbres extérieures. D'avoir aussi pensé que là où il y en avait un, il devait y en avoir d'autres. Huit rochers les gardaient captifs – tout juste – mais s'il n'y en avait plus que sept, ils surgiraient des ténèbres de l'autre côté de la réalité et submergeraient le monde. Pour tout ce que j'en savais, cette tête serpentine aplatie, avec ses yeux roses et ce qui faisait l'effet de longues rémiges, de part et d'autre de son museau, n'était qu'un *bébé.*

« Il a vu que je regardais. Cette saloperie m'a alors *souri*, et ses dents étaient des têtes. Des têtes humaines vivantes.

« C'est alors que j'ai marché sur une branche morte. Elle a cassé avec un bruit de pétard et ma paralysie s'est rompue. Je ne crois pas impossible que la chose qui flottait à l'intérieur du cercle de rochers n'ait pas cherché à m'hypnotiser, comme font les oiseaux avec les serpents, d'après ce qu'on dit.

« J'ai fait demi-tour et j'ai couru. La petite sacoche des objectifs de rechange battait contre ma cuisse, semblant dire à chaque fois : *Réveille-toi ! Réveille-toi ! Fiche le camp ! Fiche le camp !* J'ai ouvert la portière de mon quatre-quatre et j'ai entendu le petit tintement qui signale qu'on a laissé la clef sur le contact. Ça m'a fait penser à ce vieux film dans lequel William Powell et Myrna Loy sont à la réception de je ne sais quel hôtel de luxe et où Powell tape sur le timbre pour appeler quelqu'un. Marrant ce qui vous passe par l'esprit, dans des moments pareils, non ? Il y a aussi un portail dans notre tête, voilà ce que je pense. Un portail chargé d'empêcher la folie qui nous habite tous de nous envahir.

« J'ai lancé le moteur. J'ai branché la radio et monté le son. Une musique de rock assourdissante s'est mise à sortir des haut-parleurs. C'était les Who, je m'en souviens encore. Et je me rappelle aussi avoir branché les phares. À ce moment-là, les rochers m'ont donné l'impression *de me bondir dessus.* J'ai failli crier. Mais il y en avait huit, je les ai comptés, et huit est un chiffre sûr. »

[*Nouvelle longue pause. Presque une minute.*]

« Puis c'est le trou, jusqu'au moment où je me suis retrouvé sur la Route 117. Sans savoir comment j'y étais retourné. Sans savoir le temps que j'avais mis ; mais l'air des Who était terminé et j'écoutais les Doors. Dieu me pardonne, mais c'était *Break on Through the Other Side*[1]. J'ai coupé la radio.

« Je ne crois pas que je peux vous en dire plus, Doc, pas aujourd'hui. Je suis épuisé. »

[*Il en a tout à fait l'air.*]

[Séance suivante]

« Je pensais que l'effet qu'avait produit l'endroit sur moi se dissiperait pendant le retour – juste un mauvais moment dans la

1. Que l'on pourrait traduire par . « Passer brutalement de l'autre côté ».

nature, quoi – et que, lorsque je me retrouverais dans mon séjour, les lumières allumées, la télé branchée, je me sentirais de nouveau bien. Mais pas du tout. Au contraire, cette impression de dislocation – d'avoir eu un contact avec un autre univers, un univers inamical pour le nôtre – paraissait plus forte que jamais. Je gardais la conviction d'avoir vu une tête – pire, qu'elle était juchée sur un monstrueux corps reptilien – dans ce cercle de rochers. Je me sentais... *infecté*. Infecté par les pensées de ma propre tête. Je me sentais aussi *dangereux*, comme si j'avais eu le pouvoir de convoquer cette chose rien qu'en y pensant trop. Avec l'idée qu'elle ne serait pas seule. Que cet autre cosmos dans son entier se déverserait dans le nôtre, comme du vomi par le fond d'un sac en papier mouillé.

« J'ai fait le tour de la maison et j'ai tout fermé à double tour. Puis, certain d'avoir oublié une ou deux portes, j'ai recommencé, les vérifiant une à une. Cette fois-ci, j'ai compté : la porte de devant, la porte de derrière, la porte de la resserre, la porte donnant dans le garage, la porte coulissante du garage, la porte du fond du garage. Six portes. Je me suis dit alors que six était un bon chiffre. Comme huit. Ce sont des nombres amicaux. Chauds. Pas froids, comme cinq ou... eh bien, sept. Je me suis un peu calmé, mais j'ai quand même fait une troisième tournée des portes. Toujours six. Je me souviens d'avoir dit : *Six, pas de souciss*. Je croyais que je pourrais dormir, ensuite, mais pas moyen. Pas même avec un Ambien. Je n'arrêtais pas de revoir le soleil se coucher sur l'Androscoggin, se transformer en un grand serpent de feu. La brume montant du foin comme des langues. Et la chose au milieu des rochers. Surtout ça.

« Je me suis levé et j'ai compté les livres que j'avais dans la bibliothèque de ma chambre. Il y en avait quatre-vingt-treize. C'est un mauvais nombre et pas seulement parce qu'il est impair. Si on divise quatre-vingt-treize par trois, on obtient trente et un. Soit treize à l'envers. J'ai donc été chercher un livre dans la bibliothèque de l'entrée. Mais quatre-vingt-quatorze est à peine mieux, parce que neuf et quatre font aussi treize. Il y a des treize partout dans le monde autour de nous, Doc. Vous n'imaginez pas. Bref, j'ai ajouté six autres livres à la bibliothèque de la chambre. J'ai dû forcer pour faire entrer le dernier. Cent, c'est bien. Parfait, même.

« Alors que je retournais me coucher, j'ai commencé à me poser des questions, pour la bibliothèque de l'entrée. Je me demandais si je n'avais pas déshabillé Pierre pour habiller Paul. Je les ai donc comptés aussi, et c'était bien : cinquante-six. Les chiffres ajoutés donnent onze, qui est impair, mais pas l'impair le plus mauvais. Et cinquante-six divisés par deux font vingt-huit, un bon nombre. Après quoi, j'ai pu dormir. Je crois que j'ai fait des mauvais rêves, mais je les ai oubliés.

« Les jours passaient, mais je ne cessais de repenser au Champ d'Ackerman. On aurait dit qu'une ombre venait d'envahir ma vie. Je comptais déjà des tas de choses, je les touchais pour être certain de comprendre quelle était leur place dans l'univers, le véritable univers, mon univers, et j'avais aussi commencé à les placer. Toujours en nombres pairs, et en cercle ou en diagonale, le plus souvent. Parce que les cercles et les diagonales repoussent les choses.

« La plupart du temps. Et jamais de manière permanente. Le moindre accident et quatorze devient treize, huit devient sept.

« Début septembre, ma fille cadette est venue me rendre visite et m'a trouvé très mauvaise mine. Elle m'a demandé si je ne travaillais pas trop. Elle a aussi remarqué que toutes les babioles du séjour – les trucs que sa mère n'avait pas emportés après le divorce – avaient été placées en *cercles de moisson*[1], comme elle disait. Elle m'a demandé si je ne devenais pas un peu bizarre, avec l'âge. C'est là que j'ai décidé de retourner au Champ d'Ackerman, au milieu de la journée cette fois-ci. J'avais l'impression que si je le voyais en pleine lumière, si je voyais simplement quelques rochers dispersés au hasard dans un champ de foin non coupé, je me rendrais compte de tout ce que cette histoire avait de délirant et que mes obsessions se disperseraient comme une fleur de pissenlit dans une bonne brise. C'était ce que je voulais. Parce que compter, toucher, placer, ces trucs-là prennent du temps. C'est beaucoup de responsabilité.

« En chemin, je me suis arrêté à la boutique où je fais développer mes photos afin de voir ce qu'avaient donné celles que j'avais prises ce soir-là, dans le Champ d'Ackerman. Il n'y avait que des rectangles gris, comme si l'image avait été brouillée par une puissante radiation. Cela me rendit perplexe, mais ne m'arrêta pas. J'empruntai un appareil numérique à l'un des employés de la bou-

1. Dits aussi *cercles dans les récoltes,* ou *dans les blés,* ou encore *agroglyphes.*

tique – celui que j'ai grillé – et j'ai roulé jusqu'à Motton, et vite. Et pour dire à quel point on peut être idiot, je me sentais comme le type salement brûlé par du sumac vénéneux et qui va à la pharmacie pour acheter un flacon de lotion à la calamine. Parce que voilà à quoi ce truc ressemblait : à une démangeaison. Compter, toucher et placer étaient comme se gratter, mais se gratter ne procure qu'un soulagement temporaire, dans le meilleur des cas. Moi, je voulais un traitement. Retourner au Champ d'Ackerman n'en était pas un, mais je ne le savais pas, pas vrai ? Comme on dit, on apprend par expérience. Et encore plus quand nos expériences ratent.

« La journée était magnifique, il n'y avait pas un nuage dans le ciel. Les feuilles étaient toujours vertes, mais l'air avait cette limpidité éclatante qui annonce le changement de saison. Mon ex-femme disait que ces belles journées du début de l'automne étaient notre récompense pour avoir supporté pendant trois mois les touristes et les vacanciers faisant la queue pour une bière, carte de crédit à la main. Je me sentais bien, je m'en souviens. J'étais convaincu que j'allais me débarrasser définitivement de toute cette connerie délirante. J'écoutais une compil des Queens, toujours aussi épaté par la voix de Freddie Mercury, par sa pureté. Je chantais avec lui. Je franchis l'Androscoggin à Harlow – l'eau, des deux côtés du pont d'Old Bale Road, était d'un éclat aveuglant insoutenable – et j'ai vu un poisson sauter. J'ai éclaté de rire. Je n'avais pas ri de cette façon depuis ma première visite au Champ d'Ackerman, et ça m'a fait tellement de bien que j'ai recommencé.

« J'ai ensuite franchi Boy Hill – je parie que vous savez où ça se trouve – et j'ai longé le cimetière de Serenity Ridge. J'y ai pris quelques bonnes photos, mais pas du genre à mettre dans un calendrier. Je suis arrivé à la route secondaire en terre même pas cinq minutes plus tard. Je m'y suis engagé – et j'ai écrasé le frein. Si je n'avais pas réagi assez vite, j'aurais bousillé la calandre du quatre-quatre. Il y avait une chaîne en travers de la route, avec un panneau : PASSAGE STRICTEMENT INTERDIT.

« J'aurais pu me dire qu'il s'agissait d'une pure coïncidence, que le propriétaire de ces bois et de ce champ – qui s'appelait peut-être Ackerman, ou peut-être pas – installait cette chaîne à chaque automne pour décourager les chasseurs. Mais la saison du cerf ne commence pas avant le 1er novembre. Et celle du gibier à plume pas avant octobre. Je pense qu'il y a quelqu'un qui surveille ce champ. Avec des jumelles, peut-être, ou avec une forme de vision moins conventionnelle. Quelqu'un savait que j'étais venu ici, savait que je risquais de revenir.

« *Laisse tomber ! je me suis dit. À moins que tu veuilles courir le risque d'être arrêté, et peut-être même d'avoir ta photo dans le* Castle Rock Call. *Voilà qui serait bon pour les affaires, hein ?*

« Mais il n'était pas question de m'arrêter, pas si j'avais une possibilité d'aller jusqu'à ce champ, de ne rien y voir et, par conséquent de me sentir mieux. Parce que – voyez-vous ça – pendant que je me disais que si quelqu'un m'interdisait d'entrer dans sa propriété, je devais respecter le souhait de cette personne, je comptais les lettres sur le panneau et en trouvais vingt-trois, ce qui est un nombre terrible, bien pire que treize. Je savais que c'était dément de se raconter des trucs pareils, mais c'était ainsi que je pensais et il y avait quelque chose en moi qui savait que ce n'était absolument pas dément.

« Je garai le quatre-quatre dans le parking du cimetière, puis regagnai à pied la petite route blanche, l'appareil numérique à l'épaule dans son étui. Je contournai la chaîne – rien de plus facile – et attaquai la pente qui conduisait au champ. Il s'avéra que j'aurais de toute façon été obligé de marcher, même sans la chaîne, parce qu'il y avait une demi-douzaine d'arbres en travers de la route, cette fois, et pas seulement des bouleaux maigrichons. Cinq d'entre eux étaient des pins de bonne taille et le dernier un chêne adulte. De plus, ils n'étaient pas simplement tombés ; ils avaient été abattus à la tronçonneuse. Ils ne m'ont même pas ralenti. J'ai enjambé les pins et contourné le chêne. Puis je me suis retrouvé sur la colline conduisant au champ. C'est à peine si j'ai eu un coup d'œil pour le panneau que j'avais déjà vu la première fois. Les arbres se raréfiaient vers la crête ; les rayons de soleil chargés de poussière passaient dans la ramure de ceux qui étaient les plus proches du sommet et il y avait des hectares et des hectares de ciel bleu, respirant la bonne humeur et l'optimisme. Il était midi. Il n'y aurait aucune rivière serpentine en sang, au loin, seulement l'Androscoggin que je connaissais et aimais depuis toujours, d'un bleu, superbe, comme le sont les choses ordinaires vues sous leur meilleur jour. Je me mis à courir. Mon optimisme délirant dura jusqu'à ce que j'arrive au sommet ; mais dès que j'aperçus les rochers dressés comme des crocs, cet agréable sentiment s'évanouit. Remplacé par la peur et l'horreur.

« Il y avait de nouveau sept pierres. Seulement sept. Et au milieu – je ne sais pas comment expliquer cela pour vous le faire comprendre –, il y avait un endroit... *estompé*. Ce n'était pas comme une ombre, pas exactement, mais plutôt comme... vous savez, comment le bleu de votre jean finit par prendre ce ton de délavé, avec le temps ? En particulier à des endroits qui frottent, comme les genoux ? C'était comme ça. La couleur de l'herbe était devenue une sorte de vert pâle maladif et graisseux et, au lieu d'être bleu, le ciel au-dessus de ce cercle paraissait *grisâtre*. J'avais l'impression que si je m'avançais là, au milieu – et quelque chose en moi le désirait – il me suffirait de donner un coup de poing pour traverser le tissu de la réalité. Et alors, quelque chose m'attraperait. Quelque chose de l'autre côté. J'en étais certain.

« De plus, quelque chose en moi *voulait le faire*. Voulait... je ne sais pas... arrêter les préliminaires et passer directement aux choses sérieuses.

« Je voyais – ou je croyais voir, je n'en suis toujours pas très sûr – l'endroit qu'entouraient les huit rochers, je voyais cette... partie estompée... qui se dilatait vers moi, qui essayait de franchir l'endroit où la protection des rochers était le plus ténue. J'étais terrifié ! Car si cela réussissait à sortir, toutes les choses inimaginables, de l'autre côté, feraient irruption dans notre univers. Le ciel deviendrait noir et se remplirait de nouvelles étoiles et de constellations délirantes.

« Je pris l'appareil photo par la bandoulière, mais je le fis tomber lorsque je voulus le sortir de son étui. Mes mains tremblaient comme si j'étais victime de je ne sais quelle attaque. Je repris l'étui, ouvris la fermeture Éclair, et lorsque je regardai de nouveau les rochers, l'espace qu'ils entouraient n'était plus simplement délavé. Il devenait noir. Et je voyais de nouveau des yeux. Des yeux qui scrutaient depuis les ténèbres. Jaunes cette fois-ci, avec des pupilles noires étroites. Comme des yeux de chat. Ou de serpent.

« Je voulus porter l'appareil photo à mes yeux, mais je le fis tomber une deuxième fois. Et quand je me baissai pour le ramasser, l'herbe se referma sur lui et je dus tirer pour le libérer. Non, je dus l'arracher, obligé de me mettre à genoux et de tirer à deux mains sur la bandoulière. Une brise commença alors à souffler depuis l'ouverture où aurait dû se trouver la huitième pierre. Elle soulevait mes cheveux. Elle empestait. Une odeur de charogne. J'élevai l'appareil à hauteur de mes yeux mais, tout d'abord, je ne vis rien. Je me suis dit : *Ça m'a aveuglé l'appareil, ça m'a je ne sais comment rendu l'appareil aveugle.* Puis je me suis souvenu que le Nikon était numérique et qu'il fallait le brancher. Je le fis (j'entendis le *bip*) mais je ne voyais toujours rien.

« La brise était maintenant devenue un vent soutenu ; il envoyait de grandes vagues d'ombre qui faisaient ployer le foin sur toute la longueur du champ. L'odeur avait empiré. Et le jour s'assombrissait. Il n'y avait pas un nuage dans le ciel, ce n'était que le bleu le plus pur, mais il faisait néanmoins de plus en plus sombre. Comme si quelque immense et invisible planète éclipsait le Soleil.

« Une voix s'éleva. Elle ne parlait pas anglais. Cela faisait quelque chose comme : *C-thun, c-thun, diyanna, diyanna*… Et alors… alors, bon Dieu, j'ai entendu prononcer *mon nom*. La voix disait : *C-thun, N., Diyanna, N.* Je crois que j'ai crié mais je n'en suis pas certain, parce que le vent soufflait en tempête, à présent, et me hurlait aux oreilles. J'aurais dû crier. J'avais parfaitement le droit de crier. Parce que *la chose connaissait mon nom !* Cette chose grotesque, innommable, *connaissait mon nom.* Et alors… l'appareil photo… vous ne devinez pas ?

[*Je lui demandai s'il n'avait pas laissé le cache sur l'objectif et il partit d'un rire suraigu qui m'irrita les nerfs, me faisant penser à des rats détalant sur du verre brisé.*]

« Oui ! Tout juste ! Le cache ! Le putain de cache ! Je l'enlevai brutalement et portai l'appareil à mon œil – c'est un miracle qu'il ne m'ait pas échappé, une fois de plus, car mes mains tremblaient abominablement et l'herbe ne me l'aurait jamais rendu, non, jamais, car la seconde fois, la chose aurait été prête. Mais je ne le lâchai pas, je voyais très bien à travers le viseur, et il y avait huit rochers. Huit. Huit maintient l'ordre des choses. L'obscurité tourbillonnait toujours au milieu, mais elle battait en retraite. Et le vent qui soufflait autour de moi tombait progressivement.

« Je baissai l'appareil et ils n'étaient plus que sept. Il y avait une sorte de renflement bombé, dans cette obscurité, quelque chose que je suis incapable de vous décrire. Je peux le voir – je le vois dans mes rêves – mais il n'y a pas de mots pour ce genre de blasphème. Un casque de cuir parcouru de pulsations, c'est le mieux que je puisse faire. Qui aurait eu deux billes jaunes de chaque côté. Sauf que ces billes… je savais que c'étaient des yeux et je savais qu'ils me regardaient.

« Je braquai de nouveau le Nikon et vis huit rochers. Je pris six ou sept photos comme pour les assigner à leur place, les fixer pour l'éternité ; mais évidemment ça n'a pas marché, je n'ai fait que griller l'appareil. Les lentilles permettent de voir ces rochers, Doc, et je pense qu'on pourrait aussi les voir dans un miroir, peut-être même à travers une simple vitre ; mais l'appareil ne peut pas les enregistrer. La seule chose qui puisse les enregistrer, les maintenir en place, c'est l'esprit humain, la mémoire humaine. Et même cela n'est pas entièrement fiable, comme je l'ai découvert. Compter, toucher et placer, ça fonctionne pendant un moment (il y a une certaine ironie à ce que ce soient des comportements considérés comme névrotiques qui maintiennent le monde en place), mais tôt ou tard, la protection que cela procure se délabre. Et c'est un tel boulot…

« Un tel foutu boulot…

« Je me demande si on ne pourrait pas arrêter pour cette fois. Je sais qu'il reste du temps, mais je suis épuisé. »

[*Je lui dis que je vais lui prescrire un sédatif, s'il veut, quelque chose de pas trop fort mais de plus efficace que l'Ambien ou le Lunesta. Cela lui fera de l'effet à condition de ne pas en abuser. Il m'adresse un sourire plein de gratitude.*]

« Ce serait bien, très bien. Mais puis-je vous demander une faveur ? »

[*Je lui réponds que oui, bien sûr.*]

« Prescrivez-en vingt, quarante ou soixante. Ce sont de bons nombres. »

[Séance suivante]

[*Je lui dis qu'il a meilleure mine, bien que ce soit loin de d'être vrai. Il a plutôt la tête de quelqu'un qu'il va falloir faire hospitaliser sans tarder, s'il n'arrive pas à retrouver le chemin de sa Route 117 personnelle. Qu'il fasse demi-tour ou qu'il recule, peu importe, il faut qu'il s'éloigne de ce champ. Comme moi, en fait. J'ai rêvé du champ de N. que je pourrais découvrir sans peine, j'en suis sûr. Il n'en est pas question (ce serait partager beaucoup trop étroitement les hallucinations de mon patient), mais je suis certain que je pourrais le trouver. Un soir, pendant le week-end (alors que j'avais moi-même du mal à trouver le sommeil), il m'est venu à l'esprit que j'étais passé en voiture non loin de ce champ : et pas une fois, mais des centaines de fois. Car j'ai franchi le Bale Road Bridge des centaines de fois, et j'ai longé le Serenity Ridge Cemetery des* milliers *de fois ; c'était la route du bus scolaire jusqu'à notre école élémentaire, celle où nous allions, Sheila et moi. Alors évidemment, je pourrais le trouver. Si je voulais. Et s'il existe.*]

[*Je lui demande si le médicament lui a fait du bien, s'il a mieux dormi. Les cercles sombres sous ses yeux attestent le contraire, mais je suis curieux de voir sa réaction.*]

« Beaucoup mieux, merci. Et les TOC vont un peu mieux, aussi. »

[*Pendant qu'il dit cela, ses mains (plus enclines à dire la vérité) disposent subrepticement la boîte de Kleenex et le vase en diagonale sur la tablette. Aujourd'hui, Sandy a mis des roses. Il installe un lien de roses entre le vase et la boîte. Je lui demande ce qui s'est passé après le retour de sa deuxième incursion dans le Champ d'Ackerman. Il hausse les épaules.*]

« Rien. Sauf que j'ai remboursé le prix de son Nikon au type de la boutique. La saison de la chasse allait bientôt commencer et les bois deviennent dangereux, à cette époque, même si l'on porte de l'orange fluo de la tête aux pieds. Bien que je doute qu'il y ait beaucoup de cerfs, dans ce secteur ; j'imagine qu'ils se tiennent à l'écart.

« Ces conneries de TOC sont devenues moins obsessionnelles et je me suis remis à avoir des nuits de sommeil normales.

« Certaines, du moins… J'avais des rêves, bien sûr. Des rêves dans lesquels j'étais toujours dans le champ et où j'essayais d'arracher l'appareil photo à l'herbe, mais l'herbe ne voulait pas le lâcher. Les ténèbres se déversaient du cercle comme de l'huile et, quand je levais les yeux vers le ciel, c'était pour voir qu'il s'était rompu d'est en ouest et qu'une lumière noire épouvantable s'en déversait… une lumière qui était vivante. Et affamée. C'est alors que je me réveillais, trempé de sueur. En hurlant, des fois.

« Puis, début décembre, j'ai reçu une enveloppe à mon nom, à mon bureau. Elle était marquée PERSONNEL et contenait manifestement un objet. Je l'ouvris à la hâte et il en tomba une petite clef avec une étiquette. Sur l'étiquette, il y avait marqué C.A. Je savais ce que c'était et ce que cela signifiait. S'il y avait eu une lettre jointe, elle aurait dit : "J'ai essayé de vous empêcher d'entrer. Ce n'est pas de ma faute, et peut-être pas de la vôtre, mais d'une manière ou d'une autre, cette clef et tout ce qu'elle ouvre sont désormais à vous. Prenez-en bien soin."

Le week-end suivant, je suis retourné à Motton, mais je ne me suis pas garé près du cimetière. Ce n'était plus la peine, vous comprenez. Les décorations de Noël étaient déjà installées à Portland et dans tous les patelins par lesquels je passais. Le froid était vif, mais il n'avait pas encore neigé. Vous savez, ce froid qu'il fait avant l'arrivée de la neige ? C'était comme ça, ce jour-là. Le ciel était bouché et il a finalement neigé dans la soirée, un vrai blizzard. Une tempête. Vous ne vous en souvenez pas ? »

[*Je lui réponds que si. J'avais mes propres raisons de m'en souvenir, mais je ne les lui dis pas. Sheila et moi avions été bloqués dans la maison de retraite où nous avions été vérifier l'avancement des travaux. Nous étions tous les deux un peu pompettes et nous avons dansé sur des disques des Beatles et des Rolling Stones. C'était amusant.*]

« La chaîne était toujours en travers de la route, mais la clef C.A. était la bonne. Et les arbres abattus avaient été dégagés sur les bas-côtés. Comme je savais qu'ils le seraient. Il ne servait plus à rien de bloquer la route, à présent, parce que ce champ était *mon* champ, ces rochers étaient *mes* rochers et quoi que ce soit que ces rochers gardaient, c'était de ma responsabilité. »

[*Je lui demande s'il n'a pas eu peur, certain qu'il va me répondre que oui. Mais N. me surprend.*]

« Pas tellement, non. Parce que l'endroit était différent. Je le savais dès le début de la route blanche, dès l'embranchement avec la 117. Je le sentais. J'entendais les corbeaux croasser pendant que j'ouvrais le cadenas avec ma nouvelle clef. D'habitude, je trouve que c'est un bruit hideux mais, ce jour-là, il me parut tout à fait suave. Au risque d'avoir l'air prétentieux, c'était la musique de la rédemption.

« Je savais que je trouverais huit pierres dans le Champ d'Ackerman, et j'avais raison. Je savais qu'elles n'auraient pas tellement l'air d'être disposées en cercle et là aussi, j'avais raison ; elles faisaient de nouveau l'effet d'être distribuées au hasard, comme des surgissements de la roche sous-jacente exposés par des mouvements tectoniques ou le retrait d'un glacier, quatre-vingt mille ans auparavant, ou encore par des inondations plus récentes.

« Je compris également d'autres choses. L'une était que j'avais activé ce lieu *rien qu'en le regardant*. Les yeux humains font disparaître la huitième pierre. Un objectif d'appareil photo la remet en place, mais ne l'y maintiendra pas. Je devais renouveler la protection par des actes symboliques. »

[*Il se tait un instant, réfléchissant, et paraît avoir changé de sujet quand il reprend la parole.*]

« Saviez-vous que Stonehenge était peut-être un calendrier doublé d'une horloge ? »

[*Je lui réponds que je l'ai lu quelque part.*]

« Les hommes qui l'ont édifié, et d'autres comme eux, devaient savoir qu'ils pouvaient connaître l'heure avec un simple cadran solaire ; et, quant au calendrier, nous savons que les peuplades préhistoriques d'Europe et d'Asie enregistraient le passage des jours par des marques sur les parois de leurs abris sous roche. Cela fait quoi de Stonehenge, s'il s'agit bien d'un calendrier/horloge géant ? Un monument aux victimes de TOC, voilà ce que je pense, une névrose monumentale dressée dans un champ près de Salisbury.

« À moins qu'il ne protège quelque chose, en plus de relever le passage des heures et des mois. Qu'il ne maintienne à l'extérieur un univers dément qui se trouve être un voisin proche du nôtre. Il y a des jours – j'en ai vécu beaucoup l'hiver dernier, en particulier, des jours où je me sens presque comme avant – où je suis certain que tout cela n'est que foutaises, que tout ce que je crois avoir vu dans le Champ d'Ackerman n'était que dans ma tête. Que toutes ces conneries de TOC ne sont qu'une sorte de bégaiement mental.

« Puis il y en a d'autres – tout a recommencé avec le printemps – où je suis tout aussi certain que c'est vrai : que j'ai activé quelque chose. Et que, ce faisant, je suis devenu le dernier porteur du témoin, le dernier d'une longue, longue lignée de relayeurs qui remonte peut-être jusqu'à l'époque préhistorique. Je sais que cela paraît délirant – sinon, pourquoi en parlerais-je à un psychiatre ? Et il m'arrive, pendant des journées entières, d'être sûr que c'est du délire… même si je continue à compter les choses, à faire le tour de ma maison la nuit en touchant les interrupteurs et les brûleurs de la gazinière, je suis certain que ce n'est rien de plus que…

comment dire… de mauvais échanges chimiques dans ma tête que la bonne pilule pourrait arranger.

« C'est ce que j'ai pensé en particulier pendant l'hiver, quand les choses allaient bien. Ou disons, allaient mieux. Puis, en avril dernier, les choses se sont remises à aller mal. Je comptais davantage, touchais davantage, disposais tout ce qui n'était pas fixé sur un support en cercles ou en diagonales. Ma fille – celle qui va en classe non loin d'ici – a de nouveau manifesté son inquiétude pour ma mauvaise mine ; elle trouvait que j'étais particulièrement nerveux. Elle m'a demandé si c'était à cause du divorce et, quand je lui ai dit que non, elle a paru incrédule. Elle a voulu savoir si je n'allais pas *voir quelqu'un*, comme elle a dit – et par Dieu, me voilà.

« J'ai recommencé à avoir des cauchemars. Une nuit, au début de mai, je me suis réveillé sur le sol de la chambre. Je hurlais. Dans mon rêve, j'avais vu une gigantesque monstruosité gris-noir, une sorte de gargouille ailée avec une tête membraneuse comme un casque. Je me trouvais dans un Portland en ruine et la chose mesurait plus d'un kilomètre de haut : je voyais des fragments de nuage à la hauteur de ses bras cuirassés. Des gens se débattaient en hurlant, prisonniers dans ses serres. Et je savais – *savais* avec certitude – que ce monstre s'était échappé du Champ d'Ackerman, qu'il n'était que la première et la moindre des abominations que l'autre univers allait lâcher sur le nôtre et que c'était ma faute. Parce que je n'avais pas été à la hauteur de mes responsabilités.

« J'ai parcouru la maison d'un pas titubant, mettant les choses en cercles, puis les comptant pour être certain que les cercles ne contenaient que des chiffres pairs, me disant qu'il n'était pas trop tard, que ça n'avait fait que commencer à se réveiller. »

[*Je voulus savoir ce qu'il entendait par « ça ».*]

« La force ! Vous vous souvenez, *La Guerre des étoiles* ? “Sers-toi de la force, Luke ?” »

[*Il éclate d'un rire hystérique.*]

« Sauf qu'ici, c'est plutôt *n'utilise pas la force ! Arrête la force ! Emprisonne la force !* Le truc chaotique qui ne cesse de tenter de faire irruption là où la réalité est ténue – et dans tous les endroits du monde où elle l'est, je suppose. Parfois, j'imagine qu'il y a toute une chaîne de mondes en ruine derrière cette force, remontant à des millions et des millions d'années, comme autant d'empreintes de pas monstrueuses... »

[*Il marmonne quelque chose que je comprends pas. Je lui demande de répéter, mais il secoue la tête.*]

« Prêtez-moi votre carnet de notes, Doc. Je vais l'écrire. Si ce que je vous raconte est vrai et pas simplement un truc sorti de ma tête malade, c'est dangereux de prononcer le nom à haute voix. »

[*Il écrit CTHUN en grandes lettres capitales. Il me le montre et, quand j'ai hoché la tête, il déchire la feuille en petits morceaux, compte les morceaux – sans doute pour vérifier qu'il y en a un nombre pair – puis les laisse tomber dans la corbeille à papier.*]

« La clef, celle qui est arrivée par la poste, était dans mon coffre, à la maison. Je l'ai prise et je suis reparti pour Motton, j'ai franchi le pont, longé le cimetière, grimpé cette foutue route blanche. Je n'y avais pas réfléchi, parce que c'est le genre de décision pour laquelle on n'a pas besoin de réfléchir. Ce serait comme rester assis sur son canapé et se demander si l'on doit arracher les rideaux, vu qu'ils sont en feu. Non, j'y suis allé, c'est tout.

« Mais j'ai pris mon appareil photo. Vous pouvez me croire.

« Mon cauchemar m'avait réveillé vers cinq heures et il était encore très tôt lorsque je suis arrivé dans le Champ d'Ackerman. L'Androscoggin était superbe – on aurait dit un long miroir d'argent et non un serpent, avec de fines volutes de brume qui s'élevaient de sa surface avant de se déployer au-dessus, un phénomène d'inversion de température, ou je ne sais quoi. Ce nuage de brume reproduisait exactement les méandres de l'Androscoggin et on aurait dit une rivière fantôme coulant dans le ciel.

« L'herbe était de nouveau haute dans le champ, et la plupart des buissons de sumac bien verts, mais j'ai vu une chose inquiétante. Et peu importe si tout le reste n'est que dans ma tête, une possibilité que je suis tout à fait prêt à concéder, celle-ci était bien réelle. J'en ai des photos qui le prouvent. Elles ne sont pas très nettes mais, sur une ou deux, on voit bien les mutations sur les buissons de sumac les plus proches des rochers. Les feuilles sont noires et non vertes, et les branches sont tordues... elles paraissent former des lettres et ces lettres semblent être celles... mon Dieu... celles de son nom. »

[*D'un geste, il indique la corbeille à papier.*]

« L'obscurité était revenue entre les pierres – il n'y en avait que sept, bien entendu, raison pour laquelle j'avais été attiré ici – mais je ne vis pas d'yeux. Grâce à Dieu, j'étais arrivé à temps. Il n'y avait que l'obscurité qui tourbillonnait, paraissant se moquer de la beauté de cette silencieuse matinée de printemps, paraissant exulter à l'idée de la fragilité de notre monde. J'apercevais l'Androscoggin à travers, mais l'obscurité – elle avait quelque chose de biblique, un pilier de fumée – en faisait une saleté grisâtre.

« M'obliger à descendre jusqu'à cet anneau de rochers est la chose la plus difficile que j'aie jamais faite. Le bruit des herbes frottant contre les ourlets de mon pantalon était comme une voix – basse, rauque, chargée de protestations. M'intimant de m'éloigner. L'air se mit à prendre un goût malsain. Plein de cancers et de choses peut-être pires encore, des microbes qui n'existent pas dans notre monde. Ma peau se mit à vibrer et j'eus la conviction – et pour tout dire, je l'ai toujours – que, si je m'avançais entre ces pierres dressées, si j'entrais dans le cercle, ma chair se liquéfierait et coulerait sur mes os. J'entendais le vent qui souffle parfois de là se transformer en son petit cyclone privé. Et je savais que *ça* venait. La chose au casque de cuir. »

[*Nouveau geste vers les fragments de papier dans la corbeille.*]

« Ça venait et si jamais je voyais ça d'aussi près, j'en deviendrais fou. Je terminerais ma vie dans le cercle de pierres, à prendre des photos sur lesquelles on ne verrait rien, sinon des nuages de gris. Mais quelque chose me poussait. Et quand j'y arrivai, je... »

[*N. se lève et marche à pas lents autour du canapé, décrivant délibérément un cercle. Des pas à la fois graves et sautillants, comme ceux d'enfants formant une ronde – mais le résultat est affreux. Il touche au fur et à mesure des rochers que je ne peux pas voir. Un... Deux... Trois... Quatre... Cinq... Six... Sept... Huit. Parce que huit maintient l'ordre existant. Puis il s'arrête et me regarde. J'ai déjà eu des patients en pleine crise, mais jamais aucun avec de tels yeux de spectre. J'y lis de l'horreur, non de la folie ; de la clarté, plus que de la confusion. Tout cela ne doit être qu'une hallucination, bien sûr, mais il ne fait aucun doute qu'il comprend parfaitement ce qui lui arrive.*]

[*Je lui dis, Quand vous y êtes arrivé, vous les avez touchés.*]

« Oui, je les ai touchés, l'un après l'autre. Et je ne peux pas dire que j'aie senti le monde devenir plus en sécurité, devenir plus solide, plus présent, avec chaque rocher que je touchais, parce que ce serait inexact. C'était une pierre sur deux. Rien que pour les nombres pairs, vous voyez ? L'obscurité tourbillonnante s'est mise à reculer à chaque paire et le temps que j'arrive à huit, elle avait disparu. Les rochers étaient redevenus de simples blocs de pierre. Et quelque part, très loin, j'ai entendu un oiseau chanter.

« Je reculai. Le soleil était au zénith, à présent, et la rivière fantôme, au-dessus de la vraie, avait complètement disparu. Les rochers avaient de nouveau l'air de rochers ordinaires. Huit blocs de granit dans un champ, ne formant même pas un cercle, sauf avec un gros effort d'imagination. Et je me sentais divisé. Une part de mon esprit savait pertinemment que toute cette affaire n'était justement qu'un produit de mon imagination, que mon imagination était atteinte d'une sorte de maladie. L'autre partie savait que c'était entièrement vrai. Cette partie-ci comprenait même pourquoi les choses s'étaient améliorées pendant un temps.

« À cause du solstice, vous comprenez ? Les mêmes phénomènes se retrouvent partout dans le monde, et pas seulement à Stonehenge, mais en Amérique du Sud, en Afrique et même en Arctique ! On le voit dans le Midwest américain, ma fille elle-même en a été témoin, alors qu'elle ne connaît rien à tout ça ! Des cercles dans les moissons, m'a-t-elle dit ! C'est un calendrier, Stonehenge et tous les autres, qui ponctuent non seulement les jours et les mois, mais les époques de plus ou moins grand danger. Cette fracture dans ma tête me déchirait. Elle me *déchire*. Je suis retourné là-bas une douzaine de fois, depuis ce jour-là, ainsi que le 21 – le jour du rendez-vous que j'avais avec vous et que j'ai dû annuler, vous vous rappelez ? »

[*Je lui dis que bien sûr, je me le rappelle.*]

« J'ai passé toute la journée dans le Champ d'Ackerman. Parce que le 21 était le solstice d'été. Le jour de plus grand danger. Tout comme le solstice d'hiver, le 21 décembre, est le jour où le danger est le plus faible. Comme cela l'était l'an dernier, comme ce sera de nouveau cette année, et comme il en a été chaque année depuis le début des temps. Et pour les mois qui suivent, jusqu'à l'automne, au moins, j'ai du pain sur la planche. Le 21… impossible de vous décrire à quel point c'était affreux. Cette manière qu'avait la huitième pierre de s'estomper dans une sorte de chatoiement… Comme il était dur de se concentrer pour la ramener dans notre monde… La manière dont les ténèbres s'avançaient et reculaient… semblables à une marée. Une fois, je me suis assoupi et, quand je me suis réveillé, ce fut pour voir un œil inhumain – un œil hideux à trois lobes – qui me regardait. J'ai hurlé, mais je ne me suis pas enfui. Parce que le monde dépendait de moi. Dépendait de moi sans même le savoir. Et, au lieu de courir, j'ai pris mon appareil photo et j'ai regardé à travers le viseur. Huit rochers. Pas d'œil. Mais ensuite, je suis resté bien réveillé.

« Finalement, le cercle s'est reconstitué et j'ai compris que je pouvais partir. Au moins pour le reste de la journée. C'était le coucher de soleil, comme le premier soir ; une boule de feu posée sur l'horizon qui transformait l'Androscoggin en serpent de sang.

« Et, Doc, que tout ceci soit réel ou simplement une hallucination, le boulot est tout aussi dur. Et la responsabilité ! Je suis tellement fatigué… Avoir le poids du monde sur ses épaules… »

[*Il est de nouveau allongé sur le canapé. Il est grand et costaud mais il a l'air à présent tout rabougri et petit. Puis il sourit.*]

« Au moins, je vais pouvoir souffler un peu quand viendra l'hiver. Si j'y arrive. Et vous savez quoi ? Je crois que nous en avons terminé, tous les deux. Comme ils disent à la radio, *Voilà qui conclut notre programme de la soirée*. Cependant… qui sait ? Vous me reverrez peut-être, ou vous entendrez au moins parler de moi. »

[*Je lui réponds qu'au contraire, il nous reste beaucoup de travail à faire. Qu'il porte vraiment un poids sur ses épaules ; qu'il porte un gorille invisible, un gorille de trois cents kilos, et qu'à nous deux, nous finirons par le persuader de descendre de son dos. Je dis que nous pouvons le faire, mais que cela prendra du temps. Je lui dis tout cela et lui rédige deux ordonnances ; mais au fond de moi, je crains qu'il n'ait parlé sérieusement ; il en a terminé. Il prend les ordonnances, mais il en a terminé. Peut-être seulement avec moi ; peut-être avec la vie elle-même.*]

« Merci, Doc. Pour tout. Pour m'avoir écouté. Et ça ? »

[*Il montre la tablette, à côté du canapé, et ce qu'il a soigneusement disposé dessus.*]

« Je n'y toucherais pas, si j'étais vous. »

*[Je lui donne une carte de rendez-vous, et il la range avec soin dans sa poche. Et, quand je le vois tapoter sa veste pour être sûr qu'elle est bien en place, je me dis que je me trompe peut-être, que le reverrai finalement le 5 juillet. Il m'est déjà arrivé de me tromper. J'ai fini par bien aimer N., et je n'ai pas envie qu'il s'avance une fois pour toutes au milieu de cet anneau de pierres. Il n'existe que dans son esprit, ce qui ne signifie pas qu'il n'est pas réel.]*

[Fin de la dernière session]

### 4. Manuscrit du Dr Bonsaint (fragmentaire)

5 juillet 2007

J'ai appelé à son numéro personnel lorsque j'ai vu la nécrologie. J'ai eu C., la fille qui va en classe dans le Maine. Elle était remarquablement maîtresse d'elle-même, me disant qu'au fond de son cœur, elle n'était pas surprise. Elle était la première arrivée au domicile de N. à Portland (elle avait un boulot d'été à Camden, pas très loin), mais elle n'était pas seule dans la maison (il y avait des bruits de fond). C'est bien. La famille existe pour de nombreuses raisons, mais sa fonction la plus élémentaire est peut-être d'en réunir les membres lorsque l'un d'eux meurt, et c'est encore plus important quand c'est d'une mort violente et inattendue – meurtre ou suicide.

Elle savait qui j'étais. Elle me parla librement. Oui, c'était un suicide. Avec sa voiture. Dans le garage. Des serviettes pour colmater le bas des portes et je suis sûr qu'il y en avait un nombre pair. Dix ou vingt, qui sont de bons nombres, à en croire N. Trente n'est pas aussi bon, mais est-ce que les gens – en particulier des hommes vivant seuls – ont trente serviettes chez eux ? Je suis bien tranquille que non. Moi, je n'en ai pas autant.

Il allait y avoir une enquête, dit-elle. On allait trouver des substances douteuses – celles des médicaments que je lui avais prescrits, je n'en doutais pas – dans son organisme, mais probablement pas à des doses mortelles. Même si c'est sans importance, j'imagine ; N. est tout aussi mort, quelle que soit la cause.

Elle m'a demandé si je viendrais à l'enterrement. J'ai été touché. Touché aux larmes, pour tout dire. J'ai répondu que oui, si la famille voulait bien de moi. Elle a paru surprise et a dit que bien sûr, ils voudraient de moi… pourquoi non ?

« Parce qu'en fin de compte, je n'ai pas pu l'aider, dis-je.

– Vous avez essayé. C'est ça qui est important. »

J'ai senti de nouveau mes yeux me picoter. Tant de gentillesse. Avant qu'elle raccroche je lui ai demandé s'il n'avait pas laissé de mot. Elle a dit que oui. Trois. *Suis si fatigué.*

Il aurait dû ajouter son nom. Cela aurait fait quatre.

7 juillet 2007

Les proches de N., C. en particulier, m'accueillirent avec gentillesse et s'occupèrent de moi aussi bien à l'église qu'au cimetière. Le miracle de la famille, capable d'élargir son cercle même en des moments aussi difficiles. Y compris pour y inclure un étranger. Il y avait près de cent personnes, beaucoup appartenant au vaste réseau de sa vie professionnelle. J'ai pleuré au bord de la tombe. Je n'en ai été ni surpris ni honteux : l'identification analyste/patient peut être puissante. C. m'a pris la main et m'a serré dans ses bras, puis m'a remercié pour avoir essayé d'aider son père. Je lui ai répondu que c'était normal, mais je me sentais comme un imposteur. C'était un échec.

Belle journée d'été. Quelle farce.

Ce soir, j'ai repassé les enregistrements de nos séances. Je crois que je vais les retranscrire. Il y a sans aucun doute la matière d'un article dans le cas de N. – une petite addition à la littérature sur les troubles obsessionnels compulsifs – sinon davantage. Un livre. Et cependant, j'hésite. Ce qui me retient est de savoir qu'il me faudrait aller à mon tour voir le Champ d'Ackerman et comparer la réalité au fantasme de N. Son monde au mien. Que ce champ existe, je n'en doute pas. Et les rochers ? Oui, il y a probablement des rochers. Sans autre signification que celle que leur ont attribuée ses compulsions.

Beau coucher de soleil très rouge, ce soir.

17 juillet 2007

J'ai pris ma journée et je suis allé à Motton. L'idée me trottait dans la tête depuis un moment et, finalement, je ne voyais aucune raison de ne pas y aller. C'était « tourner autour du pot », comme aurait dit notre mère. Si j'ai bien l'intention d'écrire sur le cas de N., je dois arrêter de tourner autour du pot. Pas d'excuses. Avec les souvenirs de mon enfance pour me guider, le Bale Road Bridge (que ma sœur et moi appelions le *Fail Road Bridge*, j'ai oublié pourquoi), Boy Hill et le cimetière de Serenity Ridge, je pensais pouvoir retrouver l'itinéraire de N. sans trop de difficulté, et c'est ce qui arriva. Le doute n'était guère permis, car c'était le seul chemin de terre fermé par une chaîne avec un panneau PASSAGE INTERDIT.

Je me garai dans le parking du cimetière, comme N. s'y était garé avant moi. Il avait beau faire une superbe journée estivale très chaude, je n'entendais que quelques oiseaux chanter, et encore étaient-ils très loin. Je ne vis passer aucune voiture sur la Route 117, seulement un camion rugissant surchargé de grumes, qui devait foncer à plus de cent vingt à l'heure et qui souleva mes cheveux d'une rafale d'air brûlant empestant l'huile chaude. Après quoi, je fus tout seul. Je repensai à mes virées de jadis, lorsque, enfant, je venais jusqu'au Fail Road Bridge avec ma petite canne à pêche Zebco sur l'épaule, comme le fusil d'un soldat. Je n'avais jamais peur, alors, et je me dis qu'aujourd'hui non plus je n'avais pas peur.

Sauf que si. Je ne considère pas cette peur, cependant, comme complètement irrationnelle. Remonter jusqu'à sa source le chemin de la maladie mentale d'un patient n'est pas une partie de plaisir.

Debout devant la chaîne, je me demandais si j'avais véritablement envie de faire cela – si je voulais braver l'interdiction de passer, non pas seulement pour pénétrer sur un territoire qui n'était pas le mien, mais dans un fantasme obsessionnel compulsif qui avait, selon toute vraisemblance, tué son possesseur. (Ou plutôt, pour être plus précis, celui qui en était possédé.) Les choses ne me paraissaient plus aussi claires que le matin, au moment où j'avais enfilé mon jean et mes vieilles chaussures de marche rouges. Ce matin, tout paraissait simple : « Vas-y et compare la réalité au fantasme de N., ou bien renonce à l'idée de l'article (ou du livre). » Mais qu'est-ce que la réalité ? Qui suis-je pour affirmer que le monde, tel que perçu par les sens du Dr B., est plus réel que celui perçu par feu l'expert-comptable N. ?

La réponse semblait parfaitement limpide : le Dr B., lui, ne s'est pas suicidé ; il ne passe son temps à compter, toucher, placer les choses ; il croit que les nombres, qu'ils soient pairs ou impairs ne sont que ça, des nombres. Le Dr B. est capable d'affronter le monde tel qu'il est. En dernière analyse, l'expert-comptable N. ne l'était pas. Donc, la perception de la réalité du Dr B. est plus valable que celle de l'expert-comptable N. CQFD.

Une fois sur place, cependant, j'éprouvai le pouvoir paisible qui se dégageait des lieux (même au début de la route blanche, avant d'avoir franchi la chaîne), et je me dis que les choses étaient en fait très simples : ou bien j'empruntais cette route déserte jusqu'au Champ d'Ackerman, ou bien je faisais demi-tour et regagnais ma voiture par la route goudronnée. Et repartais. En oubliant le projet de livre, en oubliant le projet (plus probable) d'article. En oubliant N. et en continuant à vivre ma vie.

Sauf que. Sauf que.

Repartir risquait (je dis seulement *risquait*) de signifier qu'à un autre niveau, un niveau profondément enfoui dans mon inconscient, là où vivent encore toutes les anciennes superstitions (main dans la main avec les bonnes vieilles pulsions rouges), j'avais accepté la croyance de N., selon qui le Champ d'Ackerman contenait un emplacement *ténu* protégé par un cercle magique de pierres et que, si j'allais là, je risquerais de réactiver quelque processus terrible, quelque combat terrible, que seul le suicide, avait pensé N., pouvait interrompre, du moins temporairement. Cela signifierait que j'aurais accepté, toujours dans cette même part profonde de mon inconscient où nous sommes tous presque semblables à des fourmis grouillant dans les dédales d'une fourmilière, l'idée que j'allais être le prochain gardien. Que j'avais été appelé. Et si je m'abandonnais à de telles idées…

« Ma vie ne sera plus jamais la même, dis-je à voix haute. Je ne pourrai plus jamais regarder le monde de la même façon. »

L'affaire, brusquement, me parut très sérieuse. Parfois nous nous retrouvons – n'est-ce pas ? – en des lieux où les choix ne sont plus simples du tout, où les conséquences d'en faire un mauvais sont graves. Susceptibles de mettre votre vie ou votre santé mentale en danger.

Ou alors… s'il ne s'agissait nullement de choix ? S'ils avaient seulement l'apparence de choix ?

Je repoussai cette idée et me glissai le long d'un des poteaux qui retenaient la chaîne. Des patients et certains de mes pairs (pour rire, j'imagine) m'ont parfois traité de chaman, mais je n'ai aucune envie de me penser comme tel ; de me regarder dans le miroir en me rasant, et de me dire : *Voilà un homme qui a été influencé à un moment crucial non pas par sa réflexion critique, mais par les hallucinations d'un patient défunt.*

Il n'y avait aucun arbre en travers de la route, mais j'en vis plusieurs, des bouleaux et des pins pour la plupart, repoussés dans le fossé côté colline. Ils étaient peut-être tombés cette année et avaient été aussitôt dégagés, ou bien l'année dernière, ou encore l'année précédente. J'étais incapable de le dire. C'est un domaine auquel je ne connais rien.

J'arrivai au pied d'une colline et vis les bois s'arrêter de part et d'autre du chemin, dégageant une vaste étendue de ciel d'été. J'avais l'impression de marcher dans la tête de N. Je m'arrêtai à mi-pente, non parce que j'étais hors d'haleine, mais pour me demander une dernière fois si c'était bien ce que je désirais. Puis je repris mon chemin.

Je le regrette amèrement.

Le champ était là et la vue, en direction de l'ouest, était aussi spectaculaire que l'avait décrite N. – une vue à couper le souffle, en vérité. Y compris avec le soleil jaune haut dans le ciel et non rouge et posé sur l'horizon. Les rochers étaient là, eux aussi, à une quarantaine de mètres du sommet. Et certes, ils suggéraient une formation circulaire, bien qu'ils n'aient été en rien comparables au cercle parfait que l'on voit à Stonehenge. Je les comptai. Ils étaient huit, comme l'avait dit N.

(Sauf quand il disait qu'ils étaient sept.)

L'herbe, au milieu de ce regroupement approximatif, paraissait jaunie et peu fournie, comparée aux graminées, qui m'arrivaient jusqu'aux cuisses, du reste du champ (celui-ci s'étendait jusqu'à un bois de chênes, de sapins et de bouleaux, loin en contrebas), sans pour autant être morte. Ce qui attira mon attention fut un petit groupe de sumacs. Eux non plus n'étaient pas morts, me sembla-t-il, mais leurs feuilles étaient noires et non pas vertes et striées de rouge ; de plus, ils étaient informes. Je m'en approchai, vis qu'il y avait une enveloppe et compris sur-le-champ que N. l'avait laissée pour moi. Sinon le jour de son suicide, du moins peu de temps avant. J'éprouvai un terrible creux à l'estomac. Le sentiment très clair qu'en ayant décidé de venir ici (si c'était bien moi qui l'avais décidé), j'avais fait le mauvais choix. Que j'avais été certain de faire le mauvais choix, en réalité, mon éducation m'ayant appris à me fier à mon intellect plutôt qu'à mon instinct.

Foutaises. Je sais que je ne devrais pas penser de cette façon.

Bien entendu (quel argument !) N. le savait, lui aussi, et n'en avait pas moins continué à penser de cette façon. Comptant sans aucun doute les serviettes pendant qu'il préparait son propre…

Pour être sûr qu'il y en avait un nombre pair.

Merde. L'esprit nous joue de drôles de tours, n'est-ce pas ? Des visages se dessinaient dans les ombres.

L'enveloppe avait été placée dans un sachet en plastique transparent pour la garder au sec. L'écriture, dessus, était parfaitement ferme, parfaitement claire : DR JOHN BONSAINT.

Je la sortis du sachet, puis regardai de nouveau vers la pente et les rochers. Toujours huit. Évidemment, huit. Mais pas un oiseau ne chantait, pas un grillon ne stridulait. Le jour retenait son souffle. Toutes les ombres se creusaient. Je compris ce que N. avait voulu dire quand il avait parlé de se sentir projeté dans le passé.

Il y avait quelque chose dans l'enveloppe ; je le sentais glisser à l'intérieur et mes doigts savaient déjà à quoi s'en tenir avant d'avoir déchiré le papier et fait tomber l'objet dans le creux de ma main. Une clef.

Ainsi qu'un message. Juste deux mots : *Désolé, Doc*. Et son nom, bien sûr. Son prénom, exactement. Ce qui faisait trois mots, en tout. Pas un bon nombre. À en croire N., au moins.

Je glissai la clef dans ma poche et restai à côté du buisson de sumac qui ne ressemblait pas à un buisson de sumac, avec ses feuilles noires, ses branches tordues qui prenaient presque l'aspect de runes, ou de lettres…

Pas *CTHUN* !

… et décidai : *Il est temps de partir. Voilà qui suffit. S'il y a eu une mutation dans les buissons – un problème environnemental quelconque, le sol empoisonné, très bien. Les buissons ne sont pas l'élément important de ce paysage ; les rochers sont l'élément important. Ils sont huit. Tu as fait ton expérience et tu as trouvé le monde tel que tu espérais qu'il serait, tel que tu savais qu'il serait, comme il a toujours été. Si ce champ te paraît un peu trop calme, sinon menaçant, c'est sans aucun doute l'effet persistant de ce que t'a raconté N. Sans parler de son suicide. Et à présent, retourne à ta vie. Peu importe le silence, ou l'impression – qui pèse sur ton esprit comme un cumulus d'orage – que quelque chose se dissimule dans ce silence. Retourne à ta vie, Dr B.*

*Retournes-y tant qu'il est encore temps.*

Je revins à l'endroit où s'arrêtait la route. Les hautes herbes frottaient contre mon jean, telles des voix murmurantes, étouffées. Le soleil pesait sur mon cou et mes épaules.

J'éprouvai le besoin de me retourner pour regarder. Un besoin violent. Je luttai contre et perdis.

Il y avait sept rochers. Pas huit, sept. Je les recomptai pour être certain. Et j'avais l'impression qu'il faisait plus sombre dans leur cercle, comme si un nuage venait de passer devant le soleil. Un nuage tellement minuscule qu'il n'aurait ombragé que cet endroit. Sauf que cela ne ressemblait pas à l'ombre d'un nuage. C'était une obscurité *particulière*, qui se déplaçait au-dessus de l'herbe jaunie et aplatie, tournant sur elle-même et se gonflant en direction du trou où, j'en étais sûr (enfin presque ; c'est ça qui est exaspérant), se trouvait une huitième pierre quand j'étais arrivé.

Je pensai : *Je n'ai pas d'appareil photo à travers l'objectif duquel regarder pour la faire revenir.*

Je pensai : *Il faut que je mette un terme à ça pendant que je peux encore me persuader qu'il n'est rien arrivé.* À tort ou à raison, je me souciais moins du sort du monde que de la perte de contrôle de mes perceptions, de la perte de contrôle de mon *idée* du monde. Je ne crus pas un seul instant à l'hallucination de N., mais cette obscurité…

Je refusais qu'elle trouve une prise, vous comprenez ? La moindre petite prise.

J'avais remis la clef dans l'enveloppe déchirée avant de glisser le tout dans ma poche-revolver, mais je tenais toujours le sac en plastique à la main. Sans vraiment réfléchir à ce que je faisais, je le plaçai à hauteur de mes yeux et regardai les pierres au travers. Elles étaient un peu déformées et un peu floues, même en tendant le plastique, mais on les distinguait néanmoins très bien. Elles étaient de nouveau huit, bien évidemment, et cette obscurité que j'avais cru percevoir…

Cet entonnoir

Ou ce tunnel

… avait disparu. (Évidemment, vu qu'il n'avait jamais été là, pour commencer.) J'abaissai le sac – non sans quelques palpitations, je dois le reconnaître – et regardai droit vers les pierres. Huit. Aussi solides que les fondations du Taj Mahal. Huit.

Je redescendis le chemin, réussissant ce coup-ci à vaincre mon envie de me retourner une dernière fois. Pourquoi le faire ? Huit, c'est huit. Deux fois quatre. Non mais.

J'ai décidé de laisser tomber l'article. Autant oublier N. et toute cette affaire. L'important est d'être allé là-bas et d'avoir fait face – je suis tout à fait certain que cela est vrai – à la folie qui est en chacun de nous, chez tous les Dr B. du monde comme chez tous les N. Comment disaient les soldats de la Première Guerre mondiale, déjà ? « On commence à voir l'éléphant. » J'ai été voir l'éléphant, mais cela ne veut pas dire que je doive *dessiner* l'éléphant. Ou, dans mon cas, mettre par écrit une description de l'éléphant.

Mais si j'estimais en avoir vu davantage ? Si, pendant quelques secondes…

Oui, bon. Mais attendez un peu. Cela prouve seulement la force de l'hallucination qui s'était emparée du pauvre N. Explique son suicide mieux que ne pourrait le faire une longue note. Il y a certaines choses sur lesquelles il vaut mieux ne pas s'attarder. C'est probablement le cas ici. Cette obscurité…

Ce tunnel-entonnoir, cette *impression…*

De toute façon, j'en ai terminé avec N. Pas de livre, pas d'article. « Tourner la page. » La clef ouvre certainement le cadenas posé sur la chaîne, au bout de la route blanche, mais je ne m'en servirai jamais. Je l'ai jetée.

« Et maintenant, au lit », comme disait le grand Sammy Pepys.

Soleil rouge du soir – le ravissement du marin – inondant le champ. La brume montant des herbes ? Peut-être. Des herbes vertes. Pas des jaunes.

L'Androscoggin serait rouge ce soir, un long serpent de sang mort-né. (Délire !) J'aimerais voir ça. Peu importe pour quelle raison. Je le reconnais.

C'est juste de la fatigue. Tout ira mieux demain matin. Demain matin, je reprendrai peut-être même l'idée de l'article. Ou du livre. Mais pas ce soir.

Et donc, au lit.

18 juillet 2007

Récupéré la clef dans la poubelle, ce matin. Je l'ai rangée dans le tiroir de mon bureau. La jeter, c'était un peu trop reconnaître qu'il aurait pu y avoir quelque chose. Vous comprenez.

Bon. De toute façon, c'est juste une clef.

27 juillet 2007

Bon, très bien, je le reconnais. J'ai compté quelques trucs et je me suis assuré qu'il n'y avait que des nombres pairs autour de moi. Trombones. Crayons dans leur pot. Des choses de ce genre. C'est étrangement apaisant. J'ai attrapé le rhume de N., c'est certain (ma petite plaisanterie, mais ce n'est pas une plaisanterie).

J'ai appelé mon psy référent, le Dr J. d'Augusta, actuellement chef de département à l'hôpital Serenity Hill. Nous avons eu une discussion générale, que je lui ai présentée dans le cadre de la préparation d'un article que j'envisageai de proposer à la conférence de Chicago, l'hiver prochain. Un mensonge, bien sûr mais, parfois, c'est plus simple. L'article aurait porté sur la nature transitive des symptômes de TOC, de patient à analyste. J. a confirmé le bien-fondé de ma recherche. Le phénomène n'est pas courant, mais ce n'est pas non plus une rareté.

Il m'a demandé : « Vous ne vous sentez pas personnellement concerné, Johnny ? »

Subtil. Il perçoit les choses. Comme toujours. Il sait des tas de trucs sur vous !

« Non, je m'intéresse seulement à la question. En fait, je m'y intéresse même de façon compulsive. »

Nous avons terminé la conversation sur un éclat de rire, après quoi, je me suis approché de la table basse et j'ai compté les livres posés dessus. Six. Six, c'est bien. « Six, pas de souciss. » (Selon N.) J'ai vérifié que la clef était bien dans le tiroir du bureau et, bien sûr, elle y était – où aurait-elle pu être, sinon là ? Une seule clef. Bon ou mauvais ? « Un tien vaut mieux que deux tu l'auras. » D'accord, aucun rapport, mais c'est un truc qui mérite réflexion, non ?

Je sortis de la pièce puis me souvins qu'il y avait des revues sur la table basse, outre les livres, et je retournai les compter, elles aussi. Sept ! Je pris l'exemplaire de *People* avec Brad Pitt en couverture et le jetai à la poubelle.

Écoutez, cela me fait me sentir mieux, quel mal y a-t-il à ça ? Et ce n'était que Brad Pitt !

Et si les choses empirent, je me mettrai à jour avec J. C'est une promesse que je fais.

Je crois que ce Neurontin me ferait du bien. Bien que, à strictement parler, ce soit un traitement contre l'épilepsie, il a été prouvé qu'il pouvait être utile dans des cas comme le mien. Bien entendu…

3 août 2007

Qu'est-ce que je raconte ? Il n'existe aucun cas comme celui-ci, et le Neurontin est sans effet. Un emplâtre sur une jambe de bois.

Mais compter, ça aide. Étrangement apaisant. Et il y a autre chose. La clef était posée sur le mauvais côté du tiroir. C'était une intuition, mais il ne faut pas traiter les intuitions par le mépris. Je l'ai déplacée. C'est mieux. Puis j'ai mis une autre clef (celle du coffre de la banque) de l'autre côté. Cela rétablit l'équilibre. Six, pas de souciss, mais deux, c't'encore mieux (je blague). Bien dormi, la nuit dernière.

En fait, non. Cauchemars. L'Androscoggin au couchant. Une blessure rouge. Un lieu de naissance. Mortel.

10 août 2007

Quelque chose ne va pas, là-bas. Le huitième rocher s'affaiblit. Inutile de me raconter que ce n'est pas vrai, car chaque nerf de mon corps – que dis-je, chaque cellule – le proclame ! Compter les livres (et les chaussures, ouais, c'est vrai, encore une intuition de N. à ne pas traiter par le mépris) m'aide mais ne règle pas le problème de fond. Même disposer des diagonales ne m'aide pas beaucoup, bien que certainement…

Les miettes de pain sur le comptoir de la cuisine, par exemple. On les aligne avec la lame d'un couteau. Le sucre en poudre, pareil, HA ! Mais qui sait combien il y a de miettes ? Combien de grains de sucre ? Trop nombreux pour être comptés !

Cela doit cesser. Je vais y aller.

Je prendrai un appareil photo.

11 août 2007

L'obscurité. Seigneur ! Elle était presque complète. Et autre chose. Il y avait un œil dedans.

12 août 2007

Ai-je vu quelque chose ? Vraiment vu quelque chose ?

Je ne sais pas. Je le crois, mais je ne sais pas.

Il y a 21 mots dans ces deux lignes.

22, c'est mieux.

19 août

J'ai décroché le téléphone pour appeler J., et lui dire ce qui m'arrive, puis je l'ai reposé. Qu'est-ce que je pourrais lui raconter ? Sans compter que 1-207-555-1863 = 11. Un mauvais nombre.

Le Valium m'aide plus que le Neurontin. Je crois. Tant que je n'abuse pas

16 sept.

De retour de Motton. Couvert de sueur. Tremblant. Mais huit à nouveau. Je l'ai arrangé ! Arrangé ! Merci mon Dieu. Mais…

Mais !

*Je ne peux pas continuer à vivre ainsi.*

Non, mais – JE SUIS ARRIVÉ JUSTE À TEMPS. C'ÉTAIT SUR LE POINT DE SORTIR. La protection tient un moment, puis c'est visite à domicile (ma petite plaisanterie).

J'ai vu l'œil à trois lobes dont a parlé N.. Il n'appartient à rien de ce monde, à rien de cet univers.

*Il essaie de s'ouvrir un passage en dévorant.*

Sauf que je ne l'accepte pas. J'ai laissé l'obsession de N. introduire un doigt dans mon psychisme (il joue à l'index puant, si vous saisissez ma petite plaisanterie) et il n'a eu de cesse d'agrandir l'ouverture, d'y glisser un deuxième doigt, puis un troisième et enfin toute la main. M'ouvrant en deux. M'ouvrant jusqu'au...

*Je l'ai vu de mes propres yeux.* Il y a un monde derrière ce monde, rempli de monstres

de dieux

DE DIEUX REMPLIS DE HAINE !

Une chose. Si je me suicide, il se passe quoi ? Si ce n'est pas réel, mon tourment cessera. Si c'est réel, les huit pierres retrouveront leur solidité. Du moins jusqu'à ce que quelqu'un d'autre – le prochain gardien – aille en toute inconscience explorer cette route et voie...

Le suicide en paraît presque tentant !

9 octobre 2007

Un peu mieux, ces temps derniers. Mes idées paraissent davantage être les miennes. Et la dernière fois que j'ai rendu visite au Champ d'Ackerman (il y a deux jours), je m'étais inquiété pour rien. Il y avait les huit rochers. Je les ai regardés – solides comme du béton – et j'ai vu un corbeau dans le ciel. Il a fait une embardée pour éviter l'espace aérien au-dessus des pierres, « za z'est *vrai* » (blague), mais il était bien là. Et, tandis que je me tenais au bout du chemin, l'appareil photo autour du cou (nix pixels à Mottonix, ces pierres ne sont pas du genre photographiable, N. avait raison sur ce point ; du radon ?), je me demandais comment j'avais pu croire qu'il n'y en avait que sept. J'avoue que j'ai compté mes pas en retournant à la voiture (et en ai fait quelques-uns de plus autour pour obtenir un total pair), mais ces choses ne vous lâchent pas d'un seul coup. Ce sont LES CRAMPES DE L'ESPRIT ! Cependant...

Dois-je espérer que je vais mieux ?

10 octobre 2007

Il existe bien sûr une autre possibilité, bien qu'il me répugne de l'admettre : que N. ait eu raison pour les solstices. Nous nous éloignons de celui d'été et approchons de celui d'hiver. L'été est derrière nous ; l'hiver devant. Ce qui – si N. a dit vrai – n'est une bonne nouvelle qu'à court terme. Si jamais je dois de nouveau affronter ces spasmes mentaux ravageurs, le printemps prochain… et le printemps suivant…

Je ne pourrai pas, c'est tout.

Comme cet œil me hante. Flottant dans une obscurité de plus en plus dense.

D'autres choses derrière lui

*CTHUN !*

16 novembre 2007

Huit. Toujours été huit. J'en suis sûr, maintenant. Le silence régnait sur le champ, aujourd'hui, le foin était sec, les arbres en bas de la pente, dénudés, l'Androscoggin gris acier sous un ciel de fer. Le monde attendant la neige.

Et, Seigneur, le meilleur : un oiseau posé sur l'une des pierres !

UN OISEAU !

Ce n'est que lorsque j'arrivais à Lewiston, sur le chemin du retour, que je me suis rendu compte que je n'avais pas compté mes pas en revenant à la voiture.

Voilà la vérité. Voilà ce qui doit être la vérité. Un de mes patients m'a refilé son rhume et à présent je vais mieux. Je ne tousse plus, mon nez ne coule plus.

La petite plaisanterie, c'est que j'en ai été victime dès le début.

25 décembre 2007

J'ai passé Noël – repas, échanges rituels de cadeaux – avec Sheila et sa famille. Quand Don a pris Seth avec lui pour le rituel du cierge, à l'église (je suis certain que nos bons méthodistes seraient scandalisés s'ils connaissaient les racines païennes d'un tel rite), Sheila m'a serré la main et m'a murmuré : « Tu es de retour. C'est bien. J'étais inquiète. »

Apparemment, on ne peut pas leurrer ceux de sa chair et de son sang. Le Dr J. a peut-être soupçonné que quelque chose ne tournait pas rond, mais Sheila, elle, savait. Chère Sheila.

« J'ai vécu une sorte de crise, pendant l'été et l'automne, dis-je. Une crise spirituelle, pourrait-on dire. »

Sauf qu'il s'agissait plutôt d'une crise du psychisme. Quand on commence à penser que les seuls objectifs de ses perceptions sont de dissimuler l'existence d'autres mondes terrifiants, c'est une crise du psychisme.

Toujours pratique, Sheila remarqua : « Du moment que ce n'est pas le cancer, Johnny. C'était de ça que j'avais peur. »

Chère Sheila ! J'ai ri et je l'ai serrée dans mes bras.

Plus tard, pendant que nous prenions le coup de l'étrier à la cuisine (avec un lait de poule), je lui demandai si elle se souvenait pour quelle raison nous appelions le Bale Road Bridge le Fail Road Bridge[1]. Elle inclina la tête de côté et rit.

« C'est ton vieux copain d'alors qui nous l'a sortie, celle-là. Celui pour qui j'avais tellement le béguin.

– Charlie Keen… Ça fait une éternité que je ne l'ai pas vu. Sinon à la télé. Le souffre-douleur de Sanjay Gupta[2]. »

Elle me donna un coup sur le bras. « La jalousie ne te va pas, mon vieux. Bref, on pêchait depuis le pont, un jour – tu te souviens de ces petites cannes que nous avions – et Charlie a regardé en contrebas et il a dit : *Tu sais, si jamais quelqu'un tombait de ce truc, il ne manquerait pas de se tuer*. Nous avons trouvé ça extrêmement drôle et on a ri comme des fous. Tu ne t'en souviens pas ? »

Si. Ça me revenait. De ce jour, Bale Road Bridge était devenu Fail Road Bridge. Et ce qu'avait dit ce bon vieux Charlie était tout à fait vrai. La rivière – la Bale – n'a que très peu de fond, sous le pont. Ensuite, elle va se jeter dans l'Androscoggin (on doit probablement voir le confluent depuis le Champ d'Ackerman, mais je n'y ai jamais fait attention), qui est beaucoup plus profonde. Et l'Androscoggin va se jeter dans la mer. Un monde conduit dans un autre, n'est-ce pas ? Chacun plus profond que le précédent ; voilà un processus que toute la terre proclame.

Don et Seth, les deux hommes de Sheila, le grand baraqué et le bout de chou, sont revenus avec de la neige sur leur manteau. Nous nous sommes tous pris par les épaules, très New Age, puis je

1. Jeu de mots sur la ressemblance phonétique entre *Bale* (idée de saut) et *Fail* (manquer).

2. Animateur de télévision.

suis rentré chez moi en voiture en écoutant des chants de Noël. Vraiment heureux pour la première fois depuis longtemps.

Je crois que ces notes... ce journal... cette chronique d'une folie évitée (d'un cheveu, peut-être, je crois que j'ai bien failli tomber du pont)... a atteint son terme.

Grâce à Dieu et joyeux Noël à moi.

1er avril 2008

C'est le jour des fous, comme on dit en anglais, et le fou, c'est moi. Je me suis réveillé sur un rêve qui se passait dans le Champ d'Ackerman.

Le ciel était bleu, la rivière d'un bleu plus sombre dans sa vallée, la neige fondait, les premières herbes pointaient, vertes, au milieu des rubans de neige restants et il n'y avait, une fois de plus, que sept rochers. Une fois de plus, l'obscurité s'était manifestée dans le cercle. Sous la forme d'une simple tache, pour le moment, mais elle s'agrandirait si je ne faisais rien.

Je comptais les livres à mon réveil (soixante-quatre, un bon chiffre, pair et divisible jusqu'à un – pensez un peu à ça), et, comme cela ne suffisait pas, j'ai renversé du café sur le comptoir de la cuisine et tracé une diagonale avec. Ce qui a arrangé les choses, temporairement, mais je vais devoir retourner là-bas, faire une autre « visite à domicile ». Dois pas tourner autour du pot.

Parce que ça recommence.

La neige a presque complètement disparu, le solstice d'été se rapproche (encore de l'autre côté de l'horizon, mais approchant) et ça a recommencé.

Je me sens

Dieu me pardonne, je me sens comme un cancéreux ayant connu une rémission et qui se réveille un jour avec une grosse boule graisseuse au creux du bras.

Je ne peux pas le faire.

Je dois le faire.

[Plus tard]

Il y avait encore de la neige sur la route, mais j'arrivai néanmoins sans encombre jusqu'au Champ d'Ackerman. Laissé ma voiture au parking du cimetière et continué à pied. Il n'y avait effectivement que sept pierres, comme dans mon rêve. Je regardai à travers le viseur de mon appareil photo. À nouveau huit. Huit est le destin et maintient le monde en ordre. Bonne pioche.

Pour le monde !

Pas une aussi bonne pioche pour le Dr Bonsaint.

Que cela doive recommencer, mon esprit proteste devant cette perspective.

Je vous en prie, mon Dieu, faites que cela ne recommence pas.

6 avril 2008

M'a pris plus longtemps pour revenir à huit et je sais qu'il y a un boulot « sur le long terme » qui m'attend, à savoir compter les choses et tracer des diagonales et – non pas les placer. N. s'était trompé là-dessus – les mettre *en équilibre*, voilà ce qu'il faut faire. C'est symbolique, comme le pin et le vain de la communion.

Je suis fatigué, cependant. Et le solstice est encore si loin.

Ça continue à monter en puissance et le solstice est tellement loin.

J'aurais préféré que N. meurt avant de venir me consulter. Ce salaupar égoyste.

2 mai 2008

J'ai bien cru que j'allais y laisser ma peau, cette fois. Ou y perdre l'esprit. Ai-je perdu l'esprit ? Mon Dieu, comment savoir ? Il n'y a aucun dieu, il ne peut y avoir de dieu dans le visage de ces ténèbres, dans L'ŒIL qui regarde au-travers. Et autre chose.

LA CHOSE AVEC LE CASQUE DE CUIR. ISSUE DE CES TÉNÈBRES DÉMENTES ET VIVANTES.

Il y avait une mélopée. Une mélopée qui montait du plus profond de l'anneau de pierres, du plus profond des ténèbres. Mais j'ai transformé sept en huit, une fois de plus, même si cela m'a pris un long lon long lon temps. Bocou regardé par le viseure, aussi décrire des cercles en contant les pas, agrandissant le cercle jusqu'à soixante-quatre, c'est finalement cela qui a opéré, grâce à Dieu. « La gyration grandissante, ouip ! » Puis j'ai levé les yeux. J'ai regardé autour de moi. Et j'ai vu son nom tissé dans tous les buissons de sumac et dans tous les arbres au pied de ce champ diabolique : *Cthun, Cthun, Cthun, Cthun*. Je me tournais vers le ciel pour y puiser du soulagement et j'ai vu les nuages qui l'épelaient en traversant le bleu : CTHUN dans le ciel. Regardé la rivière et vu ses méandres épeler un C géant pour Cthun.

Comment puis-je être responsable du monde ? Comment cela se peut-il ?

C'est pas justeu !!!!

4 mai 2008

Si je peux fermer la porte en me supprimant

Et la paix, même si la pai est houbli

Je vais y retourner, mais cette fois-ci pas jusqu'en haut. Seulement jusqu'au Fail Road Bridge. L'eau n'est pas profonde, le lit de la rivière est plein de rochers.

Il doit faire trente pieds de haut.

Pas le meilleur nombre mais cependant

Peux pas rater

Peux pas arrêter de penser à l'œil aux trois lobes

À la chose avec le casque de cuir

Les visages hurlant dans les pierres

CTHUN !

[Le manuscrit du Dr bonsaint s'interrompt ici.]

## 5. La seconde lettre

8 juin 2008

Cher Charlie,

Tu ne m'as pas rappelée pour me parler du manuscrit de Johnny et c'est aussi bien comme ça. Je t'en prie, ignore ma précédente lettre et, si tu as encore ces pages, brûle-les. C'était le vœu de Johnny et j'aurais dû être la première à le respecter.

Je me suis dit que je n'irais pas plus loin que le pont – Fail Road Bridge – pour revoir l'endroit où nous avons vécu tant de si bons moments, enfants, l'endroit où il a mis fin à ses jours lorsque le temps du bonheur a été terminé. Je me suis dit que cela y mettrait un terme (une expression que Johnny aurait employée). Mais évidemment, l'esprit en dessous de l'esprit – espace dans lequel, aurait affirmé Johnny, nous sommes tous semblables – ne s'y est pas trompé. Sans quoi, pourquoi aurais-je emporté la clef ?

Parce qu'elle était là, dans son bureau. Pas dans le tiroir où se trouvait son manuscrit, mais dans celui du haut, celui du milieu. Avec une autre clef « pour garder l'équilibre », comme il disait.

T'aurais-je envoyé la clef en plus du manuscrit s'ils avaient été dans le même tiroir ? Je ne sais pas. Pas du tout. Mais je suis contente, dans l'ensemble, de la manière dont les choses ont tourné. Parce que tu aurais pu être tenté de monter là-haut. Par simple curiosité, ou peut-être attiré par quelque chose d'autre. Quelque chose de plus fort.

Il est possible que tout cela ne soit que foutaises (autre mot de Johnny). Possible que je n'aie pris la clef pour aller à Motton et trouver la route que parce que je suis ce que je disais être dans ma première lettre : une digne fille de Pandore. Comment savoir avec certitude ? N. n'a pu le déterminer. Ni mon frère, pas même à la toute fin et, comme il disait : « Je suis un professionnel, c'est pas un jeu. »

Toujours est-il que tu ne dois pas t'inquiéter pour moi. Je vais bien. Et, même si je n'allais pas bien, le calcul est simple. Sheila LeClaire a un mari et un enfant. Charlie Keen – d'après ce que j'ai lu dans Wikipédia – a une femme et trois enfants. Autrement dit, tu as davantage à perdre. Sans compter que je n'ai jamais tout à fait oublié ce béguin que j'avais pour toi – peut-être.

*Ne reviens ici en aucun cas.* Continue à faire tes reportages sur l'obésité, et l'abus de médicaments, et les crises cardiaques chez les hommes de moins de cinquante ans, et tous les trucs comme ça. Des choses normales, quoi.

Et si jamais tu n'as pas lu ce manuscrit (je peux toujours l'espérer, mais j'en doute ; je suis sûre que Pandore a aussi des fils), ignore-le. Attribue toute cette histoire à une femme rendue hystérique par la perte inattendue de son frère.

Il n'y a rien là-haut.

Juste des rochers.

Je les ai vus de mes propres yeux.

Je jure qu'il n'y a rien là-haut, *alors n'y va pas.*

## 6. L'article du journal

[Tiré du *Chester's Mill Democrat* du 1er juin 2008]

UNE FEMME SAUTE D'UN PONT
COMME SON FRÈRE AVANT ELLE

**Par Julia Shumway**

MOTTON. Après le suicide du psychiatre bien connu John Bonsaint, qui s'est tué en sautant du haut d'un pont il y a un peu plus d'un mois, des amis ont expliqué que sa sœur, Sheila LeClaire, s'est retrouvée dépressive et dans un état de grave confusion mentale. Son mari, Donald LeClaire, a déclaré qu'elle « avait été très profondément secouée ». Personne, cependant, ne se doutait qu'elle envisageait de suicider.

C'était pourtant le cas.

« Bien qu'elle n'ait laissé aucun mot, a déclaré le coroner du comté, Richard Chapman, tous les indices convergent. Sa voiture était garée avec soin à l'écart de la chaussée, côté Harlow du pont. Elle était fermée à clef et son sac à main se trouvait sur le siège du passager, son permis de conduire posé dessus. » Il a continué en mentionnant que les chaussures de LeClaire avaient été retrouvées au pied du garde-fou, soigneusement disposées côte à côte. Chapman a ajouté que seule l'autopsie déterminerait si elle s'était noyée ou tuée à l'impact.

Outre son mari, Sheila LeClaire laisse derrière elle un fils de sept ans. La date des funérailles n'a pas encore été arrêtée.

## 7. Le courriel

keen1981
15.44
5 juin 08

Chrissy

S'il te plaît annule tous mes rendez-vous pour la semaine prochaine. Je sais que je m'y prends au dernier moment et que c'est toi qui vas déguster, mais je ne peux rien y faire. J'ai un problème à régler chez moi, dans le Maine. Deux vieux amis, un frère et une sœur, se sont suicidés dans des circonstances particulières… et au même putain d'endroit ! Étant donné le manuscrit particulièrement étrange que la sœur m'avait envoyé avant de copier (apparemment) le mode de suicide de son frère, je crois que cela mérite enquête. Le frère, John Bonsaint, était mon meilleur ami quand j'étais gosse ; nous nous sommes mutuellement tirés de bien des bagarres de cours de récré, crois-moi !

Hayden est capable de faire le sujet sur les risques de diabète. Lui s'en croit incapable, mais je sais qu'il peut le faire. Et même s'il se plante, je dois y aller. Johnny et Sheila étaient comme ma famille.

Et à part ça : je ne vais pas jouer les hypocrites, mais il y a peut-être un sujet dans cette histoire. Pas un aussi gros morceau qu'un cancer, peut-être, mais ceux qui souffrent de dépression te diront que c'est aussi une sacrée saloperie.

Merci, Chrissy,

Charlie

# Un chat d'enfer[1]

Halston trouva que le vieil homme dans le fauteuil roulant paraissait malade, terrifié et sur le point de mourir. Il avait l'expérience de ce genre de choses. La mort, c'était le boulot de Halston ; il l'avait donnée à dix-huit hommes et six femmes au cours de sa carrière de tueur à gages indépendant. La mort, il savait la reconnaître.

La maison – un vrai manoir, en fait – était froide et silencieuse. Les seuls bruits étaient les craquements du bois dans la grande cheminée de pierre et les gémissements bas du vent de novembre, à l'extérieur.

« Je vous demande de commettre un meurtre », dit le vieil homme. Il avait une voix haut perchée, tremblotante, irritée. « J'ai cru comprendre que c'était votre métier.

– Qui vous en a parlé ? demanda Halston.

– Un homme du nom de Saul Loggia. Il dit que vous le connaissez. »

Halston acquiesça. Si Loggia était leur intermédiaire, c'était parfait. Et si jamais il y avait un micro-espion dans la pièce, tout ce que dirait ce vieux – Drogan – servirait à le piéger.

« Qui est la cible ? »

Drogan appuya sur un bouton de la console qui équipait l'un des accoudoirs de son fauteuil, et celui-ci s'avança en bourdonnant. De plus près, Halston sentit les odeurs jaunâtres de la peur,

1. « Un chat d'enfer » est synonyme de « sorcière » en anglais populaire.

de l'âge et de l'urine mélangées. Il en fut dégoûté, mais ne manifesta rien. Son visage resta lisse, continua à respirer le calme.

« Votre victime se tient juste derrière vous », dit doucement Drogan.

Halston réagit très vite. Sa vie tenait à ses réflexes, lesquels étaient extrêmement affûtés. Il sauta du canapé, mit un genou à terre, se tourna, la main déjà glissée dans sa veste de sport spécialement coupée ; il s'empara de la crosse du .45 à canon court accroché sous son aisselle, dans un étui à ressort qui projetait l'arme dans sa paume au premier contact. Et, l'instant suivant, il se retrouva l'arme braquée sur… un chat.

L'homme et l'animal se dévisagèrent quelques secondes. Étrange moment pour Halston, personnage dépourvu d'imagination comme de superstitions. Car dans ce moment où il se retrouva un genou en terre et le pistolet pointé, il eut l'impression de connaître ce chat, bien que, s'il en avait jamais vu avec des marques aussi étranges, il s'en fût certainement souvenu.

Sa tête était coupée en deux par le milieu : un côté noir, un côté blanc. La séparation partait de son crâne plat et descendait le long de son nez et de sa gueule, droite comme une flèche. Il avait des yeux énormes dans la pénombre et, dans ses pupilles noires dilatées, presque circulaires, dansait un reflet du feu, comme une braise lugubre de haine.

Et la pensée retentit en écho dans la tête de Halston : *Nous nous connaissons, toi et moi.*

Puis l'instant passa. Il remit le pistolet en place et se releva. « Je devrais vous tuer pour ça, le vieux. Je ne supporte pas ce genre de plaisanterie.

– Et moi, je n'en fais pas, répliqua Drogan. Asseyez-vous. Et regardez là-dedans. »

Il venait de tirer une enveloppe épaisse de dessous la couverture qu'il avait sur les genoux.

Halston s'assit. Le chat, jusqu'ici juché sur le haut du canapé, sauta légèrement sur ses genoux. Il regarda brièvement Halston de ses énormes yeux noirs, les pupilles entourées d'un mince anneau mordoré, puis s'installa et se mit à ronronner.

Halston regarda Drogan, perplexe.

« Il est très amical, dit le vieil homme. Au début. Ce gentil petit minou a tué trois personnes dans cette maison. Il ne reste plus que moi. Je suis vieux, je suis malade… mais j'aime autant mourir le plus tard possible.

– Je n'arrive pas à y croire, répondit Halston. Vous m'avez engagé pour tuer un chat ?

– Regardez dans l'enveloppe, s'il vous plaît. »

Halston regarda. Elle était remplie de billets de cent et de cinquante, tous usagés. « Il y en a pour combien ?

– Six mille dollars. Il y en aura six mille autres quand vous m'aurez apporté la preuve que le chat est mort. D'après Mr Loggia, votre salaire habituel est de douze mille dollars, c'est bien cela ? »

Halston acquiesça, sa main caressant machinalement le chat sur ses genoux. Celui-ci s'était endormi, ronronnant toujours. Halston aimait les chats. C'étaient même les seuls animaux qu'il aimait. Ils se débrouillaient tout seuls. Dieu – s'il y avait un dieu – en avait fait des machines à tuer parfaites et hautaines. Les chats étaient les gâchettes du monde animal, et Halston les respectait.

« Je n'ai nullement besoin de vous donner d'explications, reprit Drogan, mais je vais tout de même le faire. Un homme averti en vaut deux, dit-on, et je ne voudrais pas que vous preniez cette affaire à la légère. De plus, j'estime qu'il est bon que je me justifie, pour que vous ne puissiez pas croire que je suis fou. »

Halston acquiesça de nouveau. Il avait déjà décidé de remplir ce contrat particulier et, pour lui, la question était réglée. Mais si Drogan avait envie de parler, il l'écouterait.

« Tout d'abord, savez-vous qui je suis ? D'où me vient mon argent ?

– Drogan Pharmaceuticals.

– Exact. L'un des plus grands laboratoires de produits pharmaceutiques au monde. Et la pierre angulaire de notre réussite à été ceci. » De la poche de sa robe de chambre, il tira une petite fiole à pilules vide, dépourvue d'étiquette, qu'il lui tendit. « Tri-dormalphenobarbin, composé G. Prescrit presque uniquement aux malades en phase terminale. On en devient très vite dépendant, vous comprenez. Le produit combine un antalgique, un tranquillisant et un hallucinogène léger. Il est remarquable dans l'aide qu'il apporte aux mourants pour faire face à leur état et s'ajuster.

– Vous en prenez ? » demanda Halston.

Drogan ignora la question. « C'est prescrit partout dans le monde. Il s'agit d'un produit de synthèse que nous avons mis au point dans les années cinquante dans nos labos du New Jersey. Nous l'avons testé presque uniquement sur des chats, à cause de la qualité unique du système nerveux de ces petits félins.

– Combien en avez-vous dégommé ? »

Drogan se raidit. « C'est une manière injuste et préjudiciable de présenter les choses. »

Halston haussa les épaules.

« Au cours des quatre années de tests ayant conduit à la validation du médicament, environ quinze mille chats sont… ont été sacrifiés. »

Halston siffla. Environ quatre mille chats par an. « Et vous pensez que celui-ci est venu vous faire la peau, c'est ça ?

– Je ne me sens nullement coupable », rétorqua Drogan, mais la trémulation agressive était de retour dans sa voix. « Quinze mille animaux de laboratoire sont morts pour que des centaines de milliers d'êtres humains…

– Laissez tomber, le coupa Halston que les justifications ennuyaient.

– Ce chat a débarqué ici il y a sept mois. Je n'ai jamais aimé les chats. Des sales bêtes porteuses de maladies… toujours à courir dans les champs… à se couler dans les granges… à ramasser Dieu sait quels microbes dans leur fourrure… qui adorent ramener une bestiole aux entrailles pendantes dans la maison pour que vous puissiez l'admirer… C'est ma sœur qui a voulu le prendre. C'est elle qui l'a trouvé. Elle a payé. »

Il adressa un regard chargé d'une haine mortelle au chat qui dormait sur les genoux de Halston.

« Vous avez dit que ce chat avait tué trois personnes. »

Drogan commença à parler. Le chat somnolait et ronronnait sur les genoux de Halston, qui le caressait et le grattait de ses doigts de tueur professionnel. De temps en temps, une pomme de pin éclatait dans l'âtre, faisant se tendre l'animal comme s'il était constitué de ressorts d'acier sous sa fourrure et ses muscles. Dehors, le vent gémissait autour de la grande maison de pierre perdue au fin fond de la campagne du Connecticut. L'hiver était dans l'haleine de ce vent. Le vieil homme dévidait son récit d'un ton monocorde.

Sept mois auparavant, ils étaient quatre dans la maison : Drogan lui-même ; sa sœur Amanda, soixante-dix-sept ans, était l'aînée de Drogan de deux ans ; l'amie de toujours de celle-ci, Carolyn Broadmoor (« des Broadmoor de Westchester », expliqua Drogan), affligée d'un sérieux emphysème ; et Dick Gage, employé au service de la famille Drogan depuis vingt ans. Gage, qui avait soixante ans, conduisait la grosse Lincoln Mark IV, faisait la cuisine et le service du sherry, le soir. Une femme de ménage venait tous les jours. Ces quatre personnes avaient vécu sous ce régime pendant près de deux ans – une brochette de vieillards dont les seuls plaisirs était de regarder *The Hollywood Squares* à la télé et d'attendre de voir qui mourrait avant eux.

Puis le chat était arrivé.

« C'est Gage qui l'a vu le premier traîner en miaulant autour de la maison. Il a essayé de le chasser. Il lui a lancé des bouts de bois et des cailloux et il l'a touché plusieurs fois. Mais il ne voulait pas partir. Il sentait l'odeur de la nourriture, évidemment. À l'époque, c'était un vrai sac d'os. Les gens les abandonnent sur la route pour les laisser crever, à la fin de l'été, vous savez. Un geste terrible, inhumain.

– Pire que de leur griller les nerfs ? » demanda Halston.

Drogan ignora la pique et continua. Il détestait les chats. Il les avait toujours détestés. Comme celui-ci refusait de se laisser chasser, il avait donné l'ordre à Gage de préparer de la nourriture empoisonnée. De grandes assiettes tentantes de nourriture pour chat bourrée de Tri-Dormal-G, pour tout dire. Le chat n'y avait pas touché. C'est alors qu'Amanda Drogan s'était aperçue de l'existence de l'animal et avait tenu à ce qu'ils le prennent. Drogan avait protesté avec véhémence, mais Amanda avait eu gain de cause. Ce qui était toujours le cas, apparemment.

« Elle l'a elle-même apporté à l'intérieur, dans ses bras. Il ronronnait, exactement comme maintenant. Mais il refusait de s'approcher de moi. Il ne l'a encore jamais fait… pour le moment. Elle lui a préparé un peu de lait. *Oh, regarde-moi cette pauvre chose, il meurt de faim,* qu'elle roucoulait. Elle et Carolyn roucoulaient à qui mieux mieux à propos de la bestiole. Écœurant. C'était leur manière de s'en prendre à moi, bien sûr. Elles savaient ce que je pensais des chats depuis le lancement des tests sur le Tri-Dormal-

G, vingt ans auparavant. Elles adoraient me taquiner, me faire rager avec ça. » Il eut un regard mauvais. « Mais elles l'ont payé. »

À la mi-mai, Gage s'était levé pour préparer le petit déjeuner et avait trouvé Amanda Drogan allongée au pied de l'escalier principal, au milieu de débris de vaisselle et de Friskies. Ses yeux exorbités regardaient le plafond. Elle avait beaucoup saigné du nez et de la bouche. Elle avait le dos brisé, les deux jambes brisées et le cou rompu comme s'il avait été en verre.

« Le chat dormait dans sa chambre, continua Drogan. Elle le traitait comme un bébé... *Il a faim, le petit minou ? Il doit sortir faire ses petites affaires, le petit minou ?* Obscène, de la part d'une vieille sorcière comme ma sœur. Je crois qu'il l'a réveillée par ses miaulements. Elle est allée chercher son assiette. Elle prétendait que Sam n'aimait ses Friskies que s'ils étaient ramollis avec un peu de lait. Elle a donc décidé de descendre au rez-de-chaussée. Le chat se frottait à ses mollets. Elle était vieille, pas très solides sur ses jambes. À moitié endormie. Ils sont arrivés en haut des marches, le chat s'est mis devant elle... l'a fait trébucher... »

Oui, les choses avaient pu se passer ainsi, se dit Halston. En esprit, il vit la vieille femme tomber en avant, trop sous le choc pour crier. Les Friskies s'éparpillent partout tandis qu'elle dégringole cul par-dessus tête jusqu'en bas, le bol explose. Finalement, elle s'immobilise au pied de l'escalier, ses vieux os cassés, les yeux écarquillés, du sang coulant de son nez et de ses oreilles. Et le chat ronronnant descend tranquillement pour aller grignoter, satisfait, les Friskies éparpillés...

« Qu'est-ce qu'a dit le coroner ? demanda Drogan.

– Mort accidentelle, bien entendu. Mais je savais, moi.

– Pourquoi ne pas vous être débarrassé du chat à ce moment-là ? Une fois Amanda disparue ? »

Parce que Carolyn Roadmoor avait menacé de s'en aller s'il le faisait, semblait-il. Elle était hystérique, obsédée par la question. Elle était malade et dingue de spiritisme. Un médium de Hartford lui avait raconté (pour seulement vingt dollars) que l'âme d'Amanda était entrée dans le corps félin de Sam. Sam avait appartenu à Amanda, avait-elle déclaré à Drogan, et si Sam s'en allait, elle s'en allait avec.

Halston, devenu une sorte d'expert pour ce qui était de décrypter les zones obscures des vies humaines, soupçonna Drogan d'avoir été l'amant de la vieille oiselle Broadmoor, jadis, et qu'il n'avait pas envie de la laisser partir pour un matou.

« Autant se suicider, reprit Drogan. Dans son esprit, elle était encore en bonne santé, parfaitement capable de faire ses valises et d'aller s'installer à New York, Londres ou même Monte-Carlo. En réalité, elle était la dernière représentante d'une grande famille et ne disposait que de faibles revenus, à cause de mauvais investissements faits dans les années soixante. Elle logeait au premier étage dans une chambre à taux d'humidité élevé, spécialement contrôlé. Elle avait soixante-dix ans, Mr Halston. Elle avait été une grosse fumeuse toute sa vie, sauf les deux dernières années, et son emphysème était très sérieux. Je voulais qu'elle reste ici et si le chat devait rester... »

Halston acquiesça et jeta un regard peu discret à sa montre.

« Elle est morte dans la nuit, fin juin. D'après le médecin, rien d'étonnant... Il est venu, a constaté le décès et délivré son permis d'inhumer, point final. Mais le chat était dans la chambre. Gage me l'a dit.

– Nous devons tous y passer un jour ou l'autre, lui fit remarquer Halston.

– Certes. C'est aussi ce qu'a dit le médecin. Mais je n'étais pas dupe. Je n'avais pas oublié. Les chats comme celui-ci s'en prennent aux bébés et aux vieux pendant leur sommeil. Ils s'emparent de leur haleine.

– Ce sont des contes de bonne femme.

– Fondés sur des faits, comme la plupart des contes de bonne femme, répliqua Drogan. Les chats aiment bien pétrir avec leurs pattes, voyez-vous. Un coussin, un tapis épais... ou une couverture. Celle d'un berceau ou celle d'une personne âgée. Un poids supplémentaire sur une personne d'une grande faiblesse... »

Drogan ne termina pas sa phrase, et Halston se prit à réfléchir. Imagina Carolyn Broadmoor endormie dans sa chambre, le souffle rauque sortant de ses poumons endommagés dont le bruit se perdait presque dans le murmure des humidificateurs et de l'air conditionné. Le chat avec son étrange tête noire d'un côté, blanche de l'autre, saute silencieusement sur le lit de la vieille fille et regarde ce visage ancien creusé de sillons de ses yeux noir et mordoré. Il se coule furtivement sur sa poitrine étroite et se couche de tout son poids dessus, ronronnant... et la respiration de Carolyn se ralentit… et le chat ronronne tandis que la vieille femme s'éteint peu à peu sous le poids qui l'écrase.

Il avait beau avoir peu d'imagination, Halston n'en frissonna pas moins.

« Drogan, demanda-t-il, sans cesser de caresser le chat qui ronronnait, pourquoi ne pas vous en être débarrassé ? Un vétérinaire vous l'aurait gazé pour vingt dollars.

– L'enterrement a eu lieu le 1er juillet. J'ai fait mettre Carolyn à côté de ma sœur, dans notre concession. Comme elle l'aurait voulu. Et le 3 juillet, j'ai fait venir Gage dans cette pièce et je lui ai donné un panier en osier… du genre panier à pique-nique. Vous voyez ce que je veux dire ? »

Halston acquiesça.

« Je lui ai dit de mettre le chat dedans et de le porter chez le vétérinaire de Milford pour qu'il l'endorme. Il m'a répondu *bien monsieur*, il a pris le panier et il est sorti. Tout à fait son style. Je ne l'ai jamais revu vivant. Il a eu un accident sur l'autoroute. La Lincoln a heurté une pile de pont à plus de cent à l'heure. Dick Gage a été tué sur le coup. On a découvert des traces de griffes sur son visage. »

Halston garda le silence tandis que, dans sa tête, il se représentait à nouveau le tableau. Il n'y avait aucun bruit dans la pièce, sinon les paisibles craquements du feu et le paisible ronronnement du chat sur ses genoux. La scène – lui, le chat, le feu – aurait fait une bonne illustration du poème d'Edgar Guest, celui qui dit : « Le chat sur mes genoux, un bon feu dans l'âtre… un homme heureux, si vous posiez la question. »

Dick Gage au volant de la Lincoln sur l'autoroute de Milford dépassant de quelques kilomètres la vitesse limite. Le panier d'osier posé à côté de lui – un panier genre panier de pique-nique. Le chauffeur surveille la circulation ; peut-être dépasse-t-il un gros poids lourd et ne remarque-t-il pas la tête blanche d'un côté et noire de l'autre qui pointe par l'ouverture du panier. À l'opposé du conducteur. Gage ne le remarque pas parce qu'il double le gros poids lourd et c'est alors que le chat lui saute au visage, crachant, toutes griffes dehors, l'une d'elles atteignant un œil, le crevant, l'aveuglant. Cent à l'heure dans le bourdonnement du gros moteur de la Lincoln, l'autre patte du chat agrippée au nez de Gage et s'y enfonçant, douleur exquise et atroce – la Lincoln commence peut-être à dériver vers la droite, devant le gros cul qui klaxonne à vous crever les tympans, mais Gage ne l'entend pas à cause des feulements du chat, le chat qui s'est étalé sur sa figure telle une énorme araignée de fourrure noire, oreilles aplaties, ses yeux verts brillant des feux de l'enfer, ses pattes arrière s'agitant et s'enfonçant dans les chairs molles du cou du vieil homme. La voiture fait une violente embardée vers la gauche. La pile du pont se profile. Le chat saute sur le plancher et la Lincoln, torpille noire et brillante, heurte le béton et explose comme une bombe.

Halston déglutit péniblement et entendit un *clic* monter de sa gorge.

« Et le chat est revenu ? »

Drogan acquiesça. « Une semaine plus tard. Le jour de l'enterrement de Dick Gage, pour tout vous dire. Comme dans cette ancienne chanson. Le chat est revenu.

– Il a survécu à une collision à cent à l'heure ? Difficile à croire.

– Il paraît qu'un chat a neuf vies. Quand il est revenu, c'est là que j'ai commencé à me demander s'il n'aurait pas été un... une...

– Une sorcière ? suggéra doucement Halston.

– À défaut d'un meilleur mot, oui. Une sorte de démon envoyé pour...

– Pour vous punir.

– Je ne sais pas. Mais j'en ai peur. Je le nourris, ou plutôt, la femme de ménage qui vient le nourrit. Elle ne l'aime pas, elle non plus. Elle prétend que sa tête est une malédiction de Dieu. Bien sûr, elle est du coin. » Le vieil homme essaya de sourire, sans succès. « Je veux que vous le supprimiez. Je vis avec lui depuis ces quatre derniers mois. Il rôde dans les ombres. Il me regarde. On dirait... qu'il attend. Je m'enferme tous les soirs dans ma chambre et, cependant, je me demande si je ne vais pas me réveiller un jour très tôt et le trouver... roulé en boule sur ma poitrine... en train de ronronner. »

Le vent gémit un peu plus fort, lugubre, et un étrange hululement sortit de la cheminée de pierre.

« Finalement, j'ai pris contact avec Saul Loggia. Il vous a recommandé. Il a parlé de vous comme d'une sacrée équipe, je crois.

– Comme d'un *one-stick*. Ce qui signifie que je travaille seul.

– Oui. Il m'a dit qu'on ne vous a jamais pris, ni même soupçonné. Que vous arriviez toujours à retomber sur vos pieds… comme un chat sur ses pattes. »

Halston regarda le vieil homme dans son fauteuil roulant. Et soudain, ses mains musclées aux longs doigts se trouvèrent juste au-dessus du cou du chat.

– Je vais le faire tout de suite, si vous voulez, dit-il doucement. Je vais lui rompre le cou. Il ne s'apercevra de rien…

– Non ! » s'écria Drogan. Il prit une longue inspiration chevrotante. Ses joues jaunâtres s'étaient colorées. « Non… pas ici. Emmenez-le. »

Halston eut un sourire dépourvu d'humour. Il se remit à caresser avec douceur la tête, les épaules et le dos du chat endormi. « Très bien, dit-il. J'accepte le contrat. Voulez-vous récupérer le corps ?

– Non. Tuez-le. Et enterrez-le. » Il se tut. Se pencha en avant dans son siège, tel quelque antique charognard. « Rapportez-moi la queue. Que je puisse la jeter dans le feu et la voir brûler. »

Halston roulait au volant d'une Plymouth 1973 équipée d'un moteur Cyclone Spoiler. La voiture était customisée à mort, l'arrière relevé, l'avant plongeant selon un angle de vingt degrés vers la chaussée. Il avait reconstruit lui-même le différentiel et tout l'arrière. La boîte de vitesses était une Pensy, la transmission une Hearst. La voiture roulait sur des pneus à ceinture extra-large, d'énormes Bobby Unser Wide Ovals, et pouvait atteindre les deux cent cinquante kilomètres à l'heure.

Il quitta le domicile de Drogan peu après vingt et une heures trente. Un croissant de lune glacial chevauchait les trouées dans les nuages de novembre, au-dessus de lui. Il roulait toutes vitres baissées, tant il avait en horreur la puanteur jaunâtre de l'âge et de la terreur qui semblait imprégner ses vêtements. Le froid était agressif et coupant et finissait par l'engourdir, mais lui faisait du bien. Il chassait la puanteur jaunâtre.

Il sortit de l'autoroute à Placer's Glen et traversa la ville silencieuse où seul un feu jaune clignotant montait la garde au carrefour du centre, roulant tout le long à un paisible cinquante kilomètres à l'heure. Une fois hors de la ville, empruntant la SR 35, il lâcha un peu la Plymouth, histoire de la décrasser. Le moteur boosté ronronnait comme le chat avait ronronné sur ses genoux, un peu plus tôt dans la soirée. Le rapprochement fit sourire Halston. Ils filaient à un peu plus de cent vingt kilomètres à l'heure au milieu des champs de novembre blanchis par la gelée et hérissés de squelettiques tiges de maïs.

Le chat se trouvait dans un sac à commissions double épaisseur fermé par une solide ficelle. Le sac était posé sur le siège baquet, à côté du conducteur. L'animal somnolait et ronronnait au moment où Halston l'avait mis dedans et n'avait cessé de ronronner depuis. Il se rendait peut-être compte que Halston l'aimait bien et se sentait à l'aise avec lui. Il était comme le tueur, un solitaire – un *one-stick.*

Contrat bizarre, se disait Halston, surpris de prendre conscience qu'il y pensait comme à un *vrai* contrat. Mais le plus bizarre était que le chat lui plaisait bien, qu'il se sentait une sorte de parenté avec lui. Pour qu'il ait réussi à se débarrasser de trois vieux chnoques… en particulier de Gage, qui l'avait emporté à Milford pour un rencard avec un véto au menton carré qui n'aurait été que trop heureux de le fourrer dans une chambre à gaz en céramique de la taille d'un four à micro-ondes. Il se sentait une parenté avec l'animal, sans pour autant avoir envie de renoncer au contrat. Il ferait au chat la courtoisie de le tuer vite et bien. Il se garerait à l'écart de la route, en bordure d'un des champs dénudés de novembre, le sortirait du sac, le caresserait, lui romprait le cou et lui couperait la queue avec son couteau de poche. Et, songea-t-il, je l'enterrerai comme il faut, hors de portée des charognards. Je ne peux pas lui épargner les vers, mais je peux lui épargner les asticots.

Il pensait à tout cela pendant que la voiture roulait dans la nuit noire, tel un fantôme ton sur ton, et c'est à cet instant que le chat s'avança sous ses yeux, juché sur le tableau de bord, queue orgueilleusement dressée, sa tête noire d'un côté et blanche de l'autre tournée vers lui, sa gueule paraissant lui sourire.

« Chchchchssss », siffla Halston. Il jeta un coup d'œil vers sa droite et aperçut un trou fait à coups de dents – ou de griffes – dans la double épaisseur du sac, sur le côté. Puis il regarda de nouveau devant lui. Le chat leva une patte et, joueur, voulut le taquiner. La patte glissa sur le front de Halston. Il eut un mouvement pour s'en débarrasser et les gros pneus de la Plymouth protestèrent lorsque la voiture se mit à aller d'un côté à l'autre de l'étroite chaussée.

Du poing, Halston voulut chasser le chat du tableau de bord. Il obstruait son champ de vision. Le chat cracha, le dos arqué, mais ne bougea pas. Halston tenta de lui porter un nouveau coup de poing, mais au lieu de s'effacer, l'animal bondit sur lui.

*Gage*, eut-il le temps de penser. *Exactement comme Gage.*

Il écrasa le frein. Le chat était sur sa tête, l'aveuglant de son ventre couvert de fourrure, le griffant, l'entaillant. Stoïque, Halston s'agrippa au volant d'une main et de l'autre, tenta de chasser le chat. Une fois, deux fois, trois fois. Et soudain, il n'y eut plus de route sous la Plymouth qui dévalait le fossé, rebondissant brutalement sur elle-même. Puis ce fut l'impact qui le précipita contre sa ceinture de sécurité et le dernier bruit qu'il entendit fut le hululement inhumain du chat – la voix d'une femme qui accouche dans la douleur ou au comble de l'extase sexuelle.

Il le frappa de son poing et ne sentit que le fléchissement et le relâchement de ses muscles

Second impact, obscurité.

La lune était couchée. Le jour se lèverait dans une heure.

La Plymouth avait atterri dans un ravin où moutonnait une brume de sol. Pris dans la calandre, il y avait du fil de fer barbelé. Le capot s'était ouvert sous le choc et des volutes de vapeur montaient du radiateur crevé avant d'aller se confondre avec la brume.

Aucune sensation ne lui venait dans les jambes.

Il baissa les yeux et vit que la paroi inférieure de l'habitacle avait cédé sous l'impact. Le gros bloc-moteur Cyclone Spoiler lui écrasait les jambes, le clouant sur place.

À l'extérieur, au loin, il y eut le cri de victoire d'une chouette venant de tomber sur quelque petit animal furtif.

À l'intérieur, tout près, le ronronnement régulier du chat.

On aurait dit qu'il souriait, comme celui d'Alice.

Halston le vit se lever, arquer le dos et s'étirer. D'un mouvement aussi souple qu'un ondoiement de soie, le chat lui sauta sur l'épaule. Halston voulut lever une main pour le chasser.

Ses bras refusaient de bouger.

*La moelle épinière*, songea-t-il. *Je suis paralysé. C'est peut-être temporaire. Plus probablement permanent.*

Le ronronnement du chat dans son oreille était comme le tonnerre.

« Fous le camp », dit Halston d'une voix rauque et sèche. Le chat se tendit un moment, puis se rassit. Soudain, sa patte vint frapper la joue de Halston, toutes griffes dehors, cette fois. Des lignes douloureuses descendirent jusqu'à sa gorge. Puis des filets de sang chaud.

Douleur.

*Sensations.*

Il donna l'ordre à sa tête de pivoter vers la droite et sa tête obéit. Un instant, son visage fut enfoui dans la fourrure douce et sèche. Halston voulut mordre. Le chat émit un son surpris et rageur du fond de la gorge – *yowk !* – et bondit sur le siège. Il regarda l'homme, en colère, oreilles couchées.

« Tu t'attendais pas à ça, hein ? » croassa Halston.

Le chat ouvrit la gueule et siffla. À voir cette étrange tête schizophrénique, Halston comprit comment Drogan avait pu le prendre pour un chat d'enfer. Il…

Ses pensées s'interrompirent lorsqu'il prit conscience d'une sensation lointaine de picotement dans ses mains et ses avant-bras.

*Les sensations. Qui reviennent. Piqûres d'aiguille.*

Le chat se jeta sur sa tête, griffes sorties, en crachant.

Halston ferma les yeux et ouvrit la bouche. Il mordit le ventre de l'animal mais n'attrapa que de la fourrure. Le chat lui avait planté les griffes de ses pattes avant dans les oreilles et fouissait. La douleur était terrible, d'un éclat atroce. Halston essaya de lever les mains. Elles tressaillirent mais ne réussirent pas à quitter ses genoux.

Il inclina la tête en avant et la secoua comme s'il chassait du savon de ses yeux. Sifflant, piaillant, le chat s'agrippa. Le tueur sentait du sang couler le long de ses joues. Il avait du mal à respirer. Son nez était pressé contre la poitrine du félin. Il arrivait à inhaler un peu d'air par la bouche, mais pas beaucoup. Ce qu'il aspirait arrivait à travers la fourrure. Il avait l'impression qu'on avait aspergé ses oreilles d'essence et mis le feu.

Il renversa brusquement la tête en arrière et hurla de douleur – il avait dû être victime du coup du lapin quand la Plymouth avait brutalement heurté l'obstacle. Mais le chat ne s'était pas attendu à ce mouvement et se détacha. Halston l'entendit retomber à l'arrière.

Un filet de sang coulait de son œil. Il essaya de nouveau de bouger les mains, avec l'idée d'en porter une à son œil pour essuyer le sang.

Elles tremblaient sur ses genoux mais il était toujours incapable de les faire bouger. Il pensa au .45 spécial dans son étui, sous son aisselle gauche.

*Si jamais je peux attraper mon feu, le matou, le reste de tes neuf vies sera plié pour le compte.*

Les picotements s'accentuèrent. De sourds élancements douloureux montaient de ses pieds (enfouis, certainement hachés menu sous le bloc-moteur), suivis d'éclairs et de fourmillements dans ses jambes – exactement la sensation d'un membre qui reprend vie lorsque la circulation a été coupée à cause d'une mauvais position. À ce moment-là, Halston se fichait de ses pieds. Il lui suffisait de savoir que sa moelle épinière était intacte, qu'il n'allait pas finir sa vie comme un tas de chairs mortes sous une tête bavarde.

*J'avais peut-être aussi quelques vies de rechange.*

S'occuper du chat. C'était la première chose. Ensuite, *sortir de l'épave* – quelqu'un passerait peut-être par là, voilà qui résoudrait les deux problèmes à la fois. Peu probable, à quatre heures et demie du matin, sur une route du fin fond de la campagne comme celle-ci, mais pas impossible pour autant. Et...

Mais qu'est-ce que foutait le chat, là-derrière ?

Il n'avait pas aimé l'avoir collé sur la tête, mais il n'aimait pas non plus qu'il soit derrière lui, hors de sa vue. Il essaya le rétroviseur, inutilement. L'impact l'avait mis de travers et il ne reflétait que la pente herbeuse dans laquelle il avait fini.

Un bruit derrière lui, évoquant du tissu qui se déchire lentement.

Ronronnement.

*Chat d'enfer mon cul, oui. Il va roupiller, là-derrière.*

Et même dans le cas contraire, même si, à sa manière, le chat se préparait à l'assassiner, que pouvait-il lui faire ? Ce n'était qu'une bestiole maigrichonne, même pas deux kilos toute mouillée. Et bientôt... bientôt il allait pouvoir suffisamment bouger les mains pour attraper son arme. Il en était certain.

Halston attendit. Les sensations continuaient à envahir son corps par une série d'incursions à coups d'aiguille. De manière absurde (ou par réaction instinctive, peut-être, après avoir frôlé la mort d'aussi près), il eut une érection qui dura quelque chose comme une minute. *Ce serait vachement dur de se branler dans de telles circonstances*, pensa-t-il.

Les premières lueurs du jour apparurent, une ligne sur l'horizon, à l'est. Un oiseau chanta.

Halston tenta de nouveau de bouger les mains et réussit à les soulever de quelques millimètres ; puis elles retombèrent.

*Pas encore. Mais bientôt.*

Bruit sourd sur le siège à côté de lui. Halston tourna la tête et se trouva nez à nez avec celle, blanche et noire, du chat. Ses yeux aux énormes pupilles brillaient.

Halston lui parla.

« Je vais toujours au bout d'un contrat une fois que je l'ai accepté, le matou. Ça pourrait être une première. Je vais retrouver l'usage de mes mains. Dans cinq minutes, dix tout au plus. Tu veux un conseil ? Saute par une fenêtre. Elles sont toutes ouvertes. Barre-toi et emporte ta queue avec toi. »

Le chat se contenta de le regarder.

Halston essaya une fois de plus de bouger les mains. Elles se soulevèrent, tremblant sauvagement. Deux centimètres. Trois. Il les laissa retomber mollement. Elles glissèrent de ses genoux et tombèrent sur le siège de la Plymouth. Elles luisaient, pâles, semblables à de grosses araignées tropicales.

Le chat lui souriait.

N'ai-je pas commis une erreur ? se demanda vaguement Halston. Homme d'intuition, l'impression qu'effectivement il en avait commis une le submergea soudain. Puis le corps du chat se tendit et, avant même qu'il ait bondi, Halston savait déjà ce qu'il allait faire. Il ouvrit la bouche pour hurler.

Le chat atterri à hauteur de l'entrejambe de Halston, toutes griffes dehors une fois de plus, et se mit à labourer.

À cet instant, Halston regretta de ne pas être paralysé. La douleur était phénoménale, terrible. Il ne se serait jamais douté qu'il était possible d'avoir mal à ce point. Le chat n'était plus qu'un ressort tendu de fureur sifflante qui s'en prenait à ses couilles.

Halston hurla, bouche largement ouverte ; le chat changea alors d'objectif et bondit à son visage, bondit dans sa bouche. C'est à ce moment-là que l'homme comprit que le chat était un peu plus qu'un chat. Qu'il avait affaire à un être possédé d'intentions méchantes, meurtrières.

Il vit une dernière fois la tête noire et blanche sous les oreilles aplaties, les yeux énormes remplis d'une haine démente. La bestiole s'était déjà débarrassée de trois personnes, elle allait à présent se débarrasser de John Halston.

Le chat s'enfonça dans sa bouche, tel un projectile doublé de fourrure. Halston s'étouffa dessus. Les griffes des pattes de devant s'enfoncèrent dans sa langue et la mirent en lambeaux comme un morceau de foie de veau. Son estomac, révulsé, rejeta la nourriture qu'il contenait. Le vomi reflua par la trachée-artère, la boucha et il commença à ne plus pouvoir respirer.

Rendu à cette extrémité, sa volonté de vivre surmonta ce qui restait de sa paralysie. Il leva lentement les mains pour attraper le chat. *Oh, mon Dieu,* pensa-t-il.

Le chat forçait son chemin, aplatissant son corps, se tortillant, progressant centimètre par centimètre. Halston sentait ses mâchoires qui s'écartaient et se distendaient de plus en plus.

Il voulut attraper la bête, l'arracher à sa bouche, la détruire... mais ses mains ne se refermèrent que sur sa queue.

Le chat avait réussi, il ne savait comment, à s'introduire entièrement dans sa bouche. Son étrange gueule, blanche d'un côté, noire de l'autre, devait s'être enfoncée jusqu'à son œsophage.

Un bruit affreux d'étouffement monta alors de sa gorge, qui se dilatait tel un tuyau de jardin soumis à une trop forte pression.

Il fut pris de tressautements. Ses mains retombèrent sur ses genoux et ses doigts se mirent à pianoter follement sur ses cuisses. Ses yeux perdirent leur éclat, devinrent vitreux. Ils restèrent ouverts, regardant sans le voir, à travers le parebrise, le jour qui se levait.

Dépassant de sa bouche, on voyait quelques centimètres d'une queue hérissée... mi-noire, mi-blanche. Elle se balançait paresseusement de gauche à droite.

Elle disparut.

Un oiseau chanta de nouveau. L'aube arriva dans un silence de souffle retenu, au-dessus des champs frangés de givre du Connecticut rural.

Le fermier s'appelait Will Reuss.

Il se rendait à Placer's Glen pour faire renouveler le certificat de conformité de son camion quand il aperçut, en fin de matinée, le soleil se refléter sur quelque chose dans le fond du ravin que longeait la route. Il s'arrêta et vit la Plymouth à demi renversée dans le fossé, les barbelés pris dans sa calandre la gardant prisonnière dans un filet de fer.

Il descendit laborieusement jusqu'au véhicule et inspira brusquement.

« Sainte merde », murmura-t-il à l'intention de cette journée de novembre. Un type était au volant, dos tendu et raide, ses yeux grands ouverts et vides foudroyant l'éternité. Les instituts de sondage ne le consulteraient plus jamais sur ses opinions politiques. Son visage était couvert de sang. Il avait encore sa ceinture de sécurité attachée.

La portière côté conducteur était déformée mais, en tirant à deux mains, Reuss parvint à l'ouvrir. Il se pencha dans l'habitacle et défit la ceinture ; il avait l'intention de chercher une pièce d'identité. Il s'apprêtait à passer la main dans le veston du type lorsqu'il s'avisa que sa chemise ondulait, juste au-dessus de la boucle de ceinture. Ondulait et se dilatait. Des taches de sang se mirent à fleurir là, telles des roses sinistres.

« Bon Dieu de Dieu, qu'est-ce que… ? »

Will Reuss attrapa la chemise du mort et tira.

Il regarda – et hurla.

Un trou avait été déchiqueté à coups de griffes dans la chair de Halston, au-dessus de son nombril. Et là, il y avait la tête noire et blanche maculée de sang et d'humeurs d'un chat, les yeux énormes, menaçants.

Reuss eut un mouvement de recul qui le fit vaciller et il hurla, mains sur la figure. Des corbeaux prirent leur envol d'un champ voisin en croassant.

Le chat finit de s'extraire du corps et s'étira avec une langueur obscène.

Puis il bondit par la fenêtre ouverte. Reuss l'aperçut qui se glissait au milieu des hautes herbes, sur quoi l'animal disparut.

Il paraissait pressé, raconta plus tard le fermier à un journaliste local.

Comme s'il avait un boulot à terminer.

# Le *New York Times* à un prix spécial

Elle sort juste de la douche lorsque le téléphone se met à sonner, mais la maison a beau être pleine à craquer de parents et de proches – elle les entend, en bas, on dirait qu'ils ne vont jamais partir, on dirait qu'il n'y a jamais eu autant de monde chez elle –, personne ne décroche. Pas plus que le répondeur, programmé par James pour prendre le relais à la cinquième sonnerie.

Anne se précipite vers l'extension, sur la table de nuit, s'enveloppant dans une serviette, ses cheveux mouillés retombant désagréablement sur sa nuque et ses épaules nues. Elle décroche, dit *hello*, son correspondant dit son nom. C'est James. Ils ont vécu trente ans ensemble, et un mot lui suffit. Il prononce *Annie* comme personne ne le fait, comme il l'a toujours fait.

Un moment, elle ne peut ni parler ni respirer. Il l'a prise à l'instant où elle finissait d'expirer et elle a l'impression que ses poumons sont aussi plats que des feuilles de papier. Puis, tandis qu'il répète son prénom, *Annie* (d'un ton hésitant et peu sûr de lui-même qui ne lui ressemble pas), toute force disparaît de ses jambes. Elle ne sont plus que sable et elle s'assoit sur le lit tandis que la serviette tombe, et son derrière encore humide mouille les draps. Si le lit n'avait pas été là, elle se serait retrouvée par terre.

Ses dents s'entrechoquent et elle se remet à respirer.

« James ? Où es-tu ? *Qu'est-ce qui est arrivé ?* » Si elle avait parlé d'une voix normale, le ton aurait pu paraître querelleur – celui d'une mère reprochant à son gamin de onze ans d'arriver encore en retard pour passer à table – mais elle a parlé d'une voix étranglée et horrifiée, presque un grognement. Les parents qui murmurent au rez-de-chaussée, après tout, sont là pour préparer les funérailles de James.

James part d'un petit rire. C'est un bruit effrayant. « Eh bien, pour tout te dire, je ne sais pas exactement où je suis. »

Sa première idée, au milieu de la confusion qui s'est emparée d'elle, est qu'il doit avoir manqué l'avion, à Londres, alors qu'il l'a appelée de Heathrow peu de temps avant le décollage. Puis une idée plus juste lui vient : alors que le *New York Times* et la télé affirment qu'il n'y a aucun survivant, il y en a eu en réalité au moins un. Son mari a réussi à s'extraire de l'épave en feu (et de l'immeuble en feu sur lequel l'appareil s'est écrasé, ne pas l'oublier, vingt-quatre morts de plus au sol, chiffre susceptible d'être revu à la hausse avant qu'une prochaine tragédie ne frappe ailleurs sur terre) et depuis il a erré dans Brooklyn en état de choc.

« Jimmy, tu vas bien ? Est-ce que tu es… tu es brûlé ? » Ce qu'elle a voulu dire ne lui vient à l'esprit qu'une fois la question posée, lui tombant dessus avec la force d'un livre qu'on ferait tomber sur un pied nu et elle se met à pleurer. « Tu es à l'hôpital ?

– Doucement », lui dit-il et, à ce ton de son ancienne gentillesse – à ce mot qui est l'une des petites pièces du mobilier de leur mariage –, elle se met à pleurer plus fort.

« Doucement, ma chérie.

– *Mais je ne comprends pas !*

– Je vais bien, dit-il. Nous allons presque tous bien.

– Presque ? Il y en a d'autres ?

– Pas le pilote. Il ne va pas très bien. à moins que ce soit le copilote. Il n'arrête pas de hurler. *On tombe, il n'y a plus de jus, oh mon Dieu !* et aussi : *Ce n'est pas ma faute, on n'a rien à me reprocher !* Il dit ça aussi. »

Elle se sent soudain glacée. « Qui êtes-vous ? Pourquoi êtes-vous si méchant ? Je viens de perdre mon mari, espèce de trou-du-cul !

– Chérie…

– Ne m'appelez pas comme ça ! » Un filet clair de morve pend à l'une de ses narines. Elle l'essuie du revers de la main et le projette quelque part, chose qu'elle n'a jamais faite depuis l'enfance. « Écoutez, monsieur, je vais taper étoile-soixante-neuf, la police viendra vous botter les fesses, vos sales fesses insensibles… de… »

Mais elle ne peut pas aller plus loin. C'est bien la voix de James. On ne peut s'y tromper. La manière dont la sonnerie s'est produite – personne ne décrochant en bas, pas de répondeur – suggère que cet appel lui était destiné. Et *Chérie… doucement.* Comme dans la chanson de Carl Perkins.

Il garde le silence, comme pour la laisser digérer toutes ces choses. Mais avant qu'elle puisse reprendre la parole, il y a un *bip* sur la ligne.

« James ? *Jimmy ?* Tu es toujours là ?

– Ouais, mais on ne va pas pouvoir parler longtemps. J'essayais de t'appeler quand nous sommes tombés et je crois que c'est pour cette seule raison que j'ai pu te joindre. Beaucoup d'autres ont essayé, on est des malades du portable, mais pas de chance. (Le *bip*, à nouveau.) Sauf que le mien est presque complètement déchargé, maintenant.

– Jimmy, tu savais ? »

Cette idée a été la chose la plus terrible, la plus insupportable pour elle : qu'il puisse avoir su, ne serait-ce que pendant une ou deux interminables minutes. D'autres ont pu se représenter des corps brûlés, des têtes arrachées exhibant d'horribles sourires ; voire même des premiers arrivants sur les lieux peu scrupuleux barbotant des alliances en or ou des boucles d'oreilles en diamants ; mais ce qui a privé Annie Driscoll de sommeil, c'est l'image de Jimmy regardant par le hublot les rues pleines de voitures et d'immeubles d'appartements aux couleurs sombres de Brooklyn se rapprocher à toute vitesse. Tandis que les masques à oxygène inutiles dégringolaient comme les cadavres de petits animaux jaunes, que s'ouvraient les compartiments de rangement et que les bagages de cabine commençaient à valdinguer, un rasoir électrique se mettant à débarouler le long de l'allée centrale inclinée.

« Savais-tu que vous alliez vous écraser ?

– Pas vraiment, dit-il. Tout a semblé se passer très bien jusqu'au dernier moment – peut-être jusqu'à trente secondes avant. Si ce n'est que c'est difficile de se faire une idée du temps, dans des situations comme celle-ci, ce que j'ai toujours pensé. »

*Des situations comme celle-ci.* Et encore plus parlant : *Ce que j'ai toujours pensé.* Comme s'il s'était trouvé à bord d'une douzaine de 767 sur le point de s'écraser, et non pas d'un seul.

« Toujours est-il, continue-t-il, que j'appelais juste pour dire que nous allions arriver en avance, et qu'il fallait virer le type de la FedEx du lit avant que je débarque. »

Cela faisait des années que durait entre eux l'absurde plaisanterie du type de la FedEx. Elle se remit à pleurer. Le portable de Jimmy émit encore un de ses bips, comme s'il la réprimandait de se laisser aller.

« Je crois que je suis mort une seconde ou deux avant la première sonnerie. À mon avis, c'est pour cela que je peux te joindre. Mais ce truc va rendre l'âme incessamment sous peu. »

Il eut un petit rire, comme si c'était drôle. Elle supposa que, d'une certaine manière, ça l'était. Elle finirait peut-être elle-même par trouver ça drôle, un jour. *Dans dix ans et des poussières*, pensa-t-elle.

Puis, de cette voix qu'il avait quand il se parlait à lui-même et qu'elle connaissait si bien : « Je me demande pourquoi j'ai oublié de foutre ce petit con à recharger hier soir... j'ai dû oublier, c'est tout. Oublier.

– James... mon chéri... l'avion s'est écrasé il y a deux jours. »

Silence. Heureusement sans bip pour le remplir. Puis : « Ah bon ? Mrs Corey a dit que le temps était marrant, ici. Certains étaient d'accord avec elle, d'autres non. J'étais parmi les pas d'accord, mais on dirait que c'est elle qui avait raison.

– Le chasse-cœurs ? » demanda Annie.

Elle avait l'impression, à présent, de flotter à l'extérieur et légèrement au-dessus de son corps replet et mouillé de quinquagénaire, mais elle n'avait pas oublié les vieilles habitudes de Jimmy. Pour un vol de longue durée, il cherchait toujours des partenaires de jeu. Le cribbage ou la canasta faisaient l'affaire, mais le chasse-cœurs était sa véritable passion.

« Le chasse-cœurs, oui », admit-il. Bip du téléphone, comme pour confirmer.

« Jimmy... » Elle hésite, le temps de se demander si elle tient tant que cela à avoir la réponse, puis plonge et pose la question : « *Où* te trouves-tu, exactement ?

– On dirait la gare de Grand Central, à New York. En plus grand. Et plus vide. Ce n'est peut-être pas du tout Grand Central, d'ailleurs, seulement... disons... un plateau de cinéma représentant Grand Central. Tu vois ce que je veux dire ?

– Je... il me semble...

– Toujours est-il qu'il n'y a pas le moindre train... et qu'on n'en entend pas un seul, même loin... mais il y a des portes partout. Oh, et un escalier mécanique, mais il est arrêté. Tout poussiéreux, et certaines marches sont cassées. » Il se tait un instant, puis reprend la parole à voix basse, comme s'il craignait d'être entendu : « Les gens s'en vont. Certains empruntent l'escalator – j'en ai vu – mais la plupart passent par les portes. Je suppose que je vais devoir partir, moi aussi. Pour commencer, il n'y a rien à manger, ici. Il y a bien un distributeur de confiseries, mais il est cassé, lui aussi.

– Est-ce que… est-ce que tu as faim, mon chéri ?

– Un peu. Mais j'ai surtout soif. Je serais prêt à tuer pour une bouteille d'eau minérale. »

Se sentant coupable, Annie regarde ses jambes encore couvertes de gouttes d'eau. Elle l'imagine qui lèche ces gouttes et, horrifiée, éprouve une stimulation érotique.

« Mais sinon je vais bien, ajoute-t-il à la hâte. Pour l'instant, en tout cas. Sauf que cela n'a aucun sens de rester ici. Le problème…

– Quoi, Jimmy ? Quoi ?

– Je ne sais pas par quelle porte passer. »

Nouveau bip.

« Si seulement j'avais repéré celle par laquelle est passée Mrs Corey. C'est elle qui a mon fichu jeu de cartes.

– Est-ce que tu as… » Elle s'essuie le visage avec la serviette de bain. Son visage, tout frais l'instant d'avant, est à présent couvert de larmes et de morve. « Est-ce que tu as peur ?

– Peur ? répète-t-il, songeur. Non. Je suis un peu inquiet, c'est tout. Avant tout à cause de cette histoire de porte. »

Elle est sur le point de lui dire : *Retrouve le chemin de la maison. Trouve la bonne porte et rentre à la maison.* Mais si jamais il le faisait, voudrait-elle le voir ? Un fantôme, à la rigueur, mais si jamais elle ouvrait la porte sur un personnage calciné et fumant aux yeux de braise, dont le jean (il voyage toujours un jean) aurait fusionné avec les jambes ? Et si jamais cette Mrs Corey était avec lui, tenant dans une de ses mains déformées le fichu jeu de cartes noirci ?

Bip.

« Je n'ai plus besoin de te dire de faire gaffe avec le type de la FedEx. Si jamais tu le veux, il est tout à toi, maintenant. »

Elle se scandalise elle-même en riant.

« Mais je voulais te dire que je t'aimais.

– Oh, mon chéri, moi aussi je t'aime…

– … et de ne pas laisser le petit McCormack nettoyer les gouttières, l'automne prochain, il travaille bien, mais il prend trop de risques ; l'an dernier, déjà, il a failli se rompre le cou. Et ne va pas non plus à la boulangerie les dimanches. Quelque chose va arriver, et je sais que ça se produira un dimanche, mais pas quel dimanche. Le temps est vraiment marrant, ici. »

Le petit McCormack dont il parlait devait être le fils de l'homme qui s'occupait autrefois de leur résidence secondaire, dans le Vermont… sauf qu'ils avaient vendu la propriété deux ans auparavant, et que le gamin en question devait avoir aujourd'hui autour de vingt-cinq ans. Et la boulangerie ? Elle supposa qu'il parlait de Zoltan, mais comment diable…

Bip.

« Certains, autour de moi, étaient au sol, je crois. C'est très dur pour eux, parce qu'ils n'ont pas la moindre idée des raisons pour lesquelles ils se retrouvent ici. Et le pilote qui n'arrête pas de hurler ! Ou c'est peut-être le copilote. Je crois qu'il va rester ici un bon moment. Il n'arrête pas de tourner en rond. Il est en pleine confusion. »

Les bips se rapprochent.

« Faut que j'y aille, Annie. Je ne peux pas rester ici, et le téléphone va se mettre en rideau d'une seconde à l'autre. » Et une fois de plus, prenant cette voix fâchée contre lui-même (impossible de croire que demain elle ne l'entendra plus jamais ; impossible), il marmonne : « Il aurait été tellement plus simple de… oh, peu importe. Je t'aime, mon amour.

– Attends ! Ne pars pas !

– Je ne p…

– Je t'aime, moi aussi ! Pars pas ! »

Mais c'est déjà fait. Dans son oreille, ne règne plus qu'un silence noir.

Elle reste assise pendant encore une bonne minute, le téléphone collé à l'oreille, puis raccroche. Même s'il n'y a rien à raccrocher. Quand elle rouvre la ligne, elle entend une tonalité parfaitement normale et appuie sur étoile-soixante-neuf, en fin de compte. D'après la voix robotisée qui lui répond, le dernier appel qu'elle a reçu a eu lieu à neuf heures du matin. Elle s'en souvient très bien : sa sœur Nell, qui appelait du Nouveau-Mexique. Pour l'informer que son avion avait pris du retard et qu'elle n'arriverait qu'en soirée. Nell lui avait dit d'être courageuse.

Tous ceux de la famille qui habitent loin, du côté de James comme du sien, sont venus en avion. Apparemment, ils ont le sentiment que James a utilisé tous les mauvais points accident de la famille, du moins pour le moment.

Il n'y a pas trace d'un autre appel (un coup d'œil à l'horloge de la table de nuit lui apprend qu'il est quinze heures dix-sept), vers quinze heures dix, au troisième jour de son veuvage.

On frappe deux ou trois coups secs à la porte et la voix de son frère lance : « Annie ? Annie ?

– Je m'habille ! » répond-elle. Sa voix trahit qu'elle vient de pleurer mais malheureusement, personne, dans cette maison, ne risque de trouver cela étrange. « Une minute, s'il te plaît !

– Tu vas bien ? demande son frère à travers la porte. On a cru t'entendre parler. Et Ellie dit que tu as appelé.

– Ça va ! » dit-elle en s'essuyant à nouveau le visage avec la serviette. « Je descends dans une minute !

– Parfait. Prends ton temps... nous sommes là pour te soutenir. »

Sur quoi, elle l'entend s'éloigner.

« Bip », marmonne-t-elle avant de se couvrir la bouche pour retenir un rire, seul moyen de s'exprimer qu'a trouvé une émotion encore plus compliquée que le chagrin. « Bip, bip. Bip, bip, bip. » Elle s'allonge sur le lit, riant et, au-dessus de ses mains en coupe, ses yeux agrandis sont remplis de larmes qui débordent sur ses joues et coulent jusqu'à ses oreilles. « Putains de bips, bipiti-bips. »

Elle rit encore un bon moment, puis s'habille et descend pour retrouver ses parents, tous ceux qui sont venus pour partager son chagrin et compatir. Sauf qu'elle se sent mise à part car il n'a appelé aucun d'eux. Il l'a appelée, elle. Pour le meilleur ou pour le pire, c'est elle qu'il a appelée.

Au cours de l'automne suivant, les restes calcinés de l'immeuble sur lequel s'était écrasé le jet encore isolés du reste du monde par les bandes jaunes de la police (ce qui n'a pas empêché les tagueurs d'entrer, l'un d'eux laissant un message qui disait : LA FRITURE À PORTÉE DE TOUS), Annie reçoit le genre de courriels que les drogués à l'Internet adorent envoyer au plus grand nombre de personnes possibles. Celui-ci provient de Gert Fisher, la bibliothécaire de Tilton, dans le Vermont. À l'époque où James et Annie y passaient l'été, Annie faisait du volontariat à la bibliothèque, et même si les deux femmes ne s'étaient pas très bien entendues, Gert avait rentré l'adresse courriel d'Annie dans ses contacts, si bien qu'elle recevait depuis les mises à jour trimestrielles. Elles étaient, la plupart du temps, sans grand intérêt, mais entre les avis de mariage, de funérailles et de gagnants de tombolas, Annie tomba dans celui-ci sur une annonce qui lui coupa un instant le souffle. Jason McCormack, le fils de Hughie McCormack, s'était tué accidentellement le jour de la fête du Travail. Il était tombé du toit d'une résidence secondaire pendant qu'il nettoyait les gouttières et s'était rompu le cou.

« Tout ça pour rendre service à son papa, qui, comme vous vous en souvenez peut-être, a été victime d'une attaque l'an dernier », avait écrit Gert, avant de passer à un autre sujet – dans lequel elle expliquait que, à la déception générale, il avait plu lors de la vente de fin d'été en plein air de la bibliothèque.

Gert ne le dit pas, dans son résumé de trois pages de nouvelles sensationnelles, mais Annie est presque certaine que Jason est tombé du toit de ce qui était autrefois leur villa. Non : tout à fait certaine.

Cinq ans après la mort de son mari (et la mort de Jason McCormack à peu de temps de là), Annie se remarie. Bien qu'installée maintenant à Boca Raton, en Floride, elle revient souvent dans son quartier d'origine. Craig, son nouvel époux, n'est qu'en semi-retraite et ses affaires l'obligent à se rendre à New York tous les trois ou quatre mois. Annie l'accompagne presque toujours car elle a de la famille à Brooklyn et à Long Island. Plus qu'elle ne le voudrait, même, parfois. Mais elle les aime bien, avec cette affection exaspérée qui semble seulement caractériser, trouve-t-elle, les quinquagénaires et les sexagénaires. Elle n'oublie jamais comment ils se sont tous rassemblés autour d'elle après l'accident d'avion de James, ni tous leurs efforts pour amortir le choc. Afin qu'elle ne s'écrase pas, elle aussi.

Quand elle vient à New York avec Craig, ils prennent l'avion. Là-dessus, elle n'a pas la moindre hésitation, mais elle a arrêté d'aller à la boulangerie de Zoltan, les dimanches où elle est dans le quartier, même si ses bagels aux raisins doivent être servis, elle en est certaine, dans la salle d'attente du paradis. À la place, elle va chez Froger. Elle s'y trouve d'ailleurs pour acheter des beignets (leurs beignets sont à peu près acceptables), quand elle entend l'explosion. Elle l'entend nettement, même si Zoltan se trouve à onze coins de rue. Explosion due au gaz. Quatre morts, y compris la femme qui tendait ses bagels à Annie dans un sachet dont elle enroulait le haut, en lui rappelant toujours de le laisser bien fermé pour qu'ils ne perdent pas leur fraîcheur en chemin.

Les gens se sont immobilisés sur le trottoir, tournés vers le bruit de l'explosion et la fumée qui monte, s'abritant les yeux de la main. Annie se précipite au milieu d'eux, sans regarder. Elle refuse de voir monter un panache de fumée après avoir entendu le bruit de l'explosion ; elle pense suffisamment à James comme ça, en particulier pendant ses nuits d'insomnie. En arrivant chez elle, elle entend sonner le téléphone. Soit tout le monde est allé jusqu'à l'école locale, devant laquelle se tient une vente d'œuvres d'artistes amateurs, soit personne ne peut entendre la sonnerie. Sauf elle. Le temps que sa clef ait ouvert la serrure, la sonnerie s'est arrêtée.

Sarah, la seule de ses sœurs qui ne s'est pas mariée, est bien à la maison, en fait, mais il est inutile de lui demander pourquoi elle n'a pas répondu au téléphone ; Sarah Bernicke, la reine fugace du disco, est dans la cuisine avec le groupe des Village People, la sono à fond, et danse avec son balai, l'air d'une ado dans une pub télé. Elle n'a pas entendu non plus l'explosion de la boulangerie, alors que le bâtiment en est plus proche que Froger.

Annie consulte le répondeur, mais ne voit qu'un grand zéro dans la fenêtre NOUVEAUX MESSAGES. Cela ne signifie rien en soi, des tas de gens appellent sans laisser de message, mais...

D'après étoile-soixante-neuf, le dernier appel remonte à vingt heures quarante la veille. Annie appuie néanmoins sur Rappel, espérant contre toute logique que quelque part, à l'extérieur de l'immense hall qui ressemble à Grand Central revu par Hollywood, il ait trouvé un endroit pour recharger son téléphone. Lui pense peut-être l'avoir appelée seulement hier. *Le temps est marrant, ici*, a-t-il dit. Elle a si souvent rêvé de ce coup de téléphone qu'il lui apparaît maintenant comme n'avoir été lui-même qu'un rêve, mais elle n'en a jamais parlé à personne. Ni à Craig, ni même à sa mère, qui, à presque quatre-vingt-dix ans aujourd'hui, est toujours alerte et convaincue qu'il y a une vie après la mort.

Dans la cuisine, les Village People expliquent qu'il n'y a nul besoin de se sentir abattu. Il n'y en a pas, en effet, et elle ne l'est pas. Elle étreint néanmoins fortement le téléphone, tandis que retentit une première, puis une deuxième sonnerie au numéro rappelé par étoile-soixante-neuf. Debout dans le séjour, le téléphone collé à l'oreille, sa main libre vient effleurer sa broche, au-dessus de son sein gauche, comme si le fait de toucher le bijou pouvait calmer les battements de son cœur, en dessous. Puis la sonnerie s'arrête et une voix enregistrée lui propose un abonnement au *New York Times* à un prix spécial, offre qui ne sera pas renouvelée.

# Muet

## – 1 –

Il y avait trois confessionnaux. La petite ampoule, au-dessus de celui du milieu, était allumée. Personne n'attendait. L'église était vide. Une lumière colorée descendait des vitraux et dessinait des carrés dans l'allée centrale. Monette envisagea un instant de partir L'instant d'hésitation passé, il se dirigea vers le confessionnal ouvert et y entra. Lorsqu'il eut refermé la porte et se fut assis, le petit guichet s'ouvrit. Devant lui, fixé à la paroi par une punaise bleue, il vit un bristol. Dessus, il y avait écrit : POUR TOUS CEUX QUI ONT PÉCHÉ ET N'ONT PAS ÉTÉ TOUCHÉS PAR LA GRÂCE DE DIEU. Cela faisait longtemps, mais il semblait à Monette que ce n'était pas très orthodoxe. Que cela ne figurait même pas dans le catéchisme de Baltimore.

Depuis l'autre côté du grillage, le prêtre parla : « Comment ça va, mon fils ? »

Voilà non plus qui n'était pas très orthodoxe, se dit-il. Mais pas de problème. N'empêche, sur le coup, il fut incapable de répondre. Pas un mot, rien. Et c'était plutôt drôle, étant donné ce qu'il avait à raconter.

« Mon fils ? Tu as mangé ta langue ? »

Toujours rien. Les mots étaient bien là, pourtant, mais ils étaient bloqués. Absurde ou pas, Monette eut soudain l'image de toilettes bouchées.

La forme floue bougea, derrière le grillage. « Ça fait un moment, peut-être ?

– Oui, » répondit Monette.

C'était déjà quelque chose.

« Tu veux que je te souffle ?

– Non, je m'en souviens. Bénissez-moi, mon père, parce que j'ai péché.

– Bon-bon. Et à quand remonte ta dernière confession ?

– Je ne me rappelle pas. Cela fait longtemps. J'étais encore un gosse.

– Oh, ne t'inquiète pas. C'est comme la bicyclette. »

Monette resta cependant encore un moment sans rien pouvoir dire. Il regardait le message punaisé et déglutissait. Il se tordait les mains de plus en plus fort, si bien qu'elles finirent par ne plus former qu'un gros poing qui montait et descendait entre ses genoux.

« Mon fils ? le temps passe et j'ai du monde à déjeuner. En réalité, ce sont eux qui apportent le re…

– Mon père, j'ai commis un terrible péché. »

Ce fut le prêtre qui, à son tour, resta un moment silencieux. *Muet*, pensa Monette. Parlez-moi d'un mot blanc Imprimez-le sur un bristol et il est apte à disparaître.

Lorsque le prêtre reprit la parole, depuis l'autre côté de la grille, son ton était toujours amical, mais plus grave : « Et quel est ce péché, mon fils ? »

À quoi Monette répondit : « Je ne sais pas. C'est à vous de me le dire. »

– 2 –

Il commençait à pleuvoir lorsque Monette atteignit la rampe d'accès à l'autoroute. Sa valise personnelle était dans le coffre et celles d'échantillons – de gros machins carrés, du genre de ceux que les avocats traînent devant les tribunaux, bourrés de pièces à conviction – sur le siège arrière. Une marron, une noire. Les deux comportaient le logo de Wolfe & Sons, un loup gris tenant un livre dans sa gueule. Monette était représentant de commerce. Son territoire comprenait tout le nord de la Nouvelle-Angleterre. On était lundi matin. Il avait eu un mauvais week-end, très mauvais. Sa femme était partie s'installer dans un motel, où elle n'était probablement pas toute seule. Et elle risquait d'aller bientôt en prison. Il y aurait sans aucun doute un scandale et son infidélité en serait l'aspect le plus secondaire.

Au revers de son veston, il portait un bouton sur lequel on pouvait lire : DEMANDEZ-MOI LA MEILLEUE LISTE DE RENTRÉE DE TOUS LES TEMPS – JE L'AI !

Un homme se tenait au bas de la rampe d'accès. Il portait des vêtements usagés et il brandit un panneau quand il vit approcher Monette, tandis que la pluie redoublait. Un sac à dos marron en piteux état était posé entre ses pieds chaussés de tennis crasseuses. L'attache Velcro de l'une d'elles était redressée comme une langue de guingois. L'autostoppeur n'avait pas de casquette, encore moins de parapluie.

Tout d'abord, Monette ne distingua sur le carton que des lèvres rouges grossièrement dessinées et barrées d'un trait noir épais, en diagonale. Lorsqu'il fut plus près, il put lire les mots inscrits au-dessus : JE SUIS MUET ! Puis, au-dessous : POUVEZ-VOUS ME PRENDRE SVP ?

Monette mit son clignotant avant de s'engager sur la rampe. L'autostoppeur retourna le panneau de carton. De l'autre côté, il avait dessiné une oreille tout aussi grossière qu'il avait également barrée. Avec au-dessus : JE SUIS SOURD ! et au-dessous, POUVEZ-VOUS ME PRENDRE SVP ?

Monette avait parcouru des millions de miles depuis l'âge de seize ans, dont les douze ans à bosser pour Wolfe & Sons constituaient la plus grande partie, vendant chaque année « la meilleure liste de rentrée de tous les temps », et, au cours de toutes ces années, il n'avait jamais pris un seul autostoppeur. Aujourd'hui, cependant, il obliqua sans hésitation vers le bas-côté sur lequel il se gara. La médaille de saint Christophe qui pendait du rétroviseur se balançait encore quand il appuya sur le bouton qui déverrouillait toutes les portes. Car aujourd'hui, il avait l'impression de n'avoir rien à perdre.

L'autostoppeur se glissa à l'intérieur et posa le sac à dos entre ses chaussures sales. Monette, en l'apercevant, s'était dit que le type sentirait mauvais, mais il s'était trompé. « Jusqu'où allez-vous ? » lui demanda-t-il.

L'autostoppeur haussa les épaules et montra la rampe. Puis il se pencha et posa soigneusement le panneau sur le haut de son sac. Il avait les cheveux collés et fins. Il y avait un peu de gris dedans.

« Je sais bien que c'est… », commença Monette, puis il se rappela que l'homme ne pouvait pas l'entendre. Il attendit qu'il soit redressé. Une voiture passa rapidement et s'engagea sur la rampe, avec un coup de klaxon rageur alors que Monette lui avait laissé largement la place. Monette lui tendit son majeur. Geste qu'il avait déjà fait, mais jamais pour quelque chose d'aussi insignifiant.

L'autostoppeur boucla sa ceinture et regarda Monette, comme pour lui demander ce qui se passait. Il avait des rides sur son visage mal rasé. Monette aurait bien été incapable de dire son âge. Entre vieux et pas vieux, en gros, c'est tout ce qu'il aurait pu dire.

« Jusqu'où allez-vous ? » demanda Monette, articulant soigneusement chaque mot, mais le type se contenta de le regarder – taille moyenne, maigre, soixante-cinq kilos maximum – et Monette ajouta : « Vous ne savez pas lire sur les lèvres ? » en touchant les siennes.

L'autostoppeur secoua la tête et fit quelques gestes avec les mains.

Monette avait un bloc-notes dans la console centrale. Pendant qu'il écrivait dessus : *Jusqu'où ?* une autre voiture passa, soulevant un fin nuage d'eau. Monette se rendait à Derry, à plus de cent soixante miles, et les conditions de circulation étaient de celles qu'il détestait le plus, une chute abondante de neige mise à part. Mais aujourd'hui, il devait admettre que ça serait très bien ; aujourd'hui, le temps et les gros culs qui soulevaient leurs propres petites tornades d'eau au passage le maintiendraient occupé.

Sans parler de ce type. Son passager. Qui regarda le mot, puis revint à Monette. Qui se dit que l'homme ne savait peut-être pas lire non plus – apprendre à lire quand on est sourd-muet doit être fichtrement difficile – mais qu'il devait au moins comprendre le point d'interrogation. L'homme montra de nouveau la rampe à travers le parebrise. Puis il ouvrit et referma les mains huit fois. Ou peut-être dix. Quatre-vingts miles. Ou cent. Si c'était bien ça.

« Waterville ? » demanda Monette au jugé.

L'autostoppeur le regarda, le visage inexpressif.

« OK, dit Monette. Peu importe. Vous n'avez qu'à me taper sur l'épaule quand nous arriverons où vous voulez aller. »

L'autostoppeur le regarda, le visage toujours inexpressif.

« Bon, c'est sans doute ce que vous ferez. En supposant que vous ayez seulement une destination à l'esprit. » Il consulta son rétroviseur et démarra. « Vous êtes pas mal dans le genre coupé du monde, hein ? »

Le type le regardait toujours. Il haussa les épaules et porta les mains à ses oreilles.

« Je sais, dit Monette, en s'engageant dans la circulation. Sacrément coupé du monde. Toutes les lignes coupées. Mais aujourd'hui, je me demande si je ne préférerais pas être à votre place qu'à la mienne… ou presque. La musique ne vous dérange pas, j'espère ? »

Et lorsque l'autostoppeur tourna la tête pour regarder droit devant lui, Monette rit de lui-même. Debussy, AC/DC ou Rush Limbaugh, c'était tout du pareil au même pour ce type.

Il venait d'acheter le dernier CD de Josh Ritter pour sa fille dont l'anniversaire tombait dans une semaine, mais il n'avait pas encore pensé à le lui envoyer. Trop de choses lui étaient arrivées, ces temps derniers. Il brancha le régulateur de vitesse une fois dépassé Portland, déchira l'emballage de l'ongle et glissa le CD dans le lecteur. Techniquement, supposa-t-il, ce CD était maintenant usagé et n'était plus le genre de cadeau que l'on offre à son unique enfant bien-aimée. Eh bien, il lui en achèterait un autre. À condition, évidemment, qu'il soit encore en fonds pour le faire.

Josh Ritter s'avéra pas mal du tout. Rappelait un peu le Dylan des débuts, celui qui avait un meilleur comportement. En l'écoutant, il songea à l'argent. Avoir à payer un nouveau CD à Kelsie pour son anniversaire était le dernier de ses problèmes. Le fait qu'en réalité elle aurait souhaité – sans parler du fait qu'elle en avait besoin – un nouvel ordinateur portable n'était pas non plus en tête de liste de ses soucis. Si Barb avait bien agi comme elle disait avoir agi, il ignorait comment il allait pouvoir faire face aux frais de scolarité de la gosse pour sa dernière année à Case Western. Même s'il ne perdait pas son boulot d'ici-là. C'était *ça*, le problème.

Il monta le son pour noyer le problème en question et y réussit en partie, mais le temps d'atteindre Gardiner, le dernier accord était plaqué. Le buste et le visage du l'autostoppeur étaient tournés vers la vitre latérale. Monette ne voyait que le dos de son duffle-coat élimé et taché, ses cheveux trop fins collés en mèches sur le col. Il y avait eu quelque chose d'écrit sur le duffle-coat, autrefois, mais c'était devenu illisible à cause de l'usure.

*C'est toute l'histoire de ce pauvre mec*, pensa Monette.

Tout d'abord, il n'arriva pas à déterminer si l'autostoppeur somnolait ou regardait le paysage. Puis il remarqua la légère inclinaison de sa tête et la manière dont son haleine embuait la vitre, et décida qu'il était plus vraisemblablement en train de somnoler. Ce qui se comprenait : la seule chose au monde plus barbante que l'autoroute du Maine au sud d'Augusta était l'autoroute du Maine au sud d'Augusta par une froide pluie de printemps.

Monette avait d'autres CD dans la console centrale mais, au lieu de fouiller dans la pile, il coupa la stéréo de la voiture. Et, après avoir passé le péage de Gardiner – sans s'arrêter, se contentant de ralentir, les merveilles de la technologie –, il se mit à parler.

– 3 –

Monette se tut et consulta sa montre. Midi moins le quart, et le prêtre avait dit qu'il avait des invités pour déjeuner. Que ceux-ci, en fait, apportaient le repas.

« Mon père, je suis désolé que cela prenne autant de temps. J'irais plus vite si je savais comment, mais je ne sais pas.

– Tout va bien, mon fils. Je suis intéressé, à présent.

– Et vos invités ne…

– Ils attendront que j'aie fini de faire le travail du Seigneur. Mon fils, cet homme t'a-t-il volé ?

– Non, répondit Monette. À moins que vous ne comptiez la paix de l'esprit. Est-ce que cela compte ?

– Très certainement. Qu'est-ce qu'il a fait ?

– Rien. Il a regardé par la fenêtre. Je pensais qu'il somnolait, mais j'ai eu plus tard des raisons de penser que je m'étais trompé.

– Et toi, qu'as-tu fait ?

– J'ai parlé de ma femme », dit Monette. Puis il s'arrêta et réfléchit. « Non, pas exactement. J'ai *râlé* à propos de ma femme. J'ai *déliré* sur ma femme. J'ai *vomi* sur ma femme. Je… vous comprenez… » Les mots avaient du mal à sortir, il avait les lèvres pincées et regardait ce gros poing noué qui se tordait entre ses cuisses. Et, finalement, il explosa : « Il était *sourd-muet*, vous comprenez ? Je pouvais dire n'importe quoi sans avoir à l'écouter en faire l'analyse, donner son opinion ou m'offrir ses sages conseils. Il était *sourd*, il était *muet*, bon sang, je pensais même qu'il dormait et que je pouvais raconter toutes les conneries que je voulais ! »

Dans l'étroit espace au bristol punaisé sur la paroi, Monette grimaça. « Désolé, mon père.

– Qu'as-tu dit exactement au sujet de ta femme ? demanda le prêtre.

– Qu'elle avait cinquante-quatre ans, dit Monette. C'est comme ça que j'ai commencé. Parce que c'était la partie de l'histoire... vous comprenez, la partie que je ne pouvais tout simplement pas avaler. »

– 4 –

Après le péage de Gardiner, l'autoroute du Maine n'est plus payante et traverse trois cents miles à chier : des bois, des champs, de temps en temps une baraque genre mobile home avec une parabole satellite sur le toit et un camion sans roues monté sur des blocs de béton dans la cour à côté. Sauf en été, elle est très peu empruntée. Chaque véhicule devient un petit monde en soi. Il vint à l'esprit de Monette, déjà (peut-être à cause de la médaille de saint Christophe qui se balançait sous le rétroviseur, cadeau de Barbara en des jours meilleurs et moins délirants), que cela revenait un peu à se trouver dans un confessionnal roulant. Cependant, il avait commencé en hésitant, comme le font si souvent ceux qui se confessent.

« Je suis marié, dit-il. J'ai cinquante-cinq ans et ma femme en a cinquante-quatre. »

Il réfléchit à ce qu'il venait de dire pendant que les essuie-glaces allaient et venaient.

« Cinquante-quatre ans, Barbara a cinquante-quatre ans. Nous sommes mariés depuis vingt-six ans. Un enfant. Une fille. Une fille adorable. Kelsie Ann. Elle va en classe à Cleveland, et je ne sais pas si je vais pouvoir la laisser là-bas. Parce qu'il y a deux semaines, sans avertissement, ma femme s'est transformée en volcan. Le mont Sainte-Hélène. J'ai appris qu'elle avait un petit ami.

Et que ça durait depuis presque deux ans. Il est prof – oui, évidemment, que pourrait-il être d'autre ? –, mais elle l'appelle Cow-boy Bob. Apparemment, nombre de ces soirées où je la croyais au loto de la coopérative ou à l'association de lecture, elle se tapait de la tequila et dansait la gigue avec ce con de Cow-boy Bob. »

C'était marrant. Tout le monde aurait trouvé ça marrant. Un vrai feuilleton télé à la con, un modèle de feuilleton télé à la con. Ses yeux, cependant, bien que sans larmes, le picotaient autant que si on lui avait lancé du poivre. Il jeta un coup d'œil à droite, mais l'autostoppeur était toujours dans la même position, à demi détourné, le front appuyé contre la vitre de sa portière. Endormi, sans aucun doute.

*Presque* sans aucun doute.

Monette n'avait rien dit à propos de cette trahison. Kelsie n'était pas encore au courant, mais la bulle de son ignorance risquait d'éclater bientôt. Des bruits commençaient à courir – il avait raccroché au nez de trois journalistes avant de partir pour sa tournée –, mais il n'y avait encore rien qu'ils puissent imprimer ou diffuser. Situation qui allait rapidement changer, mais Monette avait l'intention de poursuivre aussi longtemps que possible la stratégie du *Pas de commentaire*, avant tout pour se protéger de la gêne qu'il ressentait. En attendant, il commentait les événements à satiété, ce qui lui apportait un grand et irritant soulagement. D'une certaine manière, c'était comme chanter sous la douche. Ou y vomir.

« Elle a cinquante-quatre ans, reprit-il. C'est *ça* qui me reste en travers. Parce que cela veut dire que lorsqu'elle a commencé avec ce type, dont le vrai nom est Robert Yandowsky – tu parles d'un nom de cow-boy –, elle en avait cinquante-deux. *Cinquante-deux !* T'es pas d'accord pour dire que c'est un âge où on commence à savoir certaines choses, normalement ? Un âge où on a depuis longtemps jeté sa gourme pour passer à des choses plus sérieuses ? Seigneur, elle porte des lunettes *à double foyer !* Elle a été opérée de la vésicule biliaire ! Et elle se tape ce mec ! Au Grove Motel, où ils se sont mis en ménage, tous les deux ! Je lui ai payé une belle maison à Buxton, avec garage pour deux voitures, elle a une Audi en prêt-bail, et elle a balancé tout ça pour aller se beurrer la gueule les jeudis soir au Range Riders, puis baiser ce gugusse jusqu'à l'aube – ou aussi longtemps qu'il en est capable – et elle a cinquante-quatre ans ! Sans même parler de Cow-boy Bob, *qui en a soixante,* le con ! »

Il s'entendit récriminer, s'intima d'arrêter, vit que l'autostoppeur n'avait pas bougé (tout au plus s'était-il enfoncé un peu plus dans le col de son duffle-coat, ça se pouvait) et se rendit compte que rien ne l'obligeait à s'arrêter. Il était dans une voiture. Sur la I-95, quelque part à l'est du soleil et à l'ouest d'Augusta. Son passager était sourd-muet. Il pouvait récriminer tout son saoul s'il voulait.

Il récrimina.

« Barb m'a tout balancé. Sans provocation. Sans honte. Elle paraissait… sereine. Dans un état de sidération, peut-être. Ou vivant encore dans un monde imaginaire. »

Et elle avait prétendu que c'était en partie sa faute à lui.

« Je suis souvent sur la route, je dois l'admettre. Plus de trois cents jours, l'an dernier. Elle était livrée à elle-même – nous n'avons eu qu'un enfant, cette fille, tu comprends, et une fois finies ses études secondaires, elle a quitté le nid. Tout ça est donc de ma faute, le cow-boy Bob et tout le reste. »

Ses tempes battaient et il avait le nez presque complètement bouché. Il renifla tellement fort que des points noirs se mirent à danser devant ses yeux, mais il n'en éprouva aucun soulagement. Pas dans son nez, en tout cas. Dans sa tête, il se sentit finalement un peu mieux. Il était très content d'avoir pris cet autostoppeur. Certes, il aurait pu dégoiser tout ça à voix haute s'il avait été seul dans la voiture, mais…

## – 5 –

« Mais ça n'aurait pas été pareil », dit-il à la silhouette humaine, de l'autre côté de la grille du confessionnal. Il regarda droit devant lui à ce moment-là, droit sur POUR TOUS CEUX QUI ONT PÉCHÉ ET N'ONT PAS ÉTÉ TOUCHÉS PAR LA GRÂCE DE DIEU. « Vous comprenez cela, mon père ?

– Bien sûr, je le comprends, répondit le prêtre – sur un ton plutôt joyeux. Même si tu t'es visiblement éloigné de ta Sainte Mère l'Église, mis à part quelques superstitions résiduelles comme ta médaille de saint Christophe, tu n'aurais pas dû me le demander.

La confession est bonne pour l'âme. Nous savons cela depuis deux mille ans. »

Monette portait maintenant sur lui la médaille de saint Christophe qui pendait naguère au rétroviseur de sa voiture. C'était peut-être de la superstition, d'accord, mais il avait parcouru des millions de miles par les temps les plus merdiques avec cette médaille pour seule compagnie, et il n'avait jamais rien eu, même pas un pare-chocs embouti.

« Mon fils, qu'a-t-elle fait d'autre, ta femme ? En dehors de commettre le péché de luxure avec le cow-boy Bob ? »

Monette fut surpris de s'entendre rire. Et d'entendre rire le prêtre, de l'autre côté. Le rire du prêtre était du genre joyeux. Monette supposa que le sien était du genre destiné à tenir la folie en respect.

« Eh bien, les sous-vêtements », répondit-il.

– 6 –

« Elle avait acheté des sous-vêtements », dit-il à l'auto-stoppeur, toujours tassé contre la portière et lui tournant presque entièrement le dos, le front appuyé à la vitre, son haleine embuant le verre. Le sac entre ses pieds, le panneau de carton tourné côté JE SUIS MUET ! « Elle me les a montrés. Ils étaient dans le placard de la chambre d'amis. Ils *remplissaient* presque complètement le fichu placard ! Des bustiers, des nuisettes, des soutien-gorge, des bas de soie encore emballés, des douzaines de paires. Et quelque chose comme un millier de porte-jarretelles. Mais surtout il y avait des culottes, des culottes, des culottes. Elle m'a dit que Cow-boy Bob était très petite culotte. Je crois qu'elle était prête à continuer, à me raconter comment tout ça fonctionnait, mais j'avais saisi le tableau. Je l'avais même saisi beaucoup mieux que je l'aurais voulu. Je lui ai rétorqué : *Ouais, bien sûr qu'il est très petite culotte, il a grandi en se branlant sur* Play-boy *– il a soixante balais, ce con !* »

Ils passèrent devant le panneau annonçant Fairfield. Vert et maculé, à travers le pare-brise, avec un corbeau mouillé juché dessus.

« C'étaient des trucs de qualité, en plus, enchaîna Monette. Beaucoup étaient de la marque Victoria Secret et venaient du centre commercial, mais il y en avait aussi qui sortaient d'une boutique chic spécialisée appelée Sweets. À Boston. Je ne savais même pas que ce genre de boutiques de sous-vêtements existait, mais j'ai fait mon éducation, depuis. Il devait y en avoir pour des milliers de dollars, empilés dans ce foutu placard. Et aussi des chaussures. Des talons hauts, pour la plupart. Vous savez, ceux qu'on appelle des stilettos. Elle avait aussi ces cache-sexes de nana super-chaude. Je l'imaginais bien retirant ses double foyer avant d'enfiler son dernier Wonderbra et son nouveau cache-sexe. Mais... »

Un poids lourd les doubla. Monette passa automatiquement en code et ne remit pleins phares qu'au bout d'un moment. Le chauffeur le remercia d'un clignotement de ses feux de position. Langage des signes sur la route.

« ... Mais une grande partie n'avaient même pas été portés. C'était ça, le mystère. Ces affaires étaient... juste rangées, mises de côté. Je lui demandai pourquoi diable elle en avait acheté autant ; mais soit elle ne le savait pas, soit elle n'était pas capable de s'expliquer. *C'est juste une habitude que nous avons prise*, voilà ce qu'elle m'a répondu. *C'étaient comme des préliminaires, je suppose*. Dit sans complexe, sans provocation. Comme si elle pensait : *Tout ça n'est qu'un rêve et je vais bientôt me réveiller*. On était là, tous les deux, à regarder cet étalage de soldes où il n'y avait que des trucs sexy et des talons hauts et Dieu sait quoi encore dans le fond. C'est alors que je lui ai demandé où elle avait trouvé l'argent – vu que je contrôlais toutes les facturettes des cartes de crédit à la fin de chaque mois, et il n'y en avait pas une seule venant de Sweets à Boston – et c'est là que nous sommes arrivés au vrai problème. À savoir, le détournement de fonds. »

## – 7 –

« Détournement de fonds », répéta le prêtre. Monette se demanda si cette expression avait jamais été prononcée avant dans ce confessionnal et supposa que oui. *Vol*, certainement.

« Elle travaillait pour le MSAD 19, reprit Monette. Le MSAD, c'est le Maine School Administrative District. C'est l'un des grands centres de l'administration scolaire du Maine. Il est situé juste au sud de Portland. À Dowrie, exactement, où se trouve aussi le Range Riders – la boîte aux danses de cow-boys – et ce monument historique, le Grove Motel, à quelques coins de rues. Bien pratique. Sa piste de danse et son baisodrome – euh, sa chambre à coucher dans le même secteur. Vous vous rendez compte, même pas besoin de prendre la voiture au cas où vous auriez un bon coup dans l'aile. Ce qui leur arrivait la plupart des soirs. Des petits verres de tequila à la file pour elle, du whisky pour lui. Du Jack Daniel's, naturellement. Elle me l'a dit. Elle m'a tout dit.

– Était-elle enseignante ?

– Oh, non ! Les profs n'ont pas accès à de telles sommes ; elle n'aurait jamais pu détourner plus de cent vingt mille dollars en étant simplement prof. Le directeur du MSAD est venu dîner à la maison avec sa femme, et je le voyais aussi, bien entendu, lors des fêtes de fin d'année, un pique-nique qui avait en général lieu au country-club de Dowrie. Victor McCrea. Diplômé de l'université du Maine. Ancien joueur de football. Diplômé en éducation physique. Coiffé en brosse. A probablement fait sa scolarité à coups de mentions *passable* indulgentes, mais un type vraiment bien, du genre qui connaît cinquante histoires différentes du mec qui entre dans un bar. Responsable d'une douzaine d'établissements, dont cinq écoles élémentaires et jusqu'à des lycées. Très gros budget annuel, devait être capable d'additionner deux et deux sans problème. Barbara a été sa secrétaire de direction pendant douze ans. »

Monette garda un instant le silence.

« C'était elle qui avait le carnet de chèques. »

– 8 –

La pluie devenait plus intense. Presque une pluie battante. Monette ralentit à cinquante milles à l'heure sans même y penser, tandis que d'autres voitures le dépassaient béatement sur la voie de gauche, soulevant chacune derrière elle son propre nuage d'eau. Qu'elles foncent donc. Il avait eu lui-même un longue carrière sans le moindre accident, à vendre la meilleure liste de la rentrée (sans parler de la meilleure liste de printemps et même quelques listes estivales surprises, faites essentiellement de livres de cuisine, de conseils de régime et de Harry Potter soldés), et il tenait à ce que cela continue comme ça.

Sur sa droite, l'autostoppeur bougea un peu.

« On se réveille, l'ami ? » demanda Monette. Question inutile, mais naturelle. L'autostoppeur réagit par un commentaire venu d'une partie de son anatomie qui, elle, n'était apparemment pas muette : *Pouettt.* Discret, poli et – ouf – sans odeur.

« Je suppose que ça veut dire oui », commenta Monette en retournant à la conduite. « Où en étais-je ? »

Aux sous-vêtements, voilà où il en était. Il les revoyait encore. Empilés dans le placard, tel le rêve humide d'un ado.

Puis l'aveu du détournement de fonds : un délire total. Après avoir un instant envisagé qu'elle mentait pour quelque raison démente (mais évidemment, toute cette histoire était démente), il lui avait demandé combien il restait et elle lui avait répondu, toujours sur le même ton de calme hébété, qu'il ne restait plus rien, en fait, même si elle pensait qu'elle aurait pu en soutirer encore un peu. Au moins pendant un moment.

*Mais ils ne vont pas tarder à tout découvrir,* m'a-t-elle dit. *S'il n'y avait que le pauvre Victor, je suppose que cela aurait pu continuer toute la vie, mais les contrôleurs de l'État sont passés la semaine dernière. Ils ont posé beaucoup trop de questions et ils ont pris des doubles des archives. Ça ne va pas traîner.*

« Alors, je lui ai demandé comment elle avait pu dépenser cent vingt mille dollars en godasses et porte-jarretelles, dit Monette à son compagnon silencieux. Je ne me sentais pas en colère – en tout cas pas à ce moment-là, je crois que j'étais trop sous le choc – mais j'étais sincèrement curieux de le savoir. Et elle a répondu, toujours de la même manière, sans honte, sans provoc, comme si elle parlait en rêve : *Eh bien, nous nous sommes intéressés aux jeux genre Loto. Je suppose qu'on pensait pouvoir se refaire ainsi.* »

Monette se tut. Il regardait le ballet des essuie-glaces. L'idée le traversa un instant de donner un coup de volant à droite et d'expédier la voiture dans l'un des piliers du pont qui se profilait juste devant lui. Il rejeta l'idée. Il allait dire plus tard au prêtre que c'était en partie à cause de l'interdiction du suicide qu'on lui avait inculquée dès l'enfance, mais qu'il avait surtout pensé qu'il avait envie d'écouter l'album de Josh Ritter encore une fois avant de mourir.

Sans compter qu il n'était pas tout seul.

Au lieu de se suicider (et d'entraîner son passager dans la mort avec lui), il passa sous le pont à la vitesse modérée et régulière de cinquante miles à l'heure. Pendant peut-être une ou deux secondes, le pare-brise fut limpide, puis les essuie-glaces reprirent du service ; lui reprit son histoire :

« Ils doivent avoir été les plus gros acheteurs de billets de loterie de toute l'histoire. » Il réfléchit quelques instants puis secoua la tête. « Bon… probablement pas. Mais ils en ont acheté dix mille, au moins. Elle m'a dit qu'en novembre dernier – j'ai passé presque tout ce mois dans le New Hampshire et dans le Massachusetts, sans parler des ventes de conférences dans le Delaware – ils en ont acheté plus de deux mille. Powerballs, Megabucks, Paycheck, Pick 3, Pick 4, Triple Play, ils ont tout essayé. Au début, ils choisissaient les numéros, mais elle a dit qu'au bout d'un moment cela prenait trop de temps et qu'ils avaient choisi le système flash. »

Monette montra le petit boîtier blanc installé près du rétroviseur, celui qui lui permettait de passer aux péages sans s'arrêter.

« Tous ces gadgets accélèrent le cours des choses. C'est peut-être un bien, mais j'en doute un peu. Elle m'a dit qu'ils avaient pris le système flash parce que les gens qui faisaient la queue derrière eux s'impatientaient quand ils mettaient trop de temps à choisir leurs numéros, en particulier lorsqu'il y avait un jackpot de plusieurs millions. Parfois elle et son cow-boy se séparaient et allaient dans des boutiques différentes, des fois jusqu'à deux douzaines par soirées. Et, bien entendu, on en vendait aussi à l'endroit où ils allaient danser.

« Elle m'a dit aussi que la première fois où Bob avait joué, il avait gagné cinq cents dollars sur un Pick 3. Que c'était *tellement romantique !* (Monette secoua la tête.) Après ça, c'est resté romantique, mais ils ont arrêté de gagner. C'est ce qu'elle m'a expliqué. Si, mille dollars une fois, mais à ce moment-là ils avaient une ardoise de trente mille dollars. *Une ardoise*, ce sont ses propres termes.

« Une fois, c'était en janvier, pendant que je trimais sur les routes à essayer de gagner le prix du manteau en cachemire que je lui avais offert à Noël, ils sont allés passer deux jours à Derry. Je ne sais pas s'ils ont des danses de cow-boy ou non, là-bas, j'ai jamais vérifié, mais il y a un établissement qui s'appelle le Hollywood Slots. Ils ont pris une suite, ils ont bouffé comme des chancres – elle a dit ça, *comme des chancres* – et claqué sept mille cinq cents dollars à jouer au vidéopoker. Mais ça ne leur a pas tellement plu. Ils s'en sont tenus pour l'essentiel aux loteries, piquant de plus en plus de fric dans les caisses du MSAD, pour essayer de les renflouer avant la venue des contrôleurs de l'État et que le toit s'effondre. Et de temps en temps, elle s'achetait de nouveaux sous-vêtements. Une femme se doit d'être pimpante quand elle achète un ticket de Powerball à l'épicerie du coin.

« Tout va bien, l'ami ? »

Il n'y eut pas de réaction de la part de son passager – évidemment pas –, si bien que Monette tendit la main et lui secoua l'épaule. L'autostoppeur leva la tête (son front laissa une trace graisseuse sur la vitre) et regarda autour de lui, clignant de ses yeux bordés de rouge comme s'il venait de se réveiller. Monette n'avait pas l'impression qu'il avait dormi, pourtant. Sans raison, juste une impression.

Il dessina un cercle avec son pouce et son index et haussa les sourcils.

Pendant un moment, l'autostoppeur parut ne pas comprendre, laissant le temps à Monette de se dire que ce type était un âne bâté de première en plus d'être sourd-muet. Puis il sourit et répondit lui aussi par un cercle.

« OK, dit Monette. C'était juste pour savoir. »

L'homme appuya de nouveau sa tête contre la vitre. En attendant, sa destination supposée, Waterville, venait d'être dépassée et avalée par la pluie. Monette n'y fit pas attention. Il vivait toujours dans le passé.

« S'il s'était juste agi de lingerie et du genre de jeux où on choisit quelques chiffres, les dégâts auraient pu être limités, reprit-il. Parce que jouer de cette façon prend du temps. Ça donne au joueur une chance de retrouver son bon sens, pour peu qu'il en ait eu un peu au départ. Il faut aller faire la queue, cocher les cases, mettre les tickets de côté dans son portefeuille. Ensuite, il faut regarder le tirage à la télé ou le vérifier dans les journaux. Jusqu'à ce stade, cela aurait pu être acceptable. Du moins, si on peut trouver acceptable que sa femme aille faire la foire avec un crétin de prof d'histoire et balance dans les chiottes, au passage, trente ou quarante mille dollars de l'argent du contribuable. Trente gros billets, j'aurais pu faire face. J'aurais pu prendre une deuxième hypothèque sur la maison. Pas pour Barb, sûrement pas, mais pour Kelsie Ann. Une gosse qui démarre dans la vie n'a pas besoin d'un poisson puant comme ça autour du cou, hein ? La restitution, voilà comment ils appellent ça. J'aurais fait la restitution, même si cela avait signifié aller habiter dans un deux pièces. Vous comprenez ? »

Manifestement l'autostoppeur ne comprenait rien du tout – ni aux belles jeunes filles débutant dans la vie, ni aux secondes hypothèques, ni au principe de restitution. Il avait chaud et il était au sec dans un monde où régnait un silence mortel, et c'était probablement mieux ainsi.

Monette n'en poursuivit pas moins son récit, obstinément :

« Mais voilà, il existe des moyens bien plus rapides de foutre son argent en l'air, aussi parfaitement légaux... que d'acheter des sous-vêtements. »

– 9 –

« Ils sont passés aux tickets à gratter, n'est-ce pas ? demanda le prêtre. Ce que la Commission de la loterie appelle les gagnants instantanés.

– Vous en parlez comme quelqu'un qui a touché à ces trucs, observa Monette.

– Cela m'est arrivé de temps en temps », admit le prêtre avec une admirable absence d'hésitation. « Je me dis toujours que si je tire un numéro gagnant, je mettrai tout l'argent dans l'église. Mais je n'ai jamais joué plus de cinq dollars par semaine. » Cette fois, il eut une hésitation. « Dix, parfois. » Nouveau silence. « Et une fois, j'ai acheté un ticket à gratter de vingt dollars, à l'époque où le jeu était encore nouveau. Mais c'était de la folie passagère. Je n'ai jamais recommencé.

– Jusqu'à aujourd'hui, du moins », dit Monette.

Le prêtre eut un petit rire. « Les paroles d'un homme qui s'est sérieusement brûlé les doigts, mon fils. (Il soupira.) Je suis fasciné par ton histoire, mais je me demande si nous ne pourrions pas aller un peu plus vite. Mes invités vont attendre pendant que j'accomplis le travail du Seigneur, certes, mais pas éternellement. Et je crois qu'ils ont préparé une salade de poulet, avec beaucoup de mayonnaise. Un de mes plats préférés.

– Il n'y a pas grand-chose à ajouter, répondit Monette. Si vous avez joué, vous avez déjà compris l'essentiel. On trouve les tickets à gratter là où on vend les Powerball et les Mégabuck, mais on peut aussi les acheter dans des tas d'autres endroits, y compris dans les boutiques des autoroutes. Même pas besoin d'avoir affaire à un employé ; il y a des distributeurs automatiques. Les machines sont toujours vertes, de la couleur de l'argent. Au moment où Barb s'est mise en règle...

– Au moment où elle s'est *confessée* », le corrigea le prêtre avec peut-être un peu de malice dans la voix.

« Oui, au moment où elle s'est confessée, ils ne jouaient pratiquement plus que ceux de vingt dollars. Barb prétend qu'elle ne jouait jamais toute seule, mais qu'ils en achetaient beaucoup quand elle était avec Cow-boy Bob. Dans l'espoir de décrocher le gros lot, bien sûr. Il paraît qu'une fois, ils ont acheté cent de ces saloperies en une seule soirée. Ce qui fait deux mille dollars. Ils en ont récupéré quatre-vingts. Ils avaient chacun leur petit grattoir en plastique. Un truc qui ressemble à une pelle à déneiger pour les elfes, AVEC MAINE STATE LOTTERY écrit sur le manche. Vert, comme les machines qui vendent les tickets. Elle m'a montré le sien – il était sous le lit, dans la chambre d'amis. On ne pouvait même plus lire ce qu'il y avait écrit, sauf ERY. Ç'aurait pu être MYSTERY au lieu de LOTTERY... La transpiration de sa paume avait effacé tout le reste.

– Mon fils, l'as-tu frappée ? Est-ce pour cette raison que tu es ici ?

– Non, répondit Monette. J'avais envie de la tuer pour ça – pour l'argent, pas parce qu'elle m'avait trompé, cet aspect-là des choses me paraissait irréel, même avec tout ce pu... cet étalage de sous-vêtements devant moi. Mais je ne l'ai même pas touchée. Je crois que c'est parce que j'étais trop fatigué. Toutes ces informa tions m'avaient tout simplement épuisé. Je n'avais qu'une envie faire un petit somme. Non, un grand. Dormir pendant deux jours peut-être. Ce n'est pas bizarre ?

– Non, dit le prêtre.

– Je lui ai demandé comment elle avait pu me faire une chose pareille. Est-ce que je comptais aussi peu pour elle ? Et elle m'a demandé… »

– 10 –

« … elle m'a demandé comment il se faisait que je ne me sois aperçu de rien, dit Monette à l'autostoppeur. Et avant que j'aie pu dire quoi que ce soit, elle a répondu elle-même, et je suppose donc que c'était une question – comment on dit déjà ? Rhétorique. Elle a dit : *Tu n'as rien soupçonné parce que tu ne t'en souciais pas. Tu étais presque tout le temps sur la route, tu avais envie d'être sur la route. Cela fait dix ans que tu ne remarques même pas quels sous-vêtements je porte – et pourquoi les remarquerais-tu, puisque tu ne te soucies pas de la femme qui est dedans ? Mais aujourd'hui tu t'en soucies, pas vrai ? Pas vrai ?*

« Si vous saviez comment je l'ai regardée… J'étais trop fatigué pour la tuer – ou même pour la gifler – mais, n'empêche, j'étais fou furieux. Même dans mon état de choc, j'étais furieux. Elle essayait de m'en rendre responsable. Qu'est-ce que vous dites de ça ? Elle essayait de me faire croire que c'était à cause de mon putain de *boulot*, comme si je pouvais en avoir un autre, qui ne m'aurait même pas rapporté la moitié de celui-ci. Parce que, enfin, à mon âge, que pourrais-je faire d'autre ? Je parie que je pourrais décrocher un poste pour faire traverser la rue aux gosses, devant les écoles, vu que, question attentats à la pudeur, mon casier est vierge. Mais ce serait à peu près tout. »

Il se tut. Loin devant eux, encore dissimulé par les rideaux ondulants de pluie, il y avait un panneau bleu.

Il réfléchit, puis dit : « Mais ce n'était même pas ça. Vous voulez savoir où elle voulait en venir ? Vous voulez savoir ? Elle attendait de moi que je me sente coupable parce que mon travail *me plaisait*. Elle me reprochait de ne pas ramer toute la journée en attendant de trouver la bonne personne avec qui *m'envoyer en l'air dans les grandes largeurs !* »

L'autostoppeur bougea un peu, probablement parce qu'ils venaient de passer sur un trou (ou de heurter un animal mort sur la chaussée), mais cela fit prendre conscience à Monette qu'il criait. Et tiens, le type n'était peut-être pas complètement sourd. Et même s'il l'était, il pouvait être sensible à des vibrations à travers les os de son visage, quand les sons dépassaient un certain niveau de décibels. Comment diable savoir ?

« Je ne me suis pas mis à jouer son jeu, reprit Monette, un ton plus bas. J'ai *refusé* de jouer son jeu. Je crois que je devais soupçonner que, si jamais je le faisais, si nous commencions une vraie dispute, n'importe quoi aurait pu arriver. Je préférais sortir de là tant que j'étais en état de choc... parce que c'était ça qui la protégeait, vous comprenez ? »

L'autostoppeur ne répondit rien, mais Monette comprenait pour deux.

« J'ai dit : *Qu'est-ce qu'on fait maintenant ?* et elle a dit : *Je suppose que je vais aller en prison*. Et vous savez quoi ? Si elle s'était mise à pleurer à ce moment-là, je l'aurais peut-être prise dans mes bras. Parce qu'au bout de vingt-six ans de mariage, ce genre de geste relève presque du réflexe. Même lorsque l'essentiel des sentiments s'est évaporé. Mais elle n'a pas pleuré, et je suis donc sorti. J'ai simplement fait demi-tour et je suis sorti. Et, quand je suis revenu, elle avait laissé un mot disant qu'elle avait *déménagé*. Cela remonte à presque deux semaines et je ne l'ai pas revue depuis. Je lui ai simplement parlé au téléphone deux ou trois fois. J'ai aussi parlé à un avocat. J'ai gelé tous nos actifs, même si cela ne changera rien, une fois que les roues de la justice auront commencé à tourner. Ce qui ne va pas tarder. Puis je suppose que je la reverrai. Au tribunal. Elle et son con de Cow-boy Bob. »

Il arrivait à lire, à présent, le panneau bleu : AIRE DE REPOS DE PITTSFIELD 2 MI.

« Ah, merde ! Waterville est à quinze miles derrière nous, collègue. » Et comme le sourd-muet ne réagissait pas (bien sûr), Monette se rendit compte qu'il ignorait, en fait, s'il allait ou non à Waterville. De toute façon, il était temps d'en avoir le cœur net. Il réglerait ça une fois arrivé à l'aire de repos mais il leur restait une ou deux minutes à passer ensemble dans ce confessionnal mobile, et il sentait qu'il avait encore une chose à dire.

« Cela fait longtemps que je n'éprouve plus grand-chose pour elle, c'est vrai. Parfois, l'amour s'épuise, c'est tout. Et c'est aussi vrai que je ne lui ai pas toujours été fidèle – j'ai trouvé un peu de réconfort en lisière, de temps en temps. Mais est-ce que *ceci* justifie *cela* ? Est-ce que ceci justifie qu'une femme fiche toute une vie en l'air comme un gosse qui fait sauter une pomme pourrie avec un pétard ? »

Il s'engagea sur l'aire de repos. Il y avait déjà quatre ou cinq voitures sur place, toutes regroupées près du bâtiment marron avec les distributeurs automatiques en façade. Les voitures lui firent l'effet d'enfants gelés abandonnés sous la pluie. Il se gara. L'auto-stoppeur le regarda, interrogatif.

« Où allez-vous ? » demanda Monette, tout en sachant que c'était inutile.

Le sourd-muet réfléchit Il regarda autour de lui pour se faire une idée. Puis il revint sur Monette comme pour dire, non, pas ici.

Monette montra le sud et souleva les sourcils. Le sourd-muet secoua la tête, puis montra le nord. Ouvrit et referma ses mains montrant ses doigts six fois… huit fois… dix. La même chose que la première fois, en gros. Mais cette fois-ci, Monette pigea. Il se dit que la vie aurait été plus simple pour ce type si quelqu'un lui avait appris qu'un huit couché était le symbole de l'infini.

« En fait, vous circulez au petit bonheur la chance, c'est ça ? » demanda Monette.

Le sourd-muet se contenta de le regarder.

« Ouais, c'est bien ça. Eh bien, je vais vous dire quoi. Vous avez écouté mon histoire – même si vous ne savez pas que vous l'avez écoutée – et je vais vous amener jusqu'à Derry pour la peine. » Il eut soudain une idée. « Je vais même vous déposer au centre d'accueil des sans-logis de Derry. Vous aurez droit à un repas chaud et à un lit de camp, au moins pour une nuit. Bon, faut que j'aille pisser. Vous avez pas besoin d'aller pisser, vous ? »

Le sourd-muet le regarda avec patience, toujours aussi inexpressif.

« *Pisser*, dit Monette. Lansquiner. » Il commença à indiquer son entrejambe, se rendit compte de l'endroit où ils se trouvaient et décida qu'un clodo risquait de penser qu'il voulait se faire tailler une pipe là, juste derrière les distributeurs Hav-A-Bite. Il montra alors les silhouettes, sur les côtés du bâtiment – des pochoirs en noir pour le monsieur comme pour la dame. L'homme avait les jambes écartées, la femme les avait serrées. Assez symbolique de l'histoire de la race humaine en langage des signes.

Là, son passager pigea. Il secoua la tête fermement, et ajouta un geste – pouce contre index – pour faire bonne mesure. Ce qui laissait Monette avec un problème délicat à résoudre : soit laisser Mister Vagabond-Silencieux dans la voiture pendant qu'il allait faire sa petite affaire, soit l'obliger à attendre sous la pluie… auquel cas le type comprendrait certainement pour quelle raison on le fichait dehors.

Sauf qu'en réalité, il n'y avait aucun problème. Il n'y avait pas d'argent dans le véhicule et la valise contenant ses effets personnels était dans le coffre fermé à clef. Il y avait bien ses valises d'échantillons à l'arrière, mais il voyait mal l'autostoppeur s'emparer de bagages pesant trente kilos et trotter avec vers la rampe de sortie de l'aire de repos. Comment ferait-il, ne serait-ce que pour brandir son panneau JE SUIS MUET ! ?

« Je reviens tout de suite », dit Monette. Et comme l'homme se contentait de le regarder de ses yeux bordés de rouge, Monette se montra du doigt, puis montra les symboles des toilettes, puis pointa à nouveau sur lui. Cette fois ci, l'autostoppeur hocha la tête et refit le geste du pouce contre l'index.

Dans les toilettes, Monette pissa pendant ce qui lui parut durer vingt minutes. Le soulagement était exquis. Il ne s'était jamais senti aussi bien depuis que Barb avait fait exploser sa bombe. Pour la première fois, il se dit qu'il allait finir par s'en sortir. Et qu'il aiderait Kelsie à s'en sortir. Il se rappela une citation tirée d'un ancien auteur allemand (ou russe, peut-être, ça ressemblait beaucoup à la vision de la vie qu'ont les Russes) : ce qui ne me tue pas me rend plus fort.

Il retourna à sa voiture en sifflotant. Il donna même une tape amicale, en passant, à la machine de vente automatique de billets de loterie. Sur le coup, il pensa qu'il ne voyait pas son passager parce que le type avait dû s'allonger… auquel cas, il devrait le faire relever pour pouvoir se remettre derrière le volant. Mais l'autostoppeur ne s'était pas allongé. L'autostoppeur était parti. Il avait pris sac et panneau et levé le camp.

Monette jeta un coup d'œil au siège arrière et vit que ses valises Wolfe & Sons n'avaient pas bougé. Il regarda dans la boîte à gants ; les quelques documents qu'il y conservait – papiers de la voiture et de l'assurance, son affiliation à l'Association américaine des automobilistes – s'y trouvaient toujours. Ne restaient du clodo que des effluves persistants qui n'étaient pas entièrement désagréables : une odeur de transpiration mêlée à une pointe de résine, comme si le type avait dormi à la dure.

Il pensa qu'il allait le revoir au départ de la rampe, brandissant son panneau et le faisant patiemment tourner afin que d'éventuels bons Samaritains puissent avoir un tableau complet de ses déficiences. Si c'était le cas, Monette le reprendrait. Le boulot n'était pas fini, d'une certaine manière. Déposer ce type devant le refuge des sans-abri de Derry, voilà qui lui aurait donné le sentiment d'un travail achevé. Qui aurait clos l'affaire, qui aurait tourné la page. Quels qu'aient pu être ses défauts, il aimait bien finir les choses.

Mais l'autostoppeur n'était pas au pied de la rampe. Il avait complètement disparu. Et ce ne fut que lorsqu'il passa à la hauteur d'un panneau annonçant DERRY 10 MI que Monette jeta un coup d'œil à son rétroviseur et constata que sa médaille de Saint-Christophe, sa compagne pendant tous ces millions de miles parcourus, avait disparu. Le sourd-muet l'avait volée. Mais même cela ne put tempérer le nouvel optimisme de Monette. Le sourd-muet en avait peut-être davantage besoin que lui. Monette espérait qu'elle lui porterait chance.

Deux jours plus tard – à ce moment-là, il vendait la meilleure liste de tous les temps à Presqu'Isle –, il reçut un appel de la police de l'État du Maine. Sa femme et Bob Yandowsky avaient été battus à mort au Grove Motel. Le tueur s'était servi d'un bout de tuyau enveloppé dans une serviette du motel.

– 11 –

« Mon Dieu… oh, Seigneur ! murmura le prêtre.

– Oui, dit Monette. C'est à peu près ce que je me suis dit.

– Et ta fille… ?

– Le cœur brisé, bien sûr. Elle est avec moi, à la maison. Nous traverserons cette épreuve, mon père. Elle est plus solide que je ne le pensais. Et, bien entendu, elle n'est pas au courant pour le reste. Le détournement. Avec un peu de chance, elle ne le sera jamais. L'assurance va me verser une très grosse somme, ce qu'on appelle une double indemnité. Étant donné tout ce qui s'est passé avant, je crois que j'aurais des ennuis plus que sérieux avec la police, aujourd'hui, si je n'avais pas un alibi en béton armé. Et s'il n'y avait pas eu… des développements. En l'état actuel des choses, on m'a interrogé plusieurs fois.

– Mon fils, tu n'as pas payé quelqu'un pour…

– On me l'a aussi demandé. La réponse est non. Mon compte en banque est ouvert à qui veut le consulter. Il n'y a pas un centime qui ne soit comptabilisé, aussi bien dans les comptes personnels que dans ceux de notre couple. Elle était financièrement très responsable. Au moins, dans la partie normale de sa vie.

« Mon père ? vous pouvez ouvrir le guichet ? Je voudrais vous montrer quelque chose. »

Au lieu de répondre, le prêtre ouvrit sa porte. Monette retira la médaille de saint Christophe qu'il avait autour du cou et la tendit par l'extérieur du confessionnal. Leurs doigts se touchèrent brièvement lorsque la médaille et le petit tas de la chaîne d'acier passèrent d'une main à l'autre.

Il y eut cinq secondes de silence pendant que le prêtre l'examinait. « Quand est-ce qu'on te l'a rendue ? demanda-t-il finalement. Était-elle au motel quand…

– Non. Pas au motel. Dans la maison de Buxton. Sur la commode de ce qui était autrefois notre chambre. À côté de notre photo de mariage, en fait.

– Dieu du ciel, dit le prêtre.

– Il avait pu trouver l'adresse dans mes papiers, pendant que j'étais aux gogues.

– Et bien entendu, tu avais mentionné le nom du motel… et de la petite ville…

– Dowrie », confirma Monette.

Pour la troisième fois, le prêtre invoqua le nom de son patron. Puis il dit : « Ce type n'était nullement sourd-muet, en fin de compte ?

– Je suis presque certain qu'il était muet, répondit Monette, mais en tout cas il n'était pas sourd. Il y avait un mot à côté de la médaille. Sur un bout de papier du bloc-notes du téléphone. Tout ceci a dû se passer pendant que ma fille et moi étions au salon funéraire, en train de choisir un cercueil. La porte arrière de la maison a été ouverte sans être forcée. Il était peut-être assez habile pour tripoter la serrure, mais je pense que j'ai tout simplement oublié de la fermer avant de sortir.

– Et le mot disait quoi ?

–"Merci pour la balade".

– Le diable m'emporte. »

S'ensuivit un silence songeur, puis il y eut un coup léger sur la porte de la partie du confessionnal où était assis Monette, perdu dans la contemplation de POUR TOUS CEUX QUI ONT PÉCHÉ ET N'ONT PAS ÉTÉ TOUCHÉS PAR LA GRÂCE DE DIEU. Monette reprit la médaille.

« As-tu raconté ça à la police ?

– Oui, bien sûr, toute l'histoire. Ils pensent savoir qui est ce type. Le panneau leur est familier. Il s'appelle Stanley Doucette. Il a passé des années à sillonner la Nouvelle-Angleterre avec ce fichu panneau. Un peu comme moi, au fond, maintenant que j'y pense.

– D'autres violences à son actif, avant ça ?

– Quelques-unes. Surtout des bagarres, répondit Monette. Une fois, il a sévèrement battu un homme, dans un bar, et il a fait plusieurs séjours en hôpital psychiatrique, y compris à Serenity Hill, à Augusta. Je pense que la police ne m'a pas tout dit.

– Tu tiens à tout savoir ? »

Monette réfléchit avant de répondre. « Non.

– Ils ne l'ont pas attrapé, n'est-ce pas ?

– Ils disent que ce n'est qu'une question de temps. Qu'il n'est pas très intelligent. N'empêche, il l'a été assez pour me rouler dans la farine.

– T'a-t-il *vraiment* roulé dans la farine, mon fils ? Ou bien savais-tu que tu t'adressais à une oreille complaisante ? Il me semble que telle est la vraie question. »

Monette garda longtemps le silence. Il ne savait pas s'il avait jamais honnêtement sondé son cœur, mais il se rendait compte que ce c'était ce qu'il faisait, à présent, et avec un fort éclairage. Il n'aimait pas tout ce qu'il y trouvait, mais il sondait, oui. Sans rien ignorer de ce qu'il y voyait. En tout cas, pas intentionnellement.

« Non, je ne le savais pas.

– Et te réjouis-tu que ta femme et son amant soient morts ? »

Dans son cœur, Monette répondit instantanément : *oui*. À voix haute, il dit : « Je suis soulagé. Je suis désolé de l'avouer, mon père, mais quand je vois le gâchis qu'elle a fait – et comment les choses ont des chances de s'arranger, sans procès, par une restitution discrète grâce à l'argent de l'assurance –, je suis soulagé. Est-ce un péché ?

– Oui, mon fils. Désolé d'avoir à te le dire, mais c'est un péché.

– Pouvez-vous me donner l'absolution ?

– Dix *Notre Père* et dix *Ave Maria*, répondit vivement le prêtre. Les *Notre Père*, c'est pour ton manque de charité – un péché sérieux, mais non mortel.

– Et les *Ave Maria* ?

– Pour avoir prononcé des gros mots dans un confessionnal. Il faudrait aussi aborder cette histoire d'adultère – pas le sien, le tien – mais pour le moment...

– Vous avez des invités. Je comprends.

– À la vérité, j'ai perdu mon appétit, mais je n'en dois pas moins accueillir mes amis. Ce qui me gêne, c'est que je suis un peu trop... trop bouleversé pour analyser maintenant, comme il le faudrait, ta petite thérapie roulante.

– Je comprends.

– Bien. Et à présent, mon fils ?

– Oui ?

– Sans vouloir trop insister là où ça fait mal, es-tu tout à fait sûr de ne pas avoir donné la permission d'agir à cet homme ? De ne pas l'avoir encouragé, d'une manière ou d'une autre ? Parce que, dans ce cas-là, nous serions en présence d'un péché mortel et non plus véniel. Il faut que je consulte mon conseiller spirituel pour en être sûr, mais...

– Non, mon père. Cependant, ne pensez-vous pas... qu'il soit possible que Dieu ait fait monter à dessein ce type dans ma voiture ? »

En son cœur, le prêtre répondit sur-le-champ : *oui.* À voix haute, il dit : « C'est un blasphème, et tu me réciteras pour la peine dix *Notre Père* de plus. J'ignore depuis combien de temps tu n'as pas franchi les portes d'une église, mais même toi devrais te rappeler cela. Maintenant, est-ce que tu veux ajouter quelque chose et courir le risque d'une dizaine d'*Ave Maria* de plus, ou en avons-nous terminé ?

– Nous en avons terminé, mon père.

– Alors te voilà absout, comme nous disons dans notre partie. Va ton chemin et ne pêche plus. Et prends bien soin de ta fille, mon fils. Les enfants n'ont qu'une seule mère, quel qu'ait été son comportement

– Oui, mon père. »

Derrière le grillage la silhouette se déplaça. « Puis-je te poser une dernière question ? »

Monette se rassit, à contrecœur. Il n'avait plus qu'une envie : partir. « Oui.

– Tu m'as dit que la police pense qu'elle attrapera cet homme.

– Ils m'ont même dit que ce n'était qu'une question de temps.

– Ma question est : souhaites-tu vraiment que la police le rattrape ? »

Et, comme il avait de plus en plus envie de partir et de réciter son expiation dans le confessionnal encore plus secret de sa voiture, Monette répondit : « Oui, bien sûr. »

Sur le chemin du retour, il ajouta deux *Ave Maria* et deux *Notre Père*.

# Ayana

Je n'aurais jamais cru que je raconterais un jour cette histoire. Ma femme m'avait dit de ne pas le faire ; que personne ne me croirait, et que je ne ferais que me mettre dans une situation fausse. « Et Ralph et Trudy ? lui avais-je demandé. Ils étaient là. Ils l'ont vue, eux aussi.

– Trudy lui dira de la fermer, avait répondu Ruth, et elle n'aura pas beaucoup d'efforts à faire pour persuader ton frère. »

Ce qui était probablement vrai. À cette époque, Ralph était directeur dans l'administration scolaire du New Hampshire, et la dernière chose que pouvait souhaiter un membre aussi éminent de la bureaucratie scolaire dans un petit État était de se retrouver dans les infos des chaînes locales, en fin de programme, à la rubrique réservée aux soucoupes volantes au-dessus de Phoenix et aux coyotes capables de compter jusqu'à dix. De plus, une histoire de miracle perd beaucoup sans l'instrument de ce miracle, et Ayana était partie.

Mais aujourd'hui ma femme n'est plus là ; elle a eu une crise cardiaque dans l'avion pendant qu'elle se rendait dans le Colorado pour donner un coup de main à notre fille après la naissance de notre premier petit-enfant, et elle était morte presque sur le coup. (C'est du moins ce que les gens de la compagnie aérienne m'ont raconté, mais on ne peut même pas leur faire confiance pour l'acheminement des bagages, ces temps-ci.) Mon frère Ralph est mort lui aussi (d'une attaque pendant un tournoi de golf réservé au troisième âge). Mon père n'est plus là depuis longtemps (sinon il serait centenaire). Je suis le dernier survivant, je vais donc raconter l'histoire. Elles est *incroyable*, là-dessus Ruth avait raison et, de toute façon n'a aucun sens – les miracles n'en ont jamais, sauf pour tous ces doux dingues qui en voient partout. Mais elle est intéressante. Et elle est vraie. Nous en avons tous été témoins.

Mon père se mourait d'un cancer du pancréas. Je crois qu'on en apprend beaucoup sur les gens à leur réaction à ce genre de situation (et le fait que je parle du cancer comme d'un « genre de situation » doit vous apprendre quelque chose sur le narrateur, qui a passé sa vie à enseigner l'anglais à des garçons et des filles dont les problèmes de santé les plus sérieux étaient l'acné et les blessures de sport).

Ralph a dit : « Il a presque fini son voyage. »

Ma belle-sœur, Trudy, a dit : « Il est sur le chemin. » J'ai tout d'abord cru qu'elle avait dit : *il est mûr le chemin*, formule à laquelle j'avais trouvé une grande dissonance poétique. Je savais que j'avais dû me tromper, elle n'avait pas pu dire ça, pas elle, mais j'aurais bien voulu.

Ruth a dit : « Son temps est compté. »

Je n'ai pas dit : « Et pourvu qu'il soit bref », mais je l'ai pensé. Car il souffrait. Cela remonte à vingt-cinq ans – 1982 –, époque où la souffrance était encore un aspect accepté du cancer. Je me rappelle avoir lu, dix ou douze ans plus tard, que la plupart des malades du cancer passent en silence pour la seule raison qu'ils sont trop faibles pour crier. Cela avait fait resurgir des souvenirs si puissants de la chambre de malade de mon père que je m'étais précipité dans les toilettes et m'étais agenouillé devant le siège, certain que j'allais vomir.

En fin de compte, mon père était mort quatre ans plus tard, en 1986. Il était alors sous assistance médicale permanente, sauf que ce ne fut pas de son cancer du pancréas qu'il mourut. Mais en s'étouffant sur un morceau de steak.

Don Gentry, dit « Doc » et son épouse Bernadette – mes parents – avaient pris leur retraite dans une maison de banlieue de Ford City, non loin de Pittsburgh. Après la mort de sa femme, Doc avait envisagé un temps d'aller s'installer en Floride, conclu qu'il n'en avait pas les moyens et était resté en Pennsylvanie. Lorsqu'on avait découvert son cancer, il avait fait un premier et bref séjour à l'hôpital, où il lui avait fallu expliquer, je ne sais combien de fois, qu'il devait son surnom au fait qu'il avait été vétérinaire. Et, après l'avoir dit à tous ceux qui voulurent bien l'entendre, on l'avait renvoyé chez lui pour y mourir ; ce qu'il lui restait de famille – Ralph, Trudy, Ruth et moi – était venu le voir à Ford City.

Je me souviens très bien de la chambre du fond dans laquelle il était installé. Sur le mur, on voyait une image du Christ disant : *Laissez venir à moi les petits enfants.* Il y avait sur le sol un tapis fabriqué par ma mère avec des chutes dans des nuances d'un vert nauséeux loin d'être des plus plaisantes. À côté du lit, le support de son goutte-à-goutte s'ornait d'une décalcomanie – le logo de l'équipe de base-ball de Pittsburgh. C'est avec une appréhension grandissante que j'entrais chaque jour dans cette pièce, et chaque jour, les heures que j'y passais paraissaient durer un peu plus longtemps. Je me rappelais Doc assis sur le porche de la maison où j'avais passé mon enfance – à Derby, dans le Connecticut –, une bière dans une main, un cigare dans l'autre, les manches de son t-shirt d'un blanc aveuglant enroulées deux fois pour exhiber la courbe de son biceps et la rose qu'il avait tatouée juste au-dessus du coude gauche. Il était de la génération qui considérait qu'il n'y avait rien de bizarre à porter des jeans bleu foncé non délavés, qu'il appelait d'ailleurs des *dungarees.* Il se coiffait comme Elvis et avait quelque chose de légèrement inquiétant dans le regard, celui d'un marin en goguette à terre avec deux verres dans le nez, parti pour une soirée qui se terminera mal. Il était grand et se déplaçait comme un chat sauvage. Et je me souviens d'un bal de rue à Derby, un été, où mon père et ma mère avaient volé la vedette en se lançant dans un jitterburg endiablé sur « Rocket 88 » d'Ike Turner and the Kings of Rhythm. Ralph devait avoir alors seize ans et moi onze, donc. Nous regardions nos parents bouche bée, et j'avais soudain pris conscience, pour la première fois, qu'ils devaient le faire la nuit, complètement nus, sans jamais penser à nous.

À quatre-vingts ans, tout juste renvoyé de l'hôpital, mon père à la grâce quelque peu dangereuse était devenu un squelette en pyjama (mais avec le logo des Pittsburgh Pirates dessus) comme un autre. Ses yeux veillaient au dessous de sourcils broussailleux. Il transpirait abondamment en dépit de la présence de deux ventilateurs, et l'odeur qui montait de sa peau moite me rappelait celle d'un vieux papier peint dans une maison abandonnée. Son haleine était chargée des relents noirâtres de la décomposition.

Ralph et moi étions loin d'être riches, mais en nous y mettant tous les deux et avec l'argent qui restait des économies de Doc, nous avions assez pour engager une infirmière à temps partiel ainsi qu'une femme de ménage qui venait cinq fois par semaine. Elles faisaient de leur mieux pour le maintenir propre et le changer, mais le jour où ma belle-sœur nous a sorti que Doc était « mûr » (je préfère encore penser que c'est ce qu'elle a dit), la Bataille des Odeurs était pratiquement perdue. La merde du vieux pro terrifié battait de plusieurs longueurs le talc Johnson's des nouveaux venus ; bientôt, me disais-je, l'arbitre allait arrêter le combat. Doc n'était plus capable d'aller jusqu'aux toilettes (qu'il appelait invariablement « les gogues »), il portait donc des langes et des pantalons spéciaux. Il était encore assez lucide pour s'en rendre compte et en avoir honte. Des larmes coulaient parfois du coin de ses yeux et des cris rentrés d'amusement dégoûté, désespérés, jaillissaient de la gorge qui avait autrefois lancé ses « Hé, ma jolie ! » au monde.

La douleur s'était installée, tout d'abord au milieu de son corps, puis elle avait rayonné dans toutes les directions, jusqu'à ce qu'il en arrive à avoir mal aux paupières et au bout des doigts. Les antalgiques ne lui faisaient plus d'effet. L'infirmière aurait pu lui en donner davantage, mais avec le risque de le tuer, et elle avait refusé. Moi, j'aurais voulu lui en donner davantage et courir ce risque. Et j'aurais pu le faire, si j'avais eu le soutien de Ruth, mais ma femme n'était pas du genre à vous donner ce genre d'assistance.

« Elle s'en rendra compte », me dit-elle – elle parlait de l'infirmière –, et c'est toi qui auras des ennuis.

– Mais c'est mon père !

– Ça ne va pas l'arrêter. » Ruth avait toujours été du genre à voir le verre à moitié vide. Ce n'était même pas une question d'éducation ; elle était née comme ça. « Elle le signalera. Tu risques d'aller en prison. »

Je ne l'avais donc pas tué. Aucun de nous ne l'a tué. Nous comptions les jours. Nous lui faisions la lecture sans savoir ce qu'il comprenait exactement. Nous le changions et tenions à jour le calendrier, sur le mur, de ses prises de médicaments. Il faisait une chaleur atroce et nous changions régulièrement l'emplacement des ventilateurs, espérant créer des courants d'air croisés. Nous regardions jouer les Pirates sur la petite télé en couleur qui rendait l'herbe violette et nous lui disions que les Pirates étaient sensationnels, cette année. Nous nous parlions de part et d'autre de son profil de plus en plus laminé. Nous le regardions souffrir et attendions qu'il meure. Et un jour, alors qu'il dormait avec des ronflements proches du râle, je levai les yeux de mon livre (une anthologie de la poésie américaine du vingtième siècle) et vis une Noire, grande, corpulente, accompagnée d'une fillette portant des lunettes sombres, s'encadrer dans la porte de la chambre.

Cette fillette... je m'en souviens comme si la chose datait de ce matin. Elle devait sans doute avoir autour de sept ans, bien qu'étant extrêmement petite pour son âge. Vraiment minuscule. Elle portait une robe rose qui s'arrêtait au-dessus de ses genoux osseux. Elle avait un pansement adhésif orné de personnages de dessins animés sur l'un de ses tibias tout aussi osseux ; je me souviens qu'il y avait Yosemite Sam, avec sa longue moustache rouge, un pistolet dans chaque main. Les lunettes noires avaient tout du lot de consolation donné pendant un vide-grenier. Elles étaient beaucoup trop grandes pour elle et avaient glissé sur le bout de son petit nez camus, révélant des yeux au regard fixe, aux paupières lourdes, recouverts d'une pellicule d'un blanc bleuâtre. Elle portait à un bras un sac en plastique rose fendu d'un côté. Aux pieds, elle avait des tennis sales. Sa peau n'était pas noire du tout, mais d'un gris savonneux. Elle était debout mais paraissait aussi malade que mon père.

Je me souviens moins clairement de la femme, tant la fillette avait capté mon attention. Elle pouvait avoir quarante ou soixante ans. Une coiffure afro courte et un aspect serein. En dehors de ça, je ne me rappelle rien, pas même la couleur de sa robe, si toutefois elle portait une robe. Il me semble que c'en était une, mais elle était peut-être en pantalon.

« Qui êtes-vous ? » demandai-je. J'étais hébété, comme si on venait de me tirer d'un petit somme et non d'un livre – même s'il existe une similitude.

Trudy arriva derrière les deux femmes et posa la même question. Elle paraissait parfaitement réveillée, elle. Et de derrière Trudy s'éleva la voix de Ruth qui dit, de son ton offusqué : « La porte a dû rester ouverte, elle ferme vraiment mal. Elles ont dû rentrer. »

Ralph, qui se tenait à côté de Trudy, regarda par-dessus son épaule. « Dans ce cas, elles l'ont refermée derrière elles. » Comme si c'était un bon point en leur faveur.

Trudy les tança :

« Vous n'auriez pas dû entrer ici. Nous sommes occupés. Nous avons un malade, dans cette maison. Je ne sais pas ce que vous voulez, mais vous devez partir.

– Oui, renchérit Ralph, on ne rentre pas comme ça chez les gens. »

Ils étaient tous les trois serrés dans le couloir.

Ruth tapa sur l'épaule de la femme, et pas très amicalement. « À moins que vous vouliez que nous appelions la police, vous devez partir. C'est ce que vous voulez ? »

La Noire n'y fit pas attention. Elle poussa la petite fille et dit : « Tout droit. Quatre pas. Il y a un truc par terre, alors fais attention. Que je t'entende compter. »

La petite fille compta : « Un... deux... drois... quatre. » Elle enjamba la potence métallique du goutte-à-goutte sur *drois* sans même baisser les yeux, sans même regarder quoi que ce soit à travers ses lunettes rebut de vide-grenier, sales et trop grandes. Ni voir quoi que ce soit, avec ses yeux laiteux. Elle passa assez près de moi pour que l'ourlet de sa robe vienne effleurer mon avant-bras, telle une pensée. Il se dégageait d'elle une odeur de crasse, de sueur et, comme Doc, de maladie. Elle avait des marques noires sur les bras, non pas des croûtes d'égratignures, mais des plaies.

« Arrête-la ! » me cria mon frère. Je n'en fis rien. Tout se passa très vite. La petite fille se pencha sur le creux hirsute de la joue de mon père et y déposa un baiser. Un gros bécot, pas un petit bisou. Un bécot qui claqua.

Son petit sac en plastique vint heurter légèrement le côté de la tête de Doc et il ouvrit les yeux. Plus tard, Trudy et Ruth affirmèrent que c'était le coup porté par le sac qui l'avait réveillé. Ralph en était moins sûr ; pour ma part, je n'y croyais absolument pas.

Le sac ne fit pas le moindre bruit en le touchant. Il ne devait rien y avoir dedans, sinon tout au plus un Kleenex.

« T'es qui, toi, petite ? demanda mon père de sa voix rauque d'outre-tombe.

– Ayana, répondit la fillette.

– Moi, c'est Doc. »

Ses yeux se mirent à briller au fond des deux grottes sombres où ils s'étaient réfugiés, manifestant plus de compréhension que tout ce que j'avais pu voir depuis quinze jours que nous étions à Ford City. Il avait atteint un stade où même le coup de batte le plus fabuleux d'une partie de base-ball n'arrivait pas à le tirer de sa torpeur.

Trudy bouscula la femme pour passer, avec l'intention de s'emparer de la fillette qui s'était brusquement matérialisée dans le regard mourant de Doc. Je la pris par le poignet et l'arrêtai :

« Attends.

– C'est quoi, ça, attends ? Ce sont des intrus !

– Je suis malade, je dois partir », dit la petite fille. Sur quoi, elle embrassa à nouveau Doc et recula. Ce coup-ci, elle trébucha sur la potence du goutte-à-goutte, manquant de peu la renverser et s'étaler elle-même. Trudy empoigna la potence et j'empoignai la fillette Elle était faite de rien, seulement de la peau enfermant une complexe armature osseuse. Ses lunettes tombèrent sur mes genoux et, un instant, ses yeux laiteux me regardèrent. Je lui mis les lunettes dans la main.

« Tout va aller bien », dit-elle, et elle posa sa paume minuscule contre mes lèvres. Elle brûlait comme un tison, mais je ne reculai pas. « Tout va aller bien.

– Allez viens, Ayana, dit la femme. Nous devons laisser ces gens. Deux pas. Que je t'entende compter.

– Un… deux », dit Ayana, qui remit ses lunettes et les repoussa sur le haut de son nez, où elles ne restèrent pas longtemps.

La femme lui prit la main.

« Que ce jour soit une bénédiction pour vous tous, dit-elle en me regardant. Je suis désolée pour vous, mais les rêves de cette enfant sont terminés. »

Elles retournèrent dans le séjour, la femme tenant toujours la fillette par la main. Ralph les suivait comme un chien de berger. Pour être certain, j'imagine, qu'elles ne chipaient rien. Ruth et Trudy étaient penchées sur Doc qui avait toujours les yeux grands ouverts.

« Qui était cette enfant ? demanda-t-il.

– Je ne sais pas, papa, répondit Trudy. Ne vous occupez pas d'elle.

– Je veux qu'elle revienne. Je veux un autre bécot. »

Ruth se tourna vers moi, les lèvres pincées à en disparaître. Expression peu amène qu'elle avait perfectionnée avec le temps. « Elle a à moitié sorti son goutte-à-goutte… il saigne… et toi, tu t'es contenté de rester assis là.

– Je vais le remettre », répondis-je, avec l'impression que quelqu'un d'autre parlait.

Il y avait en moi un être qui se tenait sur le côté, silencieux, abasourdi. Je sentais encore la chaude pression de la paume de la fillette sur ma bouche.

« Oh, ce n'est pas la peine. Je l'ai déjà fait. »

Ralph revint. « Elles sont parties. Elles se sont dirigées vers l'arrêt de bus. » Il se tourna vers ma femme : « Veux-tu vraiment que j'appelle la police, Ruth ?

– Non. Ça ne servirait qu'à nous faire perdre du temps à remplir des formulaires et à répondre à leurs questions. On risquerait même de devoir déposer devant un juge.

– Pour lui dire quoi ? demanda Ralph.

– Je ne sais pas quoi, comment veux-tu que je sache ? L'un de vous pourrait-il aller chercher l'adhésif pour que je recolle cette fichue aiguille ? Je crois qu'il est sur le comptoir de la cuisine.

– Je veux un autre bécot, dit mon père.

– J'y vais », dis-je.

Mais je commençai par passer par la porte d'entrée – que Ralph avait fermée à clef – et je regardai dehors. Le petit abribus en plastique vert était juste au bout de la rue, mais personne ne se tenait près du poteau ni sous le toit de l'abri. Et il n'y avait personne non plus sur les trottoirs. Ayana et la femme – sa mère, ou celle qui en avait la charge – avaient disparu. Tout ce qui me restait était le contact de la paume de la fillette contre ma bouche, dont la chaleur commençait à s'estomper.

Et maintenant arrive la partie miraculeuse. Je ne vais pas l'escamoter : si je dois raconter cette histoire, autant bien le faire. Mais je ne vais pas non plus m'y attarder. Les histoires de miracles sont toujours satisfaisantes, mais rarement intéressantes, parce qu'elles sont toutes pareilles.

Nous étions descendus dans l'un des motels de Ford City, sur la rue principale, un Ramada Inn aux parois trop minces. Ralph agaçait ma femme en l'appelant le Ramdam Inn. « Si tu n'arrêtes pas de l'appeler comme ça, tu finiras par l'oublier et le dire devant quelqu'un, lui avait-elle fait remarquer. Et tu rougiras. »

Les parois étaient tellement minces que nous n'avions aucun mal à entendre Ralph et Trudy se disputer, dans la chambre à côté, sur le thème : *Jusqu'à quand allons-nous pouvoir rester ?*

« C'est mon père, tout de même », dit Ralph. À quoi Trudy répondit : « Essaie donc d'expliquer ça à la compagnie d'électricité quand la facture arrivera. Ou à ton directeur d'école quand ton congé maladie aura expiré. »

Il était un peu plus de sept heures par une chaude soirée d'août. Ralph allait bientôt partir pour veiller notre père, auprès de qui l'infirmière devait rester jusqu'à vingt heures. Je trouvai une partie des Pirates à la télé et montai le volume pour noyer dans le bruit la dispute aussi prévisible que déprimante qui se déroulait à la porte voisine. Ruth pliait du linge et me disait que la prochaine fois que j'achèterais des sous-vêtements dans des magasins discount, elle divorcerait. Ou me virerait pour prendre quelqu'un d'autre. Le téléphone sonna. C'était l'infirmière, Chloé. (Ainsi qu'elle s'appelait elle-même, comme dans *Prenez encore un peu de soupe pour faire plaisir à l'infirmière Chloé.*)

Elle ne perdit pas de temps en plaisanteries. « Je crois que vous devriez venir tout de suite. Pas seulement Ralph pour son tour de garde. Mais tous.

– C'est bientôt la fin ? » demandai-je.

Ruth arrêta ses travaux de pliage et s'approcha. Elle posa une main sur mon épaule. Nous nous y étions attendus – nous l'avions même espéré, pour tout dire –, mais maintenant qu'on y était, cela paraissait trop absurde pour faire mal. C'est Doc qui m'avait appris à me servir d'une raquette de Bolo-Bouncer, quand je n'étais pas plus grand que la petite intruse aveugle d'aujourd'hui. Il m'avait surpris à fumer sous la vigne grimpante et m'avait dit – non pas en se fâchant, mais gentiment – que c'était une habitude stupide et que je ferais mieux de ne pas la laisser s'installer. Qu'il puisse ne pas être là lorsque le journal arriverait, demain ? Idée absurde.

– Non, je ne crois pas, répondit l'infirmière Chloé. Il paraît aller mieux. » Elle marqua une pause. « Je n'ai jamais rien vu de pareil de toute ma vie. »

Il allait mieux. À notre arrivée, un quart d'heure plus tard, il était assis sur le canapé du séjour et regardait la partie des Pirates sur la télé la plus grande de la maison qui, si elle n'était pas une merveille de technologie, ne repeignait pas l'herbe en violet. Il sirotait un mélange riche en protéines à l'aide d'une paille. Il avait repris un peu de couleurs. Ses joues paraissaient plus pleines, peut-être parce qu'il venait de se raser. Il avait repris possession de lui-même. C'est ce que j'ai pensé sur le coup ; l'impression n'a fait que devenir plus forte avec le passage du temps. Et il y avait un autre détail sur lequel nous fûmes tous d'accord, y compris le saint Thomas femelle et dubitatif à qui j'étais marié : l'odeur jaunâtre d'éther qu'il dégageait en permanence depuis que les médecins l'avaient renvoyé à la maison avait disparu.

Il nous salua l'un après l'autre par nos noms et nous raconta que Willie Stargell venait juste de finir un tour pour les Buckos. Nous nous regardâmes, Ralph et moi, comme pour nous assurer que nous étions bien là et pas ailleurs. Trudy s'assit à côté de Doc, sur le canapé, à ceci près qu'elle s'y laissa plutôt choir. Ruth alla dans la cuisine et se prit une bière. Un petit miracle en soi.

« Je ne détesterais pas en boire une, ma petite Ruthie », dit mon père, ajoutant (sans doute en prenant mon expression abasourdie pour de la désapprobation), Je me sens mieux. C'est à peine si j'ai mal au ventre.

– Pas de bière pour vous, je pense », intervint l'infirmière Chloé.

Elle était assise dans un gros fauteuil, à l'autre bout de la pièce, et ne donnait aucun signe de vouloir rassembler ses affaires, rituel qui commençait d'ordinaire une vingtaine de minutes avant la fin de son tour de garde. Ses agaçantes manières autoritaires style *tu-le-fais-pour-maman* paraissaient en avoir pris un coup.

« Quand est-ce que ça a commencé ? » demandai-je, pas très sûr de ce que mon *ça* voulait dire, tant l'amélioration semblait générale. Mais si j'avais quelque chose de précis à l'esprit, il devait sans doute s'agir de la disparition de l'odeur.

« Il paraissait déjà aller mieux quand nous sommes partis, cet après-midi, dit Trudy. Simplement, je n'arrivais pas à y croire.

– Bolchevikski ! s'exclama Ruth. C'était ce qu'elle utilisait de plus fort en matière de juron.

Trudy n'y fit pas attention. « C'est à cause de la petite fille, dit-elle.

– Bolchevikski ! répéta Ruth

– Quelle petite fille ? » demanda mon père.

C'était pendant une mi-temps. À la télé, un type au crâne rasé, aux grandes dents et aux yeux de cinglé nous assurait que les tapis, chez Juker, étaient à si bas prix qu'ils étaient quasiment pour rien. Et, Dieu nous en garde, aucun frais ni d'intérêts ni rien pour un paiement sur x mois. Avant que l'un de nous ait pu lui répondre, Doc demanda à l'infirmière Chloé s'il pouvait avoir au moins *la moitié* d'une bière. Elle refusa. Mais le règne de l'infirmière Chloé, dans cette petite maison, touchait à sa fin et, au cours des quatre années suivantes – avant qu'un morceau de viande à demi mâché ne réduise définitivement sa gorge au silence –, mon père but de très nombreuses bières. Et prit plaisir à toutes, j'espère. La bière est un miracle en soi.

C'est plus tard, alors que nous n'arrivions pas à trouver le sommeil sur le lit dur du Ramdam Inn, écoutant les trépidations de la clim, que Ruth me dit de ne jamais parler de la fillette aveugle qu'elle appelait non pas Ayana, mais « la petite négresse magique » sur un ton sarcastique ignoble qui ne lui ressemblait absolument pas.

« Sans compter, ajouta-t-elle, que ça ne va pas durer. Parfois une ampoule se met à briller très fort avant de péter pour de bon. Je suis sûre que c'est une chose qui arrive aussi aux gens. »

Peut-être, mais le miracle de Doc Gentry, lui, dura. À la fin de la semaine, il fit l'aller-retour jusqu'au fond de son jardin, appuyé sur Ralph ou moi. Après quoi, nous rentrâmes tous chez nous. L'infirmière Chloé m'appela dès le soir de notre retour.

« Nous n'y retournons pas, explosa une Ruth presque hystérique, quel que soit son état ! Dis-lui ça. »

Mais l'infirmière Chloé voulait simplement nous raconter qu'elle avait vu, par hasard, mon père sortir de la clinique vétérinaire de Ford City, où il était allé en consultation, appelé par le jeune praticien à propos d'un cheval atteint de vertiges. Il avait pris sa canne, nous dit-elle, mais il ne s'en servait pas. L'infirmière Chloé ajouta qu'elle n'avait jamais vu un homme de son âge ayant autant l'air en forme. « L'œil brillant et alerte. Je n'arrive toujours pas à y croire. » Un mois plus tard, il faisait le tour du pâté de maisons (sans canne), et l'hiver suivant il allait nager tous les jours dans la piscine locale. Il avait l'air d'avoir soixante-cinq ans. C'était ce que tout le monde disait.

J'ai eu des entretiens avec toute l'équipe médicale qui s'était occupée de mon père, après sa guérison. Je l'ai fait parce que ce qui s'était passé me rappelait les prétendus miracles que l'on jouait sur le parvis des églises dans les patelins perdus de l'Europe médiévale. Je me disais qu'en changeant le nom de mon père (ou en l'appelant peut-être juste Mr G.), son histoire pourrait faire un article intéressant pour un journal quelconque. Ce qui aurait pu être vrai – plus ou moins – mais je n'ai jamais écrit l'article en question.

Stan Sloan, le médecin de famille, fut le premier à brandir le drapeau rouge. Il avait envoyé Doc consulter à l'institut de cancérologie de Pittsburgh et il attribua donc l'erreur de diagnostic aux Drs Retif et Zamachowski, les oncologues qui s'étaient alors occupés de mon père. À leur tour, ceux-ci rejetèrent la faute sur les mauvaises images fournies par les radiologues. Retif me confia que le chef du département de radiologie était un incompétent, incapable de faire la différence entre un foie et un pancréas. Il m'avait alors demandé le secret sur ses propos, mais au bout de vingt-cinq ans, je pense qu'il y a prescription.

Le Dr Zamachowski m'expliqua que c'était simplement une affaire de malformation d'organe. « J'ai toujours été un peu dubitatif sur le diagnostic », me confia-t-il. J'avais parlé à Retif au téléphone, mais en personne à Zamachowski. Il portait une blouse blanche avec, en dessous, un t-shirt rouge sur lequel je croyais pouvoir lire : JE PRÉFÉRERAIS ÊTRE AU GOLF. « J'ai toujours pensé que c'était un von Hippel-Lindau. Une maladie rare.

– Est-ce qu'il aurait pu aussi en mourir ? »

Zamachowski eut alors le sourire entendu que les médecins réservent aux malheureux incultes, plombiers, ménagères ou profs d'anglais. Puis il me dit qu'il était déjà en retard pour son prochain rendez-vous.

Le chef du département de radiologie écarta les mains. « Nous sommes responsables des clichés, ici, pas de leur interprétation, se défendit-il. Dans une dizaine d'années, nous aurons de nouveaux matériels qui rendront tout à fait impossible ce genre d'erreur de diagnostic. En attendant, autant vous réjouir que votre père soit en vie, non ? Et profiter de lui. »

Je fis de mon mieux, de ce côté-là. Et au cours de ma brève enquête, que je baptisai bien entendu du nom de recherche, j'appris quelque chose d'intéressant : la définition médicale de *miracle* est : *erreur de diagnostic.*

1983 était mon année sabbatique. J'étais sous contrat avec des presses universitaires pour un livre intitulé *Enseigner l'inenseignable : stratégies d'écriture créative*, lequel, comme mon article sur l'affaire du miracle, ne fut jamais écrit. En juillet, alors que Ruth et moi dressions des plans pour un voyage en camping, je me mis soudain à pisser rose. La douleur arriva après, tout d'abord enfouie loin sous ma fesse gauche, puis devenant plus forte au fur et à mesure qu'elle migrait vers l'entrejambe. Le temps que je me mette à vraiment pisser du sang – quatre jours, je crois, après la première alerte, et alors que je jouais encore au jeu universellement connu sous le nom de *Peut-être que ça partira tout seul* – la douleur franchit la frontière du sérieux pour envahir le domaine de l'intolérable.

« Je suis sûre que ce n'est pas un cancer », dit Ruth, ce qui, de sa part, signifiait qu'elle était certaine du contraire. Ce que je lus dans ses yeux était encore plus inquiétant. Elle aurait tout nié jusqu'à son dernier souffle – son légendaire bon sens faisait son orgueil – mais je suis sûr qu'elle pensa, à cet instant précis, que le cancer qui avait lâché prise sur mon père venait de s'abattre sur moi.

Ce n'était pas le cancer. Mais des calculs rénaux. Mon miracle portait le nom de lithotripsie extracorporelle par ondes de choc, technique qui, renforcée par une prise de diurétique, les dissolvait. Je dis au médecin que je n'avais jamais autant souffert de toute ma vie.

« Tout porte à croire que vous ne souffrirez jamais autant, même avec une histoire de coronaire, me répondit-il. Les femmes qui ont eu des calculs les comparent aux douleurs de l'accouchement. Quand l'accouchement se passe mal. »

Je souffrais encore énormément, mais étais capable de lire une revue, le jour de mon rendez-vous de contrôle avec mon médecin, ce que je considérais comme une grande amélioration. Quelqu'un s'assit à côté de moi et me dit : « Accompagnez-moi, maintenant. Il est temps. »

Je levai les yeux. Ce n'était pas la femme qui était venue dans la chambre de mon père, mais un homme parfaitement ordinaire dans un costume trois-pièces marron parfaitement ordinaire. Malgré cela, je savais pour quelle raison il était ici. La question ne se posa même pas. J'avais aussi la certitude que si je ne l'accompagnais pas, toutes les lithotripsies du monde ne m'aideraient pas.

Nous sortîmes. Le type de la réception n'était pas à son bureau et je n'eus donc pas à expliquer pourquoi je décampais aussi brusquement. Je ne sais pas trop ce que je lui aurais dit, de toute façon. Que mes reins avaient soudain cessé de me brûler ? C'était aussi absurde que faux.

L'homme en costume trois-pièces avait l'air d'un trentenaire en pleine forme : un ex-marine, peut-être, qui n'avait pu renoncer à sa coupe en brosse. Il ne dit pas un mot de plus. Nous contournâmes le centre médical où se trouve le cabinet de mon médecin, puis parcourûmes une longueur de rue qui nous conduisit au Groves of Healing Hospital, moi marchant légèrement voûté à cause de la douleur, laquelle rougeoyait encore si elle ne flambait plus.

Une fois dans le service de pédiatrie, nous nous engageâmes dans un corridor aux murs ornés de fresques disneyennes, tandis que les haut-parleurs du plafond diffusaient la musique de *It's a Small World*. L'ex-marine marchait d'un pas vif, la tête haute, à croire qu'il était chez lui ici. Ce qui n'était pas mon cas, je le savais bien. Je ne m'étais même jamais senti si loin de chez moi et de la vie telle que je la comprenais. Si je m'étais mis à flotter vers le plafond comme un ballon d'enfant avec écrit dessus PROMPT RÉTABLISSEMENT, je n'aurais pas été surpris.

Au poste central des infirmières, l'ex-marine me retint par le bras, le temps que les deux personnes qui s'y trouvaient – un infirmier et une infirmière, pour tout dire – soient occupées. Puis nous nous engageâmes dans un autre corridor, où une petite fille au crâne chauve, assise dans un fauteuil roulant, nous regarda avec une expression tragique. Elle tendit une main.

« Non », me dit l'ex-marine, se contentant de m'entraîner. Mais j'eus le temps de croiser une dernière fois le regard de ses yeux brillants où se lisait la mort.

Mon guide me fit finalement passer dans une chambre où un bambin d'environ trois ans jouait avec des assemblages de blocs, sous une tente en plastique transparent qui mettait son lit sous cloche. Le garçonnet nous regarda avec un intérêt très vif. Il paraissait en bien meilleure santé que la fillette du fauteuil roulant – il avait une belle tignasse de boucles rousses –, mais sa peau avait la couleur du plomb et, lorsque l'ex-marine me poussa vers lui tandis qu'il restait en arrière dans la position militaire du repos, je me rendis compte que l'enfant était en réalité très gravement malade. Et, quand je fis descendre la fermeture à glissière, sans me soucier du panneau sur le mur indiquant ENVIRONNEMENT STÉRILE, je songeai que le temps qui lui restait à vivre devait se mesurer en jours plutôt qu'en semaines.

Je tendis une main, sentant à ce moment-là l'odeur de maladie de mon père. Elle était un peu plus légère, mais fondamentalement identique. L'enfant me tendit les bras sans la moindre réticence. Quand je l'embrassai sur le coin de la bouche, il me rendit mon baiser avec une ardeur pleine d'impatience qui laissait à penser qu'il n'avait pas été touché depuis longtemps. Du moins, par quelque chose qui ne lui faisait pas mal.

Personne ne vint nous demander ce que nous faisions ici, ou nous menacer d'appeler la police, comme Ruth l'avait fait autrefois dans la chambre de malade de mon père. Je remontai la fermeture à glissière. Sur le pas de la porte, je me retournai et vis le bambin assis sous sa tente, un bloc de bois à la main. Il le laissa tomber et me salua d'un geste – ce geste enfantin où les doigts se replient sur la paume – qu'il fit deux fois. Je lui répondis de la même manière. Il paraissait déjà aller mieux.

De nouveau, l'ex-marine me prit solidement par le bras pour passer devant le poste des infirmières, mais cette fois-ci un membre du personnel nous repéra, un infirmier qui se mit à arborer le genre de sourire réprobateur que le chef de mon département d'anglais avait cultivé jusqu'à en faire un art. Il nous demanda ce que nous faisions ici.

« Désolé, l'ami, nous nous sommes trompés d'étage. »

Quelques minutes plus tard, sur les marches de l'hôpital, il me dit : « Vous pouvez retrouver votre chemin tout seul, n'est-ce pas ?

– Bien sûr. Mais je vais devoir prendre un nouveau rendez-vous avec mon médecin.

– Oui, j'imagine.

– Est-ce que je vous reverrai ?

– Oui », répondit-il.

Sur quoi, il s'éloigna en direction du parking de l'hôpital. Il ne se retourna pas.

Il revint en 1987, alors que Ruth était au marché et que je tondais le gazon en espérant que les élancements sourds, à l'arrière de mon crâne, n'étaient pas le début d'une migraine tout en sachant que c'en était une. Depuis l'affaire du petit garçon au Groves of Healing, j'en souffrais de temps en temps. Mais c'était très rarement au petit rouquin que je pensais quand je m'allongeais dans l'obscurité, une serviette mouillée sur les yeux. Je pensais à la fillette.

Cette fois-ci, nous allâmes voir une femme à l'hôpital St. Jude. Quand je l'embrassai, elle plaça ma main sur son sein gauche. C'était le seul qui lui restait ; les chirurgiens avaient déjà opéré l'autre.

« Je vous aime, monsieur », me dit-elle, en larmes. Je ne sus quoi lui répondre. L'ex-marine se tenait sur le pas de la porte, jambes écartées. En position de repos militaire.

Des années passèrent avant qu'il ne revienne, à la mi-décembre 1997. Ce fut la dernière fois. À ce moment-là, j'avais des problèmes d'arthrite, et je les ai toujours. La brosse qui se dressait sur la tête carrée du militaire était devenue grise pour l'essentiel, et les plis de son visage étaient si profondément creusés qu'il avait un peu l'air de la marionnette d'un ventriloque, en particulier entre les coins de la bouche et le menton. Il me fit prendre la sortie nord de la I-95 où il venait d'y avoir un accident. Un camion était entré en collision avec une Ford Escort. L'Escort était complètement défoncée. L'équipe médicale avait attaché son conducteur, un homme d'âge moyen, sur une civière. Les flics parlaient avec le chauffeur du camion, qui paraissait secoué mais n'avait rien.

Les infirmiers firent claquer les portes de l'ambulance et l'ex-marine me dit : « Maintenant. Bougez-vous le cul. »

Je bougeai donc mes antiques fesses et me dirigeai vers l'arrière de l'ambulance. L'ex-marine s'éloigna en pointant quelque chose du doigt. « Là ! Là ! Ce n'est pas un de vos bracelets médicaux ? »

Les types de l'équipe médicale se tournèrent pour regarder ; l'un d'eux, ainsi que l'un des flics qui parlaient avec le chauffeur du camion, se dirigea vers le point indiqué par l'ex-marine. J'ouvris le hayon de l'ambulance et me glissai jusqu'à la hauteur de la tête du conducteur de l'Escort. En même temps, j'agrippais la montre de gousset de mon père, que je portais depuis qu'il me l'avait offerte en cadeau de mariage. Sa délicate chaîne en or était attachée à l'un de mes passants de ceinture. Je n'avais pas le temps de la détacher en douceur et l'arrachai d'un coup sec.

L'homme allongé sur la civière leva les yeux vers moi, dans la pénombre. Son cou cassé était déformé par ce qui faisait l'effet d'un bouton de porte couvert de peau planté dans sa nuque. « Peux pas bouger mes cons d'orteils », me dit-il.

Je l'embrassai sur le coin des lèvres (mon endroit de prédilection, apparemment) et je faisais déjà machine arrière lorsqu'un infirmier m'empoigna. « Mais qu'est-ce que vous foutez ici ? » demanda-t-il.

Je lui montrai la montre, posée à présent sur la civière. « C'était dans l'herbe. J'ai pensé qu'il devait y tenir. » Le temps que le conducteur de l'Escort soit en état d'expliquer à quelqu'un que ce n'était pas sa montre et que les initiales gravées à l'intérieur du couvercle n'étaient pas les siennes, nous serions partis. « Vous avez trouvé son bracelet médical ? »

L'homme parut dégoûté. « C'était juste un morceau de chrome, répondit-il. Sortez d'ici. » Puis, d'un ton légèrement radouci : « Merci. D'autres l'auraient gardée. »

C'était vrai. J'aimais cette montre. Mais… Sous l'impulsion du moment. C'était tout ce que j'avais.

« Vous avez du sang sur le revers de la main », me dit l'ex-marine tandis que nous roulions vers ma maison. Nous étions dans sa voiture, une berline Chevrolet tout ce qu'il y avait de banal. Une laisse de chien traînait sur le siège arrière et une médaille de saint Christophe pendait du rétroviseur au bout d'une chaîne en argent. « Faudra vous laver en arrivant chez vous. »

Je répondis que je le ferais.

« Vous ne me reverrez pas », poursuivit-il.

Je pensai à ce qu'avait dit la femme noire à propos d'Ayana, autrefois. Je n'avais pas évoqué ce souvenir depuis des années. « Mes rêves sont-ils terminés ? »

Il parut intrigué, puis haussa les épaules. « Votre travail l'est, répondit-il. Quant à vos rêves, je n'en ai aucune idée. »

Je lui posai trois autres questions avant qu'il ne me dépose pour la dernière fois et disparaisse de ma vie. Je ne m'attendais pas à ce qu'il y réponde, mais il le fit tout de même.

« Ces personnes que j'embrasse... est-ce qu'elles en font autant avec d'autres ? Un petit mimi, et tout baigne ?

– Certaines, oui. C'est comme ça que ça fonctionne. D'autres ne peuvent pas. » Il haussa les épaules. « Ou ne veulent pas. » Il haussa de nouveau les épaules. « Ce qui revient au même.

– Connaissez-vous une petite fille du nom d'Ayana ? Bien que j'imagine qu'elle doit être grande, aujourd'hui ?

– Elle est morte. »

Mon cœur se serra, mais pas tant que ça. Je devais m'en douter. Je pensai aussi à la fillette dans le fauteuil roulant.

« Elle a embrassé mon père, dis-je. Moi, elle m'a seulement touché. Pourquoi, dans ce cas, c'est moi qui ai été désigné ?

– Parce que ça ne pouvait être que vous, répondit-il en s'engageant dans mon allée. Voilà, nous y sommes. »

J'eus une idée. Elle me parut bonne, sur le coup, Dieu seul sait pourquoi : « Venez pour Noël. Venez à notre dîner de Noël. Il y aura largement de quoi. Je raconterai à Ruth que vous êtes mon cousin du Nouveau-Mexique. » Parce que je ne lui avais jamais parlé de l'ex-marine. En matière de famille, mon père lui avait suffi. C'était même déjà trop, en fait.

L'ex-marine sourit. Ce n'était peut-être pas la première fois que je le voyais sourire, mais c'est la seule dont je me souvienne. « Je crois que je vais manquer ça, camarade. Mais je vous remercie. Je ne fête pas Noël. Je suis athée. »

C'est vraiment tout, je crois – si ce n'est le baiser à Trudy. Je vous ai dit qu'elle était devenue gaga, vous vous rappelez ? Alzheimer. Ralph avait fait de bons investissements et elle avait tout ce qu'il fallait ; de plus, ses enfants veillèrent à ce qu'elle aille dans un chouette établissement quand elle ne fut plus en mesure de rester chez elle. Ruth et moi allions la voir ensemble, jusqu'au jour où Ruth eut sa crise cardiaque dans l'avion, peu avant l'atterrissage à Denver International. J'allai donc voir Trudy tout seul, quelques temps après, me sentant solitaire et triste et voulant retrouver un lien avec le passé. Mais en voyant ce qu'était devenue Trudy, qui regardait par la fenêtre au lieu de se tourner vers moi, mordillant sa lèvre inférieure tandis que des bulles de salive claire éclataient au coin de ses lèvres, je me sentis encore plus mal. Comme lorsque vous revenez dans votre ville natale et que vous constatez que la maison de votre enfance a été rasée.

Je l'embrassai au coin des lèvres avant de partir, mais évidemment, rien ne se produisit. Un miracle ne peut avoir lieu sans son opérateur, et ma période Docteur Miracle était à ce moment-là révolue. Sauf tard la nuit, quand je n'arrive pas à m'endormir. Dans ce cas, je descends et regarde n'importe quel film. Même des pornos. J'ai la télé par satellite, voyez-vous, et accès à je ne sais combien de chaînes de cinéma. Je pourrais même regarder jouer les Pirates ; il me suffirait de m'abonner. Mais à présent j'ai des revenus fixes, et si je suis à l'aise, je dois aussi faire attention à mes dépenses. Je peux toujours suivre la saga des Pirates sur Internet. Tous ces films sont autant de miracles qui me suffisent.

# Un très petit coin

Tous les matins, Curtis Johnson couvrait cinq miles à bicyclette. Il avait arrêté pendant quelque temps après la mort de Betsy, mais il s'était rendu compte que sans son exercice du matin, il était encore plus déprimé. Il s'y était donc remis. À ceci près qu'il ne portait plus son casque de cycliste. Il roulait pendant deux miles et demi le long de Gulf Boulevard, faisait demi-tour et revenait. S'en tenant toujours aux pistes cyclables. Peu lui importait de se faire tuer, mais il respectait les lois.

Gulf Boulevard était la seule artère de Turtle Island. Elle passait devant tout un tas de maisons de millionnaires. Curtis n'y faisait pas attention. Non seulement parce qu'il était lui-même millionnaire, ayant fait sa pelote à l'ancienne mode, en jouant en Bourse, mais parce qu'il n'avait de problème avec aucun des habitants des maisons devant lesquelles il passait. Il avait, en revanche, un problème avec Tim Grunwald, dit aussi l'Enfoiré, mais Grunwald habitait dans l'autre direction. Pas la dernière propriété de Turtle Island avant le Daylight Channel, mais l'avant-dernière. C'était le terrain du bout, le problème entre eux – l'un des problèmes. Ce terrain était le plus grand, avait la plus belle vue sur le golfe – mais aucune maison n'était construite dessus. Il n'y avait que des buissons, des oyats, des palmiers rabougris et quelques pins d'Australie.

Le plus chouette, le super-chouette, au cours de ses virées matinales à bicyclette, était de ne pas avoir de téléphone. Il était officiellement injoignable. Une fois de retour, il avait presque tout le temps son téléphone a la main, en particulier après l'ouverture du marché. C'était un sportif ; il déambulait de long en large dans la maison, utilisant le sans-fil, retournant parfois à son bureau où son ordinateur dévidait ses listes de chiffres. Il lui arrivait de sortir pour aller marcher sur la route, auquel cas il prenait son portable. Il tournait en général à droite, vers ce qui restait de Gulf Boulevard. Vers la maison de l'Enfoiré. Sans pourtant aller trop loin et prendre le risque d'être vu par Grunwald ; pas question, pour Curtis, de lui donner ce plaisir. Il allait jusqu'à un endroit d'où il pouvait s'assurer que Grunwald n'essayait pas de lui faire un enfant dans le dos avec la parcelle Vinton. Certes, l'Enfoiré n'aurait pas pu faire passer des engins de chantier devant chez lui, pas même de nuit ; Curtis avait le sommeil léger depuis que Betsy ne dormait plus à côté de lui. Mais il n'en faisait pas moins sa petite vérification, en général à l'abri du dernier palmier, dans la pénombre du bosquet qui en comptait deux douzaines. Juste pour être certain. Parce que saccager des terrains vacants, les enfouir sous des tonnes de béton, tel était le bon Dieu de boulot de Grunwald.

Et l'Enfoiré était malin.

Jusqu'ici, tout allait bien, estimait Curtis. Si jamais Grunwald essayait de l'avoir, il était prêt à boucher les trous – de manière légale. En attendant, Grunwald devait répondre de Betsy, et il en répondrait. Même si Curtis avait presque complètement perdu son goût pour la bagarre (il essayait de se convaincre du contraire, sans guère d'illusions), il veillerait à ce que Grunwald réponde d'elle. L'Enfoiré découvrirait que Curtis avait des mâchoires chromées... des mâchoires *d'acier chromé*... et que quand il les refermait sur quelque chose, il ne lâchait jamais prise.

Lorsqu'il revint chez lui ce mardi matin-là, dix minutes avant que la cloche sonne l'ouverture du marché à Wall Street, Curtis vérifia les messages de son portable, comme il le faisait toujours. Aujourd'hui, il en avait deux L'un de Circuit City – probablement un commercial essayant de lui fourguer quelque chose sous prétexte de vérifier son niveau de satisfaction pour l'écran plat qu'il avait acheté le mois précédent.

Lorsqu'il passa au second message, il lut ceci : *383-0910TMF.*

L'Enfoiré. Même son Nokia savait qui était Grunwald, Curtis lui ayant appris à s'en souvenir. La question, c'était de déterminer ce que l'Enfoiré pouvait bien lui vouloir si tôt, ce mardi de juin.

Peut-être faire la paix, aux conditions de Curtis.

Il se permit de rire à cette idée et fit passer le message. Il eut la stupéfaction de constater que c'était *exactement* ce que voulait Grunwald – ou du moins, ce qu'il *paraissait* vouloir. Curtis se dit qu'il s'agissait peut-être d'un stratagème, sans cependant voir ce que Grunwald avait à y gagner. Et il y avait le ton : pesant, délibéré, presque laborieux. Ce n'était peut-être pas du chagrin qu'il exprimait, mais ça en avait tout l'air. C'était le ton que Curtis avait lui-même si souvent au téléphone, ces temps derniers, quand il s'efforçait de se remettre dans le coup.

« Johnson... Curtis... », commençait la voix enregistrée, laborieuse, de Grunwald. Il marqua une pause plus longue, comme s'il se demandait s'il devait ou non utiliser le prénom de Curtis, puis reprit, toujours de la même voix morte et sans lumière : « Je ne peux pas mener une guerre sur deux fronts. Terminons-en. J'ai perdu mon goût pour la bagarre. Si tant est que je l'aie jamais eu. Je suis salement coincé, voisin. »

Il soupira.

« Je suis prêt à renoncer au terrain et pas pour des considérations financières. Et à vous offrir une compensation pour votre... pour Betsy. Si vous êtes intéressé, vous me trouverez au Durkin Grove Village. J'y suis presque toute la journée. » Une longue pause. « J'y vais souvent, en ce moment. En un sens, j'ai encore du mal à me dire que tout le montage financier s'est effondré et pourtant, d'une certaine manière, ce n'est pas une surprise. » Nouveau long silence. « Vous savez peut-être ce que je veux dire. »

Curtis, en effet, pensait le savoir. Il paraissait avoir perdu son flair pour le marché. Le plus grave, c'est qu'apparemment il s'en fichait. Il se surprit à éprouver quelque chose qui ressemblait de manière inquiétante à de la sympathie pour l'Enfoiré. Pour cette voix laborieuse.

« Nous étions amis, continuait Grunwald. Vous ne vous en souvenez pas ? Moi, si. Je ne crois pas que nous pourrions le redevenir – les choses sont allées trop loin – mais nous pourrions peut-être redevenir simplement des voisins. Voisin. » Nouveau long silence. « Si je ne vous vois pas à la Grunwald's Folly, je dirai à mon avocat de régler l'affaire. À vos conditions. Mais... »

Encore un silence, marqué seulement par la respiration de l'Enfoiré. Curtis attendit. Il s'était assis à la table de sa cuisine. Il n'arrivait pas à savoir ce qu'il éprouvait. Il le pourrait dans un moment, mais pour l'instant, non.

« Mais j'aimerais vous serrer la main et vous dire que je suis désolé pour votre fichu chien. » Il y eut un bruit étouffé qui aurait pu être – incroyable ! – un sanglot, puis un *clic*, suivi d'une voix mécanique lui disant qu'il n'y avait plus de message.

Curtis resta assis encore un moment, dans un rai brillant de lumière floridienne que la climatisation n'arrivait pas tout à fait à refroidir, pas même à cette heure matinale. Puis il passa dans son bureau. La Bourse venait d'ouvrir ; sur l'écran de son ordinateur, les chiffres avaient commencé leur ballet sans fin. Il se rendit compte qu'ils ne signifiaient rien pour lui. Il les laissa défiler puis écrivit un mot laconique à l'intention de Mrs Wilson – *J'ai dû sortir* – avant de quitter la maison.

Un scooter était rangé à côté de la BMW, dans son garage et, sur une impulsion, il décida de le prendre. Il allait devoir faire une incursion sur la voie rapide, de l'autre côté du pont, mais ce ne serait pas la première fois.

Il ressentit une douloureuse bouffée de chagrin en prenant la clef de son clou, lorsque la breloque attachée à l'anneau tinta. Il se dit que cela passerait avec le temps, mais aujourd'hui, cette sensation était presque bienvenue. Un peu comme on accueille un ami.

Le différend entre Curtis et Tim Grunwald avait commencé avec Rick Vinton qui, naguère vieux et riche, était resté riche mais devenu sénile. Avant de mourir, il avait vendu, pour un million et demi de dollars, le terrain non construit au bout de Turtle Island à Curtis Johnson. Vinton avait accepté le gros chèque personnel de Curtis comme si c'était un chèque de banque et lui avait en échange donné un acte de vente qu'il avait rédigé au dos d'une circulaire publicitaire.

Curtis avait eu un peu l'impression d'être un charognard en profitant ainsi du vieux bonhomme, mais ce n'était pas comme si Vinton – propriétaire de *Vinton Wire & Cable* – allait ensuite crever de faim. Et, si on pouvait considérer qu'un million et demi était une somme frisant le ridicule pour un terrain de cette qualité sur le golfe, elle n'était pas *totalement* ridicule, étant donné les conditions actuelles du marché.

Enfin… si, peut-être, mais Curtis avait eu des relations amicales avec le vieil homme, et il faisait partie de ceux qui croient que tous les coups sont permis en amour comme à la guerre, les affaires n'étant qu'une forme de cette dernière. La femme de ménage de Vinton – cette même Mrs Wilson qu'employait Curtis – avait signé le document en tant que témoin. Rétrospectivement, Curtis se disait qu'il aurait dû faire un peu plus attention, mais il était excité.

Un mois environ après avoir vendu la parcelle à Curtis Johnson, Vinton l'avait cédée une seconde fois à Tim Grunwald, alias l'Enfoiré. Pour un prix plus réaliste, cette fois, de cinq millions six cent mille dollars, et Vinton – peut-être pas si sénile que ça, en fin de compte, peut-être quelque peu escroc sur les bords, même mourant – avait obtenu un demi-million en liquide sur la somme.

L'acte de vente de Grunwald avait eu pour témoin le jardinier de l'Enfoiré (qui était aussi celui de Vinton). Passablement hasardeux, là aussi, mais Curtis supposait que Grunwald avait été aussi excité que lui-même quand il avait signé. À ce détail près que l'excitation de Curtis venait de l'idée qu'il pourrait conserver l'extrémité de Turtle Island dans son état actuel, intact et paisible. Exactement comme il l'aimait.

Grunwald, de son côté, y voyait un site parfait pour un promoteur : une copropriété, sinon deux – quand Curtis en imaginait deux, il les baptisait les Tours jumelles de l'Enfoiré. Curtis avait déjà vu construire des immeubles de ce genre – en Floride, ils fleurissaient comme des pissenlits au milieu de pelouses entretenues n'importe comment – et il savait qui allait y attirer l'Enfoiré : des idiots qui prenaient leur fonds de pension pour la clef du paradis. Il y aurait quatre ans de construction, suivies de dizaines d'années de vieux chnoques à bicyclette, le sac à pisse scotché à leurs cuisses maigrichonnes. Et de vieilles femmes affublées de visières pour s'abriter du soleil, fumant des Parliament, qui ne ramasseraient pas les crottes que laisseraient leurs clébards empédigrés sur la plage. Sans parler, évidemment, des mioches barbouillés de crème glacé avec des noms comme Lindsay et Jayson. S'il laissait cela se produire, Curtis n'en doutait pas, il crèverait de les entendre corner dans ses oreilles : *T'as dit qu'on irait à Disney World aujourd'hui !*

Il ferait en sorte que tout ça n'arrive pas. Les choses furent faciles, en fin de compte. Pas agréables, mais si la parcelle ne lui appartenait pas, ne lui appartiendrait peut-être *jamais*, au moins n'appartenait-elle pas non plus à Grunwald. Elle n'appartenait même pas aux parents de Vinton (fraîchement débarqués), lesquels s'étaient mis à grouiller comme des cafards dans une poubelle brusquement éclairée, et contestaient la validité des signatures des témoins sur les deux actes. La parcelle Vinton appartenait aux avocats et aux tribunaux.

Ce qui revenait à dire qu'elle n'appartenait à personne.

La querelle durait depuis deux ans et avait déjà coûté près d'un quart de million en honoraires à Curtis. Il essayait de se dire que c'était un don à quelque groupe de protecteurs de la nature – *Johnsonpeace* au lieu de *Greenpeace* –, sauf que c'était un don non déductible des impôts. Et Grunwald l'emmerdait copieusement. Grunwald en faisait une affaire personnelle, non seulement parce qu'il détestait perdre (Curtis détestait ça aussi, autrefois ; aujourd'hui, beaucoup moins), mais aussi parce qu'il avait des problèmes personnels.

Grunwald était divorcé et son ex-femme était son problème personnel numéro un. Elle n'était plus Mrs l'Enfoiré. Puis, problème personnel numéro deux, il avait dû subir une intervention chirurgicale. Curtis ne savait trop s'il s'agissait d'un cancer, seulement que lorsque l'Enfoiré était sorti de l'hôpital (Sarasota Memorial) il pesait vingt ou trente livres de moins et se déplaçait en fauteuil roulant. Il avait fini par remiser le fauteuil roulant, mais n'avait pas repris son poids. Des plis de peau pendaient à son cou naguère bien ferme.

Il avait également des problèmes avec sa société à la santé autrefois insolente. Curtis avait pu le vérifier lui-même en consultant le site de la campagne de terre brûlée actuellement menée par l'Enfoiré. À savoir Durkin Grove Village, ensemble situé sur le continent, à vingt miles à l'est de Turtle Island. L'endroit était une ville fantôme à moitié construite. Curtis s'était garé un jour sur une hauteur dominant ces lieux en état de latence, avec l'impression d'être un général étudiant les ruines d'un campement ennemi. Se disant qu'en fin de compte, la vie et la vie seule était sa pomme rouge et brillante.

Betsy avait tout changé. De race löwchen, elle était – avait été – encore en bonne forme en dépit de son âge. Lorsque Curtis la faisait courir sur la plage, elle tenait toujours son os en caoutchouc rouge dans la gueule. S'il voulait la télécommande, il n'avait qu'à dire : *Rapporte-moi ce crétin de bâton, Betsy*, et elle allait la cueillir sur la table basse et la lui apportait. C'était sa fierté. Et aussi celle de son maître. Cela faisait dix-sept ans qu'elle était sa meilleure amie. Les petits chiens-lions français vivent rarement plus de quinze ans.

C'est alors que Grunwald avait fait poser une barrière électrique entre sa propriété et celle de Curtis.

Cet Enfoiré.

Le voltage n'était pas très élevé, Grunwald prétendait pouvoir le prouver et Curtis le croyait, mais un voltage tout de même suffisant pour une chienne âgée, avec un peu de surpoids et un cœur en mauvais état. Et tout d'abord, pourquoi poser une telle barrière ? l'Enfoiré lui avait sorti toutes sortes de conneries – décourager d'éventuels cambrioleurs qui seraient donc venus par la propriété de Curtis, sur laquelle donnait l'arrière de *la maison*[1] de l'Enfoiré – mais Curtis n'y croyait pas. Des cambrioleurs sérieux viendraient en bateau, côté golfe. Ce qu'il croyait était que Grunwald, furieux à cause de la parcelle Vinton, avait fait poser la barrière électrique dans l'intention formelle d'ennuyer Curtis Johnson. Et peut-être même de faire du mal à sa chienne bien-aimée. Et de l'électrocuter ? Non, la tuer, croyait Curtis, avait été le bonus.

Il n'avait pas la larme facile, mais il avait cependant pleuré lorsque, avant la crémation, il avait retiré la plaque d'identité de Betsy de son cou.

Curtis avait attaqué l'Enfoiré en justice et exigé le prix de l'animal – mille deux cents dollars. S'il avait pu réclamer dix millions – en gros le prix de la peine qu'il ressentait lorsqu'il voyait cette stupide télécommande, désormais et pour toujours sans bave, posée sur la table basse –, il l'aurait fait sans la moindre hésitation ; mais son avocat lui avait expliqué que ce genre de chagrin et de souffrance ne tiendrait pas devant le tribunal. C'était réservé aux

1. En français dans le texte.

divorces, pas aux chiens. Il devait s'en tenir aux mille deux cents dollars, et ceux-là, ils ne les lâcherait pas.

Les avocats de l'Enfoiré avaient contre-attaqué en faisant remarquer que la barrière électrique était posée à dix mètres à l'intérieur de la propriété de Grunwald, et la bataille – la *seconde* bataille – avait commencé. Elle faisait rage depuis huit mois. Curtis croyait que la tactique dilatoire des avocats de l'Enfoiré laissait à penser que c'était lui qui avait l'avantage. Il croyait aussi que le fait de ne pas proposer un accord à l'amiable – et que Grunwald ne veuille pas cracher les douze cents dollars au bassinet – prouvait que lui aussi, en faisait une affaire personnelle. Ces avocats leur coûtaient très cher à l'un comme à l'autre. Mais évidemment, ce n'était plus une question d'argent.

En roulant sur la Route 17, au milieu de ce qui avait été jadis des terres d'élevage et n'était plus à présent que des fourrés et des taillis (*Grunwald avait été complètement fou de construire ici*, pensa Curtis), Curtis regrettait de ne pas se sentir plus heureux du tour qu'avaient pris les événements. La victoire doit en principe vous faire bondir de joie, mais pas du tout. Tout ce qui paraissait l'intéresser, c'était de voir Grunwald, d'écouter ce qu'il avait à lui proposer et, si la proposition n'était pas trop ridicule, de laisser tout ce sac de nœuds derrière lui. Bien sûr, cela voulait dire que la famille cafard allait récupérer la parcelle Vinton et qu'elle risquait de décider d'y faire construire, mais est-ce que c'était si grave ? Il n'arrivait même pas à s'en persuader.

Curtis avait ses propres problèmes, par ailleurs, même s'ils étaient d'ordre mental plutôt que conjugal (Dieu l'en garde), financier ou physique. Ils avaient commencé peu de temps après qu'il avait trouvé Betsy raide et froide au bord de son terrain. Certains en auraient parlé comme de problèmes névrotiques, mais Curtis préférait y voir une forme d'angoisse.

Son manque croissant d'intérêt pour la Bourse, alors que celle-ci l'avait fasciné sans discontinuer depuis qu'il l'avait découverte à l'âge de seize ans, était l'élément le plus facile à identifier de son angoisse, mais nullement le seul. Il s'était mis à se prendre le pouls et à compter ses coups de brosse à dents. Il ne pouvait plus porter de chemises sombres, étant affligé de pellicules, ce qui ne lui était pas arrivé depuis le lycée. Ces petites peaux mortes s'amassaient sur son crâne et tombaient sur ses épaules. S'il les grattait avec un peigne, il provoquait une inquiétante chute de neige. Cela lui faisait horreur, mais il se surprenait parfois à le faire, alors qu'il était assis devant son ordinateur ou qu'il parlait au téléphone. Une ou deux fois, il s'était même fait saigner.

Gratter et gratter. Ratisser toute cette mort blanche. Parfois, regarder cette stupide télécommande sur la table basse, et se dire – évidemment – combien Betsy adorait la lui apporter. Les yeux d'un être humain brillent rarement autant de bonheur, en particulier quand l'être humain en question doit accomplir une corvée.

La crise de la quarantaine, lui avait expliqué Sammy (Sammy était le masseur qu'il voyait une fois par semaine). Faudrait baiser un peu, avait ajouté Sammy, mais il ne lui avait pas proposé ses services, comme l'avait remarqué Curtis.

Il y avait cependant quelque chose de vrai là-dedans, aussi vrai que pouvait l'être le néo-baratin XXIe siècle, sans doute. Était-ce l'embrouillamini de la parcelle Vinton qui avait provoqué la crise ou bien la crise qui avait provoqué l'embrouillamini de la parcelle Vinton, il n'aurait pu le dire. En revanche, il savait très bien qu'il en était rendu à penser *crise cardiaque* au lieu d'*indigestion* chaque fois qu'il ressentait un élancement douloureux dans sa poitrine, qu'il était obsédé à l'idée qu'il allait perdre ses dents (alors qu'elles ne lui avaient jamais causé le moindre souci) et que, lorsqu'il avait pris froid, en avril dernier, il avait cru que son système immunologique était sur le point de subir un effondrement généralisé.

À quoi s'ajoutait un autre petit problème. Ce geste compulsif, dont il n'avait pas parlé à son médecin. Ni même à Sammy, alors qu'il disait tout à Sammy.

Il le sentait monter en lui, après avoir parcouru quinze miles de la Route 17, laquelle n'avait jamais connu de circulation et était devenue quasiment inutile depuis qu'était ouvert le prolongement de la 375. Ici même, avec les buissons verdoyants se pressant des deux côtés – il fallait être complètement cinglé pour vouloir construire ici ! –, les insectes stridulant au milieu de hautes herbes qu'aucune vache n'avait broutées depuis dix ans ou plus, et les lignes à haute tension qui bourdonnaient tandis que le soleil matraquait de son marteau matelassé son crâne qu'aucun casque ne protégeait.

Il savait que le seul fait de penser à ce geste compulsif suffisait à le lui faire faire, mais cela n'y changeait rien. Absolument rien.

Il se gara là où un chemin, signalé par un panneau DURKIN GROVE VILLAGE ROAD, prenait à gauche (l'herbe poussait à présent au milieu, flèche indiquant la direction de l'échec) et mit la Vespa au point mort. Puis, tandis que le petit moteur ronronnait avec satisfaction entre ses jambes, il enfonça l'index et le majeur de sa main droite, ouverts en V, jusqu'au fond de sa gorge. Le réflexe de rejet avait fini par s'user, depuis les deux ou trois derniers mois, et il avait la main presque enfoncée jusqu'aux bracelets de chance de son poignet avant qu'il ne se produisît enfin.

Curtis se pencha sur un côté et éjecta son petit déjeuner. Se débarrasser de la nourriture n'était pas ce qu'il recherchait ; il vomissait pour de nombreuses raisons, mais la boulimie n'en faisait pas partie. Ce n'était même pas le fait de vomir qui lui plaisait. Ce qu'il aimait était la sensation d'étouffement, ce blocage brutal du milieu de son corps au moment du rejet, accompagné de la béance de la bouche et de la gorge. Le corps totalement en alerte, déterminé à évincer l'intrus.

Les odeurs – verdeur des buissons, chèvrefeuille sauvage – furent soudain plus puissantes. La lumière plus éclatante. Le soleil cognait plus fort que jamais ; on avait ôté le rembourrage du marteau et il sentait sa nuque griller, les cellules épithéliales devenant, à cet instant même, peut-être folles, prenant le chemin chaotique du mélanome.

Il s'en fichait. Il était vivant. Il enfourna ses doigts tendus une deuxième fois dans sa gorge, grattant les parois. Le reste de son petit déjeuner jaillit. La troisième fois, il ne réussit à évacuer que de longs filets de bave légèrement teintés de rose. Il se sentit alors satisfait. Il pouvait maintenant aller jusqu'au Durkin Grove Village, le Xanadu inachevé de l'Enfoiré, qui s'élevait dans le désert au silence peuplé du bourdonnement des abeilles de Charlotte County.

Il lui vint à l'esprit, alors qu'il pétaradait timidement au ralenti, dans l'ornière gauche de la piste envahie d'herbe en son milieu, que Grunwald n'était peut-être pas le seul à être coincé ces temps-ci.

Durkin Grove Village était un beau gâchis.

De l'eau remplissait les ornières des rues, pour la plupart dépourvues de revêtement, ainsi que les trous qui auraient dû constituer les caves de bâtiments inachevés, parfois même sans charpente. Ce que vit ensuite Curtis, des boutiques tout juste hors d'eau, quelques engins de chantier dispersés ici et là, des bandes jaunes d'accès interdit pendant au bout de leurs piquets – tout cela avait tout du désastre financier annoncé, sinon de la ruine. Curtis ignorait si l'intérêt de l'Enfoiré pour la parcelle Vinton – sans parler du départ de sa femme, de sa maladie et de ses problèmes juridiques avec le chien de Curtis – avait été ou non la cause des risques qu'il avait pris, mais il était évident que prise de risque il y avait eu. Avant même d'avoir atteint le portail laissé ouvert et le panneau planté à côté, il en était certain.

CE SITE A ÉTÉ FERMÉ
PAR LES SERVICES DE L'ADMINISTRATION TERRITORIALE
DU COMTÉ DE CHARLOTTE
L'ADMINISTRATION FISCALE DE LA FLORIDE
L'ADMINISTRATION FISCALE FÉDÉRALE DES ÉTATS-UNIS
POUR PLUS D'INFORMATIONS, APPELER 941-555-1800

Dessous, un petit malin exubérant avait ajouté à la bombe : *COMPOSEZ ENSUITE LE 69 ET DEMANDEZ LE CONBAISEUR GÉNÉRAL !*

Il y avait un bout de rue goudronné à hauteur des trois bâtiments qui paraissaient achevés : deux boutiques d'un côté de la voie et une maison modèle de l'autre, mais les nids-de-poule recommençaient tout de suite après. La maison modèle était une fausse Cape Cod qui fit froid dans le dos à Curtis. N'ayant pas confiance en la Vespa sur un tel chemin, il la rangea près d'un chouleur qui paraissait garé là depuis des siècles – l'herbe poussait à côté de sa benne affaissée sur le sol – abaissa la béquille et coupa le moteur.

Le silence vint remplir l'espace occupé jusqu'ici par le ronronnement gras de la Vespa. Puis un corbeau croassa. Un autre lui répondit. Curtis leva les yeux et en vit trois posés sur un échafaudage qui enveloppait un bâtiment de brique inachevé. Il s'agissait peut-être d'une banque. *C'est aujourd'hui la pierre tombale de Grunwald,* songea-t-il, mais l'idée ne le fit même pas sourire. Il avait plutôt envie de se faire de nouveau vomir, et peut-être l'aurait-il fait s'il n'avait pas vu, tout au bout de la rue de terre déserte – là où elle se terminait, exactement – un homme debout à côté d'une berline blanche sur laquelle était peint un palmier bien vert. Au-dessus du palmier : GRUNWALD. En dessous : TRAVAUX PUBLICS. L'homme lui faisait signe. Il avait pris aujourd'hui une voiture de sa société et non pas la Porsche qu'il conduisait d'habitude. Curtis considéra comme possible que l'Enfoiré ait vendu la Porsche. Il était aussi possible qu'elle ait été saisie par le fisc, que celui-ci ait même saisi tous les biens de Grunwald sur Turtle Island. Dans ce cas, la parcelle Vinton devait être le cadet de ses soucis.

*J'espère seulement qu'il lui en restera assez pour payer pour ma chienne*, pensa Curtis. Il rendit son salut à Grunwald, brancha l'alarme sous le contact après avoir retiré la clef (gestes qui étaient de simples réflexes ; il ne croyait pas que la Vespa risquait d'être volée, pas ici, mais on lui avait enseigné à prendre soin de ses affaires), et la clef rejoignit le portable dans sa poche. Puis il s'engagea sur la voie en terre battue, une « Grande Rue » qui n'avait jamais existé et qui, comme cela paraissait maintenant assuré, n'existerait jamais, pour aller à la rencontre de son voisin et régler leur différend une bonne fois pour toutes, si possible. Il prenait soin d'éviter les flaques laissées par l'averse de la nuit dernière.

« Ouais, voisin ! » lança Grunwald lorsque Curtis fut un peu plus près. Il portait un pantalon kaki et un t-shirt orné du palmier qui était le logo de sa société. Il flottait dans le vêtement. À part deux taches rouges malsaines sur ses joues et les cernes foncés, presque noirs, sous ses yeux, son visage était pâle. Et, en dépit du ton joyeux qu'il avait pris, il paraissait plus malade que jamais. *Quel que soit le morceau qu'on lui a enlevé,* songea Curtis, *c'est raté.* Grunwald se tenait une main dans le dos. Curtis supposa qu'il l'avait glissée dans sa poche-revolver. Ce qui se révéla inexact.

Un peu plus loin, le long de la voie creusée d'ornières et crevée de fondrières, un mobile home était posé sur des cales en béton. Le bureau du site, supposa encore Curtis. Une notice d'information, glissée dans une enveloppe protectrice en plastique, pendait à un crochet à ventouse. Il y avait beaucoup de choses écrites dessus, mais tout ce que Curtis pouvait lire (et qu'il lui suffisait de lire) était les mots en gros caractères du haut : ENTRÉE INTERDITE.

Oui, l'Enfoiré connaissait une mauvaise passe. C'est la cata pour papa, comme aurait pu dire Evelyn Waugh.

« Grunwald ? » Ça suffisait pour commencer, si on considérait ce qui était arrivé à Betsy, l'Enfoiré ne méritait pas mieux. Curtis s'arrêta à une dizaines de pas de lui, jambes légèrement écartées pour éviter une flaque. Grunwald se tenait lui aussi les jambes écartées. Curtis songea que c'était une pose classique : deux pistoleros sur le point de régler leur contentieux dans la rue principale d'une ville fantôme

« Ouais, voisin ! » répéta Grunwald. Cette fois-ci, il rit vraiment. Ce rire avait quelque chose de familier – et pourquoi pas ? Il avait évidemment déjà entendu rire l'Enfoiré. Il n'arrivait pas à se rappeler quand, mais il l'avait forcément entendu.

Derrière Grunwald et face au mobile home, s'alignaient quatre sanisettes bleues. Des Port-O-San. Des wedelias dodelinaient à leurs pieds, au milieu des herbes folles. Les eaux de pluie des fréquents orages de juin – ces colères de l'après-midi étaient une spécialité de la côte du golfe – avaient raviné la terre devant elles et creusé un véritable fossé. Presque un ruisseau. Il était plein d'une eau stagnante dont la surface était recouverte d'une couche poussiéreuse de pollen, si bien qu'il ne renvoyait du ciel qu'un reflet bleuâtre éteint. Le quatuor de chiottes penchait en avant comme de vieilles pierres tombales soulevées par le gel. Il devait y avoir eu une équipe considérable d'ouvriers, ici, car le site comptait une cinquième sanisette. Celle-ci s'était carrément renversée et gisait sur sa porte, dans le fossé. La touche finale, le détail qui signifiait que le projet – délirant dès le départ – était maintenant lettre morte.

L'un des corbeaux s'envola de l'échafaudage qui entourait la banque inachevée et se mit à battre des ailes sur le fond bleu embrumé du ciel, croassant à l'intention des deux hommes qui se faisaient face. Les insectes bourdonnaient en toute innocence dans l'herbe. Curtis se rendit compte que l'odeur des Port-O-San lui parvenait ; sans doute n'avaient-elles pas été vidangées depuis un certain temps.

« Grunwald ? » répéta-t-il. Puis il ajouta – car le moment semblait venu d'ajouter autre chose : « En quoi puis-je vous aider ? Avons-nous quelque chose à discuter ?

– Eh bien, voisin, la question est de savoir comment *moi*, je peux vous aider. Strictement rien de plus. »

Il se mit de nouveau à rire, mais s'étouffa rapidement. Et Curtis comprit pourquoi ce rire lui était familier. Il l'avait entendu au téléphone, à la fin du message de l'Enfoiré. Il l'avait confondu avec un sanglot, c'était tout. Et l'homme n'avait pas l'air malade – ou plutôt, n'avait pas l'air *seulement* malade. Il avait l'air cinglé.

*Évidemment qu'il est cinglé. Il a tout perdu. Et toi, tu te laisses attirer ici tout seul. Pas très malin, mon vieux. Tu n'as pas pris le temps de réfléchir.*

Non. Depuis la mort de Betsy, il avait négligé de prendre le temps de réfléchir à tout un tas de choses. Ça ne lui paraissait pas en valoir la peine. Mais cette fois-ci, il aurait dû prendre le temps de le faire.

Grunwald souriait. Ou du moins, exhibait ses dents. « Alors comme ça, on ne porte pas de casque, voisin ? » Il secoua la tête, arborant toujours son sourire jovial de crevard. Ses cheveux balayèrent ses oreilles. On aurait qu'ils n'avaient pas été lavés depuis un bon moment. « Si vous aviez une femme, elle ne vous permettrait pas ce genre de connerie, je parie, mais évidemment, les types comme vous n'ont pas de femmes, hein ? Ils ont des clééééébards. » Il étira le mot comme un personnage des *Simpson*.

« Allez vous faire foutre. Je me barre », rétorqua Curtis. Son cœur cognait fort dans sa poitrine, mais il ne pensait pas que sa voix trahissait son émotion. Il l'espérait, du moins. Tout d'un coup, il lui semblait très important que Grunwald ne se rende pas compte qu'il avait peur. Il commença à faire demi-tour pour reprendre le chemin par lequel il était arrivé.

« Je m'étais dit que la parcelle Vinton pourrait peut-être vous attirer ici, dit Grunwald, mais j'étais sûr que vous viendriez si j'ajoutais votre mocheté de chienne au paquet-cadeau. Je l'ai entendue aboyer, vous savez. Quand elle s'est jetée sur la clôture. Cette salope qui se permettait d'entrer chez moi. »

Curtis se retourna, incrédule.

L'Enfoiré hochait la tête, ses cheveux plats encadrant son visage pâle et souriant. « Oui, reprit-il, je me suis approché et je l'ai vue, allongée sur le flanc. Un petit tas de chiffon avec des yeux. Je l'ai regardée crever.

– Vous avez dit que vous n'étiez pas là », dit Curtis.

Il se rendit compte qu'il avait parlé avec une petite voix, une voix d'enfant.

« Eh bien, voisin, j'ai menti sur ce point, c'est vrai. J'étais revenu de bonne heure de chez mon médecin, et j'étais triste d'avoir dû l'envoyer promener alors qu'il avait tellement bataillé pour me convaincre de faire la chimio, et c'est alors que j'ai vu votre tas de chiffon vautré dans une flaque de son propre dégueulis ; elle haletait, des mouches lui tournaient autour, et ça m'a tout de suite mis de bonne humeur. Je me suis dit : *Bon Dieu, y'a tout de même une justice, en fin de compte.* Ce n'était qu'une clôture à bétail de faible voltage – là-dessus, je ne vous ai absolument pas menti –, mais n'empêche qu'elle a fait le boulot, pas vrai ? »

Curtis Johnson ne saisit complètement ce qu'il venait d'entendre qu'au bout d'un instant de totale – et peut-être volontaire – incompréhension. Puis il s'avança, serrant les poings. Il n'avait frappé personne depuis les bagarres de la cour de récréation, en primaire, mais il avait bien l'intention de frapper quelqu'un aujourd'hui. Il avait l'intention de frapper l'Enfoiré. Les insectes bourdonnaient toujours aussi innocemment dans les herbes et le soleil martelait toujours la terre – rien d'essentiel n'avait changé dans le monde, sinon lui. Son apathie et son indifférence avaient disparu. Il y avait une chose, au moins, qu'il désirait : cogner Grunwald jusqu'à ce que celui-ci pleure, saigne et rampe. Et il pensait pouvoir y arriver. Grunwald avait vingt ans de plus que lui et ne se portait pas bien. Et lorsque l'Enfoiré serait à terre – le nez dans une de ces flaques puantes, avec un peu de chance – Curtis lui dirait : *Ça, c'est pour mon sac de chiffon. Voisin.*

Grunwald compensa en reculant d'un pas. Puis la main cachée dans son dos apparut. Elle tenait un gros pistolet. « Stop, voisin. Sans quoi je t'ouvre un nouveau trou dans la tête. »

Curtis faillit ne pas s'arrêter. L'arme lui semblait irréelle. La mort, sortir de ce trou noir ? Voilà qui n'était pas possible. Mais…

« C'est un calibre .45 AMT Hardballer, reprit Grunwald. Chargé de cartouches à pointe tendre. Je me le suis procuré la dernière fois que j'ai été à Vegas. À une foire aux armes. C'était juste après le départ de Ginny. J'avais l'idée de la descendre, puis je me suis rendu compte que j'avais perdu tout intérêt pour Ginny. En fin de compte, elle n'est qu'une connasse anorexique et bronzée avec des nichons en plastique de plus. Toi, cependant… c'est différent. Tu es malveillant, Johnson. Tu es une putain de sorcière gay. »

Curtis s'immobilisa. C'était bien réel.

« Mais à présent, tu es en mon pouvoir, comme on dit. » L'Enfoiré éclata d'un rire qui se transforma étrangement en sanglot car, une fois de plus, il s'étouffa. « Même pas besoin de te tirer en plein buffet. C'est un calibre puissant, m'a-t-on dit. Il suffirait que je te touche à la main pour te tuer, parce que t'aurais la paluche arrachée. Et en plein buffet ? Tes tripes iraient voler à quarante pieds d'ici. Alors, tu veux essayer ? Tu crois que c'est ton jour de chance, tapette ? »

Curtis n'avait aucune envie d'essayer. Il ne se sentait pas non plus chanceux. Il comprit trop tard une évidence : il venait de se faire piéger par un fou furieux en pleine crise.

« Qu'est-ce que vous voulez ? Je vous donnerai ce que vous voudrez. » Curtis déglutit. Il y eut un cliquetis sec dans sa gorge. « Vous voulez que j'arrête les poursuites pour Betsy ?

– Ne l'appelle pas Betsy », rétorqua l'Enfoiré.

Il braquait l'arme – un Hardballer, quel nom ridicule ! – droit sur la tête de Curtis ; l'orifice lui paraissait très gros, maintenant. Il se rendit compte qu'il serait probablement mort avant d'avoir entendu la détonation ; peut-être pourrait-il voir la flamme – ou le début de la flamme – jaillir du canon. Il se rendit compte aussi qu'il était en grand danger de se pisser dessus. « Appelle-la *mon trou-du-cul de chienne.*

– Mon trou-du-cul de chienne », répéta aussitôt Curtis, sans éprouver le moindre sentiment de trahison vis-à-vis de la mémoire de Betsy.

« Et dis maintenant : *Et comme j'aimais lécher son con puant* », ordonna l'Enfoiré.

Curtis resta silencieux. Il fut soulagé de découvrir qu'il y avait tout de même des limites. Sans compter que s'il répétait ça, l'Enfoiré voudrait lui faire dire encore une horreur.

Grunwald ne parut pas particulièrement déçu. Il agita le pistolet. « C'était juste pour blaguer. »

Curtis resta de nouveau silencieux. Une partie de son esprit n'était qu'un tourbillon paniqué et confus, tandis que l'autre semblait plus claire qu'elle ne l'avait jamais été depuis la mort de

Betsy. Qu'elle ne l'avait été depuis des années, même. Cette partie analysait calmement le fait qu'il risquait vraiment de mourir là.

*Et dire que je risque ne plus jamais manger un morceau de pain*, se dit-il. Et un instant, son esprit retrouva son unité – entre partie confuse et partie claire – dans un désir de vivre si puissant que c'en était effrayant.

« Qu'est-ce que vous voulez, Grunwald ?

– Que tu entres dans l'un des Port-O-San. Celui du bout. »

Il agita de nouveau le pistolet, vers la gauche cette fois.

Curtis se tourna pour regarder, sentant naître un début d'espoir. Si Grunwald avait l'intention de l'enfermer… c'était peut-être bon signe, non ? À présent qu'il l'avait terrorisé et avait évacué un peu de sa rage, l'homme avait l'intention de l'enfermer et de ficher le camp. *Ou il va peut-être rentrer chez lui et se tirer une balle dans la tête*, se dit Curtis. *Prendre ce bon vieux médicament, une giclée de Hardballer calibre .45. Un remède traditionnel bien connu.*

« Très bien, dit-il. Je peux faire ça.

– Mais avant, faut que tu vides tes poches. Mets tout par terre. »

Curtis sortit son portefeuille, puis, à contrecœur, son portable. Quelques billets pris dans un clip. Son peigne encrassé de pellicules.

« C'est tout ?

– Oui.

– Et maintenant retourne tes poches, chochotte. Je tiens à vérifier par moi-même. »

Curtis retourna sa poche gauche, puis la droite. Quelques pièces et la clef de son scooter tombèrent au sol où elles restèrent à briller au soleil.

« Bien, dit Grunwald. Ta poche-revolver, à présent. »

Curtis s'exécuta. Il y avait une vieille liste de courses sur un bout de papier. Rien d'autre.

« Pousse ton portable par ici avec le pied. »

Curtis essaya et rata complètement son coup.

« Espèce de trou-du-cul », dit Grunwald, riant encore. Son rire s'acheva sur le même sanglot étouffé et, pour la première fois de sa vie, Curtis comprit complètement ce qu'était une envie de meurtre. La partie lucide de son esprit l'enregistra comme merveilleuse, parce que le meurtre – chose naguère inconcevable pour lui – s'avérait être aussi simple que la réduction d'une fraction.

« Magne-toi le cul, dit Grunwald. Il me tarde de rentrer chez moi pour prendre un bon bain chaud. Les antalgiques, c'est de la merde. Le seul truc efficace, c'est un bon bain chaud. Je ne sortirais jamais de mon jacuzzi, si je pouvais. » Il ne paraissait cependant pas si pressé que ça de partir. Ses yeux pétillaient.

Curtis tenta un deuxième coup de pied et réussit cette fois à envoyer le portable jusqu'à Grunwald.

« Il tire, but ! » s'écria l'Enfoiré. Il mit un genou en terre, ramassa le Nokia – sans cesser un instant de braquer son arme sur Curtis –, puis se redressa avec un petit grognement d'effort. Il glissa le téléphone dans la poche droite de son pantalon. Il pointa brièvement un instant son arme sur les objets qui jonchaient la route. « Et maintenant, ramasse le reste de tes cochonneries et remets-les dans tes poches. N'oublie pas la monnaie. Qui sait, tu trouveras peut-être un distributeur de bouffe là-dedans. »

Curtis s'exécuta en silence, son cœur se serrant une fois de plus en voyant le petit truc attaché à l'anneau de la clef de la Vespa. Certaines choses ne changent apparemment pas, même à la dernière extrémité.

« T'as oublié ta liste de commissions, branleur. Faut pas oublier ça. Tout doit retourner dans tes poches. Pour ce qui est de ton téléphone, je vais le reposer sur son petit chargeur dans ta petite maisonnette. Après avoir effacé le message que je t'ai laissé, bien sûr. »

Curtis ramassa le bout de papier – *Jus d'o, filets de poiss., muffins* – et le fourra dans sa poche-revolver. « Vous ne pourrez pas », dit-il.

L'Enfoiré souleva ses sourcils broussailleux de vieil homme. « Tu veux m'expliquer ?

– J'ai mis l'alarme, répondit Curtis, qui ne savait plus s'il l'avait fait ou non. Et Mrs Wilson sera là, le temps que vous reveniez sur Turtle Island. »

Grunwald eut une expression indulgente. Le fait que ce soit une expression indulgente *démente* la rendait terrifiante, et pas seulement irritante. « Nous sommes *jeudi*, voisin. Ta femme de ménage ne vient que les mardis et les vendredis. Qu'est-ce que tu t'imagines ? Que je ne te surveillais pas ? Tout comme toi tu me surveillais ?

– Je ne…

– Oh, je t'ai vu qui m'espionnais de derrière ton palmier préféré, sur la route – tu me prends pour un imbécile, par hasard ? Sauf que toi, tu ne m'as jamais vu, *moi*, pas vrai ? Parce que tu es trop flemmard. Et les flemmards sont aveugles. Les flemmards n'ont que ce qu'ils méritent. » Il parla plus bas, sur le ton de la confidence : « Tous les gays sont flemmards ; ç'a été scientifiquement prouvé. Le lobby des gays a essayé de le cacher, mais on trouve le résultat des recherches sur Internet. »

Dans son désarroi grandissant, Curtis fit à peine attention à cette dernière remarque. *S'il a surveillé les allées et venues de Mrs Wilson… Bon Dieu, depuis combien de temps ruminait-il ce projet ? Depuis combien de temps le préparait-il ?*

Au moins depuis le jour où Curtis l'avait attaqué en justice pour Betsy. Peut-être même avant.

« Et pour ce qui est du code de ton alarme… » L'Enfoiré laissa échapper une fois de plus son ricanement en forme de sanglot. « Je vais te révéler un petit secret : ton alarme a été installée par Hearn Security et cela fait presque trente ans que je travaille avec eux. Je pourrais avoir les codes de toutes les maisons de l'île où Hearn a installé des alarmes, si je voulais. Mais la seule qui m'intéressait, figure-toi, était la tienne. » Il renifla, cracha au sol, puis partit d'une toux creuse roulante qui venait du fond de sa poitrine. On aurait dit que cela lui faisait mal – ce qu'espérait Curtis –, mais le pistolet ne dévia pas un instant. « De toute façon, je ne pense pas que tu l'aies mise. T'es trop obsédé par les pompiers et des trucs comme ça.

– Grunwald, est-ce qu'on ne pourrait pas…

– Non, on peut pas. Tu l'as mérité. Tu l'as gagné, tu l'as acheté, tu l'as. Entre dans ces putains de chiottes. »

Curtis s'avança, en direction de la Port-O-San qui était sur la droite et non vers celle de gauche.

« Mais non, mais non », dit Grunwald. D'un ton patient, comme s'il s'adressait à un enfant. « Celle qui est à l'autre bout.

– Elle penche trop, observa Curtis. Si j'y rentre, elle risque de tomber.

– Pas du tout. Ce truc-là est aussi solide que tes cours de la Bourse chéris. Renforts latéraux spéciaux. Mais je suis sûr que l'odeur va te faire plaisir. Les types comme toi passent beaucoup de temps dans les trous à merde, tu dois aimer l'odeur. Tu dois *adorer* ça. » Soudain, le pistolet s'enfonça dans les fesses de Curtis. Celui-ci laissa échapper un petit cri de surprise, et Grunwald se mit à rire. L'Enfoiré. « Et maintenant, entre là-dedans avant que je ne décide de transformer ton bon vieux trouduc en un vrai trou de balle tout neuf. »

Curtis dut se pencher par-dessus le fossé d'eau stagnante et écumeuse et, comme la Port-O-San était inclinée, la porte dégringola brutalement et faillit le heurter en plein visage quand il l'ouvrit. Ce qui provoqua une nouvelle explosion de rire de la part de Grunwald et une nouvelle envie de meurtre chez Curtis. Dans le même temps, c'était stupéfiant à quel point il se sentait vivant. À quel point il se sentait soudain amoureux des odeurs vertes du feuillage et de l'aspect embrumé du ciel bleu de Floride. À quel point il aurait eu envie de manger un morceau de pain – même une tranche de pain industriel aurait été une gourmandise ; il l'aurait dégustée, une serviette sur les genoux, accompagnée d'une des meilleurs bouteilles de sa petite cave. Il voyait tout d'un coup la vie sous un angle entièrement différent. Il espérait seulement avoir le temps d'en profiter. Et si l'Enfoiré avait seulement l'intention de l'enfermer là-dedans, qu'il en soit ainsi.

Il pensa – idée qui se présenta aussi inopinément et sans préavis que l'évocation du pain – : *Si je m'en sors, je donnerai de l'argent à* Save the Children.

« Entre là-dedans, Johnson.

– Je vous dis qu'elle va se renverser !

– Qui c'est, le spécialiste de la construction, ici ? Elle ne se renversera pas si tu fais attention.

– Je ne comprends pas pourquoi vous faites ça ! »

Grunwald éclata d'un rire incroyable. Puis il dit : « Rentre ton cul là-dedans ou je te le fais exploser, Dieu m'en est témoin. »

Curtis franchit le fossé et entra dans la sanisette. Elle oscilla dangereusement sous son poids. Il poussa un cri et se pencha au-dessus du siège fermé, mains posées à plat sur la paroi du fond. Et, pendant qu'il se tenait là, tel un suspect qui attend d'être fouillé, la porte claqua derrière lui. La lumière du soleil disparut. Il se retrouva soudain dans une pénombre profonde, surchauffée. Il regarda par-dessus son épaule et la Port-O-San oscilla à nouveau, sur le point de verser.

Il y eut un coup frappé à la porte. Curtis imagina l'Enfoiré penché par-dessus le fossé, une main appuyée sur la paroi bleue, l'autre fermée en poing pour taper. « Alors, bien installé ? À l'aise ? »

Curtis ne répondit pas. Au moins, tant que Grunwald s'appuierait sur la porte, la foutue Port-O-San tiendrait-elle debout.

« Sûr qu'on est bien installé. À l'aise, Blaise. »

Il y eut un autre coup et la sanisette oscilla de nouveau, penchant vers l'avant. Grunwald ne faisait plus office d'arc-boutant. Curtis reprit sa position, sur la pointe des pieds, mobilisant toutes ses ressources pour faire tenir plus ou moins droit ce coffre vertical puant. De la sueur coulait sur sa figure, réveillant sur sa mâchoire gauche une petite coupure qu'il s'était faite en se rasant. Du coup, il évoqua sa salle de bains, à laquelle il ne pensait jamais, avec une bouffée de nostalgie. Il aurait donné jusqu'au dernier dollar de son fonds de pension pour s'y trouver, le rasoir dans la main droite, regardant le sang couler au milieu de la crème à raser sur sa joue gauche pendant que le radio-réveil déversait quelque stupide chanson pop, à côté du lit. Un tube des Carpenters ou de Don Ho.

*Elle va se casser la gueule cette fois, sûr et certain, c'était ce qu'il avait prévu dès le début...*

Mais la Port-O-San s'immobilisa au lieu de se renverser. Elle n'en était cependant pas loin, pas loin du tout. Curtis se tenait sur la pointe des pieds, les mains appuyées à la paroi, son buste arqué au-dessus du siège, prenant de plus en plus conscience de l'odeur infecte qui régnait dans le minuscule espace, même avec le siège fermé. Les effluves du désinfectant – le machin bleu, bien entendu – se mêlaient à la puanteur des déchets humains en voie de décomposition, ce qui rendait le résultat encore pire.

Lorsque Grunwald reprit la parole, sa voix lui parvint de derrière la paroi du fond. L'Enfoiré avait enjambé le fossé et fait le tour de la sanisette. Curtis fut tellement surpris qu'il faillit reculer, mais il se retint à temps. Sauf qu'il n'avait pu s'empêcher de sursauter, décollant ses mains de la paroi. La sanisette vacilla. Il reposa les mains contre la paroi, incliné en avant autant qu'il le pouvait, et elle se stabilisa.

« Alors, voisin, ça boume ?

– Je suis mort de frousse », avoua Curtis. Ses cheveux lui retombaient sur le front, collés par la sueur, mais il redoutait de les chasser. Ce simple petit mouvement suffirait peut-être à faire dégringoler la Port-O-San. « Laissez-moi sortir, maintenant que vous vous êtes bien amusé.

– Si tu crois que je m'amuse, tu te fourvoies complètement, répondit l'Enfoiré d'un ton pédant. J'ai longtemps réfléchi à tout cela, voisin, et j'ai finalement décidé que c'était indispensable, la seule solution. Et que je devais agir tout de suite car, si j'attendais trop longtemps, je ne pourrais plus avoir assez confiance en mon corps pour qu'il fasse ce qu'il a à faire.

– Nous pouvons régler cette affaire comme des hommes, Grunwald. Je vous jure que nous le pouvons.

– Jure tant que tu veux, je ne croirai jamais à la parole d'un type comme toi, dit Grunwald, toujours du même ton pédant. Tout homme qui croit en la parole d'un pédé n'a que ce qu'il mérite. » Puis, d'une voix si forte qu'elle se brisa en éclats : « *VOUS VOUS CROYEZ TELLEMENT MALINS, LES MECS ! ET MAINTENANT, TU TE CROIS MALIN, PEUT-ÊTRE ?* »

Curtis ne répondit rien. Chaque fois qu'il espérait avoir prise sur la folie de l'Enfoiré, de nouveaux abîmes s'ouvraient devant lui.

Finalement, reprenant d'un ton plus calme, Grunwald continua :

« Tu demandes une explication. Tu penses que tu *as le droit* d'en avoir une. Je veux bien l'admettre. »

Quelque part, un corbeau croassa. Aux oreilles de Curtis, dans sa petite boîte, on aurait dit un rire.

« Crois-tu que je plaisantais, quand je t'ai traité de sorcière gay ? Pas du tout. Est-ce que cela signifie que tu as conscience d'être, disons, une force surnaturelle malfaisante envoyée pour me mettre à l'épreuve ? Je ne sais pas. Je l'ignore. J'ai eu bien des nuits d'insomnie pour penser à cette question et à bien d'autres, depuis que ma femme a pris ses bijoux et a fichu le camp, et je ne le sais toujours pas. Et toi non plus, probablement.

– Mais je vous assure, Grunwald, je ne suis…

– La ferme. C'est moi qui parle. Et, bien entendu, tu ne pouvais pas dire autre chose, hein ? Indépendamment de ce que tu sais ou ne sais pas, c'était ta réponse obligée. Mais étudie les témoignages des différentes sorcières de Salem. Vas-y, étudie-les. Je l'ai fait. Tout est sur Internet. Elles ont juré qu'elles n'étaient pas des sorcières, mais quand elles ont pensé que cela les ferait échapper à la mort, elles ont juré qu'elles en étaient, mais *très peu d'entre elles le savaient vraiment, en réalité !* Cela devient évident quand tu étudies ces témoignages sous un éclairage… un éclairage… n'importe lequel. Spirituel, par exemple. Hé, voisin, quel effet ça fait, quand je fais ça ? »

Soudain, l'Enfoiré – qui pour être malade, avait apparemment encore des forces – se mit à secouer la sanisette. Curtis faillit être projeté contre la porte, ce qui aurait certainement entraîné une catastrophe.

« *Arrêtez ça !* rugit-il. *Arrêtez de faire ça !* »

Grunwald partit d'un rire indulgent. La sanisette s'immobilisa. Curtis eut cependant l'impression que son plancher était légèrement plus incliné qu'avant. « Quel bébé tu fais. C'est aussi solide que tes cours de la Bourse, je te dis. »

Un silence.

« Évidemment… reste un détail : tous les pédés sont des menteurs, mais tous les menteurs ne sont pas pédés. Ce n'est pas une équation équilibrée, si tu vois ce que je veux dire. Je suis droit comme une flèche, je l'ai toujours été, je baiserais la Vierge Marie et irais ensuite danser au bal du coin, mais j'ai menti pour te faire rappliquer ici, je l'admets volontiers, et il se pourrait que je mente aussi maintenant. »

De nouveau cette toux – caverneuse, noire, et presque certainement douloureuse.

« Laissez-moi sortir, Grunwald, je vous en supplie. Je vous en supplie. »

Long silence, comme si l'Enfoiré étudiait la question. Puis il retourna au thème précédent ;

« En fin de compte – en ce qui concerne les sorcières –, nous ne pouvons pas nous fier aux aveux. Nous ne pouvons même pas nous fier aux témoignages, parce qu'ils pourraient être biaisés. Quand on a affaire à des sorcières, la subjectivité s'empare de… s'empare de tout… tu vois ce que je veux dire. Nous ne pouvons nous fier qu'à des preuves matérielles. Si bien que j'ai étudié ces preuves, en ce qui me concerne. Voyons les faits. En premier lieu, tu m'as baisé pour l'affaire de la parcelle Vinton. Numéro un.

– Grunwald, je n'ai jamais…

– La ferme, voisin. À moins que tu veuilles que je renverse ta gentille chaumière. Dans ce cas, tu peux parler autant que tu veux. Tu veux ?

– Non !

– Bonne pioche. Je ne sais pas exactement pourquoi tu as voulu me baiser, mais je crois que tu l'as fait parce que tu craignais que je fasse construire un ou deux immeubles sur cette pointe de Turtle Island. Toujours est-il que la preuve matérielle – en l'occurrence cet acte de vente ridicule – montre bien qu'il s'agissait d'un baisage grand format, et pas d'autre chose. Tu prétends que Ricky Vinton a accepté de te vendre cette parcelle pour un million cinq cents mille dollars. Et maintenant, voisin, je te pose la question. Crois-tu qu'il y ait un juge ou un jury au monde pour avaler ça ? »

Curtis ne répondit pas. Il redoutait même de s'éclaircir la gorge, à présent, et pas seulement parce que cela aurait pu énerver l'Enfoiré ; le précaire équilibre de la Port-O-San aurait pu s'en trouver compromis. Il craignait qu'elle se renverse rien qu'en soulevant le petit doigt de la paroi. C'était probablement stupide, mais peut-être pas.

« Sur quoi, la famille a rappliqué, compliquant une situation qui l'était déjà bien assez – tout ça parce qu'un gay s'en était mêlé ! Et c'est toi qui les as fait rappliquer. Toi ou tes avocats. C'est évident, c'est aussi clair qu'une démonstration mathématique. Parce que tu aimes que les choses restent comme elles sont. »

Curtis resta silencieux, se gardant bien de contester ce raisonnement.

« C'est à ce moment-là que tu as jeté ton sort. Forcément. Les preuves le montrent. *Vous n'avez pas besoin de voir Pluton, pour savoir que Pluton est là.* Un scientifique a dit ça. Il a calculé l'orbite de Pluton en partant des anomalies de celles des autres planètes, tu savais ça ? Déduire la sorcellerie, c'est pareil, Johnson. Tu dois vérifier les preuves et rechercher les anomalies de ton orbite, tu vois, de ta… enfin bref. La vie. En plus, ton esprit s'assombrit. *Il s'assombrit.* Je l'ai senti. Comme une éclipse. Il… »

Il se remit à tousser. Curtis était toujours dans sa position prêt-pour-la-fouille, l'estomac bombé au-dessus du siège des toilettes sur lequel les charpentiers de Grunwald s'étaient assis pour faire leur petite affaire, une fois que le café du matin avait mis le mécanisme en branle.

« Ensuite, Ginny m'a quitté, reprit l'Enfoiré. Elle habite actuellement à Cape Cod. Elle prétend qu'elle y est seule, bien entendu, parce qu'elle tient à sa pension alimentaire – elles sont toutes pareilles –, mais je ne me fais pas d'illusions. Si cette salope n'avait pas une queue à s'enfourner deux fois par jour, elle finirait en se tapant des truffes au chocolat devant *American Idol* jusqu'à en exploser.

« Ensuite, le fisc. Ces salopards sont arrivés à leur tour, avec leurs ordinateurs portables et leurs questions à la con. *Avez-vous fait ci, avez-vous fait ça, où sont les papiers de ci ou de ça ?* Est-ce que c'était de la sorcellerie, Johnson ? Ou bien simplement une embrouille d'un genre, disons, plus classique ? Toi décrochant ton téléphone et disant, *Allez donc cuisiner ce gars, il y a plus de réserves dans ses placards que ce qu'il dit.*

– Je n'ai jamais appelé le fisc... »

La Port-O-San se mit à osciller. Curtis fut repoussé, certain que ce coup-ci...

Mais une fois de plus la sanisette s'immobilisa. Curtis commençait à avoir la tête qui tournait. Et à avoir envie de dégueuler. Ce n'était pas simplement l'odeur ; c'était la chaleur. Ou peut-être la conjugaison des deux. Sa chemise collait à sa poitrine.

– J'analyse les preuves, dit Grunwald. Tu la fermes pendant que j'analyse les preuves. Ordre du putain de tribunal. »

Pourquoi faisait-il aussi chaud ici ? Curtis leva les yeux et ne vit aucun évent d'aération. Ou plutôt, il y en avait bien, mais ils avaient été obturés. Par ce qui paraissait être une pièce métallique. Elle avait été percée de trois ou quatre trous, mais si ceux-ci laissaient passer un peu de lumière, il n'en venait pas le moindre souffle d'air. Les trous avaient la taille d'une grosse pièce, pas davantage. Il regarda par-dessus son épaule et vit une autre série de trous, mais les aérations de la porte étaient presque complètement obturées, elles aussi.

« Ils ont gelé mes avoirs, disait l'Enfoiré d'une voix dégoûtée. Ils ont commencé par un audit, disant que c'était juste un contrôle de routine, mais je sais comment ils s'y prennent, je les voyais venir. »

*Évidemment que tu les voyais venir, vu que tu étais coupable comme l'enfer.*

« Mais même avant l'audit, j'avais commencé à tousser. Ça aussi, c'était ton travail, bien entendu. Je suis allé voir mon docteur. Cancer du poumon, voisin, et j'ai des métastases au foie, à l'estomac et à je ne sais quelle connerie encore. Toutes les parties molles. Exactement ce que ferait une sorcière. Je suis surpris que tu m'aies pas foutu ça aussi dans les couilles et le cul, mais je suis sûr que ça finira par arriver, le moment venu. Si je laisse faire. Mais pas question. C'est pourquoi, même si je pense que mon boulot ici est terminé ; que je risque d'avoir, euh, des couches au cul, cela n'a pas d'importance. Je ne vais pas tarder à me loger une balle dans la tête. Avec ce pistolet, voisin. Pendant que je serai dans mon bain chaud. »

Il poussa un soupir sentimental.

« C'est le seul endroit dans lequel je me sens encore heureux. Mon jacuzzi. »

Curtis comprit quelque chose. Peut-être d'avoir entendu l'Enfoiré dire que son « boulot ici » était « terminé » mais, plus vraisemblablement, il le pressentait depuis un moment. L'Enfoiré avait l'intention de faire basculer la Port-O-San. Il le ferait si Curtis bafouillait et protestait ; il le ferait si Curtis gardait le silence. Cela n'avait pas vraiment d'importance. Mais pour le moment, de toute façon, il se taisait. Car s'il tenait à rester en position verticale le plus longtemps possible – évidemment –, il éprouvait aussi une sorte d'horrible fascination. Grunwald ne parlait pas métaphoriquement, Grunwald croyait sincèrement que Curtis Johnson était une sorte de sorcier. Son cerveau avait dû pourrir avec le reste.

« Cancer du poumon ! » proclama Grunwald à son chantier vide et déserté – sur quoi il se remit à tousser. Les corbeaux protestèrent de leurs croassements. « J'ai arrêté de fumer il y a trente ans, et c'est aujourd'hui que j'ai un cancer du poumon !

– Vous êtes cinglé, lâcha Curtis.

– Certain, c'est ce que tout le monde dirait. C'était le plan, pas vrai ? C'était le putain de *PLAAAAN*. Et alors, pour couronner le tout, tu ne trouves rien de mieux que de me poursuivre pour ta conne de chienne ? Ton foutu clébard qui était entré dans *ma propriété* ? Et dans quel but, tout ça ? Après m'avoir pris la parcelle, après avoir mis mon entreprise en faillite, après m'avoir pris ma femme et ma vie, qu'est-ce que tu cherchais ? À m'humilier, bien sûr ! À ajouter l'insulte aux coups ! À en ajouter une dernière couche ! Sorcellerie ! Et tu sais ce que dit la Bible ? *Tu ne toléreras pas que vive une sorcière !* Tout ce qui m'est arrivé est de ta faute, et *tu ne toléreras pas qu'une sorcière… VIVE !* »

Grunwald poussa la Port-O-San. Il devait avoir pesé dessus avec l'épaule, car il n'y eut pas d'hésitation, cette fois, pas de vacillement. Curtis, momentanément en apesanteur, tomba en arrière. La serrure aurait dû se briser sous l'impact, mais elle résista. L'Enfoiré devait y avoir aussi veillé.

Puis il retrouva son poids et il s'étala sur le dos lorsque la sanisette heurta le sol, porte la première. Ses dents se refermèrent sur sa langue. Sa nuque heurta la porte et il vit des étoiles. Le couvercle des toilettes s'ouvrit, large comme une gueule. Il vomit un magma fluide brun-noir, épais comme un sirop. Une crotte décomposée atterrit sur son aine. Curtis poussa un cri d'écœurement, la chassa, puis s'essuya la main sur sa chemise, y laissant de traces brunâtres. Un filet ignoble s'écoulait du siège béant des toilettes. Il coulait le long du banc et s'accumulait autour de ses chaussures de sport. L'emballage d'un Resse's Peanut Butter Cup flottait dedans. De longs rubans de papier-toilette se mirent à pendre du bord de l'ouverture. On aurait dit la veille du jour de l'an en enfer. Cela ne pouvait absolument pas se produire. Cela ne pouvait être qu'un cauchemar remonté de son enfance.

« Ça sent bon là-dedans maintenant, voisin ? » lui lança l'Enfoiré. Il riait et toussait. « Tout comme à la maison, pas vrai ? T'as qu'à te dire que c'est une variante du plongeoir pour homos version XXI^e siècle, qu'est-ce que t'en penses ? Tout ce qui te manque, c'est notre homo de sénateur et un tas de sous-vêtements Victoria's Secret pour organiser une soirée lingerie ! »

Curtis sentait que son dos était aussi mouillé. Il comprit que la Port-O-San devait avoir atterri dans le fossé rempli d'eau ou, du moins, que la porte touchait celle-ci. L'eau passait par les trous ménagés dans le battant.

« Ces toilettes mobiles ne sont pour la plupart que des trucs fins en plastique moulé. Tu sais, les modèles qu'on voit sur les aires de repos des poids lourds ou des autoroutes. Dans ce cas, tu pourrais t'ouvrir un chemin par le toit, en y mettant assez d'énergie. Mais sur les chantiers, nous renfonçons les parois avec des feuilles métalliques. Nous leur posons un revêtement, comme on dit. Sans quoi, y'a des gens qui viennent et qui font des trous dedans. Des vandales, juste pour se marrer, ou des gays comme toi. Ils font ce qu'ils appellent des trous de gloire. Oh, oui, je suis au courant de tout cela. Je me tiens bien informé, voisin. Ou bien ce sont les gosses qui viennent balancer des cailloux sur le toit, simplement pour le bruit. Un bruit d'éclatement, comme quand on écrase un sac rempli d'air. Alors on habille aussi le toit. D'accord, il y fait encore plus chaud, mais c'est tout à fait efficace. Personne n'a envie de rester un quart d'heure à lire une revue dans des chiottes où on crève autant de chaud que dans une prison turque. »

Curtis se tourna. Il était allongé dans une flaque saumâtre à l'odeur forte. Du papier-toilette entourait son poignet et il l'enleva. Il vit une tache brunâtre – reste d'un dépôt confié depuis longtemps à ces chiottes par un ouvrier – sur le papier et se mit à pleurer. Il gisait dans la merde et le papier-toilette tandis que l'eau continuait à monter des trous, accompagnée de bulles, et ce n'était pas un rêve. Quelque part, pas très loin, son Macintosh déroulait mécaniquement les chiffres de Wall Street tandis qu'il était vautré dans une flaque d'eau pisseuse avec un vieux colombin noir dans le coin et un siège de toilette béant juste au-dessus de ses talons – ce n'était toujours pas un rêve. Il aurait vendu son âme pour se réveiller dans son lit, propre et frais.

« *Laissez-moi sortir ! JE VOUS EN PRIE, GRUNWALD !*

– Peux pas. Tout est réglé, répondit l'Enfoiré d'un ton professionnel. Tu es venu ici faire un peu de tourisme – histoire de te marrer. Tu as ressenti un appel de la nature et coup de chance, il y avait les sanitapettes. Tu es entré dans celle du bout de la rangée et elle s'est renversée. Fin de l'histoire. Quand on te trouvera – quand on finira par te trouver –, les flics se rendront compte qu'elles sont toutes inclinées, la base ravinée par les averses de l'après-midi. Ils n'auront aucun moyen de savoir que ta petite retraite penchait un peu plus que les autres. Ni que je t'ai pris ton portable. Ils supposeront simplement que tu l'avais laissé chez toi, espèce de chochotte débile. Pour eux, les faits seront limpides. Les preuves matérielles – voilà. On en revient toujours aux preuves matérielles. »

Il rit. Sans tousser, cette fois, rien que le rire chaleureux et satisfait d'un homme qui a pris toutes ses précautions. Curtis se trouvait maintenant dans deux pouces d'eau crasseuse, il la sentait qui imbibait sa chemise et son pantalon, coulait sur sa peau, et il se prit à souhaiter que l'Enfoiré meure sur-le-champ d'une crise cardiaque – au diable le cancer. Qu'il s'effondre ici, sur la rue sans macadam de son stupide projet immobilier en cessation de paiement. Sur le dos, de préférence, pour que les oiseaux viennent lui picorer les yeux.

*Si jamais ça arrivait, je mourrais ici.*

Exact, mais c'était ce que Grunwald avait prévu depuis le début : alors, qu'est-ce que ça changerait ?

« Ils constateront qu'il n'y a pas eu vol ; ton argent est toujours dans ta poche. De même que la clef de ton scooter. Ces trucs-là sont très dangereux, au fait, presque autant que les quads. Et sans casque, en plus ! Tu devrais avoir honte, voisin. J'ai remarqué que tu avais mis l'alarme, cependant, et ça, c'est bien. Un chouette détail. Tu n'as même pas de quoi écrire quelque chose sur les parois. Si tu avais un stylo, je te l'aurais pris, mais tu n'en avais pas. Ça aura tout l'air de l'accident classique. »

Il se tut. Curtis se le représentait, là, dehors, avec une précision diabolique. Debout, dans ses vêtements devenus trop grands, les mains dans les poches, ses cheveux sales retombant en paquets sur ses oreilles. Qui ruminait. Qui s'adressait à Curtis mais se parlait aussi à lui-même, encore à la recherche d'une faille alors qu'il avait dû passer des semaines de nuits d'insomnie à concocter son affaire.

« Bien sûr, il est impossible de tout prévoir. Il y a toujours un joker dans un jeu de cartes. Des atouts, des trucs comme ça. Et, les chances que quelqu'un vienne ici et te trouve ? Avant que tu meures ? Faibles, je dirais. Très faibles. Et de toute façon, qu'est-ce que j'ai à perdre ? » Il rit, l'air très content de lui. « Est-ce que tu baignes dans la merde, Johnson ? J'espère bien. »

Curtis regarda le tortillon d'excrément qu'il avait chassé de son pantalon mais ne dit rien. Il y avait un bourdonnement bas. Des mouches. Seulement quelques-unes, mais quelques-unes c'était déjà trop, à son avis. Elles s'échappaient du siège béant. Elles étaient sans doute restées prisonnières du collecteur qui aurait dû se trouver sous lui, et non pas à ses pieds.

« Je m'en vais maintenant, voisin, mais pense à ça : tu subis un véritable destin de sorcière. Et comme l'a dit l'autre : dans les chiottes, personne ne t'entend crier. »

Grunwald s'éloigna. Sa toux ricanante qui allait decrescendo permit à Curtis de le suivre.

« Grunwald ! Revenez, Grunwald !

– C'est *toi*, à présent, qui te retrouves coincé. Coincé dans un endroit très étroit. »

Puis – il aurait dû s'y attendre, il s'y attendait, mais cela restait toujours incroyable –, il entendit démarrer la voiture de société ornée d'un palmier sur le flanc.

« *Reviens, l'Enfoiré !* »

Mais maintenant c'était le bruit de la voiture qui allait decrescendo ; Grunwald remonta la rue défoncée – Curtis entendait l'eau des flaques gicler sous les roues –, puis arriva en haut de la colline et passa près de l'endroit où un Curtis Johnson très différent avait garé sa Vespa. L'Enfoiré donna un seul coup d'avertisseur – cruel et joyeux – puis le bruit du moteur se fondit dans les bruits du jour, qui n'étaient rien que les stridulations des insectes dans l'herbe, le bourdonnement des mouches échappées du collecteur et le vrombissement lointain d'un avion de ligne dans lequel des passagers de première classe dégustaient peut-être du brie sur des crackers.

Une mouche se posa sur le bras de Curtis. Il la chassa. Elle alla atterrir sur le tortillon de merde et attaqua son repas. Soudain, la puanteur qui montait du collecteur renversé parut quelque chose de vivant, une main d'un noir brunâtre qui se serait enfoncée dans la gorge de Curtis. Mais les remugles de la merde en décomposition n'étaient pas le pire ; le pire était l'odeur du désinfectant. Le machin bleu. Il savait que c'était le machin bleu.

Il se mit sur son séant – il y avait juste la place – et vomit entre ses genoux écartés dans la flaque d'eau où flottaient des rubans de papier-toilette. Il resta penché, haletant, mains appuyées derrière lui contre la porte sur laquelle il était assis, sentant pulser douloureusement la coupure de rasoir qu'il avait à la mâchoire. Puis il eut un nouveau haut-le-cœur, ne réussissant cette fois qu'à émettre un rot qui sonna à ses oreilles comme le bruissement d'une cigale.

Et, bizarrement, il se sentit mieux. *Honnête*, en quelque sorte. Il avait *gagné* son vomissement. Pas besoin de s'enfoncer deux doigts dans la gorge. Et quant à ses pellicules, qui sait ? Peut-être pourrait-il faire cadeau au monde d'un nouveau traitement : le Rinçage à la Vieille Urine. Faudrait qu'il vérifie son crâne, lorsqu'il sortirait d'ici. S'il en sortait.

Rester assis, au moins, n'était pas un problème. Il faisait une chaleur épouvantable et la puanteur était infernale – Il aurait voulu ne pas penser à ce qui venait d'être agité dans le collecteur, sans parvenir à repousser cette idée –, mais au moins il y avait de la place pour sa tête.

« Je dois compter mes bonheurs, marmonna-t-il. Faut que je compte soigneusement ces fils de pute. »

Oui, et faire le point. Ça serait pas mal, aussi. L'eau dans laquelle il était assis ne montait plus, ce qui était probablement un autre bonheur. Il ne se noierait pas. Sauf, évidemment, si les averses de l'après-midi se transformaient en pluie diluvienne. Il avait déjà vu cela se produire. Et ce n'était pas une bonne idée de se raconter qu'il serait sorti de là avant l'après-midi, que *bien sûr*, il en serait sorti, car ce genre de pensée magique jouerait en faveur de l'Enfoiré. Il ne pouvait se contenter de rester assis là, à remercier Dieu d'avoir assez de place pour sa tête en attendant qu'on vienne à sa rescousse.

*Peut-être un agent de l'Aménagement du territoire du comté de Charlotte viendra-t-il. Ou une équipe de chasseurs de têtes du fisc.*

Chouette à imaginer, mais quelque chose lui disait que cela n'arriverait pas. L'Enfoiré devait avoir aussi pris en considération ce genre de possibilités. Certes, un bureaucrate ou une équipe pouvait décider de passer à l'improviste, mais compter là-dessus serait aussi stupide que de compter sur un changement d'avis de Grunwald. Quant à Mrs Wilson, elle supposerait qu'il avait été voir un film à Sarasota, comme il le faisait souvent l'après-midi.

Il cogna contre les murs, tout d'abord à gauche, puis à droite. Des deux côtés, il sentit la dureté du métal juste derrière la couche fine et souple du plastique. Le revêtement. Il voulut se mettre à genoux et, cette fois-ci, se cogna la tête sans y prêter attention. Ce qu'il vit n'était pas encourageant : la partie plate des boulons qui rigidifiaient la structure. Leur tête était à l'extérieur. Ce n'était pas des chiottes, mais un cercueil.

Cette idée signa la fin du moment de clarté et de calme qu'il venait de vivre. La panique vint le remplacer. Il se mit à marteler les parois des toilettes, hurlant qu'on le fasse sortir. Il se jetait d'un côté et de l'autre, tel un enfant piquant sa crise, essayant de faire rouler la Port-O-San sur elle-même pour pouvoir au moins libérer la porte, mais c'est à peine si cette saloperie de boîte bougea. Cette saloperie de boîte était lourde. À cause du revêtement.

*Lourde comme un cercueil !* hurla-t-il dans sa tête. Dans sa panique, toute autre pensée avait été bannie de son esprit. *Lourde comme un cercueil ! Comme un cercueil ! Un cercueil !*

Impossible de savoir combien de temps cela avait duré mais, à un moment donné, il essaya de se lever comme s'il allait, tel Superman, traverser la paroi tournée vers le ciel. Il se cogna de nouveau la tête, beaucoup plus brutalement que la première fois. Il tomba à plat ventre. Sa main s'appuya sur quelque chose de poisseux – quelque chose qui collait – et il s'essuya sur l'arrière de son jean. Sans regarder. Il fermait les yeux de toutes ses forces. Des larmes coulaient. Dans le noir, derrière ses paupières, filaient et explosaient des étoiles. Il ne saignait pas – supposa que c'était une bonne chose, encore un foutu bonheur à ajouter à la liste – mais il avait bien failli s'assommer.

« Calme-toi », s'ordonna-t-il. Il se remit de nouveau à genoux. Il se tenait la tête penchée, les cheveux pendants, les yeux fermés. Il avait l'air de prier, et sans doute priait-il. Une mouche se posa brièvement sur sa nuque. « Devenir cinglé n'arrangera pas les choses, il adorerait t'entendre hurler et déconner, alors calme-toi, ne lui offre pas ce qui lui ferait plaisir, arrête juste de déconner et réfléchis un peu. »

Mais à quoi devait-il réfléchir ? Il était pris au piège.

Curtis se rassit sur la porte et se prit le visage dans les mains.

Le temps passa, la Terre continua de tourner.

Le monde vaquait à ses affaires.

Sur la Route 17 passaient quelques véhicules, surtout des utilitaires, camionnettes de fermiers partant approvisionner le marché de Sarasota ou les magasins d'alimentation de Nokomis, quelques tracteurs, la fourgonnette postale avec son gyrophare jaune sur le toit. Aucun ne tourna vers Durkin Grove Village.

Mrs Wilson arriva à la maison de Curtis, entra, lut le mot que Mr Johnson avait laissé sur la table de la cuisine et entreprit de passer l'aspirateur. Puis elle repassa devant les feuilletons de l'après-midi. Elle prépara ensuite un plat de macaronis, le mit au frigo et laissa un mot d'instructions laconiques – *Cuire à*

*200 degrés, 45 mn* – qu'elle posa à l'endroit où Curtis avait mis sa note. Lorsque le tonnerre commença à gronder au-dessus du golfe du Mexique, elle décida de partir en avance. Ce qu'elle faisait souvent quand la pluie s'annonçait. Personne, ici, ne savait conduire sous la pluie. Pour les habitants de la Floride, la moindre averse était aussi redoutable qu'un blizzard dans le Vermont.

À Miami, l'agent du fisc chargé du dossier Grunwald mangeait un sandwich cubain, assis à l'ombre d'un parasol à la terrasse d'un restaurant. Au lieu d'un costume, il portait une chemise tropicale ornée de perroquets. Il ne pleuvait pas à Miami. Il était en vacances. L'affaire Grunwald serait toujours là à son retour ; les roues de l'État tournaient lentement, mais meulaient extrêmement fin.

Grunwald connaissait un moment de détente dans le bain chaud de son patio ; il somnolait lorsque l'arrivée de l'orage de l'après-midi le réveilla d'un coup de tonnerre. Il se hissa hors de l'eau et entra dans la maison. La pluie se mit à tomber quand il referma la porte coulissante donnant sur le patio. Il sourit. « Ça va te rafraîchir, voisin », dit-il.

Les corbeaux avaient repris leur poste sur l'échafaudage qui entourait sur trois côtés la banque restée en chantier ; mais lorsque le tonnerre éclata presque juste au-dessus d'eux et que la pluie se mit à tomber, ils prirent leur envol et allèrent chercher refuge dans les bois, manifestant leur déplaisir d'être dérangés par des croassements de protestation.

À l'intérieur de la sanisette – il avait l'impression d'y être enfermé depuis au moins trois ans –, Curtis écoutait la pluie tomber sur le toit de sa prison. Le toit qui avant était l'arrière de la boîte, jusqu'à ce que l'Enfoiré l'ait renversée. La pluie commença par pianoter, puis gifla, puis martela. Au plus fort de la tempête, il eut l'impression d'être enfermé dans une cabine téléphonique au milieu d'une batterie de haut-parleurs. Le tonnerre explosait directement au-dessus de lui. Il eut le bref fantasme d'être frappé par la foudre et cuit comme un chapon dans un micro-ondes. Voilà, constata-t-il, qui ne le dérangerait pas beaucoup. Ce serait rapide, au moins, alors que ce qui se passait maintenant était lent.

L'eau se mit à remonter, mais pas très vite. En fait, cela le soulageait plutôt, maintenant qu'il avait calculé qu'il n'y avait aucun risque d'être noyé comme un rat tombé dans des toilettes. Au moins, c'était de l'eau, et il mourait de soif. Il se baissa vers l'un des trous dans le revêtement métallique. Là, des bulles d'air trahissaient l'arrivée de l'eau qui débordait dans le fossé. Il but comme un cheval à l'abreuvoir, aspirant fort. L'eau était chargée de particules, mais il but néanmoins jusqu'à en être ballonné, se rappelant en permanence que c'était de l'eau et pas autre chose.

« Il y a peut-être un certain pourcentage de pisse, mais je suis sûr qu'il est faible », dit-il en se mettant à rire. Rire qui se transforma en sanglots, puis de nouveau en rire.

La pluie cessa vers dix-huit heures, comme presque toujours à cette époque de l'année. Le ciel s'éclaircit à temps pour mettre en scène un coucher de soleil floridien de premier choix. Les quelques résidents de l'été, sur Turtle Island, se rassemblèrent sur la plage pour l'admirer, comme ils le faisaient habituellement. Personne ne commenta l'absence de Curtis Johnson. Parfois il était là, parfois non. Tim Grunwald était présent et plusieurs personnes remarquèrent qu'il paraissait exceptionnellement joyeux. Mrs Peebles dit à son mari, alors qu'ils revenaient chez eux par la plage, main dans la main, qu'elle croyait que Mr Grunwald surmontait enfin le choc qu'avait été pour lui le départ de sa femme. Mr Peebles lui répondit qu'elle était romantique. « Oui, mon cher, répondit-elle en posant un instant la tête contre l'épaule de son mari. C'est pour ça que je t'ai épousé. »

Lorsque Curtis vit que la lumière qui filtrait par les quelques trous du revêtement dans les parois latérales passait du rose pêche au gris, il comprit qu'il allait passer la nuit dans ce cercueil puant, avec deux pouces d'eau sous les fesses et un trou de chiotte entrouvert en face de lui. Qu'il allait probablement *mourir* là-dedans, mais la question semblait académique. Passer la nuit ici, en revanche, des heures et des heures, empilées les unes sur les autres comme des montagnes de grands livres noirs, voilà qui était réel, qui était inévitable.

La panique frappa de nouveau. Il se mit une fois de plus à hurler et à taper sur les parois, tournant à genoux sur lui-même, donnant de l'épaule d'un côté, puis de l'autre. Comme un oiseau prisonnier d'un clocher, pensa-t-il, sans pouvoir s'arrêter. L'un de ses pieds, en s'agitant, écrasa la crotte évadée du trou contre le banc. Il déchira son pantalon. Il se fit mal aux articulations, qui se couvrirent d'ecchymoses. Finalement, il s'arrêta, en larmes, se suçant les mains.

*Faut arrêter. Faut que j'économise mes forces.*
Puis il pensa : *Pour quoi faire ?*
À vingt heures, l'air était devenu plus frais. À vingt-deux heures, la flaque d'eau dans laquelle il baignait s'était aussi rafraîchie – lui paraissait froide, en fait –, et il commença à trembler. Il serra ses bras autour de lui et remonta les genoux contre sa poitrine.
*Ça ira tant que je ne claquerai pas des dents. Je ne supporte pas de m'entendre claquer des dents.*
À vingt-trois heures, Grunwald alla se coucher. En pyjama, sous le ventilateur, il resta allongé en souriant dans l'obscurité. Il se sentait mieux qu'il ne s'était senti depuis des mois. Il en était heureux, mais pas surpris. « Bonne nuit, voisin », dit-il en fermant les yeux. Il dormit d'une seule traite, sans se réveiller une seule fois. Cela ne lui était pas arrivé depuis des mois.
À minuit, non loin de la cellule improvisée de Curtis, un animal – sans doute un chien errant, simplement, et non une hyène comme Curtis en avait l'impression – laissa échapper un long hurlement aigu. Ses dents se mirent à claquer. Le bruit était aussi affreux qu'il l'avait craint.
Le temps s'étira de manière inimaginable, puis il finit par s'endormir.

Il se réveilla tremblant de tout son corps. Même ses pieds faisaient des claquettes comme ceux d'un drogué en pleine crise de manque. *Je suis en train de tomber malade, faut que j'aille voir un docteur, j'ai mal partout,* pensa-t-il. Puis il ouvrit les yeux, vit où il se trouvait, se *rappela* où il se trouvait, et laissa échapper un cri bruyant de désolation : « *Ohhhh... non ! NON !* »
Mais c'était : oh oui. Au moins la sanisette n'était plus plongée dans une obscurité totale. De la lumière passait par les trous circulaires. Celle des lueurs rose pâle du matin. Elle n'allait pas tarder à prendre de la vigueur avec l'arrivée du jour et de la chaleur. Lui n'allait pas tarder à se retrouver dans un bain de vapeur.
*Grunwald va revenir. Il aura eu toute la nuit pour y penser, il va se rendre compte à quel point c'est insensé et il reviendra. Il me fera sortir.*
Curtis ne le croyait pas. Il aurait bien voulu, mais il n'y croyait pas.

Il avait un besoin brûlant de pisser. Mais qu'il soit damné s'il allait pisser dans le coin, même s'il y avait déjà de la merde et du papier-toilette partout datant du débordement de la veille. Il avait le sentiment que s'y prendre ainsi – un truc aussi ignoble – reviendrait à reconnaître qu'il avait abandonné tout espoir.

*J'ai abandonné tout espoir.*

Mais ce n'était pas vrai. Pas complètement. Aussi fatigué et endolori qu'il fût, aussi effrayé et démoralisé, quelque chose en lui n'avait pas renoncé. Et il y avait le bon côté : il ne ressentait aucun besoin de se faire vomir et il n'avait pas consacré le moindre instant, au cours de la nuit qui venait de s'écouler, une nuit qui lui avait paru presque éternelle, à se gratter le cuir chevelu avec son peigne.

De toute façon, il pouvait pisser ailleurs que dans le coin. Il se contenterait de tenir le couvercle des toilettes d'une main, de viser avec l'autre et de laisser filer. Bien entendu, étant donné la nouvelle configuration de la Port-O-San, il lui faudrait pisser horizontalement et non selon un angle descendant. La manière dont sa vessie se manifestait suggérait que cela ne serait en aucun cas un problème. Bien sûr, les dernières gouttes iraient probablement sur le sol, mais...

« Mais ce sont les fortunes de mer », dit-il à haute voix, se surprenant à partir d'un rire rauque. « Et pour ce qui est du siège des toilettes... qu'il aille se faire foutre. J'ai mieux à faire qu'à le tenir ouvert. »

Il n'avait rien d'un hercule, mais le couvercle à moitié ouvert comme le système d'attache qui le retenait au banc étaient en plastique ; le siège et la lunette étaient noirs, les attaches blanches. Toute cette foutue guérite n'était rien de plus qu'un préfabriqué bas de gamme en plastique, pas besoin d'être un gros entrepreneur pour voir ça et, contrairement aux parois et à la porte, il n'y avait aucun revêtement sur le siège et ses attaches. Il se sentait capable de les arracher facilement et, s'il le pouvait, il le ferait, ne serait-ce que pour ventiler un peu de sa colère et de sa terreur.

Curtis saisit le siège et le souleva avec l'intention d'agripper la lunette et de la tirer de côté. Mais, au lieu de cela, il prit le temps de jeter un coup d'œil dans le réservoir, en dessous, essayant de comprendre ce qu'il voyait.

Une fine ligne de lumière du jour, semblait-il.

Il la regarda avec une perplexité dans laquelle vint lentement se couler de l'espoir – non pas une révélation, pas exactement, mais l'amorce de quelque chose qui semblait monter de sa peau en sueur et maculée d'ordure. Il pensa tout d'abord qu'il s'agissait d'une trace de peinture fluorescente ou bien d'une illusion d'optique. Cette dernière idée se trouva renforcée lorsque la ligne de lumière commença à s'estomper. Un peu… davantage… beaucoup.

Puis, alors qu'elle était sur le point de disparaître complètement, elle se remit à briller, devenant tellement éclatante qu'elle continua à flotter derrière ses paupières quand il ferma les yeux.

*C'est le soleil. Le fond des toilettes – ce qui était le fond avant que Grunwald ne renverse la sanisette – est face à l'est, où le soleil vient juste de se lever.*

Et quand la ligne s'était estompée ?

« Un nuage qui passait devant le soleil, dit-il en repoussant ses mèches collées de sueur de la main qui ne tenait pas le couvercle. Et maintenant, il brille à nouveau. »

Il examina cette idée, à la recherche de la mortelle pollution consistant à prendre ses désirs pour la réalité, jugea que ce n'était pas le cas. La preuve était sous ses yeux. Le soleil brillait par une fine fissure au fond du collecteur de la sanisette. Ou peut-être était-ce une fente. S'il pouvait entrer là-dedans et agrandir la fente, cette ouverture brillante donnant sur le monde…

*Compte pas là-dessus.*

Et pour l'atteindre, il lui faudrait…

*Impossible, se dit-il. Si tu envisages de te glisser dans le réservoir à travers le siège des toilettes – telle une Alice au pays des merd'veilles – réfléchis à deux fois. À la rigueur, si tu étais aussi maigre qu'à tes quinze ans, mais cela remonte à trente-cinq ans, maintenant.*

On ne peut plus vrai. Il était cependant resté mince – ses sorties quotidiennes en bicyclette devaient y être pour quelque chose, se dit-il – et le fait était qu'il se sentait capable, en se tortillant, de franchir le trou sous le siège des toilettes. Ce ne serait peut-être même pas si difficile que ça.

*Et comment en ressortir ?*

Eh bien… S'il arrivait à exploiter ce rai de lumière, peut-être ne serait-il pas obligé de ressortir par où il était entré.

« En supposant que je puisse déjà y entrer », dit-il. Son estomac vide se remplit soudain de papillons et, pour la première fois depuis qu'il était arrivé sur le pittoresque site de Durkin Grove Village, il éprouva l'envie de se faire vomir. Il penserait de manière plus cohérente s'il pouvait s'enfoncer les doigts dans la gorge et...

« Non », dit-il sèchement en tirant couvercle et siège de côté de sa seule main gauche. Les attaches craquèrent mais résistèrent. Il s'y prit alors à deux mains. Ses cheveux lui retombèrent sur le front, et il eut un mouvement impatient de la tête pour les chasser. Siège et couvercle tinrent encore quelques instants, puis les attaches cédèrent. L'une des deux chevilles en plastique tomba dans le collecteur. L'autre, fendue par le milieu, contre la porte sur laquelle Curtis était agenouillé.

Il jeta rabat et lunette de côté et regarda dans le réservoir, mains appuyées sur le banc. La première bouffée de l'atmosphère empoisonnée qu'il respira le fit reculer et grimacer. Il avait cru s'être habitué à l'odeur – ou y être devenu insensible –, mais il s'était trompé ; en tout cas, pas à une aussi courte distance de sa source. Il se demanda à nouveau quand ce foutu collecteur avait été vidangé pour la dernière fois.

*Il faut voir le bon côté ; cela fait longtemps aussi qu'il n'a pas été utilisé.*

Possible, probable, même, mais rien ne garantissait que cela améliorait la situation. Il restait pas mal de choses dans ce truc – beaucoup de merde flottant dans ce qui restait d'une eau pleine de désinfectant. En dépit du manque de lumière, il y voyait assez pour en être convaincu. Il y avait de plus la question de savoir s'il arriverait à ressortir. Il le pourrait probablement – s'il parvenait à passer dans un sens, il avait toutes les chances de pouvoir passer dans l'autre – mais il n'était que trop facile d'imaginer l'aspect qu'il aurait, celui d'une créature puante née de déjections, un homme fait non pas d'argile, mais de merde.

La question était simple : avait-il un autre choix ?

En un sens, oui. Il pouvait rester assis où il était, en essayant de se persuader que les secours allaient finir par arriver, finalement La cavalerie, comme dans les dernières scènes d'un western. Sauf qu'il se disait qu'il y avait beaucoup de chances pour que ce soit l'Enfoiré qui revienne, pour s'assurer qu'il était... comment avait-il dit, déjà ? *Bien installé, à l'aise Blaise*. Très drôle.

Ce fut ce qui le décida. Il examina le trou dans le banc, le trou sombre qui exhalait d'infâmes remugles, le trou sombre avec son unique trait lumineux d'espoir. Un espoir aussi mince que la lumière. Il calcula. Tout d'abord, le bras droit, puis la tête. Garder le bras gauche pressé contre le corps jusqu'à ce qu'il se soit introduit à hauteur de la taille. Puis, lorsqu'il aurait libéré son bras gauche…

Et s'il n'était pas capable de se libérer ? Il s'imagina coincé, le bras droit dans le collecteur, le gauche cloué à son flanc, son buste bloquant le passage, bloquant *l'air*, mourant d'une mort de chien, frappant le magma sous lui pendant qu'il s'étranglait – et la dernière chose qu'il verrait serait la ligne moqueuse de lumière qui l'avait attiré là.

Il imagina encore quelqu'un trouvant son corps tassé dans le trou des toilettes, trou dont dépasseraient son derrière et ses jambes écartées, ses chaussures ayant laissé des empreintes barbouillées de marron sur les foutues parois de la cabine, après qu'il aurait donné d'ultimes coups de pied avant de mourir. Et quelqu'un – le représentant du fisc qui était la bête noire de l'Enfoiré, par exemple – qui disait : « Sainte merde, fallait vraiment qu'il ait laissé tomber quelque chose de grande valeur là-dedans. »

C'était marrant, mais Curtis n'avait aucune envie de rire.

Combien de temps était-il resté agenouillé, à scruter le réservoir ? Il n'en avait aucune idée ; sa montre se trouvait dans son bureau, posée à côté du tapis de souris, mais les courbatures qu'il sentait dans ses jambes laissaient à penser que cela faisait un bon moment. Et la lumière était devenue considérablement plus forte. Le soleil devait être largement au-dessus de l'horizon, à présent, et sa prison n'allait pas tarder à se changer en un bain de vapeur.

« Faut y aller, dit-il, essuyant la sueur de ses joues de la paume de la main. C'est le seul moyen. » Mais il attendit encore un peu, car une autre pensée lui était venue à l'esprit.

Et s'il y avait un serpent ?

Et si l'Enfoiré, imaginant que son sorcier d'ennemi puisse tenter précisément cette sortie-là, avait mis un serpent dans le collecteur ? Un trigonocéphale, par exemple, pour l'instant profondément endormi sous une couche de déchets d'origine humaine ? Une blessure de trigonocéphale au bras le ferait mourir lentement, douloureusement, son membre enflant au fur et à mesure que grimperait la température. Une morsure de serpent-corail réglerait son sort plus rapidement, mais encore plus douloureusement : son cœur essayant de battre, s'arrêtant, repartant pour finalement renoncer.

*Il n'y a aucun serpent là-dedans. Des insectes, peut-être, mais pas des serpents. Tu l'as vu, tu l'as entendu. Il n'a pas été jusque-là dans ses spéculations. Il est trop malade, trop cinglé.*

Peut-être, ou peut-être pas. On ne peut pas vraiment évaluer un cinglé, n'est-ce pas ? Ce sont des jokers.

« Des jokers, des paires et des brelans, le double sept rafle tout », dit Curtis. Le Tao de l'Enfoiré. La seule chose certaine était que, s'il n'essayait pas de passer par là, il était pratiquement assuré de mourir ici. Et, en fin de compte, une morsure de serpent pouvait être plus rapide et miséricordieuse.

« Il le faut, dit-il en s'essuyant à nouveau les joues. Il le faut. »

Tant qu'il ne resterait pas coincé à moitié dedans et à moitié dehors… Ce serait une manière terrible de mourir.

« Je ne vais pas rester coincé, dit-il. Regarde comme le trou est grand. Il a été conçu pour des culs de gros costauds bouffeurs de doughnuts. »

Ça le fit pouffer. D'un rire qui trahissait plus d'hystérie que d'humour. Le trou des toilettes ne lui paraissait pas si grand que ça ; petit, en fait. Presque minuscule. Il comprenait que c'était la perception déformée qu'il en avait, sa perception *affolée*, sa perception *effrayée à mort* ; mais de le savoir ne l'aidait pas beaucoup.

« Faut pourtant que je le fasse. Y'a pas d'autre solution. »

Et, en fin de compte, cela ne servirait probablement à rien… mais il doutait toutefois qu'on ait pris la précaution de doubler d'acier la base du collecteur, et ce fut ce qui le décida.

« Dieu me vienne en aide », dit-il. C'était sa première prière depuis presque quarante ans. « Mon Dieu, aide-moi à ne pas rester coincé. »

Il passa le bras droit par le trou, puis la tête (prenant auparavant une grande bouffée de l'air marginalement plus respirable de la sanisette). Collant son bras gauche à son flanc, il se glissa par l'ouverture. Son épaule gauche resta prise, mais avant qu'il se mette à paniquer et à reculer – c'était, comprenait-il vaguement, le moment critique, le point de non-retour –, il s'agita comme s'il avait la danse de Saint-Guy. Son épaule passa d'un coup. Il gigota jusqu'à ce qu'il se retrouve dans le réservoir puant jusqu'au niveau de la taille. Ses hanches – minces, mais pas inexistantes – bouchant le trou, il y faisait à présent noir comme dans un four. Le trait de lumière semblait flotter, moqueur, juste devant ses yeux. Tel un mirage.

*Oh, mon Dieu, faites que ce ne soit pas un mirage.*

Le collecteur faisait quelque chose comme quatre pieds de profondeur, peut-être un petit peu plus. Il était plus grand que le coffre d'une voiture mais très en dessous, malheureusement, de la taille d'un plateau de pick-up. Il n'avait aucun moyen d'en être sûr, mais il lui semblait que le bout de ses cheveux trempait dans l'eau lourde de désinfectant et que le dessus de son crâne n'était qu'à un ou deux pouces du magma qui tapissait le fond. Son bras gauche était toujours cloué contre son buste. À hauteur du poignet. Il n'arrivait pas à le dégager. Il s'agita dans un sens et dans l'autre. Le bras resta où il était. Son pire cauchemar : coincé. Définitivement coincé. La tête la première dans ces ténèbres puantes.

La panique se mit soudain à flamber. Il tendit sa main droite, sans penser à ce qu'il faisait, juste pour agir. Un instant, il distingua ses doigts, dessinés par la maigre lumière en provenance du fond du collecteur, fond qui faisait maintenant face au soleil. La lumière était bien là, juste devant lui. Il tenta de la saisir. Les trois premiers doigts de sa main étaient trop gros pour se glisser dans la fente, mais il put y passer son petit doigt. Il tira, sentant que le bord déchiqueté – métal ou plastique, il n'aurait su dire – s'enfonçait dans sa peau puis la déchirait. Curtis n'y prit pas garde. Il tira plus fort.

Ses hanches franchirent l'ouverture comme un bouchon sort d'une bouteille. Son poignet se libéra, mais trop tard pour qu'il puisse tendre le bras gauche et arrêter sa chute. Il tomba tête la première dans la merde.

Il se débattit pour se redresser, s'étouffant, le nez bouché par un magma puant. Il toussa, cracha, conscient de se trouver dans un espace particulièrement confiné, à présent, pas de doute. Comment ? Il s'était trouvé à l'étroit, dans la sanisette ? Ridicule. La sanisette, à côté c'étaient les grands espaces. L'Ouest américain, l'Outback australien, la nébuleuse de la Tête de Cheval. Et il y avait renoncé pour ramper dans une matrice sombre pleine de merde en décomposition !

Il s'essuya le visage, puis secoua ses mains. Des filaments d'une matière noire volèrent du bout de ses doigts. Ses yeux le piquaient, sa vision était brouillée. Son nez restait bouché. Il y mit ses petits doigts, sentant le sang couler du droit, et dégagea ses narines du mieux qu'il put. Il y parvint assez pour pouvoir à nouveau respirer par le nez, mais lorsqu'il le fit, la puanteur du collecteur parut plonger directement au fond de sa gorge et enfoncer ses griffes jusque dans son estomac. Il fut pris d'un haut-le-cœur, émettant une sorte de grognement grave

*Reprends-toi. Reprends-toi, ou t'auras fait ça pour rien.*

Il s'adossa au côté encroûté de magma, prenant de profondes inspirations par la bouche, mais c'était presque aussi horrible. Juste au-dessus de lui, il voyait une grande perle ovale de lumière. Le trou des toilettes par lequel, dans sa folie, il s'était faufilé. Il eut un nouveau haut-le-cœur. Il lui fit l'effet du grognement d'un chien méchant par temps d'orage, un chien essayant d'aboyer, à demi étranglé par son collier trop serré.

*Et si je n'arrive pas à m'arrêter ? Si je n'arrive pas à maîtriser ça ? Je vais avoir une attaque.*

Il était trop effrayé et bouleversé pour penser, si bien que son corps le fit pour lui. Il pivota sur ses genoux, ce qui était difficile – la paroi latérale du collecteur, qui était maintenant le sol, était glissante – mais possible. Il approcha alors la bouche du trou dans le fond du réservoir et respira par là. Le souvenir d'une histoire, qu'il avait entendue raconter ou lue alors qu'il était encore lycéen, lui revint alors à l'esprit : comment les Indiens se cachaient de leurs ennemis en se coulant au fond d'une mare peu profonde. Allongés, respirant par le tube creux d'un roseau. On pouvait faire ça. On pouvait le faire à condition de rester calme.

Il ferma les yeux. Il respira, et l'air qui lui parvint par le trou était d'une douceur incomparable. Peu à peu, son cœur affolé finit par se calmer.

*Tu peux ressortir. Si tu as pu passer aans un sens, tu peux aussi passer dans l'autre. Et passer dans l'autre sera d'autant plus facile maintenant que tu es…*

« Enduit d'une bonne couche de gras », dit-il à voix haute, réussissant à émettre un rire tremblotant… même si le timbre creux et sinistre de sa voix fit renaître toute sa frayeur

Quand il sentit qu'il avait un peu repris le contrôle de lui-même, il rouvrit les yeux. Sa vue s'était ajustée à la profonde pénombre du collecteur. Il voyait ses bras de chemise couverts de merde, un ruban de papier pendant de sa main gauche. Il le détacha et le laissa tomber. Il se dit qu'il commençait à s'habituer. Que les gens sont capables de s'habituer à n'importe quoi, s'ils n'ont pas le choix. Réflexion qui n'était pas particulièrement réconfortante.

Il examina la fente. Il l'examina un certain temps, s'efforçant de donner un sens à ce qu'il voyait. Elle faisait penser à l'ourlet d'un vêtement que l'on aurait mal cousu. Car il y avait un joint, ici. Le réservoir était en plastique, après tout – une coquille de plastique – mais il n'avait pas été moulé d'un seul bloc ; il était fait de deux parties. Et les deux parties étaient solidarisées par une rangée de vis qui brillaient dans la pénombre. Elles brillaient parce qu'elles étaient blanches. Curtis essaya de se rappeler s'il avait déjà vu des vis blanches. Non. Plusieurs d'entre elles s'étaient cassées, dans la partie inférieure du réservoir, créant la fente qu'il avait vue. Déchets et eaux usées devaient s'écouler lentement par là depuis un certain temps.

*Si les gens de la Protection de l'environnement avaient su ça, l'Enfoiré, tu les aurais eus aussi sur le dos,* pensa Curtis. Il toucha l'une des vis qui tenaient encore, celle qui se trouvait juste à gauche de la fente. Il ne pouvait en être sûr, mais il lui semblait qu'elle était en plastique dur plutôt qu'en métal. Le même genre de plastique que celui des attaches du siège des toilettes, probablement.

Bon. Fabrication en deux parties. Les réservoirs assemblés sur une chaîne de montage quelque part à Defiance, Missouri, ou à Magic City, Idaho ou – allez savoir ? – à What Cheer, Quelle-Joie, Iowa. Assemblés par des vis en plastique dur, le joint courant sur le fond et remontant le long des parois tel un bon grand vieux sourire. Les vis serrés à l'aide d'un tournevis spécial à tige longue, sans doute à air comprimé, comme l'appareil utilisé dans les garages pour desserrer ou serrer les boulons des jantes de pneu. Et pourquoi mettre ces vis à l'intérieur ? Réponse facile. Les petits rigolos ne pouvaient pas arriver avec leur tournevis et s'amuser à ouvrir de l'extérieur un collecteur plein, pardi.

Les vis étaient disposées à deux pouces d'intervalle, le long du joint, et la fente mesurait environ quinze centimètres de long ;

autrement dit, calcula Curtis, trois des vis avaient sauté. Mauvais matériaux, mauvaise conception ? *Je ne vais pas m'emmerder avec ça,* songea Curtis.

« Si je puis dire », marmonna-t-il, éclatant de nouveau de rire.

Les vis encore en place à droite et à gauche de la fente dépassaient un peu, mais il ne pouvait ni les dévisser, ni les casser comme il l'avait fait pour les attaches de la lunette. Il ne pourrait exercer un effort suffisant. Celle de droite avait un peu de jeu et il supposa qu'à force d'efforts il finirait par la desserrer un peu plus, puis par la dévisser complètement. Cela lui prendrait des heures et il aurait probablement les doigts en sang avant d'avoir fini. C'était cependant possible. Et qu'y gagnerait-il ? Cinq centimètres de plus d'air respirable par la fente, pas davantage.

Quant aux autres vis, elles n'avaient pas le moindre jeu.

Curtis commençait à avoir trop mal pour rester plus longtemps à genoux ; les muscles de ses cuisses le brûlaient. Il s'assit de nouveau contre la partie incurvée du réservoir, avant-bras sur les genoux, ses mains sales pendant entre eux. Il regarda l'ovale de plus en plus lumineux du trou des toilettes. Au-delà s'étendait le monde d'en haut, même si la portion qui lui était attribuée était des plus réduites. Cependant, il sentait moins mauvais, et lorsque ses jambes auraient repris un peu de force, il s'y remettrait, probablement. Il ne resterait pas là, assis dans la merde, s'il n'avait rien à y gagner. Et, apparemment, il n'avait rien à y gagner.

Un cancrelat taille XXL, rendu audacieux par la nouvelle immobilité de Curtis, se mit à escalader sa jambe de pantalon enduite de merde. D'un revers de main, il le chassa. « C'est ça, dit-il, tire-toi. Tu devrais passer par la fente. T'as la taille voulue pour ça, je crois. » Il repoussa ses cheveux qui lui tombaient sur les yeux, il savait qu'il maculait son front de merde et s'en fichait. « Mais non, ça te plaît, ici. Tu dois penser que t'es mort et que t'es arrivé au paradis des cancrelats. »

Il allait se reposer, laisser ses jambes douloureuses reprendre des forces, puis il sortirait du Pays des merd'veilles pour retrouver sa portion du monde de la taille d'une cabine téléphonique. Juste un court repos ; il ne resterait pas là, en bas, plus longtemps qu'il n'était nécessaire, oh non !

Curtis ferma les yeux et essaya de se concentrer sur lui-même.

Il vit des chiffres courir sur l'écran de son ordinateur. Le marché n'était pas encore ouvert à cette heure à New York ; ces chiffres devaient donc venir de l'étranger. Il s'agissait probablement du Nikkei. La plupart étaient verts. Bien.

« Métaux et industries, dit-il. Et Takada Pharmaceutical, ça c'est une affaire. On voit très bien que… »

Recroquevillé contre la paroi, en position presque fœtale, ses traits tirés striés de peintures de guerre marron, assis dans le magma pestilentiel presque jusqu'aux hanches, ses mains entartées de merde pendant toujours entre ses genoux remontés, Curtis dormit. Et rêva.

Betsy était vivante et lui-même se trouvait dans son séjour. La chienne était allongée sur le flanc à sa place habituelle, entre la table basse et la télé, somnolant, la dernière balle de tennis qu'elle avait mâchouillée à portée de main. Ou plutôt de patte.

« Bets ! dit-il. Lève toi et va me chercher ce crétin de bâton ! »

La chienne se leva avec peine – bien sûr, avec peine, elle était âgée – et les plaques de son collier tintèrent.

Les plaques tintèrent.

Les plaques.

Il s'éveilla, haletant, penché sur la gauche pour avoir un peu glissé sur le fond graisseux du réservoir, une main tendue, soit pour prendre la télécommande, soit pour toucher sa chienne défunte.

Il remit la main sur son genou. Il ne fut pas surpris de constater qu'il pleurait. Il avait probablement commencé avant même le début de son rêve. Betsy était morte et il était assis dans la merde. S'il n'y avait pas là motif à pleurer…

Il regarda de nouveau par le trou ovale de la lunette, un peu audessus de lui, et vit que la lumière s'était encore accrue. Difficile de croire qu'il avait dormi plus de quelques secondes, mais le fait était là : il avait dormi. Au moins une heure. Dieu seul savait combien de cet air empoisonné il avait respiré, mais…

« J'ai pas à m'en faire, je suis capable de respirer un air empoisonné. Après tout, je suis une sorcière. »

Et, air méphitique ou pas, le rêve avait été très doux. Très *vivant*. Le tintement des plaques…

« Bordel ! » murmura-t-il, tandis que sa main volait vers sa poche. Il était affreusement certain d'avoir perdu les clefs de la Vespa dans sa cabriole et il allait devoir les chercher à tâtons là-dedans, triant les merdes à la seule et faible lumière qui provenait de la fente d'un côté et de la lunette de l'autre, mais la clef était toujours à sa place. De même que son argent, mais l'argent ne lui servirait à rien, où il se trouvait ; quant au clip, il était aussi inutilisable. Il était en or, et de valeur, mais trop épais pour faire un moyen d'évasion. Pareil pour la clef de la Vespa. Mais il y avait autre chose sur le porte-clefs. Une chose qui le faisait se sentir à la fois bien et mal chaque fois qu'il la voyait ou l'entendait tinter. La plaque d'identité de Betsy.

Elle en avait porté deux, en fait, mais c'était celle-ci qu'il avait enlevée de son collier avant de lui faire un dernier adieu en la serrant dans ses bras et d'abandonner son corps au véto. L'autre, obligatoire, certifiait qu'elle avait eu tous ses vaccins. La première était plus personnelle. De forme rectangulaire, comme la plaque d'identité d'un soldat. Gravé dessus, on lisait :

BETSY
SI VOUS LA TROUVEZ
APPELEZ LE 941- 555-1954
CURTIS JOHNSON
19 GULF BOULEVARD
TURTLE ISLAND, FLA. 34274

Ce n'était pas un tournevis, mais elle était mince, faite d'acier, et Curtis pensa qu'elle pourrait en faire office. Il récita une nouvelle prière – il ignorait si, comme on disait, il n'y a pas d'athées dans une tranchée, mais apparemment, il n'y en avait pas non plus dans une fosse à merde – et glissa l'extrémité de la plaque de Betsy dans l'encoche de la vis, juste à droite de la fente. La vis qui avait déjà un peu de jeu.

Il s'attendait à une certaine résistance, mais, sous la pression de la plaque, la vis tourna presque tout de suite. Il en fut tellement surpris qu'il lâcha le porte-clefs et dut le rechercher à tâtons. Il remit l'extrémité de la plaque dans l'encoche et tourna deux fois. Il put finir de dévisser à la main. Un grand sourire incrédule s'étalait sur son visage.

Avant de s'attaquer à la vis à gauche de la fente – une fente qui mesurait maintenant deux pouces de plus –, il nettoya le tournevis improvisé sur sa chemise – dans le mesure où on pouvait parler de nettoyage, sa chemise étant aussi sale que le reste de sa personne et lui collant à la peau – et l'embrassa doucement.

« Si ça marche, je te fais encadrer. » Il hésita, puis ajouta : « Je t'en prie, marche, d'accord ? » Il glissa l'extrémité de la plaque dans l'encoche de la vis et tourna. Celle-ci était plus serrée que la précédente… mais pas si serrée que ça. Et une fois qu'elle se fut mise à tourner, elle se dévissa sans peine.

« Bon Dieu », murmura Curtis. Il pleurait à nouveau ; un vrai robinet qui fuyait. « Tu crois que je vais sortir d'ici, Bets ? Que je vais vraiment en sortir ? »

Il revint à droite et s'attaqua à la vis suivante. Il continua ainsi, vis de droite, vis de gauche, vis de droite, vis de gauche, se reposant quand sa main était trop fatiguée, pliant et secouant les doigts jusqu'à ce qu'ils aient retrouvé leur souplesse. Il avait déjà passé vingt-quatre heures ici ; il n'allait pas se presser maintenant. Il ne voulait surtout pas lâcher à nouveau le porte-clefs. Il pensait pouvoir le retrouver, le secteur n'était pas bien grand, mais c'était un risque qu'il ne voulait pas courir.

Droite-gauche, droite-gauche, droite-gauche.

Et lentement, tandis que la matinée passait et que la chaleur montait dans le collecteur, rendant l'odeur encore plus épaisse et plus lourdement entêtante, la fente dans le fond du réservoir s'agrandit. Il continuait, se rapprochant du moment où il pourrait sortir, mais il s'évertuait à ne pas se presser. Il était important de ne pas se précipiter, de ne pas partir au galop comme un cheval effrayé. Parce qu'il aurait risqué de tout gâcher, oui, mais aussi parce que sa fierté et son amour-propre – le sentiment profond de ce qu'il était – venaient d'en prendre un coup.

Question d'amour-propre mise à part, rien ne sert de courir – etc.

Droite-gauche, droite-gauche, droite-gauche.

Peu avant midi, le joint, dans le fond de la sanisette, parut gonfler et se distendre, se refermer, se gonfler et se distendre à nouveau. Ensuite, plus rien. Puis il s'écarta sur un peu plus d'un mètre, et le crâne de Curtis Johnson fit son apparition. Mais il recula, et il y eut des grattements et des claquements lorsqu'il se remit au travail, retirant d'autres vis : trois à gauche, trois à droite.

La fois suivante, le crâne strié de brun continua à progresser dans l'écartement plus grand du joint. Curtis procédait lentement, joues et bouche tirées vers le bas comme sous l'effet d'une terrible force de plusieurs G, une oreille écorchée et en sang. Il cria, poussant des pieds, terrifié à présent à l'idée qu'il allait rester coincé ainsi, à moitié sorti du réservoir. Cependant, en dépit de sa terreur, il nota la douceur de l'air : chaud et humide, l'air le plus suave qu'il eût jamais respiré.

Une fois les épaules à l'extérieur, il s'arrêta, haletant, et resta un instant perdu dans la contemplation d'une boîte de bière écrasée qui scintillait dans les herbes, à moins de dix mètres de sa tête ensanglantée et en sueur. Elle avait quelque chose de miraculeux. Puis il poussa de nouveau, tête redressée, grimaçant, les tendons du cou ressortant. Il y eut un bruit de déchirement lorsque le bord du joint lacéra sa chemise et la lui arracha. C'est à peine s'il s'en rendit compte. Juste devant lui, s'élevait un tout jeune pin qui devait mesurer à peine plus d'un mètre. Il s'étira, saisit le tronc mince et résineux par la base d'une main, puis de l'autre. Il se reposa encore un instant, conscient que ses deux omoplates étaient écorchées et saignaient, puis il tira sur l'arbre tout en donnant une poussée finale avec les pieds.

Il crut qu'il allait carrément déraciner le petit pin, mais l'arbre résista. Une douleur fulgurante courut le long de sa fesse lorsque le joint par lequel il s'extirpait déchira son pantalon, qui se retrouva en accordéon sur ses chevilles. Pour pouvoir sortir complètement, il dut continuer à se tortiller et à tirer, perdant finalement ses chaussures. Et, lorsque le réservoir lâcha enfin prise sur son pied gauche, l'idée qu'il était libre lui parut impossible à croire.

Il roula sur le dos, habillé de son seul boxer-short – qui pendait de travers, l'élastique rompu retombant mollement, le fond déchiré révélant des fesses sérieusement écorchées et sanglantes – et d'une chaussette blanche – naguère. Il se mit alors à crier. Et il était presque enroué à force de s'égosiller quand il se rendit compte de ce qu'il criait : « *Je suis vivant ! Je suis vivant ! Je suis vivant ! Je suis vivant !* »

Vingt minutes plus tard, il se mit debout et se dirigea en boitant vers le mobile home abandonné sur ses parpaings de béton, une vaste flaque datant de l'averse de la veille abritée dans son ombre. La porte était fermée à clef, mais quelques parpaings surnuméraires étaient posés à côté des marches en bois brut. L'un d'eux était cassé en deux. Curtis ramassa le morceau le plus petit et en frappa la serrure jusqu'à ce que battant s'ouvre avec un tremblement laissant échapper une bouffée d'air chaud à l'odeur de moisi.

Il se retourna avant d'entrer et, pendant quelques instants, étudia les toilettes, de l'autre côté de la route ; les flaques des nids-de-poule renvoyaient des reflets d'un bleu éclatant, comme l'auraient fait les échardes de verre d'un miroir sale. Cinq sanisettes, trois debout, deux renversées, porte dans le fossé. Il avait été bien près de mourir dans l'une d'elles. Alors qu'il se tenait là presque nu, dans son boxer-short en lambeaux et son unique chaussette, maculé de merde et saignant de ce qui lui paraissait être cent endroits différents, cette idée lui paraissait déjà irréelle. Un mauvais rêve.

Le bureau avait été partiellement vidé – ou partiellement pillé, probablement un jour ou deux avant l'arrêt définitif des travaux. Il n'y avait aucune cloison ; ce n'était qu'une pièce tout en longueur avec un bureau, deux chaises et un canapé bas de gamme dans la partie la plus proche de la porte. Dans le fond, s'empilaient des cartons remplis de papiers ; une machine à calculer était posée sur le sol à côté d'un frigo débranché, d'une radio et d'un fauteuil pivotant avec un mot collé à son dossier. À GARDER POUR JIMMY, pouvait-on lire.

Il y avait aussi un placard dont la porte était entrouverte mais, avant d'aller vérifier, Curtis ouvrit le petit frigo. Il contenait quatre bouteilles d'eau de source Zéphyr, l'une d'elles ouverte et aux trois quarts vide. Curtis s'empara de l'une des pleines et la descendit jusqu'à la dernière goutte. L'eau était tiède, mais elle lui parut avoir le goût que devait avoir celle des rivières du paradis. Quand il l'eut vidée, son estomac se retourna. Il se précipita vers la porte, s'agrippa au montant et vomit l'eau à côté des marches.

« Regarde, m'man, pas besoin des doigts ! » s'écria-t-il, des larmes roulant sur son visage crasseux. Il se dit qu'il aurait tout aussi bien pu vomir l'eau sur le plancher du mobile home abandonné, mais il ne tenait pas à se trouver dans la même pièce que son dégueulis. Pas après ce qu'il avait vécu.

*En fait, j'ai bien l'intention de ne plus jamais chier de ma vie,* pensa-t-il. *À partir de maintenant, je vais me vider sur le mode mystique : l'immaculée évacuation.*

Il but la deuxième bouteille plus lentement et ne vomit pas Pendant qu'il la sirotait, il regarda dans le placard. Deux pantalons sales et deux chemises tout aussi sales étaient entassés dans un coin. Curtis se dit qu'il devait y avoir eu un lave-linge, à un moment donné, là où étaient empilés les cartons. À moins qu'il n'y ait eu un second mobile home qu'on aurait déménagé entretemps. Il s'en fichait. Ce qui l'intéressait, c'étaient les deux salopettes bon marché, l'une accroché à un cintre, l'autre à un crochet. Cette dernière paraissait beaucoup trop grande, mais celle sur le cintre pourrait lui aller. Et elle lui allait, ou à peu près. Il dut rouler deux fois le bas du pantalon et il se dit qu'il devait avoir davantage l'air de John le cul-terreux que d'un trader de haut vol, mais il ferait avec.

Il aurait pu appeler la police, mais il estimait avoir droit à quelque chose de plus satisfaisant après ce qu'il avait dû subir. De beaucoup plus satisfaisant.

« Et d'abord, les sorcières n'appellent pas la police, dit-il. En particulier les sorcières gays. »

Son scooter n'avait pas bougé, mais Curtis n'avait pas l'intention de retourner chez lui, pour le moment. En premier lieu parce que trop de monde verrait le spectacle du tas de boue sur sa Vespa Granturismo. Il ne pensait pas que les gens en viendraient à le signaler à la police… mais ça les ferait rire. Curtis ne voulait ni être remarqué ni être moqué. Pas même dans son dos.

De plus, il était fatigué. Plus fatigué qu'il ne l'avait jamais été de toute sa vie.

Il s'allongea sur le canapé bon marché, un coussin derrière la tête. Il avait laissé la porte du mobile home ouverte et une brise légère, de ses doigts délicieux, venait caresser sa peau crasseuse. Il n'avait sur lui que la salopette. Avant de l'enfiler, il s'était débarrassé de son boxer-short déchiré et sale ainsi que de sa dernière chaussette.

*Je ne sens même pas l'odeur que je dégage,* songea-t-il. *N'est-ce pas stupéfiant ?*

Sur quoi il s'endormit, profondément, complètement. Il rêva que Betsy lui apportait la télécommande, tandis que les plaques de son collier tintaient. Il prit l'instrument, le pointa sur la télé et vit l'Enfoiré qui l'espionnait par la fenêtre.

Il se réveilla quatre heures plus tard, en sueur, raide, ayant mal partout. Dehors, le tonnerre grondait tandis qu'approchait l'orage de l'après-midi, pile à l'heure. Il descendit en se tenant à l'envers les quatre marches branlantes du mobile home, tel un vieillard arthritique. Il se *sentait* comme un vieillard arthritique. Puis il s'assit, regardant tour à tour le ciel qui noircissait et la sanisette dont il venait de s'évader.

Quand la pluie commença, il quitta la salopette et la jeta dans le mobile home pour qu'elle restât sèche ; puis il se tint nu sous l'averse, visage tourné vers le ciel, souriant. Un sourire qui ne vacilla pas un instant, même lorsqu'un éclair planta ses fourches à l'autre bout de Durkin Grove Village, assez près pour emplir l'air de l'odeur âcre de l'ozone. Il se sentait parfaitement en sécurité, délicieusement en sécurité.

La pluie froide le nettoya relativement bien et, lorsqu'elle donna des signes de s'arrêter, il remonta lentement les marches du mobile home. Une fois sec, il enfila de nouveau la salopette. Et, lorsque le soleil de la fin du jour se mit à lancer ses rayons sous les nuages qui se débandaient, il partit d'un pas lent jusqu'en haut de la colline, là où était garée sa Vespa. Il étreignait la clef dans la main droite, la plaque d'identité de Betsy, à présent tordue, serrée entre son index et son pouce.

La Vespa n'avait pas l'habitude de rester sous la pluie, mais c'était un bon petit cheval et elle démarra après seulement deux coups de kick, adoptant tout de suite son ronronnement satisfait. Curtis l'enfourcha, pieds nus et sans casque, mais guilleret. Il retourna à Turtle Island dans cet équipage, le vent soulevant ses cheveux encroûtés et faisant gonfler la salopette à hauteur de ses jambes. Il ne croisa que quelques voitures et traversa la route prin cipale sans le moindre problème.

Deux aspirines ne lui feraient peut-être pas de mal avant d'aller voir Grunwald, mais sinon, il ne s'était jamais senti mieux de toute sa vie.

À dix-neuf heures, l'orage de l'après-midi n'était plus qu'un souvenir. Les amateurs de couchers de soleil de Turtle Island se rassembleraient sur la plage d'ici environ une heure pour assister au spectacle de la fin du jour, et Grunwald se proposait de se joindre à eux. Pour le moment, cependant, il flemmardait dans le bain chaud de son patio, les yeux fermés, un gin tonic faiblement dosé à portée de la main. Il avait pris un Percocet avant d'entrer dans l'eau, sachant que cela l'aiderait pour la petite marche jusqu'à la plage, mais son impression de satisfaction rêveuse persistait. À peine avait-il besoin de ses antalgiques. Cela pourrait changer, mais pour le moment, il ne s'était jamais senti aussi bien depuis des années. Certes, il était financièrement ruiné, mais il avait assez de liquidités bien planquées pour vivre confortablement pendant le temps qui lui restait. Plus important, il avait réglé son compte au pédé qui était à l'origine de toutes ses misères. Ding-dong, la méchante sorcière était mo…

« Salut, Grunwald. Salut, l'Enfoiré. »

Ses yeux s'ouvrirent. S'agrandirent. Une forme sombre se tenait entre lui et le soleil posé au-dessus de l'horizon occidental, une forme comme un papier découpé. Du papier noir. Un crêpe funèbre. On aurait dit Johnson, mais ça ne pouvait pas être Johnson – Johnson était enfermé dans les toilettes renversées, Johnson était un rat d'égout crevé ou sur le point de crever. Et jamais cette petite gravure de mode sournoise ne se serait laissé voir dans la tenue d'un personnage venu d'une vieille émission débile comme *Hee-Haw*. C'était un rêve, c'était forcément un rêve. Mais…

« T'es réveillé ? Bien. Je tiens à ce que tu sois réveillé pour la suite.

– Johnson ? » À peine un murmure. C'est tout ce qu'il put produire. « C'est pas vraiment toi, hein ? »

La silhouette bougea un peu, cependant, juste assez pour que le soleil bas vienne frapper sa figure couverte d'écorchures, et Grunwald comprit que si, c'était Johnson. Et qu'est-ce qu'il tenait à la main ?

Curtis vit que l'Enfoiré regardait l'objet et, attentionné, se déplaça encore un peu pour que le soleil l'éclaire aussi. Un sèche-cheveux, voilà ce que vit Grunwald. Un sèche-cheveux, et lui, il était dans un bain chaud, de l'eau jusqu'à la poitrine.

Il empoigna le bord avec l'intention de sortir et Johnson lui marcha sur la main. Grunwald poussa un cri et retira vivement sa main. Johnson était pieds nus, mais il avait pesé du talon, sèchement.

« Je préfères que tu restes où tu es, dit Curtis avec un sourire. Je suis sûr que c'était ce que tu souhaitais pour moi, et pourtant je suis sorti, on dirait, hein ? Et je t'ai même apporté un cadeau. Je suis passé chez moi pour le prendre. Tu ne vas pas le refuser par principe, parce qu'il n'est pas tout à fait neuf – et j'en ai chassé toute la poussière gay en venant ici. En passant par-derrière, au fait. Bien pratique qu'il n'y ait pas eu de courant dans cette ridicule barrière à vaches qui t'a servi à tuer mon chien. Tiens, attrape. » Et il laissa tomber le sèche-cheveux dans l'eau.

Grunwald hurla, essaya d'attraper l'objet, le manqua. Le sèche-cheveux coula. L'un des jets le fit pirouetter sur le fond. Il vint heurter les jambes décharnées de Grunwald et celui-ci eut un mouvement de recul, hurlant toujours, sûr et certain d'être électrocuté.

« Calme-toi », lui dit Johnson. Il souriait toujours. Il défit la première bretelle de sa salopette, puis l'autre. La salopette lui tomba sur les chevilles. Il était nu en dessous, avec encore des traces légères des saletés en provenance du collecteur, à l'intérieur de ses bras et de ses cuisses. Il y avait un répugnant truc marron pris dans le nombril. « Je ne l'avais pas branché. Je ne sais même pas si le coup du sèche-cheveux dans la baignoire est efficace. Je dois toutefois reconnaître que si j'avais eu une rallonge électrique, j'aurais peut-être tenté l'expérience.

– Fiche le camp d'ici, gronda Grunwald.

– Non, je ne crois pas. »

Souriant, toujours souriant.

Grunwald se demanda si le type n'était pas devenu fou. Lui, pour sa part, le serait devenu s'il s'était trouvé placé dans une situation similaire à celle dans laquelle il avait laissé Johnson. Comment était-il sorti ? *Comment*, au nom du Ciel ?

« L'averse de cet après-midi m'a débarrassé de presque toute la merde, mais je suis encore très sale. Comme tu vois. » Johnson repéra la répugnante boulette dans son nombril, la dégagea du doigt et l'expédia d'un geste négligent dans le bain, comme une crotte de nez.

Elle atterrit sur la joue de Grunwald. Brunâtre, puante. Et se mit à dégouliner. Seigneur Dieu, c'était de la merde ! Il cria de nouveau, cette fois d'écœurement.

« Il tire, but ! » dit un Johnson toujours souriant. « Pas très agréable, hein ? Et même si je ne *la sens* pratiquement plus, j'en ai vraiment marre de *la regarder*. Alors, montre-toi bon voisin, permets que je partage ton jacuzzi.

« Non ! Non, tu ne peux…

– Merci ! » dit Johnson en sautant dans l'eau provoquant une gerbe d'éclaboussures.

Grunwald le sentait. Il puait, il empestait. Le vieil homme se réfugia dans l'angle le plus éloigné du jacuzzi, ses guiboles décharnées jetant des éclairs blancs au-dessus de l'eau bouillonnante, leur bronzage, en dessous des genoux, leur faisant comme des bas nylon couleur taupe. Il passa un coude par-dessus le rebord. Johnson le cravata alors au cou, de son bras couvert d'écorchures mais horriblement puissant, et le ramena dans l'eau.

« Non-non-non-non-non ! » le tança Curtis avec son éternel sourire. Il attira Grunwald à lui. De petits débris marron ou noirâtres dansaient à la surface de l'eau, sur les bulles. « Nous autres, gays, nous ne prenons que rarement nos bains seuls. Tu as certainement dû découvrir cela au cours de tes recherches sur Internet. Et les *sorcières* gays ? Jamais !

– Lâche-moi !

– Peut-être. » Johnson le serra encore un peu plus, de manière horriblement intime, empestant toujours la sanisette. « Mais tout d'abord, je pense que tu devrais essayer la sellette à plongeon[1] spé-

1. Châtiment barbare pratiqué en Angleterre (au Moyen Âge et plus tard encore) pour punir les femmes de mauvaise vie : on les attachait à une chaise spéciale et on les plongeait un certain nombre de fois dans une mare ou une rivière.

ciale gay. Un baptême, en quelque sorte. Ça te débarrasse de tes péchés. »

Le sourire de Curtis s'élargit en un rictus. Grunwald comprit qu'il allait mourir. Pas dans son lit, dans un avenir brumeux, bourré d'opiacés, mais ici, tout de suite. Johnson allait le noyer dans son propre jacuzzi, et la dernière chose qu'il verrait serait les particules de merde flottant sur une eau auparavant parfaitement claire.

Curtis attrapa Grunwald par ses épaules nues et osseuses et l'enfonça sous l'eau. Le vieil homme se débattit, donna des coups de pied, ses rares cheveux flottant au-dessus de son crâne tandis que de petites bulles argentées montaient en tourbillons de son vieux gros tarin en bec d'aigle. L'envie de prolonger son immersion était violente… et Curtis aurait été capable de le faire parce qu'il était fort. Jadis, Grunwald aurait pu avoir raison de lui d'une seule main, différence d'âge ou pas, mais cette époque était révolue. Il n'était plus qu'un Enfoiré crevard. C'est pour cela que Curtis le lâcha.

Grunwald refit surface, toussant, s'étouffant.

« Tu as raison ! s'exclama Johnson. Ton installation est excellente pour les douleurs en tout genre ! Mais ne parlons pas de moi ! Occupons-nous de toi. Encore un petit plongeon, peut-être ? L'immersion est bonne pour l'âme, toutes les grandes religions l'affirment. »

Grunwald secoua furieusement la tête. Des gouttes d'eau volèrent de ses rares mèches et de ses sourcils luxuriants.

« Alors reste assis ici bien tranquillement, dit Johnson. Reste assis et écoute. Et nous n'avons pas besoin de ce truc-là, hein ? » ajouta-t-il en plongeant la main entre les jambes de Grunwald – qui eut un mouvement de recul et poussa un petit cri – pour retirer le sèche-cheveux. Curtis le lança par-dessus son épaule. L'appareil alla atterrir sous l'un des fauteuils du patio.

« Je vais bientôt te laisser, reprit Johnson. Retourner chez moi. Tu peux descendre à la plage pour aller regarder le coucher de soleil, si tu veux. T'en as toujours envie ? »

Grunwald secoua la tête.

« Non ? Je n'aurais pas cru. Je me dis que tu devrais profiter de ton dernier coucher de soleil, voisin. En fait, je pense que tu viens de vivre ta dernière belle journée, et c'est pour cette raison que je te laisse la vie sauve. Et tu veux que te dise l'ironie de la chose ? Si tu m'avais fichu la paix, tu aurais obtenu exactement ce que tu voulais. Parce que j'étais déjà enfermé dans des chiottes sans même le savoir. C'est pas marrant, ça ? »

Grunwald ne dit rien, se contentant de le regarder, de la terreur dans les yeux. De la terreur dans ses yeux malades. Curtis aurait presque pu se sentir désolé pour le vieil homme, si le souvenir de la sanisette n'avait pas été encore aussi vivant en lui. La lunette qui s'ouvrait comme une gueule géante. La merde qui atterrissait sur ses genoux tel un poisson mort.

« Réponds, ou tu auras droit à une autre tasse baptismale.

– Très marrant », dit Grunwald, la voix rauque, et il se mit à tousser.

Curtis attendit qu'il se soit arrêté. Il ne souriait plus du tout.

« Oui, dit-il, c'est très marrant. Toute l'affaire est très marrante, quand on l'envisage dans la bonne perspective. Comme je le fais, je crois. »

Il se hissa hors du jacuzzi, conscient de bouger avec une souplesse à laquelle l'Enfoiré ne pourrait plus jamais prétendre. Il y avait un placard sous l'avant-toit du porche. Il contenait des serviettes de bain. Curtis en prit une et entreprit de se sécher.

« Voilà comment se présentent les choses. Tu peux appeler la police et leur dire que j'ai essayé de te noyer dans ton jacuzzi, mais si jamais tu fais ça, tout le reste de l'affaire sortira. Tu passeras le reliquat de ta vie à te bagarrer contre une inculpation de meurtre en plus de subir tous tes autres malheurs. Mais si tu laisses tomber, on arrête tout. On remet les compteurs à zéro. Sauf – et c'est là où je veux en venir – que je veux te voir pourrir sur pied. Il arrivera un moment où tu schlingueras autant que les chiottes dans lesquelles tu m'as enfermé. Où les autres sentiront cette odeur, et où toi-même tu sentiras que tu pues.

– Je me tuerai avant », fit Grunwald de sa voix étranglée.

Curtis renfila sa salopette. Elle commençait à lui plaire, d'une certaine manière. C'était peut-être le vêtement idéal pour regarder défiler les cotations du marché sur l'écran, dans son confortable petit bureau. Tiens, il n'aurait qu'à aller chez Target et s'en acheter une demi-douzaine. Le nouveau Johnson décontracté était arrivé. Johnson la Salopette.

Il s'interrompit avant d'attacher la seconde bretelle. « Pourquoi pas, hein ? Tu as un pistolet – comment t'as dit qu'il s'appelait, déjà ? ah oui, un Hardballer. » Il fixa la bretelle puis se pencha vers Grunwald qui marinait toujours dans son bain chaud et le regardait, terrorisé. « Ce serait une fin acceptable. Pas impossible que t'aies assez de couilles pour ça, mais pas sûr non plus, quand on y pense. De toute façon, c'est avec le plus grand intérêt que je tendrai l'oreille à la détonation. »

Il quitta la maison de Grunwald, mais pas par le chemin qu'il avait pris à l'aller. Il passa par la route. Tourner à gauche l'aurait ramené à son domicile ; au lieu de cela, il tourna à droite, vers la plage. Pour la première fois depuis la mort de Betsy, il avait envie de voir le coucher de soleil.

Deux jours plus tard, tandis qu'il était assis devant son ordinateur – il surveillait General Electrics avec un intérêt particulier –, Curtis entendit une puissante détonation venant de la maison voisine. Il n'avait pas mis de musique, et le bruit roula dans l'air humide de ce presque été avec une parfaite clarté. Il resta assis où il était, tête inclinée, tendant toujours l'oreille. Mais il n'y aurait pas de deuxième coup de feu.

*Nous, les sorcières, nous savons ce genre de choses,* pensa-t-il.

Mrs Wilson se précipita dans le bureau, un torchon à vaisselle à la main. « On aurait dit un coup de feu !

– Sans doute une voiture », dit-il en souriant.

Il avait beaucoup souri depuis son aventure au Durkin Grove Village. Quelque chose lui disait que c'était un sourire différent de celui qu'il avait arboré pendant la Période Betsy, mais n'importe quel sourire valait mieux que pas de sourire du tout. Pas vrai ?

Mrs Wilson le regardait, dubitative. « Eh bien... peut-être. » Elle se tourna pour partir.

« Mrs Wilson ? »

Elle se tourna à nouveau.

« Est-ce que vous me quitteriez si je prenais un autre chien ? Un chiot ?

– Moi, vous quitter pour un chiot ? Il faudrait plus qu'un petit chien pour me pousser dehors !

– Ils ont tendance à tout mordre, vous savez ? Et ils ne font pas toujours... »

Il s'interrompit un instant, revoyant le paysage sombre et puant du collecteur. Le monde d'en dessous.

Mrs Wilson le regardait avec curiosité.

« Là où on voudrait qu'ils fassent, acheva-t-il.

– Une fois qu'ils ont été dressés, ils font en général où on leur a appris à faire. En particulier dans un climat chaud comme ici. Et ça vous fera du bien d'avoir de la compagnie, Mr Johnson. Je dois avouer, pour dire la vérité... que j'étais un peu inquiète pour vous. »

Il hocha la tête. « Oui, je me suis retrouvé un peu dans la merde. » Il rit, vit que la femme de ménage le regardait bizarrement et s'obligea à reprendre son sérieux. « Excusez-moi. »

Mrs Wilson fit semblant de lui donner un coup de torchon pour lui montrer qu'il était excusé.

« Mais pas un chien de race, cette fois. Je pense aller plutôt au refuge pour animaux de Venice. Je prendrai un petit abandonné. Un qui en a réchappé, comme on dit.

– Ça serait très bien, dit Mrs Wilson. Il me tarde d'entendre le bruit de ses petites pattes.

– Bien.

– Vous croyez vraiment que c'est une voiture qui a fait ce bruit ? »

Curtis s'enfonça dans son siège et fit semblant de réfléchir. « Probablement... mais vous savez, Mr Grunwald, mon voisin est très sérieusement malade. » Et d'un ton plus bas et plein de sympathie : « Le cancer.

– Oh, mon Dieu. »

Curtis hocha la tête.

« Vous ne pensez pas qu'il aurait pu... ? »

Le défilé des chiffres, sur son ordinateur, s'évanouit dans l'économiseur d'écran : photos aériennes, scènes de plage, toutes mettant Turtle Island en valeur. Curtis se leva, s'avança vers Mrs Wilson et lui prit le torchon des mains. « Non, pas vraiment, mais nous pourrions aller vérifier sur place. Après tout, c'est à ça que servent les voisins, non ? »

# Notes pour « Juste avant le crépuscule »

D'après une première école de pensée, des notes comme celles-ci sont au mieux inutiles, et au pire suspectes. L'argument est que des histoires qui exigent un commentaire ne sont probablement pas très bonnes. Comme cette idée ne me paraît pas entièrement dénuée de fondement, c'est une première raison pour placer ces petits additifs en fin de recueil (ce qui permet aussi d'éviter les protestations de « gâteur de plaisir », proférées la plupart du temps par des enfants eux-mêmes gâtés). L'autre raison de les inclure est que de nombreux lecteurs les aiment bien. Ils aiment à savoir ce qui a poussé l'auteur à écrire telle ou telle histoire, ou ce qu'il pensait en l'écrivant. L'auteur en question ne le sait pas toujours nécessairement lui-même, mais il peut proposer des réflexions à bâtons rompus qui seront (ou non) intéressantes.

**Willa :** Ce n'est probablement pas la meilleure nouvelle de ce recueil, mais je l'aime beaucoup, car elle a signalé le début d'une nouvelle période créative pour moi – en ce qui concerne les nouvelles, du moins. La plupart des histoires de *Juste avant le crépuscule* ont été écrites après « Willa », et de manière assez rapprochée (sur une période d'un peu moins de deux ans). Quant au récit lui-même… l'un des grands avantages du fantastique est qu'il donne aux écrivains une chance d'explorer ce qui arrive (ou n'arrive pas) une fois que nous avons cassé notre pipe. On trouve deux nouvelles sur ce thème dans ce recueil (l'autre étant « Le *New York Times* à prix spécial »). J'ai été élevé dans la foi méthodiste la plus conventionnelle et, bien qu'ayant rejeté depuis longtemps la religion institutionnalisée et la plupart de ses affirmations imposées, j'en conserve l'idée centrale, qui est que nous survivons à la mort d'une manière ou d'une autre. Il est dur pour moi de croire que des êtres aussi compliqués et à l'occasion merveilleux puissent disparaître définitivement, jetés comme des rebuts au bord de la route (je n'ai probablement aucune envie de le croire). Mais à quoi pourrait ressembler cette vie après la mort ? Je vais devoir attendre et voir par moi-même. Mon idée est que nous pourrions nous retrouver en pleine confusion et peu désireux d'accepter notre nouvel état. Mon plus grand espoir est que l'amour survive à la mort (je suis un romantique, faites-moi un con de procès si ça vous chante). Dans ce cas, il pourrait s'agit d'un amour embrouillé… et un peu triste. Quand l'amour et la tristesse convergent dans mon esprit, je mets de la musique country : des gens comme George Strait, BR549, Marty Stuart… et les Derailers. Ce sont ces derniers qui jouent dans « Willa », bien sûr, et j'ai l'impression qu'ils sont engagés pour un bon bout de temps.

**La fille pain d'épice :** Ma femme et moi habitons maintenant une partie de l'année en Floride, près de la barrière d'îles qui sépare la côte du golfe du Mexique. On y trouve beaucoup de très grandes propriétés ; certaines sont anciennes et charmantes, d'autres sentent leur nouveau riche. Je faisais une marche sur l'une de ces îles avec un ami, il y a deux ans, lorsqu'il me montra toute une série de ces prétentieuses constructions qu'on a surnommées des *Macmansions.* « La plupart sont vides pendant six mois de l'année, me dit-il, peux-tu imaginer ça ? » Je le pouvais… et je me disais qu'on pouvait en tirer une histoire sensationnelle. Celle-ci est partie d'une idée des plus simples : un méchant poursuit une femme sur une plage. Mais il fallait, me dis-je, qu'elle fuie quelque chose, pour commencer. Une fille pain d'épice, en d'autres termes[1]. Sauf que même les meilleurs coureurs doivent finir par faire front et se battre. De plus, j'aime les suspenses qui s'appuient sur des détails cruciaux. Celle-ci en contient beaucoup.

1. Héroïne de livres pour enfants dans lesquels celle-ci (« Gingerbread Girl ») reprend souvent un refrain disant « Cours, cours, cours… Jamais tu m'attraperas, Je suis la Fille Pain d'Épice ».

**Le rêve d'Harvey :** Je ne peux vous donner qu'une unique indication sur cette histoire, car c'est la seule dont j'ai connaissance (et probablement la seule qui compte) : elle m'est venue en rêve. Je l'ai écrite en une seule séance, ne faisant guère plus que retranscrire ce que mon subconscient m'avait déjà dicté. Il y a un autre récit avec un rêve dans ce recueil, et j'en sais davantage sur ce dernier.

**Aire de repos :** Un soir, il y a environ six ans, j'ai fait une lecture dans un collège de St.Petersburg (Floride). J'ai fini tard, et il était minuit passé lorsque je me suis retrouvé au volant de ma voiture, sur l'autoroute de Floride. Je me suis arrêté en chemin sur une aire de repos pour soulager ma vessie. Vous savez à quoi ressemblent ces endroits si vous avez lu la nouvelle : une cellule dans une prison de sécurité moyenne. Bref, je me suis immobilisé avant d'entrer dans les toilettes messieurs, parce qu'une violente dispute se déroulait entre un homme et une femme dans les toilettes dames. L'un comme l'autre paraissaient sur le point d'en venir aux mains. Je me demandais ce que je pourrais bien faire, au cas où cela arriverait, et je me suis dit : *Je devrais faire appel à mon Richard Bachman intérieur, parce qu'il est plus coriace que moi.* Ils sortirent sans en être venus aux coups – sauf que dans ce cas, la femme pleurait – et je repris ma route sans autre incident. Plus tard dans la semaine, j'ai écrit cette histoire.

**Vélo d'appart :** Si vous avez déjà enfourché un de ces bidules, vous savez à quel point on peut s'ennuyer dessus. Et si vous avez essayé de vous adonner à des exercices physiques sur un rythme quotidien, vous savez aussi combien c'est difficile (au point que ma devise est « manger est plus facile », mais je l'avoue, je m'entraîne). Ce récit est né de mes relations haine-haine pas seulement avec les vélos d'appartement, mais avec tous les appareils de gymnastique sur lesquels j'ai sué sang et eau.

**Laissés-pour-compte :** Comme à peu près tout le monde aux États-Unis, j'ai été profondément et fondamentalement affecté par les attentats du 11 septembre. Comme grand nombre d'autres écrivains de fiction aussi bien littéraire que populaire, j'ai éprouvé de la répugnance à dire quoi que ce soit d'un événement devenu un traumatisme américain aussi fort que Pearl Harbor ou l'assassinat de Kennedy. Mais écrire de la fiction est ce que je fais, et cette histoire m'est venue à l'esprit environ un mois après la chute des Tours jumelles. Je ne l'aurais peut-être pas écrite si je ne m'étais pas rappelé la conversation que j'avais eue avec un directeur littéraire juif vingt-cinq ans auparavant. Il n'aimait pas trop une de mes nouvelles, que j'avais intitulée « Apt Pupil ». Je n'avais pas le droit d'écrire sur les camps de concentration, m'avait-il, parce que je n'étais pas juif. Je lui avais répondu que c'était au contraire encore plus important que j'écrive là-dessus, car écrire est un acte de compréhension volontaire. Comme tous les autres Américains qui ont vu brûler le ciel de New York, ce matin-là, j'ai voulu comprendre à la fois l'événement et les cicatrices qu'un tel événement laisse inévitablement derrière lui. Cette nouvelle est ma contribution.

**Fête de diplôme :** Pendant des années, à la suite de l'accident dont j'ai été victime en 1999, j'ai pris un antidépresseur appelé Doxépine, non pas parce que j'étais déprimé (dit-il, morose) mais parce que la Doxépine était censée avoir un effet bénéfique sur la douleur chronique. Et c'était bien le cas ; mais lorsque je suis allé à Londres en novembre 2006 pour faire la promotion d'*Histoire de Lisey*, j'ai estimé que le moment était venu de laisser tomber ce truc. Je n'ai pas consulté le médecin qui me l'avait prescrit ; j'ai simplement fait le mort. Les effets secondaires de cet arrêt brutal ont été ... intéressants[1]. Pendant environ une semaine, dès que je fermais les yeux pour dormir, je voyais de grands panoramiques, comme dans un film – des bois, des champs, des chaînes de montagnes, des rivières, des barrières, des voies de chemin de fer, des hommes maniant la pelle et la pioche sur le chantier d'une route... et tout ça recommençait jusqu'à ce que je m'endorme Jamais aucune histoire n'y était reliée ; ce n'étaient que de brillants panoramiques fourmillant de détails. J'étais presque désolé lorsque le phénomène s'est arrêté. J'ai aussi vécu quelques rêves particulièrement précis d'après Doxépine. L'un d'eux – un gigantesque nuage en forme de champignon montant au-dessus de New York – est devenu le sujet de cette histoire.

1. La Doxépine en a-t-elle été vraiment responsable ? Je ne sais pas. Hé, c'est peut-être l'eau de Londres ! (*Note de l'auteur.*)

Je l'ai écrite tout en sachant que cette image avait été utilisée dans d'innombrables films (sans parler de la série télévisée *Jericho*) parce que le rêve avait un côté factuel de documentaire ; je m'étais réveillé le cœur battant fort, et me disant : Ça pourrait arriver. Et, tôt ou tard, cela arrivera certainement. Comme « Le rêve de Harvey », ce récit relève plus de la dictée que de la fiction.

**N. :** C'est la nouvelle la plus récente du recueil et c'est la première fois qu'elle est publiée. Elle a été fortement influencée par *Le Grand Dieu Pan*, d'Arthur Machen, un roman qui (comme le *Dracula* de Bram Stoker) ouvre inexorablement son chemin impitoyable dans nos recoins personnels de terreur. De combien d'insomnies fut-il la cause ? Dieu seul le sait, mais quelques-unes des miennes sont du nombre. Je considère que *Pan* est, dans le genre de l'horreur, l'équivalent de la grande baleine blanche et que, tôt ou tard, tout écrivain qui s'adonne sérieusement au genre doit se frotter à ce thème : que la réalité est une mince pellicule et que la véritable réalité, au-delà, est un abîme sans fond rempli de monstres. Mon idée a été de relier le thème de Machen à celui des troubles obsessionnels compulsifs… en partie parce que je pense que tout le monde souffre de TOC à un degré plus ou moins grand (qui n'est jamais revenu sur ses pas pour vérifier qu'il avait bien fermé le gaz ?), et en partie parce que compulsions et obsessions sont presque toujours les complices obscures des histoires d'horreur. Pouvez-vous nommer une seule histoire d'épouvante à succès qui ne contienne pas l'idée de retourner à ce que nous aimons et méprisons ? Le meilleur exemple en est peut-être *The Yellow Wallpaper*[1], de Charlotte Perkins Gilman. Si jamais vous l'avez lu pendant vos études, on vous a probablement expliqué que c'était un roman féministe. C'est exact, mais c'est aussi l'histoire d'un esprit qui s'effondre sous le poids des pensées qui l'obsèdent. Cet élément est aussi présent dans « N ».

**Un chat d'enfer :** Si *Juste avant le crépuscule* contenait l'équivalent d'un enregistrement oublié pour un CD, je crois que ce serait cette nouvelle. Je dois remercier pour cela Marsha DeFilippo. Quand je lui ai dit que j'envisageais de publier un nouveau recueil

1. Traduit en français sous le titre *La Séquestrée*, Phébus Libretto.

de nouvelles, elle m'a demandé si j'allais finalement y inclure « Un chat d'enfer », qui datait de l'époque où j'écrivais pour les revues masculines. J'ai réagi en disant que je devais avoir déjà collé cette nouvelle – qui avait d'ailleurs fait l'objet d'un court-métrage dans *Tales from the Darkness : The Movie*, en 1990 – quelque part, dans un recueil précédent. Marsha me sortit les tables des matières pour me montrer que ce n'était pas le cas. Si bien que la voici enfin dans un livre, trente ans après avoir été publiée dans *Cavalier*. L'origine de cette nouvelle est amusante. Le responsable éditorial de la fiction de l'époque, à *Cavalier*, un type charmant du nom de Nye Willden, m'avait envoyé la photo en gros plan d'un chat qui sifflait. Ce qui la rendait inhabituelle – en dehors de la rage de l'animal – c'était sa tête, coupée en deux, blanche d'un côté, d'un noir lustré de l'autre. Nye souhaitait lancer un concours de nouvelles. Il me proposait d'écrire les cinq cents premiers mots d'une histoire de chat, à charge pour les lecteurs de la compléter ; la meilleure version serait publiée. J'ai accepté, mais je me suis tellement intéressé à l'histoire que je l'ai conduite jusqu'au bout. Je ne me rappelle pas si ma version a été publiée dans le même numéro que celle du gagnant du concours, ou plus tard, mais elle a depuis fait partie de plusieurs anthologies.

**Le *New York Times* à prix spécial :** Au cours de l'été 2007, je suis allé en Australie, j'ai loué une Harley-Davidson et j'ai parcouru le trajet de Brisbane à Perth à son guidon (euh… en partie : j'ai chargé la moto dans une Toyota Land Cruiser sur une partie du Grand Désert australien, où les routes comme la Gunbarrel Highway sont ce à quoi doivent ressembler les autoroutes en enfer). Ce fut un voyage sympa ; j'ai vécu des tas d'aventures et j'ai mangé beaucoup de poussière. Mais surmonter le décalage horaire après vingt et une heures de vol, ça craint. Et je n'arrive pas à dormir en avion. Peux pas, c'est tout. Si jamais une hôtesse se présente avec un de leurs pyjamas marrants, je fais le signe de croix et lui dis de s'en aller. Une fois à Oz, après le trajet San Francisco-Brisbane, j'ai baissé les stores, je me suis effondré sur le lit et j'ai dormi dix heures, pour me réveiller l'œil brillant et prêt à partir. Seul problème, il était deux heures du matin, heure locale, il n'y avait rien à la télé et j'avais épuisé tout ce que j'avais pris à lire dans l'avion. Heureusement, j'avais un carnet de notes et j'ai écrit cette histoire sur le petit bureau de l'hôtel. Le temps que le soleil se lève, elle était achevée et j'ai pu dormir encore deux heures. Un récit doit distraire aussi celui qui l'écrit – c'est mon opinion, la vôtre m'intéresse.

**Muet :** J'ai lu, dans le journal local, un article qui racontait l'histoire d'une secrétaire de lycée qui avait détourné plus de soixante-cinq mille dollars pour jouer à la loterie. La première question qui m'est venue à l'esprit fut : comment son mari a-t-il pris la chose ? J'ai écrit cette nouvelle pour y répondre. Elle me rappelle ces dragées au poivre que je testais toutes les semaines en regardant *Alfred Hitchcok présente*.

**Ayana :** Le thème de la vie après la mort, comme je l'ai déjà relevé un peu plus haut, a toujours été un terrain fertile pour les auteurs à l'aise avec le fantastique. Dieu – quelque forme qu'on lui attribue – est un autre sujet qui fait les beaux jours du fantastique. Et lorsque nous posons des questions sur Dieu, nous sommes près du sommet de la liste des raisons pour lesquelles certaines personnes vivent et d'autres meurent ; pour lesquelles certaines vont bien et d'autres non. Je me les suis posées moi-même quand, en 1999, je souffrais des blessures consécutives à l'accident qui aurait pu facilement me tuer, si ma position avait été différente de quelques pouces (ou au contraire, d'ailleurs, m'épargner complètement). On dit de celui qui survit à ce genre de situation : « C'est un miraculé. » S'il meurt, on dit que c'était « la volonté de Dieu ». Il n'y a aucune réaction rationnelle possible aux miracles, ni aucun moyen de comprendre la volonté de Dieu qui, s'il existe, peut ne pas s'intéresser davantage à nous que je ne m'intéresse aux microbes qui colonisent ma peau. Mais les miracles se produisent, me semble-t-il ; chacune de nos respirations en est un. La réalité est mince, mais pas toujours sombre. Je n'avais aucun désir d'écrire sur les réponses ; je voulais écrire sur les questions Et peut-être tout ça n'est-il qu'un monceau d'absurdités. J'aime tout de même l'histoire.

**Un très petit coin :** Tout le monde a utilisé un jour de ces sanisettes, soit sur une aire de repos d'autoroute, en été, quand les services de voirie doivent installer des toilettes supplémentaires devant le transit grandissant des voyageurs (je souris en pensant à quel point cette formulation sonne merveilleusement caca-boudin). Bon sang, rien de tel que d'entrer dans la pénombre de l'une de ces minuscules guérites par une brûlante journée d'août, non ? Il y règne une chaleur lourde et l'odeur est *divine*. En vérité, je n'en jamais utilisé sans penser au conte d'Edgar Poe, *L'Enterrement prématuré*, ni sans me demander ce qui m'arriverait si la sanisette tombait à la renverse sur sa porte. En particulier s'il y avait personne dans le secteur pour m'aider à m'en extraire. J'ai finalement écrit cette nouvelle pour la même raison que j'ai écrit bien des histoires, Fidèle Lecteur : pour vous transmettre ce qui me fait peur à moi. Et je ne peux terminer sans vous avouer le plaisir enfantin que j'ai pris à l'écrire. Je me suis même trouvé vulgaire.

Eh bien…

Un peu.

Et là-dessus, je vous fais mes adieux, au moins pour le moment. Si les miracles continuent à se produire, nous nous retrouverons. Et au fait, la serrure de la porte derrière ? N'avez-vous pas oublié de la fermer à double tour ? Ou de couper les robinets de gaz du barbecue ? Il est facile d'oublier ce genre de choses, et quelqu'un pourrait être en train de se glisser dans les maisons en ce moment. Un cinglé, par exemple. Armé d'un couteau. Si bien que, TOC ou pas… il vaut mieux vérifier, vous ne croyez pas ?

Stephen King
8 mars 2008

# *Table*

*OUVRAGES DE STEPHEN KING*

*Aux Éditions Albin Michel*

CUJO
CHRISTINE
CHARLIE
SIMETIERRE
L'ANNÉE DU LOUP-GAROU
UN ÉLÈVE DOUÉ – DIFFÉRENTES SAISONS
BRUME
ÇA (deux volumes)
MISERY
LES TOMMYKNOCKERS
LA PART DES TÉNÈBRES
MINUIT 2
MINUIT 4
BAZAAR
JESSIE
DOLORES CLAIBORNE
CARRIE
RÊVES ET CAUCHEMARS
INSOMNIE
LES YEUX DU DRAGON
DÉSOLATION
ROSE MADDER
LA TEMPÊTE DU SIÈCLE
SAC D'OS
LA PETITE FILLE QUI AIMAIT TOM GORDON
CŒURS PERDUS EN ATLANTIDE
ÉCRITURE
DREAMCATCHER
TOUT EST FATAL
ROADMASTER
CELLULAIRE
HISTOIRE DE LISEY
DUMA KEY

*SOUS LE NOM DE RICHARD BACHMAN*

LA PEAU SUR LES OS
CHANTIER
RUNNING MAN
MARCHE OU CRÈVE
RAGE
LES RÉGULATEURS
BLAZE

*Composition Nord Compo*
*Impression CPI – Firmin Didot en février 2010*
*Éditions Albin Michel*
*22, rue Huyghens, 75014 Paris*
*www.albin-michel.fr*
*ISBN 978-2-226-19596-8*
*N° d'édition : 18287/01. – N° d'impression : 98652.*
*Dépôt légal : mars 2010.*
*Imprimé en France.*